陳澄波全集
CHEN CHENG-PO CORPUS

第十一卷・文稿、筆記
Volume 11 · Writings and Notes

策劃／財團法人陳澄波文化基金會
發行／財團法人陳澄波文化基金會
中央研究院臺灣史研究所
出版／藝術家出版社

感　謝
APPRECIATE

文化部 Ministry of Culture

嘉義市政府 Chiayi City Government

臺北市立美術館 Taipei Fine Arts Museum

高雄市立美術館 Kaohsiung Museum of Fine Arts

台灣創價學會 Taiwan Soka Association

尊彩藝術中心 Liang Gallery

吳慧姬女士 Ms. WU HUI-CHI

陳澄波全集
CHEN CHENG-PO CORPUS

第十一卷・文稿、筆記
Volume 11 · Writings and Notes

藝術家

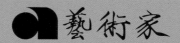

目 錄

Contents

榮譽董事長 序

家父陳澄波先生生於臺灣割讓給日本的乙未（1895）之年，罹難於戰後動亂的二二八事件（1947）之際。可以說：家父的生和死，都和歷史的事件有關；他本人也成了歷史的人物。

家父的不幸罹難，或許是一樁歷史的悲劇；但家父的一生，熱烈而精采，應該是一齣藝術的大戲。他是臺灣日治時期第一個油畫作品入選「帝展」的重要藝術家；他的一生，足跡跨越臺灣、日本、中國等地，居留上海期間，也榮膺多項要職與榮譽，可說是一位生活得極其精彩的成功藝術家。

個人幼年時期，曾和家母、家姊共赴上海，與父親團聚，度過一段相當愉快、難忘的時光。父親的榮光，對當時尚屬童稚的我，雖不能完全理解，但隨著年歲的增長，即使家父辭世多年，每每思及，仍覺益發同感驕傲。

父親的不幸罹難，伴隨而來的是政治的戒嚴與社會疑慮的眼光，但母親以她超凡的意志與勇氣，完好地保存了父親所有的文件、史料與畫作。即使隻紙片字，今日看來，都是如此地珍貴、難得。

感謝中央研究院翁啟惠院長和臺灣史研究所謝國興所長的應允共同出版，讓這些珍貴的史料、畫作，能夠從家族的手中，交付給社會，成為全民共有共享的資產；也感謝基金會所有董事的支持，尤其是總主編蕭瓊瑞教授和所有參與編輯撰文的學者們辛勞的付出。

期待家父的努力和家母的守成，都能夠透過這套《全集》的出版，讓社會大眾看到，給予他們應有的定位，也讓家父的成果成為下一代持續努力精進的基石。

我が父陳澄波は、台湾が日本に割譲された乙未（1895）の年に生まれ、戦後の騒乱の228事件（1947）の際に、乱に遭われて不審判で処刑されました。父の生と死は謂わば、歴史事件と関ったことだけではなく、その本人も歴史的な人物に成りました。

父の不幸な遭難は、一つの歴史の悲劇であるに違いません。だが、彼の生涯は、激しくて素晴らしいもので、一つの芸術の偉大なドラマであることとも言えよう。彼は、台湾の殖民時代に、初めて日本の「帝国美術展覧会」に入選した重要な芸術家です。彼の生涯のうちに、台湾は勿論、日本、中国各地を踏みました。上海に滞在していたうちに、要職と名誉が与えられました。それらの面から見れば、彼は、極めて成功した芸術家であるに違いません。

幼い時期、私は、家父との団欒のために、母と姉と一緒に上海に行き、すごく楽しくて忘れられない歳月を過ごしました。その時、尚幼い私にとって、父の輝き仕事が、完全に理解できなっかものです。だが、歳月の経つに連れて、父が亡くなった長い歳月を経たさえも、それらのことを思い出すと、彼の仕事が益々感心するようになりました。

父の政治上の不幸な非命の死のせいで、その後の戒厳令による厳しい状況と社会からの疑わしい眼差しの下で、母は非凡な意志と勇気をもって、父に関するあらゆる文献、資料と作品を完璧に保存しました。その中での僅かな資料であるさえも、今から見れば、貴重且大切なものになれるでしょう。

この度は、中央研究院長翁啟恵と台湾史研究所所長謝国興のお合意の上で、これらの貴重な文献、作品を共同に出版させました。終に、それらが家族の手から社会に渡され、我が文化の共同的な資源になりました。基金会の理事全員の支持を得ることを感謝するとともに、特に總編集者である蕭瓊瑞教授とあらゆる編輯作者たちのご苦労に心より謝意を申し上げます。

この《全集》の出版を通して、父の努力と母による父の遺物の守りということを皆さんに見せ、評価が下させられることを期待します。また、父の成果がその後の世代の精力的に努力し続ける基盤になれるものを深く望んでおります。

財團法人陳澄波文化基金會
榮譽董事長 陳重光
2012.3

Foreword from the Honorary Chairman

My father was born in the year Taiwan was ceded to Japan (1895) and died in the turbulent post-war period when the 228 Incident took place (1947). His life and death were closely related to historical events, and today, he himself has become a historical figure.

The death of my father may have been a part of a tragic event in history, but his life was a great repertoire in the world of art. One of his many oil paintings was the first by a Taiwanese artist featured in the Imperial Fine Arts Academy Exhibition. His life spanned Taiwan, Japan and China and during his residency in Shanghai, he held important positions in the art scene and obtained numerous honors. It can be said that he was a truly successful artist who lived an extremely colorful life.

When I was a child, I joined my father in Shanghai with my mother and elder sister where we spent some of the most pleasant and unforgettable days of our lives. Although I could not fully appreciate how venerated my father was at the time, as years passed and even after he left this world a long time ago, whenever I think of him, I am proud of him.

The unfortunate death of my father was followed by a period of martial law in Taiwan which led to suspicion and distrust by others towards our family. But with unrelenting will and courage, my mother managed to preserve my father's paintings, personal documents, and related historical references. Today, even a small piece of information has become a precious resource.

I would like to express gratitude to Wong Chi-huey, president of Academia Sinica, and Hsieh Kuo-hsing, director of the Institute of Taiwan History, for agreeing to publish the *Chen Cheng-po Corpus* together. It is through their effort that all the precious historical references and paintings are delivered from our hands to society and shared by all. I am also grateful for the generous support given by the Board of Directors of our foundation. Finally, I would like to give special thanks to Professor Hsiao Chong-ray, our editor-in-chief, and all the scholars who participated in the editing and writing of the *Chen Cheng-po Corpus*.

Through the publication of the *Chen Cheng-po Corpus*, I hope the public will see how my father dedicated himself to painting, and how my mother protected his achievements. They deserve recognition from the society of Taiwan, and I believe my father's works can lay a solid foundation for the next generation of Taiwan artists.

Honorary Chairman, Chen Cheng-po Cultural Foundation
Chen Tsung-kuang
2012.3

Chen, Tsung-kuang

院長 序

嘉義鄉賢陳澄波先生，是日治時期臺灣最具代表性的本土畫家之一，1926年他以西洋畫作〔嘉義街外〕入選日本畫壇最高榮譽的「日本帝國美術展覽會」，是當時臺灣籍畫家中的第一人；翌年再度以〔夏日街景〕入選「帝展」，奠定他在臺灣畫壇的先驅地位。1929年陳澄波完成在日本的專業繪畫教育，隨即應聘前往上海擔任新華藝術專校西畫教席，當時也是臺灣畫家第一人。然而陳澄波先生不僅僅是一位傑出的畫家而已，更重要的是他作為一個臺灣知識分子與文化人，在當時臺灣人面對中國、臺灣、日本之間複雜的民族、國家意識與文化認同問題上，反映在他的工作、經歷、思想等各方面的代表性，包括對傳統中華文化的繼承、臺灣地方文化與生活價值的重視（以及對臺灣土地與人民的熱愛）、日本近代性文化（以及透過日本而來的西方近代化）之吸收，加上戰後特殊時局下的不幸遭遇等，已使陳澄波先生成為近代臺灣史上的重要人物，我們今天要研究陳澄波，應該從臺灣歷史的整體宏觀角度切入，才能深入理解。

中央研究院臺灣史研究所此次受邀參與《陳澄波全集》的資料整輯與出版事宜，十分榮幸。臺史所近幾年在收集整理臺灣民間資料方面累積了不少成果，臺史所檔案館所收藏的臺灣各種官方與民間文書資料，包括實物與數位檔案，也相當具有特色，與各界合作將資料數位化整理保存的專業經驗十分豐富，在這個領域可說居於領導地位。我們相信臺灣歷史研究的深化需要多元的觀點與重層的探討，這一次臺史所有機會與財團法人陳澄波文化基金會合作共同出版《陳澄波全集》，以及後續協助建立數位資料庫，一方面有助於將陳澄波先生的相關資料以多元方式整體呈現，另一方面也代表在研究與建構臺灣歷史發展的主體性目標上，多了一項有力的材料與工具，值得大家珍惜善用。

臺北南港／中央研究院
院長
2012.3

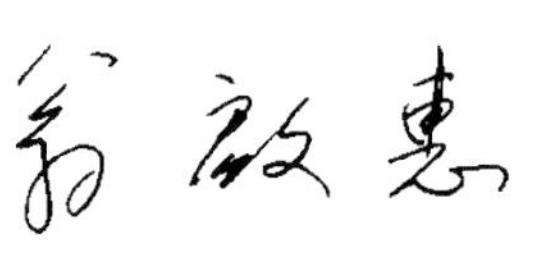

Foreword from the President of the Academia Sinica

Mr. Chen Cheng-po, a notable citizen of Chiayi, was among the most representative painters of Taiwan during Japanese rule. In 1926, his oil painting *Outside Chiayi Street* was featured in Imperial Fine Arts Academy Exhibition. This made him the first Taiwanese painter to ever attend the top-honor painting event. In the next year, his work *Summer Street Scene* was selected again to the Imperial Exhibition, which secured a pioneering status for him in the local painting scene. In 1929, as soon as Chen completed his painting education in Japan, he headed for Shanghai under invitation to be an instructor of Western painting at Xinhua Art College. Such cordial treatment was unprecedented for Taiwanese painters. Chen was not just an excellent painter. As an intellectual his work, experience and thoughts in the face of the political turmoil in China, Taiwan and Japan, reflected the pivotal issues of national consciousness and cultural identification of all Taiwanese people. The issues included the passing on of Chinese cultural traditions, the respect for the local culture and values (and the love for the island and its people), and the acceptance of modern Japanese culture. Together with these elements and his unfortunate death in the post-war era, Chen became an important figure in the modern history of Taiwan. If we are to study the artist, we would definitely have to take a macroscopic view to fully understand him.

It is an honor for the Institute of Taiwan History of the Academia Sinica to participate in the editing and publishing of the *Chen Cheng-po Corpus*. The institute has achieved substantial results in collecting and archiving folk materials of Taiwan in recent years, the result an impressive archive of various official and folk documents, including objects and digital files. The institute has taken a pivotal role in digital archiving while working with professionals in different fields. We believe that varied views and multi-faceted discussion are needed to further the study of Taiwan history. By publishing the *corpus* with the Chen Cheng-po Cultural Foundation and providing assistance in building a digital database, the institute is given a wonderful chance to present the artist's literature in a diversified yet comprehensive way. In terms of developing and studying the subjectivity of Taiwan history, such a strong reference should always be cherished and utilized by all.

President of the Academia Sinica
Nangang, Taipei
Wong Chi-huey
2012.3

總主編 序

作為臺灣第一代西畫家，陳澄波幾乎可以和「臺灣美術」劃上等號。這原因，不僅僅因為他是臺灣畫家中入選「帝國美術展覽會」（簡稱「帝展」）的第一人，更由於他對藝術創作的投入與堅持，以及對臺灣美術運動的推進與貢獻。

出生於乙未割臺之年（1895）的陳澄波，父親陳守愚先生是一位精通漢學的清末秀才；儘管童年的生活，主要是由祖母照顧，但陳澄波仍從父親身上傳承了深厚的漢學基礎與強烈的祖國意識。這些養分，日後都成為他藝術生命重要的動力。

1917年臺灣總督府國語學校畢業，1918年陳澄波便與同鄉的張捷女士結縭，並分發母校嘉義公學校服務，後調往郊區的水崛頭公學校。未久，便因對藝術創作的強烈慾望，在夫人的全力支持下，於1924年，服完六年義務教學後，毅然辭去人人稱羨的安定教職，前往日本留學，考入東京美術學校圖畫師範科。

1926年，東京美校三年級，便以〔嘉義街外〕一作，入選第七回「帝展」，為臺灣油畫家入選之第一人，震動全島。1927年，又以〔夏日街景〕再度入選。同年，本科結業，再入研究科深造。

1928年，作品〔龍山寺〕也獲第二屆「臺灣美術展覽會」（簡稱「臺展」）「特選」。隔年，東美畢業，即前往上海任教，先後擔任「新華藝專」西畫科主任教授，及「昌明藝專」、「藝苑研究所」等校西畫教授及主任等職。此外，亦代表中華民國參加芝加哥世界博覽會，同時入選全國十二代表畫家。其間，作品持續多次入選「帝展」及「臺展」，並於1929年獲「臺展」無鑑查展出資格。

居滬期間，陳澄波教學相長、奮力創作，留下許多大幅力作，均呈現特殊的現代主義思維。同時，他也積極參與新派畫家活動，如「決瀾社」的多次籌備會議。他生性活潑、熱力四射，與傳統國畫家和新派畫家均有深厚交誼。

唯1932年，爆發「一二八」上海事件，中日衝突，這位熱愛祖國的臺灣畫家，竟被以「日僑」身分，遭受排擠，險遭不測，並被迫於1933年離滬返臺。

返臺後的陳澄波，將全生命奉獻給故鄉，邀集同好，組成「臺陽美術協會」，每年舉辦年展及全島巡迴展，全力推動美術提升及普及的工作，影響深遠。個人創作亦於此時邁入高峰，色彩濃郁活潑，充分展現臺灣林木蓊鬱、地貌豐美、人群和善的特色。

1945年，二次大戰終了，臺灣重回中國統治，他以興奮的心情，號召眾人學說「國語」，並加入「三民主義青年團」，同時膺任第一屆嘉義市參議會議員。1947年年初，爆發「二二八事件」，他代表市民前往水上機場協商、慰問，卻遭扣留羈押；並於3月25日上午，被押往嘉義火車站前廣場，槍決示眾，熱血流入他日夜描繪的故鄉黃泥土地，留給後人無限懷思。

陳澄波的遇難，成為戰後臺灣歷史中的一項禁忌，有關他的生平、作品，也在許多後輩的心中逐漸模糊淡忘。儘管隨著政治的逐漸解嚴，部分作品開始重新出土，並在國際拍賣場上屢創新高；但學界對他的生平、創作之理解，仍停留在有限的資料及作品上，對其獨特的思維與風格，也難以一窺全貌，更遑論一般社會大眾。

以「政治受難者」的角色來認識陳澄波，對這位一生奉獻給藝術的畫家而言，顯然是不公平的。歷經三代人的含冤、忍辱、保存，陳澄波大量的資料、畫作，首次披露在社會大眾的面前，這當中還不包括那些因白蟻蛀蝕

而毀壞的許多作品。

個人有幸在1994年，陳澄波百年誕辰的「陳澄波．嘉義人學術研討會」中，首次以「視覺恆常性」的角度，試圖詮釋陳氏那種極具個人獨特風格的作品；也得識陳澄波的長公子陳重光老師，得悉陳澄波的作品、資料，如何一路從夫人張捷女士的手中，交到重光老師的手上，那是一段滄桑而艱辛的歷史。大約兩年前（2010），重光老師的長子立栢先生，從職場退休，在東南亞成功的企業經營經驗，讓他面對祖父的這批文件、史料及作品時，迅速地知覺這是一批不僅屬於家族，也是臺灣社會，乃至近代歷史的珍貴文化資產，必須要有一些積極的作為，進行永久性的保存與安置。於是大規模作品修復的工作迅速展開；2011年至2012年之際，兩個大型的紀念展：「切切故鄉情」與「行過江南」，也在高雄市立美術館、臺北市立美術館先後且重疊地推出。眾人才驚訝這位生命不幸中斷的藝術家，竟然留下如此大批精采的畫作，顯然真正的「陳澄波研究」才剛要展開。

基於為藝術家留下儘可能完整的生命記錄，也基於為臺灣歷史文化保留一份長久被壓縮、忽略的珍貴資產，《陳澄波全集》在眾人的努力下，正式啟動。這套全集，合計十八卷，前十卷為大八開的巨型精裝圖版畫冊，分別為：第一卷的油畫，搜羅包括僅存黑白圖版的作品，約近300餘幅；第二卷為炭筆素描、水彩畫、膠彩畫、水墨畫及書法等，合計約241件；第三卷為淡彩速寫，約400餘件，其中淡彩裸女占最大部分，也是最具特色的精采力作；第四卷為速寫（I），包括單張速寫約1103件；第五卷為速寫（II），分別出自38本素描簿中約1200餘幅作品；第六、七卷為個人史料（I）、（II），分別包括陳氏家族照片、個人照片、書信、文書、史料等；第八、九卷為陳氏收藏，包括相當完整的「帝展」明信片，以及各式畫冊、圖書；第十卷為相關文獻資料，即他人對陳氏的研究、介紹、展覽及相關周邊產品。

至於第十一至十八卷，為十六開本的軟精裝，以文字為主，分別包括：第十一卷的陳氏文稿及筆記；第十二、十三卷的評論集，即歷來對陳氏作品研究的文章彙集；第十四卷的二二八相關史料，以和陳氏相關者為主；第十五至十七卷，為陳氏作品歷年來的修復報告及材料分析；第十八卷則為陳氏年譜，試圖立體化地呈現藝術家生命史。

對臺灣歷史而言，陳澄波不只是個傑出且重要的畫家，同時他也是一個影響臺灣深遠（不論他的生或他的死）的歷史人物。《陳澄波全集》由財團法人陳澄波文化基金會和中央研究院臺灣史研究所共同發行出版，正是名實合一地呈現了這樣的意義。

感謝為《全集》各冊盡心分勞的學界朋友們，也感謝執行編輯賴鈴如、何冠儀兩位小姐的辛勞；同時要謝謝藝術家出版社何政廣社長，尤其他的得力助手美編柯美麗小姐不厭其煩的付出。當然《全集》的出版，背後最重要的推手，還是陳重光老師和他的長公子立栢夫婦，以及整個家族的支持。這件歷史性的工程，將為臺灣歷史增添無限光采與榮耀。

《陳澄波全集》總主編
國立成功大學歷史系所教授
蕭瓊瑞

Foreword from the Editor-in-Chief

As an important first-generation painter, the name Chen Cheng-po is virtually synonymous with Taiwan fine arts. Not only was Chen the first Taiwanese artist featured in the Imperial Fine Arts Academy Exhibition (called "Imperial Exhibition" hereafter), but he also dedicated his life toward artistic creation and the advocacy of art in Taiwan.

Chen Cheng-po was born in 1895, the year Qing Dynasty China ceded Taiwan to Imperial Japan. His father, Chen Shou-yu, was a Chinese imperial scholar proficient in Sinology. Although Chen's childhood years were spent mostly with his grandmother, a solid foundation of Sinology and a strong sense of patriotism were fostered by his father. Both became Chen's impetus for pursuing an artistic career later on.

In 1917, Chen Cheng-po graduated from the Taiwan Governor-General's Office National Language School. In 1918, he married his hometown sweetheart Chang Jie. He was assigned a teaching post at his alma mater, the Chiayi Public School and later transferred to the suburban Shuikutou Public School. Chen resigned from the much envied post in 1924 after six years of compulsory teaching service. With the full support of his wife, he began to explore his strong desire for artistic creation. He then travelled to Japan and was admitted into the Teacher Training Department of the Tokyo School of Fine Arts.

In 1926, during his junior year, Chen's oil painting *Outside Chiayi Street* was featured in the 7th Imperial Exhibition. His selection caused a sensation in Taiwan as it was the first time a local oil painter was included in the exhibition. Chen was featured at the exhibition again in 1927 with *Summer Street Scene*. That same year, he completed his undergraduate studies and entered the graduate program at Tokyo School of Fine Arts.

In 1928, Chen's painting *Longshan Temple* was awarded the Special Selection prize at the second Taiwan Fine Arts Exhibition (called "Taiwan Exhibition" hereafter). After he graduated the next year, Chen went straight to Shanghai to take up a teaching post. There, Chen taught as a Professor and Dean of the Western Painting Departments of the Xinhua Art College, Changming Art School, and Yiyuan Painting Research Institute. During this period, his painting represented the Republic of China at the Chicago World Fair, and he was selected to the list of Top Twelve National Painters. Chen's works also featured in the Imperial Exhibition and the Taiwan Exhibition many more times, and in 1929 he gained audit exemption from the Taiwan Exhibition.

During his residency in Shanghai, Chen Cheng-po spared no effort toward the creation of art, completing several large-sized paintings that manifested distinct modernist thinking of the time. He also actively participated in modernist painting events, such as the many preparatory meetings of the Dike-breaking Club. Chen's outgoing and enthusiastic personality helped him form deep bonds with both traditional and modernist Chinese painters.

Yet in 1932, with the outbreak of the 128 Incident in Shanghai, the local Chinese and Japanese communities clashed. Chen was outcast by locals because of his Japanese expatriate status and nearly lost his life amidst the chaos. Ultimately, he was forced to return to Taiwan in 1933.

On his return, Chen devoted himself to his homeland. He invited like-minded enthusiasts to found the Tai Yang Art Society, which held annual exhibitions and tours to promote art to the general public. The association was immensely successful and had a profound influence on the development and advocacy for fine arts in Taiwan. It was during this period that Chen's creative expression climaxed — his use of strong and lively colors fully expressed the verdant forests, breathtaking landscape and friendly people of Taiwan.

When the Second World War ended in 1945, Taiwan returned to Chinese control. Chen eagerly called on everyone around him to adopt the new national language, Mandarin. He also joined the Three Principles of the People Youth Corps, and served as a councilor of the Chiayi City Council in its first term. Not long after, the 228 Incident broke out in early 1947. On behalf of the Chiayi citizens, he went to the Shueishang Airport to negotiate with and appease Kuomintang troops, but instead was detained and imprisoned without trial. On the morning of March 25, he was publicly executed at the Chiayi Train Station Plaza. His warm blood flowed down onto the land which he had painted day and night, leaving only his works and memories for future generations.

The unjust execution of Chen Cheng-po became a taboo topic in postwar Taiwan's history. His life and works were gradually lost to the minds of the younger generation. It was not until martial law was lifted that some of Chen's works re-emerged and were sold at record-breaking prices at international auctions. Even so, the academia had little to go on about his life and works due to scarce resources. It was a difficult task for most scholars to research and develop a comprehensive view of Chen's unique philosophy and style given the limited

resources available, let alone for the general public.

Clearly, it is unjust to perceive Chen, a painter who dedicated his whole life to art, as a mere political victim. After three generations of suffering from injustice and humiliation, along with difficulties in the preservation of his works, the time has come for his descendants to finally reveal a large quantity of Chen's paintings and related materials to the public. Many other works have been damaged by termites.

I was honored to have participated in the "A Soul of Chiayi: A Centennial Exhibition of Chen Cheng-po" symposium in celebration of the artist's hundredth birthday in 1994. At that time, I analyzed Chen's unique style using the concept of visual constancy. It was also at the seminar that I met Chen Tsung-kuang, Chen Cheng-po's eldest son. I learned how the artist's works and documents had been painstakingly preserved by his wife Chang Jie before they were passed down to their son. About two years ago, in 2010, Chen Tsung-kuang's eldest son, Chen Li-po, retired. As a successful entrepreneur in Southeast Asia, he quickly realized that the paintings and documents were precious cultural assets not only to his own family, but also to Taiwan society and its modern history. Actions were soon taken for the permanent preservation of Chen Cheng-po's works, beginning with a massive restoration project. At the turn of 2011 and 2012, two large-scale commemorative exhibitions that featured Chen Cheng-po's works launched with overlapping exhibition periods — "Nostalgia in the Vast Universe" at the Kaohsiung Museum of Fine Arts and "Journey through Jiangnan" at the Taipei Fine Arts Museum. Both exhibits surprised the general public with the sheer number of his works that had never seen the light of day. From the warm reception of viewers, it is fair to say that the Chen Cheng-po research effort has truly begun.

In order to keep a complete record of the artist's life, and to preserve these long-repressed cultural assets of Taiwan, we publish the *Chen Cheng-po Corpus* in joint effort with coworkers and friends. The works are presented in 18 volumes, the first 10 of which come in hardcover octavo deluxe form. The first volume features nearly 300 oil paintings, including those for which only black-and-white images exist. The second volume consists of 241 calligraphy, ink wash painting, glue color painting, charcoal sketch, watercolor, and other works. The third volume contains more than 400 watercolor sketches most powerfully delivered works that feature female nudes. The fourth volume includes 1,103 sketches. The fifth volume comprises 1,200 sketches selected from Chen's 38 sketchbooks. The artist's personal historic materials are included in the sixth and seventh volumes. The materials include his family photos, individual photo shots, letters, and paper documents. The eighth and ninth volumes contain a complete collection of Empire Art Exhibition postcards, relevant collections, literature, and resources. The tenth volume consists of research done on Chen Cheng-po, exhibition material, and other related information.

Volumes eleven to eighteen are paperback decimo-sexto copies mainly consisting of Chen's writings and notes. The eleventh volume comprises articles and notes written by Chen. The twelfth and thirteenth volumes contain studies on Chen. The historical materials on the 228 Incident included in the fourteenth volumes are mostly focused on Chen. The fifteen to seventeen volumes focus on restoration reports and materials analysis of Chen's artworks. The eighteenth volume features Chen's chronology, so as to more vividly present the artist's life.

Chen Cheng-po was more than a painting master to Taiwan — his life and death cast lasting influence on the Island's history. The *Chen Cheng-po Corpus*, jointly published by the Chen Cheng-po Cultural Foundation and the Institute of Taiwan History of Academia Sinica, manifests Chen's importance both in form and in content.

I am grateful to the scholar friends who went out of their way to share the burden of compiling the *corpus*; to executive editors Lai Ling-ju and Ho Kuan-yi for their great support; and Ho Cheng-kuang, president of Artist Publishing co. and his capable art editor Ke Mei-li for their patience and support. For sure, I owe the most gratitude to Chen Tsung-kuang; his eldest son Li-po and his wife Hui-ling; and the entire Chen family for their support and encouragement in the course of publication. This historic project will bring unlimited glamour and glory to the history of Taiwan.

Editor-in-Chief, *Chen Cheng-po Corpus*
Professor, Department of History, National Cheng Kung University
Hsiao Chong-ray

「自然主義」的文學與美術：陳澄波的文字風景

一、前言

《陳澄波全集》出版至今，我們已陸續透過陳澄波的油畫、素描、水彩畫、膠彩畫、水墨畫、書法、淡彩速寫等作品、收藏的美術明信片、個人與親友的照片、書信、文書等史料、以及相關的評論文章，看到作為一個畫家陳澄波豐富的面貌。相較於前幾卷的內容，本卷主要收錄有（一）筆記：包括陳澄波所抄錄日文文章的「作文集帖」，他就讀日本東京美術學校師範科時的「哲學筆記」，此外，尚有1篇太田三郎氏的演講摘記和幾張抄錄的筆記；（二）文章：此部分收錄陳澄波相關的文章計20篇；（三）書信：內容計有1.一般書信20篇，明信片132篇，以及訂購畫具書籍等的訂購函9篇。其中筆記類的原稿圖片已刊載於《陳澄波全集》第六卷和第十卷，而文章類與書信類的原稿圖片，則已刊載在《陳澄波全集》第七卷和第十卷。本卷再次收錄乃以全文呈現的方式，讓讀者可以更進一步地檢視與參考。

首先，值得注意的是，本卷收錄陳澄波筆記中的「作文集帳」（作文集帖），乃是陳澄波自大正四年一月元旦開始，抄錄了許多作家的日文文章。此類文章或來自學校讀本、或為其學習日文的範本。[1]其中有文人畫家柳澤淇園（1704-1758）、明治維新啟蒙者福澤諭吉（1835-1901）、女性小說家樋口一葉（1872-1896）、文學家正岡子規（1867-1902）、德富蘆花（1868-1927）等人的作品。

這些文章，談論的範疇從文學、倫理乃至科學，其內容大致可分為以下幾類：

（一）學問與人間事的思索：如三浦安貞（1723-1789）的〈學に志し藝に志す者の訓〉（志於學與志於藝者之訓）、柴野栗山（1736-1807）的〈進學論〉、北宋理學家周茂叔（1017-1073）的〈愛蓮說〉（日文）、日本江戶時代的儒者貝原益軒（1630-1714）的〈讀書の楽〉（讀書之樂）、陸羯南（1857-1907）的〈人物論〉、福澤諭吉的〈衣食足りて尚ら足ず〉（衣食足猶不足）、中村正直（1832-1891）的〈賞罰毀譽の論〉（賞罰毀譽論），芳賀矢一（1867-1927）的〈國民性〉，勝海舟（1823-1899）的〈書生を誡む〉（書生之誡）等。

（二）旅行記遊：如貝原益軒（1630-1714）的〈旅行の楽〉（旅行之樂）、遲塚麗水（1867-1942）的〈富山の日出〉（富山日出），〈東照宮參拜の記〉（東照宮參拜記）等。

（三）自然現象與萬物的描述：〈自然界〉、〈電氣〉、〈靄〉、〈瀑布〉、〈燕〉、〈金魚〉、〈牡丹〉，以及長谷部愛治的〈雨〉、〈菊〉等。安溪遊地教授指出，〈菊〉為科學的記事文，出自長谷部氏作文教典。另有中村秋香（1841-1910）的〈時雨〉、文學家幸田露伴（1867-1947）的〈梅〉及〈桃〉，井上文雄的〈竹〉等。另德富蘇峰（1863-1957）的〈梅雨〉，文末則有點評此文引用王維七言律詩「雲裡帝城雙鳳闕，雨中春樹萬人家」等句。

本文將針對此類首次出版的文章，於下節中進行相關的討論。

再者，本卷中陳澄波自己所撰寫的文章，則有他對日本帝國美術展覽會、臺灣春萌畫展、三人展（林榮杰、翁崑德、張義雄）等畫展的評論。此外，還有他對於美術創作的看法、臺灣美術的發展以及與歷史、地方和社會之間的關聯。

最後，書信的部分，可見陳澄購買畫材的結帳、東京美術學校通知陳澄波入選帝展西洋畫部的電報、朝鮮總督府寄至上海給陳澄波的信封（信件遺失）等。這些明信片與書信所保留的寄信人、收信人、以及雙方地址等相關資料，為我們勾勒了一個陳澄波在不同時空與友人互動的輪廓。

二、字裡行間的風景

陳澄波抄錄在「作文集帖」中的文章，數量最多的當屬國民文學家、同時也是作詞家大和田建樹（1857-1910）的作品，如〈夏の朝〉（夏之晨）、〈秋の心〉（秋心）、〈秋田〉、〈春の朝と夏の庭〉（春之晨與夏之庭）、〈若葉の時〉（嫩葉時節）、〈除夜〉（除夕）等作。此外，亦有為數不少德富蘆花的作品。值得注意的是，這些節錄的選文，或是作為個人修身的建言，或是描寫自然萬物與時間更迭的變化，它們彷彿是一幅幅透過文字呈現的畫作。換句話說，陳澄波的「作文集帖」，不僅是他學習日文表達的參考，同時陳澄波對於景物的觀看方式，想必受到這些文章的啟發，進而影響他日後的創作。

其次，這些文章描寫風景的態度，也影響了陳澄波對於畫作的品評。例如，陳澄波隨手寫在素描簿裡，針對第十五回帝展（1934）圓城寺昇的〔崖〕一作，即如此說：「作品看起來好像是古畫。也不是版畫。如果是岩石的話，應該要有岩石般堅硬的特性。」[2]又如他提到高坂元三的〔自畫雙影〕時說：「是一幅盡心盡力的作品。畫作每個細節都非常寫實，令人佩服。」[3]其中「有岩石般堅硬的特性」及「寫實」的評價，即反映出陳澄波認為畫家的創作，應建立在對自然特質的觀察與掌握上。而此種看法，實可看到陳澄波受到二十世紀初葉，日本文學與美術中「自然主義」的影響。此影響，可透過陳澄波「作文集帖」中的選文得知；而此處所指的「自然主義」，乃是意指受到法國巴比松畫派啟發所創作的文學與美術作品。

再者，自然主義對於色彩的描寫，也可從陳澄波對於畫作色彩的觀察中得知。如他對佐分真〔室內〕一作的描述如下：

> 地板是青茶色，整體感很好，讓人留下好印象。放黃衣的椅子是竹椅，白色中帶有一點紅色。椅子上的坐墊是藍、白、灰色的條紋樣式。鞋子是黑色，襪子稍微接近咖啡色。[4]

此種對於畫面色彩的強調，經常可見於他對畫作的品評，他甚至曾將自己比喻成油彩。[5]此外，色彩也可以是時間軌跡的象徵。如陳澄波在描述淡水的建築時如此道：

> 淡水地方的建築物和別的建築很不一樣，它們是西班牙、荷蘭以及中國三種混血出來，島內唯一的建築物。不論是屋頂的樣式，或是紅磚牆壁的色彩，都帶給我一種說不出來的感覺。經過時代的變化，它的風味更加濃厚，鮮紅色轉變成暗紅色，白色牆壁變成帶著咖啡色的灰色。這就是所謂因為科學變化才產生的色彩。[6]

此外，陳澄波對於風景帶有科學視角的觀察，也可從以下一段話得知：

> 畫淡水風景，與其畫艷陽高照的晴天，不如選擇陰天或是下過雨的天氣。換句話說，潮濕的日子比較好。為什麼這樣說呢？因為屋頂、牆壁等的顏色看起來更明顯。樹葉上的沙塵因此而潮濕、水潤，難以言喻的感覺。這是因為河流上方氣流的關係，使得空氣很潮濕，充滿著眼睛看不到的水氣所帶來的現象，即是所謂「物理性變化」。存在其間青綠色的草木，讓淡水風景看起來更為明顯而有特色。我認為與其用西洋畫的手法不如用水墨畫，亦即南畫風格的想法來表現。[7]

此種「科學視角」的風景描述，實與志賀重昂《日本風景論》中，以地理位置判讀風景特徵有關。石川欽一郎在其討論臺灣風景的文章中，也經常可見此種論述的角度。[8]

其實，陳澄波對風景的觀看，除了客觀的「物理性」視角之外，他亦強調畫家對於風景特質的主觀詮釋。因此，在集合會員、評審委員以及無鑑查畫作的重要展間裡，陳澄波對牧野虎雄的〔近秋的海濱〕便給予極其肯定的評語。他說：「他（牧野）取材接近秋天的海濱，毫無遺憾地抓住了海濱的素樸性。」[9]陳澄波對風景「素樸性」的重視，當與二十世紀初葉，日本文壇的新氣象有關。陳澄波「作文集帖」中曾抄錄的〈近郊の秋色〉（近郊秋色），其作者正岡子規，即是此文風的健將。提倡新俳句的正岡子規，受到其友中村不折等畫家的啟發，主張文學的創作應借鑑繪畫的寫生觀點；爾後，日本文壇便興起一股「寫生」與「寫生文」的熱潮。再者，陳澄波擇錄德富蘆花的作品，數量頗豐，且多出自德富蘆花的《自然と人生》（自然與人生）一書；此書中，德富蘆花對景物的描寫，明顯地受到十九世紀法國畫家柯洛（Jean Baptiste Camille Corot，1796-1875）的影響。以下將分別從正岡子規與德富蘆花作為切入點，並由此展開陳澄波探索文學與美術、文字與畫作之間的交集。

三、寫生與寫生文：正岡子規、石川欽一郎

回顧明治維新的文學界，可從日本俳壇的變化，窺見一股新的勢力與氣息。隨著新聞出版事業的發達，報紙與雜誌等刊物，與民眾有了更多的連結。以前俳句多由世代相傳的「宗匠」創作，然而明治維新以後，卻也開始向大眾徵集俳句作品。如明治十九年（1886）《報知新聞》即聘請其角堂永機評選向民眾徵集而來的句作。[10]值得注意的是，正岡子規可說是此時期俳句革新的重要人物。他是愛媛縣松山市人，父親隼太是松山藩士，母親是漢學家大原觀山之女。由於父親早逝，子規便隨外祖父學習漢籍，也曾在就讀松山中學時，將自己所寫的漢詩就教於漢學家河東靜溪。明治二十五年（1892），子規進入日本新聞社任職，該年夏季開始在《日本》發表作品。明治二十六年（1893），因與西畫家中村不折等人交往而受到啟發，進而鼓吹以寫生法創作俳句。[11]

陳澄波的筆記本中，選錄了日本近代俳句改革者正岡子規的〈近郊の秋色〉一文。正岡子規的俳句革新，乃是將繪畫寫生的觀念延伸至文學創作的領域，進而獨創以俳句狀寫風景的寫生文。明治三十三年（1900）七月，子規透過《杜鵑》雜誌，徵集讀者以自己的眼光描寫身邊事物的寫生文。[12]

明治四十年（1907）三月，《文章世界》更以「寫生と寫生文」為專題，邀請了高濱虛子、三宅克己、黑田清輝等人，分別為文闡釋「寫生」與「寫生文」之間的關聯。此專題清楚地指出了文學界的「寫生文」實受到畫家「寫生」方法的啟發；然而，此處所指的「寫生」，並非如自然史（博物學）般地以客觀詳實的技法描繪對象，而應是能捕捉到景物的個性或特徵。誠如米勒（Jean-François Millet，1814-1875）所言，自然界中無論是多麼微小的物，皆因其存在而具有自己的個性。米勒還說：「畫森林時，那個閃亮的葉子和黑暗的影子能打動人心、讓人高興，我要實現其力量。」[13]由此可知，當時文學與美術以「寫生」所建立的交集，主要是以法國巴比松畫派的寫生觀為主。此特徵亦可在德富蘆花《自然と人生》一書，得到延續。

此外，陳澄波的老師石川欽一郎，也曾以欽一廬的筆名，在《臺灣日日新報》連載一系列搭配著俳句的速寫作品，這些作品皆是石川對身邊景物之觀察。如〔山靜川も靜かに春遲し〕（山靜　河靜　春來遲）（圖1），[14]石川欽一郎在文中如此說：「傍晚從基隆乘坐戎克船出發，第二天早晨即可到達福州，並可欣賞到福州的朝靄；

圖1：石川欽一郎　山靜川も靜かに春遲し

圖2：石川欽一郎　寒村に春訪れて騷かしき

圖3：石川欽一郎　頽れたる城に枯木の花や咲く

圖4：石川欽一郎　掃除夫を掠めて去る車上の都人風薫る

閩江上掠過的戎克船及舢舨的側影，構成一幅充滿支那風味的有趣畫面。」[15]

再者，石川欽一郎著名的寫生作品《山紫水明集》，頗能呼應正岡子規的名句「山紫水亦青」。與曾擔任從軍記者而遠赴中國的正岡子規一樣，石川欽一郎也曾隨軍赴中國東北戰地。1900年他以陸軍參謀本部翻譯官，出席八國聯軍和談會議，1904年則又以第五師團軍政署總司令翻譯官的身分前往中國東北，同時他也在東北各地寫生。爾後，他在《臺灣日日新報》所發表的〈北支那の回想〉（北支那的回想），即可見到戰地風光的描寫。如〔寒村に春訪れて騷かしき〕（寒村　春訪引騷然）（圖2）、[16]〔頽れたる城に枯木の花や咲く〕（頹城　枯木花綻放）（圖3）。[17]其中，〔寒村に春訪れて騷かしき〕乃是以義和團的古戰場為描繪的場景，在石川欽一郎筆下，「這處曾死傷無數的村巷，卻見當地人在楊柳春風、花香千里的景致中，休憩共餐的情景。」[18]

石川欽一郎這系列發表於《臺灣日日新報》的寫生圖文作品，除了前文已提到描寫福州、北支那的風光之外，尚有描寫倫敦及臺灣的風景。前者如〔掃除夫を掠めて去る車上の都人風薫る〕（掠過清潔工而去　車上的雅士　迎著習習的薰風）（圖4）[19]、〔病院の窓の明るき青葉かな〕（病院窗戶分外明　葉綠）[20]等作；後者如〔雲起る重山の秋の姿かな〕（雲起　重山復嶺之秋姿）、[21]〔青葉蔭昔ながらに蟬や鳴く〕（綠葉成蔭如昔　蟬鳴）[22]等作。簡言之，在這些俳句的字裡行間，我們不難發現，石川欽一郎對於風景的描寫，充滿著視覺、聽覺、嗅覺、觸覺等近距離身體的感官感受。而此種描寫風景的特質，恰可與正岡子規提倡新俳句的「寫生觀」相互呼應。換言之，作為作家的子規與作為畫家的石川欽一郎，從各自擅長的媒介，並透過俳句的形式，連接起寫生與寫生文的關係。

值得注意的是，此種「寫生觀」反映出畫家與生活周遭景物的親密關係。這種關係的建立，乃是以一種微觀的方式，對於日常生活景物進行觀察與書寫。陳澄波「作文集帖」，自德富蘆花《自然と人生》一書中，節錄近十篇文章，這些文章，即反映出此類的書寫風格。如陳澄波抄錄自該書的〈花月の夜〉（花月夜）一文，譯文如後：

打開窗戶，十六的月亮升上了櫻樹的梢頭。空中碧霞淡淡，白雲團團。靠近月亮的，銀光迸射，離開稍遠的，輕柔如棉。春星迷離地點綴著夜空。茫茫的月色，映在花上。濃密的樹枝，鎖著月光，黑黝黝連成一片。獨有疏朗的一枝，直指月亮，光閃閃的，別有一番風情。淡光薄影，落花點點滿庭芳，步行於地宛如走在天上。向海濱一望。沙洲茫茫，一片銀白，不知何處，有人在唱小調兒。

已而，雨霏霏而降，片刻乃止。春雲籠月，夜色泛白，櫻花淡而若無，蛙聲陣陣，四方愈顯岑寂。[23]

四、日常生活的共鳴：德富蘆花的《自然と人生》

德富蘆花本名德富健次郎，生於明治元年10月25日，熊本縣葦北水俣村郡人。明治二十二年進入其兄德富猪一郎（德富蘇峰）經營的民友社任職，並陸續出版《如温武雷土》、《世界古今名婦鑑》、《不如歸》、《自然と人生》多部作品。他的作品也經常連載於《國民新聞》、《家庭雜誌》、《國民の友》等刊物上。[24]

德富蘆花在明治三十三年（1900）出版的《自然と人生》中，如此自識：

先賢猶自謙，吾只不過於真理之海渚拾得幾片貝殼而已。茲將凡眼所見，凡手所錄之寫生文數葉，題為《自然與人生》公諸於世。[25]

書中細分有「灰燼」、「自然に對する五分時」（五分鐘感受大自然）、「寫生帖」、「湘南雜筆」、「風景畫家コロオ」（風景畫家柯洛）等五個小項。[26]

德富蘆花在「自然に對する五分時」項下，引用了莎士比亞《皆大歡喜》中的一段話：

我們的這種生活，雖然遠離塵囂，卻可以聽樹木的說話，溪中的流水便是大好的文章，一石之微，也暗寓著教訓，每一件事物中間，都可以找到些益處來。[27]

陳澄波抄錄此項下的〈風〉如後：

雨，能給人以安慰，能醫治人的心靈，能使人心平氣和。真正使人哀愁的，不是雨，而是風。

風，不知從何處飄然而來，亦不知往何處飄然而去。不知其初起，亦不知其終結，蕭蕭而過，令人腸斷。風是已逝人生的聲音。不知從何處而來，也不知往何處而去的「人」，聞此聲而悲傷。

古人已經說過：「無論春秋暖冷還是夏冬暑寒，其悲傷莫過於風矣。」[28]

德富蘆花在「寫生帖」節譯了歐利文・希拉伊珂女士〈畫家の秘訣〉（畫家的秘訣）的一段話，說明畫家與作品之間的緊密相連：

昔有畫家，作畫一幅。其他畫家皆用各種極為珍貴的顏料，濃墨重彩，盡量使畫面鮮豔奪目，而該畫家只用一種顏色作畫，畫面具有奇異的紅光。別的畫家前來問道：「卿何處得來此色？」他微笑著沒有回答，依然垂首作畫。畫面越發紅豔，而畫家的面色卻越發蒼白。一天，畫家終於死於畫前，下葬時，解其衣，發現其左胸有一舊傷疤。不過，人們依然說道：「不知彼於何處得彼色？」不久，人們皆忘卻了這位畫家，而其畫則生命永存。[29]

「寫生帖」項下，陳澄波抄錄了其中的〈吾家の富〉和〈晚秋初冬〉兩篇文章，譯文節錄如後：

〈我家的財富〉

房子不過三十三平方，庭院也只有十平方。人說，這裡既褊狹，又簡陋。屋陋，尚得容膝；院小，亦能仰望碧空，信步遐思，可以想得很遠，很遠。

日月之神長照，一年四季，風、雨、霜、雪，輪番光顧，興味不淺。蝶兒來這裡歡舞，蟬兒來這裡鳴叫，小鳥來這裡玩耍，秋蛩來這裡低吟。靜觀宇宙之大，其財富大多包容在這座十平方的院子里。[30]（略）

〈晚秋初冬〉

霜落，朔風乍起。庭中紅葉、門前銀杏不時飛舞著，白天看起來像掠過書窗的鳥影；晚間撲打著屋檐，雖是晴夜，卻使人想起雨景。晨起一看，滿庭皆落葉。舉目仰望，楓樹露出枯瘦的枝頭，遍地如彩錦，樹梢上還剩下被北風留下的兩三片或三四片葉子，在朝陽裡閃光。銀杏樹直到昨天還是一片金色的雲，今晨卻骨瘦形銷了。那殘葉好像晚春的黃蝶，這裡那裡點綴著。[31]（略）

陳澄波所抄錄德富蘆花「寫生帖」項下的這兩篇文章，尤其是〈晚秋初冬〉對於自家庭院中所見風景的描述，令人聯想起明治四十年（1907）《文章世界》「寫生與寫生文」專輯中，島崎藤村提及米勒所言：「畫森林時，那個閃亮的葉子和黑暗的影子能打動人心、讓人高興，我要實現其力量。」[32]不論是米勒說的「閃亮的葉子」，或者是德富蘆花前文中「飛舞的銀杏」，其文字意象彷彿呼應著法國畫家柯洛所繪的〔摩特楓丹的回憶〕（又譯為《靜泉之憶》，Souvenir of Mortefontaine，1864）。此作的畫面，前景以兩株一繁茂一瘦脊的樹木組成，從枝幹的搖曳可以感覺到風的存在。繁茂之樹隱約可見的小白點，或許是暗示著自葉縫間透出的光亮，亦或是飄浮在空中的白色植物；可視為前述文字「閃亮的葉子」與「飛舞的銀杏」之具象化表現。

另外，陳澄波亦抄錄「湘南雜筆」項下的〈春の海〉（春之海），譯文如後：

坐在不動堂上，眺望大海。

春海融融，波光蕩漾。有的地方，像巨大的蝸牛爬過留下的痕跡一般，滑滑地閃著白光。有的地方，像聚著億萬隻有鱗的生物，一齊顫抖著，泛起碧青的顏色。近岸的海水透明，像被明礬打過，圓圓的石子閃著紫色的影子，橫臥水中。茶褐色的水藻纏繞著岩頭，像梳理好的頭髮。沒有什麼波紋，只有那遠處晃動的海濤，彷彿熨燙著大海的衣褶，接二連三地席卷而來。撞在岩石上的碎了。撞入岩穴的，發出宏亮的聲響。漫入小石子堆的，似乎在切切私語。

對面有一條小船，船槳時時落在船舷上，發出卡達卡達的響聲。一個男人在捕捉章魚和海蝦，他踏著淺水，腳下泛起銀光閃閃的水花。[33]

圖5：陳澄波　濤聲

有趣的是，陳澄波的〔濤聲〕（圖5），對於海邊浪花的描繪，彷彿正是將文中「像巨大的蝸牛爬過留下的痕跡一般，滑滑地閃著白光」的意象，予以具象化。

再者，德富蘆花在《自然と人生》最後一章，特別花了相當大的篇幅介紹了法國巴比松畫派的畫家柯洛。文中除了詳細地介紹柯洛的一生及藝事外，德富蘆花對於作為畫家的柯洛，以其高潔脫俗的性格，將追求「真」視為繪畫創作的第一義，十分推崇。[34]

而陳澄波本人收藏柯洛的作品明信片，計有1926年「秋季佛蘭西現代美術展覽會」中的〔奧爾良風景〕、〔釣魚〕、中央美術社主催「フランス（法國）繪畫展覽會」的〔放牧〕、1928年松方幸次郎歐洲美術作品收藏的〔有羊的風景〕等作。德富蘆花曾指出，柯洛描繪日常生活景物的作品，呈現出一股神聖崇高的特質。[35]那麼，陳澄波對於柯洛的作品，又是如何看待呢？我們或許可以從以下的評論中得知。

陳澄波評鬼頭鍋三郎氏的〔手遮前額的女人〕（圖6）時，如此說：

> 鑽研柯洛的畫風，表現悠閒、寂靜以及偉大性。特別是圍裙和裙子畫的繪畫技巧很好。是一幅優雅而有品味的畫作。越看越讓人們感到親近。[36]

此外，陳澄波也以「偉大的精神」，針對鈴木千久馬從鑽研歐洲近代畫家到走出自己獨特風格，給予肯定。陳澄波如是說：

> 該氏最初研究塞尚、烏拉曼克，然後研究畢卡索至今，現在有了自己獨特個性的畫風，看起來簡單，其實很複雜，給人宏偉的感受。[37]（評鈴木千久馬的〔初秋之朝〕）

簡言之，陳澄波認為柯洛的畫風，其特色為悠閒、寂靜、偉大性。其中，「偉大性」似乎也成為陳澄波對於東方畫家發展出自己獨特畫風的最佳肯定。如果，我們再參考陳澄波的「哲學概論」筆記，或許不難推測此種「偉大性」極有可能與康德在《對美感和崇高感的觀察》與《判斷力的批判》中所提到的「崇高」（sublime）有關。

圖6：陳澄波收藏的鬼頭鍋三郎〔手遮前額的女人〕明信片。

五、哲學筆記

本卷中尚有陳澄波就讀東京美術學校師範科時的「哲學概論」與「教育心理學」課堂筆記。「哲學概論」的講授老師為武田信一，他曾參與翻譯康德的哲學著作，後來與他人共同出版譯作《美と崇高との感情性に關する觀察其他》（美與崇高的情感性觀察及其他）一書。在陳澄波的「哲學概論」筆記中，可見到從希臘哲學家蘇格拉底、柏拉圖、亞里斯多德、畢達哥拉斯，詩人海希奧德、荷馬、酒神戴歐尼修斯，以及笛卡爾、史賓諾沙，一直到十九世紀德國的哲學家康德等人的紀錄。

再者，二十世紀東方的學者，已多可見到對於康德學說的闡釋。如中國近代美學家宗白華曾說：「創造這些審美理念的機能，康德名之為天才，我們內部的超感性的天性通過天才賦予藝術以規律，這是康德對審美原理的

唯心主義的論證。」[38]而陳澄波「哲學概論」的老師武田信一，除了翻譯康德的美學論述；從陳澄波的筆記中，也可看到標有哲學、宗教、藝術等主題，以及崇高等美學觀的記錄。雖然這些記錄是以簡要的方式註記，但卻也可能是影響陳澄波創作的雪泥鴻爪，值得我們未來能進一步從其中探索陳澄波的創作觀。

六、書信中的師友群像

本卷中所見陳澄波的書信，有其購買美術用品的詳細清單，如1921年由東京神保町文房堂寄至水上公學校，陳澄波購買三腳摺凳及不同種類的紅、黃、藍、綠等各式水彩顏料。也有畫展的邀請函，如1926年11月20日，當時的京都市長安田耕之助，寄給在東京的陳澄波一張「帝國美術院第七回展出品京都陳列會」的特別觀覽券。1927年，第一屆臺展開幕前，陳澄波已於7月8日至10日，假嘉義公會堂舉辦個展。他寄給嘉義東門外賴雨若邀請函並附上展出的作品目錄，其中有以臺灣、日本、中國等地風景為名的畫作，也有三件題為〔秋思〕、〔垂菊〕、〔雌雄並語〕的日本畫。

至於收錄的明信片，亦可見1914年由林積仁、嚴福星、陳裕益、陳玉珍、徐先烈、徐先燁（從日本東京市寄出）等人，寄至臺北國語學校給陳澄波的元旦賀卡；1926年東京美術新論社寄給陳澄波要求取得陳澄波入選第七回帝展作品的攝影授權；1927年嘉義局八代豐吉寄至東京美術學校，向陳澄波祝賀再次入選帝展，並表示入選畫作乃是從局內往外描繪噴水池畔，讓他感到更具紀念價值；再者，還有陳澄波中國、日本、臺灣等友人寄給他的明信片。有趣的是，這些來自畫家朋友的明信片，也經常可見寄件人的作品甚至手稿，如王逸雲、林益杰、林玉山、岩田民也、范洪甲、魏清德、朱芾亭、張李德和、吳文龍、周丙寅等。此外，也可見到1936年，陳澄波向東京市南山堂書店購買《婦産科臨床實務》以及《最新精神病》等書的書價及當時的運費。

此外，還有陳澄波在上海時，寄至日本東京美術學校的信件。如1931年1月，在中國的陳澄波與汪亞塵一起接待來自母校東京美術學校的校長正木直彥（1862-1940），參觀了杭州西湖及附近佛寺的雕刻與名畫。並由畢業自該校的校友，發起招待會歡迎正木校長，當時參加的國畫家有王一亭、張大千、李秋君、馬孟容等人，西畫家則有陳抱一、江小鶼、許達等人。陳澄波在寄給東京美術學校的信中，除了提及此次正木校長的來訪行程與所見之人外，也透露了自己辭去主任工作而欲多讀書的想法。他同時亦說到自己畫風的變化，他說：「最近為家人完成一件五十號的畫，跟以往唯美的畫風完全不同，而帶有較深沉的內涵。」[39]

再者，石川欽一郎與陳澄波的交流，也可在這些信件中看到，如1934年8月15日，石川欽一郎從東京寄給當時已從上海回到嘉義的陳澄波信中，提到關於臺展聘用臺籍審查員人選之事。石川明確指出：「至於臺展審查員人選的問題，看來情況並不樂觀。我原本也認為您來擔任比廖君更為適合，但因您前往上海發展，所以與臺灣方面有些疏遠。……建議您不妨將此事先擱置一旁，……持續創作呈現您純真個性的繪畫，並試著以入選帝展及其他東京主要美術展覽會為目標，這樣的話，臺展等等就會隨之而來。……法國目前匯率偏高，現在去不太值得，不如致力於東洋美術（中國和印度）的研究，尤其是中國的古畫，值得吾人借鏡參考之處頗多，應比去法國更有益處。」[40]又如石川欽一郎在另一封信中對陳澄波的鼓勵：「帝展和臺展都很好，但希望你能將臺陽美展視為己

任，竭盡全力栽培，使其茁壯」[41]等。

隨著日治時期結束，臺灣畫壇未來的走向該如何？1945年9月9日，陳澄波在〈回顧（社會與藝術）〉一文中，給了答案。首先，他以熱切的心情，道出日治時期臺灣畫家如何透過參加日本帝國美術展覽會、組織民間畫會、參與中日交流（包括他自己曾在民國十六年秋天，與王濟遠、潘玉良、金啟靜等人，代表中華民國的教育部赴日本考察美術），甚至籌組頗具權威且足以代表臺灣的美術團體「臺陽美術協會」等種種。陳澄波十分自豪「這個團體（臺陽美協）比于台灣總督府創設的府展強健的多」，他也特別提到臺灣雕刻方面的成就。字裡行間，陳澄波表現出作為殖民地的臺灣畫家，不輸給日本政府的努力成果。文末，他更建言來臺後的國府，可以「創辦一個強健的台灣省美術團體，來提高島內的文化再向上或是來組織一個東方美術學校啟蒙島民的美育。」[42]

總之，透過陳澄波的筆記本、書信等文字史料，我們可以看到一個努力不懈、並在時代和文化的變革之間，積極地吸取新知，試圖透過藝術啟迪大眾的畫家身影。陳澄波一生對於藝術所投注的熱情，並未因不幸的政治遭遇，嘎然而止；他透過親身實踐而展現的藝術感染力，依然雋永。

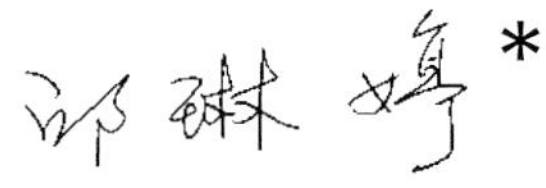
*

【註釋】

＊ 邱琳婷：傅爾布萊特（Fulbright）學者、輔仁大學藝術與文化創意學程兼任助理教授。

1. 安溪遊地指出，陳澄波的作文集帖，有些來自《長谷部氏作文教典》、《藤岡氏国語讀本》、《帝国女子讀本》等。
2. 陳澄波，顧盼譯，1934年〈帝展西洋畫評〉（第15回）草稿。
3. 陳澄波，顧盼譯，1934年〈帝展西洋畫評〉（第15回）草稿。
4. 陳澄波，顧盼譯，1934年〈帝展西洋畫評〉（第15回）草稿。
5. 陳澄波，李淑珠譯，〈我是油彩〉，原載於《臺灣藝術》第4號（臺陽展號）1940，頁20。
6. 陳澄波，顧盼譯，〈美術系列 作家訪問記（十）陳澄波氏篇〉草稿。
7. 陳澄波，顧盼譯，〈美術系列 作家訪問記（十）陳澄波氏篇〉草稿。
8. 邱琳婷，《臺灣美術史》（臺北：五南出版社，三刷，2019），頁264。
9. 陳澄波，顧盼譯，1934年〈帝展西洋畫評〉（第15回）草稿。
10. 彭恩華，《日本俳句史》（上海：學林出版，1983），頁62-64。
11. 彭恩華，《日本俳句史》，頁64-66。
12. 明治歷史網，https://www.meiji-history.com/189.html，2021.4.21。
13. 島崎藤村，〈寫生雜感〉，《文章世界》，第貳卷第參號，明治四十年（1907）3月，頁40。感謝智代小姐協助譯文。
14. 《臺灣日日新報》，大正15（1926）年2月2日，夕刊1版。
15. 邱琳婷，〈1927年「臺展」研究－以《臺灣日日新報》前後資料為主〉，臺北藝術大學美術研究所碩士論文，1997，頁32。感謝林保堯老師、劉元孝老師（忠孝日語）、黃永嘉先生等前輩協助譯文。
16. 《臺灣日日新報》，大正15年（1926）3月26日，夕刊1版。
17. 《臺灣日日新報》，大正15年（1926）3月23日，夕刊1版。
18. 邱琳婷，〈1927年「臺展」研究－以《臺灣日日新報》前後資料為主〉，頁39。
19. 《臺灣日日新報》，大正15年（1926）5月8日，夕刊1版。
20. 《臺灣日日新報》，大正15年（1926）5月11日，夕刊1版。
21. 《臺灣日日新報》，大正15年（1926）9月25日，夕刊1版。
22. 《臺灣日日新報》，昭和2年（1927）7月27日，夕刊1版。
23. 德富蘆花著、陳德文譯，《德富蘆花散文選》（天津：百花文藝出版社，1994），頁116。
24. 德富健次郎，〈年譜〉，《德富蘆花集》（東京市：改造社，1927），頁556-558。
25. 德富蘆花著、陳德文譯，《德富蘆花散文選》，頁3。
26. 德富健次郎，《德富蘆花集》，頁439-511。
27. 朱生豪譯文，轉引自德富蘆花著、陳德文譯，《德富蘆花散文選》，頁5。
28. 德富蘆花著、晉學新譯，《自然與人生》（石家庄：河北教育出版社，2002），頁17。
29. 德富蘆花著、晉學新譯，《自然與人生》，頁94。
30. 德富蘆花著、陳德文譯，《德富蘆花散文選》，頁74。
31. 德富蘆花著、陳德文譯，《德富蘆花散文選》，頁84。
32. 島崎藤村，〈寫生雜感〉，《文章世界》，第貳卷第參號，明治四十年（1907）3月，頁40。感謝智代小姐協助譯文。
33. 德富蘆花著、陳德文譯，《德富蘆花散文選》，頁108。
34. 德富健次郎，〈風景畫家コロオ〉，《德富蘆花集》，頁506-507。
35. 同前註。
36. 陳澄波，顧盼譯，1934年〈帝展西洋畫評〉（第15回）草稿。
37. 陳澄波，顧盼譯，1934年〈帝展西洋畫評〉（第15回）草稿。
38. 宗白華，《美學散步》（上海：人民出版社，2005），頁255。
39. 原載於《東京美術學校校友會月報》第29卷第8號，頁18-19，1931.3，東京：東京美術學校，收錄於文／吉田千鶴子，翻譯／石垣美幸〈陳澄波與東京美術學校的教育〉《檔案・顯像・新視界—陳澄波文物資料特展暨學術論壇論文集》（嘉義：嘉義市政府文化局，2011），頁21-25。
40. 參石川欽一郎1934.8.15寄給陳澄波的信，李淑珠譯。
41. 參石川欽一郎約1933-1934.11.21寄給陳澄波的信，李淑珠譯。
42. 參蕭瓊瑞主編，《陳澄波全集第七卷・個人史料（II）》（臺北：藝術家出版社，2020.2），頁49-56。

Naturalism in Literature and Art: The Landscape of Chen Cheng-po's Words

1. Foreword

From the time the first volume of *Chen Cheng-po Corpus* (the *Corpus*) was published until now, we have been able to gradually appreciate Chen's diversified facets as an artist through his works including paintings, drawings, watercolors, gluecolors, inkwashes, calligraphies, watercolor sketches, as well as such historical materials as the art postcards, the photos of himself and his relatives, as well as the letters and documents he had collected, and related review articles. What distinguishes the current volume from the earlier ones are the three types of contents specific to it. First, there are Japanese essays he had copied down in a notebook he labeled *A Collection of Essays*, as well as the *Philosophy Notes* he jotted down when he was studying at the teacher training division of the Tokyo School of Fine Arts. Besides, there was an excerpt from Ota Sabura's lecture and several loose leaves of handwritten notes. Second, there are a collection of 20 articles related to Chen Cheng-po. Third, there is correspondence including 20 letters, 132 postcards and 9 purchase orders for things such as painting accessories and books. Whereas the photos of the notes have already been included in Volume 6 and 10 of the *Corpus*, those of the articles and correspondence can be found in Volume 7 and 10. Compiling once again these notes, articles, and correspondence in entirety in this volume allow further reviewing and referencing by readers.

It should first be noted that the essays by various Japanese writers assembled in this volume were the ones copied down by Chen beginning on New Year's Day in Taishō 4. They were either found in Chen's school textbooks or were model essays through which he learned Japanese.[1] Among the authors were literati painter Yanagisawa Kien (1704-1758), a forerunner of the Meiji Restoration Fukuzawa Yukichi (1835-1901), female novelist Higuchi Ichiyō (1872-1896), littérateurs Masaoka Shiki (1867-1902) and Tokutomi Roka (1868-1927).

The topics covered by these essays ranged from literature and ethics to science, and can be categorized as follows:

(1) Deliberation on learning and human affairs: Under this category are "Advice for Setting One's Heart on Academic Studies or Arts Learning" by Miura Baien (1723-1789), "Instructions Upon Entering the Academy" by Shibano Ritsuzen (1736-1807), "On the Love of the Lotus" (in Japanese) by China's Northern Song Dynasty neo-Confucian scholar Zhou Dun-yi (1017-1073), "The Joy of Reading" by Edo scholar Kaibara Ekiken (1630-1714), "On Outstanding Persons" by Kuga Katsunan (1857-1907), "Being Well-fed and Well-bred is Not Enough" by Fukuzawa Yukichi, "An Essay on Reward and Punishment, and Praise and Censure" by Nakamura Masanao (1832-1891), "On National Character" by Haga Yaichi (1867-1927), and "Advice for Students" by Katsu Kaishū (1823-1889).

(2) Travel accounts: These include "The Joy of Traveling" by Kaibara Ekiken (1639-1714), "Sunrise in Toyama" and "Paying Respect to the Toshogu Shrine" by Chizuka Reisui (1867-1942).

(3) Descriptions of natural phenomena and living creatures: These include "Nature", "Electricity", "Haze", "Waterfalls", "Swallows", "Goldfish", "Peony", as well as "Rain" and "Chrysanthemum" written by Hasebe Aiji. According to Prof. Ankei Yuji, "Chrysanthemum" is a science descriptive essay from Hasebe's Guide to Composition. There are also "Seasonal

Showers" by Nakamura Akika (1841-1910), "Plum" and "Peach" by littérateur Koda Rohan (1867-1947), and "Bamboo" by Inoue Fumio. There is also the essay "Rainy Season" by Tokutomi Sohō (1863-1957) where an endnote pointed out that quotations were taken from Tang Dynasty poet Wang Wei's seven-characters octaves such as "In the clouds perched the capital's Double Phoenix Tower, Among rain and trees of spring spread tens of thousands of households of the shire"[2].

The current paper will focus on discussing these hitherto unpublished essays in the next section.

In this volume, essays written by Chen himself include ones he commented on the Imperial Academy Art Exhibition (Imperial Exhibition) in Japan, the Chun-Meng Painting Exhibition and the Three-Person Exhibition (Lin Rung-jie, Weng Kun-te, and Chang Yi-hsiung) in Taiwan. Moreover, they are essays about Chen's opinion on art creation, the development and history of Taiwan fine arts, as well as the connection between places and society.

Among the correspondence, there are payment notes for Chen Cheng-po's art accessory purchases, the cable from the Tokyo School of Fine Arts informing him that he was selected for the Western painting section of the Imperial Exhibition, and the envelope sent to him in Shanghai from the then Korean Governor-General's Office (the letter was missing). The fact that there is information related to senders, recipients as well as the addresses of both parties on these postcards and letters gives us an overall idea of how the artist interacted with his acquaintances at different times and in different places.

2. Landscape Between the Lines

In *A Collection of Essays*, the works of Takeki Owada (1857-1910), a national literature scholar cum lyricist were copied most often. These include "Summer Morning", "Essence of Autumn", "Autumn Field", "Spring Morning and Summer Garden", "When Leaves are Tender", and "New Year's Eve". There are quite a few works by Tokutomi Roka also. It is worth noting that these abstracted selected essays are somewhat like paintings in word form whether they are regarded as suggestions for self-improvement or as descriptions of changes in time of nature and living creatures. In other words, *A Collection of Essays* was more than a reference for studying Japanese by Chen Cheng-po. The essays must have simultaneously inspired the way he appreciated sceneries and influenced his subsequent creative works.

Moreover, the mindset of describing landscapes as expressed in these essays had also affected the way Chen evaluated paintings. For instance, the comment he jotted down casually on his drawing book on *Cliff*, a painting by Enjoji Noboru on display in the 15th edition of the Imperial Exhibition (1934), read as follows: "The work looks more like an ancient painting than an engraving. Paintings of rocks should have the characteristic hardness of rocks"[3]. Also, when he talked about Kosaka Genjo's *Double-Image Self Portrait*, he said, "This is a piece of work made with wholehearted dedication and effort. It is admirable that every minutia in the painting was rendered so realistically."[4] The wordings "...have the characteristic hardness of rocks" and "realistically" above reflect Chen Cheng-po's belief that artistic works should be based on the observation and mastering of natural characteristics. Such a viewpoint demonstrates that he had been influenced by "naturalism" in Japanese literature

and art which was prevalent in the early 20th century. Such an influence can be discerned from the essays he had selected for compilation in *A Collection of Essays*. Here, "naturalism" refers to literature and artworks inspired by the French Barbizon school.

Moreover, the naturalistic depiction of colors can also be detected from Chen Cheng-po's observation of the colors in paintings. For example, he described Saburi Makoto's work *Inside the Room* as follows:

> The green tea color of the floorboards conveys a pleasing general vibe and leaves people with a good impression. The chair on which the yellow coat is laid is a bamboo one, and is white with a red tinge. The cushion of the chair is in a blue, white, and grey stripe pattern. The shoes are black while the socks are somewhat coffee-colored.[5]

Such an emphasis on color can often be seen in his comments on paintings, and he had even likened himself to oil paints.[6] Also, colors could symbolize the trajectory of time, as Chen Cheng-po described the buildings in Tamsui as follows:

> Buildings in Tamsui are quite different from buildings elsewhere; they are hybrids of Spanish, Dutch, and Chinese architecture and are unique on the island. Whether it is the form of the rooftops or the color of red-bricked walls, they all give me a feeling beyond words. The passage of time has made their feel the more palpable when crimson turned into maroon, and white walls assumed a grayish color with a hint of brownness. These are the so-called colors that can only be generated from scientific changes.[7]

That Chen Cheng-po had brought a scientific viewpoint to his observation of landscape can also find support in the following passage:

> In painting Tamsui landscapes, rather than painting a sunny day with a fiery orb high up the sky, it is preferable to choose a cloudy day or a time when it has just rained. In other words, a humid day is preferable. Why? Because the colors of rooftops and walls would then appear more distinctive. The dust on leaves would turn damp and water-oozing to give an indescribable feeling. It is because air currents above the rivers have made the air replete with invisible water vapors and very wet, a so-called "physical change" phenomenon. The green vegetation present at such moments would make the Tamsui landscape more distinguishing and distinctive. To present such vistas, rather than using Western painting techniques, I think it is better to use ink-wash painting, aka Nanga painting approaches.[8]

Such depiction of landscapes from a "scientific viewpoint" is related to Shiga Shigetaka's interpretation of landscape features through geographic locations as set forth in his book *On the Landscape of Japan*. Such a discourse viewpoint can also be frequently found in Ishikawa Kinichiro's articles on Taiwan landscapes.[9]

When Chen Cheng-po looked at landscapes, he did not merely advocate an objective "physical" viewpoint; he also emphasized that painters should subjectively interpret landscape features. That was why he gave very positive comments on Makino Torao's *Seaside in Near Autumn* when he was in an exhibition hall surrounded by art society members, judging panelists and paintings not submitted to the selecting committee concerned. He said, "He (Makino) took the seaside in near autumn

as his subject matter, and had flawlessly grasped the unadorned nature of the seaside."[10] His concern with the "unadorned nature" of landscapes was related to the new atmosphere of the Japanese literary circle in the early 20th century. The essay "Autumn Scenery in the Suburb" he had copied in his *A Collection of Essays* was written by Masaoka Shiki, a strong proponent of this literary fashion. Masaoka Shiki, a champion of new haiku, was inspired by his painter friend Nakamura Fusetsu to advocate that the viewpoint of sketching from life should be adopted in literary creation. Thereafter, "sketch from life" and "literary sketches" were all the rage in the Japanese literary circle. It is noted that Chen had selected many of Tokutomi Roka's essays, most of which came from Tokutomi's book *Nature and Life* (aka *Nature and Man*). In this book, Tokutomi's depiction of scenery was obviously influenced by the 19th-century French painter Jean Baptiste Camille Corot (1796-1875). In the following section, we will respectively use Masaoka Shiki and Tokutomi Roka as the starting point to examine the common grounds between Chen Cheng-po's literature and art, and between his writings and paintings.

3. Sketching from Life and literary sketches: Masaoka Shiki and Ishikawa Kinichiro

When one looks back to the literary world of the Meiji Restoration period, one can discern a gust of new influence and spirit from changes in the haiku circle. With the flourishing of the press and publishing sectors, publications such as books and magazines were having more connections with the public. In the old days, haikus were mostly composed by hereditary "masters". But since the Meiji Restoration, the public had also been solicited for their haikus.[11] For example, in Meiji 19 (1886), *Mail Reporting News* ([*Yubin*] *Hochi Shimbun*, a newspaper, recruited Kikakudo Eiki to adjudicate the haikus sought from the public. It is worth noting that Masaoka Shiki can be considered an important person in haiku reforms in this period. Masaoka Shiki hailed from Matsuyama, Ehime Prefecture. His father, Hayata, was a samurai of a lower rank in Matsuyama, and his mother was the daughter of Ohara Kanzan, a scholar of Chinese classics. Since his father died early, Masaoka Shiki had been taught Chinese classics by his maternal grandfather. When he was studying at Matsuyama High School, he had also submitted for review his Chinese poems to Kawahigashi Seikei, another Chinese classic scholar. In Meiji 25 (1892), Masaoka Shiki joined Nippon Newspaper Company and, in that summer, he began publishing articles in *Nippon*. In Meiji 26 (1893), because of his friendship with Western painting master Nakamura Fusetsu and others, he was inspired to promote the composing of haikus by employing sketch-from-life approaches.[12]

Chen Cheng-po had selected Masaoka Shiki's "Autumn Scenery in the Suburb" into *A Collection of Essays*. Masaoka Shiki's haiku reform consisted of instilling the painting concept of sketching from life to literary works, ultimately resulting in the creation of a genre of literary sketches in which haiku lines were used to depict landscape. In July, Meiji 33 (1900), through *Hototoguisu* (Cuckoo) magazine, he encouraged readers to contribute literary sketches about things around them using their own judgment.[13]

In March, Meiji 40 (1907), *Essay World* magazine invited Takahama Kyoshi, Miyake Kokki, Kuroda Seiki, and others to expound on the connection between "sketching from life" and "literary sketches" under the special topic "Sketching from Life and literary sketches". This special topic clearly brought out the fact that the "literary sketches" of the literature sector were actually

inspired by the "sketching from life" approach of painters. Nevertheless, "sketching from life" here referred not to the depiction of objects in an objective and detailed way as practiced in the natural history (nature study) field. Instead, it referred to the ability to capture the features or characteristics of sceneries. As Jean-François Millet (1814-1875) said, in nature, no matter how minuscule a thing is, it has its own features by virtue of its very existence. He further said, "In drawing forests, the shiny leaves and dark shadows could strike a chord with people and make them happy; I want to bring about such a power"[14]. From this, we know that the common ground for literature and art established by "sketching from life" consisted mainly of the sketching-from-life concept of the French Barbizon school. This characteristic was given extended life in Tokutomi's book *Nature and Life*.

Ishikawa Kinichiro, Chen Cheng-po's teacher, had also published consecutively a series of sketch cum haiku works in *Taiwan Daily News* under the pen name Kinichiro. These works all came from his observation of things around him. Next to his painting *Quiet Mountains, Quiet River, Spring Comes Late* (Fig. 1)[15], he wrote: "By taking a junk and started from Keelung in the evening, I was able to reach Fuzhou in the next morning and got to appreciate the morning haze of Fuzhou. The silhouettes of the junks and sampans gliding on Min River constituted an interesting picture full of Chinese flavors."[16]

Furthermore, the title of Ishikawa Kinichiro's renowned life sketch collection *Outstanding Scenic Beauty* (Sanshi Suimei) echoed nicely with a similarly worded famous haiku line by Masaoka Shiki. Like Masaoka Shiki, who had traveled to China as a war correspondent, Ishikawa Kinichiro had also gone with the army to battlegrounds in Northeast China. In 1900, in his capacity as a translator with the Imperial Japanese Army General Staff Office, he attended the Eight-Nation Alliance peace talk. In 1904, as the translator of the commandeer-in-chief for the military administration of the Fifth Division of the Japanese army, he again went to Northeast China and took that opportunity to make sketches from life in the region. Afterwards, in "Reminiscences of North China" which he published in *Taiwan Daily News*, he shared battlefield scenes he had sketched. These included *A Meal Gathering in a Deserted Village in Spring* (Fig. 2) [17], and *Flowers Blooming from a Dried-Up Tree in a Ruined Castle* (Fig. 3)[18]. The scene of the painting *A Meal Gathering in a Deserted Village in Spring* was a battlefield during the Boxer Rebellion. As described by Ishikawa, "In a village alley that had witnessed countless deaths, the locals were resting and taking a meal together at a time when willows twigs were swaying in the gentle spring breeze and flower fragrance was permeating the air for miles."[19]

In this series of haiku paintings posted by Ishikawa Kinichiro on Taiwan Daily News, other than the depiction of Fuzhou and northern China landscape, there were also descriptions of sceneries of London and Taiwan. The former included *Brushing past a street cleaner/Gentleman in car/Meeting a rustle of warm breeze* (Fig. 4)[20] and *Particularly bright outside the infirmary window/green leaves*[21]. Examples of the latter included *Clouds ascending/ Folds of mountains in autumn*[22] and *Foliage cast shadows as before/Cicada chirping*[23]. To sum up, from between these haiku lines, we can easily discern that Ishikawa's depiction of landscapes is replete with the close-range sensory perception of sight, sound, smell, and touch. Such characteristics of landscape depiction echo well with the "sketching-from-life standpoint" of modern haiku that Masaoka Shiki advocated. In other words, capitalizing on the respective medium they

Fig. 1: *Quiet Mountains, Quiet River, Spring Comes Late* by Ishikawa Kinichiro.

Fig. 2: *A Meal Gathering in a Deserted Village in Spring* by Ishikawa Kinichiro.

Fig. 3: *Flowers Blooming from a Dried-Up Tree in a Ruined Castle* by Ishikawa Kinichiro.

Fig. 4 : *Brushing past a street cleaner/Gentleman in car/Meeting a rustle of warm breeze* by Ishikawa Kinichiro.

excelled in, writer Masaoka Shiki and painter Ishikawa Kinichiro had made connections between sketching from life and literary sketches through the haiku format.

It is worth noting that this "sketching-from-life standpoint" reflects the close relationship between painters and the world of nature around them. Such a relationship is built through the observation of and writing about the world of nature in daily life on a micro-scale. Chen Cheng-po had compiled into *A Collection of Essays* some 10 essays from Tokutomi Roka's book *Nature and Life*. These essays demonstrate such a writing style. For example, an English translation of the essay he selected, "A Night of Flowers and Moon", read as follows:

> Outside the opened window, a full moon has risen to the top of the cherry tree. In the sky, there are tints of bluish hue and clumps of cumulus. Those near the moon radiate silvery lights, while those further away appear cottony soft. Blurred spring stars are dotting the night sky. The omnipresent moonlight is shining on the flowers. Dense branches are locking out the moonlight, forming a continuous stretch of darkness. That but a single sparse branch juts out and points directly into the moon spells a special kind of charm. It is just like walking in heaven when the light is pale, the shadows are gray, and fallen flowers are strewed all over the courtyard. At the seaside, the sandbank is extending afar in a stretch of silvery white. Somewhere, someone is singing a ditty.
>
> Shortly afterwards, a drizzle falls but soon stops. As spring clouds encase the moon, the night sky turns whitish, cherry flowers become faintly visible and the intermittent croaking of the frogs makes the area quieter than ever.[24]

4. Resonance in Daily Life: Tokutomi Roka's Nature and Life

Tokutomi Roka is the pen name of Tokutomi Kenjirou, who was born in Minamata, Kumamoto Prefecture on October 25, Meiji 1. In Meiji 22, he joined Min'yūsha publishing company which was set up by his elder brother Tokutomi Ichirō (Tokutomi Sohou). From then on, he successively published his works including *John Bright, Encyclopedia of Famous Women Around the World, Hototogisu, Nature and Life*, etc. His works were often serialized in publications such as *The National News, The Family Magazine,* and *Friends of the Nation.*[25]

In his book *Nature and Life*, which was published in Meiji 33 (1900), Tokutomi Roka explained himself as follows:

> Even sages were modest. What I have done is merely to pick up a few pieces of shells from an island of truth. Hereby I am sharing, under the title Nature and Life, what my ordinary eyes have witnessed and the literary sketches my ordinary hands have written.[26]

The book was subdivided into five sections, namely "Ashes", "Experience Nature in Five Minutes", "Sketching-from-life Album", "Random Writings from Shōnan", and "Landscape Painter Corot".[27]

Under the section "Experience Nature in Five Minutes", Tokutomi Roka quoted the following lines from the Shakespeare play *As You Like It*:

> And this our life exempt from public haunt
> Finds tongues in trees, books in the running brooks,
> Sermons in stones and good in every thing.[28]

This was what Chen Cheng-po had copied down from the essay "Wind" in this section:

> Rain can give us consolation, heal our souls, and make us even-tempered. What really makes us sad is not rain; it is wind.
>
> Wind drifts in from nowhere and drifts out to nowhere. We do not know when the wind will start, nor do we know when it will stop. It just whistles by and breaks our hearts. Wind is the sound of a life that has perished. "Human beings" who do not know where they came from and where they will be going would be sorrowful upon hearing this sound.
>
> The ancients have already said: "Be it a warm spring, a cool autumn, a hot summer, or a cold winter, they cannot trump the sadness of wind."[29]

In the "Sketching from Life Album" section, Tokutomi Roka quoted the following passage from "The Artist's Secret" by Ms. Olive Schreiner (1855-1920) to illustrate the close relationship between painters and their works:

> There was an artist once, and he painted a picture. Other artists had colours richer and rarer, and painted more notable pictures. He painted his with one colour, there was a wonderful red glow on it....
>
> The other artists came and said, "Where does he get his colour from?" They asked him; and he smiled...

and worked on with his head bent low.

... the work got redder and redder, and the artist grew whiter and whiter. At last one day they found him dead before his picture...

And when they undressed him to put his grave-clothes on him, they found above his left breast the mark of a wound -- it was an old, old wound...And still the people went about saying, "Where did he find his colour from? "

And it came to pass that after a while the artist was forgotten -- but the work lived.[30]

From the "Sketching-from-life Album", Chen Cheng-po had copied down the two essays "The Wealth of My Home" and "Late Autumn to Early Winter". The translations of these two essays are abridged as follows:

The Wealth of My Home

My house is a mere 33 square meters, and the courtyard is only 10 square meters in size. Other people say that it is cramped and spartan. Though spartan, the house is big enough to live in. Though small, the courtyard still allows me to look up to the blue sky, stroll about, and have far-flung thoughts.

The house is always attended by the gods of the sun and the moon. In the four seasons, wind, rain, frost, and snow take turns to patronize it with gusto. Butterflies come here to flutter about, cicadas come here to chirp, small birds come here to frolic, and autumn crickets come here to hum. In contemplation, I realize that large though the universe is, most of its wealth are contained within this 10-meter courtyard.[31] (abridged)

Late Autumn to Early Winter

Dew appears, north wind suddenly rises. The maple leaves from the courtyard and the ginkgo leaves at the front door twirl and swirl around every so often. During daytime, they are just like birds brushing across the study window. But at night-time, when they beat against the eaves, it reminds me of falling rain even though the sky is clear. Getting up in the morning, I find that the whole courtyard is strewn with fallen leaves. Above head, the tips of the emaciated branches of the maple are showing. While the ground is like a piece of multi-color silk, on the treetop there are only a couple of leaves left behind by the north wind, and they are glittering in the morning sun. Up until yesterday, the ginkgo has been like a golden cloud, today it is thinned to the bones. The remaining leaves are dotting here and there, just like yellow butterflies in late spring.[32] (abridged)

These two essays Chen Cheng-po copied out of Tokutomi Roka's "Sketching-from-life Album", particularly the description of the scene of Tokutomi's own courtyard in "Late Autumn to Early Winter", remind us of Jean-François Millet's words

Shimazaki Tōson's mentioned in the special issue of the *Essay World* magazine in Meiji 40 (1907). As quoted above, Millet had said, "In drawing forests, the shiny leaves and dark shadows could strike a chord with people and make them happy; I want to bring about such a power".[33] The verbal images evoked by both the "shiny leaves" mentioned by Millet or the twirling and swirling ginkgo leaves described by Tokutomi resonate well with Corot's *Souvenir of Mortefontaine* painted in 1864. In Corot's painting, in the foreground there are two trees, one luxuriant and one barren. From the way the branches sway, one can sense the presence of wind. On the luxuriant tree, some white dots can be vaguely seen; it may imply lights seeping through the leaves, or it could be some white plant matters floating in the air. These white dots can be regarded as a concrete expression of the aforementioned "shiny leaves" and the twirling and swirling ginkgo leaves.

Chen Cheng-po had also copied down the essay "The Sea in Spring" from "Random Writings from Shōnan". The following is a translation of this essay:

> Sitting in Fudo-do Hall, I watch the sea at a distance.
>
> The spring sea is peaceful and the waves are shimmering. In some parts of the sea, there is a trail of white light as if a huge snail has just crawled past. In other parts, it looks like gazillions of assembled scaled creatures are shaking in unison and churning up a bluish-green color. Near the shore, the seawater is so transparent that it seems to have been treated with alum. Roundish pebbles, casting purplish shades, are lying in the water. Reddish-brown seaweeds are wrapping around rocks like well-combed hairs. There are few ripples, but swaying sea waves at a distance are rolling forth in succession like they are ironing the pleats of the sea. Those waves that hit the rocks are broken up; those that find their way into sea caves are emitting loud sounds; those that spread into stone heaps seem to be murmuring. On the opposite side, there is a small boat where the oar frequently strikes the gunwale and gives out cracking noises. A man is catching octopus and shrimps. As he walks on shallow waters, he leaves silvery sparkles in his wake.[34]

It is interesting to note that Chen Cheng-po's depiction of wave foams at the seashore in his painting Crashing Waves (Fig. 5) looks like the concretization of the image "a trail of white light as if a huge snail has just crawled past".

Furthermore, in the last chapter of Nature and Life, Tokutomi Roka had spent long passages introducing Corot. In addition to detailing Corot's life and works, he also heaped admiration on Corot's noble yet unconventional personality and that, as a painter, he deemed the seeking of "truth" in creative works fundamental.[35]

Fig. 5: *Crashing Waves* by Chen Cheng-po

The postcards on Corot's works Chen Cheng-po had personally collected included *Orleans Landscape* and *Fishing*, which were presented in the French Modern Art Autumn Exhibition in 1926; Pasturing, which was on show in the French Painting Exhibition organized by Central Arts Publishing Company in the same year; and Landscape with Sheep exhibited in 1928 among the art collections of Matsukata Kojiro. Tokutomi Roka noted that Corot's works on daily life sceneries reveal an aura of sacredness and loftiness.[36] But then, how did Chen Cheng-po regard Corot's works? Maybe we can get some indication from the following comment:

In commenting on Kito Nabesaburo's *Woman Shielding Her Forehead with Her Hand* (Fig. 6), he said:

> [...through] studying Corot's painting style, Kito Nabesaburo has made this painting exude a sense of leisure, serenity, and greatness. The technique in painting the apron and the skirt is particularly good. This is an exquisite and tasteful piece of work; the more people watch it, the more they are drawn towards it.[37]

Fig. 6: Kito Nabesaburo's *Woman Shielding Her Forehead with Her Hand*; a postcard collected by Chen Cheng-po.

As to Suzuki Chikuma's effort to learn from modern European painters and eventually develop a unique style of his own, Chen Cheng-po also gave his strong approval by describing it as a "great spirit". He said:

> He has first studied the works of Cézanne and Vlaminck , and then studied Picasso's work until he has developed his own unique painting style now. This passage may seem straightforward, but is in fact so tortuous that it gives people a feeling of greatness.[38] (Comments on Suzuki Chikuma's A Morning in Early Autumn).

In short, Chen Cheng-po believed that Corot's painting style is characterized by leisure, serenity, and greatness. In particular, "greatness" seems also to be the highest honor he would give to oriental painters who had developed a unique painting style of their own. If we also read the notes he had taken in his "Introduction to Philosophy" class, we may not have difficulty deducing that this "greatness" is probably related to the quality called "sublime" mentioned by Kant in his books *Observations on the Feeling of the Beautiful* and *Sublime and Critique of Judgment.*

5. Philosophy Notes

This volume also contains the notes taken by Chen Cheng-po in his "Introduction to Philosophy" and "Educational

Psychology" classes when he was attending the Tokyo School of Fine Arts. The lecturer for Introduction to Philosophy was Takeda Shinichi, who had participated in the translation of Kant's philosophy works, and later had jointly published with others their translation of *Observations on the Beautiful and Sublime and Other Writings*. In Chen Cheng-po's notes, we notice that there are mentions of the Greek philosophers Socrates, Plato, Aristotle, and Pythagoras; the poets Hesiod and Homer; Dionysus the God of Wine; as well as Descartes, Spinoza, and the 19th-century German philosopher Kant, etc.

Furthermore, it is common to read explanations of Kant's philosophy by 20th-century oriental scholars. For example, modern Chinese esthetician Zong Bai-hua had said, "The function of creating such esthetic concepts was called talents by Kant. Kant's idealistic proof of esthetic principle is that our internal super-perceptual disposition is regulated by arts which are endowed by talent."[39] As to Chen's philosophy teacher Takeda Shinichi, we can see from Chen's notes that, in addition to translating Kant's exposition on esthetic, he had also touched on topics such as philosophy, religion, and arts, as well as esthetic concepts such as "sublime". Though these notes were jotted down in abbreviated ways, they could be minute factors that had influenced Chen's creative works and are worthy of further exploration in future to identify the artist's creative philosophy.

6. Teachers and Friends in Correspondence

Among the correspondence of Chen Cheng-po in this volume, there are detailed lists for art accessory purchases. For example, there was an invoice dated 1921 sent from the stationery shop Bumpodo in Shinbomachi, Tokyo to Chen in Shuishang Public School, showing that he had ordered a three-legged folding stool and various watercolor pigments in red, yellow, blue, green, etc. There are also invitations to painting exhibitions such as the one dated November 20, 1926, through which the then Kyoto mayor Yasuda Konosuke sent Chen Cheng-po tickets for the Kyoto Presentation of Exhibits from the Seventh Edition of the Imperial Academy Art Exhibition. Before the inaugural Taiwan Exhibition in 1927, Chen had already staged a solo exhibition at Kagi (Chiayi) Public Hall from July 8 to July 10. Attached to the invitation he had sent to Lai Yu-ruo of Dongmenwai, Chiayi, there was a catalog of paintings on exhibition—showing landscapes of Taiwan, Japan, and mainland China, as well as three Japanese-style paintings respectively titled *Feeling of Desolation in Autumn*, *Weeping Chrysanthemum*, and *Male and Female in a Huddle*.

As to the postcards compiled in this volume, there are New Year greeting cards sent in 1914 to Chen Cheng-po at the National Language School in Taipei. The senders include Lin Ji-ren, Yan Fu-xing, Chen Yu-yi, Chen Yu-zhen, Xu Xian-lie, and Xu Xian-bi (who sent his card from Tokyo). There is one sent in 1926 by New Discourses on Art Publishing Company (Bijutsu Shinron) in Tokyo to Chen Cheng-po requesting authorization to take photos of his work selected for the seventh edition of the Imperial Exhibition. There is one from 1927 which was sent from Yashiro Toyokichi of Chiayi Post Office congratulating the artist for being selected again into the Imperial Exhibition, and telling him that, because the painting was made from inside the post office, it had a much higher commemorative value. There are also postcards sent from the artist's friends in mainland China,

Japan, and Taiwan. It is of particular interest that, in the postcards sent from Chen Cheng-po's artist friends, the works and even manuscripts of the senders are often shown. Such senders include Wang Yi-yun, Lin Yi-jie, Lin Yu-shan, Iwada Minya, Fan Hong-jia, Wei Qing-de, Zhu Yu-ting, Chang Lee Te-ho, Wu Wen-long, and Zhou Bing-yin. There are also ones in 1936 showing the prices and delivery charges of the books Chen Cheng-po ordered from the Tokyo bookstore Nanzando, such as *Clinical Practices in Obstetrics and Gynecology, The Latest Mental Illnesses*, etc.

There are also letters sent by Chen to the Tokyo School of Fine Arts when he was in Shanghai. For example, there is one that mentioned how he and Wang Ya-chen, both in the mainland then, had received headmaster Masaki Naohiko (1862-1940) of the Tokyo School of Fine Arts and brought him to see the sculptures and famous paintings in Hangzhou's West Lake and buddha temples in the vicinity. Also mentioned in the letters was that alumni of the school had organized a reception for Masaki. Chinese painting masters who attended the reception included Wang Zhen (Wang Yi-ting), Chang Dai-chien, Li Qui-jun, and Ma Meng-rong, while masters of Western painting included Chen Bao-yi, Jiang Xiao-jian, and Xu Da, among others. In this letter to the Tokyo School of Fine Arts, in addition to describing the itinerary of Masaki's visit and the people he had met, Chen Cheng-po also revealed his desire to resign from his managerial post with the school to spare more time for studying. He had also mentioned the change in his painting style. He said, "Recently I had finished a size 50 painting of my family. Unlike the aestheticist style of the past, this painting has a more serious overtone in it".[40]

The interchanges between Ishikawa Kinichiro and Chen Cheng-po can also be observed from this correspondence. For example, in a letter dated August 15 1934 Ishikawa sent from Tokyo to Chen, who had already returned from Shanghai back to Chiayi, he raised the subject of recruiting a Taiwanese adjudicator for the Taiwan Exhibition. Ishikawa specifically pointed out: "As to the chance of [you] being selected to be the Taiwan Exhibition adjudicator, I am not optimistic. I originally thought that you are more suitable than Liao (Chi-chun) in taking up this post, but you had left for Shanghai to develop your career and had distanced yourself away from Taiwan...I suggest that perhaps you should set it aside for the time being... continue to create paintings that reveal your true self and try to set the target of being selected into the Imperial Exhibition and other major art exhibitions in Tokyo. This way, [chances in] the Taiwan Exhibition and other events will come naturally... The current exchange rate of the franc is too high, so going there now is not worth the while. A better alternative is to focus on studying Oriental art (China and India). This is particularly so for ancient Chinese painting, where there are lots of areas for us to learn from, and it should be more beneficial than going to France."[41] In another letter, Ishikawa gave Chen encouragement: "Both the Imperial Exhibition and the Taiwan Exhibition are good, but I hope you can take the Tai Yang Art Exhibition as your responsibility and strive to nurture it to its full potential."[42]

With the Japanese occupation era coming to an end, what direction should the Taiwan painting circle take? In the article "A Retrospection on Society and Arts" issued on September 9 1945, Chen Cheng-po gave an answer. First, he enthusiastically recounted how, during the Japanese occupation, Taiwanese artists participated in the Imperial Academy Art Exhibition; organized

non-governmental art societies; joined Sino-Japanese interchanges—including his representing the Ministry of Education of the Republic of China together with Wang Ji-yuan, Pan Yu-lin, and Jin Qi-jing, to go to Japan to study fine art in the autumn of Year 16 of the Republic; and even organized the Tai Yang Art Society which was powerful and worthy of representing Taiwan. Chen Cheng-po was very proud that "this organization (Tai Yang Art Society) is much more robust than the Governmental Exhibition founded by the Taiwan Governor-General's Office". He had specifically talked about Taiwan's sculpturing achievements. Between the lines, he conveyed the message that what the colonized Taiwanese artists had achieved fared as good as that of the Japanese government. At the end of the article, he suggested to the Nationalist Government that it could "establish a strong art institution in Taiwan to further elevate culture in the island, or to set up a school for oriental art to raise esthetic awareness among the islanders."[43]

In all, through Chen Cheng-po's historical materials such as his notebooks and correspondence, we can see the image of a painter who had worked relentlessly, who had been actively imbibing new knowledge at a time of upheaval in history and culture, and who had attempted to enlighten the public through arts. The passion Chen Cheng-po had poured into art throughout his life had not stopped abruptly when he met his unfortunate political fate; the artistic appeal he displayed through personal practice is still absorbing and enduring.

Chiu Hanni *

*Chiu Ling-ting: Fulbright scholar; adjunct assistant professor of Bachelor Degree Program of Art and Cultural Creation, Fu Jen Catholic University.**

1. Ankei Yuji has noted that the essays collected by Chen Cheng-po came variously from *Hasebe's Guide to Composition, Fujioka's National Language Reader, and Reader for Women of the Empire*.
2. Translation note: This translation is by Betty Tseng (https://28utscprojects.wordpress.com/2011/01/01/179/)
3. Chen Chen-po, trans. Ku Pan, "Comments on the Western Paintings in the Imperial Exhibition 1934 (15th edition)", (draft).
4. Ditto.
5. Ibid.
6. Chen Cheng-po, trans. Li Shu-chu, "I am Oil Paint", originally published in the Tai Yang Exhibition Issue of *Taiwan Arts*, p.20, 1940.
7. Chen Cheng-po, trans. Ku Pan, "Art Series: Writer Interviews (10)—Chen Cheng-po" (draft).
8. Chen Cheng-po, trans. Ku Pan, "Art Series: Writer Interviews (10)—Chen Cheng-po" (draft).
9. Chiu Ling-ting, *History of Taiwanese Fine Art*, p.264, Wunan Publishing Co., 3rd printing, Taipei, 2019.
10. Chen Chen-po, trans. Ku Pan, "Comments on the Western Paintings in the Imperial Exhibition 1934 (15th edition)", (draft).
11. Peng En-hua, *History of Japanese Haiku*, pp.62-64, Xuelin Publishing Company, Shanghai, 1983.
12. Ibid., pp.64-66
13. Https://www.meiji-history.com/189.html, April 21, 2021.
14. Shimazaki Tōson, "Random Thoughts on Sketching from Life" in *Essay World*, Vol. 2, No. 3, p.40, March, Meiji 30 (1907). Thanks to Ms. Satoyo for helping with the translation.
15. *Taiwan Daily News*, p. 1, evening edition, February 2, Taishō 15 (1926).
16. Chiu Ling-ting, "A Study of Taiwan Exhibition 1927—Based mainly on Pre- and Post-event Information Available in *Taiwan Daily News*", a master's thesis at the Institute of Fine Arts, Taipei National University of the Arts, p.32, 1997. We are grateful to veteran linguists including Tutor Lin Bao-yao, Tutor Liu Yuan-xiao (of Zhongxiao Japanese Tuition), and Mr. Huang Yong-jia for their translation help.
17. *Taiwan Daily News*, p. 1, evening edition, March 26, Taishō 15 (1926).
18. *Taiwan Daily News*, p. 1, evening edition, March 23, Taishō 15 (1926).
19. Chiu Ling-ting, "A Study of Taiwan Exhibition 1927—Based mainly on Pre- and Post-event Information Available in *Taiwan Daily News*" p.39.
20. *Taiwan Daily News*, p. 1, evening edition, May 8, Taishō 15 (1926).
21. Ibid., May 11 edition.
22. Ibid., September 25 edition.
23. Ibid., July 27, Shōwa 2 (1927) edition.
24. Tokutomi Roka, trans. Chen De-wen, *Selected Essays of Tokutomi Roka*, (Tianjin: Baihua Arts Publishing, 1994), p.116
25. Tokutomi Kenjirō, "Chronicle", in *Collected Works of Tokutomi Roka*, (Tokyo: Kaizōsha, 1927), pp.556-558.
26. Tokutomi Roka, trans. Chen De-wen, *Selected Essays of Tokutomi Roka*, p.3.
27. Tokutomi Kenjirō, *Collected Works of Tokutomi Roka*, pp.439-511.
28. Trans. Zhu Sheng-hao, adapted from Tokutomi Roka, trans. Chen De-wen, *Selected Essays of Tokutomi Roka*, p.5.
29. Tokutomi Roka, trans. Jin Xue-xin, *Nature and Life*, p.17, Hebei Education Publishing House, Shijiazhuang, 2002.
30. Translation Note: Olive Schreiner, in *Dreams*, https://www.gutenberg.org/files/1439/1439-h/1439-h.htm; abridged as in Tokutomi Roka's Japanese translation.
31. Tokutomi Roka, trans. Chen De-wen, *Selected Essays of Tokutomi Roka*, p.74.
32. Ibid., p.84.
33. Shimazaki Tōson, "Random Thoughts on Sketching from Life" in *Essay World*, Vol. 2, No. 3, p.40, March, Meiji 30 (1907). Thanks to Ms. Satoyo for helping with the translation.
34. Tokutomi Roka, trans. Chen De-wen, *Selected Essays of Tokutomi Roka*, p.108.
35. Tokutomi Kenjirō, "Landscape Painter Corot", in *Collected Works of Tokutomi Roka*, pp.506-507.
36. Ibid.
37. Chen Chen-po, trans. Ku Pan, "Comments on the Western Paintings in the Imperial Exhibition 1934 (15th edition)", (draft).
38. Ibid.
39. Zong Bai-hua, *A Stroll through Esthetics* (Shanghai: Renmin Publishing House, 2005), p.255.
40. Yoshida Chizuko, trans. Ishigaki Miyuki, "Chen Cheng-po and Education in the Tokyo School of Fine Arts" in *Files, Images, New Vision—Historical Material Exhibition & Academic Fourm of Chen Cheng-po*, pp.21-25, Chiayi Municipal Cultural Affairs Bureau, Chiayi, 2011. Originally printed in *The Journal of the Alumni Association of the Tokyo School of Fine Arts*, Volume 29, Issue No. 8, pp.18-19, Tokyo School of Fine Arts, Tokyo.
41. Please refer to the letter sent by Ishikawa Kinichiro to Chen Cheng-po on August 15, 1934, Li Su-chu trans.
42. Please refer to the letters sent by Ishikawa Kinichiro to Chen Cheng-po from 1933 to November21, 1934, Li Su-chu trans.
43. Refer to Hsiao Chong-ray ed., *Chen Cheng-po Corpus, Volume 7: Personal Historical Materials (II)* (Taipei: Artist Publishing Co., 2002), pp.49-56.

教師、畫家與政治家：筆記本洞見不同的陳澄波

簡介

（一）陳澄波的一生與三本筆記本

在陳澄波文化基金會（基金會）[1]的收藏品中，有三本筆記本。第一本題為《作文集帖》，始記於1915年1月1日。彼時陳澄波就讀於臺灣總督府國語學校（今臺北）。第二本封面上題為「哲學」，起始時間為1926年4月27日，陳澄波時為東京美術學校（即今日的東京藝術大學）的三年級學生。第三本筆記本主要由一篇題為《回顧（社會與藝術）》的長篇文章組成，並註明日期1945年9月9日。前兩本筆記本以日文撰寫，第三本則為中文。

這些留存至今的珍貴記錄，讓我們得知陳澄波在其學生時代及之後，除繪畫外，還寫了什麼。

陳澄波一生以追求成為教師、畫家與政治家為三大理想。一次採訪中，陳澄波大兒子陳重光告知日本的井竿富雄及其學生，其父親在前一二項理想上取得了極大成就，但最後一項卻是完全的大災禍，最終導致他在二二八事件期間被處決。

上述的三本筆記本均是陳澄波即將面臨人生新挑戰之際所寫。

受陳重光之子陳立栢與基金會其他成員的鼓勵，我們自2016年3月起便致力於研究陳澄波筆記本中以日文撰寫的內容，並願分享我們的所得。陳澄波留於活頁紙、速寫本或書本空白處的筆跡亦作為我們研究的補充。

（二）陳澄波的日文手稿

13歲進入公學校之前，陳澄波在私塾接受漢文教育。在東京美術學校，他的書法練習筆觸圓潤，工整嚴謹，令他的老師幾乎無錯可挑。陳澄波的書法功力或遺傳自其於1909年逝世的父親，但其筆記本上的字跡以草書撰寫，頗難辨認。

一些文字或因殘缺不全，或因紙頁破損，已不可讀。如果我們能夠得到陳澄波用於抄寫的原文本，我們就能重組這些文字，可惜能找到的也實在寥寥。

第二本筆記本是陳澄波為其哲學與教育學課程所寫，字跡更難辨識。這不足為怪，因為老師授課並不在黑板上寫字，他不得不將聽到的句子草草記下。同時，為了跟上老師的進度，他還錯把許多日文寫成有相同發音的中文漢字。不僅如此，以英文、德文、拉丁文甚至希臘文字母書寫的西方學者姓名尤其令他頭痛，寫出這些名字對他而言實在是困難。

在第一本筆記本中，各種語言文字形式混用的情況大量出現，比如歸／帰／归和氣／気／气。歸和氣是正式寫法，與當今中文繁體字相近；帰和気是俗字，與現今日文中的漢字最為相像；而归和气是簡化寫法，同目前的中文簡體字一樣。我們大多保留了原稿中不同版本的寫法，並不打算統一文字種類。但是，明顯的文字書寫錯誤或理解錯誤，將附括弧進行更正，並以底線標出原文錯處。

（三）日本文學之難

陳澄波的時代與當今不同，那時的日文寫作遠比口語難掌握得多，尤其是古文與詩歌。

陳重光應我們之邀選擇同唱的這首日文歌便是很好的例子。那是2016年3月我們到嘉義拜訪他時的事。歌的名字叫《海行兮（海行かば）》，取自一首讚賞日本天皇於北方發現黃金的長詩。長詩的作者是大伴家持（718-785），他學識淵博，精於詩歌，編纂了第一部日本詩歌集《萬葉集》。在東京美術學校，陳澄波需要從《萬葉集》中選一些詩歌進行書法練習。他所選的九首詩歌，是一位詩人與紀女郎之間互傳心意的情詩（如圖1）。歌曲《海行兮》創作於1937年，並被採入氣勢激昂的《軍艦進行曲》[2]。

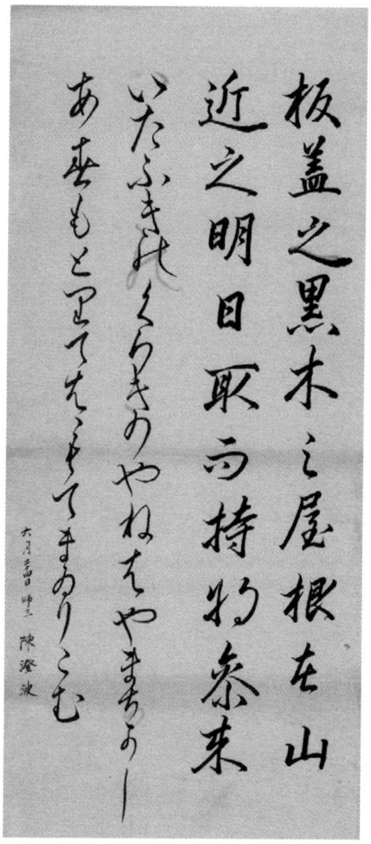

圖1：1926年6月24日陳澄波於書法課上所寫中文及日文平假名（萬葉集卷4第779首，大伴家持作）

日本及臺灣、韓國的孩子在日本殖民時期都必須在學校裡學唱這首歌，但他們大多數都誤解了歌詞的含義[3]。1937年，安溪游地的母親芙美子第一次聽到《海行兮》，還以為是第二國歌，那年她正值18歲。她好奇為什麼這首歌裡提到了四次河馬。原因如此：

原歌詞：

Umi yukaba mizuku kabane; Yama yukaba kusamusu kabane; Ōkimi no he ni koso shiname; Kaerimi wa seji（海行水漬屍；山行草生屍。大君身邊死，無悔無返顧！）

孩子們演唱的版本：

Umi ni kaba mimizuku bakane; Yama ni kaba kusamusu kaba ne; Ō!Kimi no he ni koso shiname.（海行河馬兮，夜鴞甚愚。山行河馬兮，矢氣難已。嗚呼，不堪其臭也！）

芙美子還記得另一首慶祝皇子1933年12月24日誕辰的歌——Hitsugi no miko wa aremashinu（日嗣の御子は生れましぬ；太陽王朝之子降臨），但是孩子們的理解是「Hitsugi no miko wa aremaa shinu（棺の御子はアレマー死ぬ；唉！棺材中的皇子將死）。

一、《作文集帖》（1915-）

（一）概述

這本筆記本（Nb01）共148頁。其中內含許多僅有數行的短文，也有零星幾篇長達數頁的文章。封面上有四行從右至左寫的文字，為：1.《作文集帳》；2.大正四年一月元旦；3.陳澄波以及 4.用字母書寫的Tân，這是陳姓的臺語發音。

陳澄波生於1895年2月2日。出生兩個月後，日本開始了在臺灣的殖民統治。他動筆寫這本筆記本時，差一

個月就滿21歲了。也是他在臺灣總督府國語學校學習的第二年。這所學校是四年制，以培養臺灣年輕人成為公學校教師為目標。臺灣兒童可以在此學習日語教授的各種科目。陳澄波自己便畢業於一所公學校——嘉義公學校（LE2_001，圖2），畢業時間是1913年3月28日。

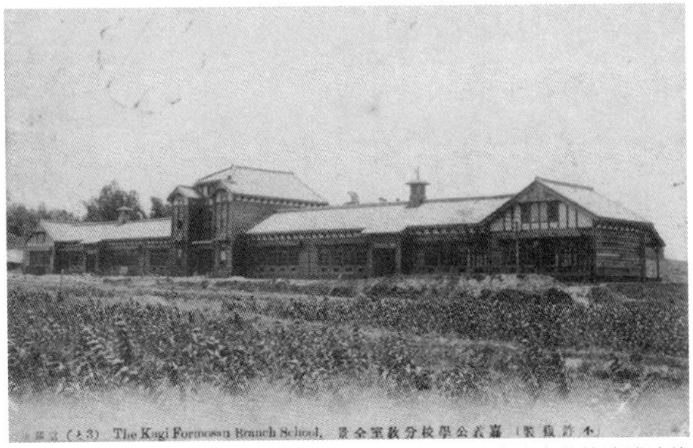

圖2：嘉義公學校，取自之前的同學或老師從嘉義寄往臺北給陳澄波的明信片（1915）。

雖然陳澄波將文稿及文章從#1至#132連續編號，但其中的#26與#120，#67與#103，#68與#100，和#69與#104，實則為同樣的內容，不過抄寫下的場合情景不同。此外，#18與#21是由不同作者所寫的兩篇文章的組合。有兩篇文稿編號均為#47，因此本文作者將其重新編號為#47和#47bis。#109中的文章並未完全抄錄，後來為另一篇所替。因此，陳澄波總共抄錄了136篇段落或文章，其中四對內容相同。

圖3：臺灣總督府國語學校，出自臺灣總督府於1908年出版的書籍。

在謄寫過這些文稿之後，我們試圖找到它們原本的版本，希望能夠訂正一些存疑的文字，或填補缺失。在他的筆記本中，沒有日本散文選集的內容。許多文章的頁邊空白處都有對難詞的注釋。這些筆記本大部分來自陳澄波用於抄錄的原書，但也有一小部分使用了別色墨水，表明是陳澄波本人撰寫。文章末尾，也常見一些賞析或寫作方面的建議。這些筆記本也許是從他讀過的日文寫作教科書上摘抄下來的。在那個年代，這類教科書非常普遍，在他的學校中便可輕易獲得。（圖3及圖5）

學習一門語言必須要瞭解其相關的文化和傳統。早期日本文學充滿了漢文和中國文明的元素。因此，《作文集帖》中隨處可見中國文化的影子，也便不足為奇了。如#1中的「李白」，#3中的「海棠」，#4中的「梅」，#7中的「牡丹」，#8中的「菊」等等，直至最後一篇#132向孟子《君子有三樂》的致敬。文章中也常暗含引自中國古典文學的內容。中日古典文學前後可跨數百年之久，這種情況下，讀者若缺乏相關基礎知識，會頗覺艱深晦澀。這對於他的同學們可能是一種挑戰，但陳澄波本人早已在私塾學習中國古典文學直到 13 歲。因此，他對這些文章的背景或許並不陌生。

當然，也有許多文章或文稿無需知曉中國經典文學：#46-48是密友或同窗之間的書信往來，還有日常生活所需的正式信函。特別是，#47bis是一款新產品的廣告，#56是一封失約後的道歉信，#71是一則結婚通知書，#74是一篇悼詞等等。在《作文集帖》的後半部，出現了如#72《偉人的母親都是住在鄉下》和#94《福澤諭吉自傳》等對話風格的文章。

陳澄波不僅摘錄了他未來生活中可能用得到的文章；他想得更遠。#57-58是關於女性的在不同季節所用的問候語，那可能是他為教導女孩子們而提前預備好的。

筆記本中超過半數的文章描述自然時，使用的是語言，而不是炭筆或顏料。有一些附註用來闡述畫作和文

章之間的關係。用寫生文是現代俳句和短歌先驅正岡子規（1867 -1902）的創新，並且關於他短途旅行的概述在#122中有所提及。然而，這些文章的風格都大不相同：一些短小且寫意，就像是用炭筆或者水彩所作的寫生一般；而另一些則色彩豐富，就像是油畫甚至是電影一樣（#2）。這些附註如下所示：

作者用文字描述他所涉足過的土地的風景比用畫作更具有說服力（#70）。

用不到四百字的篇幅描繪了一個位於山坡上的村莊景象，並且所描繪的從初秋到晚秋的變化彷彿可以親眼看到一樣。通過反覆閱讀這個篇章，我們應該可以掌握怎樣有效地利用我們的文字和詞句（#82）。

一篇文章就像是用彩筆鉛筆畫的範本一樣（#85）。

這篇文章中的文字如此流暢優雅，讓我們聯想到夏日田園風光那樣的圖景（#104）。

一名乘客坐在火車靠窗的座位上，拿著一疊紙和一支筆。他是在寫日本歌曲嗎？還是在寫中國的詩歌又或是在寫生？（#96 大和田建樹）

（二）文章

1. 終身學習的重要性

#1 志於學與志於藝者之訓（三浦梅園，圖4）

如今人們可能會下決心進行學術研究或者藝術學習。一旦做出決定，他們可能就會夜以繼日投入進去。但是僅僅過了一兩個星期，他們就會開始變得懶惰起來。他們不會承認自己不夠努力，並宣稱這都是人類的本性。

馬可以跑的很快，但是如果牠只有每天早上跑一小會兒，那它又怎麼能和行走緩慢但是堅持一整天的牛競爭呢？山谷中光滑的石頭或者沒有稜角的井架並不是一日之功。那些今日不休並且明天也不止步的人，最終會得以看到一些成果。一個人即使終其一生都在努力，知識於他而言仍是深不可測。那麼一個人僅僅努力一兩個月或者一兩年，又怎麼能和終身投入學習的人相比呢？

圖4：三浦梅園（維基共享）

2. 寫生文

#2 富士日出（遲塚麗水）

不久，在薄霧濛濛中，一道多彩的光顯現出來。它變得越來越亮，閃閃發光，直至最後變成了深紅色。在那之中，某個有著類似蛋黃顏色的東西顯現了出來，而它又很快變成熔化了的銅一般的顏色。石屋的主人說，「這是太陽」。接著，太陽的顏色變成了發亮的銅一般的顏色，金邊環繞，最後又變成了白熱的鐵一般的顏色。像極了突然被沉重的鐵錘擊中，成千上萬支金色的箭矢射向空中，隨之而來的是血紅的光束向上，升到了尚且灰暗的黎明中。這時，隨著朝陽升起，整個世界變得清晰且明亮起來。

上面的描寫就像是一位藝術家用畫筆把不同的顏色混合了起來。雖然在日本美術中，尤其是在戰爭時期[4]，日出和富士山被認為是帝國主義的主要象徵，而這篇文章的內容，至少在這本筆記本中摘錄的部分，看上去並沒有

隱藏的關於帝國主義宣傳的意圖。

#5 桃（幸田露伴）

桃就像是一個沒有經受過教育的粗人，日漸衰老，世俗的野心盡失，喝當地的一兩碗酒就醉的不省人事，光是談論一些雞毛蒜皮的小事都能放聲大笑起來。它有一股濃郁的鄉村情味，其中還混雜著一點樸實。而它取悅我們的點在於，它並沒有刻意想要矯情或是炫耀。有時，在隔著一條河的薄霧迷蒙的村莊後可能有花盛開；有時，它也可能開在坐落於懸崖下的小房子周圍，在那裡也有春風輕輕吹拂。這些都是情趣盎然的景致。有人曾經批評它太過質樸，也許他就像是一個小男孩，僅僅學了幾個字就把父母貶作文盲。人怎麼能這麼無知呢？簡直太荒謬了！

#34 古寺落葉（佚名）

原文

約莫已到晚課的時候。當鐘聲響起的時候，四散在各處的僧侶們紛紛開始向寺廟走去。他們長袍的顏色在落日餘暉中分外鮮豔。名句中所說的「紅於二月花」用於形容這種景象也恰如其分。而當我吟誦諸如「文峰案巒」等關於風景的詩歌時，夜霧湧起，秋雨忽至，枯葉四散飄落地面，轉瞬就隨風逝去。我感覺自己如同「詞海艬舟」。對此，我不禁長歎一聲。人的生命將如同枯葉歸土的顏色一樣。（短歌翻譯成散文）

此種情景讓我深受感動。

對嵌入經典文學的評論與短歌詩句翻譯

約莫已到晚課的時候。當鐘聲響起的時候，四散在各處的僧侶們紛紛開始向寺廟走去。他們長袍的顏色在落日餘暉中分外鮮豔。名句中所說的「紅於二月花」用於形容這種景象恰如其分。【這句話用自杜牧所作的《山行》中的詩句：霜葉紅於二月花。】當我吟誦諸如「文峰案巒白駒景」等關於風景的詩歌時【此句出自大江以言（955-1010）所作詩歌《秋未出詩境》】，夜霧湧起，秋雨忽至，枯葉四散飄落地面，轉瞬就隨風逝去。我感覺自己如同「詞海艬舟紅葉聲」。對此，我不禁長歎一聲。

楓之色蒼蒼，

似人日操勞，

歷風雨摧折，

凋萎歸塵土。

（短歌譯作五步韻）

此種情景讓我深受感動。

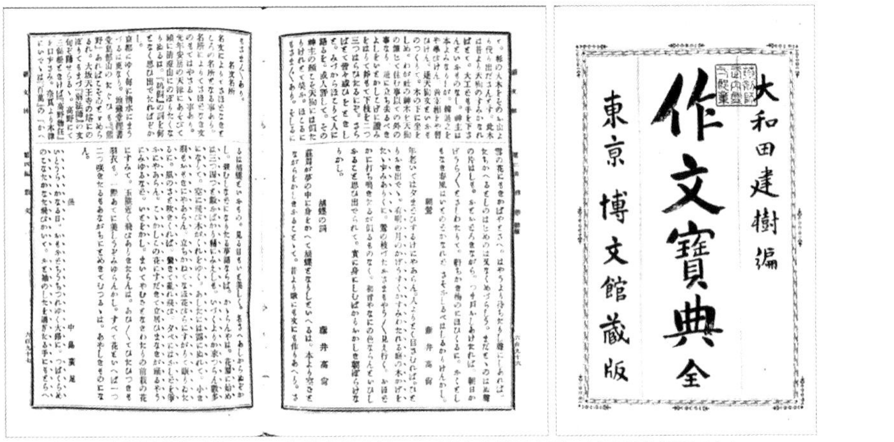

圖5：大和田建樹編的作文集，1897年博文館出版。#14原文「蝴蝶之詞」以及該書首頁（右）。

#112 夏之晨（大和田建樹，圖5所示為其所著書）

我的孩子正在光著腳丫和女僕給金魚池換水。廚房裡傳來洗瓜和切瓜的聲響。晨間的準備非常輕快。天亮時我著手對一篇文章不同版本進行比較，結束後開始修訂我自己的書。風依舊涼爽，太陽也尚未從葉片間露頭。

3. 日本大眾熟知的動植物

陳澄波抄錄的寫生文主題種類繁多，像是對於日本一般民眾而言較為熟悉的動植物。例如，一個拿傘的男人看著正在柳枝間跳躍的蟾蜍的圖就非常有名，因為自明治中期至今，日本的一種名為花札的撲克牌中都有這張圖片（圖6）。日本一般民眾習慣用花札或者「花牌」來賭博。我們並不確定陳澄波是否曾經玩過這種牌，因為當他在東京的時候，太過專注於繪畫和學習，並且一生都不曾有過抽煙、喝酒或者賭博的行為。

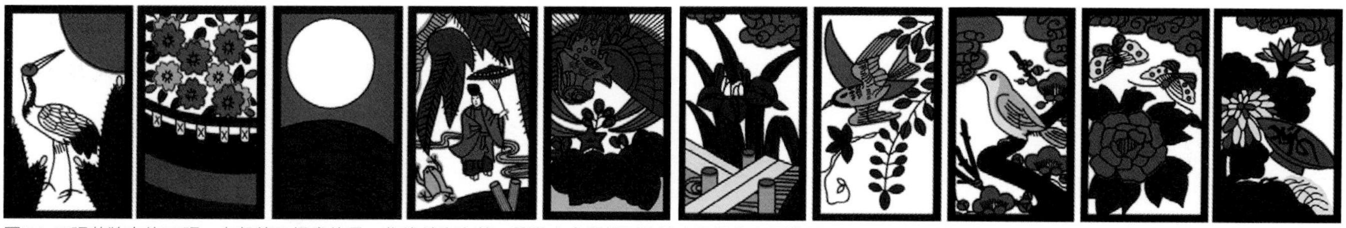

圖6：48張花牌中的10張。左起第四幅畫的是一隻蟾蜍和在第一篇散文中所提到的日本書法家小野道風。

由於無法對《作文集帖》中的全部寫生文作出詳細解釋。讓我們以日本人所熟悉的生物為例，檢查花札中出現的植物和動物，從而了解它們在筆記本中出現的程度。

表1：《作文集帖》裡出現的花札牌上的動植物

一月	松樹 #17、19、24、 29、36、40、48、49、52、70、78、88、96、126 鶴 #1
二月	梅 #51、55、69、104、126 鶯 #48、50、55、70、96、131
三月	櫻花 #6、47、51、52、55、69、86、104、108、126、131
四月	藤 #69、104、126 杜鵑、郭公 #76、106
五月	菖蒲 #104
六月	牡丹 #6、7、126 蝶 #14、48、85、96
七月	萩 #82 野豬（缺）
八月	芒 #11 雁 #32、79、114
九月	菊花 #3、6、8、76、85、110、113、122、126
十月	紅葉 #33、34、47、76、81、85、102、126 鹿 #76
十一月	柳 #1、9、12、21、25、43、55、 69、96、104、126 蟇 #1、108
十二月	桐 #110、126 鳳凰（缺）

4. 債務與貧困

這裡有兩篇文章編號均為#47。似乎從陳澄波抄寫第一本簿子以來已過了很長一段時間。從那時起，他的興趣不單單是專注於追求大自然的美了，而是擴大到對人類社會、歷史、經濟和政治的探索。

突然間文風一轉，在#61和#62，內容變成了商業文章：這是一個借據，內容是由借款人和他的連帶保證人共同起草的。這可能就是背後隱藏的原因了：陳澄波的母親在他很小的時候就去世了，而當他的父親在1909年去世時，他開始與祖母住在一起。陳澄波在臺北修學四年時學校減免了他的學費，此時的他已經嘗到了貧窮的滋味。為了練習寫正確的日文，他自然而然地開始抄寫這類商業文章。

他還摘錄了一篇以幽默短篇小說（#92）形式寫成的關於舉債建議的文章，這篇文章的作者德富蘇峰是一名記者兼歷史學家。故事中，一位住在城市裡的年輕紳士接待了一位來訪者。來訪者沒完沒了地談論著雞毛蒜皮的事情，這讓年輕紳士開始惱火。幾個小時後他已經筋疲力盡，但儘管如此，他還是假裝在聽。直到當來訪者突然說「我想請你幫個忙」時他才清醒過來，意識到來訪者是來向他借錢的。作者講述這個故事想表達的道理就是，嚴肅的商務會談應該是開門見山直入主題的，不可以用各種幽默和玩笑話題打岔。

如第一節所述，陳澄波兩次摘錄了四篇文章並對其分別編號，以表明即使過去了一段時間，他也仍然在持續關注這些文章。前三對都是短文，最後一對——#67和#103是福澤諭吉寫的，他是慶應義塾大學的創始人，他的肖像也被印在日本當前流通的一萬日圓紙幣上。

#67（同#103）福澤諭吉的〈衣食足猶不足〉，其摘要如下：

人類最持久、最殘酷的欲望就是對獲取金錢的渴望。即使是一個七老八十的人（不論男女）都會拼命守護他們的錢財，這大概是出於五個原因：1. 為了後代的福利；2. 不減少從祖先那裡繼承的財富（如果有的話）；3. 即使在他/她死後也為世人所知；4. 享有高於他人的權威和榮譽，如學者或政治領袖；5. 挑戰一下是否能戰勝與富人的艱難競爭。儘管在哲學家看來這些理由粗俗幼稚，但對於任何工業企業來說，籌集資金都是有用且十分必要的。因此，資本家的貪得無厭最終將殃及普通百姓。

在〈貧困的原因〉（#93）文中，明治時代初期的小說家之一坪內逍遙堅持認為，人們之所以會陷入貧困，主要還是因為缺乏意志和毅力。在將自己微薄的收入和富人的收入對比過後，窮人便開始抱怨，並在對社會運動了解尚淺的情況下盲目參與其中。最終，他們和社會越發脫節，也變得越來越窮。

記者陸羯南希望作為日本社會支柱的領導人能夠像英國紳士一樣：擁有過人的才能、睿智的思想、敏銳的智慧和學識以及足夠富裕的財產（關於人的性格，#97）。

還有一些文章論述了正確的借款方式（#61、#62、#92），並對富人和窮人進行了對比。在臺灣總督府國語學校讀書時，陳澄波家庭條件並不富裕，因而他對這個研究話題很感興趣，自然而然也夢想著畢業後成為一名有錢的紳士。然而，陳澄波所選擇的這些文本似乎促使他變成了近乎清教徒式的人，他不懼怕貧窮，更不去懼怕追求正義的途中潛在的迫害。

5. 社會和政治正義

陳澄波收集的一些文章本可能促使他付諸行動來推進社會和政治的公平正義，而不是靜靜地素描大自然美景或為賺錢而煩惱。下面這篇文章則激勵著他不要理會當代統治者和人民的判斷。

#107.中村正直的〈賞罰毀譽論〉（摘要）

在當時，傑出非凡的人物總是不被當代人所理解、不被現世習俗所接受。他們不受信任，處於統治地位的國王往往會去迫害他們，把他們關進監獄，甚至以死刑作為懲罰。但隨著時間的推移，這些統治者逐漸淡出歷史的長河，那些曾經被驅逐和迫害的傑出人才的榮譽終將得以恢復，並將永遠延續下去。西方人稱這種現象為「歷史的復仇」。所以，年輕人要有雄心壯志，努力學習，這樣才能熟練掌握一門科學或藝術學科，將來

用你們的聰明才智造福全世界。即使你不為人所知，也得不到同時代人的評價，上天也會公正地獎勵你。

作者用孔子、蘇軾和馬丁・路德為例論述了自己的觀點，而現在就可以把陳澄波列入這個被恢復歷史地位的偉人的名單中（見結論）。

#89.〈書生之誡〉（摘要）勝海舟

害怕在困難中死去的人當然是會被鄙視的，期盼通過早逝獲得快樂的人也不值得被尊重。那些促成明治維新的勇士們都已經逝世了，在未來十年內，你們作為青年學生就應當擔起管理政務的責任和義務，讓日本變得更加强大。只掌握一兩門學科是不夠的。不要學到一點科學就沾沾自喜。要主動跳到困境當中，在生與死之間磨礪你真正的天賦。

#77. 汝與吾（〈給嘲風氏之文〉節選）

這是樗牛・高山林次郎（1871-1902）寫給嘲風・姉崎正治（1873-1949）的一封公開信。高山樗牛是明治時代末期在文學藝術界知名的輿論領導者。他是最早將德國哲家家弗里德里希・威廉・尼采（1844-1900）介紹到日本的人。他是在同時代最暢銷作家，著作多涉及廣泛的人文主題。作者高山樗牛在31歲去世時，嘲風曾兩次承擔編輯和出版高山樗牛文集的任務。後來在東京，陳澄波購買了高山樗牛文集《美學及美術史》第一卷並認真閱讀，本文第四章也會詳細提到。這封公開信於1901年經由高山樗牛編輯後，發表在《太陽》雜誌上。1901年是高山樗牛去世的前一年（圖7）。

圖7：高山樗牛的雕像

你我之間不必言最近發生的事情。我們的自覺性敦促著我們擔起責任，構建我們自己的世界。但是，正如你所知道的，這個世界很難轉變。至少在我們自己的國家，我們是很難被理解的。「有志者，事竟成」，這是恆古不變的真理。只要你和我還在這世上，就沒有什麼能阻擋我們的事業。所以，我們要相互信任。無論狂風吹得多麼猛烈，只要有信念之光指引，我們的堅持都終將勝利。什麼樣的國王會威脅我們的獨立？通過和大家分享這一認知，我真誠地希望在生活指引下，我們終將共同在這方土地上定居。

在《作文集帖》的最後，#128文章裡，高山樗牛鼓勵他的學生充分利用暑假回歸自然環境汲取活力，以更好地面對未來。這將使讀者更多地觀察自然——最開始可能僅僅是將其作為一種愛好或是做科學描述用途，而慢慢地，觀察自然將為你注入年輕活力。我們可以看到一張照片是陳澄波正在指導公學校學生寫生素描，學生們坐在草地上十分開心（PH1_014）。1935年末，陳澄波從阿里山回來後，甚至宣布大自然就是他的第一個畫室，一個極大啟發靈感的免費工作室（NC2-037）。

6. 教與學的樂趣

#128 放暑假的學生（摘要），作者：高山樗牛

放暑假了，學生們就應該出去與和自然做朋友。看看大自然的壯美。自然創造了人類，也解放了人類。也正是自然滿足了人類和人類社會的基本需求。自然始終是進步的動力和標準。

在《作文集帖》的最後有一篇關於教師職業的文章。文章摘錄見後文。這篇文章講述的是一位在農村從事中小學教育的教師的一生，他認為這是他人生裡最有意義的事情。教師職業對國家發展非常重要。這似乎與陳澄波從國語學校畢業後的下一個人生階段非常吻合。1917年4月，他到家鄉嘉義專門給臺灣兒童就讀的公學校任教。

#132 教育之樂（摘錄），佚名

教授全天下之英才乃極大樂趣。即使學生非天賦異稟，教授起來仍別有一番樂趣。能見證孩子們自然成長，本身就是一種樂趣。如果我的努力和付出能讓學生進步和發展，終將感到無比欣慰。我的工作是負責該地區的教學。當我意識到我能帶給人們善良和智慧啟迪的時候，我的人生裡除了快樂，還能有什麼呢？教育是為了他人的福利而工作，是最高尚的職業。我負責教育。這太讓我感到愉快了！……高等教育主要關注的是科學教育與藝術教育，而中小學教育則影響著學生個人觀念的形成。因此，教育的精華是在於中小學教育……不管你在多遙遠的地方，你都可以享受教育的樂趣。教師的一生是充滿快樂的。（關於教師的討論）

7. 作者列表

除了幾十位佚名作者之外，我們統計到56位署名作者。在這些作者中，大和田建樹（1857–1910）的作品被抄寫次數最多。雖然他的名字幾乎被公眾遺忘，但他為《鐵道唱歌》所創作的歌詞流傳至今。他在《作文集帖》中出現了12次。他已經寫了150本書，極大促進了學校作文的教學[5]，並利用自學的語言能力功底翻譯了許多西方歌曲。陳澄波似乎是查閱了大和田建樹編寫的一些教科書。圖5展示的是第14篇文章中的一頁。該文章用於訓練寫作。第二位被引用頻率最高的作者是暢銷小說家德富蘆花（1868–1927），他的文章出現了10次。他是德富蘇峰（前述#92文章的作者）最年幼的弟弟。德富蘆花以擅長寫生文而聞名。

表2：作者姓名和個人資料，按作者去世日期排列，並標示其作品在《作文集帖》裡對應的編號

作者	No.
13世紀及以前的作者	
清少納言（966-1025）：作家、詩人	11
周敦頤（1017-1073）：儒家學者	6
鴨長明（1155-1216）：詩人、散文家	76
18世紀作者	
榎本其角（1661-1707）：俳句詩人	78
貝原益軒（1630-1714）：草藥醫生，儒家學者	28、64、65、98、121、123
柳澤淇園（1703-1758）：文學藝術家，中國詩人	66、68、99、100
三浦梅園（1723-1789）：哲學家、儒醫	1
19世紀作者	
柴野栗山（1736-1807）：儒家學者、作家	44
藤井高尚（1764-1840）：日本古典文學學者、詩人	14
林述齋（1768-1841）：儒家學者	105
滝沢馬琴（1767-1848）：小説家	79、106
筱崎小竹（1781-1851）：儒家學者、書法家	42
中島廣足（1792-1864）：日本古典文學學者、詩人	25
井上文雄（1800-1871）：詩人，日本古典文學學者	10
那珂通高（1827-1879）：儒家學者	119

中村正直（1832-1891）：教育家、哲學家	107
北村透谷（1868-1894）：批評家、詩人	75
樋口一葉（1872-1896）：小説家	90
勝海舟（1823-1899）：武士，政治家	89
中山子西（生卒年不詳）：明治時代日本古典學學者	39
牧田曉雨（生卒年不詳）：明治時期作家	18
20世紀作者	
大橋乙羽（1869-1901）：小説家、編輯	80
福澤諭吉（1835-1901）：荷蘭學者、作家、教育家	67、94、103
高山樗牛（1871-1902）：文學批評家、哲學家	41、77、128
正岡子規（1867-1902）：詩人、寫生文作家	122
尾崎红葉（1868-1903）：小説家	83
落合直文（1861-1903）：詩人、日本古典文學學者	43
陸羯南（1857-1907）：政治評論家、報社總裁	97
依田學海（1834-1909）：中文學者、文學批評家、小説家、劇作家	32
大和田建樹（1857-1910）：詩人、作詞家、日本古典文學學者	21a、45、69、96、104、112、113、117、124、125、127、131
中村秋香（1841-1910）：日本古典文學學者、詩人	29、30
藤岡作太郎（1870-1910）：日本古典學者	48
山田美妙（1868-1910）：小説家、詩人、評論家	71
長塚節（1879-1915）：詩人、小説家	84
塚原蓼洲（1848-1917）：小説家	81
高津鍬三郎（1864-1921）：教育家、日本古典文學學者	74
池邊義象（1861-1923）：日本古典文學學者、詩人	129
大町桂月（1869-1925）：詩人、散文家	40
小栗風葉（1875-1926）：小説家	19、70
德富蘆花（1868-1927）：小説家	21b、26、85、87、95、108、110、111、120、130
芳賀矢一（1867-1927）：日本古典文學學者	126
新保磐次（1856-1932）：歷史學家、地理學家	118
江見水蔭（1869-1934）：小説家、編輯、冒險家	38
坪內逍遥（1859-1935）：小説家、評論家、翻譯家	23、24、36、93
下田歌子（1854-1936）：教育家、詩人	72
遲塚麗水（1867-1942）：記者、作家	2
島崎藤村（1872-1943）：詩人、小説家	91
金森通倫（1857-1945）：宗教家、牧師	109
友田宜剛（1868-1946）：軍校教師	22、37
幸田露伴（1867-1947）：小説家	4、5
小島烏水（1873-1948）：登山者、散文家、文學評論家	88
德富蘇峰（1863-1957）：記者、哲學家、評論家、歷史學家	27、35、92
新井無二郎（1875-1959)：日本古典文學學者	114
西山筑濱（生卒年不詳）：明治末期作家	73
堀内新泉（1873-?）：小説家、詩人、記者	17
長谷部愛治（生卒年不詳）：大正時期作家	18
佚名作者	7、9、12、13、15、16、20、33、34、46、47、47bis、49-63、82、101、102、115、116、132

（三）相關資料

1. 日本統治下的語言普及

著名法主大谷光瑞（1876-1948）曾為孫文（孫中山）和臺灣總督府工作，且他位於高雄的別館逍遙園最近在重修。在陳澄波開始摘寫《作文集帖》四年後，大谷光瑞提出，實際上臺灣島民不會說日文，還警告說這是對日本帝國的威脅。

> 20年殖民統治過去了，臺灣仍沒有一個地方能讓我們用日文交流。即使在臺北，也只能聽到那些來自大陸（日本）的人說日文，別的地區就更不用說了。自臺灣殖民統治開始，我們就對於如此懶惰的政府感到非常震驚。無論你如何興高采烈地將其稱為帝國領土，或者堅稱這片新土地可以自給自足，誰又知道在我們腳下燃燒著熊熊烈火呢？[6]

隨後，在二戰最後那段日子，臺灣人的日文說得相當好，他們會將日文與許多當地語言結合在一起使用。以下是李澤藩（1907-1989）一家的經歷，他是受過石川欽一郎指導過的藝術家之一。他和家人從美中對新竹的聯合轟炸中逃了出來，接著撤離到東側的山坡上。在那裡，他們同其他人合住在一間農舍裡數月，直到戰爭和殖民統治結束。

> ……每個人看起來對彼此都很友善。雖然姓劉的農民是客家人，但是他們也說著流利的閩南語（我們家的母語）。在市內種田的這一家是福建人，可他們的客家話也說得很好。所以我們在交流上沒有問題。當然，因為當時臺灣的官方語言是日文，所以我們也可以用日文交流。[7]

2. 陳澄波的財務狀況

陳澄波的教育和工作的大致情況，可以從基金會保存的大量文件中推斷出來（這些文件的編號開頭為兩個大寫字母 ID）。1913年3月28日，陳澄波從嘉義公學畢業，榮獲勤奮二等獎。1917年3月25日，他又因在四年學習期間全勤而獲得國語學校頒發的特別獎。顯而易見，他在臺灣讀書的時候既健康又勤奮。

當陳澄波順利成為嘉義公學校的訓導時，他在1917年4月的初始月月薪為17圓，而後當他在1920年1月晉升為教諭時，月薪逐漸漲到了22圓。1921年4月他的月薪突然翻了一番漲到了52圓，並且在1922年漲到了54圓。每年的十二月底，他都會收到來自臺灣總督府的勤奮獎金。1917年是15圓，1918年是23圓，1919年為30圓。從1920年起，獎金開始以臺南州的名義頒發；1920年是74圓，1921年和1922年是80圓，1923年是73圓，1924年3月11日是110圓。最後一筆獎金是在他辭職的時候發的。因此，他的年薪從1917年的195圓開始，到1923年漲到了902圓，也就是在那一年，他決定辭職，然後去東京開始追求他的第二個抱負。

作為一名公學教師，陳澄波的年收入在短短六年內翻了4.6倍，只要他繼續勤奮並且專心工作，他的收入將會持續增長。

那時候，畫畫確實需要很多錢。這可以從一家東京文具店1921年12月寄給陳澄波的結帳單上看出來。他在那張結帳單上用買到的十五種顏色的進口水彩顏料胡亂塗畫。一管水彩顏料的價格大概是25錢（四分之一圓）到65錢，而一個戶外用的三腳凳的價格是2.45圓。包括郵費在內的費用共計9.30圓，相當於他當時月薪的17%。[8]

他可以負擔得起這筆費用，但是卻不能再享受「（在農村地區）教書的樂趣」，這句話出現在他《作文集帖》摘錄的最後一篇文章中（#132）。

雖然我們不能準確知曉陳澄波是如何管理他的收入，以同時維繫他在東京的學生生活和留在嘉義的家人的生活，很明顯的一點是，他和他的妻子決定勒緊褲帶來支持陳澄波的新階段的教育。國語學校和東京美術學校免除臺灣人的學費一事對陳澄波而言至關重要。

在1928年或1929年，一家臺灣的報紙報導了陳澄波在中國的消息。從報導中來看他的生活並不富裕：

嘉義出生的洋畫第一人者陳澄波氏，攜一錢看囊訪問北京，好不容易抵達上海……不慎感染到白喉（diphtheria）……在危機一髮之際，幸得畫友相助，接受西醫的急救措施並住院療養，短短數日，阮囊也為之羞澀……（翻譯／李淑珠）

陳澄波在東京以及早期在上海的時期，他的妻子曾試圖匯錢給他。1929年10月22日，他從東京給他在家的大女兒寫了一張明信片，那時的大女兒仍然需要借助平假名來讀懂那些難懂的漢字：

父親又順利入選帝展了，是在西湖畫的作品，現在在上野美術館展出，每天都有許多人前往觀賞。談別的事吧！匯款到上海及東京的款項都已收到，煩請轉告母親。再見！（LE2_017）（翻譯／李淑珠）

1927年7月8-10日，陳澄波在嘉義公會堂舉辦了個展，展出作品包括前一年臺灣首次入選帝展的油畫作品（1927年7月6日的宣傳單LE2_022上列出了大約60幅作品清單）。

1930年，陳澄波應前總督上山滿之進的要求畫了一幅油畫。上山滿之進因一名皇室成員在訪問臺中期間被暗殺未遂而遭到調查後被迫離職。值得一提的是，上山在任第14任總督期間(1926年7月到1928年6月），於1927年10月30日主持了臺灣美術展的開幕儀式。他決定用從全臺灣募集所得的13000圓退休金中的1000圓買下陳澄波的一幅油畫，作為他對於這座美麗小島和他所深愛的島民們的私人紀念品。對於陳澄波而言，這1000圓算得上是一大筆錢，那比他最後在1923-24年當公學校教師時所得的年薪和獎金相加都多。上山將剩餘的12000圓都捐贈給了新建成的臺北帝國大學，用於研究臺灣原住民的語言和家族譜系。但那就是另一個故事了。[9]

1932年2月18日，《臺南新報》報導稱陳澄波從上海的一二八事變中安全撤離。早前返回的家人給他寄了錢以支付他返回臺灣的費用：

被謠傳橫死的陳澄波畫伯平安無事，在法國租界內熟人家避難，收二百圓旅費匯款，近日返臺。（翻譯／李淑珠）

即使偶爾有賣畫的收入，陳澄波在返回臺灣之後看起來依舊很窮（參見第四章第三小節中其子的回憶）。在1936年他從東京寫給大女兒的明信片上他這樣寫到：

我的錢不夠用了，也許會提早回去。家裡還有錢的話，早點匯給我。(LE2_071)（翻譯／李淑珠）

（四）《作文集帖》和陳澄波之間的關係

我們現在可能有如下疑問：

1. 是什麼促使他在《作文集帖》中摘錄文章？

2. 有人要求或者建議他這麼做嗎？

3. 選擇文章的標準以及排列呈現順序的標準是什麼？

4. 他什麼時候摘錄了筆記中最後一篇文章#132？

5. 書的內容與他的人生志向是否有關？

答案：

1. 陳澄波迫切希望自己能夠優雅自如地用日文進行交流和寫作。就像是很多人喜歡在新年的第一天開始寫日記一樣，他可能也是主動開始的。但是，不像是那些只能維持三兩天熱度的人，他按照文章#1中的建議堅持了一年多。

2. 編寫這樣一本筆記看起來並不像是他作業的一部分。文集中大部分的文章是對自然的描寫，並且有極大可能是陳澄波的人生導師石川欽一郎建議他那樣做，將其作為訓練的一部分，鍛鍊他在作畫之前仔細觀察以及使用文字進行說明的能力。

3. 筆記中大多數是對自然進行文學描寫的文章，如此結果可能是受了老師的建議。但陳澄波開始逐漸依照自己的喜好選擇文章，比如借擄模板。無疑，不論學生有多麼貧窮，老師都斷不會推薦此類文本。[10]

在《作文集帖》的後半部，強調學生的社會與政治責任的文章愈來愈多，而這些學生將來多半會成為國家的領導與棟梁之材。這些文章同語言學習或美術關聯並無直接關係，因此我們推測也是陳澄波本人進行的選擇。從以上探討，我們可以推論出陳澄波於國語學校就讀時的心緒所在。

4. 雖然《作文集帖》的封面上有日期，但我們認為陳澄波的這本筆記可能連續紀錄了不止一年。也許是他不記得自己之前抄錄過什麼文章，才會有同一文本出現兩次的情況。因此我們推斷，這本筆記他用了太久，以致忘記了之前摘抄的內容。

5. 筆記中的諸多日文佳作必定提高了陳澄波下筆繪畫之前的觀察能力。同時，從上述第二節第二點的細節處，也可見他掌握的中國古典文學的知識，對其精通日文書面寫作也有所幫助。

隱現於筆記中的是一位孜孜不倦的藝術學習者（#1）逐漸成長為一名熱心工作的鄉村小學教師（#132）的歷程。我們不能忽略可能是陳澄波本人選擇的那少數幾篇文本，即不惜以金錢、名譽甚至生命為代價堅持社會與政治正義的文章。從它們之中，我們似乎能夠窺見陳澄波在二二八事變裡被處死的 局，「歷史的復仇」（#107）也預示了如今對其聲譽的恢復和重評。

二、哲學與教育筆記（1926-1927）

（一）概述

這本筆記本（Nb02）是陳澄波自1924年4月起就讀東京美術學校圖畫師範科時，在課堂上寫下的筆記的彙編。三年後他畢業，又當了兩年研究生，一直到1929年3月。

在筆記本封面上，他寫下了四行字「第二學期分／哲學ニ付テ／師三／陳」。「師三」指的是他在本科學

習的第三年。112頁的筆記涵蓋了以下5個主題：1.哲學，共41頁；2.教育學，共31頁；3.佛教繪畫特點，共2頁；4.日本畫顏料名稱，共2頁，5.教育心理學，共31頁。

在最初的哲學和教育學筆記中，陳澄波在相應的頁面都寫上了講師武田信一（1896–1964）的名字。武田信一和其他教師的名字可以在自1926年4月起的課程和教職員名單中找到（見下文第三節表3）。

奇怪的是，從表3來看，哲學並不是美術教師培訓課程的一部分。表中顯示，武田信一負責上兩個小時的修身課程和四個小時的教育學和心理學課程。雖然教學大綱上來看，武田似乎是每週共六小時的課程，但這些課程平均分佈在一年中的三個學期，這部分會在第二節進行解釋。因此，我們可以認為，陳澄波上了一節名為「修身」的哲學課（上述5個主題中的第一個），一節教育學課（主題2），一節教育心理學課（主題5），後兩者屬於「教育學和心理學」課程。

同樣，「佛教繪畫特點」（主題3）也許來自助理教授田邊孝次教授的「東洋美術史」；而日本畫顏料名稱可能與教授平田榮二負責的「日本畫」課程有關。這兩門課各兩頁的簡短內容可能只涵蓋了課堂的一部分，但武田信一所教授的三門課似乎都被陳澄波完整記錄了下來。

武田信一於1926年1月11日至1929年3月31日在東京藝術學校擔任講師。在他之前，是菅原教造（1881-1967）負責在美術老師培訓課程中教授修身、教育學和美學。自他於1918年7月4日退休後，這三門課一直都未再開設，直至陳澄波這一屆升上三年級時，東京帝國大學哲學系研究生武田信一至東京美術學校做兼職講師。[11]

陳澄波顯然希望記下講師所說的每一個字。但他過於倉促，導致筆記中出現許多錯誤和同音異義詞的混淆使用。我們努力想要辨清武田信一的原意，卻因這些備受困擾。雖然從《作文集帖》中看，陳澄波為寫好日文做著訓練，但含有英文、德文、法文、拉丁文甚至希臘文字母的名稱和術語對他來說常常難如登天。

在這本筆記本中，陳澄波曾寫下九個日期。最早的是寫於第52頁的1926年4月27日（週二），其後是關於「個性」的筆記；其次是寫於72頁的同年6月21日（週一），隨後的「教育目的」的筆記。這兩個主題都涵蓋在第一學期教授的教育學課程中。另外七個日期均為週三，從1926年9月29日起，至1926年12月8日結束，最後一個日期落在41頁，陳澄波在此處標記了「第二學期終」。由於頁碼的順序看起來有點亂，所以第二學期的筆記放在了第一學期的前面。還應該注意的是，79-84頁的內容是「教育心理學」而非「教育學」，這點已經得到了認同。雖然相關書頁上沒有標注日期，但陳澄波大概是在1927年1月開始的三年級第三學期上的教育心理學課程。

（二）課程範圍

哲學講座是在修身課上進行的，內容可大致分為四個部分：1.哲學的起源，2.哲學與宗教的關係，3.哲學與自然的關係，以及4.藝術與哲學的關係。第四部分占了全部41頁筆記中的18頁。上面的日期表明，在8堂課中，多達4堂講的是藝術和哲學之間的關係。

在前三部分筆記中，寫滿了海希奧德、泰勒斯、蘇格拉底、柏拉圖、亞里斯多德等古希臘詩人和哲學家的名字。隨後，是奠定了古典和現代哲學基礎的法國及德國哲學家的介紹：勒內・笛卡兒（1596-1650），戈特弗里德・威廉・萊布尼茨（1646-1716），伊曼努爾・康德（1724-1804），弗里德里希・黑格爾（1770-1831），威廉・

文德爾班（1848-1915），亨利・柏格森（1859-1941），卡爾・喬爾（1864-1934）等。由此，陳澄波瞭解了希臘哲學的開端、哲學思想的基礎以及歐洲哲學傳統中的許多基本觀念。

自28頁開始的第四部分中，武田基於其在東京帝國大學讀研究生時對希臘哲學的研究，闡述了「理念」的理論，並以柏拉圖主義美學為基礎向全班教授了美的概念。

在一門修身課上怎麼會講希臘哲學呢？官方記錄顯示，武田為同學們訂了一本教科書，是桑木嚴翼（1874-1946）的《倫理學概說》。但顯然，在他的課堂中對此毫無提及。

與此相反，武田的教育學與心理學課程則遵循了學校課程設定的較為僵化的範圍：要求課程必須包含教育與心理學理論與應用、教育史、學校衛生學等內容。

根據哲學筆記的內容，武田教授講授了教育學的基本意義、進化論、智力發展、統計偏差值和性別差異。裡面給出了許多圖表和例子。儘管如此，在解釋教育學的根本意義時，武田仍能在其中插入自己的專業知識：他先給出了蘇格拉底與詭辯家的對比，然後是康德對人格的解釋。儘管他的課堂以康德的教育學理論為基礎，這10頁的筆記卻可以解讀為兩種含義：哲學史和教育學史的概述。看起來武田已經開始了他那一年第二學期的課程。

自57頁起，武田教授將現代哲學史作為主要教育學理論，介紹了笛卡兒、康德、洛克、叔本華、盧梭等人的著作。然而，除了自己的專業知識之外，武田還教授了切薩雷・龍勃羅梭（1835-1909）關於先天犯罪的理論，以及查爾斯・達爾文的堂兄法蘭西斯・高爾頓爵士（1822-1911）的優生學，和通過教育可能發展個性和智力的理論。

陳澄波關於佛教繪畫特點和日本畫顏料名稱的筆記各只有兩頁，與前頁和後頁沒有任何聯聯。這裡是摘自第77頁筆記的一段內容：「天臺宗佛教藝術發展出以下特點：唯美的、裝飾的、纖弱、高價、高貴和夢幻。」日本膠彩顏料的表單包括30多個名稱，分顏色和原料兩類，包括金色和紅珊瑚材料。陳澄波將其寫下，可能只是因為他沒有準備東洋美術史和日本畫課的筆記本。時至今日，儘管他的主要興趣是西方繪畫，但這些都是他認真研究日本和東方藝術的珍稀證據。

哲學與教育筆記的內容

以下是這本筆記本的內容。每個主題後面括弧裡的數字表示它們的頁碼（封面為零頁）。

1. 哲學（1-45）

哲學簡介（1-5）：對世界的驚訝（1）、自我與世界的關係（3）、對世界的一致描述（4）

古希臘（5-21）：古希臘文化（5）、自然哲學（8）、原因的概念（9）、神話解釋與原因的區別（10）、自然哲學與「哲學」的區別（10）、哲學的定義（11）、哲學與宗教的區別（12）、規定世界的自我意識（13）、意識的統一功能（15）、純粹思想（16）、宗教的本質（18）、宗教與哲學的基本背景（21）。

中世紀哲學（22-23）：上帝與自然的關係（23）。

藝術與哲學（24-45）：藝術與哲學的關係（29）、藝術的問題設置（30）、藝術與自然科學的對比（31）、藝術的客觀性與「理念」（32）、繪畫與理念的關係（33）、康德美學的應用（34）、繪畫與攝影的區別（34）、

哲學理念與藝術理念的差異（35）、對柏拉圖主義本質的解釋（36）、理念的解釋（37）、認識理念（39）、美的理念（40）、藝術合理性（42）、藝術與愛（43）、藝術哲學（44）、藝術家應該做什麼（45）。

2. 教育學（46-76）

教育的基本意義及教育學簡介（46-56）：教育的定義（46）、教育與質疑（46）、發問者蘇格拉底（46）、認識無知（47）、質疑的意義（47）、人格（48）、發展人格（49）、「教育」的意義（49）、教育的目的（50）、人與人格的區別（51）、自由意志與自主（52）、四種教育方法（55）、三種教育要素（56）。

教育學與其他學科的關係（57-70）：教育與藝術的關係（57）、教育與倫理的關係（58）、教育與科學解釋（58）、規範與自然的差異（60）、康德與洛克的對比（61）、從推理和理解功能解釋認識（62）、盧梭對教育的闡釋（63）、自然選擇與教育（65）、遺傳學與教育（66）、叔本華的教育理論（67）、遺傳優生學（68）、面相學（69）、科學教育與遺傳學（70）。

教育的目的（71-76）：教育目的（71）、人格培養（71）、教育的兩種觀點（72）、改善社會的教育（73）、作為他人的社會（75）、實現個人與他人和諧的教育（76）、非民族主義教育（76）。

3. 佛教繪畫的特點（77-79）

藤原時代（77）、佛教概論（78）、密教概論（79）。

4. 日本畫顏料名稱表單（85-86）

5. 教育心理學（87-104、79-84）

教育方法（87）：三種教育方法（88）。

智力的意義和本質（89-111）：作為綜合能力的智力（90）、作為創造力的智力（90）、作為反應能力的智力（91）、作為一般能力的智力（92）、衡量智力（93）、根據年齡衡量智力（94）、智力測試舉例（95）、智力測試中的問題（99）、男女智力差異（104）。

關於智力（79-84）：低智力（79）、定義低智力和從各個角度進行釋義的困難（80）、智力測試（81）、心理年齡（83）。

（三）相關資料

表3總結了《東京藝術大學百年史》第二卷第378-379頁的資料。詳見https://gacma.geidai.ac.jp/y100/。從這張表格，我們可以瞭解陳澄波在東京美術學校學習的內容。

表3：圖畫師範科課程及教職員（1928年4月）

擔任學科目	每週時間數	官職名	姓名	備考
繪畫（日本畫）	49	教授	平田榮二	（主任）
繪畫（西洋畫）		助教授	田邊至	
		同	松田義之	圖畫師範科事務
		同	高橋吉雄	同
手工	3	教授	水谷鐵也	

手工教授法	3	助教授	松田義之	
手工	9	同	高橋吉雄	
		同	松田義之	
教授法、教授練習	6	同	高橋吉雄	
同	2	同	松田義之	
用器畫法	4	助教授	同	
同	2	講師	鈴川信一	
習字	9	同	岡田起作	
修身	2	同	武田信一	
教育學及心理學	4	同	同	
東洋美術史	2	助教授	田邊孝次	
西洋美術史	2	教授	矢代幸雄	
美學	2	講師	村田良策	
色彩學	2	同	同	
圖案法	2	教授	島田佳矣	
英語	4	助教授	森田龜之助	

1. 1930年代一本哲學辭典的摘錄

陳澄波曾在幾張紙上寫下了一些哲學術語及其解釋，如noema、noesis、monade（英文monad，單子）、內涵、外延等（BC4_67-006~8）。這些解釋的很大一部分是從首次出版於1930年的《岩波哲學小辭典》中抄下的（見圖8）。[12]這也說明了陳澄波在1929年從東京藝術學校畢業後對哲學仍有持續的興趣，也解釋了為什麼他更喜歡保留這本哲學筆記。

圖8展示了辭典中的一對希臘詞彙，noema和noesis。簡單來說，noema是構思的內容，noesis是構思的行為。在抄寫這本詞典時，除了柏拉圖主義美學，陳澄波可能還找了一些胡塞爾現象學中的術語，作為另一種理解他的創作方式的術語。

Noema **ノエマ** [獨]　もとギリシャ語：noêma. 現象學* に於て特殊の意味に用ひられる. 卽ち意識* は作用* の側面（ノエシス*）と共に對象* の側面を持つが，フッセル* は之をノエマ的內實 (Noematischer Gehalt) 又はノエマと呼ぶ. ノエマは，具體的體驗の中に在つて，核* としての意味* 及び核の周圍に種々なる性格の層* を持つ. ノエマは意識に內在的なる要素であるが實的* でなくイデエール* である. ノエマはそれ自身の中に意味を藏する事に依つてそれ自身對象的である. 卽ち對象を指示する働き (指向性*) を擔つて居る. 意識は此指向の働きあるノエマに對するノエシスの具體的相關關係に依つて對象を構成し得るのである. [參] Husserl, Ideen, § 87 ff.

Noesis **ノエシス** [獨]　もとギリシャ語：noêsis. プラトン* の哲學に於て，超感覺的眞理の認識を意味し，感覺的事物に就ての知識なる‘ドクサ’* (私見) と對した. 彼の“國家篇” VII によれば‘ノエーシス’の中に‘エピステーメー’* と dianoia (科學的認識) とが包括される. 此語は又現象學* に於て特殊の意味に用ひられる. 卽ち意識* は對象* の側面（ノエマ*）と共に作用* の側面を持つが，フッセル* は之をノエシス的契機 (Noëtische Momente) 又はノエシスと呼ぶ. ノエシスはノエマと具體的に結付くことに依つて，それ自身には何等意味なきヒュレー* に對し意味卽ちノエマの核* を附與し，以て意識をして對象を構成せしめる働きをなす. ヒュレーと共に意識の實的要素を成す.　[參] Husserl, Ideen, § 87 ff.

圖8：陳澄波從《岩波哲學小辭典》中抄寫的Noema和noesis。

圖9：田邊元的《哲學通論》封面，上有陳澄波的紅筆宣誓，要完整讀完這本書。

2. 一本1942年後閱讀的哲學著作

圖9是一本題為《哲學通論》的書（BC4_67）的封面，作者是日本哲學家田邊元（1885–1962），1933年由岩波書店

出版。[13]陳澄波拿到的是二手書，書的前任主人在結尾處寫道：「於昭和17年（1942），日本帝國2602年 3 月13日在福岡市金文堂購買」。因此，陳澄波一定是在戰爭期間或戰後得到這本書的。他用紅色鉛筆在封面上寫道：「3月8日。以不成功便成仁的決心開始閱讀」。他對這本書有極高漲的熱情，在幾乎一半的文本下都劃了線，許多頁上的空白處也對內容做了總結。書總共230頁，多達170頁被重點標出。

這些資料，以及高山樗牛的美學書籍，都證明了陳澄波在東京學習期間和之後對哲學和美學具有持久的興趣，這種熱情可能會一直持續到他生命的盡頭。

3. 1925年5月世界裸體畫藝術史演講上的筆記

陳澄波有一本石川欽一郎題為《泰西名畫家傳8：康斯塔伯》（日本美術學院，1921年）的書（BC1_31)。[14]在本書背後的空白頁，陳澄波草草記下了藝術家太田三郎（1884–1969）在演講上所講的內容。註明日期是1925年5月15日晚上。由於演講是在週五晚上舉行的，所以會場似乎不在東京美術學校，而大概是在本鄉繪畫研究所，陳澄波晚上基本上都在這裡練習繪畫。演講主要講述人體裸體藝術史。在演講上，太田列舉了世界歷史上將裸體作為藝術的事例。雖然談話中涉及的歐洲和其他地方的地名對陳澄波來說特別難正確地記下，他並沒有放棄記筆記，甚至還為兩個裸體雕像畫了簡單的草圖。

1926年，太田三郎的裸體油畫被選入帝展。這距離陳澄波參加演講已有一周年。太田三郎於1931年編輯了六卷《世界裸體美術全集》，並於1934年出版了自己的著作，名為《裸體的習俗及其藝術》（兩本書的出版商均為平凡社）。在考證所提後者著作時我們推測，在陳澄波的筆記中所提到的「南美洲柯洛比（Korobi）原住民雕塑」中的「柯洛比（Korobi）」一詞含義可能是「哥倫比亞時期」或「前哥倫布時期」，這是陳澄波筆記中對於藝術史的珍貴佐證。它告訴我們，他積極地吸收新知，儘管不得不應付很多不熟悉的詞彙。

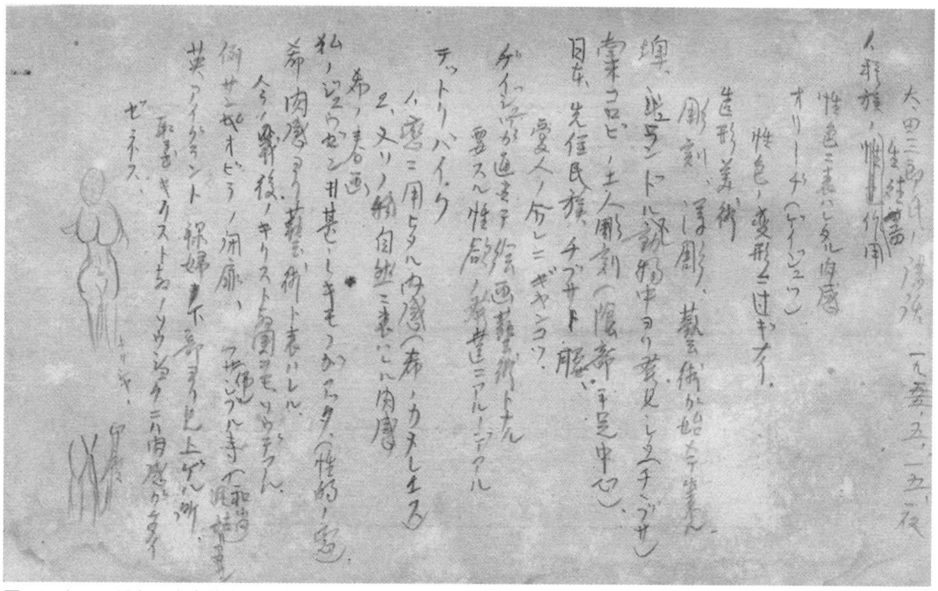

圖10：太田三郎在一本書的空白頁上寫的關於裸體藝術演講的筆記（BC1_31-005）。地名是根據太田三郎說的法語寫的。

圖11：來自奧地利的《維倫多爾夫的維納斯》是演講上的第一個畫例（維基共享資源）

4. 陳澄波的終身導師：石川欽一郎

在BC1_31書中，陳澄波記錄了參加世界裸體藝術史演講時草草記下的筆記。其作者石川欽一郎在序言中提到了英國風景畫領域的偉大先驅約翰・康斯塔伯（John Constable）。「康斯塔伯意識到自己缺乏技術天賦，但他仍專注於藝術研究。這告訴我們，即使沒有爐火純青的技術也不要失望，只要肯積極努力，定將收穫意外的驚喜……」這句話也呼應了第一章《作文集帖》中的文章#1所寫的內容。這也讓我們相信陳澄波一定是忠實地聽取了導師的建議，日復一日地不懈努力，並最終成為藝術大師。

（四）筆記本與陳澄波生活的關聯

我們能從這本筆記本中瞭解到什麼？

1932年，陳澄波在《臺灣新民報》的一篇採訪文章中解釋了他對藝術創作的態度。文章題為〈畫室巡禮（十）　描繪裸婦　陳澄波〉：

> 暑假回臺後，應英梧兄之好意，將其客廳作為我的臨時畫室使用。因此，誠如所見，我每天可隨心所欲地盡情創作。我所不斷嘗試以及極力想表現的是，自然和物體形象的存在，這是第一點。將投射於腦裏的影像，反覆推敲與重新精煉後，捕捉值得描寫的瞬間，這是第二點。第三點就是作品必須具有Something。以上是我的作畫態度。(NC2_024)（翻譯／李淑珠）

這些想法與哲學與教育筆記本第31-33頁上的內容非常相似。該章節是對藝術家創作的詮釋。

> 藝術家通過繪畫賦予物體生命：也就是說，我們用頭腦捕捉物體的生命，而捕捉物體的生命就是捕捉物體的類型。那什麼是類型？類型指的是所有具有相同內容的物體的共同品質特性。這種類型是具有其他類型的美所不具有的獨特特徵。因此，要想「類型化」就意味著要捕捉物件的真實本質。這就需要通過某些特定的篩選方式來摒除雜質。這種篩選方式必須包含目的的本質。因此，對藝術家來說，「類型」不過就是「理念」。藝術家是否能意識到自己是一個創造者並完成一項真正的創作這一點是至關重要的……在這種情況下，被認可的「理念」通過創造者的敏感度而顯現出來。人類不過是「思想」的物化。簡言之，「思想」不是藝術家畫出來的；「思想」是借藝術家之手筆自行流露的。（Nb02-033）

在這裡，我們認識到陳澄波所謂的「something」與柏拉圖主義哲學中的「理念」概念之間的相似性。我們可以認為，陳澄波對繪畫的態度是從他在東京美術學校學到的美學和哲學方法中培養出來的。

陳澄波的哲學與教育筆記本、他在書本邊緣記下的筆記，還有上文（第二章第三節）開頭提到的寫在紙上的筆記，都是他對哲學和美學始終保持熱愛和興趣的有力證明。

三、素描簿中的手稿（1934年-）

（一）概述

除了以上兩本筆記外，陳澄波偶爾也會在素描簿上寫文章。最長的一篇文章是對1934年10月舉辦的第十五回

帝展的回顧。如下文第三節所述，陳澄波的導師石川欽一郎讚揚了他堅持不懈的努力，稱正是這般的持之以恆才使得他在畫展中取得成功。石川欽一郎隨後鼓勵他要對自己的學習方式充滿信心。因此，我們看他的手稿，其中已出版的文本僅保留了一部分（第2和3，NC1_001-002），而且不知道它們發表在哪個期刊報紙上。我們還將選取部分陳澄波發表的文章、信件和明信片進行介紹，說明陳澄波是如何發展並保持他的學習和教學風格的。

從右到左垂直書寫是日文書寫的標準方式。即使在今天，大多數日文文本也都是以這種格式出版的。例外的是陳澄波在他的哲學和教育筆記本上會橫著寫字，這大概是因為他是直接從黑板上抄來的，而為了寫字母表方便，黑板上的字都是橫著寫的。然而，他卻經常在素描簿上從左到右垂直書寫。乍一看這樣寫可能有點奇怪，但他應該是用同一支軟性鉛筆在素描簿上畫畫，這樣我們就可以理解了，看來從左往右書寫只是他通常使用的一種預防措施，為了避免蹭花他剛剛寫的部分或用右手握著鉛筆畫的部分。

無論如何，我們都希望能從素描簿上的文字以及各種媒體觀點中所發表的例子中獲得一些線索，讓我們瞭解他從東京美術學校畢業後的想法。我們也可以瞭解到他在上海的教學方式，以及他在1933年回到臺灣後指導年輕朋友的方式。令人驚訝的是，即使在畢業後，他仍然像在學校時一樣努力學習。結果也是同樣驚人的：正如他的導師石川欽一郎在1934年寫給他的信中所說，世界上的任何事情都不是偶然發生的[15]。

（二）文本

1. 他是如何在上海學校教書的

陳澄波在上海時，曾寫過一份中文備忘錄。這好像是一份清單，上面寫著他對學生們畫的每一幅水彩畫的評價。從這份備忘錄中隨機引用的內容可以看出，陳澄波所提出的觀點或多或少與他對第十五回帝展的評論相同，這一點在下文中也會有所解釋。他給初學者的建議是，在使用繪畫技巧前，先學會畫出事物的原樣。

色彩很好。構圖不好（天地要平均）。線條太粗。

這邊的色調太弱。色調強健還要一點。下筆法不好。

遠山繪的太近了。雖然中景好。不近的地方還要遠過去一點。

草埔的筆法亂一點。

一筆一筆要當心下去。池水不好。倒影不好關係。遠近影子要當心一點。色彩太單純了。

人形的點景不相（像）人的樣子。人物的繪畫多當心一點才好。

看景子須要當心，看到的大自然之狀況怎麼樣。

色彩過強健了。景子不多素樸。下雨須要下雨的樣子。

雲繪的不好。風吹有的樣子。春天要春天的樣子。冬天、夏天亦是一樣的。雲和山高的地方接充不好。

上下缺了連絡。色彩不調和。太過強了。取景多多要當心。

主要的地方在何？當心想一想，決定好，才可以繪進去。

水彩畫光亮的地方要先留起來。漫漫（慢慢）暗的地方加進去。

初陽的太陽顏色不對。

夕照要夕照的樣子。水彩不必濃厚，輕輕繪畫起來。

赤色太多。青色太強。天色須要淡一點太濃了。

色調看正確之後才可以繪的。

色彩太□（灰?）色了。石頭繪的不差。池水好想（像）石頭。

著想到底怎樣？沒中心不可。天地人三部要分開好。

池水、河川、海水須要那樣子。

高山地帶。平野要平野的樣子。岡要岡丘的樣子。

花木須要花木的樣子。牡丹花、梅花、雜花須要各那樣子。

果子要果子的樣子。碗皿要那件的性質和量，看清楚。不須要地方不要他。

鉛筆畫、鋼筆畫，簡切正確的繪畫方法要想。

棹（桌）上的靜物、倒景、物件如何看法。

（摘自陳澄波的中文評論〈繪畫批評的標語〉MA04-001~003）

2. 第十五回帝展油畫評論（1934年）

對於他不滿意的畫，他會寫一些相當直白的評論，有點像他在上海給學生的建議。他的手稿是這樣開頭的：

寫帝展的評語讓我有些不知所措。或許是因為這兩三年來我沒有看帝展了吧！今日，我受邀早一步看了會場。不用說帝展和最近受歡迎的民間展的方向很不一樣。人們公認美術殿堂的帝展，依然很堅持努力，會場裡面充滿各自努力的結晶。我想按照展間順序來陳述自己的感想。（SB13-112）（翻譯／顧盼）

他的讚美之詞很少，只針對個別藝術家，卻對藝術家普遍缺乏研究考證提出了嚴厲的批評。我們將在這裡引用他的一些嚴厲評論，並省略涉及的藝術家的名字。

（1）對缺乏研究考證進行尖銳批評的例子

#1〔雪山〕如果是深山的話，應該積雪甚深。在前景的雪應呈現透明感。樹上的積雪看起來像是水泥。

#13〔鴛鴦〕：雪的表現生硬，鴛鴦單薄。

#14〔飛行機〕顏色之區隔像是貼上彩色膠帶。

#18〔初夏窓邊〕人體沒有量感，過於單薄。左手看起來像是木雕。

#26〔穿黑衣服坐著〕不同於前，衣服緊貼在人體上的畫作，顯得單薄而沒有立體感。

#70〔懸崖〕岩石應該要有岩石堅硬的特性。

#73〔支笏湖畔〕水田裡的樹木和後面的樹木或山靠得太近。亦即，因為樹和山之間的距離不夠，所以畫面沒有深度，顯得太單薄。

#148〔裸婦〕躺著的人物的素描顯得粗糙。

#227〔頭目像〕畫原住民時，希望臉畫得像原住民。

#246〔風景〕扁平無凹凸，屋頂好像就要飛出去。

#254〔石匠〕風景中的雲好像飛行的子彈。（翻譯／顧盼）

（2）對畫作（含陳本人作品）給予好評的例子

#87鈴木千久馬〔初夏（秋）之朝〕：該氏最初研究塞尚、烏拉曼克，然後研究畢卡索至今，現在有了自己獨特個性的畫風。看起來簡單，其實很複雜，給人宏偉的感受。

#89中野和高〔樓上〕：中野和高氏和鈴木氏大致上水平差不多。兩者都是很好的畫作，但鈴木氏的作品更接近我的感覺。

#252陳澄波氏的〔西湖春色〕：新綠的特徵表現得相當好。比起過去，畫作更新潮。（翻譯／顧盼）

3. 他覺得自己的畫變得更「高領」、更文雅了

有一點我們要注意，他在自己的名字後面加上了「氏」。有可能他最初打算用筆名或匿名發表這篇文章，結果發現文章發表時用的是他的名字。遺憾的是，#252的印刷版不見了，所以到目前為止，我們還不確定陳澄波對自己的畫發表評論的文章是以什麼形式發表的。可以確定的是，他認為自己畫作的優點是出色地描繪了新鮮的綠色植被，並且也闡明了自己繪畫風格的變化。他首先寫了「やさしくなった（yasashiku natta）」即「變得更溫和」，接著把它抹掉替換成了「はいからになった（haikara ni natta）」。這個詞最初的意思是「高領」，或者指西化，如穿著19世紀晚期西方時裝的紳士那般。如果它指的是他在上海期間所採用的中國風格，那麼「haikara」不應該被機械地翻譯為「西化」。雖然他換掉了「yasashiku」一詞，但其含義並沒有太大變化。所以他可能認為他之前的畫不那麼「haikara」。因此，如果不是「野蠻」這種程度的話，「haikara」可以理解為「野性」或「未馴服」的反義詞。那麼在這種語境下，與「haikara」最等價的應該是「愜意」的或「雅致的」，而不是狂野或天真的。

1931年2月3日，他給來自上海的東京美術學院校友寫了一封公開信，講述了他最近繪畫風格的變化。[16]他寫道：

最近，為家人完成一件五十號的畫。跟以往唯美的畫風完全不同，而帶有較深沉的內涵。

在日文中「沈み」（shizumi）是一個名詞，意思是「下沉」。它很少單獨使用。「Shizumi gachi」（傾向於「shizumi」）指的是一種平靜、沉默或略帶憂鬱的情緒。當陳澄波將它與「美麗」（美しい，utsukushī）一詞進行對比時，他說的是，這幅畫所表現的東西，比他以前的畫中呈現出的豐富色彩和歡樂心情更有意義。三年後，他將自己風格的變化描述為更溫和、更愜意或更雅致，如上所述。因此，早在上海的時候，他可能就開始努力發展新風格了。可能是他在那裡學習的時候受到了中國古典繪畫的影響。

我們也可以在「沈み（shizumi）和美しい（utsukushī）」中加入「成熟和不成熟」的對比。1932年，《臺灣新民報》刊登的〈畫室巡禮（十）描繪裸婦　陳澄波〉採訪當中，陳澄波甚至說他後悔在他尚未成熟的時候就出了名，並且他也需要更加深入的學習以發展他自己的風格。

至於入選帝展的事，連我自己都覺得成名過早，感到有點後悔。如果能再將學習階段延長一些的話，或許就能脫離現狀，更臻完美。（NC2_024）（翻譯／李淑珠）

4. 臺灣私人展覽及機構之需

在SB13手稿中，陳澄波繼續談到了臺灣在藝術方面基礎研究的需要。這是他對於如何提升臺灣繪畫標準由衷的建議，並且當共和國取代帝國時，這一建議將會以公開提案的形式提出（LE1_019, 見第四章第二節）。

觀看帝展出品的作品，大致可分成兩方面。從理智觀點作畫的人，以及以情感作畫的人。總之，不過是捕捉物體的出發點不一樣。或是用寫實方法，誠實且認真地描繪物體，之後再大筆揮灑大膽作畫的學習過程。無論如何都是學習的一種。但是，今年學習這種，明年學習那種，後年又換另一種學習，這樣的學習方法豈不令人憂心？看起來好像有學習，其實沒有學習效果。一言以蔽之，迷途羔羊。(SB13-129)（翻譯／顧盼）

特別是在地方的我們，關於這點很容易迷惘。可以準備出品的只有臺展，或是追隨觀賞別人的個展。這是處於地方沒辦法的事。可是我認為最大原因還是沒有根本性研究。關於此，我希望除了臺展以外，還要有許多民展團體出現。同時，島內出現更多的研究所。如此一來，就會有基礎性研究，也有各種展覽會可供參考，另外若利用書籍研究也多少有所幫助。再加上有時到東京，就可以達到某種程度的確實感，不易迷惘。(SB13-128)（翻譯／顧盼）

5. 一位勇敢的女性加入了他在臺灣的藝術戰線

1932年7月15日，《臺灣日日新報》報導稱陳澄波在臺中開設了西方繪畫課程。我們由此可知他將自己的油畫班從上海轉移到了臺灣，在上海教授藝術的環境愈發艱難。而他似乎在臺中的課程中找到了快樂。

1932年在《臺灣新民報》刊登的〈畫室巡禮（十）描繪裸婦　陳澄波〉的採訪中，陳澄波表達了他想要將油畫確立為東洋藝術的願望，或者，如果與他同時期的臺灣人無法理解這一行為的重要性，那麼至少要將他的知識傳授給下一代。臺中有一位女性志願者，她可能是曾參加過陳澄波的課程的業餘愛好者之一，主動提出要做他繪畫的裸體模特。陳澄波喜出望外，甚至將這一提議稱作是「投入我的戰線」，認為這位女性是他的同志，同他一起為臺灣藝術的研究和教學以及對臺灣人民的啟蒙而奮鬥。

還有，就作畫風格而言，雖然我們所使用的新式顏料是舶來品，但題材本身，不，應該說畫本身非東洋式不可。另外，世界文化的中心雖然是在莫斯科，我想我們也應盡一己微薄之力，將文化落實於東洋。就算在貫徹目標的途中不幸罹難，也要讓後世的人知道我們的想法。作品嗎？目前完成的有〔松邨夕照〕（十五號）、〔驟雨之前〕（二十號）、〔公園〕（十五號）的三件作品。現在正在畫〔裸婦〕。這是此次回臺的意外收穫。臺中的一名臺灣女性，自告奮勇地接下了模特兒之職。證明臺灣女性也對藝術有了覺醒與贊同，而對於其能投入我的戰線，委實感激不盡。至於是否以此參加臺展，目前尚未決定。(NC2_024)（翻譯／李淑珠）

6. 畫畫前從內部仔細觀察

1934年至35年，陳澄波在他的素描簿中為初學者提了系統性的建議。我們知道他對於第十五回帝展和別的展覽展出的繪畫作品的主要的抱怨就是基於這些標準。他在上海給學生的評價也大致如此。他建議的要點在於，要詳盡地觀察一個物品以確認作畫時的重要特徵，雖然說他自己的目標是更玄奧的「something」。

……例如現在要畫蘋果的話，首先大家要注意構圖上應如何排列。關於色彩該怎麼辦？只因為外皮是紅色，所以就用「紅色」顏料來畫的話，一點都沒有用。第一要思考物件的本質，考慮其用途，以及帶給自己什麼樣的感覺，然後才開始上色。首先以看到的樣子來檢討。第一有薄薄的外皮，皮下有果肉。果肉有果汁，其中心有果核。如是，我認為應該從實體內在方面來追求。如此一來，蘋果真是好吃的水果，好想吃喔。然後自然而然地從口中產生唾液一般，開始達成畫畫的任務。

……即使無法成為「藝林之華」，我深信是神聖的藝術時常帶給我快樂，而讓我越來越無法自拔。雖然說得有些抽象，但是不要疏忽日常通俗之事，我認為多關照並好好研究的話應該大致上是不會有錯的。(SB17-22 and SB17-24)（翻譯／顧盼）

7. 繪畫中的人性溫暖之需

以下短評即摘自陳澄波刊於1935年7月1日的《臺灣文藝》第2卷第7號的文章〈製作隨感〉。該篇文章寫於他從上海回臺之後。它解釋了在理性觀察物品階段之後個人感受的重要性，並且告訴我們他是怎樣學習、以及怎樣教授他的繪畫方式的。

我們應反省自己、研究自己，知道自己的優缺點，並往正確的道路，精勵恪勤，這是最必要的。假裝大師是禁忌。應經常以朝氣蓬勃的幹勁，不眠不休地努力開拓新天地才是……。

……將事物以說明性或理性的眼光來描繪的畫作。欠缺情趣，即使畫得再好也沒有吸引人的能力。以純真的心情，任憑畫筆隨意揮灑製作而成的畫，就結果而言，是好的。起碼我是這麼認為的。(AR001)（翻譯／李淑珠）

這可能與石川欽一郎當時對日本油畫缺乏愉悅感的抱怨相呼應，正如下文（三）中引用的部分一樣。

（三）相關資料

1. 石川欽一郎的「為」與「不為」

1914 年，當陳澄波還是國語學校的一名一年級學生時，石川欽一郎所著的《寫生新說》經日本美術學院出版。他制定了以下11條規則，以引起未來的藝術家們的注意。除了第一條，剩下的都是「不為」。對於那些還只是國語學校美術教師課程剛入門的學生們，他可能沒有教過那些源自他自身經驗的規則。

（1）要持續發展自身的優勢。

（2）不要沉迷於素描和練習而忽略了學習真正的繪畫。

（3）不要追求太強烈的色彩對比。

（4）不要局限思維，拓寬繪畫的範圍和風格。

（5）不要急於向公眾展示你的作品，也不要重量不重質。

圖12：石川欽一郎，約攝於1931-1933。

（6）不要輕易被你尚未直接經歷過的東西影響。

（7）不要對你的任何作品掉以輕心，即使是暫時性的。

（8）不要在繪畫時主觀地對自然進行評價。

（9）不要對那些持有不同觀點的人傲慢，雖然持有自己的觀點無可厚非。

（10）不要將顏料上得太薄，那樣會破壞畫面。

（11）不要害怕在作畫的時候將畫面弄得很亂。

2. 請記者批評他的畫（1929年）

1929年11月12日，陳澄波從上海寄了一張明信片給魏清德（1887-1964）。魏清德畢業於國語學校，是一名記者。陳澄波當然希望能在臺灣主流報刊上刊登一篇講述他新近從上海挑選的繪畫作品的好文章，但他並沒有直接要求魏清德幫他宣傳廣告，而是謙恭地請他批評，提出建議。

清德先生！每次對我們的藝術很盡力、宣傳廣告，趕快來謝謝你。台展大概開幕了嗎？我因校務這回又不能出去參觀台展，遺憾的很，請賜信台展狀況好嗎？這張畫片春季西湖繪的帝展出品的東西，請批評！請日日報社，請先生鶴聲。再會！！（LE2_147）

3. 學習要比管理上海學校更重要

陳澄波一直在努力學習。教書是他的職業，但他也承認學校的行政工作佔用了他的時間，這讓他很是煩惱。以下摘自他在上海時寫的一封信，陳澄波在1931年從上海寄來的信中寫到，他渴望學習法文，也許希望將來能在巴黎學習。

這學期開始辭去新華藝術大學西洋畫科主任的工作，想再念一點書。並為了辭去昌明美校師範科主任的工作而進行交涉對責任重大又繁忙的工作感到很分身乏術，我下定決心如果可以的話，儘量做個一般的老師，有充裕的時間用來讀書。今後也請從各方面多多給予指導。去年將家人帶來這裡。白天在學校，晚上當家教（在自己家裡），變得很分身乏術。沒有時間研讀法文。……二月三日。[17]

4.「世上沒有單靠運氣就能成功的」

石川欽一郎於1933年或1934年的11月21日致函陳澄波，鼓勵他為建立臺陽美術協會繼續努力, 並表達了對帝展上日本油畫缺乏趣味性的不滿。

今年的臺展，總之，你的藝術受到了肯定，對此我深覺欣慰。今年的帝展，西洋畫方面，作品都很煩悶，內容過於貧乏，讓人無法從觀畫中獲得愉悅，實在應該檢討。日本的西洋畫，至今仍無法脫離這樣的狀態，反而令人感到悲哀。我納悶的是，為何就畫不出讓人高興、快活舒暢的畫呢？（LE1_012）（翻譯／李淑珠）

1934年8月15日，第十五回帝展開始的前兩個月，石川欽一郎寫給身在嘉義的陳澄波一封信，信中他似乎有點擔心陳澄波正在嘗試的新風格能否受到帝展評審團的歡迎，儘管他本人確實更建議陳澄波去中國學習更多的中

國古畫，而不是在匯率如此低迷的情況下去法國。石川導師總是熱情地鼓勵陳澄波要胸懷大志。

> 期盼您繼續努力不懈，因為藝術是需要終生不斷研究的。……建議您不妨將此事先擱置一旁，像往常一樣，不賣弄技巧，持續創作呈現您純真個性的繪畫，並試著以入選帝展及其他東京主要藝術展覽會為目標，這樣的話，臺展等等就會隨之而來。（LE1_007）（翻譯／李淑珠）

我們可以在一張由陳澄波珍藏的明信片裡（圖13）看到石川欽一郎在明信片中祝賀他在第十五回帝展中的成功。在這張於1934年10月13日寫給在東京本鄉的陳澄波的明信片中，石川寫道：

> 與其向你道賀，不如說這是你的努力所應得的結果。世上沒有單靠運氣就能成功的，還需要認真的打拼與創新，你的入選，便是最好的證明。你入選的喜訊，已告知講談社，該社的編輯人員或許會去採訪你。（LE2_039）（翻譯／李淑珠）

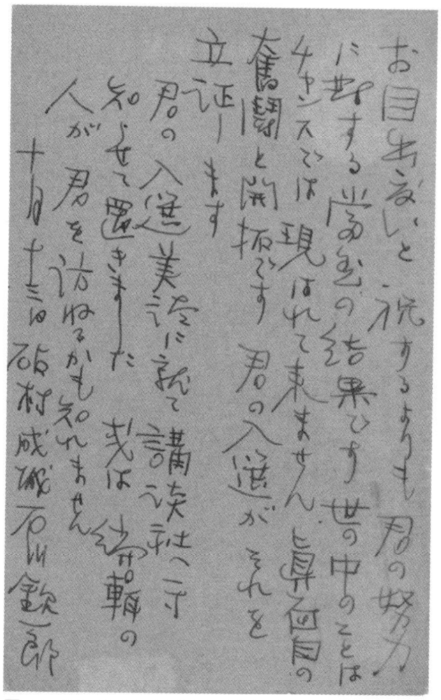
お目出度いと祝するよりも君の努力
に對する當然の結果です世の中のことは
チャンスでは現はれて来ません真面目の
奮闘と開拓です君の入選がそれを
立証します
君の入選美談に就て講談社へ号
知らせて置きました或は編輯の
人が君を訪ねるかも知れません
十月十三日 砧村成城 石川欽一郎

圖13：1934年10月張祝賀明信片（LE2_039）

距離他們第一次在國語學校見面已經過去20年了，現在石川可以準確地把握他學員的功底以及這些年來所取得的成果。導師也在不斷地給他詳盡的建議。僅僅過了三個月後，即1935年1月23日，石川欽一郎再寫了一張明信片給他。

> 已看過你在春台展的作品，大致上還不錯，若要挑剔的話，希望能再多一些扎實感，感覺有些鬆散。也感覺似乎有一層灰塵，原因應該是陰影的顏色太過單調，陰影的顏色可考慮使用紫色調看看。畫面的處理方式也建議考慮加入暗示性趣味。希望有柔和感、風韻以及熱愛自然熱愛工作的那種氛圍，就像你之前畫的上野表慶館一樣。李梅樹的是一幅非常大型的作品，卻處理得不夠徹底，欠佳。（LE2_053）（翻譯／李淑珠）

5. 未附參考文獻的引用（現在被視為「抄襲」）

雖然陳澄波沒有留下多少發表過的文章，但現存的文章文筆很好，易於理解。但是，陳澄波有一個習慣，就是在引用其他作者的話的時候不加注參考文獻。中國和日本的傳統是直接在文本中嵌入引用，正如《作文集帖》#34的作者所做的那樣。但是在1899年日本正式引入現代版權法之前，不添加引用是習以為常的事情。在下文提到的陳澄波的文章中有一些地方在如今可能會被認定為抄襲，我們將選取兩處進行舉例說明。

在陳澄波所寫第十五回帝展評論手稿中，開頭兩句話幾乎是一字不漏地引用了畫家三岸節子在《水繪》第357期（1934年）上所發表文章中的內容。[18]三岸節子幾乎完全否定了展覽中的所有油畫作品，只有少數名家的作品例外。因此，已經讀過《水繪》的讀者在讀到陳澄波的文章便會發現，陳文章的開頭與《水繪》中三岸節子的文章開頭相同，但卻對展覽得出不同的、相當積極的結論，可能會哭笑不得，並意識到這是對三岸節子的戲謔性的模仿。

圖14：《水繪》藝術期刊封面，第357期。

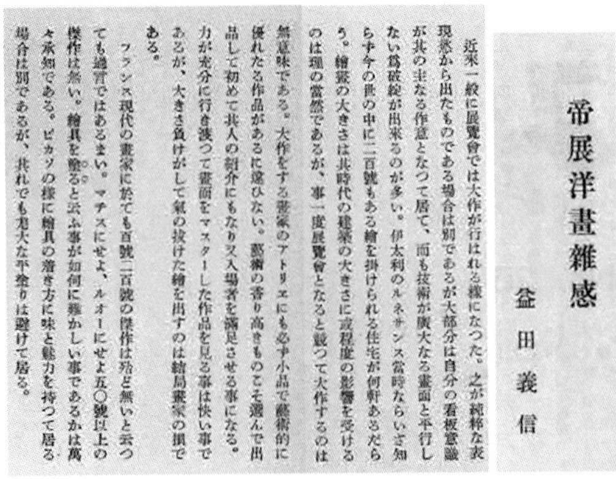

帝展洋畫雜感

益田義信

近來一般に展覽會では大作が行はれる樣になつた。之が純粹な表現慾から出たものである場合は別であるが大部分は自分の看板意識が其の主なる作意となつて居て、而も技術が廣大なる畫面と平行しない爲破綻が出來るのが多い。伊太利のルネサンス當時ならいざ知らず今の世の中に二百號もある繪を掛けられる住宅が何軒あるだらう。繪畫の大きさは其時代の建築の大きさに或程度の影響を受けるのは理の當然であるが、事一度展覽會となると競つて大作するのは無意味である。大作をする畫家のアトリエにも必ず小品で藝術的に優れたる作品があるに違ひない。藝術の香り高きものこそ選んで出品して初めて其人の紹介にもなり又入場者を滿足させる事になる。力が充分に行き渡つて畫面をマスターした作品を見る事は快い事であるが、大きさ負けがして氣の拔けた繪を出すのは結局畫家の損である。

フランス現代の畫家に於ても百號二百號の傑作は殆ど無いと云つても過言ではあるまい。マチスにせよ、ルオーにせよ五〇號以上の傑作は無い。繪具を塗ると云ふ事が如何に難かしい事であるかは萬々承知である。ピカソの樣に繪具の着き方に味と魅力を持つて居る場合は別であるが、其れでも尨大な平塗りは避けて居る。

圖15：益田義信的原始文章。

圖16：1935年陳澄波的文章，其中整句均摘自益田義信在《水繪》1934年第357期發表的文章。

陳澄波1935年1月在《臺灣新民報》上發表的關於臺灣藝術展的文章（NC1_005）則更糟。陳澄波的文章主體圍繞著畫布越來越大的問題展開，但並沒有注明是參考了益田義信在上述同一期《水繪》所發表的文章。陳澄波通常會警告畫家不要抄襲大師畫風（例如第三章第二節末尾），但他從來不擔心自己抄襲他人發表的文章這件事情。後續有必要對此進行進一步研究。

（四）筆記本與陳澄波生活的關係

在筆者看來，對陳澄波來說最關鍵的轉折就是他在從東京美術學校畢業之際接受了人們對他作品的評價和建設性批評。起初，大家覺得他在課堂上的繪畫方式相當死板。

1. 拒絕老師修改意見的學生

陳澄波在東京藝術學校的同學中堀愛作曾親眼目睹。當時繪畫教師建議陳澄波修改素描，他並沒有聽從，最後老師只得允許他隨心所欲地作畫。

> ……記得有一次，田邊至老師要改他的素描，澄波不同意老師的改法，不久又把它改過來。由於他在畫中表現出強烈的個性，田邊至老師最後終於同意澄波依自己的意思去表達。澄波就是這樣要求每張畫都能表達自己的強烈個性……[19]

2. 像個學生，但是樂於接受指正和批評

在返回臺灣之後，陳澄波繼續像他身為學生在東京學習和工作時那樣熱情投入學習。我們也可以從下面的文章得知，他之所以沒有減少自己的活動，所依靠的是他的堅定信念，而不是因為他身體健康。對於我們而言，最重要的是瞭解他的學習方法。文章最後，他向我們描述了他的畫作最終成形的過程。他覺得同行評議會幫助修改和潤色他的畫作，使其臻於完善。

> 此次的東京行，行程是突然決定的。時間是一九三六年十月十四日。……等待已久的出發時刻來臨，在基隆拉斷一條條的綬帶之後，駛向東都。鑒於時勢，海上航行困難重重。對於胃腸不太好的我而言，真是災難。搭乘的又是瑞穗號，就更不用說了。
>
> 抵達東京，已是十月二十七日的晚上，直接就跟前來接船的李石樵回家，借住了下來。
>
> 當晚開始，我就針對在東京的逗留期間，研擬了好多計畫。亦即，與以往不同，除了藝術視察之外，重新拾起學生時代的心情，深入研究、埋頭盡情創作，才是此次的目的。因此，首先進入私人經營的畫塾，再選擇

適當時機，到東京府附近寫生，畫畫楓葉。為了檢討自己的觀察力究竟進步了多少，無論如何，進畫塾都是必要的抉擇。也就是說，將眼睛所見實地應用後，再予以檢討的話，必然能成為踏實的創作經驗。

目擊（參觀）——實地應用——檢討（批評）

——訂正補筆——成品（完成）（續）(BC3_46-001~002)（翻譯／李淑珠）

3. 更正和修訂的示例

儘管他改變了自己的想法，歡迎同行對他進行批評和指正以改進自己的畫作，可是除非原始版本已經被拍過照，否則找到這樣的例子並非易事。李淑珠比較了他同樣以〔慶祝日〕命名的油畫和明信片，發現在明信片印製完成之後，他又在上面加上了中華民國的國旗。在她的博士論文中，李淑珠解釋了陳澄波決定對他的畫作進行修改時所處的政治背景。[20]

第二個例子是一幅名為〔東台灣臨海道路〕的油畫，這幅畫最近在日本山口縣防府市被重新發現。這幅畫是上山在卸任總督一職時委託陳澄波所作的（參見上文第一章第三節）。安溪游地和安溪貴子發現這幅畫在被拍照以及印製成明信片之後又被修改過。這張照片也刊登在了1930年9月12日發行的《漢文臺灣日日新報》上。[21]不同之處在左下角：在那裡，一位身著當地服飾的女性正走在上山任期內總督府修好的新濱海大道上。而那位女性的體型很明顯被重新畫小了一些。

圖17：〔東台灣臨海道路〕，陳澄波繪於1930年，發現於山口縣防府市。

圖18：陳澄波收藏的〔東台灣臨海道路〕照片。畫中左下角的女性更大。

上山學識淵博，擁有豐富的行政和政治經驗。在任期間，他曾經委託臺北帝國大學對臺灣的原住民進行實地考察（參見上文第一章第三節）。在實地考察開始之前，他向研究小組的科學家們提出了一份長長的研究範圍的清單。四年後，當他最終收到將要出版的6000頁報告手稿時，他非常謙遜，對那篇報告隻字不提，只是表達了他的喜悅與感激，並且談到了已完成的這項工作對於全球的重要性。[22]這項研究的經費來自於全臺民眾致贈給他的退休金。上山也是用這筆錢委託陳澄波為他繪製一幅關於臺灣的畫，他自己也為這幅畫所要繪製幾個地點提出了自己的想法。[23]如果上山的行事方式與他對臺灣原住民進行的實地考察之事一致的話，那麼他就不可能在收到畫作之後要求陳澄波再進行修改。

那麼，我們的問題就是，是誰提議補筆的？以及在什麼時候補的？雖然陳澄波有權在免審查（無鑑查）的基礎上提交三幅畫作，但是他還是用這幅畫參與了臺展的選拔。結果這幅畫並沒有被選中。而在這個過程中，他可能會收到其他藝術家對這幅畫的評論，或許其中還包括了來自臺展評審團的評論。鑒於他確實對畫作進行了修改，我們可以得知，上述提到的他樂於接受評論的這一態度早在1930年就有跡可循，並且他練習創作的過程也應如下所示：目擊（參觀）——實地應用——檢討（批評）——訂正補筆——成品（完成）。

我們可以設想一下同行是如何影響陳澄波的。有人可能會告訴他，說他把那些行走的人物畫得過大了，大到會讓觀者誤以為那條寬闊的公路是一條人行道。另一些人可能會說，畫中較大的人物會喧賓奪主，削弱海洋和清水斷崖的壯麗之感，也正是在那裡工人們在拼命地修路，等等。

無論如何，進一步的研究，例如用X射線照射，將會揭示這一補筆是較為倉促的，還是經過深思熟慮的。或者我們可以查閱上山的日記，看看有沒有關於這幅畫的要求或者接收方面的內容。上山的日記被保存在位於防府市圖書館的三哲文庫中，這個文庫是在1938 年上山死後用他的捐款建的。這些探尋都很有價值，因為這幅畫已經在增進嘉義市和防府市人民的友誼方面起了重要的作用。

四、陳澄波給家人和臺灣人民的信（1929-1947）

（一）概述

陳澄波的妻子張捷妥善保管了她丈夫的遺物。在那些檔案之中，有十幾封信，還有許多明信片。在這篇介紹他所作內容文章的結尾處，我們會介紹他寄給自己家人以及臺灣政局代表的信件和明信片。從這些信件和明信片中，我們將會知道他對自己子女還有對臺灣人民的希冀。我們可能也會理解他在遺囑中所表達的願望的背景，那份遺囑正是他在臨刑前的高壓和緊迫感之下寫下的。

二戰日本戰敗後，臺灣人民為在經過50年的殖民統治之後重獲自由而歡欣鼓舞。然而，當中國的士兵抵達臺灣並且公職人員被替換時，一種痛苦失望的情緒蔓延開來。

我們將讀到陳澄波自戰後一直到1947年3月被處決前這段時間所寫的文章。由於李淑珠等人已經對他的中文版的《回顧（社會與藝術）》進行了詳盡的介紹和分析，我們將只引用其中的一小段來解釋他對於新政權的期望。

本節將會介紹他在戰後寄給家人的信件，加上第三節中提到的基於我們的採訪所得的陳澄波長子陳重光的敘述作為補充。這一部分將會解釋，直至他意外死亡前，他是怎樣教育和指導他的家人以及嘉義和臺灣的人民。

（二）文本

1. 讓我們比比看誰更有能力

1929年3月27日，就在陳澄波最終要結束他在東京五年的學習之前，他給他出生於1919年的大女兒寄了一張印有他畫作的明信片，告訴女兒他最近在東京的一個私人畫展上獲得了成功。

紫兒，我這次又入選展覽會了。老師還稱讚我的畫很好呢！聽了之後，實在是非常高興。請妳也為我高興！紫兒也要用功念書，以後成為聰明的人，然後跟爸爸較量看看喔！幫我跟妳母親、奶奶、叔叔他們問好。再見！　陳澄波（LE2_145）（翻譯／李淑珠）

1934年11月12日，他從臺北給自己年幼的孩子們寄了明信片。從這張明信片可知，他對自己的孩子充滿愛和關懷，總是希望他的孩子們在身體健康的同時也能用功學習。

大家一定都身體健康、認真學業吧？這比什麼都還要令我高興！我這邊的工作也已告一段落，明天就回家。代我向你們母親和其他人問好。再見！（LE2_041）（翻譯／李淑珠）

數年之後，他的紫兒長大了，承擔起了家庭裡管理財務和教習的角色。她從父親那裡得知了家庭唯一收入來源的資訊：收入依靠的是那些展覽，在展覽上客戶可能會買畫。在嘉義擁有的一座農場可能是他用來補救賣畫不穩定收入的方法之一（見下文給他兒子的第二封信的結尾處）。1938年5月1日，他從臺陽美術展覽會的舉辦地臺北給女兒寄去了明信片。

展覽會的成績，場面比預計的還要熱鬧盛大。會務的關係，在臺北待個三、四天，寫一下生之後再回去。接下來會在彰化創作。目前一張畫都沒賣出去。今後手頭上會有些吃緊。到彰化後再想辦法吧！碧女和重光有認真念書嗎？(LE2_083)

一年前，也就是1937年2月，新聞報導了他務農的情況，摘錄如下：

不單是嘉義而是臺灣之光的西畫家陳澄波氏，前幾天不知何故，突然在嘉義南郊的莊有地約一甲的荒地從事開墾與瞨耕（佃耕）的工作。每天利用作畫餘暇，親自拿著鋤頭，感受土地的芬芳。(NC2_044)（翻譯／李淑珠）

2. 讓臺灣成為大中華民國的藝術模範省

正如本文的引言中提到的，陳澄波第三本筆記本Ma01中有一篇用中文寫的長文，題目為「回顧（社會與藝術）」。封面上的日期為民國34年（1945年）9月9日，正好是日本在南京簽署投降書的那一天。寫中文對他而言不是什麼問題，因為他小時候曾經學過。1923年，當他在水堀頭公學校湖仔內分校任教時，他以中文投稿彰化崇文社第67期徵文，並獲得第六名。在上海逗留期間，他進一步提升了自己的中文寫作能力。從昭和到民國的推演是他在《回顧（社會與藝術）》中遇到的唯一難點。

陳澄波修訂了這篇文章，並將它作為在臺灣創建國立美術學校的建議書寄給了張邦傑（1887–1964）和相關部門（1945年11月15日，LE_018 and LE_019，詳見《陳澄波全集》第七卷專文）。我們猜想這應該是他下一年成為嘉義市議員主要動機。如果這與他想要在臺灣推廣美術的雄心無關，或者關聯不大，那麼他也不會接受成為選舉候選者。他這樣寫到：

……建設強健的美麗的新台灣才好。總要來組織一個國立的，或是省立的美術學校來創辦如何？注重第一關于國家的師範教育的美育，訓練整個的美育有智織（識）階級的師長來幫助國家美術的美育的教育，來啟發未來偉大的大中華民國的第二小國民的美育才好。第二呢！一方面造成人材來啟蒙美術專家，所謂叫做世界

的美術殿堂法國的現狀如何？已竟（經）荒廢了，沒有力量來領導世界上的藝術，東亞誇請（獎）他是世界的美術國，和軍國主義的日本也倒了！所以我們大中國的美術家的責任感激很了！提唱（倡）我國的美術和文化的向上關係當然要來負責做去。欲達到這目的，第一來建設強健的三民主義的美育師長的教育，才可以提高未來偉大的第二少國民的美育才好。第二造成了世界上的美術專家來貢獻於我大中國五千年來的文化萬分之一者，吾人生于前清，而死于漢室者，實終生之所願也。[24]

3. 愈加勤奮，即使身處困難仍要成為一名好學者（1946年9月）

1946年9月，陳澄波給他的大兒子陳重光寄了一封信，當時 陳重光剛剛進入臺北師範學院讀書。這封信中充滿了獨立自由之感，陳澄波鼓勵他的孩子追求自己的願望，成為史地學系的學者和教師。

……光復後精神不差，我們的世界了，這樣的精神，你們還要多用功一點，努力學科，你所志願的史地很不差學科！代表國家的研究，國家之精神，民族的團結，我國家的精華不醜呀！不可放肆，身体保重，多多用功，做個好好的學者，不負你父親奮鬥現在的精神？……快樂底精神用功于英文、國文、國語，多研究做未來的大歷史家為要，你爸爸希盼甚至。（LE1_015）

但是僅僅在兩週之後，1946年9月25日，陳澄波不得不帶著更愁苦的失落又給他的兒子寫了一封信。嘉義和臺灣各處的生活秩序被破壞，師範學院無法再維持日本統治時期的水準。在信的最後一行，他向兒子解釋說，他在嘉義的兩個農場的水稻都獲得了大豐收，並且如果有必要的話，他能夠負擔得起轉學到更好的學校的額外費用。

嘉義之治安，暫變亦深，嘉義之治安，暫變亦深，我家之自來【水】用輇頭（ネヂ）一付，今天早晨被小盜竊去，流水滿路，社會通通壞了！你那邊日夕小細之物，出入要當心，關閉門戶對姊姊須要說一說，繫心切肆放，金款亦要當心，學校程度較低，可歎，可惜，不過恨運命，若是能夠再進投考于他校者，請準備，師範學院當局可能批准，再考他校否，不能者暫邊一時，畢業後再往大學部研究，可能不可能多研究一點，國文國語熱勿論，英文一科嘉義人士亦當心加倍研究進攻。重光吾兒，你亦繫心研究勿誤，英文自由會話可能者，不必全身在于教育界，亦進別界之活動！所以多用心勿誤，是你父親深望。學力可以充分自當研究者，將來進去社會上，就能奏效。……

……這句不能脫（說）之事，最要我家之名譽，要確守，來揚名聲，顯祖宗過去之行幸呀！……「有其父必有其子」，我兒！不醜你爸爸之努力，你亦要你祖父（守愚）秀才學位，你父之帝展挑選，此回之審查員。請保重身體之限度，不誤將來之大志，揚名聲我陳家之行幸呀！

……劉厝收穫有兩百十斤，下路頭約一千斤入手了，可以再添補你之學費，須要之金款即可通知付用，再會！

陳澄波 9/25

重光吾兒（LE1_016）

4. 遺書（1947年3月25日）

在下面陳澄波遺書的摘錄中，以下幾點看似與我們從他寫給兒子的信件中引用的內容一致。寫給他妻子的第一行就是警告要她注意門戶。在他最短的遺言中顯示，對兒子的教育意味著要將家族作為學者的歷史發揚光大。他希望長子為了更好的前途可以去更好的學校，並且家人們應該在日常生活中互相幫助，尤其是學著提升他們的能力。

永長壽福，蓋在天不用吾之所為，請勿見過（怪）你愚夫之所為，也時常日夜門戶健守，注意外荒吾可放心。(WI07_002)

孝養你母兄妹姉須和睦勤讀聖賢顯揚祖宗。(WI01-001)

重光對弟前民能使其就學者，實業學校或中學校。(WI10-002)

便重光自己就總幹事訪問報告此事件與添生同行，使補候補者。(WI08-001)

西湖斷橋殘雪之繪為家保存之。(WI08-001)

（三）相關資料

1. 陳重光自述（2016年3月）

2016年3月26日，山口縣立大學的學生有機會採訪到陳澄波長子陳重光，1947年陳澄波被處決時陳重光年僅20歲。學生們準備了十五個問題，其中包括一些比較私密的問題，比如：「你什麼時候覺得自己就是陳澄波的兒子？」這裡只翻譯一段摘錄。[25]簡而言之，陳重光解釋說，父親有三個理想當老師、當藝術家、當政治家。而他的一生也是圍繞這三個理想抱負展開的。他覺得父親做政治家的理想抱負簡直就是一場災難。2016年去嘉義市政府參觀展覽時，他與安溪遊地和安溪貴子聊天中提到陳澄波畫油畫的方式：

我記得我在上海的時候也就5-6歲。每天我的父親都會出去教書或者去畫素描，然後就會回家。他回家時常常會帶回來五到六張上課用來教學生用的素描，這些畫基本都是十分鐘左右時間就畫好的。晚飯後，我們便圍著他看素描。對於我們家來說這是非常幸福的時刻，它們深深地烙印在我的腦海裡，每每想起就彷彿還在眼前。有一半的素描已經被白蟻啃食毀壞了，現在只剩下大約300幅。

我們回到臺灣後，父親仍然會到很多地方去畫畫，但我們只能在嘉義陪著他。我陪他去過最多的地方就是嘉義公園。他也不會帶我們去雲林、淡水、臺北、臺中、彰化、臺南、高雄等比較遠的地方。因為沒錢，所以他出去只是為了找個地方畫畫，其他的事情都沒做就回家了。如果我們全去陪他的話，幾個人的交通費就是一筆父親難以承擔的開支，而且他也無法全神貫注地畫畫。

我還記得他畫油畫的方式。他一般不會把調色板上的顏料混合在一起，他會像拿劍一樣握住畫筆，用筆尖快速地敲擊畫布，就好像他在刺它一樣。

和我關係很好的一位同學曾經問我父親在他的畫裡他最喜歡什麼。父親張開手回答說：「我很珍惜這五根手指。一旦受傷，任何一根都會感到疼痛。」現在就讓我們從他的繪畫中選擇他偏愛的五個主題：(1)淡水的紅色屋頂和小徑；(2)臺灣的炎炎夏日；(3)用一筆顏色混雜的顏料勾畫出的青翠草木；(4)臺灣的宗教建築；(5)基於他對中國水墨畫研究而創作的油畫。在最後這一個主題裡，他最得意的畫作應該是〔清流〕，

因為他在最後一份遺書中告訴我們，不要賣掉它，要把它留在家裡。

作為一名父親，他對他的孩子們的教育相當開明。當我說我更想在臺北師範學院學習歷史和地理時，父親直接同意了，從來沒有試圖建議我去學畫畫或英文。相反的，他會鼓勵我，說如果我喜歡歷史和地理的話，就要深入學習。每個孩子都應該做他們自己喜愛的事情，這是他的教育原則。因此，我的大姐選擇學習手工藝，因為我們的母親很擅長手工藝。我二姐選擇了學畫畫。在繪畫方面二姐有著敏銳的觀察力，父親經常帶她到嘉義公園一起寫生。當二姐的油畫〔望山〕成功入選臺展時，她還在讀女子高中三年級。這是個大新聞，因為通常只有美術教師或專業畫家才能入選。但是，在我們的父親被處決後，二姐就放棄繪畫了……父親的第三個女兒就是我的小妹，她當時在上女子高中一年級，還沒有找到工作，我們的小弟弟當時還在上小學。

我最遺憾的大概就是父親在「二二八」事件中被處決時年僅53歲。如果他沒有去世的話，我們就能見證他的一生中畫作的變化，大概跨度能在80年左右。父親50歲的時候在戰爭的炮彈炮火下倖存下來，他本應該過著藝術家的生活到60-70歲的。

戰爭結束後，大多數臺灣人都為臺灣回歸祖國而歡欣鼓舞。但這種喜悅很快就變成了失望。在一年左右的時間裡，我們看到從日本到中國的政治過渡，發現中國政府已經完全腐敗了。我們家不能容忍這樣的腐敗。正因為如此，很多人都去說服我父親當嘉義地方議會的代表。父親被他們說服了。儘管我們家所有人都極力反對他作為候選人參選。在競選期間，我們也從未要求鄰居或親戚投票給他。他沒有在街上發表過演講，更沒有印製過任何海報或傳單。他只花了很少的錢印了點名片，然後由朋友們名片分給了他們的親戚。父親之所以當選，是因為他在嘉義頗有名氣。父親從此躍入了他心目中充滿正義感的政治世界，卻全然不知那個政府有多麼腐敗。也正是此導致了這場可怕的事故。

我最遺憾的是，父親的慘烈犧牲純粹是出於他對於政界的滿腔正義。他沒有資格，真的沒有資格成為政治家，尤其致力於完全腐敗的中國政治。我對日本政治一無所知，但你應該也明白，即使是在日本，只堅持正義行事似乎也行不通。讀了兒玉識教授所著的上山滿之進官員傳記後[26]，我覺+得上山滿之進是以政治家的身分去追求正義，因此，他的政策很少被政府採納。

當收到你寄來的父親應上山滿之進邀請畫的〔東台灣臨海道路〕油畫照片時，我激動地跳了起來。我們本來以為，除了相冊裡的一張明信片外，一切都不復存在了。我叫我兒子立栢立刻到防府市去。如果我能去看看那幅畫，就相當於又和我父親見面了！

（四）筆記本與陳澄波生活的關係

雖然很少被討論，除了陳澄波之子陳重光在上述第三節裡提到教書、畫畫、從政之外，我們也應該把務農視為他的職業之一。在他1946年9月寫給陳重光的第一封信的末尾，他抱怨稻米的售價比預期的要低。他從1937年開始人工開墾荒地，發展到1946年，從兩塊地就能收穫約1200斤稻米，這或許和租戶農民的勞作努力是離不開的。作者之一安溪遊地和他的妻子安溪貴子從1990年開始種植蔬菜補貼家用，1993年開始種植水稻，他們的兒子

在2012年開始生產和銷售稻米和大豆。在進行有機農業種植的嘗試中，遇到了諸多自然災害和災難，而唯一能做的只有祈禱，由此便理解了為什麼土著人民奉行萬物有靈的宇宙論。除此之外，他們也親身體會到自產自銷農業和市場銷售農業完全是兩回事。在陳澄波三本筆記本中從來沒有提起過農業。不過，從陳澄波一家參與耕作這件事情一方面可以瞭解到他的經濟狀況，另一方面也可以瞭解他對大自然的態度，這是一個值得研究的課題。例如，陳澄波在臺灣光復後提出要在臺灣創辦國立美術學校(LE1_019)，他的開場白是這樣的：「夫！天地之循環，乃是萬物新陳代謝，自然之理也。」我們也可以根據「臺灣蓬萊米之父」磯永吉博士的思路，在這兩個話題中加入「倫理」。磯永吉博士曾寫道，農民是興國安邦的主力軍，他們每天都從莊稼地裡學到經驗——耕種莊稼要盡心盡力，容不得半點糊弄和馬虎。[27]

結論

我們費了相當周折才把陳澄波的學習筆記本和素描簿上的部分文本謄抄下來。這些文本大多是用日文寫的。

第一個是從各種教材上摘錄的日文選集。陳澄波從1915年的元旦開始記錄，當時他年僅20歲，是臺北國語學校的二年級學生。選集裡摘錄了許多寫生文。這些文集最開始被視作是繪畫的基礎訓練，但後來其範圍逐漸擴大到經濟、社會和政治領域。第一篇文章講述的內容與石川欽一郎在學校擔任繪畫導師時所教授內容高度一致，即建議學生終身學習藝術。陳澄波的政治積極情緒指引著他在50多歲的年紀去向政府討正義，最終也因此被處決。而我們似乎從這本筆記本的後半部分找到了這種政治積極主義的根源。筆記本的最後一篇文章是關於教書這一職業的樂趣，特別是在當地小學教書的樂趣。這篇文章的摘錄日期不詳，但卻與他畢業後在嘉義公學校做的第一份講師工作非常契合。簡而言之，除掉所摘錄的一些經典日文散文外，這本從他在20歲時便開始記錄的《作文集帖》對他後來的生活具有重要意義——它是陳澄波開始做教師、藝術家和政治家的序曲和奠基。

陳澄波有著繼續深造和成為藝術家的野心。受其驅使，他決定辭去自己的教師工作，儘管這是當時臺灣公民除了行醫外收入最高的工作之一。雖然陳澄波在東京美術學校學生時期的素描、書法、油畫等作品為許多研究者保存並研究，但他在藝術實踐之外的學習內容卻少有人知。這本哲學和教育筆記本是他唯一留下的課堂筆記。這是他在（美術）教師培訓課程的第三年記下的，其中完整記錄了講師武田信一教授的三門課程：（1）哲學、（2）教育學、（3）教育心理學。我們研究發現，這三門課程每學期上一門，實際屬於兩門具有正式名稱的課程：（1）修身，（2）和（3）教育與心理學。武田是畢業於東京帝國大學的研究生，比陳澄波小一歲，專攻希臘哲學。因此自然會在哲學和教育學課程中主要講授他的專業知識。在哲學的八堂課中，有四堂是關於美學的。武田解釋了柏拉圖關於「理念」的觀點的重要性，「理念」是我們對事物外表的膚淺看法背後的本質。儘管陳澄波很難跟上授課的速度和細節，還犯了很多拼寫錯誤，但他把自己認為重要的地方用紅色底線標了出來。有三件事可以說明，在東京的日子裡，以及完成研究生學業後，他都持續保持著對哲學和美學的興趣。首先是陳澄波在《美學及美術史》一書上頁邊空白處的注釋。該書是高山樗牛於1926年抵達東京之前出版的。第二，從1930年首次出版的哲學辭典中摘錄下來的寫在紙上的術語。第三，1942年或之後購入的田邊元的《哲學通論》，書上還有

許多記在頁邊處的筆記和總結。陳澄波在書的扉頁上寫道，「三月八日，以不成功便成仁的決心開始閱讀。」無論如何，柏拉圖的「理念」概念成為他藝術創作、在上海的教學以及他對同時代藝術家的批評的隱性支柱。哲學與教育筆記本和記在書頁邊的簡短筆記展現了陳澄波在上野和本鄉參加日本繪畫、東方藝術史和世界裸體畫藝術史課程與研討會的難得片段。

至於他在上海的活動，我們的資料相對較少。不過有一條用中文寫的繪畫建議可能在他的課堂上使用過。在石川欽一郎的建議下，他學習了中國水墨畫，在那個油畫家只想去巴黎的時代，他是一個例外。他從上海寄來的信和他兒子的回憶是他在上海生活過的證據。

40多歲回到嘉義後，陳澄波開始了獨立藝術家的生活。賣畫的收入並不穩定。他努力組建私人美術協會，同時也為官方展覽提供支援。對他來說，組織美術家並推廣他們的活動非常重要，這不僅僅是為了提高臺灣的美術水準，更是為了培養島內的美術愛好者，讓美術創作者獲得足夠的經濟支持。

1934年，他第四次成功入選了帝展，並被邀請對畫作進行評價。作為臺灣油畫界的先驅，他努力指導年輕美術家，為他們組織專業協會。但日本政府不顧美術家的需要，不同意在臺灣建立美術學校、博物館或學院。在戰爭期間，即使是油畫顏料也很難買到，除非有美術家願意參與戰爭宣傳。[28]

因此，和大多數臺灣人一樣，陳澄波自然希望中國新政府能比日本政府做得更好。根據第三本筆記本中的手稿來看，他用中文提議建一所新美術學校。可他不但沒有得到回復，反而目睹了新政府的無能和腐敗（如：盜竊日益猖獗，甚至有人偷走了他自來水管道上的螺絲）。無論他對這種社會和政治的不公感到多麼憤怒，我們都不確定這是否是他競選地方議會席次的原因。鑒於他一貫胸懷大志，他可能有在臺灣建立一所新的美術學院的雄心，並呼籲提供全國的政治和經濟支持。1946年9月，他給他的兒子陳重光寫了兩封信，當時陳重光剛開始臺北學習歷史和地理。 陳澄波迫切希望延續其家族學術優良的傳統，這一願望有助於我們理解他在1947年3月25日的遺書中所寫的簡短訊息。這封遺書是在他被處決之前寫的。

據陳立栢描述，這場悲劇發生後，在漫長的白色恐怖時期，為了保護他的畫作和其他財產不被盜竊、縱火或遭受其他破壞，他的妻子和家人從不一起外出，因為害怕房子空著。

2003年8月2日，臺灣總統陳水扁正式恢復了陳澄波的榮譽。[29] 2017年3月23日，總統蔡英文邀請陳重光先生至她的辦公室，並對陳澄波的家人為保護他的寶貴作品所付出的巨大痛苦表示感謝。她說：「我相信，藝術和人類永遠都將在被壓迫的歷史中倖存下來，這是一個國家永遠強大的例證。陳澄波先生是我們所有人的榜樣。」[30]

（特別感謝已故的陳重光先生、陳立栢先生、嘉義陳澄波文化基金會成員、李淑珠博士、邱函妮博士與我們的合作，讓我們得以籌備撰寫本文。為了確定陳澄波究竟打算在本文和其他文獻中描述的這兩本日文筆記本中寫些什麼，三位合著者在已故的山下博由先生、栖來光女士和安溪貴子博士的幫助下合作進行了轉寫。山口縣立大學的兩名學生秋吉明日香女士和東泰生先生在井竿富雄的指導下準備了問題，並對陳重光先生進行了採訪。已故的龍谷大學教授兒玉識和日本山口縣防府市「上山滿之進學會」的成員，鼓勵並建議我們研究上山滿之進——第14任

臺灣總督和陳澄波的關係。盧藹芹先生對我們的英文初稿仔細潤稿。我們衷心感謝所有這些使臺灣與山口縣之間學習交流取得如此豐碩成果的人士和機構。）

安溪遊地、吉永敦征、井竿富雄*

【註釋】

*安溪遊地（http://ankei.jp/yuji_en/）：山口縣立大學區域研究名譽教授，是本文第一和第四章的作者與編輯。吉永敦征：山口縣立大學信息倫理學助理教授，是本文第二章作者。井竿富雄：山口縣立大學國際政治學教授，是本文第三章作者。

1. 《作文集帖》中的大部分內容都可以在基金會的網站上找到，本文採用了他們的編號。相關書籍及雜誌在中央研究院臺灣史研究所網頁上可見。
2. 二二八事件期間，即1947年3月2日和3日，國分直一教授從臺中市廣播電台聽到了這首《軍艦進行曲》，廣播隨後用日語敦促聽　站起來，「我們忘記日本精神了嗎？我們接受了50年的日本教育。讓我們站起來吧，全島六百萬同胞！站起來，年輕人！從國外回來的同胞們，站起來！」引自安溪遊地、安溪貴子〈追隨國分直一教授的足迹（3）：二二八事件的現場記錄〉《榕樹文化》第64・65號，頁36，2019。http://ankei.jp/yuji/?n=2383。
3. 笠木透《昨日生れたブタの子が　戦争中の子どものうた》音楽センター，1995。
4. 李淑珠《表現出時代的「Something」—陳澄波繪畫考》臺北：典藏藝術家庭，2012。
5. 岡利道〈大和田健樹の作文教授観〉《廣島文教教育》第10卷，頁1-16，1996。 http://harp.lib.hiroshima-u.ac.jp/h-bunkyo/metadata/2824。
6. 大谷光瑞〈第二十七章：臺灣的統治〉《帝國的危機》頁135，民友社（1919年）。
7. 李遠川〈戰爭中的經驗：新竹開始的疏散生活〉《榕樹文化》第75・76號（將於2022年出版）。
8. 這些畫作從開始就對陳澄波很有價值。這可能就是他抵制現代繪畫趨勢的深層原因，即傾向於在越來越大的畫布上作影響力並未提升的畫作，而不是在小的畫布上精雕細琢（1935年1月，臺灣畫壇回顧的報紙採訪）。隨後，在1940年6月1日，陳澄波發表了一篇題為〈我是油彩〉的文章。這本書是一幅油畫的敘述，介紹了它是怎樣經過加工和品質檢查後得以存留下來，並且要觀者記住它在廣受讚譽之前承受的不為人知的艱辛（《臺灣藝術》第4卷，頁20，BC3_24-0012）。
9. 井竿富雄、吉永敦征、安溪游地《上山滿之進和陳澄波：為了山口縣和臺灣的友誼》山口縣立大學（2017年）。https://www.yamaguchi-ebooks.jp/?bookinfo=kendaicoc7taiwan。
10. 戰後留在國立臺灣大學的高坂知武教授把盡一切可能幫助學生視作一項應做之事，包括為他們提供住所，用自己發明的電熱器為他們取暖，必要時還借給他們錢，既不收利息也不定還款時間（李遠川教授回憶）。
11. 武田後來在大正大學、東京大學和北海道大學教授古代和中世紀哲學。
12. 下載網址：https://www.dl.ndl.go.jp/info:ndljp/pid/1914642。
13. 下載網址：https://dl.ndl.go.jp/info:ndljp/pid/1216521。
14. 下載網址：https://dl.ndl.go.jp/info:ndljp/pid/968018。
15. 譯註：言外之意即只有付出努力才會有回報。
16. 《東京美術學校校友會月報》第29卷第8號，頁18-19，1931.3。
17. 《東京美術學校校友會月報》第29卷第8號，頁18-19，1931.3。
18. 該期《水繪》雜誌（封面除外）可在本網址陳澄波畫作與文書一欄查閱。識別號碼：CCP_09_09028_BC3_11，網址：http://tais.ith.sinica.edu.tw/sinicafrsFront/browsing.jsp。
19. 張義雄口述、陳重光記錄〈陳澄波老師與我〉《雄獅美術》第100期，頁126，1979年。摘自《陳澄波全集》第2卷，第12頁。
20. 李淑珠《表現出時代的「Something」──陳澄波繪畫考》臺北：典藏藝術家庭，2012。圖六十一。
21. 安溪遊地、安溪貴子〈2020年追悼已故教授兒玉識〉《榕樹文化》第71・72號，2021。http://ankei.jp/yuji/?n=2508。
22. 《東京朝日新聞》朝刊3版，1933年10月15日。參閱：http://ankei.jp/yuji/?n=2160。
23. 《臺灣日日新報》日刊4版，1930年10月16日。參閱：http://ankei.jp/yuji/?n=2160。
24. 陳澄波《關于省內美術界的建議書》1945年11月15日。（LE1_019）
25. 日文全文參閱：https://www.yamaguchi-ebooks.jp/?bookinfo=kendaicoc7taiwan，頁73-84。
26. 兒玉識、安溪遊地《上山満之進の思想と行動》增補改訂版，海鳥社，2016。
27. 安溪游地、安溪貴子〈蓬萊米の父・磯永吉〉《榕樹文化》第73・74號，頁1-13，2021。 http://ankei.jp/yuji/?n=2531。也有報導稱，約1923年時在嘉義廣泛種植的多樣品種的蓬萊米最開始是從長州（江戶時期的長州為現今山口的前身）都稻篩選育種改良而來的。
28. 李淑珠《表現出時代的「Something」──陳澄波繪畫考》，臺北：典藏藝術家庭出版社，2012。
29. CCP_06_01_ID1_15 見網頁 http://tais.ith.sinica.edu.tw/sinicafrsFront/browsing.jsp。
30. https://www.cmmedia.com.tw/home/articles/2877。

Teacher, Artist, and Politician: Chen Cheng-po's Vocations as Hinted in His Notebooks

Introduction

A. Chen Cheng-po's lifetime and his three notebooks

In the collection of Chen Cheng-po Cultural Foundation (the Foundation),[1] there exist three notebooks. The first notebook, labeled *A Collection of Essays* (the *Collection*), was started on January 1, 1915 when Chen was a student at the Taiwan Governor-General's Office National Language School (National Language School) in Taihoku (today's Taipei). The second notebook, labeled "Philosophy" on its cover, was started on April 27, 1926 when Chen was a third-year student at the Tokyo School of Fine Arts. The third notebook consisted mainly of a long essay and was labeled "*Review (Society and Art)*" *(Review Notebook)* and dated September 9, 1945. Whereas the first two notebooks were written in Japanese, the third was in Chinese.

These are the rare records that have remained until today to tell us what Chen Cheng-po wrote, apart from what he drew, in his school days and afterwards.

Throughout his life, Chen Cheng-po had pursued the three ambitions of becoming a teacher, an artist, and a politician. In an interview, his eldest son Chen Tsung-kuang told Izao Tomio and his students from Japan that his father had accomplished the first two ambitions with much success, but the last ambition was a complete catastrophe that ended in his being executed during the 228 Incident (see Section 4C).

The above-mentioned three notebooks were respectively written during times he was preparing to face new challenges of life.

Encouraged by Chen Tsung-kuang's son Chen Li-po and other members of the Foundation, we have worked since March 2016 to find out what were written in Japanese in his notebooks, and we wish to share our discoveries. Our investigation has been supplemented by studying texts written on loose sheets of paper, on sketchbooks, or in the margin of his books.

B. Chen Cheng-po's Japanese handwriting

Before entering the public school in Chiayi at the age of 13, Chen Cheng-po studied Chinese classics in a private school. At the Tokyo School of Fine Arts, the characters in his calligraphy exercises were so well balanced and neatly written that there was little correction from his teacher. Though Chen's calligraphy skill might have been passed down from his father, who died in 1909, the handwriting in his notebooks is hard to decipher because of the cursive style he employed.

Some characters are illegible because they are fragmentary, or because the paper on which they were written has been torn. If we could get hold of the original texts from which Chen Cheng-po had copied, we could rebuild these characters, but only a few of the originals could be found.

In the second notebook which Chen Cheng-po used for his philosophy and education classes, the handwriting is even more difficult to decipher. This is so probably because he had to jot down sentences which were only spoken but not written on the blackboard. Also, as Chen Cheng-po had to keep pace with the spoken words of his teachers, he had wrongly written many characters in Chinese which had the same Japanese pronunciations. He might have particular difficulties in writing down the names

of western scholars when they were written in alphabets of English, German, Latin, or even Greek.

An abundance of mixed use of different forms of characters could be found in the first notebook, examples include 歸／帰／归 and 氣／気／气. Whereas 歸 and 氣 are in the formal style similar to present-day traditional Chinese characters, 帰 and 気 are the popular versions which are mostly similar to the kanji used in Japanese writings nowadays, while 归 and 气 are abridged versions not unlike the simplified Chinese characters of today. We have mostly retained the different versions used in the original script and have made no attempts to unify the character types. If there are characters that are obviously wrongly written or mistaken, however, the authors will provide the correct ones within parentheses and underline them.

C. Difficulty of literary Japanese

In Chen Cheng-po's days, written Japanese was far more difficult to master than its spoken form than today, especially in the classical style and in verses.

Let us take an example from a Japanese song that Chen Tsung-kuang chose to sing with us on our request when we visited his home in Chiayi in March 2016. The title of the song was *Umiyukaba* (*If I Go Away to the Sea*), being an extract from a long poem to praise the emperor for the discovery of gold in the north. The poem was written by Ōtomo no Yakamochi (ca. 718-785), the learned poet-administrator who compiled the first songbook of Japan, Man-yōshū. In the Tokyo School of Fine Arts, Chen Cheng-po was asked to practice calligraphy on poems of his choice from this songbook. All the nine poems he had chosen were the love poems exchanged between the poet and a lady named Ki no Iratsume (See Fig. 1). The song *Umiyukaba* was composed in 1937, and was also inserted in the middle of the energetic song *Warship March*.[2]

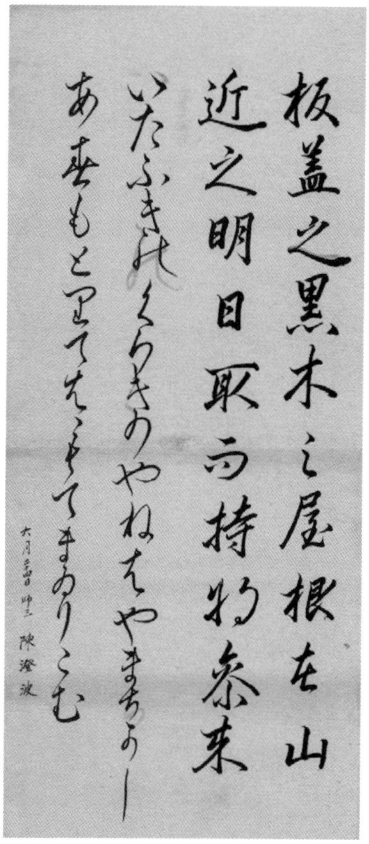

Fig. 1: Chen Cheng-po's calligraphy class work on June 24, 1926 in Chinese and hiragana characters (Man-yōshū Vol 4 No. 779 by Ōtomo no Yakamochi).

Japanese children including Taiwanese and Korean ones during the Japanese colonial era were made to sing this song at schools, but most of them misunderstood the lyrics.[3] Ankei Yuji's mother Fumiko was 18 years old in 1937 when she first heard *Umiyukaba* as if it were the second national anthem. She wondered why this song mentioned about four hippopotami. This explains why:

Original lyrics:

Umi yukaba mizuku kabane; Yama yukaba kusamusu kabane; Ōkimi no he ni koso shiname; Kaerimi wa seji (If I go away to the sea, I shall be a corpse washed up / If I go to the mountain, I shall be a corpse in the grass / But if I die for the Emperor, it will not be a regret.)

Sung by children as:

Umi ni kaba mimizuku bakane; Yama ni kaba kusamusu kaba ne; Ō! Kimi no he ni koso shiname (Hippos are in the ocean, owls are fools aren't they? Hippos in the hills are hippos smelling bad aren't they? Oh, I am determined to die from your fart!)

Fumiko also remembered another song that celebrates the birth of the prince baby on December 24, 1933—*Hitsugi no miko wa aremashinu* (The Prince to Succeed the Sun Dynasty is Just Born)—but was understood by children as *Hitsugi no miko wa aremaa shinu* (Alas, the baby in the coffin is dying!).

I. *A Collection of Essays* (1915-)

A. Outline

This notebook Nb01 contains 148 pages. There are many short texts of several lines only, but there are also sporadic lengthy ones covering several pages. On the cover, we can find four lines from right to left that read 1) *A Collection of Essays*, 2) New Year's Day, Taishō 4 (=1915), 3) Chen Cheng-po in Chinese characters, and 4) Tân in alphabets, which is Chen's surname in Taiwanese pronunciation.

Fig. 2: Chiayi Public School, as shown on a postcard sent to Chen Cheng-po in Taihoku by a former classmate or teacher from Chiayi (1915).

Chen Cheng-po was born on February 2, 1895, two months earlier than the start of Japanese colonization of Taiwan. He was 20 years and 11 months old when he began writing this notebook. He was in his second year at the National Language School. It was the school that trained young Taiwanese for four years to be teachers in public schools where Taiwanese children could learn a variety of subjects in Japanese. Chen himself was a graduate of one such school—Chiayi Public School (LE2_001, Fig. 2) on March 28, 1913.

Although Chen numbered the texts/essays consecutively from #1 to #132, #26 and #120, #67 and 103, #68 and 100, as well as #69 and 104 are the pairs having the same contents but copied down on different occasions. Further, #18 and #21 contain combinations of two essays each written by a different author. There are two texts having the same number 47, so they are redesignated as #47 and #47bis. The essay in #109 was not copied in full before being replaced by another. Thus, in total, Chen copied 136 passages/essays, of which there are four pairs of identical ones.

After having transcribed the texts, we tried to identify the original essays in the hope of correcting dubious characters or filling in missing ones. There was no anthology of Japanese essays among his books. For many of the essays, notes on difficult words were given in the margin. While most of these notes came from the books Chen was copying, a small number of them were in a different color of ink, indicating that he composed them himself. Some advices on appreciation or composition were also

frequently found at the end of the essays. He might have copied these from textbooks on written Japanese he had read. In those days, such textbooks were common, and he could easily get hold of them in his school (Fig. 3. See also Fig. 5).

Fig. 3: The National Language School as shown in a book published by the Governor-General's Office of Taiwan in 1908.

Learning a language entails understanding the related culture and traditions as well. Early Japanese literature is replete with the elements of Chinese language and civilization. It is therefore not surprising that Chinese influence is found almost everywhere in the Collection. #1 is on Li Bai, #3 on crabapple flower, #4 on plum, #7 on peony, #8 on chrysanthemum, and so on to the very last one, #132, which pays homage to Mencius' "the three delights of a superior man". Quotations from classical Chinese literature are often covertly embedded in the essays. In such cases, readers will have much difficulty in comprehension if they lack a basic knowledge of Chinese and Japanese classics that span centuries or more. This might pose a challenge to his fellow students, but Chen Cheng-po had already learnt Chinese classics in a private school until he was 13, so he might have found the background of the essays as something familiar.

There are, of course, essays or texts that need no knowledge of Chinese classics: #46-48 are letters between close friends or classmates, or formal letters needed in daily life. In particular, #47bis is an advertisement for a new merchandise, #56 is a letter of apology for having broken a promise, #71 is a marriage notification, #74 is a mourning essay, etc. In the latter half of the Collection, there appear essays in conversational style such as #72 (Mothers of Great Men All Lived in Rural Areas), #94 (Autobiography of Fukuzawa Yukichi), etc.

Chen Cheng-po did not only copied sample texts that might be useful for his future life; he thought wider. #57-58 were seasonal greetings by women, which he might have prepared in case he should teach girls.

More than half of the essays pertain to the description of nature, using language instead of charcoal or paints. There are notes that expound on the relationship between drawings and the texts. Literary sketch was an invention by a pioneer of modern haiku and tanka, Masaoka Shiki (1867-1902), and a sketch of his short trip is given in #122. The styles of these essays, however, are quite diverse: some are short and impressionistic like sketches in charcoal or watercolor, others are full of rich colors like oil paintings or even a movie (#2). Some of the notes read as follows:

> The author described the sceneries of the territories he had trodden on with a pen more convincingly than with a drawing (#70).
>
> In less than 400 characters the scenery of a village on the hillside, and the changes from early to late autumn were described as if you can see them with your eyes. By reading this repeatedly, we should be able to master how to economize our words and phrases (#82).
>
> An essay like a model picture drawn with color pencils (#85).

Words in this article, flowing so elegantly, remind us of a drawing of summer rural scenery (#104).

A passenger, sitting by the window on a train, has a sheet of paper and a pencil. Is he writing a Japanese song, a Chinese poem or sketching? (#96 by Ōwada Takeki)

B. Essays

(A) Importance of lifelong learning

#1. Advice for Setting One's Heart on Academic Studies or Art Learning (Miura Baien, Fig. 4)

Fig. 4: Miura Baien (Wikicommons)

People today may set their heart on academic studies or art learning. Once they have made the decision, they may apply themselves day and night. But only after a fortnight or two, they will start getting lazy. They would not admit to not working hard enough, and claim that it is all human nature.

A horse may be able to run fast, but if it runs only a short while in the morning, how can it be a rival for a cow walking slowly but all the day? A smooth stone in a valley or a frame of a well having no angles is not achievable in one day. Those who do not stop today, and those who do not stop tomorrow, will eventually be able to see some results. Even if a person applies themselves throughout their life, it is not easy to fathom the depth of knowledge. How can one compare the work of a month or two, or even a year or two, with the lifelong accomplishments of others?

(B) Literary sketch

#2. Dawn at Mt. Fuji (Chizuka Reisui)

In a short moment, out of the faint haze, a multi-color light appeared. It progressively became brighter, glittering, and at last turned scarlet. Emerging out of it was something egg yolk in color which quickly turned the color of melted copper. The man of the stone hut said, "This is the Sun". Then the color of the sun changed to that of glowing copper surrounded by a ring of gold, and at last turned the color of white-hot iron. As if suddenly hit by a heavy hammer, thousands of golden arrows shot into the sky, followed by blood-red beams rising upward into the shady dawn. At this point, with the rising of the morning sun, the whole world became clear and bright.

The above description is just like the mixing of different colors of paints by the brush of an artist. Although it has been argued that the rising sun and Mount Fuji were major symbols of imperialism in Japanese fine art especially during wartime[4], the content of this passage, at least the part copied in the notebook, seems to have no hidden intention as a propaganda of imperialism.

#5. Peach Tree (Kōda Rohan)

A peach tree is like an uneducated yokel who has grown old and lost any worldly ambitions, who can get drunk with a bowl or two of the local brew, and who would burst into laughter just by talking about trivial matters. It has a strong rural flavor mingled with bit of down-to-earthness. It pleases us in that it has no intention of being pretentious or showy. Sometimes, across a river, one may be in full bloom at the back of a village shrouded in mist; sometimes one may be blooming around a small house at the bottom of a cliff where a spring breeze gently sprawls. These are all sceneries replete with refined tastes. Someone has once criticized it as being too unsophisticated. Maybe he is just like a boy despising his parents as illiterate after learning a few words. How can people be so uncultured? Absurd!

#34. Dry Leaves in an Old Temple (Anonymous)

Original

It was probably time for evening service. When a bell rang, priests started to walk towards the temple from their scattered quarters. Vivid were the colors of their robes that glowed in the setting sunshine. The saying "more than the flowers of February" should justly apply to such a scenery. While I was reciting poems about landscapes such as "Reining it in on the peak of letters", an evening mist and a sudden shower arrived and scattered dry leaves on the ground, which were then quickly swept away by the wind. I felt as if I was "Mooring a boat off the sea of words". For this, I cannot help but let out a sigh. Human lives will be the same as the colors of dry maple leaves returning to soil. (A tanka translated in prose)

Deeply moved was I because of the circumstances.

With comments on the embedded classics and translation of tanka in verse

It was probably time for evening service. When a bell rang, priests started to walk towards the temple from their scattered quarters. Vivid were the colors of their robes that glowed in the setting sunshine. The saying "redder than the flowers of February" should justly apply to such a scenery. [This was borrowed from a line in the poem *Mountain Trip* by Du Mu: The color of leaves touched by the frost is redder than flowers of February]. While I was reciting poems about landscapes such as "Reining it in on the peak of letters, the flash of a white colt" [From the poem *Autumn Has Not Yet Left the Realm of Poetry* by Ōe no Mochitoki, 955-1010], an evening mist and a sudden shower arrived and scattered dry leaves on the ground, which were then quickly swept away by the wind. I felt as if I was "Mooring a boat off the sea of words, the sound of red leaves[5]" For this, I cannot help but let out a sigh.

Maple leaves of colors shall be pale,
Resembling human lives of daily toil,
Soon blown away by storm and gale,

Fall and wither, returning to dust and soil.

(A *tanka* translated as rhyme having 5 meters)

Deeply moved was I because of the circumstances.

#112. A Summer Morning (Ōwada Takeki, see Fig. 5 for one of his textbooks.)

My child is working barefoot with our maid to change the water of the goldfish pond. The sounds of washing a melon with water and slicing it came from the kitchen. Preparation for the morning is quite stirring. As I have just ended comparing, since dawn, different versions of an essay, I will begin airing my books. The wind is still cool, and the sun has not risen over the foliage.

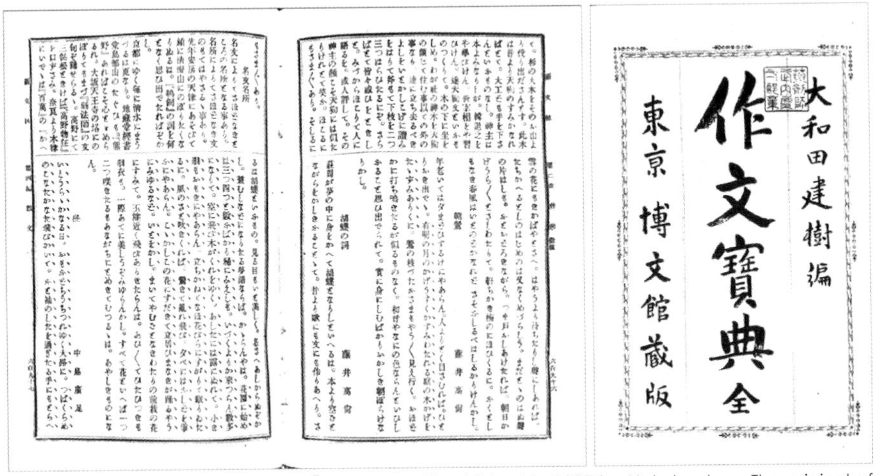
大和田建樹編
作文寶典 全
東京 博文館蔵版

Fig. 5: A composition textbook by Ōwada Takeki published in 1897 by Hakubunkan. The original of the essay #14 with the title "Words About Butterflies" and the front page of the textbook (right).

(C) Plants and animals familiar to common people in Japan

The subjects of the literary sketches Chen Cheng-po copied as examples of plants and animals familiar to the average Japanese are quite varied. For example, a toad jumping at willow sprigs as a man with an umbrella is watching is quite well-known because it has been the picture on one of the Japanese playing cards *Hanafuda* since the mid-Meiji era until today (Fig. 6). Hanafuda

Fig. 6: Ten of the 48 *Hanafuda* playing cards. The fourth from the left corresponds to the episode of a toad and calligrapher Ono no Michikaze described in Essay No. 1.

or "flower cards" are traditionally used for gambling by the common people of Japan. We are not sure whether Chen Cheng-po had ever played with these cards because he was so concentrated in drawing and other studies when he was in Tokyo, and had refrained from drinking alcohol, smoking, or gambling during his lifetime.

We cannot fully explain all the literary sketches in the *Collection*. Let us examine the plants and animals that appear in Hanafuda as examples of living things familiar to the Japanese, so that we know the extent in which they appear in the notebook.

Table 1: Plants and animals in the Collection featured in *Hanafuda*

January	pine tree #17, 19, 24, 29, 36, 40, 48, 49, 52, 70, 78, 88, 96, 126 crane #1
February	plum #51, 55, 69, 104, 126 nightingale #48, 50, 55, 70, 96, 131
March	cherry blossom #6, 47, 51, 52, 55, 69, 86, 104, 108, 126, 131
April	wisteria #69, 104, 126 cuckoo #76, 106
May	iris #104
June	peony #6, 7, 126 butterfly #14, 48, 85, 96
July	bush clover #82 wild pig (absent.)
August	pampas grass #11 wild goose #32, 79, 114
September	chrysanthemum #3, 6, 8, 76, 85, 110, 113, 122, 126
October	crimson foliage #33, 34, 47, 76, 81, 85, 102, 126 deer #76
November	willow #1, 9, 12, 21, 25, 43, 55, 69, 96, 104, 126 frog #1, 108
December	paulownia #110, 126 phoenix (absent.)

(D) Debt and poverty

There are two essays having the same #47. Perhaps there was a long interval after Chen Cheng-po had copied the first one. From then onwards, his interest was enlarged to cover human societies, history, economy, and politics rather than focusing on the pursuit of natural beauty.

All of a sudden, in #61 and #62, the contents are business writings: an IOU written by a money borrower and by his joint surety. This could be the underlying reason: Chen Cheng-po's mother died when he was very young, and when his father passed away in 1909, he had begun living with his grandmother. Pursuing a four-year course of study in Taipei for which tuition fee was exempted, he already knew the taste of poverty. It was natural of him to make copies of such business writings as part of his training in writing correct Japanese.

He also copied an essay giving advice for asking a debt, written as a humorous short story (#92) although the author, Tokutomi Sohō, was a journalist-historian. In the story, a young gentleman living in a city was receiving a visitor. He was irritated by the long conversation about trivial matters. Totally exhausted after several hours, he nevertheless pretended to listen. Suddenly, he was awakened when the visitor said "I'd like to ask you a favor" and realized that the visitor came to ask him for a loan. The author concluded that serious business talks should be straightforward, and never masked by pleasantries.

As mentioned in Section A, Chen Cheng-po had copied four articles twice and gave them different numbers, showing that these were articles of his concern even after certain intervals. The first three pairs are short articles, and the last pair—#67 and #103—was written by Fukuzawa Yukichi, the founder of Keio Gijuku University whose image is currently on the Japanese ¥10,000 bill.

#67 (=103) Being Well-fed and Well-clothed is Not Enough by Fukuzawa Yukichi, an abstract of which is given as follows.

The most persistent and harsh human desire is to acquire money. Even an old man or woman of 80 will cling to their money presumably because of five reasons: 1) for the welfare of their offspring; 2) not to reduce the inherited riches, if any, from their ancestors; 3) to be known to the world even after one's death; 4) to enjoy authority and honor over others, such as learned men or political leaders; and 5) to challenge the difficulty of competing with other rich people. Although such reasons may sound vulgar and childish from the viewpoint of a philosopher, raising capital is useful and necessary for any kind of industrial enterprise. Thus, the greed of capitalists will end up benefiting common people in the end.

In "Causes of Poverty" (#93), Tsubouchi Shōyō, one of the earliest novelists of the Meiji Era, insisted that people fall into poverty mainly because of a lack of will and perseverance. Comparing their small income with that of the rich, poor people would complain and participate in social movements with only a shallow understanding of them. In the end, they become more and more estranged from their community and become poorer. Kuga Katsunan, a journalist, wished that leaders who were pillars of Japanese society would be like English gentlemen: gifted with special talents, high ideas, keen wisdom and learning, and also enough property (On Human Characters, #97). There are articles that deal with the right ways of borrowing money (#61, #62, #92), and give a contrast of the rich and the poor. Since Chen Cheng-po's family were not well off when he studied at the National Language School, he might have much interest in this problem, and it was natural if he dreamt of becoming a rich gentleman after his graduation. The texts chosen by Chen Cheng-po, however, seem to push him towards more puritan attitudes with no fear of poverty or persecution in pursuit of justice.

(E) Social and political justice

There are essays collected by Chen Cheng-po that could have pushed him towards taking actions in social and political justice rather than calmly sketching natural beauty or being bothered by earning money. The following essay encouraged him to pay no attention to judgment from contemporary rulers and people.

#107. On Reward and Punishment, and Praise and Censure (an abstract), by Nakamura Masanao

Since extraordinary persons are always beyond the understanding and customs of the people of the time, these geniuses will be distrusted, and ruling kings will often persecute them, throw them in prison and even kill them as punishment. But these rulers will fade out with the passage of time, and then the honor of those masters and geniuses once expelled and persecuted would be restored and will last forever. Western people called this phenomenon the "revenge of history." So, I tell you youngsters to be ambitious and study hard so that you master a science or art subject depending on your talent and benefit the whole world. Even if you are unknown and get no appraisal from your contemporaries, heaven will justly reward you.

The author then gave the names of Confucius, Su Shi (1037-1101), and Martin Luther as examples, and we may now add Chen Cheng-po in this list of great men whose stature in history has been revived (see the Conclusions section).

#89. Advice for Students (an abstract), by Katsu Kaishū

> Fearing to die in difficulties is of course to be despised, but regarding quick death as pleasant should not be esteemed either. Since those warriors who brought about the imperial restoration of Meiji have all gone, it will be upon you students to manage the government and to make Japan great in the ten years to come. Mastering one or two subjects will not be enough. Do not be content with sciences dying in small sections. Jump into distress, and polish your real talent between life and death.

#77. You and Me: A Message to Mr. Chōfū, by Takayama Chogyū

An open letter written by Takayama Chogyū/Takayama Rinjirō (1871-1902) to Chōfū/ Anesaki Masaharu (1873-1949). Chogyū was an eminent opinion leader in literature and fine arts at the end of the Meiji era. He was the earliest introducer of German philosopher Friedrich Wilhelm Nietzsche (1844-1900) to Japan, and was the most-read writer of his time for a wide range of humanity topics. When the author died at the age of 31, Chōfū took up the task of editing and publishing Chogyū's corpus twice. Later in Tokyo, Chen Cheng-po bought the first volume of Chogyū's corpus titled "*Esthetics and History of Art*", and carefully read it through as explained later in Section 4. The open letter was published in the journal *Taiyō* edited by Chogyū in 1901, a year before he passed away (Fig. 7).

Fig. 7: Takayama Chogyū's statue

> Between you and me, we don't have to mention what has happened recently. Based on our self-awareness, we have the duty to construct our own world. But, as you understand, this world is difficult to bring about. At least in our own country, we would not be easily understood. It is only true that, where there is a will, there is a real existence. So long as you and I are in this world, nothing can obstruct our cause. So, we should have confidence in each other. No matter how hard vairambhaka is blowing, our persistence shall prevail simply because we are guided by the light of our belief. What kind of kings can threaten our independence? Sharing this realization, I sincerely hope that together we can settle in the place where life leads us.

Near the end of the *Collection*, in essay #128, Chogyū encourages his students to make the best of their summer vacation to throw themselves into the natural environment and absorb the source of vitality for their future. This convinces readers to expand the observation of nature from regarding it as a hobby or mere scientific description to the empowerment for youngsters. We can see a photo in which Chen Cheng-po was instructing his public school pupils happily seated on the grass for live sketches (PH1_014). Later in 1935, after his return from Alishan, he even declared Nature as his first atelier, one which is inspiring and free of charge (NC2_037).

(F) Pleasure of learning and teaching

#128 Students During Summer Vacation (an abstract), by Takayama Chogyū

During summer vacation, students should go out to make friends with nature. Meet with the grandeur of nature. Nature creates and liberates humanity. It is nature that brings humans and their societies back to the basics. Nature has always been the motivation and the standard for progress.

On the very end of the *Collection*, comes an essay on teaching as a profession. This essay, as extracted below, concludes that a life of a teacher engaging in primary or secondary education of a rural area will be personally the most rewarding. And such a career choice is very important for the nation. This seems to have fitted in very well with the next life stage of Chen Cheng-po after graduation from the National Language School at Taihoku. In April, 1917, he became a teacher of the public school for Taiwanese children in Chiayi, his hometown.

#132. The Pleasure of Educating (an excerpt), Anonymous

Teaching talents nationwide is a supreme pleasure. Even educating less gifted children is a great pleasure. Watching how children grow naturally is a pleasure. And if I can see their progress and development thanks to my strength, it is a great pleasure. I am in charge of the education of this region. If I am aware that I am the person to bring people to goodness and open their wisdom, what else should I feel but pleasure? Education is about working for the welfare of others and is the noblest profession. And I am in charge of educating people. How joyous I shall be! ...Higher education is mostly concerned with teaching the sciences and the arts, whereas the major focus of primary and secondary education is to influence personal formation. Hence, the essence of education exists in primary and secondary schooling. ...No matter how rural your location is, you will enjoy the pleasure of educating. Life of a teacher is a life filled with pleasure. (Discussion on teachers)

(G) List of authors

We can count as many as 56 authors named for the essays beside dozens of anonymous writers. Among the authors, the most often copied one was Ōwada Takeki (1857-1910), a poet whose name is almost forgotten now except for the lyrics of the "railway songs". He appears 12 times in the *Collection*. He has written 150 books, and played an important role in promoting teaching composition in schools[6], and translated many Western songs using his self-taught language abilities. Chen Cheng-po may have consulted some of Ōwada's textbooks. Fig. 5 shows a page in which the text of 14 is printed in one of his books for training composition. The next frequent quoted author, appearing 10 times, was the bestseller novelist Tokutomi Roka (1868-1927). He was the younger brother of Tokutomi Sohō, who wrote essay #92 as mentioned above, and was famous for his ability in literary sketch.

Table 2. Author Names and Profiles in order of their Dates of Death with the Corresponding Essay Numbers in the *Collection*

Author	No.
Authors of the 13th century or before	
Sei Shōnagon (966-1025): writer, poet	11
Zhou Dun-yi (1017-1073): Confucian scholar	6
Kamo no Chōmei (1155-1216): poet, essayist	76
Authors of the 18th century	
Enomoto Kikaku (1661-1707): poet of Haiku	78
Kaibara Ekiken (1630-1714): herbal doctor, Confucian scholar	28, 64, 65, 98, 121, 123
Yanagisawa Kien (1703-1758): literary artist, Chinese poet	66, 68, 99, 100
Miura Baien (1723-1789): philosopher, doctor	1
Authors of the 19th century	
Shibano Ritsuzan (1736-1807): Confucian scholar, writer	44
Fujii Takanao (1764-1840): Japanese classics scholar, poet	14
Hayashi Jyussai (1768-1841): Confucian scholar	105
Takizawa Bakin (1767-1848): novelist	79, 106
Shinozaki Shōchiku (1781-1851): Confucian scholar, calligrapher	42
Nakajima Hirotari (1792-1864): Japanese classics scholar, poet	25
Inoue Fumio (1800-1871): poet, Japanese classics scholar	10
Naka Michitaka (1827-1879): Confucian scholar	119
Nakamura Masanao (1832-1891): educator, philosopher	107
Kitamura Tōkoku (1868-1894): critic, poet	75
Higuchi Ichiyō (1872-1896): novelist	90
Katsu Kaishū (1823-1899): samurai, politician	89
Nakayama Shisei (n.d.): Meiji era Japanese classics scholar	39
Makita Gyōu (n.d.): Meiji era writer	18
Authors of the 20th Century	
Ōhashi Otowa (1869-1901): novelist, editor	80
Fukuzawa Yukichi (1835-1901): Dutch scholar, writer, educator	67, 94, 103
Takayama Chogyū (1871-1902): literary critic, philosopher	41, 77, 128
Masaoka Shiki (1867-1902): poet, literary sketch writer	122
Ozaki Kōyō (1868-1903): novelist	83
Ochiai Naobumi (1861-1903): poet, Japanese classics scholar	43
Kuga Katsunan (1857-1907): political critic, president of a newspaper company	97
Yoda Gakkai (1834-1909): Chinese scholar, literary critic, novelist, playwright	32
Ōwada Takeki (1857-1910): poet, lyricist, Japanese classics scholar	21a, 45, 69, 96, 104, 112, 113, 117, 124, 125, 127, 131
Nakamura Shūkō (1841-1910): Japanese classics scholar, poet	29, 30
Fujioka Sakutarō (1870-1910): Japanese classics scholar	48
Yamada Bimyō (1868-1910): novelist, poet, critic	71
Nagatsuka Takashi (1879-1915): poet, novelist	84
Tsukahara Ryōshū (1848-1917): novelist	81
Takatsu Kuwasaburō (1864-1921): educator, Japanese classics scholar	74
Ikebe Yoshikata (1861-1923): Japanese classics scholar, poet	129
Ōmachi Keigetsu (1869-1925): poet, essayist	40
Oguri Fūyō (1875-1926): novelist	19, 70
Tokutomi Roka (1868-1927): novelist	21b, 26, 85, 87, 95, 108, 110, 111, 120, 130

Haga Yaichi (1867-1927): Japanese classics scholar	126
Shinpo Banji (1856-1932): historian, geographer	118
Emi Suiin (1869-1934): novelist, editor, adventurer	38
Tsubouchi Shōyō (1859-1935): novelist, critic, translator	23, 24, 36, 93
Shimoda Utako (1854-1936): educator, poet	72
Chizuka Reisui (1867-1942): newspaper reporter, writer	2
Shimazaki Tōson (1872-1943): poet, novelist	91
Kanamori Tsūrin (1857-1945): religious and pastor	109
Tomoda Nobutake (1868-1946): teacher in military school	22, 37
Kōda Rohan (1867-1947): novelist	4, 5
Kojima Usui (1873-1948): mountain climber, essayist, literary critic	88
Tokutomi Sohō (1863-1957): journalist, philosopher, critic, historian	27, 35, 92
Arai Munirō (1875-1959): Japanese classics scholar of Yamaguchi	114
Nishiyama Chikuhin (n.d.): writer at the end of the Meiji era	73
Horiuchi Shinsen (1873-n.d.): novelist, poet, newspaper reporter	17
Hasebe Aiji (n.d.): Taisho era writer	18
Anonymous authors	7, 9, 12, 13, 15, 16, 20, 33, 34, 46, 47, 47bis, 49-63, 82, 101, 102, 115, 116, 132

C. Related materials

(A) Language fluency during Japanese rule

Four years after Chen Cheng-po had started his *Collection Notebook*, a prominent Buddhist abbot, Ōtani Kōzui (1876-1948), who worked both for Sun Wen (aka Sun Yat-sen) and for the Governor-General's Office of Taiwan, and whose villa has been recently restored in Kaohsiung, pointed out that no Japanese was actually spoken by Taiwan islanders, and warned of it as a peril for the Japanese Empire.

> Nowhere in Taiwan, after 20 years of its colonization, can we communicate in Japanese. Even in Taihoku, Japanese is heard spoken only by those from the mainland (Japan), to say nothing of other regions. We should be really astonished to see how idle the administrations have been since the beginning of the colonization of Taiwan. However you may rejoice yourself by calling it an imperial territory or insisting on the self-sufficiency of the new land, who would know that a fierce fire is burning at our feet?[7]

Later, in the last days of WWII, Japanese was quite well spoken by the Taiwanese, who used it in combination with various local languages. The following is an example of the experience of the family of Lee Tze-Fan (1907-1989), one of the artists mentored by Ishikawa Kinichirō. They had fled the US-China joint bombardment of Shinchu and evacuated to the eastern hillside. There, they shared a farm house with other people for months until the war and colonization were over.

> ...Everyone seemed friendly to each other. Although the Liu farmers were Hakka people, they also spoke fluent Fukienese (our family's native language). The city farmer's family was Fukienese, but they spoke Hakka language quite well also. So there was no problem in communication. Of course, as Japanese was the official language of the land at that time, we could also communicate in Japanese.[8]

B) Financial Situation of Chen Cheng-po

An outline of Chen Cheng-po's education and work can be deduced from the numerous documents archived by the Foundation (these documents are identified by codes beginning with the two capital letters ID). On March 28, 1913, upon his graduation from Chiayi Public School, Chen Cheng-po was awarded second prize for diligence. He also received a special award from the National Language School on March 25, 1917 for attending all classes during his four years' study. It is apparent that he was both healthy and hardworking during his school days in Taiwan.

When Chen Cheng-po successfully became an instructor in Chiayi Public School, his starting monthly salary in April 1917 was 17 yen, which was gradually increased to 22 yen by January 1920 when he was promoted to be a tutor. His salary was suddenly doubled to 52 yen in April 1921 and, in April 1922, it was raised to 54 yen. At the end of December every year, he would receive a bonus for diligence from the Governor General's Office of Taiwan. The sum was 15 yen in 1917, 23 yen in 1918, and 30 yen in 1919. From 1920 onward, the bonus was awarded in the name of Tainan Province; 74 yen in 1920, 80 yen in 1921 and 1922, 73 yen in 1923, and 110 yen on March 11, 1924. The last bonus was given when he resigned from his post. Thus, his annual remuneration package started from 195 yen in 1917 to 902 yen in 1923, when he decided to resign and embark on his second ambition in Tokyo.

Since Chen Cheng-po's annual income as a public school teacher had been augmented by as much as 4.6 times in only six years, he could expect his income to grow steadily if only he continued to work with diligence and devotion.

Drawing in paint indeed needed a lot of money in those days. This is demonstrated by an invoice to Chen Cheng-po from a stationery shop in Tokyo, dated December 1921. He smeared each of the 15 colors of imported watercolors he bought on this invoice. A tube of watercolor costed between 25 sen (a quarter yen) and 65 sen, and a three-legged stool for sitting outdoors costed 2.45 yen. A total of 9.30 yen including postage, amounted to about 17% of his monthly salary at that time.[9] He could afford the cost, but he could no longer enjoy "the pleasure of teaching [in rural areas]" a phrase in the very last essay (#132) he copied in the *Collection.*

Although we do not precisely know how Chen Cheng-po managed to sustain both his new life as a student in Tokyo and that of his family left in Chiayi with his income, apparently he and his wife had decided to tighten their belts for a new stage of Chen Cheng-po's education. It was important for Chen Cheng-po that school fees were exempted for Taiwanese both in the National Language School and in the Tokyo School of Fine Arts.

In 1928 or 1929, a newspaper in Taiwan reported the news of Chen Cheng-po in China. It revealed that he was far from being well off.

> Mr. Chen Cheng-po, leading oil-painter from Chiayi, intended to visit Beijing with what little money he has. When he reached Shanghai, however, he came down with diphtheria. Luckily, with the help of his painter friends, he was rescued and hospitalized. But, within days, his meager funds were further depleted...(NC2_015)

His wife managed to send him money while he was in Tokyo and in his early days in Shanghai. He wrote in a postcard dated October 22, 1929 from Tokyo to his eldest daughter at home, who still needed hiragana to help her out with reading difficult Chinese characters.

> Daddy has again been successfully selected for the Teiten [Imperial Exhibition of Fine Arts or Imperial Exhibition for short] with the painting I drew at West Lake. It is now on exhibit at the Ueno Museum where many people come to visit every day. Let's talk other things! Tell Mommy that the money she remitted to Shanghai and Tokyo has been received. See you again. (LE2_017)

Chen Cheng-po held a solo exhibition in Chiayi Public Hall during July 8-10, 1927, in which he exhibited his works including the first oil painting ever selected from Taiwan for the Imperial Exhibition held a year before (a circular LE2_022 dated July 6, 1927 showed a list of some 60 of his paintings).

In 1930, Chen Cheng-po drew an oil painting on a request from former Governor-General, Kamiyama Mitsunoshin, who was forced to leave his office after an inquiry for an unsuccessful assassination of an imperial family member during a visit to Taichung. It is noteworthy that, while Kamiyama was in office as the 14th Governor-General (July 1926-June1928), he inaugurated the Taiwan Arts Exhibition on October 30, 1927. Out of the 13,000 yen raised from all over Taiwan for his retirement, he decided to use 1,000 yen for an oil painting by Chen Cheng-po as his personal souvenir of the beautiful island and its peoples he so much loved. For Chen Cheng-po, 1,000 yen was a fortune, a sum greater than the annual salary and bonus he received as a public school teacher for the last time in 1923-24. Kamiyama donated the remaining 12,000 yen to the newly created Taihoku Imperial University for studying the languages and genealogy of the indigenous peoples of Taiwan. But that is another story.[10]

On February 18, 1932, *Tainan New Post* reported his safe evacuation from the 128 Incident in Shanghai. His family, having returned earlier, sent him money to cover the cost of his return to Taiwan.

> The painter Chen Cheng-po, whose accidental death has been reported, is safe. He has found refuge with his acquaintance in the French Concession. Having received 200 yen sent to him for his travel, he will be back in Taiwan soon.

Even with occasional incomes from selling his paintings, Chen Cheng-po seemed to remain poor after his return to Taiwan (see Section 4C for his son's reminiscence). In a postcard he sent to his eldest daughter from Tokyo dated November 18, 1936, he wrote,

> I don't have enough money to cover my stay, so I may return earlier. Send me some quickly if you have any. (LE2_071)

D. The Relation between the *Collection* and Chen Cheng-po's life

We might now raise the following questions:

1. What made him copy the essays in the *Collection*?
2. Did someone order or advise him to do so?
3. On what criteria were the essays chosen and arranged in the order shown?
4. When did he copy essay #132, the last one in the notebook?
5. Were the contents somehow related to his lifetime ambitions?

Answers:

1. Chen Cheng-po was eager to master the skills of reading and writing elegant Japanese. It might have begun on his own initiative as many people like to start a diary on the first day of the year. But, unlike those whose passion lasts for only three days, he continued it for more than a year following the advice of essay #1.

2. Compiling such a notebook did not seem to constitute part of his homework. Most of the essays are descriptions of nature, and it is most probable that Ishikawa Kinichirō, Chen Cheng-po's lifetime mentor, suggested him to do so as a part of his training to observe carefully and illustrate with words before drawing something.

3. Most of the essays are literal depiction of nature, and the choices might be suggestions from a teacher. But gradually, Chen Cheng-po had selected essays based on his own preference, such as a model IOU, which would never be recommended by a school teacher no matter how poor a student might be.[11] In the latter half of the *Collection*, there appear more and more essays that underline the social and political responsibilities of students who would become future leaders of the country. Since they are not directly related to language learning or fine arts training, we can assume that they are his own selections too. From these, we can deduce Chen Cheng-po's preoccupations when he studied at the National Language School.

4. Although there is a date on the cover of the *Collection*, we suspect that Chen Cheng-po had kept working on it for longer than a year. He would not have copied the same essay a second time if he had remembered that he had copied it before. Thus, it can be deduced that he had been maintaining this notebook for such a long time that he had forgotten what he had copied down previously.

5. The many examples of fine Japanese writings had definitely enhanced Chen Cheng-po's skill of observation before drawing. Meanwhile, as examined in detail in Section 2B above, his knowledge in Chinese classics had also helped improve his proficiency in written Japanese. This notebook hinted about a tireless learner of art (#1) growing to be a teacher happily working in rural elementary education (#132). We cannot overlook the few essays probably selected by Chen Cheng-po himself that insist on social and political justice at the cost of money, reputation, or even life. These essays look as if they have predicted his execution in the 228 Incident, and the current restoration and reappraisal of his reputation through a "revenge of history" (#107).

II. Philosophy and Education Notebook (1926-1927)

A. Outline

This notebook (Nb02) is a compilation of the notes Chen Cheng-po jotted down in classes when he was a student in the (art) teacher training program at the Tokyo School of Fine Arts beginning in April 1924. Upon his graduation after three years, he studied two more years as a graduate student until March 1929.

On the cover of this notebook, he wrote in four lines "Second Semester / Philosophy / Teacher 3 / Chen". "Teacher 3" meant that he was in his third year in the undergraduate program. The 112 pages of notes cover the following five subjects: 1) philosophy, 41 pages; 2) pedagogy, 31 pages; 3) characteristics of Buddhist paintings, 2 pages; 4) list of Japanese paint names, 2

pages, and lastly, 5) educational psychology, 31 pages.

At the beginning of the notes on philosophy and pedagogy, Chen Cheng-po wrote the name of the lecturer, Takeda Shinichi, (1896-1964) on the respective pages. The names of Takeda Shinichi and other teachers can be found in the list of classes and their staff as of April 1926 (see Table 3 in Section C below).

Odd enough, according to Table 3, philosophy was not part of the curriculum for art teacher training. The table shows that Takeda Shinichi was in charge of two hours of Morals, and four hours of Pedagogy & Psychology. Although the curriculum looked as if Takeda gave a total of six hour of classes per week, these classes were evenly distributed to three semesters in the year as will be explained in Section B. Thus, we can assume that Chen Cheng-po attended a class of philosophy (1st of the five subjects mentioned above) given under the name of "Morals", a class of pedagogy (2nd subject), and a class of educational psychology (5th subject), of which the latter two belonged to the "Pedagogy & Psychology" course.

Likewise, "characteristics of Buddhist paintings" (3rd subject) might have belonged to the class of the "History of Oriental Art" given by associate professor Tanabe Kōji, and the list of Japanese paint names (4th subject) was probably related to the "Japanese Painting" class for which professor Hirata Eiji was in charge. The short notes of two pages for each of these two subjects may cover only a part of the lectures, whereas the three classes taught by Takeda Shinichi seemed to be fully covered in Chen Cheng-po's notes.

Takeda Shinichi was a lecturer at the Tokyo School of Fine Arts from January 11, 1926 to March 31, 1929. Before him, it was Sugawara Kyōzō (1881-1967) who taught Morals, Pedagogy, and Esthetics in the art teacher training program. Since his retirement on July 4, 1918, these three courses were not offered until Chen Cheng-po and his classmates became the third year students, when Takeda Shinichi, a post-graduate student of philosophy studying at the Imperial University of Tokyo, joined the Tokyo School of Fine Arts as a part-time lecturer.[12]

Chen Cheng-po was apparently eager to write down every word as spoken on the podium by the lecturer. Nevertheless, hastiness resulted in errors and confused homonyms, which are a headache to us who are desperately trying to figure out what Takeda Shinichi originally meant. Although Chen Cheng-po had been training himself in writing good Japanese as evidenced in the *Collection*, names and terms involving the alphabets of English, German, French, Latin, and even Greek were often too difficult for him.

Chen Cheng-po had written down nine dates in this notebook. The earliest was April 27, 1926 (Tuesday) for notes on "Personality" starting on page 52, followed by June 21 (Monday) for notes on "Purposes of Education" starting on page 72. Both of these topics were covered in the Pedagogy class that was given in the first semester. The other seven dates were all Wednesdays beginning with September 29, 1926 and ending on December 8 which was written on the last line of page 41, where Chen Cheng-po marked "the end of the second semester." It looks like that the page order has been muddled so that notes for the second semester were put in front to those for the first semester. It should also be noted that the contents of pages 79-84 are related to "Educational Psychology" rather than "Pedagogy", and are recognized as such. Most probably the Educational Psychology class was held in the third semester of Chen's third year beginning in January 1927 although no date had been given on the pages concerned.

B. Scope

Lectures on philosophy were given in the Morals class, and could roughly be divided into four sections: 1) the origin of philosophy, 2) the relationship between philosophy and religion, 3) the relationship between philosophy and nature, and 4) the relationship between art and philosophy. The fourth section comprised 18 pages out of the total of 41 pages of notes on philosophy. The dates show that as many as four out of the eight lectures given dealt with the relationship between art and philosophy.

As for the first three sections, the notebook was filled with the names of ancient Greek poets and philosophers: Hesiodos, Thales, Socrates, Platon, Aristoteles, etc. They were followed by introductions to French and German philosophers who laid the foundations of classical and modern philosophy: René Descartes (1596-1650), Gottfried Wilhelm Leibniz (1646-1716), Immanuel Kant (1724-1804), Friedrich Hegel (1770-1831), Wilhelm Windelband (1848-1915), Henri Bergson (1859-1941), Karl Joel (1864-1934), etc. Thus, Chen Cheng-po had been introduced to the beginning of philosophy in Greece, the fundamentals of philosophical thinking, and many of the basic notions in European philosophical traditions.

In the fourth section, beginning on page 28, Takeda explained the theory of "ideas" based on his study of Greek philosophy as a post-graduate student at the Imperial University of Tokyo, and he taught the class the concept of beauty based on the Esthetics of Platonism.

How was it possible to teach Greek philosophy in a Morals class? The official record shows that Takeda Shinichi had ordered a textbook for his class, the "*Outline of Ethics*" by Kuwaki Genyoku (1874-1946), but apparently said nothing on that during his lectures.

Contrary to such flexible teaching in the Morals class, Takeda's Pedagogy and Psychology class followed a more rigid scope determined by the curriculum of the school: it imposed that the class must include Theory and Application of Education and Psychology, History of Education, and School Hygiene.

According to this philosophy notebook, Takeda had taught the fundamental significance of pedagogy, the theory of evolution, the development of intelligence, deviation values in statistics, and gender differences. Many graphs and examples were given. In spite of this, Takeda could insert his speciality into the explanation of the fundamental significance of pedagogy: he had given a contrast between Socrates and Sophists, followed by Kant's explanation of personality. Even though his lecture was based on the theory of Kant's pedagogy, these 10-page section can be read to mean both: an overview of the history of philosophy and that of pedagogy. It seemed that Takeda was already beginning his lectures to be given on the second semester of that year.

From page 57, there were lectures on the history of modern philosophy as the main theories of pedagogy as Takeda introduced the works of Descartes, Kant, Locke, Schopenhauer, and Rousseau, etc. Apart from his speciality, however, Takeda also taught the theory of Cesare Lombroso (1835-1909) on innate crimes as well as eugenics by Sir Francis Galton (1822-1911), a cousin of Charles Darwin, and on the possible development of personality and intelligence through education.

Chen Cheng-po's notes on the characteristics of Buddhist paintings and the names of Japanese paints, consisting of only two pages each, had no connection with previous and subsequent pages. Here is an extract from page 77: "the arts of the Tendai school of Buddhism have been developed to have the following characteristics: esthetic, decorative,

delicate, expensive, noble, and fantastic." The list of paints for Japanese glue painting contained more than 30 names sorted into color and materials groups including gold and red corals. They were probably written in this notebook simply because he did not have on hand the notebook for his History of Oriental Arts and Japanese Painting class. To these days, these are the rare evidences that he had seriously studied Japanese and Oriental art although his main interest was Western painting.

Contents of the Philosophy and Education Notebook

The following are the contents in this notebook. The number in parentheses after each topic denotes their page numbers (front cover counted as the page zero).

(A) Philosophy (1-45)

Introduction to philosophy (1-5): Surprise at the world (1), Relationship between self and the world (3), A consistent description of the world (4).

Ancient Greece (5-21): Ancient Greek culture (5), Philosophy of nature (8), The concept of cause (9), Difference between mythological explanation and cause (10), Difference between natural philosophy and "philosophy" (10), Definition of philosophy (11), Differences between philosophy and religion (12), Self-consciousness that prescribes the world (13), Unifying function of consciousness (15), Pure thought (16), Essence of religion (18), Basic backgrounds of religion and philosophy (21).

Medieval philosophy (22-23): Relationship between god and nature (23).

Art and philosophy (24-45): Relationship between art and philosophy (29), Problem setting of art (30), Contrast between art and natural science (31), Objectivity of art and "idea" (32), Relationship between painting and idea (33), Applying the esthetics of Kant (34), Differences between painting and photography (34), Differences between idea in philosophy and idea in art (35), Explanation of Platonism's essence (36), Explanation of idea (37), Recognizing idea (39), Idea of beauty (40), Rationality of art (42), Art and love (43), Philosophy of art (44), What artists should do (45).

(B) Pedagogy (46-76)

Fundamental significance of education and an introduction to pedagogy (46-56): Definition of education (46), Education and questioning (46), Socrates as a questioner (46), Knowing ignorance (47), Significance of questioning (47), Personality (48), Developing personality (49), Meaning of "education" (49), Purpose of education (50), Distinction between person and personality (51), Free will and autonomy (52), Four methods of education (55), Three elements of education (56).

Relationship between pedagogy and other disciplines (57-70): Relationship between education and art (57), Relationship between education and ethics (58), Education and scientific explanations (58), Difference between norms and nature (60), Comparison of Kant and Locke (61), Explanation of recognition from the function of reasoning and understanding (62), Rousseau's explanation of education (63), Natural selection and education (65), Genetics and education (66), Schopenhauer's theory of education (67), Genetic eugenics (68), Physiognomy (69), Scientific education and genetics (70).

Purposes of education (71-76): Purposes of education (71), Cultivating personality (71), Two standpoints of education (72), Education for improving society (73), Society as others (75), Education for harmony between individuals and others (76), Non-nationalistic education (76).

(C) Characteristics of Buddhist paintings (77-79)

Fujiwara era (77), Outline of Buddhism (78), Outline of esoteric Buddhism (79)

(D) List of paint names for Japanese glue painting (85-86)

(E) Educational psychology (87-104, 79-84):

Educational methodology (87): Three methods for education (88).

Significance and nature of intelligence (89-111):Intelligence as a comprehensive ability (90), Intelligence as creativity (90), Intelligence as a response capability (91), Intelligence as a general ability (92), Measuring intelligence (93), Measuring intelligence according to age (94), Examples of intelligence tests (95), problems in intelligence tests (99), difference in intelligence between men and women (104).

About intelligence (79-84): Low intelligence (79), Difficulty in defining low intelligence and definition from each standpoint (80), Intelligence test (81), Mental age (83).

C. Related Materials

Table 3 summarizes the information obtained from pages 378-379 in Volume 2 of the *One Hundred Years of the Tokyo University of Fine Arts*, which is accessible from https://gacma.geidai.ac.jp/y100/. From this table, we can have an idea of what Chen Cheng-po learnt in the Tokyo School of Fine Arts.

Table 3: Classes and Staff in Art Teacher Training Course (April 1928)

Class	hours per week	Title	Name	Remarks
Painting (Japanese Painting)	49	Professor	Hirata Eiji	Department Chief
Painting (Western Painting)		Assistant Professor	Tanabe Itaru	
		do.	Matsuda Yoshiyuki	Administrator of art teacher training course
		do.	Takahashi Yoshio	do.
Handicraft	3	Professor	Mizutani Tetsuya	
Handicraft Teaching Method	3	Assistant Professor	Matsuda Yoshiyuki	
Handicraft	9	do.	Takahashi Yoshio	
		do.	Matsuda Yoshiyuki	
Teaching method & teaching practice	6	do.	Takahashi Yoshio	
do.	2	do.	Matsuda Yoshiyuki	
Instrument drawing method	4	Assistant Professor	do.	
do.	2	Lecturer	Suzukawa Shinichi	
Calligraphy	9	do.	Okada Kisaku	

Morals	2	do.	Takeda Shinichi	
Pedagogy and Psychology	4	do.	do.	
History of Oriental Art	2	Assistant Professor	Tanabe Kōji	
History of Western Art	2	Professor	Yashiro Yukio	
Esthetics	2	Lecturer	Murata Ryōsaku	
Color studies	2	do.	do.	
Design method	2	Professor	Shimada Kaoru	
English	4	Assistant Professor	Morita Kamenosuke	

(A) Extracts from a dictionary of philosophy in the 1930s

There are several pieces of paper on which Chen Cheng-po had written down some philosophy terms and their explanations: *noema, noesis, monade* [monad in English], connotation, extension, etc (BC4_67-006~8). The explanations were, in large part, copied from the *Iwanami Small Dictionary of Philosophy*, first published in 1930 (Fig. 8).[13] This explains Chen Cheng-po's continued interest in philosophy after his graduation from the Tokyo School of Fine Arts in 1929, and may explain why he preferred to keep this notebook on philosophy.

Fig. 8 shows a pair of Greek terms, *noema* and *noesis*, in the dictionary. To be very concise, *noema* is the content of what is conceived, and noesis is the act of conceiving. In copying from this dictionary, Chen Cheng-po might have looked for terms in Husserl's phenomenology in addition to Platonism esthetics for an alternative understanding of his ways of creation.

(B) A book of philosophy read after 1942

Fig. 9 is the cover of a book BC4_67 titled *General Introduction to Philosophy* written by the Japanese philosopher Tanabe Hajime (1885-1962), published by Iwanami Shoten in 1933.[14] Chen Cheng-po had obtained it second-hand, and a former owner of the copy wrote at the end of the book "Purchased at Kinbundō Bookshop in Fukuoka City on March 13, Year 2602 of the Imperial Era, Year 17 of Showa (1942)". So, Chen Cheng-po must have acquired this book during wartime or afterward. With a red pencil, he wrote on the cover, "Eighth of March. Begin reading through with do-or-die determination". He read the book with such a zeal that he almost underlined half of the texts and

Noema ノエマ [獨] もとギリシャ語: noêma. 現象學* に於て特殊の意味に用ひられる. 卽ち意識* は作用* の側面 (ノエシス*) と共に對象* の側面を持つが, フッセル* は之をノエマ的內實 (Noematischer Gehalt) 又はノエマと呼ぶ. ノエマは, 具體的體驗の中に在つて, 核* としての意味* 及び核の周圍に種々なる性格の層* を持つ. ノエマは意識に內在的なる要素であるが實的* でなくイデエール* である. ノエマはそれ自身の中に意味を藏する事に依つてそれ自身對象的である. 卽ち對象を指示する働き (指向性*) を擔つて居る. 意識は此指向の働きあるノエマに對するノエシスの具體的相關關係に依つて對象を構成し得るのである. [參] Husserl, Ideen, §87 ff.

Noesis ノエシス [獨] もとギリシャ語: noêsis. プラトン* の哲學に於て, 超感覺的眞理の認識を意味し, 感覺的事物に就ての知識なる 'ドクサ'* (私見) と對した. 彼の "國家篇" VII によれば 'ノエーシス' の中に 'エピステーメー'* と dianoia (科學的認識) とが包括される. 此語は又現象學* に於て特殊の意味に用ひられる. 卽ち意識* は對象* の側面 (ノエマ*) と共に作用* の側面を持つが, フッセル* は之をノエシス的契機 (Noëtische Momente) 又はノエシスと呼ぶ. ノエシスはノエマと具體的に結付くことに依つて, それ自身には何等意味なきヒュレー* に對し意味卽ちノエマの核* を附與し, 以て意識をして對象を構成せしめる働きをなす. ヒュレーと共に意識の實的要素を成す. [參] Husserl, Ideen, §87 ff.

Fig. 8: Noema and noesis in *Iwanami Small Dictionary of Philosophy* copied by Chen Cheng-po.

Fig. 9: The cover of *General Introduction to Philosophy* by Tanabe Hajime with Chen Cheng-po's words in red vowing to read it through.

summarized the contents on the margins of numerous pages. Out of a total of 230 pages, up to 170 pages have been highlighted.

These materials, along with the Chogyū's book on esthetics, are evidences for Chen Cheng-po's lasting interest in philosophy and esthetics during and after his study in Tokyo, probably continuing until the end of his life.

(C) Note on a lecture on the world history of nude art in May 1925

Chen Cheng-po owned a book BC1_31 written by Ishikawa Kinichirō titled *European Painting Masters 8: Constable* (Nihon Bijutsu Gakuin, 1921).[15] On a blank page at the back of this book, Chen Cheng-po jotted down some notes on a lecture given by the artist Ōta Samurō (1884-1969). It was marked the evening of May 15, 1925. Since it was given in the evening of a Friday, the venue seemed to be out of the Tokyo School of Fine Arts, most probably in Hongō Painting Institute, where Chen Cheng-po practiced painting in most evenings. The topic of the lecture was history of human nude as fine art. In the lecture, Ōta gave many examples of the nude as fine art in world history. Though the talk involved many place names in Europe and elsewhere which were particularly difficult for Chen Cheng-po to take note correctly, he did not abandon taking notes—even making rough sketches of two nude statues.

Ōta Samurō's oil painting of a nude woman was selected for the Imperial Exhibition in 1926, one year after Chen Cheng-po attended the lecture. Ōta edited in 1931 six volumes of the *Collection of Nude Arts of the World*, and published his own book in 1934 under the title of *Folklore of Nude and its Art* (the publisher was Heibonsha in both cases). Consulting the latter book, we can conjecture that the word "Korobi" in the phrase "sculptures from the natives of Korobi of South America" in Chen Cheng-po's note might have been "Columbia" or "Pre-Columbian." This is a rare substantiation of Chen Cheng-po's note on the history of art. It tells us how zealous he was in absorbing new knowledge, even though he had to deal with many unfamiliar terms.

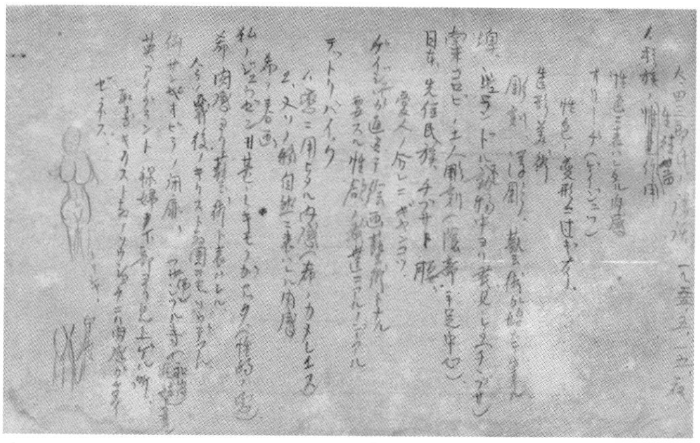

Fig. 10: Note of a lecture on nude art by Ōta Samurō written on a blank page of a book (BC1_31-005). Place names were written based on Ōta's French pronunciation.

Fig. 11: *Willendorf Venus* from Austria, the first example in the lecture (Wikicommons)

(D) Ishikawa Kinichirō as Chen Cheng-po's lifetime mentor

In the preface of the book BC1_31, in which Chen Cheng-po jotted down notes on a lecture on the world history of nude

art, the author Ishikawa Kinichirō wrote about John Constable, the great British pioneer in landscape painting. "Constable was aware of the lack of his technical talent, nevertheless he concentrated on his study of art. This proves that you do not have to be disappointed even if you are unskillful, and ardent endeavors will bring about amazing results..." This message echoes the essay #1 in the *Collection* in Section 1), making us believe that Chen Cheng-po had faithfully followed his mentor's advice to always work hard to be a great master of art someday.

D. Relationship with Chen Cheng-po's life

What can we read from this notebook?

Chen Cheng-po explained his attitude towards the creation of his art in an interview article in the *Taiwan Xin Min Bao* in 1932 under the heading "Studio Tours (10) Depicting Nude Women / Chen Cheng-po."

> During the summer vacation I came back to Taiwan, and took up the kind offer of Mr. Yang Ying Wu to use his sitting room as a temporary studio. As you see, every day, I can paint as much as I want and in whatever way I see fit. What I've been trying hard to express is the existence of Nature and the images of objects, which is the first point. I also want to deliberate on the scenes which have been projected into my mind, then, after distilling out the essence of these scenes, I'll capture those fleeting glimpses which are worthy of painting. That is my second point. The third point is to make sure that my works will always have "something" in them. The above are my attitudes towards painting. (NC2_024)

These thoughts are quite similar to what was written on pages 31-33 of the Philosophy and Education notebook, the section explaining what artists create.

> Artists draw objects as living things: namely, we capture the life of objects in our mind, and to capture the life of objects is to capture their types. What is a type? A type is a common quality among all of its kind that has the same content, and a type should be regarded as having a distinctive characteristic different from other types of beauty. So, to typify means to capture the essential reality of an object. Therefore, it entails deleting impurities, and we will naturally practice certain ways of selecting in order to delete impurities. The act of selecting must include an essence of purpose. Thus, the types work on an artist as nothing but "ideas." It must be essential whether or not an artist is conscious of one's own self as a creator and thereby arrive at a real creation...The "ideas" recognized in such a situation emerge themselves through the sensitivity of a creator. Humankind is nothing but the materialization of "ideas." In short, "ideas" are not drawn by artists; instead "ideas" draw themselves through a painter. (Nb02-033)

Here, we can recognize a similarity between what Chen Cheng-po called "something" and the notion of "ideas" in Platonism philosophy. We may suppose that Chen Cheng-po's attitude to painting had been nurtured by the approach of esthetics and philosophy he had learnt in the Tokyo School of Fine Arts.

Chen Cheng-po's Philosophy and Education notebook along with his notes on the margins of books, and the notes written on pieces of paper as introduced at the beginning of Section 2C above, are persuading proofs for his persistent interest in philosophy and esthetics.

III. Manuscripts in Sketchbooks (1934-)

A. Outline

Apart from two notebooks as described above, Chen Cheng-po occasionally wrote essays in his sketchbooks. The longest is a essay reviewing the 15th Imperial Exhibition held in October 1934. As will be explained in Section C below, his mentor Ishikawa Kinichirō praised his persisting efforts that resulted in his success in that exhibition, and advised him to be confident in the way he pursued his studies. So, we may examine his manuscripts for which the published texts remain only in part (Nos. 2 and 3, NC1_001-002), and it is unknown in which journal or newspaper they were published. We will also introduce some of his published articles, together with the letters and postcards showing how Chen Cheng-po's style of learning and teaching was developed and maintained.

Writing vertically from right to left lines has been the standard way of writing Japanese. Even today, the majority of Japanese texts are published in this format. Chen Cheng-po exceptionally wrote horizontally in his Philosophy and Education notebook probably because he was copying from the blackboard on which characters were written horizontally for the convenience of writing alphabets. He, however, often wrote vertically from left to right in his sketchbooks. It may seem a bit queer at first glance, but seeing that he might have used the same soft pencils for drawing on sketchbooks, we may understand that it was simply his usual precaution of trying to avoid rubbing the parts he had just written or drawn with his right hand which was holding the pencil.

Anyway, we hope that the texts in sketchbooks and the few examples of his opinions published in a variety of media will give us clues about his thoughts after his graduation from the Tokyo School of Fine Arts. We can also be acquainted with the way he taught in Shanghai, and the way he guided his younger friends after he returned to Taiwan in 1933. It is striking that even after his graduation, he continued to study very hard as if he was still in school. The result was amazing: as his mentor Ishikawa Kinichirō wrote to him in 1934, things in the world never happen by mere chance.

B. Texts

(A) How he taught in Shanghai schools

While Chen Cheng-po was in Shanghai, he once wrote a memorandum in Chinese. It seemed to be a list of advice he had given to each of the watercolor paintings drawn by his students there. Random quotes from this memorandum reveal that the points he made were more or less identical to his comments on the paintings of the 15th Imperial Exhibition as explained later. His advice to beginners was that things should look as they are, before any techniques or designing come into play.

The colors are very good. The composition is not good (the sky and the earth should be even). The lines are too thick.

The tone here is too weak. A little more robust tone is needed. The brushwork is not good.

Remote mountains are painted too close, though the middle ground is good. The places that are not close should be farther away.

Brushwork of grasses is a little messy.

Pay attention to each brush. The reflections in water don't correspond to the things. Be careful of near and far shadows. The colors are too simple.

The staffage figures in human form do not look like humans. Be careful with the drawing of human figures.

You need to be careful when you watch what is the state of nature you see.

The colors are too strong. The scenery is not so simple. If it rains, it has to look like raining.

The clouds are not well painted. Depiction of the blowing wind is acceptable. Spring needs to look like spring. It's the same for winter and summer. The place where the clouds and the mountain summits meet are not well presented.

There is a lack of connection between the top and bottom parts. Colors are not harmonious. Too strong.

Be careful with determining viewpoint.

Where is the focus? Think carefully and make a decision before you start painting.

Leave out the bright areas of the watercolor painting first. Gradually add in the dark areas.

The color of the rising sun is wrong.

Sunset needs to look like a sunset. Watercolor paints need not be thick, just apply the paints gently.

Too much red. Cyan is too strong. The color of the sky is too loud; should be lighter.

Watch and determine the right color before painting.

The colors are too ...[gray?]. The painting of the stones is not bad. The pond water looks like a stone.

What do you want to present? There can't be no central theme. The heaven, the earth and the people in between must be distinct from each other.

Pond, river, and sea water need to be that way.

High altitude area. Plains should have the appearance of plains. Hills should look like hills.

Flowers and trees need to look like flowers and trees. Peony, plum, and miscellaneous flowers need to be different.

Fruits should look like fruits. Pay attention to the nature and weightiness of the bowl. Don't add any non-essential items.

Whether it is a pencil drawing or a pen drawing, think of simple and correct ways of drawing.

How do you take the view of the still life, reflections and other items on the table?

(Extracted from his comments in Chinese MA04-001~003)

(B) Comments on the oil paintings in the 15th Imperial Exhibition (1934)

For paintings he found unsatisfactory, he would write rather straightforward comments somewhat resembling his advice for his students in Shanghai. His manuscript begins this way:

> Writing a critique of the Imperial Exhibition forces me a wry smile. Have I not visited it for 2-3 years? Today, I am invited to visit the exhibition earlier than the general public. Needless to say, the Imperial Exhibition and the most popular non-government exhibitions are going quite separate ways. The Imperial Exhibition, generally recognized as the pantheon of fine art, is still working hard to maintain its status, and the venue is filled with the fruits of endeavors of each artist. I will give my impressions here in the order of the exhibition rooms. (SB13-112)

His words of praise were few and directed towards individual artists, whereas he was highly critical of the general lack of studies on the part of the artists. We will quote some of his harsh comments here and omit the names of the artists involved.

a. Examples of bitter criticisms against the lack of study

#1 *Snow Mountain*: In deep mountains, the snow would be deep. The snow in the foreground should look somewhat transparent. The snow on the trees looks like concrete.

#13 *Mandarin Ducks*: The painting of snow looks stiff, and the ducks look thin.

#14 *Airplane*: The separation of colors looks as if color tapes are pasted on.

#18 *Early Summer Window-side*: The human body looks too flat and has no feeling of weightiness, the left hand looks like a woodcarving.

#26 *Sitting in Black Clothes*: Different from his former drawing, the clothes are pressed tight against the body, which looks flat and two-dimensional.

#70 *Cliff*: Rocks should show the hardness of rocks.

#73 *Lakeside of Shikotsu*: Trees in the paddy fields are too close to those in the background or to the mountains. In other words, because there is not enough separation between the trees and the mountain, the painting appears flat.

#148 *Nude Women*: The drawing of the lying figure appears sketchy.

#227 *Chief*: Aboriginal faces should be drawn as such.

#246 *Scenery*: Flat. The roof appears to be flying off anytime.

#254 *Stonemason*: The clouds under the moon look like flying bullets.

b. Examples of favorable remarks for drawings including his own

#87 *Early Autumn (Summer) Morning* by Mr. Suzuki Chikuma: Mr. Suzuki first studied Cézanne and Vlaminck, then Picasso until today. Now he has developed his unique style. Seemingly simple, but is so complex that it gives a feeling of greatness.

#89 *Upstairs by Mr. Nakano Kazutaka*: Messrs. Nakano and Suzuki are of comparable caliber, but Mr. Suzuki's work is closer to my feeling.

#252 *Spring at West Lake* by Mr. Chen Cheng-po: The characteristics of fresh green vegetation is well portrayed. His drawing has become more stylish than before.

(C) He regarded his own drawing had become more "high collar" and gentler

Here, we cannot overlook the fact that he put the title "Mr." to his own name. It is possible that he first planned to publish this article by a pseudonym or anonymously, but it turned out that the article had his name as the author when published. Unfortunately, #252 in printed form is missing, so, as of now, we are not sure of the published form of the article in which Chen Cheng-po commented on his own drawing. What we are sure is that he regarded the merit of his own painting was the success of portraying fresh green vegetation, and he had also shed light on a change in his painting style. He first wrote "*yasashiku natta* (やさしくなった)" or "became gentler," and then he erased and replaced the phrase with "*haikara ni natta* (はいからになった)", a term originally meaning "high collar", or westernized like a gentleman dressed in the Western fashion of the late 19th century. If it referred to the Chinese style he adopted during his days in Shanghai, *haikara* should not be mechanically translated as "westernized." Although the term *yasashiku* was replaced, there is not much change in meaning. So he might have regarded his previous paintings as less *haikara*. Thus, *haikara* can be understood as the opposite of "wild" or "untamed" if not so much as "savage." Hence, the best equivalent for *haikara* in this context should be "civilized" or "stylish" as contrast to wild or naive.

In an open letter dated February 3, 1931, he wrote to the alumni of the Tokyo School of Fine Arts from Shanghai about his recent change in his painting style.[16] He wrote,

> Recently, I completed a size 50 painting of my family. In contrast to my previous esthetic style, this is a painting with much *shizumi*.

This Japanese term *shizumi* (沈み) is a noun, referring to "sinking." It is seldom used alone. *Shizumi gachi* (prone to *shizumi*) refers to a calm, silent, or somewhat melancholic sentiment. When Chen Cheng-po contrasted this term with the word for beautiful (*utsukushī* 美しい), he was saying that the painting had something more profound than the colorful and joyous mood of his previous ones. Three years later, he described his change in style as gentler, more civilized or stylish, as explained above. Thus, his efforts to develop a new style might have begun early in his days in Shanghai, and he was probably influenced by classical Chinese paintings he was studying there.

We may add the contrast of "mature vs immature" to "*shizumi* vs *utsukushī*". In 1932, during an interview for the article "Studio Tour (10) / Depicting Nude Women / Chen Cheng-po" in *Taiwan Xin Min Bao*, Chen Cheng-po even said that he regretted that he

had become famous when he was still immature and needed more in-depth studies to develop his own style.

> As to my being selected for the Imperial Exhibition, even I myself think that I am famous too early and am a bit regretful for that. It would be perfect if I could extend my learning stage longer so that maybe I can break away from the situation I am now in. (NC2_024)

(D) Need of private exhibitions and institutes in Taiwan

In the manuscript SB13, Chen Cheng-po proceeded to remark on Taiwan's need for basic research in fine arts. This was his heartfelt opinion on how to raise the standard of painting in Taiwan, and it would take the form of a public proposal (LE1_019, see Section 4B) when the Empire was replaced by a republic.

> After watching the Imperial Exhibition, we can discern two groups of artists: those who paint from a rational viewpoint and those who make paintings out of their emotions. This difference is nothing but a reflection of two distinctive starting points from which to capture the essence of objects. Some may take a realistic approach to draw things with honesty and sincerity, and then proceed to be audacious through running brush strokes. Both are ways of studying, but if they change what they are studying from year to year, they will be at a loss and their studies will lead to nowhere. (SB13-129)
>
> We, living in local regions, do not have much choice. We can prepare our works only for the Taiwan Exhibition, and to study other artists by going after their solo exhibitions. This is the only thing we can do at the local level because there is no basic research. I hope that there will be more privately run exhibitions other than the Taiwan Exhibition, and that there will be more institutes locally. This way, there will be basic research and a variety of exhibitions to serve as reference examples. Furthermore, using books for in-depth studies would be of help to a certain extent. If our artists can go to Tokyo occasionally, they may gain a certain degree of assurance and will not be easily confused. (SB13-128)

(E) A brave woman joined his battle line for fine arts in Taiwan

On July 15, 1932, *Taiwan Daily News* reported that Chen Cheng-po had opened a Western painting course in Taichung. This tells us that he was relocating his oil painting class to Taiwan from Shanghai, where the conditions for teaching fine arts was becoming more and more difficult. His Taichung course seemed to have brought him a happy find.

In 1932, during an interview for the article "Studio Tour (10) / Drawing Nude Women / Chen Cheng-po" in *Taiwan Xin Min Bao*, Chen Cheng-po expressed his wish to establish oil painting as an Oriental art, or at least to transmit his message to future generations if his contemporary Taiwanese could not understand its importance. A voluntary woman in Taichung, probably one of the amateurs who had attended his course there, offered to be a nude model for his paintings. Overjoyed, Chen Cheng-po even described the offer as "joining my battle line," regarding this woman as a comrade in his fight for the studying and teaching of fine

arts in Taiwan and the enlightenment of its peoples.

> As far as painting tendency is concerned, though we are using painting materials from abroad, the subject matters of paintings, or rather, the paintings themselves must be Oriental. Though the center of culture is in Moscow, we should still offer our humble efforts towards culture in the Orient. Even if we die in the course of accomplishing this purpose, it is necessary for us to pass this spirit to future generations ... Paintings? I have hitherto finished three: *Sunset at Song Village* (size 15), *Before a Shower* (size 20), and *A Park* (size 15). I am now painting *Nude Woman*. This was an unexpected present for my return to Taiwan: a Taiwanese female in Taichung volunteered to be a model for my paintings, proving that Taiwan females have awakened to and approved of fine arts. I can't thank her enough for her joining in my battle line. As to whether or not I will submit this painting to the Taiwan Exhibition, that is still to be undecided. (NC2_024)

(F) Look well from inside before you draw

In 1934-35, Chen Cheng-po wrote in his sketchbook a systematic piece of advice for beginners. We know that his main complaints about the paintings of the 15th Imperial Exhibition and other exhibitions were based on these criteria. The comments he gave to his students in Shanghai were essentially the same. The gist of his advice was to examine an object thoroughly to identify important characteristics for painting, though he himself would aim at "something" more profound.

> ...Suppose you are going to draw apples now. First, you have to decide how best to arrange the apples from a composition standpoint. How about colors? It does not help at all if we wrote "red" in letters simply because the skin of the apples are red. Before we apply any color, we have to think about the nature of our object, consider its usage, and what feelings it evokes in us. We begin by examining the appearance. First, there is a thin peel, under which is the flesh of the fruit. In inside the flesh there is juice and there are pits in the center. So, we should go after the inherent properties. This way, we will have the feeling that the apples are delicious fruits and we want to eat them. Then, with saliva filling our mouth naturally, we can start the task of painting.
>
> ...Even if I cannot attain the status of being the "glory of the art circle", I firmly believe that the art that I revered will continue to provide me with pleasures in which I am increasingly engrossed. This may sound abstract, but we should not forget catering to everyday worldly matters, I think it would not hurt if we take care of these matters properly and study them well. (SB17-22 and SB17-24)

(G) Need of human warmth in paintings

The following short remarks are extracted from Chen Cheng-po's essay titled "Casual Thoughts on Creation" published in *Taiwan Literature and Art 2* (7) on July 1, 1935, after his return from Shanghai. It explains the importance of personal feeling after

the stage of intellectual viewing of objects, and tells us the way how he learnt and how he taught his way of painting.

> I believe what we need most is to carry out self-reflection, study oneself, know one's strengths and weaknesses, and then work diligently along the way one believes to be right. Never should we be too much influenced by great masters. Always fill ourselves with a youthful spirit, we should tirelessly endeavor to open up new frontiers...
>
> ...A picture lacks human warmth if it is drawn from a descriptive or rational viewpoint. It will be lacking charm and will not attract people no matter how good the skill is. For the sake of results, it is best to faithfully follow the running brush and paint freely with a sincere heart. At least I think so. (AR001)

This may echo Ishikawa Kinichirō's complaints, as quoted in Section C below, for the lack of delightfulness in Japanese oil paintings of those days.

C. Related materials

(A) Do's and don'ts of Ishikawa Kinichirō

In 1914, when Chen Cheng-po was a first-year student at the National Language School, Ishikawa Kinichirō's book *A New Theory of Sketching* was published by Japan Art Institute. He laid down the following 11 rules to be heeded by future artists. Except the first one, all others are "don'ts." For his pupils who were only beginners in the art teachers' course at the National Language School, he might not have taught all of these rules which were born from his experiences.

1. Do develop your strengths relentlessly.
2. Don't sketch and practice to the neglect of studying true painting.
3. Don't pursue too strong a contrast of colors.
4. Don't be single-minded, widen the scope and style of your painting.
5. Don't be too eager to show your works to the public, nor paint too many at the cost of quality.
6. Don't be easily influenced by what you haven't directly experienced.
7. Don't ever feel at ease, even temporarily, with any of your works.
8. Don't judge nature subjectively when painting.
9. Don't be arrogant with others who don't share your views although having your own views is okay.
10. Don't apply too thin a paint; that will spoil the picture.
11. Don't be afraid of making the picture look disorderly while portraying.

Fig. 12: Ishikawa Kinichirō, ca. 1931-33.

(B) Asking a journalist to criticize his drawing (1929)

On November 12, 1929, Chen Cheng-po sent a postcard from Shanghai to Wei Ching-de (1887-1964) a journalist, who was also a graduate of the National Language School. Of course, he expected a favorable article on his newly selected painting from Shanghai in Taiwan's leading newspaper, but he humbly asked him to criticize instead of asking for publicity.

> Mr. Wei! Thank you for your unfailing help to publicize my paintings. Has Taiwan Exhibition been opened yet? To my regret, again I cannot return to see it because of school affairs. Kindly write me about the exhibition. The picture of this postcard is my painting *Early Spring at West Lake*, which has been selected for the Imperial Exhibition. Please criticize it! Say hello to members of your newspaper *Taiwan Daily News*. See you again!! (LE2_147)

(C) Learning was more important than managing Shanghai schools

Chen Cheng-po always tried hard to continue studying. Teaching was his vocation, but he confessed that school administration work bothered him for taking up his time. The following paragraph is extracted from one of his letters from Shanghai. Chen Cheng-po's letter from Shanghai in 1931 tells us that he was eager to study French probably in the hope of studying in Paris in future.

> I am planning to quit the post of Chief of Western Painting Division at Xinhua Art College beginning this semester because I want to pursue my studies. I am also negotiating with Chang Ming Art School to withdraw from the post of Chief of Teacher Training Division. I have found that I don't have enough time to take up such high responsibility and engaging work, and have determined that, if possible, I'll try to be an ordinary teacher so that I have enough time to study. Please continue to give me your guidance in every aspect... Since I brought my family here last summer, I have been having a hard time teaching in schools in the day and working as a home tutor at night. I cannot find enough time to study French... February 3.[17]

(D) "Things in the world never happen by mere chance"

Ishikawa Kinichirō sent a letter to Chen Cheng-po on November 11, 1933-1934 to encourage his efforts in establishing the Tai Yang Art Association, and complained about the lack of delightfulness in Japan's oil paintings in the Imperial Exhibition.

> In this year's Taiwan Exhibition, I rejoice about the fact that your art has been recognized. As for the Imperial Exhibition this year, all the western paintings are boring: they are so devoid of contents that I could not derive any pleasure watching them. This should be reflected. I am quite sad at the present status of western paintings in Japan. I wonder why more cheerful and delightful paintings cannot be made. (LE1_012)

Two months before the 15th Imperial Exhibition began, Ishikawa Kinichirō wrote in a letter dated August 15, 1934, to Chen Cheng-po in Chiayi. He seemed a bit anxious whether Chen Cheng-po's attempt at adopting a new style would be welcomed by

the jury of the Imperial Exhibition, although it was he himself who advised him to go to China to learn more from Chinese old paintings instead of trying to go to France when currency exchange rate was so absurd. But the mentor always encouraged him enthusiastically to think big.

> ...Please do your best; art is a lifetime pursuit. ...Why don't you continue, as before, the kind of paintings that reveal your genuine personality instead of flaunting skills? Target major exhibitions in Tokyo like the Imperial Exhibition, and success in others such as the Taiwan Exhibition will follow. (LE1_007)

We can read a postcard treasured by Chen Cheng-po in which Ishikawa Kinichirō congratulated his success in the 15th Imperial Exhibition. In this postcard dated October 13, 1934, he wrote to Chen Cheng-po staying in Hongō, Tokyo:

> Rather than congratulating you, I'd like to point out that this is a result that give justice to your efforts. Things in the world never happen by mere chance. Success takes serious commitment and innovation and your being selected is the best proof. I have already informed Kōdansha of your inspiring story behind this selection. Maybe their editing personnel will visit you. (LE2_039).

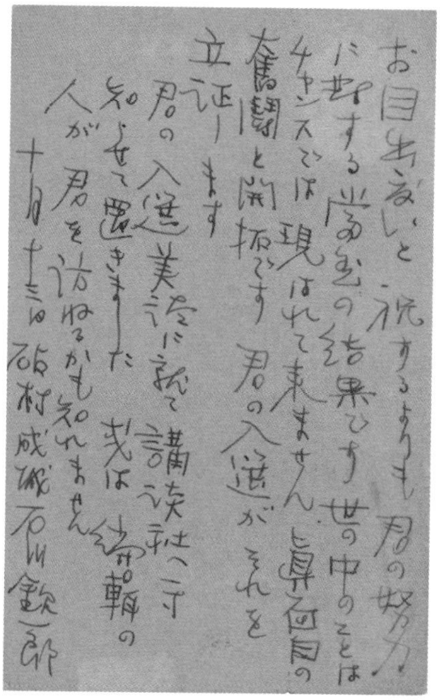
お目出度いと祝するよりも君の努力に対する当然の結果です世の中のことはチャンスでは現はれて来ません真面目の奮闘と開拓です君の入選がそれを立証します
君の入選美談に就て講談社へ予知らせて置きました或は編輯の人が君を訪ねるかも知れません
十月十三日 砧村成城 石川欽一郎

Fig. 13: A postcard of congratulation from Ishikawa Kinichirō on October 13, 1934 (LE2_039)

Since they first met in the National Language School, 20 years had already passed, and Ishikawa precisely knew his mentee's capability and the fruits of such capability all these years. Detailed advice from the mentor continued to arrive. Only three months later, on January 23, 1935, Ishikawa Kinichirō wrote a postcard to him.

> I saw your painting in the Spring Exhibition of Taiwan. Not bad as a whole, but let us think bigger: I wish you could arrive at a deeper state of reflection. The painting feels somewhat ruined and dusty, and that might have resulted from the monotonous coloring of the shadows. You can consider adding a hue of violet there. And perhaps you can add some thought-provoking elements in the execution. I expect the painting can show an ambience of softness and charm, and is filled with the feeling of love of nature and love of work, just like your painting of the Hyōkeikan in Ueno [Congratulatory Gallery]. Mr. Li Mei-shu's work is extraordinarily large, but it failed because the execution was inconsistent throughout. (LE2_053)

(E) Quoting without references (regarded as "plagiarism" today)

Although Chen Cheng-po had not left behind many published articles, the ones extant today are pleasantly written and easily read. Nevertheless, Chen Cheng-po had a habit of using other authors' words without giving them credit. It had been a Chinese and Japanese tradition to embed classics in one's text as did the author of the essay #34 in the *Collection*. Anyway, it was quite

Fig. 14: Front cover of a fine arts journal of *Mizue*, No. 357.

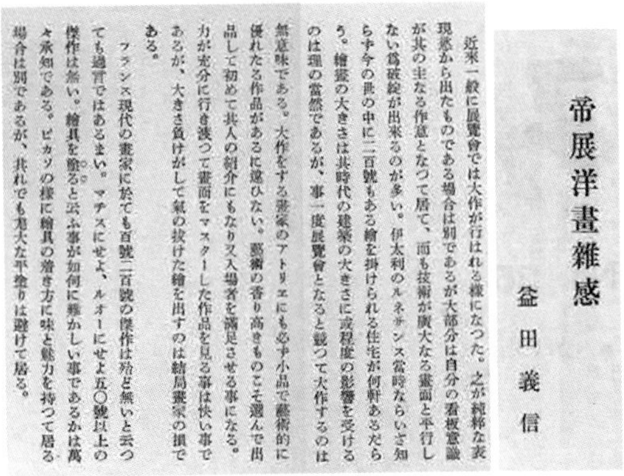

帝展洋畫雜感

益田義信

近来一般に展覧會では大作が行はれる様になつた。之が純粋な表現慾から出たものである場合は別であるが大部分は自分の看板意識が其の主なる作意となつて居て、而も技術が廣大なる畫面と平行しない爲破綻が出來るのが多い。伊太利のルネサンス當時ならいざ知らず今の世の中に二百號もある繪を掛けられる住宅が何軒あるだらう。繪畫の大きさは其時代の建築の大きさに或程度の影響を受けるのは理の當然であるが、事一度展覧會となると競つて大作するのは無意味である。大作をする畫家のアトリエにも必ず小品で藝術的に優れたる作品があるに違ひない。藝術の香り高きものこそ選んで出品して初めて其人の紹介にもなり又入場者を滿足させる事になる。力が充分に行き渡つて畫面をマスターした作品を見る事は快い事であるが、大きさ負けがして氣の抜けた繪を出すのは結局畫家の損である。

フランス現代の畫家に於ても百號二百號の傑作は殆ど無いと云つても過言ではあるまい。マチスにせよ、ルオーにせよ五〇號以上の傑作は無い。繪具を塗ると云ふ事が如何に難かしい事であるかは萬々承知である。ピカソの様に繪具の塗き方に味と魅力を持つて居る場合は別であるが、其れでも尨大な平塗りは避けて居る。

Fig. 15: Original article by Masuda Yoshinobu.

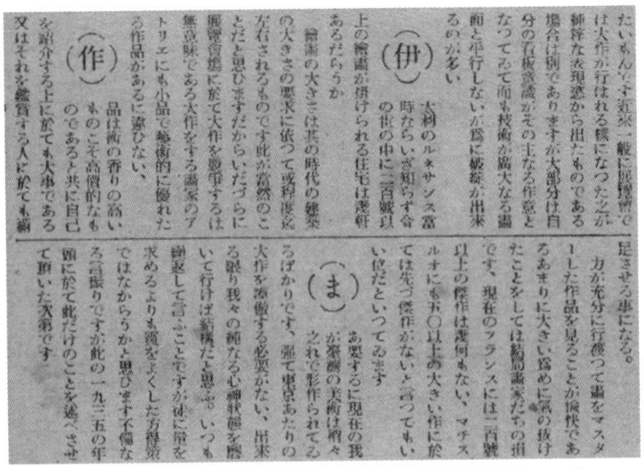

たいもんです近来一般に展覧會では大作が行はれる様になつたこれが純粋な表現慾から出たものである場合は別でありますが大部分は自分の看板意識がその主なる作意となつてゐて而も技術が膨大なる畫面と平行しないが爲に破綻が出來るのが多い

(伊)太利のルネサンス當時ならいざ知らず今の世の中に二百號以上の繪畫が掛けられる住宅は幾軒あるだらうか

繪畫の大きさは其の時代の建築の大きさの要求に依つて或程度迄左右されるものですが此が當然のことだと思ひますだからいたづらに展覧會場に於て大作を競爭するは無意味である大作をする畫家のアトリエにも小品で藝術的に優れたる作品があるに違ひない、

(作)品は藝術の香りの高いものこそ永久的なものであると共に自己を紹介する上に於ても大事である又はそれを鑑賞する人に於ても滿足させる事になる。

力が充分に行渡つて畫をマスターした作品を見ることが愉快であるあまりに大きい爲めに氣の抜けたことをしては結局畫家たちの損です、現在のフランスには二百號以上の傑作は幾何もない、マチスルオにも五〇以上の大きい作に於ては先づ傑作がないと言つてもいい位だといつてゐます

(ま)あ要するに現在の我が臺灣の美術は稍々之れで形作られてゐるばかりです、強て要望あたりの大作を濫作する必要がない、出來る限り我々の純なる心神状態を働いて行けば結構だと思ふ いつも繰返して言ふことですが徒に畫を求めるよりも質をよくした方得策ではなからうかと思ひます不備なる言振りですが此の一九三五の年頭に於て此だけのことを述べさせて頂いた次第です

Fig. 16: Chen Cheng-po's article in 1935 with complete sentences taken from Masuda Yoshinobu's article in *Mizue* No. 357 (1934).

customary to do so before modern copyright laws were introduced in Japan in 1899. We will show two examples from the writings of Chen Cheng-po that would be considered plagiarism by today's standards.

The beginning two sentences of Chen Cheng-po's manuscript for his review of the 15th Imperial Exhibition were almost word-for-word copy of the text published by the artist Migishi Setsuko in Issue No. 357 (1934) of *Mizue*, a fine arts journal.[18] Her opinion expressed was a complete denial of the whole oil paintings in the exhibition except a few works by established masters. So, readers who had already read *Mizue* could smile wryly and took it as a parody when they read Chen Cheng-po's article beginning in the same words as Migishi Setsuko, but arriving at different, rather positive, conclusions on the exhibition.

Chen Cheng-po's article on Taiwan Exhibition of Fine Arts published in the *Taiwan Xin Min Bao* in January 1935 (NC1_005) was worse. The main body of Chen Cheng-po's article expounding on the evils of drawing on larger and larger canvas was all taken without reference from the article of Masuda Yoshinobu in the same issue of *Mizue* as above. Chen Cheng-po usually warned artists of copying the painting styles of great masters (see the end of Section 3B, for example), but his copying the texts from others' published articles was not a concern to him. Further studies on this is warranted.

D. Relationship with Chen Cheng-po's life

What seem to us the most important change in Chen Cheng-po is his acceptance of reviews and constructive criticisms on his own paintings before and after his graduation from the Tokyo School of Fine Arts. At first, he was remembered to be rather inflexible about his way of painting in class.

(A) A student rejecting his instructor's modifications

One of Chen Cheng-po's classmates in the Tokyo School of Fine Arts, Nakahori Aisaku, witnessed that their painting instructor once advised Chen Cheng-po to revise his sketch, but Chen did not heed the advice, and in the end he was allowed to draw as he wished.

> ...I remember once, Instructor Tanabe Itaru wanted to modify his sketches. But Cheng-po did not agree with the changes and reversed it back after a while. Because his paintings always demonstrated his strong personality, the instructor relented and let Cheng-po express his own ideas freely. This way, Cheng-po insisted on expressing his strong personality in every painting...[19]

(B) Like a student, but welcoming reviews and criticisms

After returning to Taiwan, Chen Cheng-po continued to learn with the same ardent with which he had studied and worked as a student in Tokyo. We can also know from the following essay that his undiminished activities were maintained by his determination, rather than by his physical health. What is most important is for us to know his way of learning. In the last line, he described to us the process with which his paintings were brought to their final forms. He felt that peer review would help him revise and retouch his paintings to completion.

> The trip to Tokyo was an impromptu decision. It was October 14, 1936... At the long awaited moment of departure, after breaking off the paper streamers at Keelung, I set sail for Eastern Capital [Tokyo]. Because of the season, the journey was rather rough. It was a catastrophe for me as I have a weak stomach. It was no wonder because I was travelling on Mizuho [a smaller boat].
>
> On arriving at Tokyo on the night of October 27, I directly went to the home of Li Shi-qiao , who came to the pier to welcome me.
>
> From that night, I drew up a variety of programs according to my length of stay in Tokyo. Unlike my previous visits, this time, apart from browsing fine arts, the aim of my trip is to take up the spirit of a student again to study in depth and make as many paintings as possible. Therefore, I decided to enter a certain private painting school, and, choosing appropriate occasions, I will go sketching autumn leaves and other sceneries in the prefecture. In order to evaluate the extent to which my capability in observation has improved, it is necessary to enter a painting school. In other words, after applying into actions what I have seen with my eyes, I'll bring the results for reviewing. This will definitely turn into a realistic creative experience.
>
> Witnessing (inspection) - practical application - review (criticism) - correction and revision – final work (finish)
>
> (to be continued) (BC3_46-001~002)

(C) Examples of correction and revision

In spite of his change of mind in welcoming reviews and criticism from his peers to improve his paintings, discovering such examples of amendment is rather difficult unless the original version had been photographed. Li Su-chu compared his oil painting and postcard (PH4_017) both titled *Celebration Day* and found that he added the national flag of the Republic of China after the postcard was printed. In her Ph D. dissertation, Li explains the political background under which Chen Cheng-po decided to revise his drawing.[20]

The second example is an oil painting titled *East Taiwan Coastal Road* recently rediscovered in Hofu City, Yamaguchi, Japan. This is the painting Kamiyama had commissioned Chen Cheng-po to do when he retired from the post of Governor General (see Section 1C above). Ankei Yuji and Ankei Takako found that the painting was revised after a photo of it was taken and printed

Fig. 17: *East Taiwan Coastal Road*, drawn by Chen Cheng-po in 1930, as found in Hofu City, Yamaguchi.

Fig. 18: A photo of *East Taiwan Coastal Road* PH4_009, as found in Chen Cheng-po's collection. The woman on the lower left corner was much bigger.

as a postcard. The photo was also posted on the Chinese version of *Taiwan Daily News* dated September 12, 1930.[21] The change appeared on the lower left corner: there, a women in local clothes was walking on the new Seaside Road that the Governor's Office had finished constructing during Kamiyama's term of office. The size of the woman was redrawn distinctively smaller.

Kamiyama was a learned man having extensive experience as an administrator and politician. During his tenure, he had commissioned a field study of the indigenous people in Taiwan by Taihoku Imperial University (Please refer to Section 1C above). Before the fieldwork began, he proposed to scientists in the study team a long list of scopes for their research. Four years later, when he at last received 6,000 pages of report manuscript for publication, he was so modest as to say nothing on the report, but only expressed his happiness and gratitude and remarked on the global importance of the accomplished work.[22] The study was paid with the retirement fund he received from people from all over Taiwan. With the same fund, he commissioned Chen Cheng-po to make a painting of Taiwan for him, Kamiyama proposed several locations for the painting[23]. If he acted in the same way as in the case of the field study on Taiwan indigenous people, it was unlikely that Kamiyama ordered Chen Cheng-po to revise the drawing after he had received it.

Then, our question is who advised the revision? And when? Chen Cheng-po presented the painting to the selection section of the Taiwan Exhibition although he was entitled to submit three paintings on a review-exemption basis. As a result, it was not selected. In the course of this process, he could have received reviews on the painting from other artists, maybe including the jury of the Taiwan Exhibition. Seeing that he did revise it, we know that his attitude in welcoming review as mentioned above was already in evidence as early as 1930, and so was the process of creation he was practicing: "witnessing (inspection)-practical application-review (criticism)-correction and revision-final work (finish)."

We can imagine how peer review could have influenced Chen Cheng-po. Some might have told him that the walking figures were drawn too big, so much so that viewers would think that the wide highway was a footpath. Others might have claimed that the large figures would reduce the grandeur of the ocean and the Qingshui Cliff, where workers struggled badly to construct the road, etc.

In any case, closer studies, including illumination with X-rays, for example, will reveal whether the revision was carried out hastily or carefully. Or we could check Kamiyama's diaries to see if there is anything revealing in the manner by which the request and receipt of this painting were made. Kamiyama's diaries were kept in Santetsu Bunko in the Hofu City Library, which was created by Kamiyama's donation in 1938 after his death. These are worthwhile pursuits as the painting is already playing an important role in the promotion of friendship between Chiayi and Hofu citizens.

IV. Chen Cheng-po's messages to his family and to people of Taiwan (1929-47)

A. Outline

Chen Cheng-po's wife Chang Jie had carefully preserved what was left of her husband after his demise. Among the documents there are about a dozen letters and many postcards. In drawing to a close this paper on what he had written, we would like to introduce the letters and postcards he had sent to his family and to representatives of the political administration of Taiwan. From these letters and postcards, we will be able to know what he wished for his children, and what he wished for the people of Taiwan. We may also understand the context of his desires expressed in his last will which was written under extreme pressure and urgency before his execution.

After the defeat of Japan in WWII, there was a jubilant mood among Taiwanese for being freed after 50 years of colonization. But when Chinese soldiers arrived and public servants were replaced, bitter disappointment prevailed.

We will read what Chen Cheng-po wrote during these post-war days until his execution in March 1947. Since his *Review Notebook* in Chinese has been introduced and analyzed in detail by Li Su-chu and other authors, we will quote only a part of it that will explain his hope for the new regime.

His letters to his family after the war will be introduced, then supplemented with narratives of his eldest son Chen Tsung-kuang based on our interviews in Section C. This section will explain how he taught and guided his family and the people of Chiayi and Taiwan until his unexpected death.

B. Texts

(A) Let us compete to see who is more capable

On 27 March 1929, just before Chen Cheng-po finally put an end to his five years of studies in Tokyo, he sent a postcard of his painting to his eldest daughter born in 1919 to tell her his recent success in a private exhibition there.

> My Little Violet, this time I was selected again for an exhibition. A very good painting, said my teacher. I was so happy hearing this. Please feel happy for me too. My Little Violet, do study well and become a wise person. Let us compete to see who is more capable. Say hello to Mommy, Grandma, Uncle, and others. See you. Chen Cheng-po (LE2_145)

He sent a postcard on November 12, 1934, to his younger children from Taihoku. This postcard tells us that he was a loving and caring father of his children, always wishing that they would stay healthy and study hard.

> Daddy is glad that you are all healthy and studying hard. I have just finished my work here, and will be back tomorrow. Say hello to your mother and wish you all well. See you. (LE2_041)

Years later, his "Little Violet" grew up and assumed the roles of an accountant and a tutor for the family. She received information from her father on the only income for her family: it depended on exhibitions in which clients would pay for the

paintings. Having a farm in Chiayi might have been one of his remedies to supplement his unstable income from selling paintings (see the end of the second letter to his son below). On May 1, 1938, he wrote her a postcard from Taipei, where the Tai Yang Art Exhibition was held.

> The exhibition turned out to be livelier and better attended than expected. I will stay here for 3-4 more days to take care of association affairs and make sketches. Painting in Zhanghua will follow. As of now, none of my paintings has been bought, and the cash I have on hand is a bit tight. I will deal with this problem in Zhanghua. Are Pi-nu and Tsung-kuang studying hard? (LE2_083)

A year before, in February 1937, a newspaper reported of his engagement in farming, as abstracted below.

> A few days ago, Mr. Chen Cheng-po, an oil painter who is the pride of not only Chiayi but also Taiwan, for some reasons began cultivating a community-owned wasteland of about one *jia* (甲, 0.97 ha) in the southern suburb of Chiayi. Every day, in his spare time from painting, he tills with a hoe to experience the fragrance of earth. (NC2_044)

(B) Make Taiwan a model province of art in the Great Republic of China

As mentioned in the Introduction of this paper, Chen Cheng-po's third notebook Ma01 contained, among other texts, a long essay written in Chinese under the title "Review (Society and Art)". The date on its cover was September 9, Minguo 34 (1945) just on the day Japan signed for its surrender in Nanjing. Writing in Chinese was not a problem at all for him because he learned it when young. In 1923, when he was a tutor of Shuikutou Public School Huzinei Annex, he submitted a Chinese article for publication to the Changhua Venerating Literature (Chong Wen) Club Issue 67 and was awarded for ranking sixth. He further polished his writing in Chinese during his stay in Shanghai. Calculations from Showa to Minguo was the only difficulty for which he struggled in the *Review Notebook*.

This essay was revised by Chen Cheng-po and sent as a proposal for the creation of a national school of fine arts in Taiwan to Zhang Bang-jie (1887-1964) and a related ministry (dated November 15, 1945, LE_018 and LE_019. See the Introduction to Corpus Volume 7 for details). This should have been his major motivation to become a council member of Chiayi the next year, we suppose. If it were not related, even slightly, to his ambition of promoting art in Taiwan, he would not have accepted to be an electoral candidate. He wrote:

> ......We have to intensify efforts further to build a robust and beautiful new Taiwan. How about establishing a national or provincial school of fine art? We should pay attention to, first, esthetic education in teacher training to produce teachers with esthetic knowledge and skills to help carry out esthetic education for future generations of Taiwan of the great Republic of China. Second, we should nurture art professionals to provide art education. What is the status of the so-called the world's art pantheon—France? It is now impoverished and is in no position to lead the advance of art in the world.

In East Asia, militaristic Japan, which brags about being the art country of the world, is now defeated. So now the responsibility rests with the artists in our great China! We should of course conscientiously undertake the task of upgrading the art and culture of our country. To meet this objective, first, we have to strengthen the education of teachers in esthetics under the Three Principles of the People before we can improve esthetic education for Taiwan. Second, we have to provide the right conditions to attract art professionals of the world to come to our great China to contribute to our culture of 5,000 years. As one who was born in the former Qing Dynasty and will die under Han National's rule, this is my lifelong wish.[24]

(C) Work harder, become a good scholar even in difficulties (September 1946)

On September 11, 1946, Chen Cheng-po sent a letter to his eldest son Chen Tsung-kuang, who just began studying in the Normal College in Taipei. The atmosphere of independence and freedom still echoed in this letter to encourage his son to pursue his wish to become a researcher and teacher of history and geography.

...After the restitution of our sovereignty, the spirit [of the people in Taiwan] is high, and it is our world now. Under such a spirit, you have to work harder in your studies. Your chosen subjects of history and geography are good ones! Be a part of the country's research and a part of its spirit. Unite the nation to show that our elite are not inferior! Be disciplined, take care of your health, work harder, and become a good scholar. Would you fail your father who has been struggling hard to succeed even now? ... Enjoy studying English, and Chinese literature and language, do more research to prepare to be a great historian in the future. This is your father's earnest hope. (LE1_015)

But only two weeks later, on September 25, 1946, Chen Cheng-po had to write a letter to his son with bitter disappointment. Orderly daily life was destroyed in Chiayi and everywhere in Taiwan, and the Normal College could no longer maintain the standard it used to have during the time of Japanese rule. In the last lines of this letter, he explained to his son that the harvest of rice from the two farms he owned in Chiayi was successful, and he would be able to afford additional costs needed for moving to a better school if necessary.

Public order in Chiayi has also deeply changed recently. The screw for our tap water pipe was found stolen this morning by a burglar, so water was all over the place. There is no more social order! Watch out for small possessions when you go out. As you close the door when you go out, tell your sister. Keep alert, don't be careless. Watch out for your money. It's a shame and a pity that the standard of the school has dropped. But it's fate. If you can apply to another school, prepare to do so. The Normal College may approve it. If you can't do it now, you can continue your studies at another university after graduation. Maybe you should give more thoughts to what to study. Besides Chinese literature and language, people in Chiayi should also study more English. Tsung-kuang, don't deviate from your intention of

continuing your studies. If you can speak English fluently, you don't have to stay in the education sector; you can venture into other fields! So, concentrate your efforts and don't miss any opportunity. This is your father's earnest wish. If you have the academic ability to be a researcher, you will find it useful when you enter society in future...

... Most important of all is family honor: we must maintain it, spread our name, and give honor to our ancestors! ... As the saying goes, Son, "Like father, like son"! Don't be less diligent than your father, and try to attain the scholarship of your grandfather. Your father is sitting in the jury of the current edition of the Imperial Exhibition. Please take care of your health so that you won't miss any chance of fulfilling your ambitions and make a name for the Chen family!

... The harvest in Liu Cuo is two hundred and ten *jin*, and I have already received about one thousand *jin* from Xialutou. So, I'm in a position to give you more for school expenses. Let me know immediately when you need it. Goodbye!

Chen Cheng-po, September 29, to son Tsung-kuang (LE1_016)

(D) Last will (March 25, 1947)

In the following extract from Chen Cheng-po's last will, the following points seem to correspond to what we quoted from his letters to his son. The first lines to his wife contain a warning to watch out the house. Education for his son meant, in his shortest last words, to glorify the family history of scholars. He wished his eldest son could go to a better school for a better future, and that family members should help each other out in daily life, especially learning to develop their capability.

I wish you longevity and happiness. Do not worry about me while I am in heaven, and do not blame me for my actions. Take care of the household day and night and also take good care of yourself so that I do not have to worry. (WI07_002)

Serve your mother with all material needs, be friendly with your siblings, and study with diligence to glorify your ancestors. (WI01-001)

Tsung-kuang should help out his brother Chien-min's education, getting into a vocational school or middle school is alright. (WI10-002)

Concerning Taipei School Asset Management Committee: Tsung-kuang should go with Tien-sheng to report on the visit of the chief executive and tell them to assign a replacement. (WI08-001)

Keep my painting *The Broken Bridge on West Lake with Remnant Snow* within the family. (WI08-001)

C. Related materials

(A) Narratives by Chen Tsung-kuang (March 2016)

On March 26, 2016, students of Yamaguchi Prefectural University had a chance to interview Chen Tsung-kuang, the eldest son who was 20 years old when Chen Cheng-po was executed in 1947. They had prepared 15 questions to ask him including rather private ones like, "When did you feel that you were the very son of Chen Cheng-po?" Only an extract is translated here.[25] In short, Chen Tsung-kuang explained that the life of his father was a result of his three ambitions: to be a teacher, an artist, and a politician. His opinion was that this last ambition to be a politician was nothing but a catastrophe. The way Chen Cheng-po drew his oil paintings was inserted from his conversation with Ankei Yuji and Ankei Takako during our visit to the exhibition in the municipal hall of Chiayi in 2016.

I remember my days in Shanghai, when I was only 5-6 years old. Everyday, my father would go out either to teach and do sketching, and returned home. He used to bring home 5 to 6 sketches he had drawn quite rapidly in 10 minutes or so each, with which he had taught his students that day. After dinner, we all surrounded him and watched the sketches. These were such happy moments for my family that I had them vividly etched in my mind. Half of these sketches have been eaten and destroyed by termites, and only 300 or so remain now.

After our return to Taiwan, he continued to go out to draw in many places, but we could accompany him only in Chiayi. The most frequent place where I accompanied him was Chiayi Park. He would not bring us to remote destinations such as Yunlin, Danshui, Taipei, Taichung, Zhanghwa, Tainan, or Kaohsiung etc. Since he was poor, he just traveled to find a place to draw and returned home without doing any other things. He could not afford transportation expenses for his family nor could he work on his painting with total absorption if we were around him.

I remember the way he drew in oil paints. Often, he did not mix the paints on his palette, then he would seize a brush like a sword and hit the canvas with quick movements as if he was stabbing at it.

One of my close classmates once asked my father what was his most favorite of his own paintings. He showed his hand open, and replied, "I cherish all of these five fingers. If injured, any of them will ache equally." So, let us choose the five topics of his preference from among his paintings: 1) the red roofs and paths in Danshui, 2) the hot atmosphere of the summer season of Taiwan, 3) the expression of verdure drawn in one stroke of the brush with rich unmixed paints on it, 4) the religious buildings in Taiwan, and 5) the oil paintings based on his study of Chinese ink-wash paintings. Among this last group, he seemed to be proud of his *Lucid Water*, so much so that he told us in his last will not to sell it but keep it in the family.

As a father, he was quite liberal and open-minded to his children. When I said I preferred to study history and geography in the Normal College of Taipei, he said OK, and never tried to suggest painting or English Language, etc. Instead, he encouraged me to study history and geography in depth so long as I loved these subjects. Every child should do what he or she likes; that was his principle. So, my eldest sister

chose to learn handicraft as our mother was good at it. For my second elder sister, it was drawing. She had a keen sense for drawing, and he often brought her to Chiayi Park to sketch together. When her oil painting *Looking at Mountains* was successfully selected for the Taiwan Exhibition, she was only in her third year in a woman's high school. It was big news because usually only teachers of art or professional painters could be selected. But, she completely abandoned painting after our father was executed... The third daughter, my younger sister, was in her first year of a woman's high school, and had not yet found her vocation, and our youngest brother was still in an elementary school then.

What I really regret is that my father was executed in the 228 Incident at the age of 53. If he survived, we would have witnessed changes in his paintings in the course of his life, probably until 80 years or so. At the age of 50, he survived the war under bombardment, and he was supposed to walk the life of an artist in his 60s and 70s.

After the war was over, most of the Taiwanese rejoiced at the returning of their island back to the homeland. But that joy soon turned into disappointment. For about a year, we observed the political transition from Japan to China, and found that the Chinese government was totally corrupted. Our family could not put up with such corruption. And because of that, Father was persuaded by a lot of people to become a representative of the local council of Chiayi. He was overcome by their persuasion. All of us family members were totally against his acceptance to run as a candidate. During the electoral campaign period, we never asked our neighbors or relatives to vote for him. He made no speech in the streets, nor printed posters or leaflets. He used only a small sum of money for printing his name cards, and his friends distributed them among their relatives. Nevertheless, he was elected because he was quite well-known in Chiayi. Thus, he jumped into the world of politics filled only with his sense of justice, without knowing how corrupt that government was. That caused the horrible incident.

I mostly regret that his participation in politics out of his mere sense of justice resulted in that tragic sacrifice. He was disqualified, really disqualified as a politician, especially to be engaged in the totally corrupted politics of China. Although I am ignorant of Japanese politics, to insist on justice only would not seem to work even in Japan, as you should know. After reading through the biography of Governor Kamiyama written by Professor Kodama Shiki[26], I felt that Kamiyama pursued justice as a politician throughout his life, and because of that, his policies were seldom adopted by the government.

I jumped up when I received the image sent from you of his oil painting of East Taiwan Seaside Road drawn on the request of Governor Kamiyama. We had believed that it was all gone and lost except for a postcard of it in an album. I asked my son Li-po to go to Hofu City immediately. If I could go and see, it would have made me feel meeting again with my father in person!

D. Relationship with Chen Cheng-po's life

Although seldom discussed, the narrative of his son Chen Tsung-kuang in Section C above included, we should add farming as one of his occupations besides teaching, painting, and engaging in politics. At the end of the first letter to Chen Tsung-kuang in September 1946, he complained of the lower than expected selling price of rice. His farming venture developed from manually reclaiming a wasteland in 1937 to harvesting some 1,200 *jins* of rice from two plots in 1946, probably relying on tenant farmers. One of the authors, Ankei Yuji, and his wife Takako began cultivating vegetables for family consumption in 1990, then progressed to growing rice in 1993, and their son began producing and selling rice and soya in 2012. In trying out organic farming, we had encountered so many natural pests and disasters that the only recourse available was praying. We understand therefore why indigenous peoples practice animistic cosmology. Also, we have experienced that agriculture for self-consumption and for sale in the market are two completely different things. Agriculture was never a subject treated in Chen Cheng-po's three remaining notebooks. Nevertheless, Chen Cheng-po and his family's involvement in farming should be a topic worth studying because it will shed light on the artist's financial situation on one hand, and his attitude towards nature on the other. For example, Chen Cheng-po began his proposition to create a national school of fine arts in Taiwan after independence (LE1_019) with the following phrase: "In the first place, circulations in the heaven and the earth, and replacement of the old by the new of all living things are the law of nature". We may also add "ethics" to these two topics following Dr. Iso Eikichi, the father of Hōrai/Ponlai rice of Taiwan. Dr. Iso once wrote that farmers are happy members of the nation, daily given lessons by their living crops that always demand faithfulness and refuse any sort of lies whatsoever.[27]

Conclusions

We transcribed, with much difficulty, Chen Cheng-po's study notebooks and some texts in the sketchbooks mostly written in Japanese.

The first was an anthology of written Japanese copied from a variety of textbooks. It was begun on the first day of the year of 1915, when he was a second year student, aged 20, of the National Language School in Taihoku. It contained many essays which are sort of literary sketches. These collection of essays could first be considered as basic training in painting, but its scope gradually widened to the problems of economy, society, and politics. The first essay was in a close concordance with what Ishikawa Kinichirō used to teach as a tutor of painting of the school, to advise students to continue learning fine arts throughout their life. Chen Cheng-po's political activism in his 50s demanding social justice from the government that led to his execution seemed to have its roots already appearing in the latter half of this notebook. The last essay in this notebook was about the pleasure of teaching as a profession, especially teaching in local primary schools. Although its date of copying this essay is unknown, it tied in very well with the beginning of his first job as an instructor in Chiayi Public School, from which he had graduated. In short, apart from some classical Japanese essays, the *Collection*, which he started at the age of 20, bears significance in his later life as a prelude

to his three professions as a teacher, an artist, and a politician.

Driven by his ambition to pursue further studies and become an artist, Chen Cheng-po decided to quit his teaching job, one of the best paid for Taiwanese citizens at that time beside practicing medicine. Although his sketches, calligraphies, oil paintings, etc., during his student days in the Tokyo School of Fine Arts have been conserved and studied by many researchers, the outline of his studies other than the practice of fine arts has been only vaguely known. His notebook on philosophy and education was the only one left of his class notes. It was written in his third year in the (art) teacher training course, and contained complete records for three courses given by the lecturer Takeda Shinichi: 1) Philosophy, 2) Pedagogy, and 3) Educational Psychology. Our studies revealed that these three courses, one each in a semester, were given under the following two official course titles of 1) Morals, and 2-3) Education & Psychology. Takeda, a post-graduate student from the Imperial University of Tokyo, one year younger than Chen Cheng-po, specialized in Greek philosophy. Hence, it was natural that he taught mainly his speciality during his classes of Philosophy and Pedagogy. Out of eight lectures in Philosophy, four were dedicated to Esthetics. Takeda explained the importance of Platon's view of the "ideas" being the essentials in the objects behind our superficial views of their physical outlook. Although Chen Cheng-po could hardly follow the speed and the details of the lecture, making many spelling errors along the way, he underlined in red in places where he believed were important. Three kinds of evidence show that he continued to keep his interest in philosophy and esthetics throughout his days in Tokyo and after he finished his graduate studies. First, notes in the margins of Takayama Chogyūs' *Esthetics and the History of Art* published just before his arrival in Tokyo in 1926. Second, extracts of terminology on sheets of paper from a dictionary of philosophy first published in 1930. Third, Tanabe Hajime's *General Introduction to Philosophy* purchased in 1942 or later, with a lot of margin notes and summaries. Chen Cheng-po wrote on its front page, "8th of March. Begin reading through with do-or-die determination." Anyway, Plato's notion of the "ideas" became a hidden backbone in his art creation, his teaching in Shanghai, and his criticisms of artists of his age. The Philosophy and Education notebook and a short note on a book margin constitute rare fragments about the classes and seminars he attended in Ueno and Hongō: Japanese Painting, History of Oriental Arts, and World History of Nude Arts.

We have relatively few texts about his activities in Shanghai. A piece of advice on making paintings written in Chinese might have been used in his classes. Following Ishikawa Kinichirō's advice, he studied Chinese ink-wash paintings, and became an exception among the oil painters of his age that longed only to go to Paris. His letter from Shanghai and his son's reminiscence serve as substantiating evidence of his life there.

Back in Chiayi in his forties, Chen Cheng-po began to lead the life of an independent artist. The income from selling paintings was unstable. He worked hard to organize private art associations while also supporting official exhibitions. Organizing artists and promoting their activities were important to him not only for raising art standards in Taiwan, but also to cultivate art lovers on the island so that art creators can get sufficient economic support.

He succeeded in the Imperial Exhibition for the fourth time in 1934, and he was asked to review the paintings. As a forerunner of oil painting in Taiwan, he worked hard to guide younger artists and organize professional associations for them.

In spite of the need felt by the artists, the Japanese administration did not agree to establish a school, museum, or institute for fine arts in Taiwan. Even oil paints were not easily available during the war unless an artist was willing to participate in pro-war propaganda.[28]

Like most Taiwanese, it was natural for Chen Cheng-po to expect the new government of China for something better than the Japanese regime. Based on a manuscript in his third notebook, he prepared a proposition in Chinese for a new school of fine arts. Instead of getting a reply, he witnessed inefficiency and corruption in the new government (for example, burglary was increasingly rampant, one had even stolen the screw of his tap water pipe). However angry he was for such social and political injustice, we are not sure if that was enough for him to run for a seat in the local council. As thinking big was his usual approach, he might have had the ambition of establishing a new institute of art in Taiwan by appealing for nationwide political and economic support. He wrote two letters in September 1946 to his son Chen Tsung-kuang, who was beginning to study in Taipei in order to qualify as a teacher of history and geography. Chen Cheng-po's desperate hope to uphold his family's tradition of academic excellence helps us to understand the short messages in his last will of March 25, 1947, scribbled just before he was summarily executed in the public.

After this tragedy, in order to protect his paintings and other possessions from burglary, arson, or other types of damage during the long period of white terrors, his wife and the family never went out together for fear of leaving their house vacant (Chen Li-po, personal communication).

On August 2, 2003, Chen Cheng-po's honor was officially restored by President Chen Shui-bian.[29] On March 23, 2017, President Tsai Ing-wen invited Mr. Chen Tsung-kuang to her Office, and relay her appreciation of the great pains of his family in securing Chen Cheng-po's invaluable works. She said, "I believe that art and humanity will always survive the history of oppression, and this will serve as an example why this country will always stand mighty. Mr. Chen Cheng-po is the very example for us all."[30]

(Special thanks are due to the late Mr. Chen Tsung-kuang, Mr. Chen Li-po, the members of the Chen Cheng-po Cultural Foundation in Chiayi, Dr. Li Su-chu, and Dr. Chiu Hanni for collaborating with us to prepare this paper. In order to determine what exactly Chen Cheng-po had intended to write in the two Japanese notebooks described in this and other papers, three co-authors collaborated with the help for transcribing by the late Mr. Yamashita Hiroyoshi, Ms. Sumiki Hikari, and Dr. Ankei Takako. Two students from Yamaguchi Prefectural University, Ms. Akiyoshi Asuka and Mr. Higashi Taisei prepared the questions for and attended the interview with Mr. Chen Tsung-kuang under the supervision of Izao Tomio. The late Professor Kodama Shiki of Ryukoku University and the members of the Association to Learn from Kamiyama Mitsunoshin in Hofu City, Yamaguchi Prefecture, Japan, encouraged and advised us to study the relationship with Kamiyama Mitsunoshin, the 14th Governor General of Taiwan and Chen Cheng-po. Mr. O.K. Lo carefully polished earlier versions of our English text. We express our heartfelt thanks to all these people and institutions that made our study and interchange between Taiwan and Yamaguchi so fruitful.)

ANKEI Yuji, YOSHINAGA Nobuyuki, IZAO Tomio*

∗Ankei Yuji (http://ankei.jp/yuji_en/), Professor Emeritus of Area Studies in Yamaguchi Prefectural University, is the author of Sections 1 and 4 and responsible for editing; Yoshinaga Nobuyuki, Associate professor of Information Ethics in Yamaguchi Prefectural University, is the author of Section 2; Izao Tomio, Professor of International Politics in Yamaguchi Prefectural University, is the author of Section 3.

1. Most items in the collection are accessible on the Foundation's website, and their reference numbers are adopted in this article. Pages of related books and magazines are posted only on the website of the Institute of Taiwan History, Academia Sinica.
2. During the 228 Incident, on March 2 and 3, 1947, Professor Kokubu Naoichi heard this *Warship March* broadcast from Taichung Radio Station, followed by a message in Japanese to exhort listeners to stand up, "Have we forgotten the Japanese spirit? We have been given 50 years of Japanese education. Let us stand up now, six millions of compatriots of the whole island! Stand up youngsters! Stand up, compatriots that have returned from abroad!" Quoted from Ankei Yuji & Ankei Takako, "Following on the footprints of Professor Kokubu Naoichi (3): Encounter with 228 Incident as recorded in his field note", *Yōjubunka*, Nos. 64 & 65, p.36, 2019. http://ankei.jp/yuji/?n=2383
3. Kasagi Tōru, *The Piglet Born Yesterday: Wartime Songs of Children*, a CD book. Ongaku Center, 1995.
4. Li Su-chu, Expressing *'Something' of an Era: An Analysis of Chen Cheng-po's Paintings*, Taipei: ARTouch Family, 2012.
5. The translation of "Reining it in on the peak of letters, the flash of a white colt" and "Mooring a boat off the sea of words, the sound of red leaves" are from Steininger, Brian, *Chinese Literary Forms in Heian Japan: Poetics and Practice*, Harvard Esat Asian Monographs, 401. Cambridge, Massachusetts: Harvard University Asia Center, 2017.
6. Oka Toshimichi, "Takeki Owada's View on Teaching Composition", *Hiroshima Bunkyō Kyōiku*, Vol. 10, pp. 1-16,1996. http://harp.lib.hiroshima-u.ac.jp/h-bunkyo/metadata/2824
7. Ōtani Kōzui, "Chapter 27: Ruling Taiwan", in *The Perils of the Empire*, p. 135, Min-yūsha (1919).
8. Lee Yuan-chuan, "My wartime experience: Life during the evacuation from Shinchu", *Yōjubunka*, Nos. 75 & 76 (to be published in 2022).
9. The paints were valuable to Chen Cheng-po from the beginning. This could be the underlying reason for his resisting the contemporary trend of drawing on bigger and bigger canvasses with no stronger impact than drawing carefully on small ones (January 1935, a newspaper interview on the recollection of the painting circles in Taiwan, NC5_005-001). Later, on June 1, 1940, Chen Cheng-po published an essay titled "I am Oil Paint." This was a narrative of a paint to explain how it survived processing and quality check, and asked viewers to bear in mind its untold hardships until a painting could enjoy widespread acclaim (*Taiwan Art*, No. 4: p.20, BC3_24-0012).
10. Izao Tomio, Yoshinaga Nobuyuki, Ankei Yuji, *Kamiyama Mitsunoshin and Chen Cheng-po: Towards a friendship between Yamaguchi and Taiwan*, Yamaguchi Prefectural University (2017). Accessible on https://www.yamaguchi-ebooks.jp/?bookinfo=kendaicoc7taiwan
11. Professor Takasaka Tomotake, who remained at National Taiwan University after the war, made it a rule to help his students in all ways possible, including providing rooms for them to live in his house, keeping them warm with an electric heater he invented, and, if necessary, lending them money without charging interest or setting a repayment time (recollection of Prof. Lee Yuan-chuan).
12. Takeda later taught ancient and medieval philosophy at Taisho University, the University of Tokyo, and Hokkaido University.
13. Downloadable from https://www.dl.ndl.go.jp/info:ndljp/pid/1914642
14. Downloadable from https://dl.ndl.go.jp/info:ndljp/pid/1216521
15. Downloadable from https://dl.ndl.go.jp/info:ndljp/pid/968018
16. *Tokyo School of Fine Arts Alumni Association Monthly*, Vol. 29 No. 8, pp. 18-19, March 1931.
17. *Tokyo School of Fine Arts Alumni Association Monthly*, Vol. 29 No. 8, pp. 18-19, March 1931.
18. This issue of *Mizue* is available in Chen Cheng-po's collection except for its front cover represented here. CCP_09_09028_BC3_11 in http://tais.ith.sinica.edu.tw/sinicafrsFront/browsing.jsp
19. Recounted by Chang Yi-hsiung and written down by Chen Tsung-kuang, "Chen Cheng-po and I", Lion Art Magazine, No. 100, p. 126, 1979. Quoted from p.12 of *Chen Cheng-po Corpus* Vol. 2.
20. Li Su-chu, *Expressing 'Something' of an Era: An Analysis of Chen Cheng-po's Paintings*, Taipei: ARTouch Family, 2012. Figure 61.
21. Ankei Yuji and Ankei Takako, "2020 Memories of the Late Professor Kodama Shiki", *Yōjubunka*, Nos. 71 & 72, 2021. http://ankei.jp/yuji/?n=2508
22. *Asahi Shimbun*, morning edition, p.3, October 15, 1933. Available on http://ankei.jp/yuji/?n=2160
23. *Taiwan Daily News*, morning edition, p.4, October 16, 1930. Available on http://ankei.jp/yuji/?n=2160
24. Chen Cheng-po, "Proposals for the Taiwan Fine Art Sector", November 15, 1945. (LE1_019)
25. The whole text in Japanese is available on https://www.yamaguchi-ebooks.jp/?bookinfo=kendaicoc7taiwan pp. 73-84.
26. Kodama Shiki and Ankei Yuji, *Thoughts and Actions of Kamiyama Mitsunoshin*, revised and enlarged edition, Kaichosha, 2016.
27. Ankei Yuji & Ankei Takako, "Iso Eikichi: the father of Hōrai/Ponlai Rice", *Yōjubunka*, Nos.73&74, pp. 1-13, 2021. http://ankei.jp/yuji/?n=2531. There are also reports that the *Miyako* variety of Hōrai rice most widely planted in Chiayi around 1923 had originally been selected and bred from *Miyako Ine* in Chōshū, today's Yamaguchi during the Edo Era.
28. Li Su-chu, *Expressing 'Something' of an Era: An Analysis of Chen Cheng-po's Paintings*, Taipei: ARTouch Family, 2012.
29. CCP_06_01_ID1_15 on the webpage http://tais.ith.sinica.edu.tw/sinicafrsFront/browsing.jsp
30. https://www.cmmedia.com.tw/home/articles/2877

凡例 Editorial Principles

- 本卷收錄陳澄波的筆記、文章與書信，以文字方式呈現；原稿則刊於《陳澄波全集》第六卷、第七卷與第十卷。
- 兩本筆記《作文集帖》與《哲學》僅呈現日文辨識文，且斷句依據原文。
- 除中文書寫之文章與書信、部分日文賀年卡僅呈現原文外，其餘均日文辨識與中文翻譯對照呈現。
- 中文原文中出現之異體字，逕予改為正體字。
- 作品名稱統一以〔 〕表示。
- 文中若有錯字，則於錯字後將正確字標示於（__）中。
- 無法辨識之字，以□代之。
- 贅字以｛ ｝示之。
- 漏字以【__】補之。
- 原文均無註釋，註釋為譯者或編者所加。

筆記

Notes

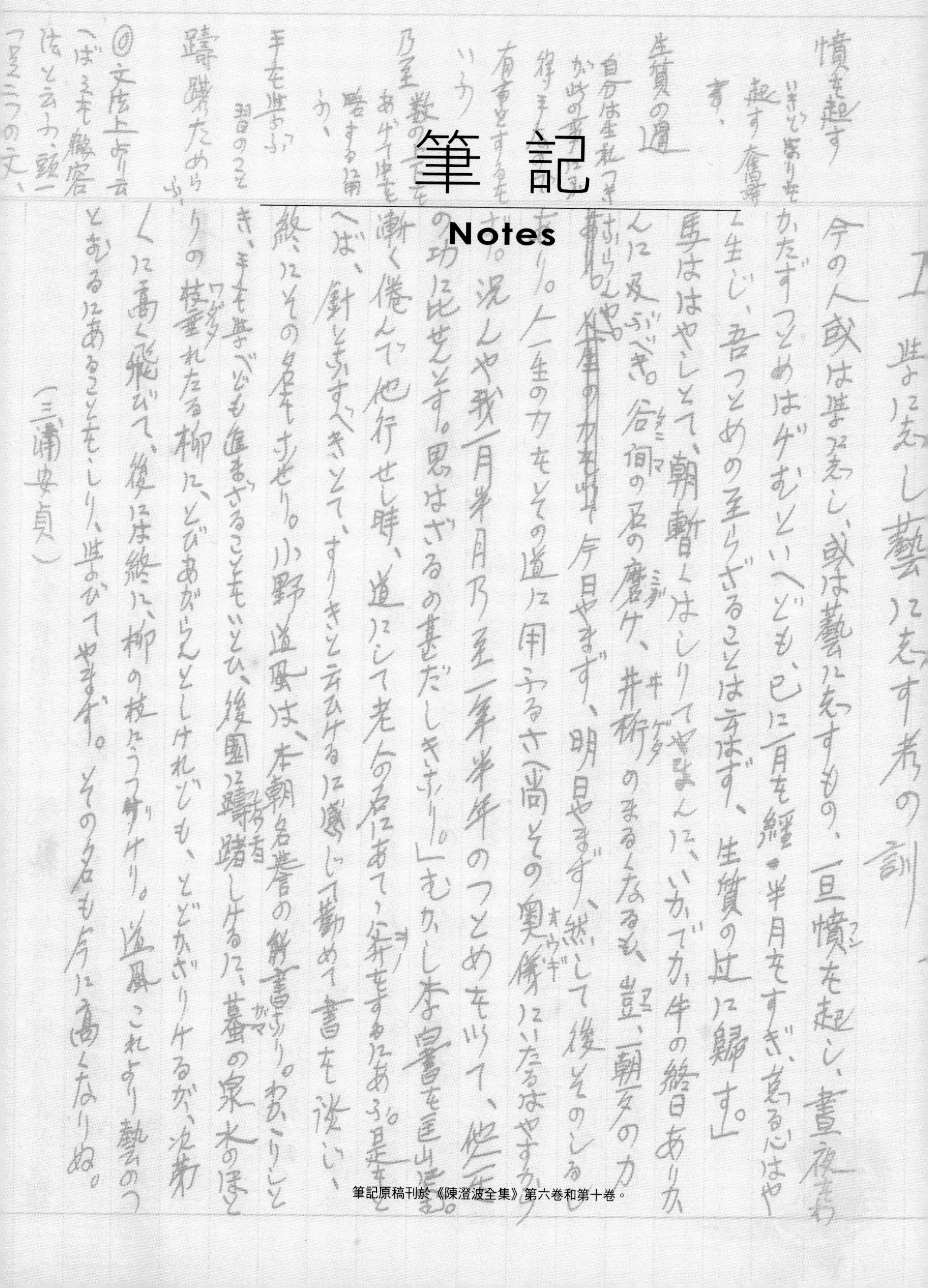

筆記原稿刊於《陳澄波全集》第六卷和第十卷。

作文集帖 A Collection of Essays

日文辨識／安溪遊地、栖來光、安溪貴子、山下博由

作文集帳

大正四年一月元旦

陳澄波

Tân

作文集帖　閱讀順序

左頁	右頁
3	1
4	2

1、學に志し藝に志す者の訓

今の人或は學に志し、或は藝に志すもの、一旦憤(フン)を起し、晝夜をわかたずつとめはげむといへども、已に一月を經半月をすぎ、怠る心はやく生じ、吾つとめの至らざることは云はず、生質の过に歸す。」馬ははやしとて、朝暫くはしりてやまんに、いかでか牛の終日ありかんに及ぶべき。谷間(タニマ)の石の磨(ミガ)け、井桁(ヰゲタ)のまるくなるも、豈(アニ)、一朝一夕の力ならんや。今日やまず、明日やまず、然して後そのしるしあり。人一生の力をその道に用ふるさへ、尚その奥儀(オウギ)にいたるはやすからず。況んや我一月半月乃至一年半年のつとめを以て、他人一生の功に比せんとす。思はざるの甚だしきなり。」 むかし李白書を匡山によむ。漸く倦んで他行せし時、道にして老人の石にあてゝ斧(ヲノ)をするにあふ。是をとへば、針となすべきとて、すりきと云ひけるに感じて、勤めて書を談じ、終にその名をなせり。小野道風は、本朝名譽の能書なり。わかゝりしとき手を學べども、進まざることをいとひ、後園に躊躇(チウチョ)しけるに、蟇(ガマ)の泉水のほとりの枝垂(ワ(エ)ダタ)れたる柳に、とびあがらんとしけれども、とどかざりけるが、次第〳〵に高く飛びて、後には終に、柳の枝にうつりけり。道風これより藝のつとむるにあることをしり、學びてやまず。その名も今に高くなりぬ。

（三浦安貞）

憤を起す　いきどほりを起す　奮発す
生質の過　自分は生れつきが此の事に不得手なので有事とするをいふ
乃至　數の上下をあげて中を略するに用ふ
手を學ぶ　習のこと
躊躇　ためらふ
◎文法上より云へば之を鶴容法と云ふ、頭一つ足二つの文

2、富山の日出（富士登山記ノ一節）

六合目の石室に宿す。輕寒蒲團に上りて眠熟(ネムリジュク)しがたし。暁ならざるに短夢回り来れば主人は既に爐に踞して飯を炊(タ(カシ))ぐ。余や既に萬古の雪に嗽(クチソソ)ぎて、心下に一塵事なし。靜坐して以て日出を待つ。」既にして石室の主人麾(サシマネ)きて曰ク「日將に出でんとす」と。起(タ)ちて扉邊の平石に踞して之を看(ミ)る。初め東方昏黒(バンコク)のうち紫气(シキ)ありて搖曳し、漸く変じて微紅(ビコウ)となる。たま〳〵彷彿(ハウブツ)として上峯に天雞の聲を聞く。石室の人曰く、これ「淺間神社の鐸鈴(エキレイ)なり」と。余屏息して立ち、石室の人跪(ヒザマヅ)きて膜拜(ボハイ)す。須臾(シユヽ)にして溟中渾沌のところ、依稀として五彩の龍文を作し、次第に鮮明を加へて、光芒陸(リク)離(リ)遂に混じて猩血(セイケツ)の色を成す。うちに物ありて浮べり、雙黄の卵子の如し。急ち合(ガツ)して熔銅(ヨウドウ)の色をなす。石室の人曰く、「これ太陽なり」と。熔銅の色は再び変じて爛銅の色をなし、環らすに紫金を以てし、終に白熾鐵の色を為す。急ち大槌の一下に逢ふが如く、百千道の金箭直ちに天を射、溟中猩血の色逆た(だ)ち起ちて之を追(オ)ひ、太陽乃ち躍如(ヤクジョ)として昇る。天地茲に清明なり。（遲塚麗水）

3、海棠

支那より傳来せし植物の一種にして、菊と同じく和名の世に行はれしものなし。幹は稍々太れども丈は高からず。四月上旬、若葉の出づると共に花を開く。若葉は淡紅色にして、櫻の葉色に似たり。若葉の間に深紅色の蕾(ツボミ)をつけ、咲くに至って紅白相半ばせる妖艶なる花を開く。萼(ガク)及び茎も亦深紅を帯びて、その美を助け、殊に雨後の海棠は、其の妖艶を美人に譬へらるゝ程なり。花の色淡(アハ)き者を杜子美海棠(トシビカイダウ)といひ、花の色濃き者を、南京海棠といふ。支那にては花中の神仙(シンセン)など稱せらるゝも、我が國人はさまで賞美せざるにや、詩歌などに詠ぜられしもの甚だ少なし

淡紅　うすべにいろ、

重瓣(チュウベン)あり、單瓣あり、白色あり、紅色あり、帯紫色あり。花冠大なるものは、徑尺に及ぶ。品格高くして富麗なること、世界の花卉中(クワキチュウ)、牡丹に過ぎたるはあらざるべし。」　李白之を楊貴妃に配(ハイ)しテ、清平調詞を歌ひしより唐人の賞翫措かざるも亦宜べなるかな。」

鍾愛　愛鍾と仝じ　つよく愛すること、

泰西　大西也、欧羅巴のこと、

徑（さしわたし、

品格（しながら）

清平調詞　三篇あり、玄宗皇帝の命にて李白が作りし也、

8、菊（科學的記事文）

菊には夏咲く夏菊あり、冬咲く寒菊もあれど、秋咲くもの最賞すべし。百花に後れて、獨り、心静かに咲き出で、その姿けだかき、その香のゆかしきなど、誠に愛すべきにあらずや。」

菊の花は、培養の仕方によりて、種々珍奇のものを生ずれども、色は古より白と黄とを愛賞せり、實(ゲ)に白と黄とは、赤淡紅のはなやかなる色とは、その趣を異にし、白きは雪の如く清かにして、黄なるは黄金の如く麗(ウルハ)しく。いづれも气韻(キヰン)甚だ高し。」

菊の葉には、深き刻目(キザミメ)ありて、その形面白く、その緑色にして、花の白黄(キ)などに映え、霜にあひては、色の少しく赤らむも、また面白し。ことに、寒菊の葉は、色濃く染りて、甚だ美し。」

夏菊秋菊、及び寒菊等は、いづれも作り菊とて培養すべきも【の】なれども、又一種、野菊、山菊など称して、野生のものあり。花は大ならざれども、色は白きあり、淡紫(タンシ)なるあり、水色なるありて、秋菊の草花にまじりてやさしく咲き出でたるは、またすてがたき趣あり。」

（長谷部氏作文教典）

培養　つちかひそだてる、

气韻　气品風韻みやびなる味ひ、

一種　ひとぐさ

9、河上の柳

霞の遠(ヲチ)にもしるく、一村ふかう打烟りたるかげの、やう〱さしのぼるほと【ど】に、水上(カミ)遠き山もとは、大方柳の堤にぞありける。さばかりの木立(コダチ)みな萌えわたりて、いと長きしなひの末は水の上にも流れ餘りつゝ、こなたかなた結(ムス)ぼほれゆくに、おのづから川との水も堰かるゝやうになん。舳にへに乱れかゝれる絲すぢに、あかず繋(ツナ)がるゝ心地のせられて、おもほえず舟さしとどめつ。（逸氏名）

さばかり　それほど沢山の、

いと　最也、甚だ也、

なん　下にあるとあるべきを略せるなり、

舳　船の後【前】部

10、竹

木にあらず草にあらず。霜にうてず、風にかじけず。空く心よく千代様をたもてり。此の君(キミ)よ、此の君よ、今日より我れ、かしづきて、土かひ、水そゝぎなん。故郷の藪(ヤブ)を思ひはなれて我が園に千世を盡せ。我れの千世を羨(ウラヤ)むにあらず。空(ムナ)し心よく物に堪ふるを羨む。抑も、心を空しうして、古に求むる學の道なり。心を空しうして物に堪ふる延年の術なり。學の道、延年の術、纔(ワヅカ)に此一ともにあり。諾(ウベ)なりや、一日も此の君(キミ)なかるべからずと、昔の人のいひけんこと。（井上文雄）

擬人法を用ひたるに注意せよ、

深紅　こきべにいろ
妖艶　なまめかしくうるはしき、
◎結尾の振はざる所に注意すべし

4、梅

梅は、野にありても、山にありても小川のほとりにありても、荒磯のくまにありても、ただに、その美しく、香の清きのみならず、あたのさまをさへ、ゆかしきかたに見するものなり。崩れたる土塀（ドベイ）、ゆがみたる衡門（カブキモン）、あるは掌のくぼほどの瘠畠（ヤセハタ）、形ばかりなる小社などの、常は、眼にいぶせく、心にあかぬものも、その近くに、この花の、一本二本咲き出づるあれば、をかしきものとぞ眺めらるゝ。譬へば、徳高く、心清き人の、いかなるところにありても、その居るところの俗には移されずして、その居るところの俗を易（カ）ふるがこ（ご）とし。出師の表を讀みて涙をおとさぬ人は、なほ、友とすべし、この花好まざらむ男は奴（ヤッコ）とするにも堪へざらむ。（幸田露伴）

出師表　三国の時諸葛孔明が後帝に奉りし上書、之を讀んで注（泣）かぬものは人に非らずといはる、

5、桃

桃は、書を讀みたることもなく、歌をつくるすべも知らぬ、田舎の人の、年老いて、世の慾も失せ【た】るがが、村酒の一椀（ワン）二椀に醉ひて、罪もなく何事をか語り出でつゝ、高笑（タカワラヒ）せるが如し、野气は多けれど、塵气は少し。なまじ、取り繕（ツクロ）ひたるところなく、よしばみて見えざるところ、却（カヘッ）てうれし。川を隔てゝ、霞の蒸（ム）したる一村の奥に、咲き誇（ホコ）りたるを見たる、谷に臨みて、春風ゆるく駐（トドマ）るべき崖下などの小家包みて、賑（ニギハ）しく咲けるを見たる、いづれ、をかしき趣（オモムキ）あらぬはなし。この花俗なりといひて誹（ソシ）る男あり。おほかた、おのれが、少しの文字知りたるより、わが親を愚なりといひくだすきはの人なるべくや、かたはらいたし。
（幸田露伴）

野气　俗气の多いこと、田舎人らしきをいふ
よしばむ　ゆゑありげにみゆ
をかしき　面白きなり
きは　際の字　分際の人

6、蓮

水陸草木の花、愛すべきもの甚だ蕃（オホ）し。晋の陶淵明、獨、菊を愛す。李唐よりこの方（カタ）、世人甚だ牡丹を愛す。」予獨、蓮の淤泥を出でゝ染まず。[1]香遠（カウ）くしテ益々清く、亭々として浄植（ショウショク）し、遠観すべくして褻翫（セツグワン）すべからざるを愛す。予謂へらく、菊は花の隠逸（インイツ）なる者なり、牡丹は花の富貴なる者なり。蓮は花の君子なる者なり。噫（アヽ）、菊の愛、陶の後間（聞）ゆるあること鮮（スクナ）し。予に同じき者何人ぞ。牡丹の愛は宜（ウベ）なり衆きこと。（周茂叔）

亭々　高くそびえたつ貌、
李唐　唐の帝會は李姓也
淤泥　ぬかるみどろ、
隠逸　世をのがれること遁世、

7、牡丹

牡丹は東洋の名花なり。支那人之を花中の王と呼び、鍾愛すること邦人の櫻に於ける泰西人の薔薇に於けるが如し。」　初夏花を開く、花に

1 編註：原稿此處漏寫了「濯清漣而不妖，中通外直，不蔓不枝」之日文。

舉動＝ふるまひ
精細＝めんみつ、こまかに、
速度＝はやさ
横行　恣に行きかふ、
併称＝ならべとなへる、
活溌　勢よき事、柔弱ならぬこと、
渺たる　小さきものの形容、
樵者　きこり、

13、金魚

多かる魚類の中、其の形態の不恰好(カッカウ)にして其の味の淡泊(タンパク)なる、蓋、金魚に如くは無かるべし。金魚は鮒の変種にして養殖家の故(コトサラ)に造り出でしものなりといふ。其の體の短くして其の腹の飽(アク)くまで膨(フク)れたる、其の尾の厖然として大に、三つ四つに岐(ワカ)れたる、頭の或は狆(チン)の如くなる、見来(キタ)れば首尾何れの所か不具ならざる。之を以て、名門貴族に翫養せられ、幼童婦女に愛せらるゝは、甚だ怪しきわざならずや。」（一段抑法）、
されば、そは云ふ人の僻(ヒガ)める心しらひにして、金魚を愛する人は之を不具とも不恰好とも思はざるなり。見よ、彼の全身は珊瑚の紅(クレナヰ)、水晶の白、紫雲の太陽に映せる鬱紺(ウコン)を交へ、時に赤白・黒紅相斑し、その水中に游泳する所、殆(ホトンド)生きたる珠玉に等しく、總々(フサ〱)しきその尾は巧に搖り動かされて、天女の姿に描(エガ)きそへたる羅(ウスモノ)にも似たらずや。」（楊（揚）一節）
ことに、其の膨れたる腹、狆(チン)にも似たる頭部、是れ一種天然の滑稽にあらずや。之を清泉寸深(セイセンスンシン)の所に放ち、之を硝子の球瓶(キウビン)に盛る、共にこれ夏時絶好の誘涼法(いうりゃうはう)たり。」楊（揚）二節　世の金魚を愛翫する者多きこと亦うべならずや」

淡泊＝あっさり、
故＝わざ〱、
厖然　大きな形の形容、
不具＝かたは、
名門＝良い家がら
心しらひ　用意、心がまへ、
天然＝人の作らぬ、しぜん、
滑稽　しぎわざ、をかしきわざ、たはむれ、しやれ、

14、蝶

荘周が夢に胡蝶(コテフ)となりしといへるは、もとより空ごとながら、昔より歌にも文にも作りあへり。さるは、胡蝶と云ふもの、見る目もいと美しく名さへあしからねばなるべし。蓑虫(ミノムシ)などになりたる夢語(ユメガタリ)ならば斯くあらんやは。」
花園に、始めは三つ四つと数ふるばかり稀に見えしも、いづくよりか来つらん数多になりて、空にとび木(コ)がくれを行く。あしたには露にぬれて小さき羽も重(オモ)きにやあらん、立ちかねて、なほ花びらに眠り居たるに、風の颯と吹きくれば、驚きて乱れ飛び、夕(ユフベ)にはふしどを争ふにやあらん、ここ、かしこの花にすだきて、立居ひまなきが踊るやうに〔に〕みゆるなどいとをかし。」
まして貴きわたりの前栽(ゼンサイ)（前栽(センザイ)）の花にすみて、玉簾(タマダス（スダ）レ)　近く飛びかひたらんは、一きは
優に美しうぞ見ゆらんかし。すべて花としいへば、一つ二つ咲きたるも、あながちに認(ミト)め来て、むつるゝはあやしきものになん。（藤井高尚）
藤井高尚は和文家として名高き人なり、此等の文にて和文の長所を看取すべし。

荘周　荘子といふ書の初巻に、嘗て夢に胡蝶となる云々の文あり、
すだく　多くつどふ、あつまる、むらがる、
貴きわたり　貴顕の邸、

抑も　多くはいみナシ、それも、さて、
纔に　やっと。
此君　晋の王子猷の故事、竹をうゑ一日も此の君なかるべからずと云ふ詩を作りてより云ふ、

11、薄（文學的文）

秋の野のおしなべたる、をかしさは、芒(スヽキ)にこそあれ。穂さきの蘇芳(スハウ)にいと濃きが、朝霧にぬれて打靡(ウチナビ)きたるは、さばかりの物やはある。されど、秋のはてぞ、いと見所なき。いろ〳〵に乱れたりし花の、かたもなく、散りたる後、冬の末まで頭のいと白くおほどれたるをもしらで、昔おもひで顔に、靡(ナビ)きてかひろぎ立てる人にこそ、いみじう似(ミ)ためれ。よそふる心ありて、それをしもこそ、あはれとも思ふべけれど、いさや。　（清少納言）

打靡　うちたれたるをいふ、
さばかり　それほど美しき、
やは（反語）、
おほどれ　ひろごり、みだる、
かひろぎ（ゆれ働（動）く）
よそふる　（くらべる、なぞらへ、
いさや　（どうしてあらう、）

12、燕

燕は候鳥の一種なり。春日柳條漸く青む頃本邦に来り、秋冷を感じて南方に去る。其の間必ず數匹の子女を儲くるを常とす。其状恰も夫妻相携へて外洋に出稼(デカセギ)する農夫に似たり。彼等の領土廣しといふべし。」燕は此の如く温暖(ヲンダン)を好み、遠く海洋を越えて諸國に流轉(ルテン)するが故に、この躰躯は細(コ)やかにして其の羽長く、最も飛翔に巧なり。しかのみならず、仔細に観来れば、長くして分岐したる其の尾は楫(カヂ)の作用を為して、飛行中自由に其の方向を轉ずべく、扁(ヒラタ)くして尖(トガ)れる嘴は小虫を捕ふるに便に、短小にして、三趾前に向ひ、一趾は後に向へる其の足は、止まるとき樹枝を把るに適せり」。見よ、彼等が柳條を掠めて春雨に戯れ、或は身を翻して人の袂下(ヘイカ)を潜(クグ)るとき、いかにその擧動の輕快なるよ。或人精細に其の飛羽（翔）の速度(ソクド)を計りしに、我が急行列車の約六倍なりといふ。以て其の迅速(ジンソク)なるを知るべし。」古書に「燕雀(エンジャク)焉(イヅクン)ぞ鴻鵠(コウ〳〵)の志を知らんや」と書す。雀は死に至まで數里の外を知らず。又よく人を怖れて室内に入らず。此の説(セツ)甚だ當れるが如し。然れども燕は萬里を横行し、又克く人家に入りて巣を其の天井裏に作り、嘗て人を怖れたるを見ず。而して之を雀と併称(ヘイショウ)する豈誣(シ)ひたらずや。」
燕は其の膽气此の如く大に、其の擧動此の如く活発なり。加ふるに、其の飛翔の姿態甚だ愛すべきがために、畫家の好材料となりて、多く柳條春雨などに配(ハイ)せらる。嗚呼、渺(ヘウ)たる一小禽にして、其の種族の繁殖を圖らんが為には、天地の大を廣しとせずして、適宜(テキギ)の地を求む。萬里を行くこと恰も農夫の田畑に往き、樵者(セウシャ)の山中に分け登るが如し。豈人を以て鳥にだに加（如）かざるべけんや。」
四段か、五段か、把るに適すにて段とすべきか、節か、

柳條＝柳の枝、
外洋＝外国、海外などに同じ、
流轉＝流れわたる、
飛翔＝とびかける、
分岐は枝が別れる、
作用＝働き
把る　とると讀む字なれど、にぎる意あり、
掠む　僅かにさはる、

去らざらしむ。「荒汐に夕日ぬれて、沖邊より吹く風すずし磯（イソ）の松原。」

（堀内文麿）

夕暮の海岸の一部を寫して、身その境にあるの想あらしむ。巧者なる筆といふべし。

一碧　一面あを〳〵たるをいふ、

滾々　混々、渾々、水の湧き出て盡きざるにいふ、ここは水の豊かに淀めるをいふ、

漫々　際涯なき状にいふ、

玉鏡　月のこと、玉兎ともいふ、

穆＝うつくしき形容

18、雨（科學的の文）

雨は降る期節によりて、名と趣とを異にし、生物にも利害の関係を及ぼす。」一段

春雨（ハルサメ）は春の雨にして、夕立は夏の雨なり。冬の空には時雨（シグレ）の降り来ること多く、夏の初には五月雨の降りつゞくこと少なからず。春雨は静にしてしめやかに、夕立はすさまじくして勇ましく、時雨は物淋しくして哀も深く、五月雨は鬱陶しくして物憂（モノウ）し。」二段

草木がその芽を生じ、その葉を緑にし、その花を開き、その實を結ぶは雨の恵にもよるものなれども、霖雨久しきにわたれば、却つてその生長を害す。されば、雨量の多少は、生物に関係を及ぼすこと少なからず。旱（カン）（旱）魃（バツ）は穀菜を害し、洪水は田畑損ふ。洪水と旱（旱）魃とは共に、農家の大に恐るゝ所なり。」三段　（長谷部愛治）

次の如きは文學的の文なり。

雨後の湖畔

雨後の湖畔いと靜かなり。なんの風なろ若葉動かず虫鳴かず。湖面に小波の影もなく、湖畔に人影もなし。

彼方の森蔭に家の灯のゆらぐ見ゆ。時に魚あつて躍る。湖畔更にしづかなり。

（牧田暁雨）

◎春雨

◎夕立

◎五月雨（白雨）

◎時雨

すさまじ　あら〳〵し、すさまじき、

鬱陶　心沈みて晴れず

霖雨　ながあめ、三日以上の雨

旱（旱）魃＝ひでり、

洪水　おほみず、出水、

19、靄

曇つてゐるせいであるか、ひや〳〵と肌寒い朝で林の中は濃く、水蒸気を立てこめたまゝ、まだ、夜の明けたのも知らぬやうに、ひつそりと睡つてゐる。沖から来る風が、そよ〳〵、梢（コズヱ）をゆすつて、覺まさうとすると、そのたびに、林の端から端へ、ちやうど、時雨の通るやうな、さびしい音を立てゝ、はらはらと、夥（オビタダ）しい露をふるひ落すが、後は、一層靜に、煙の如き靄（モヤ）が、暫く乱れて、樹間をさまよふ。日は曇つてゐるし、水気を帯んだ松林の、濃い蔭のほの暗い木立（コダチ）に、あちこち張渡した蜘蛛巣が、露にうるほつて、白い寶石を綴（ツヅ）つたやうに、美しく光つてゐる、落葉の朽ちたのや、菌の香や、しめつぽ（ぽ）い林のにほひがして、不意に、けたたましい鵙（モズ）（鵙）の声が

聞える。ひとしきり、高い所で、響き渡るやうに啼いてしまふと、すぐ、又、しんとしてしまふ。　（小栗風葉）

此の文は長文の一部を取りし也。寫實の筆として學ぶに足る。

靄　霧の深くたちたる様（モノ）、

一きは　一際、一そう、
かし　語勢をそふる語、
あながちに　むしやうに

15、自然界

仰げば燦然たる日月星辰懸り、巍峨たる高峰峻嶺聳ゆ。伏せば滔々たる河水逝き、漠々たる海洋湛ふ。嗚呼何ぞ夫れ自然界の多面なる。大地蕩搖し、颶風襲ひ来り、晴曇寒暑交々至る。嗚呼何ぞ夫れ自然界の多様なる。吾等は自然の懐に靈命を保てる者、曷ぞ自然を解せずして可ならんや。世界の絶東に、世界絶美の境土あり。白扇倒に懸るは富士の秀嶺にして、玲瓏鏡の如きは琵琶の大湖にあらずや。群峯夾レ水攢竦如二春笋矗立一は、耶馬溪し（に）て、月白く、沙も白く、海白しと歌はるゝは、須磨浦にあらずや。以て遊ぶべく。以て楽しむべき此佳境は、そも如何なる妙枝（技）によつて造れら（られ）しぞや。

想うて爰に至れば、自然界の研究は、寔に常必須のことたるのみならず。津々たる趣味其の間に盡くることなきを知らむ。

（新體地文學結文）

燦然　鮮明になることを云ふ、
巍峨　高く聳びゆるさま、
峻嶺　高く嶮はしい山、
滔々　水の盛に流れる状をいふ、
漠々　廣々せるさま、
蕩搖　うごきゆれる、
絶東＝東のはて、
玲瓏　光の透きとほれる状にいふ、
攢竦　むらがりたつ、
春笋＝春ノ竹ノ筍
妙枝（技）　たえなるわざ、
津々　溢れこぼるゝほど多きをいふ、

16、海

海は廣大なるものにして、且つ壮快なるものなり。その面積は地球の四分の三を占め、底深き所は數千尺に餘り、潮流のはげしき處は、一時間に四海里をはりし（しり）、底には幾多の動植物を棲ましめ、面には數千里に亘れる恒信風を通ず。和ぎたる日は波上平らかにして鏡の如く、荒るゝ時は大浪起ちて山の如し。太陽に照されて減らず。百川を受けて溢れず。千萬年に亘りて腐敗することなし。かゝる靈妙廣大なるものは、他に見ざる所なり。（中學國文讀本の删削）

海里＝十七町許を一海里といふ、
恒信風　季節により一定の方向にふく風
靈妙　不思議なこと、

17、夏の海

朱の如き夕陽、今や夏の海に沈まんとして、一碧滾々藍の如き荒汐に、その半輪は洗はれたり。見渡せば残照金色に波を焼きて、雪の如き白帆一つ遥か沖邊に浮ぶを見る。晩涼を誘ひ来たる一陣の夕風に、残影消ゆれば夏倶に去りて、輕波岸を拍つ。濱邊に立てる我が袖はハタ〳〵と鳴り初めぬ。」波上、次第に暮色流れて、涼气漫々、水の如き天に、忽ち一軽の玉鏡かゝり、金波穆々として、千尋の海の底より湧く。近く足下に眠（眼）を引けば、青松影長く白砂に落ちて畫の如く、暑さに痩せたる我が影も、亦畫中の一點たり。」

嗚呼、大なるかな自然の配合、この日この風、我をして長くこの海岸を

今日はじめて、蜩（ヒク(グ)ラシ）の声を後の山に聞（き）きぬ。一声さやかにして、銀鈴（ギンレイ）を振れるが如し。

晩涼（バンリヨウ）に乗じて、外に出づれば、川に釣る人あり。談笑（ダンセウ）の声あり。笛の声あり。花火をあぐる子供あり。夏は盛（サカ）りとなりぬ。

（徳富蘆花）

◎晩春

◎中夏

22、蛍狩

照らして書を読むためにあらず。ただ一夕の納涼（ナフリヤウ）を蛍狩に寄す」起筆法

團扇（ウチハ）手にて出づれば弟妹従ふもの四人。門前の蓮田、露の葉裏にかゝれるがあやしと見れば、蛍の憩へるなり。涼しきは、蛍の火なるかな。末の妹、團扇にて招けど来ず。「取りてよ」とせむれども、手及ばねば詮なし。

村をはづるれば、西のそらさへ暗（くら）うなりて、蛍の星と瞬（マタヽキ）を競ふ。田の人野の翁みな帰りはてゝ、蚊やりの煙、夕げの煙、あざなひつゝ藁の軒より立ちて田の面におりたるが、あやしきにほひすれど厭ふやうにもなし。

吹く程にもなき風、巽（タツミ）の方より来れば、稲葉（イナハ）うちそよぎて、蛍始めて目ざめしやうに飛ぶ。歴史に乏しきわが里（サト）は、源平の怨を結びしこともなければ、亡魂（バウコン）と見るほどの大きなるはあらねど、光の清きは宇治川のにも劣るまじ。次郎一つ取りて妹に與ふ。喜ぶ事限りなし。よその子供も来合ひて「蛍来〱」のこゑ、あどけなく聞ゆ。小川のほとり採集いと多し。三郎は紙袋に入れ、次郎は南瓜（カボチャ）の葉蓋に入れ、予は自製の籠（カゴ）に入れて、各々得々たる顔蒼白（カホアヲジロ）く照さる。

やがて、葉末（ハズヱ(エ)）には一つも居ず、皆空を飛びかふ。明（メイ）、滅（メツ）、明、高、低、低、高、追ふあり、逃ぐるあり、襲ふあり、衝くあり、悠々たるあり、倉皇たるあり。或は掠めて逸（イツ）し、離れて横（ヨコ）ぎる。一たび光りて跡（アド(ト)）をくらまし、再び意想の外にあらはるるもの、一たびかくれて終（ツヒ）に行くへの知られざるもの、奇怪変幻（キクワイヘンゲン）、神出鬼没とは、これをしもいふべし。

妹に急（イソ）がれてあくまで見ず帰りしが、少しく口惜しかりき。

（友田宣（宜）剛）

かな　わいと嘆ずる意、

詮なし　なんとしようもない、

あざなふ　糾ふ、麻をなふ（ぶ）り、二つのものゝよぢれあふをいふ、

あどけなし　むじやき

採集（とりよせる）

倉皇＝あわてる、

奇怪変幻　アヤシク、キエタリ、光ツタリスル、

神出鬼没　フシギニ、現はれ、フシギニカクレル、

23、夕照

静かなる秋の空に、ちぎれ〱にただよひたりし浮雲（ウキクモ）いつしか西の方へ移りゆきて、日は漸く地平線に近づきぬ。風も吹き絶えたる夕（ユフ）かたの青空、しばらくは水の様に澄みて、天地共に静かなり。」

太陽の山の端に近づくにつれて、紅はいよ〱加（クワ）わり、まばゆかりし光輝はやう〱減じ、譬へば巨大（キヨダイ）なるほゝづきの如く見ゆ。今や残りの光線をば悉く天の一方に放（ハナ）つて没せんとす。」空は見る〱一面の紅となりぬ。

周圍の雲までが、一時は紅をあびせかけられた如くなりて、或は淡く或は濃く、薄紫となり、薔微（薇）色となる。やがてたゞよへるちぎれ雲は、金、銀、琥珀（コハク）などの砕片（サイヘン）の様に輝きて飛び散り、群（ムラガ）れる雲は或は黄なる旗をひるがへしたるが如く、或はあかね色の袂を吹き靡（ナビ）かしたるが如し。その彩（イロドリ）見るうちに変化して紫となり、鼠日は既に没（ボツ）し書しぬ。雲は五彩をすてゝ書く薔微（薇）色となり、名残の光暫くは天の一方に輝く。夕風涼し

けたたまし　物をけたつる如き、あわたゝしい声、

20、電氣

電光閃々として、霹靂轟き渡り、劇雨盆を覆して至る。此の時に當つて、天地朦溟山河為に崩砕せんとす。誰か想はん、この殷々たる雷聲と、閃々たる電光を捉へて、銅線中に籠罩し、時を以て之を使役すれば、或は車を行り、或は燈火を點じ、或は疾病を治し、或は化學的作用を起して、諸種の製品を出すなど、孜々として忠僕の名主に事ふるが如くならんとは、試みに、電車に投じて市中を横行せよ、其の輕快迅速果して何者か之に如かん。又試みに、劇場に入りて書を欺く光明と、明闇消點の自在なるとを看よ。何の火か果して此の如くを得ん。イルミ子ーシヨンを見よ。廣告塔を見よ。而して軍艦に於る探海燈を見よ。三哩の海上忽として煥光走り、光明現んず。

而も温柔沈點（默）なること、霹靂（キ）の喧囂なるに似ず。茗も夫れ、發電所の盛観に至つては、其の機械の復（複）雑なると、溌々たる潜勢力の微かに外に察知せらるゝとに依り、人をして恐怖の情に堪へざらしむるものあり。而も、亦一蚊虻をも殺さず、寂然として遠く線中に辷りて、勞役に數里の外に服す。其の温和なること現時の處女には過ぎたり。されば、竊かに、一小銅線を潜り行きて、器械水雷の錐中に辷り行き、身の危険を顧みずして、爆薬に點火し、數万噸の大軍艦を只一発に粉砕するの大活動を現出するに至つては、決して脱兎の勢のみにあらざるなり。嗚呼、人智の霊妙なるか、電气の不思議なるか、吾人は只其の不可解なるに驚くのみ。

「初は處女の如く、終は脱兎の如し。」といふ成語を文中に分ち用ひたり。
注意して其の用法を見るべし。

閃々　ぴか〲とひかる、
霹靂　はたゝがみ、
劇雨＝大雨、
盆を覆へす　水をこぼすやうな雨の甚しきを形容す、
朦溟　暗くなる、
殷々　盛なる声の形容、
籠罩　こめる、押し【込】める
孜々　勤勉の状にいふ、
投ず＝のること、
劇場　芝居をやる所、
消桌　けしたりともしたり、
沈默　だまりこんでをること、
喧囂　やかましきこと、
溌々　はねをどるほどいき〲したる形容、
潜勢力　ひそみてうはべにあらはれざる勢力、
蚊虻　か、あぶ、
寂然　しづまりかへつて音なきにいふ、
處女＝きむすめ、
粉砕　こな【み】ぢんにくだく、
脱兎　逃げ行く兎、

21、小品二則

(イ)正午

一もと柳の垂れたる蔭に牀几ならべて、團子を賣る、腰掛けて、煙吹く客あり。煤びたる釜の下焚きつくる老婆あり。日はまさに正午なるべし。庭鳥一声うたひて、花は盆の上まで散る。（大和田建樹）

(ロ)晩涼

山はうすく黛(マユツミ)をゑがき、高き峰は清く雪の肌(ハダ)をあらはし、涼しき風吹きくれば、若葉は心地よげに身ぶるひして、惜しげもなく金剛石の滴々(てき〳〵)をこぼす。先程遠空のひとすみに固(カタ)まり居たる雲のいつしか融け、散り、流れて今は風に梳(ス)かるゝ羊毛の如き雲、二すぢ三すぢ碧空(ヘキクウ)に舞ひ、それすら、且流れ且消えつゝあるを見よ。心地よき眺ならずや。（徳富蘆花）

　材料の甚だ豐富なるにあらず、眼光の甚だしく変化したると、形容詞の巧妙華麗の赴あるとにより甚だ賑やかになり居れり、黄土を変じて黄金をなすとは氏が文の適評たり。

萬象　万物の形、
渺々　廣々とした形容、
赫々　光り輝くことにいふ、
晃々　輝く形容、
滴々　しづくのこと、
碧空　あをぞら、

27、梅雨

梅雨(バイウ)絲(イト)の如し。最下層の東京人士は如何に困り入りたらむ。縁日(エンニチ)も出来ず、祭礼も出来ず、大道見世も出来ず、併し、新穀穰々(ジヤウ〳〵)、黄金の野蜻(ア)を（を蜻(ア)）蜓州(キツシマ)の首尾に現出するも、亦梅【雨】の賜物(タマモノ)なるを思はば、以て聊(イサヽカ)か休すべし。殊に、高きに登りて東京全都を望めば、新緑蒼々(シンリヤクサウ〳〵)、烟靄模糊の間にあり。恰も是れ「雲裏ノ帝城隻（雙）鳳闕、雨中ノ新樹萬人ノ家」[2]の趣を見る。以て天地の美を歌ふべし、知らず、紅塵何の處にかある。梅雨は実に凡俗なる東京をして深雅(シンガ)なる東京と化せしめたり。（徳富蘇峰）

　右の文中に引ける詩は、王維の七律の中にあり、雨中の事ゆゑ、帝城は雲に隠れ、雙びたる鳳形の瓦を葺きたる高門のみが見え、雨に濕ひたる春樹は青々として居り、市中の万戸立並びて見える。といふ意なり。

句解
梅雨＝さみだれ、五月雨、
穰々＝穀物の多きにいふ、
蒼々＝あを〳〵たる状、
烟靄＝けむりもや、
模糊＝事の分明ならぬ状にいふ、

28、夏景

夏もやう〳〵深くなりぬれば、木として茂らざるはなく、草として榮えざるはなし。日々に物を引きのぶるやうに見えて、ひたすらに緑の色ふかき夏木立(ナツコダチ)さへ、花にもを〔も〕さ〳〵劣るまじけれ。春の花は、ところ〴〵にさきて稀なり。夏は、山も里(サト)も、ありとある草木ごとに打はへて皆緑の色なれば、春に異なるながめなり。やちくさに、うゑあつめてなづさひし前裁（栽）の草木ども、雨を帯びて各々その梢を表はし、所得(トコロエ)顔(ガホ)に、心にまかせて、生ひ茂れるもうれしと見ゆ。昔覺ゆる花橘(ハナタチバナ)のかをれる夜は、おひ風もいとなづかしく、早苗(サナヘ)とるころ、田舍は雨をまち得て、忙がはしく、にぎはし。この頃、やり水のほとりに飛ぶ螢の、おともせですだくを見れば、なく虫よりいと哀(アワレ)むべし。

夏山の景色、青みわたりたる高き峰、大空に連りて雲の外に聳えたるを飽くまで見るこそ、ことにすぐれて心を快くするながめなれ。白楽天が眼を放にして青山(セイザン)を見るといへるが如し。（貝原益軒）

2 編註：「雲裏帝城雙鳳闕，雨中春樹萬人家」出自唐代王維的《奉和聖制從蓬萊向興慶閣道中留春雨中春望之作應制》。

く吹き渡れば、浮べる雲の影いつしか消えて、次第〳〵に暮れそめ、星一つ二つ輝き出づる〔る〕頃には、大空鏡の如く青し。

（坪内雄蔵）

簡易なる語句のみを用ひて、巧に自然を寫されたる、流石に老筆と見えたり。

琥珀　七宝石の一なり、
五彩　青、黄、赤、白、黑、五色のいろどり、
名残　物事の過ぎ去りて後に少し面影などの残り居るをいふ

24、瀑布

谷川の早瀬に沿ひて、松、杉、楓などの、蔭ふかき山路を登り行けば、山愈々高く路益々險しく、行く手の方に、遠雷のごとき響聞え、登り行くに從ひて、その音次第に近づく。かくてあへぎ登ればそこに一大瀑布あり。すさまじき響は山岳を震はし、數丈の絶壁より落ち来る水の勢たとへむにものなく、岩も砕かれ、地も穿たるゝかと疑はる。瀧壺の深さは幾何かあらん。落ち来る水は、相撃ちて、水煙八方に飛散し、中ほどより以下は霧の如く濛々たり。日光映ずれば虹の如き色も現す。これ瀑布の景にあらずや。土地の傾斜と水の性と相待つて、瀑布を為す。その急坂をすべ【る】者と、断崖を直下する者と、細條に分れて玉簾に似たるものと、巖に纏ひて白絲を晒せるが如きものと、千差萬様一も同じものなきは固よりその所なり。

右は坪内雄蔵氏の文によりて圏臭の所のみ作り代へ木竹に適せしめしなり。
貂に狗尾をつぐの訾は甘受する所なり。

あへぐ　喘ぐ、いきづきのせはしきこと、
濛々　小雨、霧などの貌にいふ、

25、春雨

花盛はさらなり。さらでも柳など青やかに打烟り、うら〳〵と照りたる日は、蕨つくしなどいかならんと、野山のさまのみ、恋しう思ひやられて、庵の中には籠り居がたきを、人とさへゆくりなく訪来つゝ近き渡りまで、いざ〳〵などそゝのかすめり。雨降る日はさることも思ひ絶えて、人はた音づれねば、文机にのみよりゐたるなか〳〵にをかしうなん。茅ふける軒は雨の音静にて、池水のあやこまやかなるに、いと深うかすめる梢より、翅しをれたる鳥共の、そこはかとなく飛渡るなど、いといたうをかし。暮れぬれば、ましていとしめやかにて、見る文さへ今一きは心にしみぬ。風少し吹き出で、燈台の火のまたゝきたるに、何ともしらぬ花の香の、ほのかに打薫りたるなどもをかし。（中島廣足）

句解、仝上の部分なり、
うら〳〵＝のどか、ほがらか、ゆくりなく＝思ひがけなし、
いざ〳〵＝他を誘ひ、又自ら進む時発する声、
そゝのかす＝他人の心をそぞろに進ましむ、
なか〳〵に＝却つて、
そこはかとなく＝何といふ事なく、
しめやか＝物静か、

26、雨後の春色

雨後、日光にかがやく萬象の色鮮かなるを見ずや。見渡す限り渺々と海の如く茂りたる桑の若葉は一葉〳〵に露を帯び、雨に洗はれ、日光を吸ひ、日光を吐きて、金綠色の焔赫々と燃え、晃々と照り、その間には、大麥、小麥の波打つあり。遠き新樹の一村は、綠より綠をゑがきて、青き空にうつり、其の間に、低き

ひ給ふをもて、才を後世に知られ給へり。杜子美に秋興の八首あり。歐陽修には秋声の一賦あり。その詞、繁しといへども多くは秋夕をのべたり。その外和漢の名賢君子、いづれか秋のあはれをいはざる物あるべき。己年若き時は、春と夏を好み、花に戯れ涼に乗じ、百花の撩乱たるをゝしみ、清風の爽快を喜びしが、今六十を一つ越して、やうやく世間の無常を悟り、秋のあはれを知ること殊に深し、孤燈影くらくして夜の眠さめやすく、秋衾綿薄くして痩せたる骨さらに冷かなり。或は古を考へ、今を思ひ、身のうへはさらなり、世の中の治乱興廃をも、かれはかく有るべし、これはさはあらじなど思ひもてゆく程に、はてはさま〳〵の事に移るこそ面白けれ。春ならましかばいたづらに心うかれ、夏冬は良き事あれど、大方は寒くあつかはしとのみつぶやかれて、かゝる事を思ひ出でまや。

（依田吉（百）川））

蕭風（颯）　淋びしき風の音にいふ

凄切　いたみせまる、かなしくあり、

齊（齋）の女御　源氏物語に女御の秋を好み給ふことをの【さ】す、

武帝　武帝には秋風起つて雲飛揚す云々の詩あり、

撩乱　みだれ散る状を云ふ、

無常　生滅常なきをいふ、

秋衾　秋のふすま、

興廃　おこると、すたれる

33、鳴蟲を聞く

秋に蕭殺の氣あり、淋しさはさるものなれど、清かなることに至りては、年中之に過ぎたるはなかるべし。加え、暑からず、寒からず、紅葉訪ぬべく、茸採るべく、七草は野辺を飾り、木の実は樹上を賑はす。一歳の中最も人心の爽快なるは秋なり。されど、余が秋を愛するは、此れ等の物を愛するよりも、寧ろ、其の虫の声を聞かんが為なり。

余は幼より虫声を愛す。幼時慈母の手より買ひ與へられし鳴虫は、啻に數十にして止まざるなり。就中、蟋蟀科の虫に至りては、余が三百餘日の間を待ち盡して、心の底より聞くを喜ぶ所なり。

韓愈曰く、「鳥を以て春に鳴り、雷を以て夏に鳴り、虫を以て秋になり、風を以て冬になる」と。知るべし、虫の音の秋鳴を代表することを。コホロギ、クサヒバリ、カンタン、カネタゝキ、マツムシ、スズムシ、吾人は只その名聞くのみにして、彼等が清亮の音を想起し、心胸の爽なるを覺えずんばあらざるなり。殊に彼等が夜の虫にして、尾花浪寄る野辺、七草の花香ばしき山裾を舞台とし、月光千里を照らして、哀れ隈なき際にすだくは、頗る吾人の意を得たるものにして、この時この際此の如き微妙の音楽に接する時は、造化が萬歳のかみ、吾人の為に不断の楽祈るべく、この虫を造り置けると考ふるより、他に其の理由を認め得る能はざるなり。

コホロギのホロホロホロ、コロ〳〵ジイと鳴き、クサヒバリのリイ、リイ、リイ、とよび、カンタンのヅイン、ヅイン、ヅインと謠ふ。声小なれども、四辺静かなれば、耳は其の聲調の微小の點をも聞き遁さず カネタゝキはチッ〳〵チッ〳〵と鉦を叩き、マツムシは、チンチンチロリン、チンチロリンと鋭く響き、鈴虫はリィン、リィン、リィン、リリリン、と鈴を振る、其の他これ等の同種甚だ多く、ヒヨ、ヒヨ、ヒヨ、ギリ、ギリ、ギリ、ジイ、ジイ、ジイ、コツ、コツ、コツ等の如き、小音楽は、廣き野辺の間に聞えざる所なきなり。

夜次第に更けて、四辺寂として人なく、虫声酣にして月天心に到る。静かに観じ来れば、虫の月に愛でつ謡へるか、月の虫の音を喜びて、其の光を放てるか、殆ど分つべからざるものあり。彼等は

をさ〳〵　ちよつと〔と〕も、少しも、
やちくさ　八千種、いろ〳〵多きこと、
なづさひ　馴れ添ふ、
すだく　あつまる、むらがる、

29、夕立

雲俄におこりて空たちまちかき曇り、風一おろし吹きて大粒なるが、はら〳〵と降り来る。折しも霹歴（靂）耳を貫き、雨はさながら篠を束ねたるが如く、軒には忽ち瀧を落し、庭には直に浪を漲らし、天地も合（今）や崩るらんと思ふほど、早かたはらより晴れ行きて、夕日の光まばゆく、松の梢に香、蜂（蟬）かしましくなきいづるなり。（中村秋香）

霹歴（靂）　はたゝがみ、
篠　細竹也、

30、時雨

頃しも冬の初めなれば、時雨がちなる雨催ひに、山の腰は雲をはきて、風さへ俄に吹きかはり、まだくれねどもいとくらくなりて、さとふりそゝぐ村雨に、たのむ木の下も落葉したれば、笠やどりせんかたもなければ、二つの袖を巻きあげ、袴の裾を高くくゝりて、ひた走りに走るほどに、雨風ます〳〵はげしく、笠は戴きたるまゝに、高輪のみを残してゆくへも知らず吹きとられ、水田をわたるねずみの如く、いといたき姿とはなりぬ。（中村秋香）

いたき　大変な、

31、夕立の様を記す

風死して气動かず、炎熱やくが如し、折しも心地よや、一陣の冷風俄に吹き来り、様々の形したる雲は、盛に蒸上して障となり、屏となり、幕となり、壁となりて、隠見出没奇状百変する隙に山・川・丘・森に（は）其の中に包まれゆきぬ。」忽ち沛然と降り来れる雨は恰も礫をなぐる如しと見る間に、電光紛糾錯雑、前後左右に閃めき、加之、雷声は東西より来れるものゝ、互に中天に相合して、轟然、鞺然、乾坤ために震ふ。風雨雷電いよ〳〵相呼應してやがて雨小降となり、雷遠く去り、風亦和ぐ。椽先の手拭雫滴れり。雨全くやみ、風爽かに吹く。西山の端に夕日輝き、雲急ぎかへる。観音堂の欄角より天女の帯かと見ゆる虹、遙か北の峰にかゝる。萬物皆塵の外に洗ひ出されて潔よし。（作者未詳）

一陣　ひとしきり、ひとふき
隠見出没　みえたり、かくれたりすること、
沛然　盛大の状、雨の俄かに降る状、
紛糾　いりまじりて、折れまがる、
轟然＝とゞろく音
鞺然　大きなひびきごゑ、鐘鼓などのこゑ、

32、秋の夕

春の夕は艶にして夏の夕は快く、冬の夕は寒むけれども、また爐によりて書讀むほどは、又たぐふべくもあらぬ楽なり。されど、秋の夕こそすぐれてをかしけれ。西風蕭颯として蕉葉に灑ぎ、雨の音かと疑はれ、虫声凄切として草間に咽び、琴の音かと訝かる。案によりて詩を思ふ時は、萬感盡く心頭に聚まり、枕を傾けて年を數ふる時は、百事あまねく胸中に生ず。つら〳〵思ふに齊（齋）宮の女御は秋を思ふをもて名を源氏にあらはし、漢の武帝は秋を歌

34、の詩[3]

遠上二寒山一石徑斜ナリ。白雲深キ處ニ有リ二人家一。
停レテ車ヲ坐ロニ愛ス楓林ノ晩。霜葉紅二ナリ於二月花一ヨリモ。
「文峰按レ轡白駒ノ景。詞海艤レ船紅葉聲。」

36、初雪を記す

朝の風一しほつめたく、空には雲のゆきゝあわたゞしく、霰（アラレ）も降り来べき景色なり。空は一面に曇る。風いよ〳〵つめたし。」

かたき霰にまじりて、鹽のやうな雪はら〳〵と木の枝をうつ。暫くはさら〳〵と音たてゝ、をやみなく降る。こまかき雪、瓦屋根をうち、飛石のうへをはねて庭中に散り布く。」

この音暫くしてやみ、續いて鳥の羽根（ハネ）の様なる雪ひら〳〵と舞（マ）ひ落つ。この雪次第に降りかさなり、燈籠の屋根、杭の頭（カシラ）、垣の結目（ムス（ビ）メ）等、綿を着たる様になる。地も一面に白く、樹（キ）々の枝皆滿開の花を着く。青き松は重げに枝を垂れ、南天の實はいよ〳〵赤し。」

やゝ小降りとなる。窓さきに雀の聲聞え、笹の雪をり〳〵すべる。全くやむ。空の雲だん〳〵に晴れて薄日（ハクジツ）の光もれ、野も山も目も覺むる様に鮮かなり。鳥の聲高き空に聞こゆ。」

空全く晴る。日影一しほまばゆし。松の枝はおのづ【と】はね上り、軒の雫ここかしこより垂る。庭の雪は犬のあとより消えそめて、野も山もやがてもとの姿となる。風なほ寒し」　（坪内雄藏）

いつも乍ら、輕快にして、文の解き易き、氏の文の特色を発揮したり。

あわたゞし　あわてたるらし、

3 編註：兩首詩出自杜牧《山行》與大江以言《秋末出詩境》。

37、苗代

花に背（ソム）きて作を思ふ農夫の心、勤勉か、風流か。展べられたる短冊苗代（ザクナハシロ）に種子をおろすさま、女文字（モジ）に走書（ハシリガキ）するやうなり。水鏡の如く、落つ種子はしきりに小紋（コモン）をゑがく。日照ること三日、水落ちて種子むらなく芽（メ）ざす。雨降ること半日、水と苗と高さを等しうして、ともに三分を出でず。更に照ること五六日にして、苗寸に暢（ナヘスンノ）ビて、緑拭（ミドリヌグ）へるが如し。臨めば筆執りて物書きたきやうなり。更に降ること一日、苗ます〳〵暢びを競ひて、水これに及ばざること七分。雨の力、日の力、かはる〳〵染（ソ）め晒（サラ）して、黒きまで濃き苗は、今や、数寸に及ぶ。案山子の力亦これに與（アヅカ）れり。農夫はあつく三者の力を多として、己少しもその功（コウ）に居らず。勇ましき歌朴調（ウタボクテウ）にひびきて、少女かひがひしく早苗（サナヘ）を取る。根を洗ふ童子は、苗代じりの小川に腰までぬらせり。白髪まじりの老爺をり〳〵少女と童子との勞を褒めつゝ、苗を運ぶ。げに治まる御代の民なり。

（友田宜剛）

むらなく　一体にはへぬ所なく、

更に　そのうへに、

38、除夜の月

矢の如き月日は、いつしかまはり〳〵て、今歳も今一日の名残（ナゴリ）を惜しむ大晦日（オホツゴモリ）とはなりぬ。來（コ）ん年（トシ）を迎へんとて、忙しき才もひを胸につゝめん、あるは今年も今日限りなれば今年の事は今日限りに仕遂げんものと、足（タ）らぬ身を足るべくたちはたらく人もあらん。されど、吾は然らず。獨住居の身にては、何（ナン）の〳〵と、いと暢气に振舞ひたるが、夜に入りても別に迎歲の準備もなさざれば、いと静閑（シヅカ）にて、殊に今宵は

各々獨得の声調を有し、緩かなるな（あ）り、忙（セハ）しきあり。哀しきあり、喜ばしきあり、各々聞くに堪へざるは無けれど、その最も聞くべきは百千律を計りて一大合奏を為す時にあり。物に驚きてはたと鳴きやみ、暫くして、一虫鳴き一虫答へ、遠くより聞え、近くより響き、暫くにして千声萬声鳴り出づる際にあり。然らざれば、虫を以て秋に鳴るてふ長所を見出し能はざるなり。然らざれば、夏の蟬、蛬（キリギリス）にだに若かざるなり。

彼等の音楽は固よりオルガン、ピヤノ等の如く、故（コトサラ）に譜（フ）に協（カナ）ひ、節を等しうせざれども、自然の合奏は確に秋の野秋の虫てふ一大楽團を吾人の脳裡（ナウリ）に展開し來るなり。これ虫を聞かざる時に於て、一度虫を想（オモ）へば、此の感を生ずるなり。否一度秋に想到すれば直ちに脳裡に浮び出づるなり。

この可憐（カレン）の小音楽家を籠養（ロウヤウ）し、其膚色（フショク）、肢頭の愛らしきを賞するものあれども、過ぎたるは尚ほ及ばざるが如く、かゝる人の中には眞に虫声の妙所を知る人稀なり。吾人は虫の音を聞くは必ず野辺に於てせんと欲す、故（ユヱ）に月夜（ツキヨ）を以て其の最良の時となすなり。

蟋蟀＝こほろぎ

蟋蟀　コホロギ

◎韓愈が孟東野を送る序の文なり

喞々　小き鳴き声の多きにいふ

清亮　キヨクホガラカ

微妙　奥深くたえなること

聲調　声のしらべ、音調

酣　もなが、さかり、

獨得　他人に出来ぬ、

譜　音楽の曲節、

展開　ひろげる、

想到　オモヒイタル、

可憐　かはゆらし、

34、古寺落葉

夕のつとめすとならし、鐘打ならして、ここかしこの僧房（ソウハウ）より御堂さして登りゆく衣の色、いとはえ〲しく、日影さやかに照りそひたる。二月の花よりもとは、かゝるをやいふべからん。文峰に轡（クツワ）を按（［アン］）ず何かしの景を、打ち誦（ず）する程に、時雨をはこぶ夕嵐（ユフアラシ）、さとおろしきてはら〱と散（チ［リ］）りしくを、又吹きまきてさそひ行くさま、詞海に舟よそほひすといひけん心地して、我さへそゞろに聲たてつべし。

人の世もさこそ嵐の風をいたみ
散りては土にかへるでの色

所（トコロ）がら、わきてかなしう。（失名氏）

35、冬景

山骨稜々（ロウ〱）雪外青（セツグワイアヲ）し。一句冬景を括盡（クワツジン）す。冬景の愛すべきは自然の裸體（ラタイ）なるにあり。野も山も川も木も、皆その衣服を脱ぎ去りて赤條々（セキでウ〱）となるなり。彼等皆赤條々たり。故に野も山も川も木も、皆其の特色を発揮するなり。春酣（タケナハ）に夏浅し。青々（セイ〱）重々、野も山も川も木も、いな乾坤萬里みな青のみ。これより悦（ヨロコ）ぶべし。然れども、天然の眞美はむしろ彼にありて此に存せず。（徳富蘇峰）

材料のつかまへ所に注意すべし。

稜々　かどだつた状にいふ、

赤條々　むき出（ダ）しのさまにいふ、

犬はマスチツフ嫌はれて狆コロ喜ばれ、八州の山河を前にして、人は盆栽に苦心す。文壇に歓迎せらるゝものは、十七文字の俳句にあらざれば、百行以内の短篇（篇）小説、新紙に人目を惹く｛も｝ものは、近事片々に非らざれば、端書集、子供芝居あり、子供（解）講釋あり、子供相撲あり。
我邦人の嗜好は、何處まで小人的ならむする乎。

着想面白く、材料もよく拾ひ集めたり。（高山林次郎）

42、食の喩（原漢文）

味の美なるもの、其の香必ず芳し。其の芳を嗅ぎ、其の美を嚼む。両者者兼て食の美盡く。味と香其れ偏廢すべけんや。然れども、美の嚼むべきものは実にして、芳の嗅ぐべきものは虚なり。人其の実を重んじて、其の虚を略す。味を知る者少なき所以なり。」藝の文詩あること、猶經の禮楽あるが如し。禮の味は美にして其の芳は樂に在り。文の味は美にして、其の芳は詩にあり。學者或いはいはん、君子は禮のみ、何ぞ樂を以てせん。文のみ、何ぞ詩を以てせんと。鼻齆の人にあらずや。」　（篠崎小竹）

42、の

偏發（廢）　一方をすてる、
◎実に附ける虚も必要あるを説く、
經の禮楽　聖人の經書に禮と楽とあるなり、
鼻齆　はなまつ（つま）り、

43、水村

村あり、家五軒。川あり、舟一艘。橋あり、柳三株。これは北條より那古へ通ふ道にて見たるところ、水村の風景よく添はれり。ただ、余に歌なかりしを如何はせむ。

（落合直文）

44、進學諭（原漢文）

三月二十二日、詰旦輕裝して路を東寺の南に取る。暮春の天氣風日和煦、加ふるに西山吉峯大士像の啓龕を以てす。都人士女相率ゐて香行し、輿する者、騎する者、歩する者、負ふ者、抱く者、絡繹路に載つ。吾獨行心孤なるを以て、漫に路人と問語相勞し、火を乞ひ烟を吹き菓を分って渇を醫し、行々相諧謔して以て自ら慰む。」但、余が前途遼遠なるを以て、心遽しく脚忙しく、近郊の遊人と差地逍遥すること能はず、一人と言うて未だ了らざるに、又前者と語る。此の如くすること数人の後、初め與に言ひし者を顧みれば、既に数里の後にあり。復た其眉目を辨せず。半日の後には、則ち山轉じ林蔽ひ、杳として影響を見ず。」吾思ふ先の数人と足を擧げ歩を進むる、之を一步の間に較ぶれば、其の爭ふ所多きも寸を以てする能はじ。唯、数分の多きを積み、漸く進んで先ずるのみ、初め其の数十百歩相前後せる時に在りては、便旋佇立の頃にも猶ほ一蹴して及ぶべし。然れども、半日の後に至っては、復た一蹶の庶幾すべきに非ず。此の如くにして十日の後に至らば、則ち輕車駿馬と雖も、將に企望すべき所なからんとす。」我れ羸弱にして歩に難めり。而して後、皆老幼婦女にあらず、然るに吾の能く彼に先つて進む所以の者は何ぞや。他なし、彼の期する所は十数里の内に在り、故に其の心怠るのみ。吾の期する所は数百里の外に在り、故に其の心勉むるのみ。我是に於てか學の方も暁る。請ふ諸君数百里の外に期して壱歩の功を忽にするなくんば可なり。」

（柴野栗山）

風も吹かず、天井の鼠族(ソゾク)も音たてず、死せるかと疑はれぬ。痩世帯(ヤセヾタイ)にても、我に妻子のあらむには、とてもこの気楽の振舞(フルマヒ)は覺束なかるべしなど、思に出でゝは、人並に市の模様なりとも見んとて、ふら〳〵と破戸をくゞり出でぬ。

大路はさすがに年の暮(クレ)とて、往きかふ人の足地につかず。駈けまはるさまのせはしさ。吾には不思議におもはるるもをかし。さるほどに急ぐ人足の往来やうやく宵(ヨヒ)すぎて、軒毎の大提燈のほのぐらくなりし時は、廿日あまりの寒けき月いで、今宵(コヨヒ)の忙しき様も知らぬ顔なり。とはいへ、我とても月に劣らぬ楽天漢(ラクテンカン)、蠟月(ラウゲツ)風和いで意已に春なれば、あなかち月の無情を咎むべき身にあらずなど思ひつゝ歸りぬ。寒房燭影微(カンバウショクエイカスカ)なる閨(ネヤ)に入りて、燭を吹き消せば、月光寒く破(ハ)壁(ヘキ)を漏れて、乾坤寂(ケンコンセキ)として聲なし。折(オリ)しも枕に落つる鐘の音は、百八煩惱(ボンナウ)もきづなを断ちたらむが如く思はれて、氷(コホ)れる月影のいと身に沁みぬ。（江見水蔭）

名残　物事のすぎ去りて後、なほ其面影などの残れること、
楽天漢　きらく物、
蠟月　十二月の事、
あながち　むやみに、むしやうに、しひて、
寒房　（寒しきへや
破壁　かべのすき
煩惱　人の情慾のために迷ふ心、

39、煤掃の記

行年(カウネン)恰も瓶を建つるが如く、今歳将に盡きんとして東衢(トウク)西街(セイガイ)灑掃(サイサウ)の聲四もに起る。余も亦世俗に倣(ナラ)ひ之を行ふ。巾して拂(ハラ)ふ者、筵して敲(タヽ)く者、婢(ヒ)は拭(ヌグ)ヒ、僕は汲み、紅塵撩乱(コウヂンレウラン)百物參差(シンシ)、蛛翁屋を破られ、鼠公居を失し、騷然錯然(サウゼンサクゼン)日夕漸く事を理め、擧族(キョゾク)杯を傳へて労を醫す、此夜心腸(シンチャウ)洒然(サイゼン)寒威特に峭料たるを覺ゆ。（中山子西）

瓶を建つ　早く經つことをいふ、
灑掃　水をそゝぎ塵をはらふ、
紅塵　都会の道路に立つ如きちり、
撩亂　みだれる、
參差　不揃ひなること、
擧族　みうちがみな、
洒然　さっぱりとす、
峭料　きびしい、

40、金崎城址の一節

汽笛(キテキ)の聲に夢覺むれば敦賀湾に着きたり。そよ〳〵と吹き來る夏の暁の風、心地よく、夜はほの〴〵と白み、一帯の松原とおぼしきあたりに、月なほ明かなり。はしけに乗りて波止場(ハトバ)に着き、そこより車に乗りかへて、停車場前の旅館に投ず。

一番汽車にのりて、北陸道の方へ行かんと思ひしが、折角、歴史上に古き北陸の要港に来りながら、素(ス)通りにするは心なきはわざと思ひかへし、二番の汽車に乗ることゝ定め、車を飛ばしてまづ气比(ケヒ)神宮に詣づ。（大町桂月）右は普通文中の最も普通なる文体なり。

心なし氣　思慮なし、うつけたり、
【氣】比神宮、　官幣大社にて神功皇后外六神を祭る、

41、何處まで小人的なる呼

天下凡そ物の小さきを好むこと、我が國民の如きは無かるべし。彫刻は根附にあらざれば置物なり。畫幅は扁額(ヘンガク)に非らざれば掛物なり。

○○○兄案下

47、留學生に贈る文

肅(シュク)啓爾(ジ)来御不音に打过失礼の段平に御海容(カイヨウ)下され度願上候。其後御起居如何に御座候哉伺ひ上げ候。降て小生事至極頑健(グワンケン)に御座候間、乍他事御休神下され度願上候。回顧すれば君と袂を分ちしは、満山の紅葉(コウエフ)錦(ニシキ)を織りなせる秋の半ば、昨日のやうに思ひしに、既に半年を經过し申候。墨堤の櫻は今や爛漫(ランマン)として咲き乱れ、花を見る人、見らるゝ人、絡繹(ラクエキ)として織るが如くに候。月夜人なき夕、君と相携(アヒタヅサ)へて小金井の花に嘯き、未来の抱負(ハウフ)を語り合ひ、君が渡欧(トオウ)の雄圖を聞きてかつは喜びかつは羨望(センバウ)せしことを思ひ出で、君の英姿(エイシ)を遠く海のかなたに偲(シノ)ぶと共に、人は浮かるゝ春も何となく寂寞の感に堪へ不申候、君の英才と忍耐力とは衆目の許す所にして、余の堅く信ずる所、御成功は疑ひなき事に候べと（へど）も、小生は君が一日も早く成功して、再び櫻花の下に語り明かさん日の一日も早かれと祈るものに御座候。

さて先便に御地に於ける本邦人の位置非常に高まり、肩幅廣き様感ぜらるとの事、誠に邦國の為賀すべき事にて、近年の快事に御座候。尚ほ毎日の西洋料理に飽きて、お茶漬(づけ)ゆかしとの御詞、一度留學せし人の常に唱ふる所なれども、内地にのみ齷齪(アクセク)する小生の如きは、西洋料理に飽きたきものと存じ候、御地にても、本邦人(ジン)の會合(クワイガフ)頻々(ヒン〱)有之候由、當地にても先般同窓會開催、君の事、盛に話頭に上り申候。當地の情況は別に異りたることも無之、小生の一身上に関しても、只碌々(ロク〱)として暮すといふに過ぎ不申候、近々日本橋も落成の由、内地製の絵葉書一葉御目に懸け申候。先は亂筆を以て久闊の御詫まで。敬白。

追白、先日御寫真御恵與(ケイヨ)下され難有其の節早速御礼状差上げ申すべきの處、列（例）の學會開催前とて、思ひながら失礼仕り、遂に遷延、今日に至り、失礼の段(ダン)厚く御詫申上候。御寫真の様子にては、内地の時よりは、非常に御肥満相成候様見受申、喜び居り申候。之れも西洋料理の御蔭と羨しく存じ居り申候。

海容　海の如き廣き心で罪をゆるす事、

抱負　かんがへ、計畫、

齷齪　あくせくすること、

碌々　何にもしでかすことのなきこと、

久闊　久しぶり、

47、新荷を報じて注文促文

拜啓。時下薄暑(ハクショ)の候彌々(イヨ〱)御清福奉賀候、扨て弊店々主曩(さき)に商業視察の為欧米へ渡航致し、各國巡遊(ジュンイウ)の際佛國巴里府ピノー会社と特約相結び同國最流行の化粧品沢山輸入仕る手順に致置候處、昨今夫れ〱著荷(チャクニ)仕候。御承知の通り同會社の製品は天下既に定評有之候上特に今回は斬新(ザンシン)なる品々ばかりにて、現に當地方にては非常の好評を博し賣行不尠ざる盛況に候。就ては別封にて新型録一部御送付申上候間續々御注文被仰付度奉希候。匆々頓首。

薄暑　初夏の暑さ、

定評　一定の評判

斬新　趣向の新しいこと、

48、田舎の友より

拜啓、其後御起居如何に候や。昨秋一家擧(コゾ)って此の地に移り候ひてより、往来する友もなく、日々一里の道を學校に通ふのみにて候ひしが、この頃は學校は休に相成り、又春の景色に自ら心もうき立ち候へば、日々弟妹と共に田野の間を歩き廻り、例の水彩畫をも試み候。其の内最近のもの一枚説明をも添へて御送り申上候。

小川のわきに高き松の聳えたるその下の藁屋(ワラヤ)が僕等の住居に御座候。土橋の上に立ちたるは弟と妹とに候。川の堤に様々の色うる

◎起手敍事

輕装　みがるないでたち、
和煦　やはらぎのどやぐ、
啓龕　開帳に仝じ、
香行　香をたてまつる、
問語相勞　やあどちらへ、おつかれでせうなどいふあいさつ、
諧謔　をかしきおどけばなしをする、
遼遠　はるかに、とほい、
差地　あとになりさきになる、
逍遥　ぶら〳〵あそぶ、
眉目　かほの事、
杳　はるかにくらし、
便旋佇音（立）　一寸用を便したり、あとへ归へり、たたずんだり、
一蹴　一げんきだす、
羸弱　つかれよはる、

◎結尾会（合）理、

45、朝の散歩

　薮に雀の聲するは、夜の明けたるべし。此の時起き出でゝ散歩するを我が日々の課業とす。或は関口(セキグチ)のあたりに、或は高田のあたりに。里を過ぎ村を行くに、大方は未だ起きず。鳴き残る虫の声、ここ彼處に聞えて、朝顔人待顔(ヒトマチガホ)なり。寺は何くぞ、木魚の遠く響き来るは。水車をきゝすてゝ田の中をゆけば、道をはさむ稲の香は衣を襲(オソ)ひて、こぼるゝ露雨の如し。小さき橋あるところに出づ。原を咲きうづめたる蓼(たで)の花は、自ら涼しきすみかをしめて、小川の歌をもわが物とやすらむ。夜は去れり、朝は来れり。されども、彼は調をかへず。箒(ホウキ)を手にして、垣の蜘蛛の巣を拂ふ老人あり。青物賣は今ぞ来かゝりて詞をかはす。暁に月を踏みてや家を出でけむ、芋も生姜(シャウガ)も露にぬれたり。下婢は笊(ザル)を提(ア)げて出で、犬は跡おひて裙にたはむる。　（大和田建樹）

　輕妙春風の花上を渡るに似たり。これ氏の文の長所なり。

倒置法　或は関口のあたりに、或は高田のあたり迄は此の起き出でこの下にあるへき句なり。

寺は何くぞ　木魚の遠く響き来るの下にあるべき句なり。

46、校友慰問の文

御病氣は昨今いかがですか、先日吉見君が御見舞に参り归つての話には、大分御輕快との事、何よりの御事と、級中一同安心しま【し】た。しかし病氣は恢復期が大切だといふから、精々御加養を願ひます。この頃は晴天續きで誠に結構な日和(ヒヨリ)だが、日中風のない時、少しは障子でも明けて外の景色を見られますか。貴兄の休校以来はや一ヶ月半、校内には別に異った事も無し、ベースボル庭場ではＬＦの鳥居が、君に代りて捕手(ホシュ)となり、木内がＬＦが新加してゐるのと、地理の飯島(いひじま)先生が前週に轉任せられただけです。大森先生の課業はまだ一時間しか受けぬが、教室一ぱいに響きわたる程の大きな声で地圖を示し、繪畫(クワイグワ)を掲げて説明せられる處、前の飯島先生そつくりなので、とんと人が替った様な気がしませぬ。それから我端艇部は、今秋商業學校から競漕(キャウサウ)の挑戦(テウセン)を受け、直に應諾(オウダク)したが、選手の一人三年の浮田が腫物(シュモツ)の為に櫂を取る事が出来ぬので一同大に閉口(ヘイコウ)してゐる。浮田といひ君といひ、當年は兔角運動家の病气に襲はれる年と見える。これにつけても、一日も早く全快して、わが野球の庭上に、君の雄姿(ユウシ)を見んことを切に祈ります。

二學年拾壱學級を代表して　〇〇〇

51、春の深山路

人のよと往来絶えしと呼ばるゝ山里、などて東風吹き漏るへぎ（べき）。今日しも一歩を深山路に蹈み入るれば、険しく峙つ峰や、深く凹みし谷には、さすがに残雪の影なく、遠樹は霞みて近水はみどりに、眞晝日氣いと暖かに、梅も櫻も一時に綻び、途上いと華やかに、馬子の追分節も艶め【い】て聞に、馬の着けし鈴の音の緩うひゞくは、交す足取遅きが為なるべし。夏は往来の人の命と言ふべき岩清水、鏡よりも澄みて花の影宿し、掬べば春ゆら〲と碎く。あはれ、是も深山路の興なるよ。竹藪のほとり、鶯鳴く小窓の中には、優しや小休みなき筬の音、町にては、容易に聞かれぬ響きぞや。昔架りしと云ふ栈橋は、有難くも文明の御代に逢うて板橋にかへられ、深き谷のさまに膽消すこともなく、旅の女逆馬騎りて、ゆる〲渡るさへあり。執りし筆こそ疎なれど、興はとり〲に多かりしよ、春の深山路の一日。

52、某公園の春景

我が公園は、地こそ一堆の小丘なれ、山河の形勝を占め四時の眺めに宜しく、櫻樹殊に多ければ、春の花を推して甲とす。東風一たび吹き度（渡）れば、萬朶の花壱斉に綻びて満天白く、處々に秀づる二本三本の松のみ、いよよ青う見ゆ。園内には、亭子の設けなけれども、草を籍きて席に代へ、以て宴すべし。如何はしき酒樓の、紅灯提（提灯）吊せると、雅俗果して孰れぞや。平たき地に、池穿ちて鯉放たざれども、小やかなる流れは清く、花影を浸すに足るはあり、幽趣果して孰れぞや。入口に嚴しき門構へねば時を限りて開閉する要もなく、常に人の来り遊ぶに任せ、朝の風に袂ひるがへすもよく、雨に傘して春訪ふもよく、月にさまようて歩を移すもよし。花こそ折るを許さざるも、公園の実を擧ぐるものと謂ふべし。此園よ、吾家を距る數町なければ、讀書の餘暇に遊ぶを常とす。今日しも詩の杖曳きて暮に及び、花の上に朦朧たる月迎ふれば、地にはゆら〲と春の影搖ぎ、蹈むも行くことを妨げざる興深さ微風は何處よりともなく吹き来て、輕く衣に上る心地よさ。夕の園に徘徊するものけき眺めは、月の宵こそ。

53、熱田神宮

日本の國は他の國々と違って、天子様のお血筋が、大昔から今まで少しも変らずに續いて居るのである。かういふ國柄は、世界中何處を尋ねても、日本より外にありません。また天子様のお血筋が續いて居る許りで無く、天子様が御位をお譲りになる時に、必ずお渡し次ぎになる三つのお寶が、大昔から今まで少しも変らずに續いてゐる。この珍しいお宝は、一つは八坂瓊曲玉、一つは八咫鏡、それからもう一つが草薙劒である。中にも草薙劒は、尾張ノ國の熱田神宮に祀ってある。この劒は、元素盞鳴尊が、出雲の國簸川のほとりで、八岐の大蛇を退治した時、其の尾から取り出されたもので、大層珍らこい寶物であるから、尊は之を天照大神に奉り、天叢雲劒といふ名を着けた。其の後景行天皇の御代に、日本武尊が駿河の国の賊を御征伐される時、叔母様の倭姫命からこの劒をお借りになり、焼津といふ廣い草原で賊の焼討におあひになつた時、この劒で草を薙掃はれたから、火が急に賊の方に向つてゐて、尊は御難儀をお逃れになったので、それからまた草薙劒と、名を改められたのである。

54、暴風見舞

昨日は近年にないあら【し】であつたがお宅は如何であるか格別のお障り

はしきは若草の中は菫花、蒲公英、蓮華草などの咲き乱れたるにて、其の中には土筆も多く、妹などは時々前垂のうち一杯にして归り候。堤のあなたに緑の色こきは麥畠にて、まだ穂は出でず、菜の花は咲きて舞ひ居る蝶を招き居り候。すかし見れば、野も山も一面に火鉢の上に火气の昇るが如く、ちら〳〵と動き候。これは陽炎といふ由、書はかけ申さず候。雲雀も晝中には入らず、青天に一點の塵と見ゆるほど小さく、声ばかり大きなるが、やがてふつと啼き止みて、逆落しに麥畠のうちに落ち候。山陰の藪には今も鶯の囀り居候。此の邊にては夏の頃までもかやうに啼き續くる由に御座候。此の度はこれにて筆を止め候。都の友の消息もゆかしく、上野日比谷の春色も思ひやうれ候。御近況御知らせ被下度奉待候。匆々

（藤岡氏国語讀本）

49、暑中归省の記

みどり匂ふ初夏の頃より、友等に約せし歸省、待ち暮らして漸う、涼しき山光水色、五歳振に吾を邀へて故郷へ起臥する身とはなりぬ、上下三里の峠きりサげられ、坦途砥の如く通じ、自轉車馳する處、會ては汗流し幾度か清水に喉うるほして起（超）えし處なり。寄せ来る麥浪は、人をして衣を褰げしめ【し】處處、今は人家櫛比、田舍には似合しからぬ料理さへ構へらる。人形相手に戯れ遊びし娘鼻垂小僧の誰彼、夫もちつ嫁取りつ、一むかし經ぬ間に斯くも痛く変るものかや、人若し変らぬものはと問はゞ秀いでし山色と清けき水光。友の心は往時に比すれば更に深く、父母は老いまして白髪増し給ひしも、御健かなるは以前に勝りたりたまふ殊に嬉し。今日は暑しとて、幼馴染の瀧に遊び、轟く音を雷かと訝り、散ずるしぶきをば夕立とも疑ひ、溪風に襟を開き清泉に足漬し、苔を掃うて石に踞しつ、樹にハンモツク吊して臥しつ、友等といろは時代の事共を話し、別後のさまを語りなどし、山を出づれば暮色村を蔽ひぬ。今日は釣にと小島にも舟浮けぬ。常にさへ静けき入江夏なれば波しなく、日かげへ〳〵と棹さするものから、衣や髪に上る海風涼しく、三伏の暑を銷するに足る。俯すれば、海底、尚明かに見え、遊魚手に取る如し。水澄みたれば深きも淺きに似る、測らば四尋餘もあるべし。鉤りしものは、言ふに足らぬ魚ながら、酒飯するによし。归るさには、明月を迎へて高歌し、金波を碎きぬ。

或日は鎮守の森に遊び、或日は磯の松原に遊び、或夕は螢狩をも催し、月には川にも納涼の舟浮べ、十日餘を遊び暮しぬ。少し遠く隔りては、某勝地にも筆載せ、歸省日記を肥し、某温泉に浴しては都塵に汚れし心を洗ひなどしぬ。記する事は多く、之を美妙の筆に綴り得るは稀に、是も名のみの歸省の記、只五年振と云ふ三字を紀念とするのみ。

50、夏夜某公園に遊ぶ記

暫し蚊と暑とを逃れんと、某公園に遊びぬ。折しも夕暮吾と心を同じうする人々、北なる橋よりするがあり、西なる陸よりするがあり、白地の浴衣涼しげに、樹陰のペ（ベ）ンチは悉く遊歩の客に占めらる。池には噴水いさましく騰り、四方に散ずる飛沫は霧の如く、月よりも明るき電燈の光に映えて、粲然として五彩を放つ。氷賣る店なきに非ざれど、夜气秋よりも清く、衣に上るの暑なければ用なし。人足稀なる草むらには、一つ二つの蟲さへ鳴き初め、あはれ深し。橋の袂に立ちて川見れば、昨日まで多かりし納涼舟、灯の影も數ふるばかりに、夏の繁華は夢と消えて眺め淋しからんとす。归路に想ふ、吾家も既に涼意流るゝや否やを。

59、新年を賀する文

新年の御慶目出度申納候。先以て御全家御清福御迎歳遊ばされ賀し奉り候。降て帑（弊）家一同無事加年仕り候間憚ながら御休神下されたく候。昨年中は特別の御厚情を蒙り有り難く御禮申上候。肖本年も相変らず御眷顧（ケンコ）の程願上候。先は改の御祝詞まで。謹言。

○御慶＝お喜び　○迎歳＝年を迎ふ　○遊ばされ　（なされを）丁寧にいふ、
○降て＝そのつぎに　○加年＝年を取る、○憚ながら＝恐れ乍らの儀
○厚情＝親切　○眷顧＝ひいき　○程＝こと　○祝詞＝祝の語
（イ）賀詞　（ロ）彼我の機嫌の事　（ハ）昨年の世話になった事と本年の希望

○注意　新年賀状には一定の書式がある故よほどの懇意の外、餘計な事は書ぬやうにし、追書などは勿論無用である、

60、同返事

改年の御祝詞拝讀仕候。御闔家（ゴカフカ）御揃ひ御重歳（ゴチョウサイ）遊ばされ候趣大慶の至に存じ奉り候。次に拙宅一同無事越年（エツネン）仕候間御安心下され度候。客年は当方こそ御懇情に預り謝し奉り候。猶倍舊（バイキウ）の御高誼（ギ）希（コヒネガ）ひ奉り候。拝復。

○闔家＝いへじう　○重歳＝歳をとる　○越年＝同上　○客年＝去年
○懇情＝お世話、○倍舊＝キョネンニバいし　○高誼＝親切
○要點箇條前に同じ、

この往復賀状は目上にも目下にも通ずる文体である、

61、金子借用證

印紙

一金何圓也　　但利子年壱割也

右金円借用候處実正也然ル上ハ来ル何年何月何日限リ元利取揃ヘ返済仕ルべく萬一本人滞リ候節は保證人ニテ引受ケ御迷惑相懸ケ間敷為後日借用證書依テ如件

年　月　日

町村　大字　字　番地
借主　何の誰印
町村　大字　字　番地
保證人　何の誰印

何之誰殿

62、金圓連帯借用證書

印紙

一金何百何圓也　　但年壱割弐分の利子

右金額拙者共連帯義務を以て借用致し受取申候處実正也然ル上ハ何年何月何日限リ元利返済仕ルべく萬一期限に至り連帯借用人中死亡失踪其他事故にヨリ異動相生じ候共各自に於て全部辨済可仕候為後日連帯借用金證書仍て如件

但此関係に付訴訟を提起する場合には何縣何町を管轄する裁判所を以て合意の管轄裁判所と相定め候事。

年　月　日

何縣何郡何村大字何字何番地
連帯借用人　何之誰㊞
何縣何郡何村大字何字何番地
仝　上　仝㊞

もありませんかお案じ申し上げる。新聞で見ると、随分荒れた様であるが、お宅の方の委しい（事）はよく存じま（せぬ）から獨りで心配して居ります。私の方も一時は中々ば（は）げしく、どう為ることか存（案）じて居りま【し】たが、その中にだん〳〵おだやかになつて、大仕た害を受けませんでした。唯先頃頂戴して折角奇麗に拵えた、朝顔のトンネルは見る影も無く散【々】な目にあつて、吹倒されてゐる有様は、実にあはれである。先は取りあへず葉書を以てお見舞申し上げます。

55、早春散歩の記

ぽか〳〵と暖かき日浴びて、牛眠る堤に摘草するも、柳垂るした陰に釣するも、いと興あること乍ら、こは櫻咲く頃にぞよろしく、静かに心やる遊歩は、げに早春に如くものぞなき。如月の或日、うす寒き東風に袂吹かれ處定めず遊歩すれば、草屋の軒に梅二三輪綻び〔そめ〕（綻び）染めたる初鶯の曲まだ馴れざるが鳴ける、言ひしらぬ趣あり。見渡す野原や、見上ぐる山、既にうす霞して春げしき漸く深く、舟遊にも山行にもいよ〳〵宜しき節に近づきけり。されど、静けき眺めは此頃にこそ。げに静けき眺めは此頃にこそ。

56、約束を断る文

御約束の何地遠足に就ては満腔の興味と希望とを以て期待致し居候處、料ずも弟二郎儀、夜半より腹痛下痢を催し、醫師の診察によれば急性腸加答兒の由、さして案ずるには及ばずとは申候へ共、看護の勞を執らざるを得ず候間残念ながら御同行叶ひがたく候。取急ぎ御同報申上候。以上。

追て同盟諸君へも宜敷御鳳聲願上候。

○満腔＝腹一ぱい　○興味＝楽しみ　○期待＝ま【つ】てゐる

○同盟諸君　約束の諸君

○通知を受けたら簡單でも宜いから直に返書を出すを禮とす

（イ）約束の遠足を楽しみ居りし事

（ロ）急に病人起りて同行し兼ねる事

（ハ）會合の諸君に傳言を頼む

57、初端午祝に招ぐ文（女）

先達は端午祝として美事なる鯉幟【ボ】御祝ひ下され痛み入候。御芳志により、いぶせき宅の端午の庭も一入賑しさを増し申候。明日は何のまうけもなく候へども心許の祝いたし度候まゝ、奥様とも〴〵御起（越）しの程待上候。かしこ。

○端午＝五月五日の節句、○御芳志＝御親切、○いぶせき＝淋しき、

○一入＝ひときは、○まうけ＝用意、

（イ）鯉幟をもらひたる礼

（ロ）家が賑になった事

（ハ）祝に招ぐ（く）事

58、初節句を賀する文（女）

お嬢様虫の気もなくすこやかに御成人遊ばされ、此程は御口も分らせられ、御可愛さいや増すばかりに候。特に上巳の節句も近より候へば皆々様御楽のほど推し上候。この雛人形誠に軽少なれど御祝の驗まで御覧に入れ候。かしこ。

○すこやか＝建（健）康　○成人＝成長　○いや増す＝だん〳〵ます事

○上巳＝三月三日　○推し＝思ひやる、

（イ）先方の女子の成長の事

（ロ）節句の近よりし事

（ハ）贈品の事

67、衣食足りて尚足らず（福澤諭吉）

人生の目的は、勞して衣食するに在りと云へば、衣食足りて能事終る可きが如くなれども、実際に於ては、決して然らず。衣食の沙汰は、既に己に通り過ぎ、豪(ガウ)奢(シャ)榮華も其の頂上に達し。様々工風（夫）して、最早や金の用法なき身分にても古来金を棄てたる者あることを聞かず。啻に棄てざるのみか、之を集めて、多々ます〳〵足らざるものは金にして、千に萬を足し、萬に十萬を加へ、百萬千萬限りあることなく、人間の慾情多き中にも、最も劇(ハゲ)しく最永續するものは銭の慾にして、八十の翁嫗(ヲウ〳〵)、死を見る事近きにあるも、銭の貴きは、少年の時に異ならず。否いよ〳〵老して、いよ〳〵其の貴きを知るもの〻如し。左れば、人の銭を集むるは、要用の為に非(ズ)ずして、天然の性に固有すること、春夏の時候に、蜜蜂が冬の用意とて蜜を集め、其の要用の量をも測らずして、过分の食料を取込む物に異ならず。單に一笑に附す可きに似たれども、人間の貨殖には少しく説明もあり、且つ其の貨殖し得たる上にて、自ら社会の全面に利する所大なるが故に、一概に之を笑ひ去るは、思想の蜜ならざるものと云ふ可し。」

竊に貨殖家の心事を按(アン)ずるに、

○第一、子孫を思ふの情あり。禍福(クワフク)常なき此の世に居て、我身は幸に無事なりしも、子孫の浮沈(フチン)は圖る可らず。萬一の時に當りて、財産の豊(ユタカ)なるあらば、假令ひ全く禍を免(マヌカ)れざるも、稍以て苦痛を薄くするに足る可しとて、愛情一偏よりして銭を好むことなり。

○第二、先祖に対するの義務を忘れず、其の身一代に作りたる財産なれば、得失共に自身の権力内に在る事なれども、先祖傳来の遺産とあれば、自身は恰も一代を管理するのみ。私有にして私有ならずとの観念は、先人崇拜の習慣に養はれたる人に免かる可らず。故に身代を殖(フヤ)すは、先祖への孝行、これを減ずるは不孝なりとて、勉強するの情あり。

○第三、死後の名を重んずるの情あり。人生萬年の身にあらざれども、親子相續すれば、薪(タキギ)盡(ツ)きて火(ヒ)盡(ツ)きずとの観念よりして、貨殖以て大家を成し、其の家名(カメイ)を子孫に傳へて、愈〳〵益々大なれば、我身は死するも生けるが如しと、後世を想像して、以て自身の功名心を満足せしむ。此一段に至りては、必ずしも骨肉(コツニク)の子孫を愛するのみの情あるに非ず、子(コ)なければ、養子に嫁(ヨメ)と、態々他人を入れても、家名を維持(ヰジ)する者多し。

○第四、死後の如何に拘はらず、生前の勢力を悦ぶの情あり。富豪家(フガウカ)の勢力は恐る可きものにして、其一顰(ヒン)一笑も、以て經濟社会を動揺せしむることあり。之を其人の威光とも云ひ、榮譽とも云ふ。學者の言論著書発明を重んじ、政治家の政権を争ふも、其趣は一なり。

○第五、難きを悦ぶ事なり。人間界は、苦即楽にして、學者の苦學、政治家の辛苦、凡べて苦中の楽なり。其頂上に達しては、唯苦しむし（の）みにて、何等の成跡(セイセキ)を見ざるも、他人の難(カタ)んずる所を勉むれば、以て自ら慰むるに足る可し。今試に（銭は）萬人の欲する所にして、之を得ること甚だ難し、唯難きが故に之を得んとして熱心勉強す。人情の自然と云はざるを得ず。其熱心の極度に至りては、銭そ（の）

何縣何町何丁目
何之誰殿

63、舊師に謝する文

一翰拜呈兎角御疎遠に打ち過ぎ候處、先生始め御一統様益々御多祥の〔の〕由、抃賀(ベンガ)奉り候。私事日々農業に勤勉罷(マカリアリ)在候間御安心下され度候。在校中は幼弱とは申ながら御懇篤なる御訓誨をも省みず不牽束(フケンソク)に身を處し、毎々御厄介相掛け、往時を回顧すれば背(セ)に汗すること屢々(シバ)に候。兎角今日當村青年會の文書計算を擔(タン)當し責任を盡すを得候は、これ皆宿恩の致す所と感激に堪へず候。別段珍らしき品にこれ無く候へ共、土地の産物ゆゑ椎蕈(シヰタケ)一函(ヒトハコ)汽車便にて差立候間御笑留下され度候。頓首。

○御多祥　ごきげんよく　○幼弱(エウジャク)　ちいさい　○懇篤　ていねい　○訓誨　をしへ
○不牽束　身にしまりのない
○身を處　みをおき　○往時を回顧　前の事をおもふ　○背(セ)に汗(アセ)す　はづること
○擔當　受けもつ　○責任を盡す　仕事をなしとうす
○宿恩　前々の恩　○感激　ありがたい　○土産　土地の物産　○木(本)懐の至　うれしい

64、讀書の楽（貝原益軒）

凡の事、友を得(え)ざれば為し得(ウ)べからず。只讀書の一事(じ)は、友なくて獨り楽むべし。一室のうちに居て、天下四海の内を見、天地萬物のことわりを知る。數千年の後にありて、數千年の前を見る。今の世にありて、古の人に対す。我が身愚にして、にまし（じ）はる。これ皆讀書の楽なり。』およそ、萬の諺のうち、讀書の益にしく事なし、然るに世の人これを好まず。其の不幸甚だし。これを好む人は天下の至楽を得たりといふべし。

65、世を渡る舟（仝上人）

世は海なり、身は舟なり、志は梶(カヂ)なり。梶を悪しくとれば、行くべき方に行かず。風波(フウハ)に逢へば舟くつがへるが如く、志のもちやう肝要なり。悪しく志を持てば、身をくつがへす、梶の取りやう悪しくして、舟をくつがへすが如し。

66、堪忍の話（柳澤淇園）

或人、文盲なる者を異見(イケン)して、世の交は、他の事はいらず、唯堪忍の二字をよく守るべしといへば、文盲の人は、頭を傾け、堪忍とは、四字にて侍(ハベ)らずやと、指をもて数へ、御許にはをぼし違へなるべし。かんにんと四字にて侍りといへば、異見せし人、曰く愚昧(グマイ)の人かな。堪忍とは、たへしのぶとよみて、二字なりといへば、又頭を傾け、たへしのぶならば、又一字ふへたり。五字となり侍(ハベ)るべし、何と仰せありとも、我等は、四字と思ひ侍れば、四字にてかんにんはいたし侍るなりといへるに、其の人、又曰く、汝が如き愚昧の文盲は実に諭(サト)しがたく、人に以て虫同様なり、己がまゝにすべしと、大にいきどほりければ、文盲の人、何とも仰せあるべし。我等は、かんにんの四字を知り侍れば、悪口(アクコウ)せられても、少しも腹立ち侍らざるなりとて、笑ひ居りきとぞ。その智には及ぶべく、其の愚(グ)にはおよぶべからず。

て、影を水に浸して立てるあたりを、小魚の鰭振りあそぶなど、何にたとへてか言はまし。青葉が中に咲きまじる花、野には白き覆盆子あり、山には紫なる藤あり、人手を借らずして装（イ）ひ立てる垣根の薔薇、ひとり打ちかをるあたりには、日の長き事年の如きを覺ゆ。男の童は、學校より归りて、金魚池を替へんと、花菖蒲さく庭に集まる。頭を日に照らしても【か】らず、手を水につけても寒からね（ぬ）は、此の頃の空ぞかし。椎の花、所々こぼれて、土まだ乾かぬ築山に霜を見せたり。竹の子、衣を新に脱ぎて立ちぬ。窓の月に墨絵の笹を畫がく近きにあらん。幼き子供の庖刀にかゝりて手桶となりしは、昨日の事とおもひしを。

70、行く春（小栗風葉）

天は雲も切れ薄日も射して、所々に雲雀の声さへするけれど、行手の山々には未だ白砂のやうな雨雲が立迷ってゐて、高尾山の一本松から南田圃の溜池へ懸けて、五色の鮮かな虹が此村一杯に踏み跨ってゐる。气の所為でもあらうが、見渡す限の野山は曩の一雨でメッキリ夏めいたやう。目覺めたやうな深緑に洗ひ出された一面の桑畑の間を見え隠れに流れる幾筋の細川は、常よりも白く早瀬を作って、シットリと来る微風は路傍の小草が取次口（ユジ）の露を帯びながら、活々として身顫ひする様は、見るから小气味が好い。只ある庚申塚の邊に野生の李が一本便り無げに生へてゐたが、其れも今朝からの雨に名残なく散ってしまって、塚の周圍は然ながらの雪だ。行く春の哀な花片の貼付いた板橋を渡って、一足毎に雫の降り懸る桑と桑との（間）を抜けて、菫の紫、蒲公英の黄を遇ったた

一面の蓮花草も梢紅の褪色になった低い土手を登ると、其處に洲濱形の池がある。三方から流れ落ちて、吐口は唯一方の、水は漫々と湛へられて、土手の築いて無い邊はひた〳〵乗溢れて居る。他の向岸には人の肩ほどもある山薄が青々としてゐて、背後は餘り深くない藪疊から一段小高くなって、姿の面白い雄松が四五本ひよろ〳〵と立ってゐる間に、丈低い雜木がこんもりと茂って、幽かに流鶯の鳴き交はすのが聞える。見た處〔ロ〕木兎引には窟（究）竟の場所らしい。で、自分は池を回って、田芹や槍棒や金米糖草で足元も分らぬ畔道のしめ〳〵した間を分けて、辛うじて其處の崖を登って見ると、遠見とは太くも違って、爰は直ぐ小佛峠へ續いた一圓の平地で、雜木もないではないが、鳥の寄るには餘りに疎で、餘りに低い。然し、見回はした所外に好い場所もないから、兎角も爰の茱萸の木に黐核（挨）を試みたので、撞木を立てゝ、木兎を据えて、さて自分は三四間此方の茨の小蔭に身を隠す。何時の間にか虹は痕もなく消えて了って、山際の雲も今は漸々淡くなって、ジッと霞のやうに落着いた間から西日が眩やかに射してゐる。自分は切株に腰を掛けて烟草を燻らしながら、氣長に待ってゐたが、木兎は寂然と撞木に宿ったまゝ、何時まで經っても雀一羽寄らない。自分は体の隠れやうが未だ淺い所為だらうと思って、更に背後の土手を下りて、竹藪に身を潜めた。真竹の痩せたのが土手の勾配形に生へてゐて外から見たとは存外の疎な藪で、日影は明るく射し込むし、土手下の池も名残なく透かされる。自分は散布いた枯葉の上に尻を下ろして、竹の間から絶ず撞木に注意を怠らなかったけれども、やっぱり鳥は寄らぬので、日は漸に落ち懸る。

（「木兎引」の一節）

の物の得喪よりも、商工の競争、その攻防の戦略に無限の愉快を覚え、遂には自家の家産如何をも忘れ、死に至るまで勉めて倦まざる者多し。八十の老翁銭を愛むが如き、驚くに足ざるなり。

金満家の金を溜めて倦まざる理由は、大凡右の如くにして、此の理由とても、哲學流の眼を以て視る時は、たわいもなきことにして、小児の戯に似たれども、畢竟蛆虫に等しき人間の仕事なれば、深く論及するには及ばず。人情の当然として之を許し、扨その成跡如何を問へば、社会の為に利益の大なるものあり。凡そ文明の世界に、人の便利を謀り、學理を應用して、天然の力を利し、又其の物の形を変じて、以て人生を安からしむる其事業は、一として資金を要せざるものなし。海上の汽船、陸上の汽車を始めとして、百般の工業製作商賣文（交）通の事は凡て資本家の司【ど】る所にして、其の資本いよ〳〵大なるに従ひ、事業もいよ〳〵大にして、便利も亦多し。若しも社会の人々が寡慾にして、衣食足れば即ち可なり、誰も彼も、小成に安んじ、大に勞して大に利するの心なかりせば、迚も今日の進歩は見る可らず。今其の然らずして、駸々新事業の発達を致し、随つて社会一般の快楽を大にするは、資本家の射利心に際限なきが故なり。人の多慾も、亦其（そ）の功徳大なりと云ふ可し。

68、山海の生業（柳沢淇園）

木曽の山中など、深山幽谷にて、岩茸を採るには、籠といふものを造りて、綱をつけて、夫はそれに入りて、其妻、樹々の枝より下げて、つりを下し引上げなどして、谷間の岩茸を採るとぞ。下は幾丈とも限り知れざる處なるよし、見し人ものがたれり。もしあやまちて、綱のきれて落ちたらんには、命なかるべし。』また伊勢の浦にて、海士の蚫とるには、乳のみ子など引連れて、夫は櫂をつかひ居て、舟もやひするに、妻は海底に飛び入り、こゝかしこ貝をもとむるうちに、子の乳を尋ねて、よゝと泣く声の、水底に聞ゆるにぞ、今一つの得まくおもへども、子の泣く声の聞ゆるにひかされ、浮びいで、舟ばりにとりつき、息もつきあへず、子に乳をそふるありさま、哀れて、実に惻隠の心も発動すべし。』世渡る業様々なる中に、かゝるすぎはひする輩もあるものを、家にありて、その日を楽に过す身はいとありがたきことにあらずや。

69、若葉の時（大和田建樹）

我は花よりも寧ろ若葉を愛す、何となくしめやかなればなり。或は春よりも寧ろ若葉の時を賞す、楽しみ長く、望もて満たされたればなり。況や、吹けども厭はれぬ風は、そよ〳〵と来りて、梢を拂ふの快あるをや。雲とにほひしあたりは何ぞ、雪と乱れしあたり何ぞ、薄く濃きけぢめこそあれ、たゞ一色の緑もて塗り渡れたる遠近の眺めよ。木蔭には、櫻の実を拾ふ小供も畫の如く立てり。声のみ聞えて茂みをゆくは、桑摘む少女なるべし。麥の穂ながくのびたる畑には、新茶を籠に満たして归り来る老婆も見ゆ。柳の茂りすぎたるは、餘り懷かしからねど、梅の若葉すゞしげに榮えて、鈴の如く実を見せたるは、いふべくもあらず。楓は、すべて緑なるも、紅なるも、夏をもしろきを、秋のものとのみ愛でそめしこそいぶかしけれ。まし

な感じがする。彼方よりは太息(トイト)のやうな大洋の響が途切れ〳〵に響いて来る。此處は女浪男波(メナミヲナミ)の立ち騒ぐ東海九十九里の濱邊、波に千鳥の眺めも幽しい渚汀(ショテイ)である渺茫漫々(ビョウボウマン〳〵)たる波道の果は遥かに米大陸に通じてゐよう。白みかゝった寒空に、二十三夜の月は閃(キラ)めく大星小星を従へて影も冴かに照り榮えて居る冴(サ)えたる地上には、雪かとばかり真白の霜が野、丘、田、圃、道路のわかちもなう降り積って生き〳〵した朝の氣は天地の底に眠って居る。頭には月と星との流るゝ如き清光を頂き、足には真白な霜と夢のやうなわが影を踏んで辿(タド)って行く、その心地、その感興(キョウ)。自分は何時か空想の兒となって了ふ。天地、人生、都會、田園、現在の事から、行く先々の事、それからそれと心は宛然夢地を辿って何處をどうして来たのか知らなかったが足元に打寄せる怒濤に驚かされてわれと氣付いた時には、自分は、もう蜑住む磯の但ある渚汀に佇(タヽヅ)んでゐた　（「九十九里の日の出」の一節）

これは夜明けがたの景色で面白い。面白いけれども、記事は粗略でいまだ夜明の光景を描いて遺憾なきものとは言はれない。

74、悔の文（高津鍬三郎）

今朝御手紙を拝見致しまして、私方でも一同驚き入りました。御病氣のことはかねて承って居りましたがおひ〳〵時候もよくなりましたから、もはや御全快にもならうかと存じて居りました處御亡くなりになつたといふ御知らせて（で）誠に残念に思ひます。ましてあなた様にはさぞ御残念の事と御察し申します。しかし御生前残る方なく御孝養を御盡くしになりましたしまた御病中も十分に御手を御尽しになりましたから生者必滅の習と御諦めになるより外はありますまい。餘り御歎きになって御躰にさはるやうなことがあっては、御亡くなりになった御母上に對しても却って不孝になるから（と）存じます。とりあへず御悔み申し上げます。

（この文「言文一致論集」より）

これは高津氏の作られたものを言文一致会の人々が色々批評して修正したものだといふことであるが大勢で修正した故か、文章に鋭い勢力が籠って居らぬ。文章は作者の性格をあらはすものであるから、大勢が添消すると原文にあらはれたる作者の性格を破壊して、多くは性格の明かにない無氣力なものにしてしまふ恐がある。

自分の文章は自分の作ったものでなければならぬ。

75、無邪氣（山庵雜記ノ一節）、北村透谷、

このあたりの名寺なる東禪寺は境廣(サカヒヒロ)く樹古く陰鬱として深山(ミヤマ)に入(イ)るの思あらしむ、この境内(ケイダイ)に一條(デフ)の山徑(ミチ)あり、高輪(タカナハ)より二本榎(エノキ)に通ず、近きを擇むもの、こゝを往還(ワウクワン)することゝなれり、累々(ルイルイ)たる墳墓(フンバ(ボ))の地苔滑らかに草深し、もゝちの人の魂魄無明(ミャウ)の夢に入(イ)るところはわがかしこに棲みし時には朝杖を携(タヅサ)へて幽思(ユウシ)を養ひしところ無邪氣の友と共に山いちごの實を拾ひて楽しみしところなり。

文は作者の木兎引のために跋渉した土地の光景を記述したもので、畫も及ばぬ筆つきである。

71、結婚披露の文（山田美妙）、

此度何某氏の娘何某子と私との結婚の約束が整ひ、来る何日其式を擧げる手都合、就いては心ばかり御披露したく存じます故、御迷惑ながら同日何時頃御出でを願ひます。（又は「何某樓まで御出でを願ひま。」）右御案内まで、敬具。

同返事

何某氏の令嬢何某子と御結昏（婚）になるとの御知らせ、御愛でたい事に存じます。御披露の為め私にまで、御招待、何事を抛っても参上します。御喜びは其の節くはしく申述べる事として兎に角充分恭いとの意味を以ての御返辭だけを致します　敬具

（以上二文「文例」より取る）

是れ等の場合（に）おける文は、情愛の籠って居るのが自然であるけれども、また必ず謹嚴でなければならぬ。みだりに冗長なのは、おのづから礼を被（破）り易いものである。右の文例の如きは能く此の旨に協うたるものか

72、偉人の母は皆田舎に住む（下田歌子）、

男子とは違って女子が家を飛出して一人よるべなき都の空にあこがれるのは餘り同情されません。其理由は自分勝手に出京いたした女學生は十中の八九はわたり者か、兩親のもてあまし者か、兎に角餘り感心の出来ぬ者の方が多いやうであります。一體女子が學問して豪い者になるのは先づ格外であります。今更改めて申迄もありませんが、樂しき家庭の主婦となり、夫を助け、子女に完全な家庭教育を授けて、茲にはじめて社会有益なる人物を作る所の隠れたる家庭教師となるのであります。樂しきホームを作ったり或は人物を生ずるは、必ずしも都に限る譯ではありません。ワシントンは實に世界的偉人でありますが、其のお母さんの事を見ますと、いつも生地の小村に潜んで、家事を整理し、愛兒を撫育するの任を重んじて、一度だに都の地に足踏みした事はありませんでしたが、其の子は英名を世界に轟し又米國をして今日の如く富強ならしめたる大政治家となったのであります。諸葛孔明の妻はさぞ豪い行でもあった者のやうに思はれますがさうではなく片田舎に多くの桑畑を所有して婦女のする業に就いて居りました又我が國では楠公の母公は河内の生地を離れた事のない方でありますれば、古今東西の英雄の母たり妻たる人は唯々女子の本分をよく務めたと云ふ一點であって、其結果として世界的豪傑歴史に有名の人物を出したのであります。

「議論をなすに歴史の事実を引用するのは子供に薬を飲ませるのに砂糖を混ぜるよ（や）うなものだ」とは、福澤諭吉氏の言であるがこの文また其の砂糖を適用したるはさすがに子を思ふ母の誠か。これを服用するものはおのづから上京熱を冷ますであらう。

73、九十九里の濱邊（西山筑濱）

薄ら寒い野路を五六町も行くと、家並奇しい磯村へ出る。磯村の裏手は白沙遠く連なって沙漠のやう

ことあれば、必ず笑ひ給ふなと云も終らざるに、一群數十の雁列を乱さず飛ひ（び）来る、忙く弓矢打搭へ滿々と拽緊、ねらひは、第三番目の雁に候〔に候〕ぞとて、漂と放てば其箭过たず第三の雁を射貫て、山坂の下に墜にけり、小賊これを取て晁蓋に献りければ、晁蓋等之を見て盡く皆駭然入り、都べて花榮を称して神臂 將軍と號せり。

80、澄める月（千山萬水ノ一節）、大橋乙羽、

天地一白、雲は咫尺の間に重疊して淡きもの黒きもの鬼の如きもの夜叉の如きもの、天魔の如きものなど簇々と湧き出でゝ始めは巌角を掠め飛んでは澄める月を蔽はんばかり、翼あって翅けるかと思ふまで怪しく動く有様の凄きこと言語に絶せり。

81、晚秋（宮くづれの一節）、塚原蓼洲

爽快かな陽光は雲の端立を金色に彩って、晃り耀やく其の彼方には聖衆の来迎でもあるかと思ふと、直に灰白色に溟って来て、ばら〳〵と降り出す、かと思ふと又たからりと霽れて、藍て（で）も流れさうな空から彼の美麗しい夕日が射す、之れが京都の晚秋、

「眞個に气狂ひの様なお天气や」と出商人や物 詣 は喞語が此の北山の秋の時雨が即ち京の山山の生命、

龍田姫の梭ふる雨のといふ高 尾 栂 尾の紅葉の錦も織り出せば君が代の千代のしめじの茸類も出る、

その野を綾の千草の花、賤がの軒場の賑ひと見する柿、栗の實、□（惣）体、秋の物の哀はれの悲しい事と云ふは、詩人は歌よみ、扨は戀する人の言草で日和さへ晴くて、風さへ吹かねば、時候は好し、肌膚は涼し、袷の袂輕らかに日除の帽子千鳥笠、むら〳〵ぱっと出掛けた景色はなか〳〵陽气な、獨り紅 顔の色ならぬも二月の空より面白い眺めはある。

82、秋の山里

さわがしかり木々の蟬は、いつしか松虫、鈴虫の声と変りぬ。はや秋なり。谷かげには萩、桔梗など咲き乱れて、すゝきも穂を出す。栗の実ははじけて飛び、柿の實も追々赤くなる。都会の人打連れて茸狩に来る。はつ茸、松茸、しめぢなど、木の根、落葉の下などに求むべし。子をはらみたるまむしの人を見て飛びつくも今ぞ。山雀、目白、鶸、頬白など、朝々声高く鳴きて奥山より野辺へと出づ。處々霜おりて、谷川の邊にはや赤き梢も見ゆ。高き山より湧くかと見ゆる雲、かなたこなたの岡の頂をめぐりて、定めなく降る雨に谷間の花は大方しをれて、木々の葉の色いろ〳〵になり行。櫨、楓は赤く、銀杏、栗、くぬぎは黄となる。其色日に日に照りそひて、山の姿は一度に変り、古錦襴をかけたるが如し。家の軒には干柿赤く連り、樵 夫は日毎に柴を刈りて、路ばたに積み上ぐ。とかくするうちに、木枯の風朝夕吹き荒れて、峯も谷も落葉舞ひ立ち、木々の枝まばらになる頃には、杣の煙こゝかしこの岡に見え、獵銃の響折々聞ゆ。里の家々は藁がこひとり〴〵にして、暫くは冬ごもりの用心に忙し。

四百字足らずの文字で秋の山里の全景が而も初秋から暮秋まで目に見るやうに描かれてゐる。再讀三讀して字句經済の法を會得するがよい。

83、蚊帳の月（尾崎紅葉）、

76、山里の冬（四季物語の一節）、鴨長明

あやしう、色も香も無き山里の冬の气色、春は花に身をなして、さまよふも人こそあれ、それならで、青葉に春の面影を慕ひ、郭公のしのび音に、岩の懸路を踏みならしても、秋は千里の外もとめて、月にあくがれ紅葉にめづるもあり、山路の菊をかことに、御酒暖めて、鹿の鳴く音を何よけんと、一人聞しめし渡るなど、折につけたる所のつても、このごろはなか〱絶えて、窓うつ嵐の隙には里の童のよこなまれる唱歌の声は、耳にならはしの妻木にる賤女の折ならぬゑみの聲、口のほどむくつけう思ひ渡さる丶のみ、山里のほどしよりけり、さはいへども、都の内の忙しきも、こゆるぎの名にしらなねど、この月ごろは、百敷もかずまふべき人は暇ならこそ、さこそいへど、御佛名經讀みたて丶所狭まきで法の師のゆすりて、三ヶ日の内ノ作法々々しき御公事、してはいみじき御事ぞかし、心あるかぎりは、百敷の内を、さらでも心に世を遁る丶をさは侍らぬぞあさましや、この翁今あらんに、まさに遁れてんやと、思へられ侍る

77、君と吾（嘲風氏に與ふる文の一節）、高山樗牛

此間の消息を今更君に語るの要はあらじ、吾等はただ此の自覺に本きて、吾等の世界を建設するの務ありと存じ候、されど君よ、吾等の世界は、尚頗る難事なるべし。少くとも吾等の生国にて、吾等の解せらるるは頗る難事なるべく候。唯意志の存する所に実在あり。君と吾と此世に存せん限りは、世はなほ吾等のものたるを妨げじ。君よ、吾等は互に心強かるべく候。毗藍の風吹き荒めども、なほ消し難きは眞信の一燈ならずや。そも何者の王者か能く吾等の獨立を危うし得べき。吾れはこの覺悟を以て、君と共に人生の歸趣に安住せむことを希ふものに御座候。

78、雪の夜（文院に贈書の一節）、晋其角

しかれば去十四日、本所於㆓都文公㆒年忌一興相催有之、嵐雪、杉風、予等も出席にて、折雪面白く降出し、風情手にとるが如く、庭中の松杉は雲を戴き、雲間の月は晴を照し、風興今は捨難と、夜いたく更行くま丶、もはや丑みつ頃に成行き、犬さへ吠えず打しづまり、文台料紙もおしかたよせ四五人集りて蒲團をかつぎ、夢の浮世と云ふ間もあらせず、激しく門を叩くものあり、玄関に案内し、予等は浅野家の浪人堀部彌兵衛、大高源吾にて、今夕御陣家吉良上野介屋敷へ押寄せ、亡君年来の遺恨を果さんとて、大石内蔵之介をはじめ、都合四十七人門前に佇み、唯今吉良氏を討亡し候處御近隣の好み、武士の情、萬一御加勢も下され候はゞ末代の恨み、稀代の御不覺と奉存候願くは門戸をきびしく御防ぎ、火の元御る、其聲の神妙な事、云ふべくもあらず。

79、旅雁（新編水滸畫傳の一節）、曲亭馬琴

今空をみれば、屢旅雁飛渡り、今又来らば第三の雁の矢を射て尊覧に入んと欲す、若し萬一射損ずる

つく〳〵ばうしの声に、世は何時か秋に入りて、茶山花咲き、三尺ばかりの楓(カヘデ)も紅に燃え出で、唯一株前の家主(アルジ)の植ゑ残したる黄菊(キ)も咲き出づ。名(メイ)苑(エン)の花美しと云ふとも、秋のあはれ閑寂(カンジャク)の趣きは却って吾庭の一枝にある可し。蛻巖(ゼイガン)の翁なりせば、「獨、憐、細、菊、近、荊、扉」とや吟(ギン)ぜむ。耻らくは「海内文章落布衣」と唱す可き身にあらざるを。屋後に一株の銀杏(ギンナン)あり、秋深くして、滿樹金よりも黄なり。凩(コガラシ)の風起れば、かぐや姫の扇にせま欲しき其葉、翩々(ヘン)として翻り落つ。半夜夢さめて、雨かと疑ひ、暁に起きて開けば、庭は一夜に金色となりぬ。屋根も、庇(ヒサシ)も、手水鉢も、處として落葉ならさるなく、紅葉さへ落ち添ひて、寸金と人は云ふなる錦を吾は庭に敷(シ)きぬ。

（五）、

木の葉落ち盡しては、流石(サスガ)に淋し气(ゲ)なるも、日影いよ〳〵多くなりて、空を見、星を見るに障り少なきは嬉し。（自然と人生）、

色鉛筆の絵手本のやうな文章、短編だから初學者はここらを手本として稽古をするがよい、但し蘆花氏の文を手本とする場合には、その中に含まれてゐる理想及び強調を見落とさぬやうにせねばならぬ。

86、沼の朝もや

対岸はうつすり靄(モヤ)に罩(コ)められて、森の影も山の影も高く低くおぼろ〳〵とぬれ絹へ薄墨の滲み渡ったやう丘(オカ)の周囲の夏木立は鳥の声が、早やあけ方の楽の音を乱調子に響かせてゐる。沼の岸邊の河骨の花が青葉がくれに黄に咲いて、菱や蓴菜(ジュンサイ)の葉がさざ波に乗って輕く搖(ユ)れると翡翠(カハセミ)か何か水禽(みづとり)が一つぱっと飛んで弓形(ユミナリ)に翔(カ)けて彼方の青蘆(アオアシ)の茂(シゲミ)に隠れた。朝の沼は鏡のやうに静かである。—靄の中に朝日が白い球のやうに光ってゐる。凸凹(デコボコ)した森の影は次第に明るくなって藍鼠色の沼上を小船が一艘静かな油のやうな水の面に黒い線を毛線(ケスヂ)の如く引きながら彼方へ漕(コ)いて（で）ゆく、岸の蘆がさわ〳〵と朝風に鳴ってゐる。

（「藻の花」）、

87、春の海

不動堂に腰かけて海を眺む。

春の海溶々(ヨウ〳〵)として漾々(ヤウ〳〵)たり。或所は大なる蝸牛の這(ハ)ひたる跡の様に滑(ナメ)りて白く光り、或所は億萬の鱗(リン)族ざわめく様に青く顫(フル)へり。磯近き水は透明にして明礬色を帯び、圓き石個々紫の蔭を持(チ)して水中に横(ヨコタ)はり、茶褐色の藻は梳(クシケヅ)りたる髮の如く磯岩(イハ)を纏ふ。波と云ふ程の波はなくて、唯搖々(エウ〳〵)たる海の「スウエル」は衣の皺をも熨(ノ)す様に、一つづ【ゝ】ずうと押寄せ来りて、磯に砕け、岩の凹窪(クボミ)に入りてはだぶりと響き、小石に散りてはざあと囁(サヽ)めく。見(ミヅ)突きの舟あり。時々棹(サヲ)を舟の上に落す音かたりと響きぬ。蛸(タコ)（鮹）鰕(エビ)など突(ツ)く男あり。ざぶ〳〵浅水を渉りて、足下(アシモト)より鱗々の銀を蹈み出す。（「自然と人生」）

88、高山の霧の聲、

私は先(サキ)んじて上った。幸ひに偃松(ハヒマツ)が薄くなった、夫を破って、岩石が醜怪の面を擡(マ(モ)タ)げて居る。その岩石の續く先は霧で解らない。私は岩傳(イハヅタ)ひに殆んど直線にグングン這ひ上った。霧はも深林の中でのやうにキュッといふ様な、柔(ヤサ)しい囁(サヽ(ヤキ))方ではない。ヒユーと呻(ウナ)って耳朶(ジダ)を掠めて行くのだ、無論荒(アラツ)ぽい風に伴って来るのである。私は其の風を避けて面を伏せようとして岩の罅(カ)け目(メ)に高根、薔微（薇）が紅を潮(テウ)して咲いて居るのを発見した。匂ひが如何にも高い。私は此の時程、高山植物の神秘(シンピ)に

椽を開放したれば庭の月は実れる胡桃の梢を外れて八疊の間に涼しき光を普く敷けり外面の木々の葉と其色を争ふばかりなる六七の蚊帳を垂れたるに吹き入る風は絶えず戦ぎて、その中に人や未だ寝ねざる音もなくして團扇の影の漣にゆらる丶月の如く動くが見えぬ。灯はあれども故と片隅に寄せて細めたり。椽に腰掛けたる妻圓髻の極めて大なる頭を重げに俛れて、いと力なげに脚を繞る蚊を逐ひては物思ふなり。忽ち蚊帳の中に声して、

「疑ふなら疑ふさ。行って来たけりや行くさ。どうともお前さんの勝手にするさ。」次ぎに反側する音の聞えぬ。妻は持餘せる様に竊に顧みしたりけれど、夫の顔は彼方を向きて居たり。彼は可怨しげに目を返して高き月を仰げり。廿歳を一つも越えたるべし、色白く面長の肉豊かに目鼻立好く整ひたれども著しきの難のなきのみにて精神に乏しく、唯清らに優しくて人形の如きものなり。何所よりか寄せけん雲の疾く走りて月を过るを見るとなく打ち眺めた妻は口を開かんとする气色もあらず、目の中に潺ひたるが輝きぬ。（紅葉遺稿）

　舊式ながら意气な叙景。骨折って描いた鹽原の風景よりもこんな物の方が紅葉はいつも成功してゐる。

84、木枯

烈しい西風が目に見えぬ大きな塊をごうつと打ちつけては又ごうつと打ちつけて皆痩こけた落葉木の林を一日苛め通した。木の枝は時々ひろ〳〵と悲痛の響を立て丶泣いた。短い冬の日はもう落ちかけて黄色な先を放射しつ丶目叩いた。さうして西風はどうかするとばったり止んで終ったかと思ふ程静かになった。泥を拗切って投たやうな雲が不規則に林の上に凝然とひつ丶いて居て空はまだ騒がしいことを示して居る。それて（で）時々は思ひ出したやうに木の枝がざわ〳〵と鳴る。世間が俄に心ほそくなった。（「土」）

　平叙したやうに見えて中々修辞には骨が折ってある。よく行届いた文章。

85、吾家の富

（一）、

家は十坪に过ぎず、庭に唯三坪。誰か云ふ、狭くして且つ陋なり。家陋なりと雖ども、膝を容る可く、庭狭きも碧空仰ぐ可く、歩して永遠を思ふに足る。神の月日は此處にも照れば、四季も来り見舞ひ、風雨、雪、霰変々到りて興浅からず。蝶兒来りて舞ひ、蝉来りて鳴き、小鳥来り遊び、秋蛩また吟ず。静かに観ずれば、宇宙の富は殆んど三坪の庭に溢る丶を覺ゆるなり。

（二）、

庭に一株の老李あり。春四月頃ともなれば、青白き花開いて樹に満つ。風ある日には、青々と霞める空より白き花ちら〳〵と舞ひて、一庭須臾に雪を散す。隣家に花樹多し、風に従ひて、飛花吾庭に落つ。紅雨霏々、白雪紛々、見るが内に満庭花の衣を着く。仔細に見れば桃の花あり、櫻あり、椿の花瓣あり山吹の花あり、李の花あり。

（三）、

庭の隅に一株の黄枝あり。五月闇、欝陶しき頃、香しき白花を開く。主も妻も無口なれば、此花の吾家に開くは宜なりけり。老李の背後に一株の碧梧あり。碧幹亭々として些の邪なく、吾如く直かれと教わるに似たり。梧葉と、手水鉢の側なる金剛纂は、葉廣うして、吾家の雨声を多からしむ。李熱（熟）くして白粉ふきたる琥珀玉の滾々と地に落る頃は與へて喜ぶ男の子一人欲しと思ふ心も起りぬ。

（四）

小切れて入れたる疊紙とり出だし、何とはなしに針をも取られぬ、未だ幼くて伯母なる人に縫物ならひつる頃、衽先、褄の形などむつかしい（う）言はれし、いと恥かしくて是れ習ひ得ざらん程はと家に近き某の社に日参といふ事をなしける、思へばそれも昔しなりけり、教へし人は苔の下になりて習ひとりし身は大方もの忘れしつゝ斯くたまさかに取出づるにも指の先こわきやうにて、はか〴〵しうは得も縫ひがたきを、彼の人あらば如何もぬれそふ甲斐なく浅ましと思らん、など打返し其むかしの戀しくてそゞろに袖もぬれそふ心地す。遠くより音して歩み来るやうなる雨、近き板戸に打つけの騒がしさ、いづれも淋しからぬかは。老たる親の痩せたる肩もむとて、骨の手に当りたるもかゝる夜はいとゞ心細さのやるかたなし。

芭蕉の俳諧にも似たる景情。

91、山地の冬

其日は灰色の雲が低く集まつて、荒寥とした小縣の谷間を一層暗欝にして見せた。烏帽子一帯の山脈も隠れて見えなかった、父の墓のある西乃の驛あたりは、或は最早雪が来て居たらう、昨日一日の風で、急に枯々な木立も目につき、梢も坊主になり何となく野山の景色が寂しく冬らしくなった、長い〳〵考へても掩悶するやうな信州の冬が到頭やって来た。人々は最早あの袍染の眞綿帽子を冠出した。荷をつけて通る馬の鼻息の白いのを見ても、いかに斯山上の気候の変化が激烈であるかを、感ぜさせる、丑松は冷い空气を呼吸し乍ら岩石の多い坂路を下りて行った、荒谷の村ば（は）づれ迄行ば、指の頭も頸も赤く腫膿んで寒さの為に感覺も失った位。（「破戒」）

92、要談と閑話

御免！鞠究如として閾を踰へ来る。上る、坐す、叩頭す。天气の挨拶をなす、茶を飲む、一服、一服、また一服。手を以て坐右の火桶を摩す、或は火箸を取りて灰に畫く。彼は何の為に来りしか、漠として知る可らず。徐々と口を開く。話頭一轉、又百轉。而して村内最近の時事より各種の評判に入る。盡くるが如くにして、際なし。彼は何の為に来りし乎、漠として知る可らず。時刻は遠慮なく移れども、彼は遠慮【な】く長座す。話頭絶えんとすれば、忽然として前に返る、環の端なきが如し。煙草を喫し、又茶を飲む。忽々焉たり。閑々乎たり。彼は何の為に来りし、漠として知る可らず。主人の堪忍袋も漸次に膨脹し来れり。彼は何となく急ちて見えぬ。然れども、客は主人の顔色に関する所なし。汝は汝たり。我は我たり。客は果して柳下惠の徒乎。流石の主人も最早我を折れり。彼の身は坐に在りて客に対するれども、心は八方に飛べり、彼は器械的に坐するのみ、客の言は彼の耳邊を超えて空に入るのみ。忽ち主人の身を貫くものあり、曰く、「特に少々御願ひが御座り升して……。」呼嗟客は果して金借りに来りし也。此れは是れ、嘗て都門に遊學したる年少紳士が、その地方の交際法に就て、在京の友人に送りし書信の一節也。國民子曰く、閑話は閑なるを厭はず、要談は要なるを要す。清風明月の夜、快心の友相会して快心の談をなす、唯だ憾らくは東方の曉け易きのみ。然れども、閑話は要談にあらず、要談は閑話にあらず。二者豈に混同すべきものならんや。

慣れぬ小説的叙事法却って本職の書きし物よりもユーモアに富む。老手といふべし。

打たれ事はない。白花の石楠花は潔よいけれど、血の気の失せた老嬢のやうにどこか冷たかった。今一と目此の花を見ると、もう堪らなくなって凍えても私は、この高根薔微（薇）を胸に抱いて死に度いと思った。高山植物といふ物を殆【ん】ど摘み取った事のない私も此の時計りは—白峯赤石とに住ませ給ふ荒神達も許させ給へと—一輪を衣裏へ秘めた。

やっと此山での最高點—と思ふ、霧で遠くの先は解らない—へ着いた何だか斯う俄に廣い街道へでも出た様な気がした。

霧はフィユーと虚空を截って岩石に突き当って水沫を烈しく飛ばす。此水球はどこの谷から登って、どこの谷へ落ちるのか解らない。

雷鳥だか山鳩だか、赤児の様な啼聲が遠くなり近くなって偃松の林から起る冥府の奥の方から呼ぶ様で気が遠くなる。未だ後の人達が来ないので、私は岩角に尻を据て、黙って霧の中に坐って居た。

霧は鉛繁（鋭敏）なる神經を会する觸覺の様に、尖端を三角形にしてヒユーと襲って来る、霧ではない、もう雨だ。岩も偃松も寂莫そのもの、しわがれ声を擧げる、私は孤獨だ天もなく地もなく、唯幾團が幾團に絶えず接觸して吹き荒るゝ風と霧があるのみだ。宇宙間に凡そ蕭殺の声と云ったら高原の風でもなければ、工場の烟突の悲鳴でもない。高山の霧の声である。（「白峰山脈縦断記」）

烏水氏の山岳文學は矢張客観的に書いたところに多大の興味がある。主観の交った所には動もすれば稚气が見えるが、それでも衒气よりは勝つてゐて讀み心は悪くない。

89、書生を誡む

人難に臨み死を畏るゝは固より鄙むべし。然れども速に死するを以て快となすも亦貴ぶに足らず。是れ其弊なり。吾嘗て謂ふ、我邦の武士は元亀、天正の際より盛なるは無しと。然れども当時の風尚は、一死身を潔よくするを以て能事畢るとなし復た後患を顧みず。夫れ萬般の責任も一身に擔はんと欲せば、至艱至難に耐へ、綽々として餘裕あるものに非るよりは能はざるなり。嗚呼幕府の末造に方りて生死の途に出入し、窮厄を踏み心膽を練り、遂に皇政維新の洪業を成したる者は既に黄土に归せり。今の局に当るは概ね其支蘖のみ。此後十年当に庶務を調理し、國威を振揚すべき物は汝等書生の肩頭に懸る。汝等果して能く此の責任に耐ふるか否か。予が見る所を持てすれば近時の書生は僅かに一二の學課を修め、多少の智識を具ふるに過ぎず。而して天下は一活物にして区々たる死學問小才子の能く辨ずる所にあらず。必ずや世間の惨風を凌ぎ人生の酸味に飽き、世態を知り人情を盡して然る後興に經世の要務を談ずべし。吾後進の輩に告ぐ、宜しく身を困窮に投じ、実材を死生の際に磨くべきのみ。

実材を死生の際に磨けよとは三思すべき訓言なり。

90、雨の夜

庭の芭蕉のいと高やかに延びて、葉は垣根の上やがて五尺もこえつべし、今歳はいかなれば斯くいつまでも丈の低きなど言ひてしを、夏の末つかた極めて暑かりしに唯一日ふつか、三日とも數へずして驚くばかりに成りぬ、秋風少しそよ〳〵とすれば端のかたより果敢なげに破れて、風情次第に淋しく成程雨の夜の音なひこれこそは哀れなれ。こまかき雨ははら〳〵と音して叢がくれ鳴くこほろぎの節を乱さず。風一しきり颯と降くるは彼の葉にばかり懸るかといたまし。雨は何時も哀れなる中に秋はまして身にしむこと多かり、更けゆくまゝに燈火の蔭などうら淋しく、寝られぬ夜なれば臥床に入らんも詮なしとて、

其の仕事がないと云ふ場合、又もう一つの原因は过分の野心である。これは十九世紀以来二十世紀の合目に扵て特に現はれて来た原因である。十九世紀以前は西洋でも下等社会の者は虫けら同様に取り扱はれて、それでま（も）自ら止むを得ないと諦(アキラ)め生活にさへ困まらなければ先づは滿足して居たものだが、今は段々周圍の感化で新聞などを拾ひ讀みなどして言はゞ目を開いて来て、世の中には月に一萬圓取って居る人がある、一萬圓と二十銭とは大変な違ひだ。人間は生まれなか（が）ら違ふものはない、我れも人なり彼等も人なりと自覺した結果、大いに奮勵し勉強して稼ぐなら何の差支もない事だが多くは只徒らに身分の上の者を羨み「あゝ詰(ツ)まらない一萬圓に対してたつた二十銭だ、あゝ詰(ツ)まらない。」と言って愚痴(グチ)をこば（ぼ）すばかり。彌々(イヨイヨ)懶ける。此處に至ると不自覺の昔ぞ戀しかりけるで何にも知らずに居る者は極楽だ【。知】らぬが佛だ、知って来ると一萬圓取って居る人がある僅か六、七時間宛働いて一萬圓も取って居る。己は十二時間十六時間も働いて一日に二十銭あゝ詰まらない、さうすると仕事が益々嫌になる、なまけもの益々貧乏になる。その上かういふ人物は其の倨傲心(キョガウシン)が鼻の先に見るから使ひにくい。使ひにくいから使はぬ。彌(イヨ)々位置が得がたい。彌々困窮する。彌々怨み、そねみ罵(ノヽシ)る。一知半解で社会主義的運動などに加入する。彌々社会から排斥される。これからも矢張薄志と自分勝手とが根本困（因）をなして居るといへる。次にもう一つは濫恤(ランジュツ)の弊である。世に勉めて施與(セヨ)をする人があるが此の施與なども其方が宜しくない依頼根性や乞食根性を増長させる、自分が苦んで稼ぐよりも人から貰つて暮らす方が良いと云ふ様な不料簡(ケン)を起こさせるやうだと無闇(ムヤミ)に物を貰つて歩くと云癖が付く。さうすると其の者は益々貧乏になる。これらが先づ主な貧窮の原因であらうが、此の中で多數は皆薄志根性から貧窮の原因が主として薄志である以上は、私は薄志を必然の原因に入れて貧窮と云ふ事は寧ろ偶然の原因に入れた方が当然であらうと思ふ。

（倫理と文學）、

94、わが一生、

回顧すれば六十何年、人生既往を想へば恍として夢の如しとは毎度聞くことであるが私の夢は至極変化の多い賑かな夢であった。小さい藩の小士族の子で、窮窟な狭い箱の中に詰めこまれて、楊枝でもって重箱の隅をほじくる、その藩政の楊枝のさきに引っかゝった少年がひよいと外に跳び出して故郷を見捨てるのみか、生来教育された漢學流の教を打ちすてゝ、西洋學の門に入り、以前のとは変った書を讀み、以前のと変った人に交はり、自由自在な運動をして、二度も三度も外國に往来すれば、考へは段々廣くなり藩にはいふまでもなく、日本さへ狭く見えるやうになって来たといふは、何と賑やかな大きな変化ではあるまいか。或はその間の艱難辛苦など述べ立てれば大層のやうだが「喉元過ぐれば熱さを忘る」といふ諺通りで、艱難辛苦も過ぎてしまへば、何でもない。貧乏は苦しいに違いないが、その貧乏も過ぎ去った後で思ひ出して見れば、何が苦しからう、却って面白い位だし私は洋學を修めてその後、どうやらかうやら人に不義理をせず頭をさげぬやうにして衣食さへ出来れば大願成就と思って居た所が、また圖らずも王政維新、いよ〳〵日本国が本當の開國となったのは、あり難い事であった。幕府時代に私の著はした「西洋事情」なんぞを出版す

93、貧窮の原因

人間の貧窮に陥る原因を調べて見ると、多くは其の人が生まれ付き不器用であって何も出来ない、學問も出来ず、職業させても職業が出来ない、それで貧窮に陥(オチヰ)ったといふ例が少なくない。親が生きて居る内は親の脛(スネ)を噛(カジ)って居るけれども、親が死んで仕舞って見ればどうする事も出来ない手合が少なく【ない】。然るに其の原因たる不器用は何處から来るかと云ふと、多くは薄志から来るのだ。普通は子供の内に多少親たる者が教育を施す、然るに実際何の効果も擧がって居らぬと云ふは、其子たるものに根气がないのに原因して居る例が少なくない。さればか丶る場合に於ける貧窮の原因は薄志にある根气のない所にあるとすれば、貧窮を治するには、先づ其の薄志を治し無根气を治した方が良いと云ふ事になりませう。尤も此の薄志の由来を尋ぬれば、親の遺傳又は父母の家庭の躾(シツケ)が悪いのに基づく事もあるが。さて第二の原因としては下等社会などの貧乏な原因は濫費癖にあるといへる。例へば宵越しの銭を持たないのを自慢をする風がある、三十銭取れば三十銭を皆使って仕舞って翌日は一文無し、斯う云ふ、濫費の癖が下等社会に間々ある。これは西洋でも同じ事である。少し溜まって来れば自然と溜(タ)める气も出る〔气も出る〕のであるが、どうせ溜まらぬのだからけち〱するのは馬鹿〱しい、十銭ばかり溜めたつて仕様がない、と言つた様な鹽梅(アンバイ)で使って仕舞ふ。それだから愈々貧乏になって、幾稼(イクラカセ)いでもおっつかぬ。で或は自暴(ヤケ)飲みをする、勝負事などをする。で尚ほ貧乏になる。或は又何等かの災厄でこれは當人の勢ではない……やっと家計向きが都合よくなって来たと思ふと、何か器械などの為に怪我をする。—或は生れ付きの不具であるとか、或は親が不心得で十分教育を與へて呉れなかったとか、—これらが原因で貧乏とならざるを得ない場合もあらう。或は又懶惰即ち怠惰者で仕事をする事を嫌がる。仕事をする位なら死んだ方が良いと公言するやうな奴が西洋の監獄などには間々あるさうだ。さういふ奴になって仕方がない。斯う云ふ話がある—非常な怠惰者があって、もう世の中は面倒だ、生きて居るのは嫌だから生きながら埋めて貰ひたいと友達に。驚いて「そんな乱暴な事を言ふ奴があるか、もう少し我慢して生し（き）て居ろ」。「だって食ふ米がなくなって仕舞った稼ぐのは嫌だから、どうか友達甲斐に四斗樽(トダル)でも何でも持って来て埋めてくれ。」「厄介な人間だな、さう云うなら仕方がない。」友達も暢气な手合で、四斗樽の古いのを持って来て、「さあ此の中へ這入(ハイ)れ。」と云って中へ入れて、やがて擔(カツ)いですた〱と墓地へ出かける其の途中で、ふと家主に遇った。「何處へ往くのだ。何だ擔いで居るのは酒でもなささうだが。」「どうして酒どころぢゃないんで。えー、此の中に與太(ヨタ)郎が這入って居るので。」「與太がどうかしたのか。」「生きて居るのは面倒だから埋めてくれと言ひますからこれから埋めに行く所で。」「とんでもない、そんな乱暴な事をする奴があるか。何で死ぬのだ。」「米が無いと言ふので。」「ぢや仕方がない、己が一俵くれてやるから戻れ戻れ。」「有り難う御座います。こら與太や家主さんが米を一俵下さるとよ。」「さうか。其の米は玄米か白米か。」「無論玄米だ。」「それぢや搗(ツ)くのが面倒だ。やう（っ）て呉れ。」こりやあ無論落し話だが生得のな【ま】けけものとなる【と】實際其の位なものだ。怠惰者と云ふ奴ば（は）どうにも仕様がない。これも矢張原因は薄志と云ふことになる。それからもう一つ貧窮の原因は仕事がないといふこと。誰れも仕事を與へてくれない、何か仕事を與へてくれゝば十銭や二十銭の銭は取れるが、

處（コ）へともなく去る。初なく、終を知らず蕭々として過ぐれば、人の腸を断つ。風は過ぎ行く人生の声なり。何處より来りて何處に去るを知らぬ「人」は此の声を聞いて悲む。「春秋も、涼む夕も、あはれは風に限るなりけり。」古人已（ステ）に道（イ）ふ。　（「自然と人生」）

編者、欧陽修の「秋声賦」を愛誦す。此の文、風韻格調に於てほゞ遜色なし。

96、千里の春（大和田建樹）

春晴千里、山また山、水また水、近き水は澄みて、やまの緑を浮かべ、遠き山は霞みて水と共に藍をながす。此の間に一線を引き行く物は何ぞ。一列の汽車今や東京より東海道を下りつゝあるなり。海に面して、窓に倚る客、鉛筆と紙とを手にして、寫しいだせるは歌か詩か、抑々畫（ゑ）か。七砲台の辺、波穏にして、高く低く群れ飛ぶ鴎（カメモ）（モズ）、落花の風に翻るに似たり。帆を半ば張りて、出で行く舟あり。櫓（ロ）をあやつりて、横ぎる舟あり。房總二洲の山は霞に消えて、探れども見えず。松青き所、色どりそふるに桃の紅なるを以てす。自然は此の美を送りて、旅客をなぐさめ、詩人は彼の美を詠じて、春に謝せむとす。藤澤（フヂザワ）の野、山北（キタ）の谷、人毎に唯美しと叫ぶ。

三保の松原煙渡りて、春は畫（ゑ）の如し、磯に砕けて折れかへる波、波路の末に浮き立つ雲、何物か造化の妙筆に漏れむ。近き舟はやけれども、遠き帆影はうごかむとせず。杳（えう）として認めらるゝは伊豆なるべし。富士は水彩色もて造られたるが如く、窓の右に立ち、左に表はる。平原十里、麦は緑に、菜種は黄なり。熱田の社を左に見て、春風に吹かれゆけば、名古屋の城は、まがはぬ影を見せ染めたり、田夫（デンプ）は金の鯱（シャチ）を指さして、妻と語り、行商は旅宿の可否を評して、我が好むかたへと人をすゝむ。彦根去り、草津来り、煙は早くも勢多（セタ）川に横はりて、京都も近くなりぬ。朝日将軍の遺跡も今は何れの處ぞ。問（ト）へども答へず。霞にたゝまるゝ遠近の山影、或は淡く或は濃く、鳰（ニホ）の浦波に眠りて、粟津（アハ）の松原ひとり昔に似たり。東寺の塔は睦（ムツ）まじく我を迎へて立ち、鴨川の水は懐しく我を迎へて歌ふ。最愛の母に逢ふに似たるは、いつも京都に着きし時の心地なり。年一年よりも、感情其の深きながくゆくを覺ゆ。山紫に、水あきらかなる所、唯夢の如く、現の如く、三條を渡り、四條を渡ること、日に幾度ぞ。躑躅を柴に折そへて、いたゞきつれたる大原女（メ）も、いつしか我が友となれる如し。如意嶽（ニョイガ）より吹き来たる風は、輕く我が袖を拂ひ又、絲長き堤の柳を吹くた【ぐ】び（ひ）なき晴天は、花の如き小女（オトメ）をいざなひて、西へ東へと群れゆかしむ。さしつゞけたる日傘（ヒガサ）は、橋の欄杆と共に、水に影をおとせり。花に誘はれて佛にまうで、佛に導かれて、花を見る客、けふも清水観音の堂前をみたしぬ。舞台の下より嘆きほこる花、あだ（た）かも一幅の畫の如し。姥は此の間に立ちて、蕨（ワラジ）（ビ）めせ、など呼ぶ。暫し休みて、眺め渡せば、浅黄（アサギ）に、藍に、霞みわたれる八幡（ヤハタ）、山崎のあたりも面白きに、東寺の塔を松の間に、墨がきなせる筆の力こそ巧みなれ。燈火の影は、水にうつりて、星の如く、花の如し。祇園（ギオン）の夜櫻みむとする人は、神山（カウヤマ）へと向ふ。一もとの老木は、

る時の考へには、天下にこんな物を讀む人が有るか無いか、それも分らず、たとひ人が讀んだからとて、これを日本の實際に試みるがあらうなぞといふ事は思ひも寄ら事であった。然るにこの著述が世間に流行して実際の役に立つのみか、新政府の勇氣は「西洋事情」の類ではなく、一段も二段もさきに進んで、思ひ切った事を断行して、あべこべに著述者を驚かすやうな事も折々あった。そこで私も又以前の大願成就に安んじて居られない。これは面白い。この勢ひに乗じて更に大いに西洋文明の空氣を吹き込み、全國の人心を根抵から顚覆し、絶遠の東洋に一新文明國を開き、東に日本、西に英國と相對して後れを取らぬやうにならないものでもないと、こゝに第二の誓願を起して、さて身に叶ふ仕事は三寸の舌、一本の筆より外に何にもないから、身体の健康を頼みにして、専ら塾務をつとめ、また筆を弄び、種々様々の事を書き散らしたのが「西洋事情」以後の著譯です。一方には大勢の學生を教育し、まて（た）演説などをして思ふ事を傳へ、また一方には著書飜譯、随分忙しい事でした、ところで顧みて世の中を見ると、堪へ難い事も多いやうだが、一国全體の大勢は改良進歩の一方で、次第々々に上進して數年の後その形に現れたのは日清戰争などで官民一致の勝利、愉快とも有難いともいひようがない、命あればこそこんな見聞をするのだ。前に死んだ同志の朋友が不幸だ。あゝ見せてやりたいと、毎度私は泣きました。実を申せば日清戰争、何でもない、たゞ是れ日本の外交序開きでこそあれ、それ程喜ぶ譯もないが、その時の情に迫れば、夢中にならずには居られない。凡そこんな理て、その原因はどこにあるかといへば、新日本の文明富強はすべて先人遺傳の功徳に由来し、吾等は丁度都合の良い時代に生れて、祖先の賜をたゞ貰つたやうなものだが、とにかくに自分が願にかけて居たその願が、天の恵み、祖先の餘徳に依って、首尾よく叶つたのだから、私の為には第二の大願成就といはねばならぬ。それ故私は自分の既往を顧みれば、遺憾なきのみか愉快な事ばかりであるが、さて人間の慾には際限のないもので、不平を言はすればまだ幾もある。外國交際又は内国の憲法、政治などに就いて、それこれといふ議論は政治家の事として差置き、私の生涯の中に出来して見たいと思ふ事は、全国男女の気品を次第〳〵に高尚に導いて眞実文明の名に恥かしくないやうにする事と、佛法でも耶蘇教でも何れでも宜しい、これを引き立てゝ多數の民心を和らげるやうにする事と、大いに金を投じて、有形無形高尚な學理を研究せしむるやうにする事と、凡そ此の三個條です。人は老いても無病なる限は、たゞ安閑として居られない、私も今の通りに健全である間は、身に叶ふだけの力を盡す積もりです。（「福翁自傳」）

經世家的情感。男子の涙。

95、風

雨は人を慰む。人の心を醫す、人の气を和平ならしむ。眞に人を哀ましむるものは、雨にあらずして風なり。飄然として何處よりともなく来り、飄然として何

和歌山城なれ。あな、懐し、我がしば〲遊ひ（び）しは、彼の麓なりしよ。一路の春風我を迎へて、車は早くも地蔵の辻を行く。紀三井寺は和歌山を距る一里にして、遠く東南のかた、名草(グサ)山の麓にあり。花見をかねて来り賽(サイ)する人ひきも切らず。風なく、雲なく、日暖に、霞み渡る海原、すべて眼界の無盡藏なり。入江を隔てゝ、人、豆の如くなるは、和歌の浦の拝殿なるべく、左のかたには鹽津(シホツ)の人家より大崎の鼻までたゞこゝもとに見ゆ。水あさぎなる波ぢの末に、煙の如く、浮雲の如なるは、淡路ぞと人のいふに、猶目をつくれば、それにつきて、阿波までも面かげ浮ぶ如し。此の間に、點を打ち、線を引きて、ゆきゝする舟、そも〲いかなる詩人をか載せたる。和歌の浦に渡りては蘆邊屋といふ樓に登る。見かへす紀三井寺、晩霞の上に立ちて、猶我が為にや語るらむ。汁に浮べる牡蠣(カキ)、膾にもらるゝ鯛、誰か此の風景に対して、箸を取らしむる物ぞ。友は盃(サカヅキ)を手にして、片雄波(カタオナミ)の名所を説き、或は波間の夕日を眺めて、畫人ならざるを憾(ウラ)む。かへりて京都を訪へば、春くれむとして、三十六峯煙雨の中にたてり。母衣(ホロ)かけてゆく車傘さして来る人、三條橋頭また昨日に似ず。

この篇着想極めて面白く、殊にその対句を構ふること甚だ巧みなり。文を學ぶものよく味ひ悟るべし。

（七砲台）品川湾にあり、
讀み去りて一笑を禁ず能はず
（朝日将軍の遺跡）木曽義仲の墓は、粟津野の北大津町大字馬場にあり、
（東寺）大宮通の西、九條にあり、
（三條四條）共に加茂川に架けたる橋なり、
（舞台）清水観音堂の前にあり、
（都踊）毎年四月の交祇園の演舞場にて催す踊なり、
（御室）御室仁和寺は葛野群（郡）花園村にあり。
（かゞよふ）かゞやくに同じ、
（柳櫻をこぎ（き）まぜ）こきまぜは、乱れ交れるさまをいふ、
（廣隆寺）葛野群（郡）太秦にあり、
（大文字の跡）毎年陰暦七月十六日の夜、東山如意岳の山腹にて大の字形に火を点す、これを大文字山といふ
（わが故郷）、大和田氏の御里なる伊豫国宇和島をいふ、
（雄の山）男の山とも書く葛城山脈の延びて、紀伊の北界をなすもの、
（片雄波）和歌浦の中に片雄波といふ所あり赤人の歌に和歌の浦に汐みちくれば潟をなみとあるによりて地名とせるなり
（三十六峰）東山に三十六峯ありといふ、

97、人物論　陸羯南

「人物は、其國の花なり、其社會の火なり、其言語、其議論、其風采、其擧動、皆一般人民の氣風に關せざるはなし。故に富強文明の社會には、獨立堅實の人物多く、腐敗浮躁の社會には、獨立堅實の人物少し。苟も社會の中心に立て、其輿望を負ひ、聲名を保つものは、其言語擧動、豈愼まざるべけんや。我に巍然たる本領あり、其識量、膽略、節義、才學、世に卓世し、其一論を発するや、苟もせず、

枝を垂れて篝火(カヽリビ)のほのほにまもられ、寒からぬ雪は、雲なき空よりこぼれては、顔を打つ。田楽(デンガク)を賣る声、茶をすゝむる声、この花の前後に山彦をかへし来れり。夜はまだ早し。歸るさには、祇園(オン)町の都踊(オドリ)見にゆく人もあらむ。西山の花見る人は多く先づ御室(ミムロ)を指す。松青く、楼門赤く、茶煙たえだえ元にあがりて、花きはめて白し。塔は霞をもれて、松風の外に聳え、鐘樓は苦を説きて、香雲(カウウン)の中に包まる。誦經の声遠く響きて鶯の歌とこしなへに高き梢にあり。

重なる岩根をふみしめてたつ松、其の間を點綴(テンテツ)して咲きほこる花、嵐山の春こそ今たけなはなれ。小舟に乗りて、漕き（ぎ）ゆく人あり。岸のこなたにてながむる人あり。一すぢの渡月橋は錦の如き袂を乗せて、此の大井川を横切りゆく、水清く、岩を争ひて、玉と砕け、山白く、煙をはなれて、空にかゞよふ處、此の美は彼の美と相映(アヒえい)して、自然の彩色を為す。坂をのぼりて、大悲閣(カク)に至れば眼下に廣げらるゝ、一幅の圖、柳、櫻をこきまぜて、恰も西陣を織り出だせる如く、又、友禅を染めなせるが如し。

途に太秦(ウヅマサ)を過ぎて廣隆寺を彷ふ。夕陽(セキヤウ)しづかに鐘楼の瓦を染めて、春ものさびし。茶店あれども、客来らず。少女は落花を風に任せて眠り、児童は仁王門に紙礫(ツブテ)を打ち附けて去る。

暮(バ(ボ))色(ショク)は東山をそめ叡山(エイザン)をめぐり、やう〳〵鴨川に襲ひ来れり。清水の塔も半は（ば）かくれぬ。大文字の跡も姿をかくしぬ。紫に、紅に、藍に、黒に、見る〳〵いろど〔り〕られゆく山影、薄く、濃く、青く、黒く、消され行く人影、詩中のものならぬはなし。天地たゞ平和にして、四望たゞ寂莫たり。かへりみれば、西山もなく、北山もあらず。

和歌山に友あり。来れ、とすゝむ。和歌山は、山の形、魚の味、何となく我が故郷に似たるをもて、つねに我が好む處、遂に京都をうしろにし桂川をわたる、菜種いよ〳〵黄にして、春更(サラ)に深し。麦穂をあらはすこと二寸。少女兩三赤き裙をからげて、畑のなかをあちへこちへとゆくは、花ある社に詣(マウ)づるならむ。春日暖にして、隣村に父母の里を見舞ふ新婦(シンフ)も見ゆ。汽車を下り、大阪を經て、更に南海鉄道に乗る。住吉の鳥居は、松の木の間にい近く我を送りて立ち、淡路島は、霞のひまに、遠く我を迎へて浮ぶ。波路の末におもかげみせたる播州の山々、汽車を下りても、尚はなれず。沖の帆影と共に永く伴ひ来るは、歌よめとすゝむるにやあらむ。堺より和歌山まで行程(カウテイ)凡そ十三里、其の半ばなる處に茶店あり。蛸茶屋(タコヂヤヤ)といふ。缺けたる茶碗、剥げたる膳、旅は却って物足らぬこそ楽しけれ。花はちら〳〵と客待つ車夫の背(セ)なかを撲つ。

路は登りとなりて、右に谷川ひくゝ流れたり。椿(ツバキ)紅なる川ぞひの道に、鶯をきゝゆく楽しさ。此の時の心、蝶ならで、又誰かは知らむ。雄の山の峠にも着きぬ。見下せば、未来の路は白雲の間にありて、春更に新なり。おりのぼる人馬、たゞ畫(ヱ)の如く、花を出でゝ、花に入る、紀の川は近く流れて、帯の如く、名草山は遠く霞みて、眉に似たり。其の間に影を見せたるこそ、

前に所謂細慧一曲の徒、固より以て紳士の名称をふすに足るべき者なし、今日議会に獨立有爲の人物なきものは、我社会一般の時勢境遇、之をして然らしめたるものにして、一朝一夕の弊に非ず。故に所謂巍然たる本領を持し、毅然たる識見を存するの政治家其の人を求めんと欲せば、宜しく先づ社会人心の根抵を洗滌して、一般の大気を清浄ならしめざるべからず、之を為すの術、果して如何、亦唯だ其人を俟つのみ、幾多高明俊偉の士、天下の憂に先ちて憂ふるもの、先づ起て、滔々たる依俗を排し、一人一家を化し、一家より一郷に及ぼし、終に今日の急、唯人口洗滌の大事を以て自任する人物の有無如何に在り。其能く起て、同志を報し、異類を化し、以て強硬堅実、社会の中心力たる紳士階級を鍛成する日、即ち大政治家輩出の時なり、大日本興奮の期なり。

議論正大、恰も正々の陣、堂々の旗を張るが如し。
（富貴も云々）孟子の語、
「人物はより侍べき乎」までは丸、
（汲々）勉強する貌、
（諤々）憚からず直言する貌、
（侃々）剛直の貌、
今の議会は必ずしも此の如くならず。然れども職を議員に奉ずるもの羯南の論を見て、戒むる所なくんばあるべからず。
（九鼎大呂）昔支那周代の宝器なり、
「〇今より孤立せるのみを」までは皆丸がある
一讀人聴を聳かす、
（蹭蹬）勢を失ふ貌、
（膏肓）心の下を膏といひ、心の上高の下を肓といふ、病の深く入るにいふ、
先覺先進の志にして識見あり、才覺あり財産あり、以て天下の士气を鼓舞せば、吾輩はまた憂ふる所なからん、
紳士の本義を釋し、以て今日の所謂紳士の眞にあらざるを論ず。
「故に所謂より期日なり」までは丸があり、
政話つひに人物鍛成に為す。

98、世を渡る舟　貝原益軒、

世は海なり、身は舟なり、志は梶（カヂ）なり。梶をあしくとれば、行くべき方に行かず。風波にあへば舟くつがへるが如く、志のもちやう肝要なり。あしく志を持てば、身をくつがへす、梶のとりやうあしくして、舟をくつがへすが如し。

譬喩極めて妙なり、

99、堪忍の話　柳澤淇園、

或人、文盲（モンマウ）なる者を異見して、世の交は、他の事はいらず、唯堪忍の二字をよく守るべしといへば、文盲の人は、頭を傾け、かんにんとは四字にて侍らずやと、指をもて數へ、御（オン）許（モト）にはをぼし違へなるべし。かんにんと四字にて侍（ハベ）りといへば、異見せし人、いはく、愚昧（グマイ）の人かな。堪忍とは、たへしのぶとよみて、二字なりといへば、又頭を傾け、たへしのぶならば、又一字ふへたり。五字と侍（ハベ）るべし、何と仰せありとも、我等は、四字と思ひ侍れば、四字にてかんにんは致し侍るなりといへるに、その人、又曰ク、汝が如き愚昧の文盲は実に諭（サト）しがたく、人に似て虫同様なり、

其一策を立つるや、輕しとせず、富貴も為に淫すること能わず、威武も為に屈する事能はず、人望みて、隠然重きを加ふ。然して後ち、先進先覺の士と謂ふべし、否、一世の政事家と謂ふを得べし、世人才藝を重んず、吾輩も亦才藝を重んず、然れども、識見なき才藝は、果して何の恃む所ぞ、世人學識を尚ふ（ぶ）、吾輩は亦學識を尚ぶ、然れども、節義なき學識は果して何の取る所ぞ。文質彬々（ひん〳〵）、始めて君子の儒と稱すべし、徒に其文ありて其質なきもの、果して先進先覺の士と稱することを得べき乎。」

今や一世を擧て空文虚禮の末に汲々とし、其所謂先進先覺の士と稱する者と雖も、動もすれば、其識見如何、其節操如何を問はざるものの如し。試に看よ、帝国議會開會せられしより、一議員の、侃々（ガン〳〵）として正理を唱導し、諤々（ガク〳〵）として卓論を主張し、社會人民の為めに、昏迷（コンメイ）を攪破せしものある乎（カ）。吾輩は、徒に議會に放て、喧擾紛亂、討論會に類するの觀あるを知るのみ。甚しきに至りては憲法の精神に乖戻する議決を為し、司法權の獨立を失するをも顧みず、敢然峙立、進では以て其議決の精神を貫くこと能はず、退ては以て其過を改むるに念なし。其擧動、何ぞ愼重ならざる、其言論、何ぞ謹嚴ならざる。彼の森時之助氏逮捕事件の問題の如き、即ち是れなり。議會の議決は、九鼎大呂（ていダイりょ）よりも重し、其之を議するや、沈重莊嚴ならざるべからず。然るに帝国議會の議決は、斬の如く妄（もう）に、彼の如く輕し。議會の重き所以のもの、果して安（いづ）くにある乎。

人の運動する所以のものは才なり然れども其立つ所以のものは氣なり、其氣立たずして、徒に其才の走るに任す。一世の木澤（ぼくたく）（鐸）たるもの、豈此の如くなるべけんや。畢竟するに、「今日の弊たる、俊傑其人なきに由ると雖も、未だ嘗て社会の風潮の趨く所、虚文禮勝ちて、実行実論衰へたるにあらずんばあらず、唯夫れ虚文禮の社会たるが故に、气幹あり、識量あり、節操あるものは、蹭（ソウ）蹬（タウ）意を得ず、龍の如き姿を顕さず。虹の如き气を吐かず滔々（タウ〳〵）たる勢、風靡（ナビ）き波頽（クヅ）る、中に孤立せるのみ、而して世の所謂壮士と称するもの、徒に大声疾呼（シッコ）、肩を怒らし、脊を聳かし、礼儀の何事たるを知らず、此處に扵て社会の病根益々深く、漸く將に膏肓（ガウクヮウ）に入らんとす。

虚文空論、儀容を飾り、邊幅を修め、識見气幹の世を益ふに足るものなきは、固より吾輩の取る所にあらず、大言壮言、徒に一時の快を取り、沈著寧靜の气象なるもの、亦吾輩の取る所に非ず、吾輩の今日に望む所のものは他なし、特殊の本領あり、識見高く、才學敏く、而も財産ある先覺先進の士、起て、以て士气の挽回を謀り、虚文虚禮に拘泥せる紳士と、危言壮語に滔々たる壮士との假面を排斥し去らんこと是なり。

顧（オモ）ふに泰西文明の邦に在ては、社会の中心點と為り、社会の誘援者化レ感者と為る者は、知識あり、財産あり。兼ねて徳量ある人物の階級にして、所謂ゼントルメン是なり。ゼントルメンとは、紳士の謂にして、我国人は、強て之が対照を求め、紳士てふ熟語を製したりと雖も、我が國内紳士也者は、概

半日の間を愉快に送りしさま見ゆ、
（乗燭の頃）火ともしごろ、

102、上野の紅葉

あはやと思ふまに、まづ大砲の音、神の鳴るやうに響き渡りぬ。小筒は雨あられとかたな（なた）こなたより飛びかふ。木の間に落〔る〕るあり、大門の柱にあたるもあり、あと呼ぶは、はやかなたに立てる兵士の胸板をつき貫きしにや。血はさつとはしり、むくろはのけさまに倒れたり。これを戰の初とし、おどろ〳〵と響き、はら〳〵と飛ぶ。時ならぬ木の葉のちるは、玉に当りて落つるなり、沙けぶりのくらうなるは、大筒の地をさくにやあらん、時は卯月の半ばなれば、天かきくもりて、黒雲ひまなく、雨はさとふり出たり。彰義隊の人々は、かねて期した事とはいへど、つづくつはものはなし、援くるいくさもあらず、命かぎりに戰へどもいかにせん、敵の焼玉を、味方に放ちしにやありけん、火は本堂のあたりに起り、焔はそらに漲り、烟は地に渦巻き、この山を焼く光は、目ばゆしとも見ばゆく、面を向べきやうもなし、これはこれ唯一夢。今は廿あまり六とせの昔となりぬ。木々の紅葉は夕べの初霜に色をまして、こゝかしこに見ゆ。こゝぞかの人々が撃れしところかと思へば、血の色、焔の光とも見えて、そゞろに心を傷ましむ。海晏寺の岡の邊瀧の川の水上、いづれも紅葉ならぬはなけれども、かく思ひ出づるは、ところがらにやあるべき。

103、衣食足りて尚足らず　福沢諭吉[5]

「人生の目的は、勞して衣食するに在りと云へば、衣食足りて能事終る可きが如くなれども、実際に於ては、決して然らず。衣食の沙汰は、既に已に通り過ぎ、豪奢榮華も其の頂上に達し。様々工風して、最早や金の用法なき身分にても古来金を棄てたる者あることを聞かず。啻に棄てざるのみか、之を集めて、多々ます〳〵足らざるものは金にして、千に萬を足し、萬を十萬を加へ、百萬千萬限りあることなく、人間の慾情多き中にも、最も劇しく最も永續するものは銭の慾にして、八十の翁媼、死を見ること近きに在るも、銭の貴きは、少年の時に異ならず。否いよ〳〵老して、いよ〳〵其の貴きを知るものゝ如し。左れば、人の銭を集むるは、要用の為に非ずして、天然の性に固有すること、春夏の時候に、蜜蜂が冬の用意とて蜜を集め、其要用の量を測らずして、过分の食料を取込むものに異ならず。單に一笑に附す可きに似たれども、人間の貨殖には少しく説明もあり、一概に之を笑ひ去るは、思想の蜜ならざるものと云ふ可し。」竊に貨殖家の心事を按ずるに、

第一解

第一、子孫を思ふの情あり。禍福常なき此の世に居て、我が身は幸に無事なりしも、子孫の浮沈は圖る可らず。萬一の時に當りて、財産の豊なるあらば、假令全く禍を免れざるも、稍々以て苦痛を薄くするに足る可しとて、愛情一偏よりして銭を好むことなり。

第二解

第二、先祖に対するの義務を忘れず、其の身一代に作りたる財産なれば、得失共に自身の権力内に在ることなれども、先祖傳来の遺産とあれば、自身は恰も一代を管理する

5 編註：與編號67相同。

己がまゝにすべしと、大にいきどほりければ、文盲の人、何とも仰せあるべし。我等は、かんにんの四字を知り侍れば、悪口せられても、少しも腹立ち侍らざるなりとて、笑ひ居りきとぞ。その智には及ぶべく、その愚にはおよぶべからず。

孔子様の語を擧げて結とす。

100、山海の生業　仝上人[4]

木曽の山中など、深山幽谷にて、岩茸を採るには、籠(カタミ)というものを造りて、綱をつけて、夫はそれに入りて、その妻、樹々の枝より下げて、つりをろし引上げなど〳〵して、谷間の岩茸を採るとぞ。下は幾丈とも限り知れざる所なるよ{り}し、見し人ものかたれり。若し過ちて、綱のきれて落ちたらんには、命なかるべし。』また伊勢の浦にて、海士(アマ)の蚫(アハビ)とるには、乳のみ子など引連れて、夫(オット)は櫂(カイ)をつかひ居て、舟もやひするに、妻は海底に飛び入り、こゝかしこ貝をもとむるうちに、子の乳を尋ねて、よゝと泣く聲の、水底に聞ゆるにぞ、今一つ得まくおもへども、子の泣く声の聞ゆるにひかされ、浮びで(て)、舟ばりにとりつき、息もつきあへず、子に乳をそふるありさま、哀れにして、実に惻隠(ソクイン)の心も発動すべし。』世渡る業さま〳〵なる中に、斯るすぎはひする輩(ヤカラ)もあるものを、家に在りて、その日を楽に過す身はいとありがたきことにあらずや。

4 編註：與編號68相同。

（籠）竹にて造りたる目の細かる籠なり、
前段は岩茸取りの艱難をいひ、中段は蚫取の苦勞を述べ、末段に至りて安閑として世を楽にくらす物を戒しむ、その結構は別に奇といふべきものなけれども、叙述平易にして、初學の模範とするに適せり。

101、東照宮参拝の記

四月十七日半日の閑(ヒマ)あはゞ、妻恋稲荷社(ツマゴイイナリしゃ)に神君(シンクン)の御影ありときゝてうかゞひしに、門邊(カドベ)に提燈などたてゝ、神楽あり。稲荷の神前に葵(アフヒ)の御紋染めたる白き帳をたれ、同じ御紋かきし提燈を立てしのみにて、外に問ふべき人もなければ立(タチ)出つ。人の多く参りつどふを憚(ハハ(バ)カ)りての事なるべし。』それより深川(フカガハ)の方へゆく。今の三十三間堂いまだ再建(サイコン)あらざりし時、かたへの小さき堂の内におはします甲冑(カッチウ)馬上の御本像は、八幡宮なりといひしが、近き頃尊像の御胸に、葵(アフヒ)の御紋あるを見出て、是また神君の御像なりとて、厳かに人々まうでし事あり。いかゞならんと思ひて、其堂に詣(マウ)づるに、戸さして人なし。三十三間堂に立入りて見めぐりしに、今の堂の本尊なる観音の像の、うしろの方なる内陣に、白き戸帳をなかはかゝげしを、ひそかにうかゞひ見るに、正しく昔の甲冑馬上の尊像にて、御馬のかたちと、御胸のあたりまではほのみえしが、御くしは戸帳のうちに、かくれて見えず。あらはに拜み奉りしも空おそろしくて、速に立出でぬ。』されど、今日思ひたちし本意とげし心地して、南薫に風し、大川を渡りて秉燭の頃やどりにかへれり。

失望のさま見ゆ。
前の失望を憶へるさま見ゆ、
（戸帳）平帳とも書く、陀羅尼集經に宝帳とあるもの是なりといふ、

「凡そ文明の世界よりと云ふ可しまでは丸がある。
翁半生汲々として貨殖を事とし、毫も世の指彈を顧みざりしものは蓋し深く以上の五解の理由を悟ればなり、世の翁を毀るものは、即ち多く翁の學ぶを知らざるものなり、翁や、まさに彼の徒を目して共に歯するに足らざるものとせん、翁の見や大なる哉。

104、若葉の時　大和田建樹[6]

我は花よりも寧ろ若葉を愛す、何となくしめやかなればなり。我は春よりも寧ろ若葉の時を賞す、たのしみ長く、望もて満たされればなり。況や、吹けども厭はれぬ風は、そよ〳〵と来りて、梢を拂ふの快あるをや。
雲とにほひしあたりは何ぞ、雪と乱れしあたりは何ぞ、薄く濃きけぢめこそあれ、たゞ一色の緑もて塗りわたされたる遠近の眺めよ。木蔭には、櫻の実を拾ふ小供も畫の如く立てり。声のみ聞えて茂みをゆくは、桑摘み少女なるべし。麥の穂長く延びたる畑には、新茶を籠に満たして归り来る老婆も見ゆ。
柳の茂りすぎたるは、餘り懷し〔い〕からねど、梅の若葉すゞしげに榮え、鈴の如く実を見せたるは、いふべくもあらず。楓は、すべて緑なるも紅なるも、夏をも白きを、秋のものとのみ愛でそめしこそいぶかしけれ。まして、影を水に浸して立て【る】あたる（り）を、小魚の鰭振り遊ぶなど、何にたとへてか言はまじ。
青葉が中に咲きまじる花、野には白き覆盆子あり、山には紫なる藤あり、人手を借らずして装ひ立てる垣根の薔微（薇）、ひとり打ちかをるあたりには、日の長きこと年の如きを覺ゆ。
男の童は、學校より归りて、金魚池を替へんと、花菖蒲さく庭に集まる。頭を日に照らしても暑からず、手を水につけても寒からぬは、此の頃の空ぞかし。椎の花、ところ〴〵にこぼれて、土まだ乾かぬ築山に霜を見せたり。竹の子、衣を新に脱ぎて立ちぬ。窓の月に墨絵の笹を畫かんも近にあらん。幼き子供の庖刀にかゝりて手桶となりしは、昨日の事とおもひしを。

この篇文字流麗にして、なほ一幅の田舎風景の圖を観が如し。大和田氏の文対語を作る事殊に妙、観る者よく注意すべし。
（けぢめ）わかちなり。
竹の子衣を脱ぐは即ち是れ擬人法なり。

105、雪見の興　林述齋

雪は、眞白に積りたる時のみかは、木竹の緑見ゆる程こそよけれ。餘り深く積りたる時は、銀世界となる迄にて、韻致なきものぞかし。昔より春雨の靜趣をめでこし事なれど、長閑なるころなれば、雨なくとも靜なる日多きをや、年稍暮れなんとて、世の事繁く日を送る中に、一日風もなく、聊か六つの花の散るよと見るに、抑て降り頻れば、すべて何となく物静かになりて、聞き別れし雀、鴉、鶏の声までもなづかしき様に思はれ、世の中の騒がしさも打ち忘れて、いつまでも眺にあかぬものなり。又宵の間に吹き荒れし風収まりて、常よりもげに靜けき夜半に、未だ寝もやらず、寒さはなか〳〵ゆるびたる様に覺ゆるに、軒に注ぐ音の怪しければ、窓押しあけて見るに、窓は暗くて見分くべくもあらねど、燈火挑げて能く見れば、いつしか木竹の

6 編註：與編號69相同。

のみ。私有にして私有ならずとの観念は、先人崇拝の習慣に養はれたる人に免かる可らず。故に身代を殖すは、先祖への孝行、これを減ずるは不孝行なりとて、勉強するの情あり。

第三解

第三、死後の名を重んずるの情あり。人生萬年の身にあらざれども、親子相續すれば、薪盡きずとの観念よりして、貨殖以て大家を成し、其の家名を子孫に傳へて、いよ〳〵ます〳〵大なれば、我が身は死するも生けるが如しと、後世を想像して、以て自身の功名心を満足せしむ。此の一段に至ては、必ずしも骨肉の子孫を愛するのみの情に非ず、子なければ、養子に嫁と、態々他人を入れても、家名を維持する者多し。

第四解

第四、死後の如何に拘ず、生前の勢力を悦ぶの情あり。富豪家の勢力は恐る可きものにして、其の一顰一笑も、以て經濟社会を動揺せしむることあり。之を其人の威光とも云ひ、榮譽ともいふ。學者の言論著書発明を重んじ、政治家の政権を争ふも、其の趣は一なり。

第五解

第五、難きを悦ぶ事なり。人間界は、苦即ち楽にして、學者の苦學、政治家の辛苦、すべて苦中の楽なり。其の頂上に達しては、唯苦しむのみにて、何等の成跡を見ざるも、他人の難んずる所を勉むれば、以て自ら慰むるに足る可し。今試に萬人の欲する處にして、之を得ること甚だ難し、唯難きが故に之を得んとして熱心勉強す。人情の自然と云はざるを得ず。其の熱心の極度に至りては、銭その物の得喪よりも、商工の争、その攻防の戦略に無限の愉快を覚え、遂には自家の家産如何をも忘れ、死に至るまで勉めて倦まざる者多し。八十の老翁銭を愛むが如き、驚くに足らざるなり。

金満家の金を溜めて倦まざる理由は、大凡右の如にして此理由とても、哲學流の眼を以て視る時は、たわいこともなき（もなきこと）にして、小児の戯に似たれども、畢竟蛆虫に等しき人間の仕事なれば、深く論究するには及ばず。人情の当然として之を許し、扨その成跡如何を問へば、社会の為に利益の大なるものあり。凡そ文明の世界に、人の便利を謀り、學理を応用して、天然の力を制し、又その物の形を変じて、以て人生を安からしむる其事業は、一として資金を要せざるものなし。海上の汽【船】、陸上の汽車を始めとして、百般の工業製作商賣交通の事は凡べて資本家の司る所にして、其資本いよ〳〵大なるに従ひ、事業もいよ〳〵大にして、便利も亦多し。若しも社会の人々が寡慾にして、衣食足れば即ち可なりと、誰も彼も、小成に安んじ、大に勞して大に利するの心なかりせば、迚も今日の進歩は見る可らず。今その然らずして、駸々新事業の発達を致し、随つて社会一般の快楽を大にするは、資本家の射利心に際限なきが故なり。人の多慾も、亦その功徳大なりと云ふ可し。

「人生の目的よりといふ可し」までは皆丸がある

これ翁の持論にして、また実に翁の性質とせる所なり、

蜜蜂好引例、

り朽(クツ)ることなかるべし、之に反して、これ等の人を疑怪し窘逐する人は、国王にもせよ、宰臣にもせよ、一時平民の大勢力あるものにもせよ、其名烟消して霧散す。その偶々傳はる者も、その臭名、聞く者鼻を掩ふ。西人これを時代の復讐といふ。古き話にて誰も知ることなれども、孔子は木を宋に伐られ、陳蔡(チンサイ)の間に圍まれ、四方に周游し、席煖なる暇あらずといはれし程なり。今日に至りてこそ、朱文公と學者に欽仰せられども、其当時に在ては、偽學(ギガク)を以て目せらる、蘇東坡の如き、其の詩文、後世に重んぜらるゝも、元祐姦黨(ゲンユウカンタウ)の一人なり。黨籍碑は、蔡京(サイケイ)を建て、星変を以て毀(コボ)ちしが、其後黨人の子孫は更にこれを榮となし、重ねて之を摹刻(モコク)せしといへり、王法の賞罰公平を失ひ、時論の毀譽是非を誤まる時は、姦黨碑に名を載(ノ)せらるゝも辱ならずして榮とする。姦黨碑を以て榮とする時は、勲等碑を以て辱となさるゝを保する能はず。萬人の生を残して、封候を得るものあり。百世の利を遺(ノコ)して、刑死の惨を受くるものあり。これ等に至りては、人間の賞罰毀譽と天道の賞罰とは、互に相悖反するものと思はるゝことあり。」西(サイ)國にても、新教を弘めし魁首路愓(クワイシュルーサー)、匹夫を以て羅馬法王に抗し、百般の危難を冒(オカ)し、生命を危くし、遂に今日に至り、その榮名盛譽は、国王宰臣之を羨んで得ざる程なるも、その生時は時計を掃除し、園丁の事を為して、その生を營みしことあるといへり。今日日耳曼(ビ(ゲ)ルマン)人民の品行は、路愓(ルーサー)の作れるものにして、国王の為しには非らずとも云へり。此の如き大豪傑は、豈に国王の賞典に由りてその光を発揚するものならんや。保羅(ホール)の如き、西教の行はるゝ諸国には之を尊崇し、その書を奉して經典に比す。然るにその生時は幕(テント)を作るを以て職業とし、始めは西教を窘(キン)逐し、既にして信徒となり、之が為に形（刑）戮を蒙りしなり。かくの如き非常の人は、豈に王法の刑罰に由て、その道の行はるゝを防ぎ遏(トド)むることを得べけんや。」然れども、新は法を舊に取り、今は事を古に鑑みる、聖賢を殺すが如大差謬(サビウ)は、後世に見えざれども、新法を創(ハヂ)め、新器を製し、及新説を唱ふるものを毀り辱かしめ誣(ソシ)説は、吾が譯述せし立志編にも多く見えたり。要して之を言はんに、大抵教法、修身、經濟、格致(カクチ)、医療等、諸學に於て、今日有形無形の大利益大恵澤となれる者は、必ず之を首唱することあり。その之を首唱するの時に當りては、或は国王に抗し、一世を敵に受け、或は衆人に毀られ、顛狂とも痴愚とも山師とも好放題なる名を付けられたる物なり。又私自己を信じ、千辛萬苦を忍び、人間の賞罰、衆人の毀譽を馬耳東風に付したる人なり。嗚呼、時俗の論程、恃むに足らざるものはなし。眼前の賞ほど、墓なきものはなし。世の子弟、及年少の人に告ぐ。勉めて大志を立て、各をその才の近きところに従ひ、一學科一藝術に専心勉強し、時俗の毀譽を顧みず、自己の品を砥礪(シレイ)し、一世を裨益なる人となるを期すべし。果して然らば、或は一世より許可せられて、勲等の牌

さき白く降りかゝりたるは、いと興あるものにぞあなる。
余年若く世の外に遊び居し時は、雪降る毎に騎行舟遊せざる事なかりき。中にも墨田川には年毎の様に行きける。ある冬の日、雪降り出でゝやむべくもあらざりしかば、文字の友の人々に使を馳せて、例の河邊に笛の声をしるべとして来てよといひすてゝ、おのれ舟に棹さして、寒蘆多かる洲に漕ぎ寄せて、雪見つゝ笛吹きすまして居たりしが、軈て契りし友だちあとさきに其音をしるべに来たり。共に雪をめでつゝ、詩の歌のと興じけり。其の末は堤にあがり、多くの雪團を作り、ありあふものとえい〳〵声を出して、其の雪團を水中にまろばし落とせば、夥しき音して、遠近川波に響き合ひしが、いと雄壯に覺えけり。今老後に思ひ出せば、一場の夢とはなりぬ。晴雪の朝、旭日の光富士の雪に映ずれば、忽に□峯となる事あり。こも其の時の天气によれるも【の】が(か)ら、紅の浅きも濃きも、折にふれて一様にはあらず。又其時刻、聯かの遅速にて其のよき程にあらざればかたもなし。吾此景を殊に好みて雪毎に心がくれど、目だつばかりに紅に匂ひし事は、纔に三四回に過ぎず。奇景はたやすく得難き物こそ。

（寒蘆）冬のあしなり、

106、杜鵑を聞きて感あり

庚子四月十五日の朝、杜鵑の初めて鳴くを聞く。立夏後十日なり。去年は立夏の日より鳴きぬ。今茲は去年より十日後れたるは、季候の遅速あればなり。』吾この鳥の声を聞く毎に、故児琴嶺の事を思ひ出でつ悒々たり、物に依りて懷舊の情あること人皆しかり。景に依りて情起り、情をもて景をおもふ、脆きは人の心なるかな。

（庚子）天保十一年なり、

（琴嶺）馬琴の長子なり天保六年五月歿す。

107、賞罰毀譽の論　中村正直

賞罰を以て榮辱となし、毀譽を以て喜怒を為すは、人情物理の当然とする所なり。王法の賞罰あり、時論の毀譽あるに由り、衆人の善に勸み、悪に懲るの心、益々深くなる事なれば、この二者の、世道人心の為に裨益となることは固より言を待ず。」但し王法の賞罰、時として愛憎に迷ひ、公平を失錯することあり、時論の毀譽、或は見聞に溺れ、是非を顚倒することあり。東西古今の史を歴観するに、今日よりは、大人豪傑と称せらるゝものも、其の当時に在りては、たゞ勲爵賞典を得ざるのみならず、往々悪名を負ひ、罪人となり、囚獄に投ぜられ、刑戮に處せらる、或は王法の罰責を免かるゝも、時論に忌み嫌はれ、一生身を容るゝ所なく、流離窮厄にして世を没する類枚舉するに遑あらず。之を以て観る時は、王法の賞罰及時論の毀譽は、中人以上の観徴(勸懲)となすべく、第一流の人即大【人】豪傑は輕重を為すに足らざるなり。」蓋大人豪傑は、其の學問、識見遥に尋常庸衆の上に超え、風俗習慣の範圍を脱するが故に、其の是非する所、其の可否する者、自ら從前の論と氷炭相反し、世人に疑ひ怪しまれ、甚しきは竄逐殺戮せらるに至る。然れども時代の久しきを經るに從ひ、大人豪傑の名は益々顯はれ、その識見議論天下に行はれ、世の有らん限

夕べは、風のさすがに寒けれど、晝は、空、青々と澄みて、日光、清く、美し。窓に対して、書讀み居れば、都に住むとしも思はれぬばかりなるに、時にまた、障子にうつる物の影、何ぞと見出だせば、庭の李の槎枒(サガ)たる枝の、縦横に、青空に擴がりたるに、梧桐にや、大きなる枯葉の、一つ落かゝり、なほ、落ちもやらで、静かに日光に照りたるなり。庭も寂びぬ。霜枯の菊、俯きて影をおとしたる、鳥の啄み残せる南天の实の、やつて（で）の下に紅う照りたる、いともの寂びたり。雀三羽、庭に下りて、餌をあさる。縁には、老猫、日を浴びて眠る。蝿一つ飛び来りて、障子を這ひあるく音、かさ〱ときこゆ。

邸の内も寂びぬ。栗も【、銀杏も、】桑も、楓も、椋も、榎も、皆落ちつくしたれば、月夜には、その影、限なく、地に乱れて、踏み分けかぬるこゝちす。落葉焚く煙、そこゝに立ち上がりて、茶の花、ほのかに薫る夕、はら〱と時雨して、あたり、ほのかに黄昏(タソガ)れ行く頃は、われ、西行ならば、歌詠まむとぞ思ふ。悲雨蕭々、今行き过ぎし傘より、音一入(ヒトシホ)まさりて、世は、此□（雨）の中に果てむかと、思はるゝ夜は、我れに伴ふわが影もあはれなり。

月なくて、寒星空に満つる頃、黙然として、木かげに佇め(タゝず)は（ば）、夜气、凝りて動かず。やゝ久うして、大气、少しくふるひ、頭上に、梢のあひ觸るゝ音あり。足下に、落葉のさ（ざ）わめく声あり。一瞬にて歩（止）む。星の語れるにあらずや。月、霜の如く地に冴(サ)え木枯、濤の如く空に吼ゆる夜は、人籟(ジンライ)すべて絶えて、直ちに、至上の声を聞くこゝちす。

槎枒（樹枝などかど〱しく斜出せる意）

111、初夏（青蘆）　徳富蘆花

若葉茂りて、村々緑に埋もれ、蘆のびて、川狭うなりぬ。上流に立ちて、村の彼方に沈む日を見る。日は、既に、山にかゝりぬ。山は、村の青黒き梢のひまに、絶え〱の紫を見せたり。潮次第に満ちて、水、逆に流れ、一川の泡、雪の浮かべるが如く、青蘆の蔭を掠めて、遡り行く。彼方の岸に、四手網(ヨツデ)あり。人は蘆に隠れて見えねど、引き上ぐる毎に、網は、夕日を帯び、紫金色に閃(ヒラメ)き、玉の如き水、たら〱と川に滴(シタタ)る。日は、紅の球を揺がして、山に落ちぬ。残照、林端の空を紅に抹(マツ)して、水もまた、紅なり。潮は、いよ〱、川に満ち、残照を浮べ、青蘆の影を載せ、雪白の泡を運び、紺(コン)色の林影を浸して、漫々として、まさに、小板橋を浸さむとす。時々魚あり。林影の中にはねて、紺青(コンジャウ)の水に白き渦紋を畫く。夕風そよ吹けば、残照の影も、次第に、薄うなりぬ。蘆は、影と一つになりて、そよ〱と囁きながら、闇(ヤミ)に入らむとす。いづこの寺の鐘か陰々として野末(ノヅエ)を渡る。地は青黒う暮れて人影の障子に、燈火、紅に見えそめぬ。

112、夏の朝　大和【田】建樹

子供は下婢と共に、金魚池かふるとて跣足(ハダ(ア)シ)にて働く。厨(クリヤ)には瓜切る立（音）、水流す音、朝のまうけはいと勇まし。われも暁より始めたる校合(キヤウガフ)終りたれば、本の虫ぼしに取りかゝらむ。風まだひやゝかにて、朝日藪を離れず

鈕環綬（チウクワンジユ）を禮服の上に着け得らるべし。若し又王法の賞に漏るゝとも、後世に至り、更にこれに増したる尊榮を受け侍らるべし。數日前、勲等の詔あり、一世を勤勉するの具となるは勿論なり。但し人民たる物は、若し王法時論の外に賞罰毀譽あらずと思ひ、世末の賞罰といふ事も知らず、身後の榮名といふなりも知らず、特に目前の賞、生前の事に着【意】し、これのみを無上の賞典なりと思ふ時は、抑も末なり。世に窮簷陋屋（えんろうをく）の中に在りて、襤褸（ランル）を着け、糟糠を食ひ一己を倹勤（節）にして、他人を利益し、職業を勉めて、邦國を富足たらしむる人あるべし、王法の賞の及ぶ處に非ずとも、天帝の褒賞必ず疑あるべから【ざ】ることなれば、努力せざる可からず。英国名士の語に、職分を盡し、良心に負かさるは、中夜の楽声なりと、蓋し人たるものは、其の行為必ず先づ自己の良心より賞譽を得べきなり。

108、花月夜。　徳富蘆花作

戸を明くれば、十六日の月櫻の梢にあり。空色淡くして碧に霞み、白雲團々として、月に近きは銀の如き光り、遠きは綿の如く紗雲なり。春星影よりも微かに空を綴る。朦朧たる月色花に映じて、蜜（密）なる枝は月を鎖してほの闇く、疎なる一枝は月にさし出でてほの白く、風情言ひ盡くしがたし。薄き影と薄き光は、落花點々たる庭に落ちて、地を歩するに、さながら天を歩めるが如感あり。已にして、雨はら〱と降り来ぬ。やがてまたやみぬ。春光月を籠めて夜ほの白く、櫻花澹として無からむとす。蛙の声いと静かなり。

×109、那智の瀑布

余年久しく那智瀧を見ましく心がけ居たりしが、漸く近き頃、彼の地に遊びて心よく一見せり。誠に天下無雙目を驚かす

109、勞働

すべて働といふものは、皆貴いものである。人は働く為に生れて来た。遊ぶ為では無い。世の中で一番賤しいものは何もせずにぶら〱遊んで居る者である。そんな人は、たとひ金があっても、位があっても、人間と價値はない。特に子供の内から「おれは金持の子だ、おれの父は何々だ。」と親の身分を笠に被（キ）て威張って居る程、見苦しいものは無い。親はどんなに貴からうとも、それは親の身分であって、身（子）の身分では無い。親が大臣でも、子供は大臣の卵子ではない。全体勞働して育たなければ、役には立たぬ、子供の時のあまそだちは、一生涯の不幸である。だから大家に生れても、子供の時には、どん【な】つらい仕事で【も】決して厭はぬといふ心掛が無くてはなりません。　（金森通倫）

110、晩秋初冬（徳富蘆花）

霜落ち、木枯吹き初めてより、庭の木の葉、しきりに飛びて、書は書窓を掃ふ影、鳥かと疑はれ、夜は、軒を撲つ音、雨かと思はる。朝とく起きて出でゝ見れば、満庭、皆落葉。眼をあぐれば、木々みな痩せたり。昨日まで黄金の雲と見えし公孫樹も、膚薄う、骨あらはれて、晩春の蝴蝶にも似たる残葉の、なほこゝそこに縋（スガ）りついたる。いとあはれなり。　この頃の畫こそ、いと静かなれ。朝は霜

117、秋田（大和【田】建樹樹）

鎌を手にして立てる父、刈りたるをたばねて脊おふ娘、新しき藁をむしろに煙ふきつゝやすむ夫、土瓶かた手に晝飯は〔は〕こぶといそぐ妻、見わたせば、田づらの秋こそゆたかなれ。家に主人なし。庭鳥三つ四つ呼びかはしつゝ、菊ある垣のもとにて、こぼれた米をついばむ。

118、農家の秋（新條磐次）

秋は淋しきものと、歌はるけれど、農家の為には一年の黄金時代なり。丹精したる稲は熟して黄雲十里といふべく、稲を刈る人、背に負ふ人、落穂を拾ふ雀まで、忙しく嬉しげなり。今日は東隣明日は西隣と、豊作を祝ひて互に相招き、酔へる顔は門前の柿と赤きを争へり。

119、人の寶（那珂通高）、

金玉貴しと雖ども、人の宝は廉潔に勝れるはなし。支那春秋の時に、宋の国に司城子罕といふ人ありき。或人よりも美しき玉を贈りしを受けざりきかば、かの人「この玉は玉工にみせしに、良き宝といひしが故に贈りたるなり」といふ。子罕答へて、「我は貪らざるを以て宝とし、汝は玉を以て宝とす。汝、今、汝の宝を我に贈り、我亦わが宝を棄てゝ、汝の玉を受くる時は彼此互に宝を失ふなり。しかせむよりは、與へず取らずして、各々其の宝を有する方勝るべし」といひきとぞ。子罕の玉を受けざるは、その最も勝れたる宝を有せむ為なり。

120、雨後の春色（徳富蘆花）[7]

雨後、日光に輝く萬象の色鮮かなるを見よ。見渡す限り渺々と海の如く茂りたる桑の若葉は一葉一葉に露を帯び、雨に洗はれ、日光を吸ひ、日光を吐きて、金緑色の焔、赫々（カク〳〵）と燃え、晃々（クワウ〳〵）と照り、その間には、大麥、小麥の波打つあり。遠き新樹の一村は、緑より緑を画きて、青き空に移り、その間に、低き山はうすく、黛（マユツミ）を画き、高き峰は清く雪の肌（ハダ）を表はし、涼しき風吹きくれば、若葉は、心地よげに身ぶるひして、惜しげもなく金剛石の滴々をこぼす。先程まで空のひとすみに固（カタ）まり居たる雲の、いつしか蝸け、散り、流れて、今は風に梳（ス）かゝ【る】ゝ羊毛の如き雲、二すぢ三すぢ碧空（ヘキクウ）に舞ひ、それすら、且流れ且消えつゝあるを見よ。心地よき眺ならずや。

萬象＝萬物と同

滴々（しヅクがポト〳〵と垂れる

121、旅行の楽（貝原益軒）

旅行して他郷に遊び、名勝の地、山水の美しき境に臨めば、鄙吝（ヒリン）を洗ひすゝぎ、わが徳を進め、知を弘むるよすがともなるものなり。又見慣れぬ山川の有様を見て目を遊ばしめ其の里人にあひて、其の所の風土をとひ、或は奥（オク）まりたる山ふところに岩根踏みて尋ねて入り、元より山水の癖（ヘキ）ありて、「青山夢に入ること頻なる」人は心をとめて归る事も

7 編註：與編號26同。

校合（諸書を比べ合わせて、考へる）

113、秋の心　大和田建樹

作例（一）、

青南天は赤らみそめたり。菊の蕾は筆のさきほどにふくれぬ。漸う暮むとする園生（ソノフ）の秋も、野山の景色に劣るべしやは。茶の花は雪よりも白く、山吹の花は口なしよりも黄なり。愛らしき鶺鴒（セキレイ）いづくよりか来りて、細き流れをつたひあるく。

（二）、

刈りたる稲を積みもはてぬに、日ははや高嶺（タカネ）の松に落ちんとす。丈高き影を友にて、牛いそがせつゝ家路に向へば、小川の水は野菊の蔭より今日の別れの歌をうたふ。

（三）、

お月様いくつなど歌ひつつ、門に立てる少女あり。脊中の乳兒は何を戀ひてか泣くらむ。木の葉ほろ〳〵とこぼれて風寒き道を、急ぎかへるは母なるべし。御會（オヱ）式の寺詣でせしにや、先づ枝柿（エダガキ）に折りそへたる菊の二輪を與へぬ。

114、秋の夜　新井無二郎

野山の景色は無論のこと、狭い我家の夜の草木をながめても、趣味のふかいは秋である。秋は晝間の眺めばかりでない夜に入りての趣味も亦いろ〳〵ある。さやけき月を掠めて飛ぶ雁の、鳴きつゝ過ぐる行列も面白い。さま〲の虫の音の垣根のあたりに聞えるも、誠に哀れが深い。長い夜もすがら、そよ吹く涼風を窓にうけながら、燈（カヽ）を挑げて、英雄の傳記など讀むのも面白い。かやうな時には、ふと歌でも文でも、書いて見ようかといふ气が浮ばずには居られない。

115、親友の必要

参考

朋友は沢山あるが親友は少い○嬉しきにつけ、悲しきにつけ、語りあうて慰むものは親友より外にない○親兄弟にでも語られぬ事も、親友は打明けて相談ができる○親友は金銭財宝で得られない実際の宝である○親友のない人ほど、寂しいものはあるまい○一人の親友は、多くの親類や百人の友を得たよりも勝ってゐる○親友はどうして得られるか○識音を以て交る○相戒め相勵ます○艱難には相助け歡楽には共に喜ぶ○刎頸（フンケイ）の交、断金の友○休レ道（ヨイフヲ）他郷多（シト）ニ苦心（辛）ー。同袍有リレ友自ラ相親ム。柴扉（サイビ）暁出（ヅレバ）霜如シレ雪ノ。君ハ汲メニ川流ヲー我拾ハンレ薪ヲ。

116、早起（帝国女子讀本）

毎朝五時に起くる時（人）は、七時に目を覺す人よりも、一日の中に二時間の得ありて、一年間には七百三十時間の得となるべし。若しこれを五十年間につもれば、実に三萬六千五百時間の大いな〔りな〕る得となるべし。朝早く起くるは、時間の得となるのみならず、精神身体ともに壮健になりて、其の務むべき業も大いには【か】ゆくものなり。故に古人も早起は家を起す基なりといへり。されど、又いたづらに早【起】すのみにて、日高くなるまで顔も洗はず、髪も梳（クシケズ）らず。うか〲として何事をも勉めず、時を過さむには早起のかひはなかるべし。されば人は、朝早く起き出で、暇を惜みて、それ〲事に將に從ふべし。

いとほしさ（フビンサ、カハユサ）、

123、夏の楽（貝原益軒）

夏もやう〳〵深くなりぬれば、木として茂らざるはなく、草として栄えざるはなく、日々に物を引き延びるやうに見えて、一向に緑の色深き夏木立こそ、花にもをさ〳〵劣るまじけれ。春の花は處々に咲きて稀なり。夏は山も里も、ありとしある草木毎に、うちはへて皆緑の色あれば、春に異なる眺なり。種々に植ゑ集めて、なづさびし前裁（栽）の草木なども、雨を帯びておの〳〵その梢を顕し、所へ（え）顔に心に任せて、生ひ茂れるも嬉しと見ゆ。昔おぼゆる花橘の薫れる夜は、追風もいと懐し。早苗とる頃、田家は雨を持ち得て、忙しく賑し。其の頃遣水（やりみづ）の邊に飛ぶ螢の、音もせて（で）すだくを見れば、啼く虫よりいと憐れむべし。夏山の气色、青み渡りたる高き峰、大空に連りて雲の外に聳えたるを、飽くまで見るこそ、殊にすぐれて快き眺なれ。白楽天が「眼を放（ホシイママ）にして青山を見る」といへるが如し。水無月の頃になりぬれば、端居（ハシヰ）の風親しく、わらふだ（し）きて居るも快し。池の心深く、蓮華（ハチスバ）の濁にしまずして、花なくて風に匂ひ渡だにも、異草に勝れたり。ことに、花のゑみの唇開けたるは、所せきまでかをり満ちて、世に似るものなく清らかなり。　涼を追ひて木蔭に休ひ、木々の下風のなづ（つ）かしきに、清き泉を掬（ムスビ）び、夏を忘るゝ心地も潔し。光多き夜半の月を清き、水に宿して見るは更なり。遣水の音など聴くも、いみじう心行くばかりなり。日頃經て、暑さ堪へ難きに、夕立の一しきり渡りて、名残涼しきもいとこゝろよし。

前裁（栽）（庭の植ゑ込み）、
なづさふ（なれる、なじむ）、
五月まつ花橘の香をかげば昔の人の袖の香ぞする（古今集）、
わらふた（だ）（藁で作れるしきもの）、
はちす葉のにごりにしまぬ心もて何かは露を玉とあざむく（古今集）、
遣水（ヤリミヅ）の音（流水を引導いて、庭に流しやる水をいふ）、

124、除夜（大和田建樹）

日も暮れぬ。神棚に神酒（ミキ）供へ、御（ミ）あかし捧（ア）げて家内打ちより、隔てぬ膳（ゼン）に向ふこそ楽しけれ。一年の内、毀譽褒貶（キヨホウヘン）定まらず。昨日の味方は今日の敵となる世に、変らぬは家内の愛と神と君との恵のみ。小児は明日歌はむとて君が代の歌を口ずさむ。おのれは酔ひ心地に膝（ヱ）を容るるの安きになど歌ふ。さるにても、貧しき家の今宵やいかならむ。

125、雨後の田家（仝上人）

五月雨霽れたり。日影待ち居し草葉の色、梢の色、梢の色、植ゑそろへたる早菊の色、何ものかうれしからざらん。笑顔ぬれたる百合の花には、白色の蝶来りて落花の如くひら〳〵と飛ぶ。

菅笠かぶりたる女の二三人並び居るは、あまれる水に流れんとする苗の根など、さしとむるにやあらん。今二三日も待ちなんには、この日和にもあふべかりしを、袂も裾もしとゞにぬらして田植しつらんことよ。藁の軒には、蓑、笠ほしかけたるも見ゆ。麥やらん米やらん、莚に入れたるをひろげ居るなど、誠に畵の如し。

忘れぬべし。或は海邊山遠き眼界ひろき眺は萬戶候の富にも勝れり。又その里の名産に異なる味を試みるなど、その楽しみかはぞや。
すべて勝地に遊びて見聞することは、唯、一時の耳目を悦ばしむるのみならず、幾年經てもその時の有様思ひ出でられて、楽きはまりなきものなり。」

よすが（便利、タヨリ）
萬戶候（萬戸

122、近郊の秋色（正岡子規）

朝日、障子にあたりて、蜻蛉の影暖かなり。世の人は上野、淺草、團子坂と、うかるめり。吾も出でなむや、出でなむ。病のつのらばつのれ。待たばとて、出て（で）らるゝ日の来らばこそ。
「車呼びてこよ。」といふ。軈て归りて、「車は皆、出ではらひたり。遠くに雇はむや、といふ。さまでは。今日の日和には、足ある人ぞ、先づ車にて出でたる。」と笑ふ。一時过ぎて、車は来つ。車夫に負はれて乗る。成可く、静に挽かせて、
鶯横町を出づるに、垣に咲ける、紫の、小きき花の、名も知らぬが、先づ、目につく。空忽ち開く。村々の木立、遠近に連りて、右には、千住の烟突、四つ五つ黒き烟をみなき（ぎ）らし、左には、谷中、飛鳥の岡つゞきに、天王寺の塔聳えたり。見渡す限り、眉墨ほどの山も無ければ、平地の眺の廣さ、我が国にては、これほどの處、外にはあらじとぞ覺ゆる。　田は半は（ば）、刈られたり。刈りたるは皆田の縁に竹を組みて、それに掛けたり。我が故郷にては稲の実る頃は、田の面、乾きて水無ければ、刈穂は悉く、地干にするなり。この邊の百姓は、おとし水の味を知らざるべし。われにはこの掛け稲が珍らしく感ぜら、榛の木にかけたるは、殊に趣あり。その上より、森の梢、塔の九輪など見えたる、更に面白し。
道の邊に咲けるは蓼（タデ）の花ぞ最も多き。その色の老ひて、はげかゝりたる中に、ところ〴〵、野菊の咲きまじれる様、いとうれし。　我が車の響に、野川の水の、ちら〳〵と動くは目高〔き〕の群の、驚きて逃ぐるなり。目高を見るは、野遊のめあての一つなるを、なべての人は、目高ありとも知らで、过ぐめり。世に愛でられぬを思ふにつけて、いよ〳〵、いとほしさぞ優るなる。小鮒にやあらむ。すばやく、逃げ隠れたる憎し。たま〳〵蛭の浮きたるは、なくもがな。
かなたより、人力車来れり。見れは、男一人乗りて、前に藁（ワラ）づとを置きたり。その端より黄なる宝の、漏れて見ゆるは、蜜柑か、金柑か。一足、町を離るれば見るもの、みな雅なり。
柿の木に柿の残りたるは、あちこちにあり。烏瓜（カラスウリ）の蔓に、赤き宝の一つだに、残りたるを見ず。
目高多き小川に过。
童二人、とある門の内より「人力、〳〵。」とわめく。
諏訪神社の茶店に休む。日傾き、風、俄に、寒くなりたれば、興盡きて归る。

さまでは（それほど迄には、しないでも良し、）
九輪（塔の頂の露盤（「ロバン」）の九層ナルモノ）

學校に至れば、ストーブの石炭、花の如き焔を散らして、教場に待ちをるも嬉し。休みの時間など新聞を持ちながら、片手して、椅子を近づくるに、生徒は来りて、親しく物問ひなどする折もあり。窓の外には、普請（フシン）の事ありとて、大工ども集り居つゝ焚火を取り巻くも見出されたり。

さるにても、此の暖き光をよそに見て、橋の下にふるへ居る親子やいかに。

128、夏季の學生（高山林次郎）

楽しきかな、夏季の學生や。學期方に終を告げ、六旬の休暇、一塵の身邊を累（ワヅラハ）すなし。身は輕鳧（ケイフ）に比し、心は流雲の如く、西に、東に、舟に車に、將に都門を去らんとす。あゝ學生諸子、それ何處に行かんとする、誠に艶羨すべきかな。吾人夏季に遭ふ毎に、切に懷往の情に耐へざるなり。今や身世倶に移り江湖の風月に負（ソム）く茲に幾年、せめて遥に諸子の楽境を想像して、聯力、懷を遣らんかな。
それ天地は大人物なり。山水語らず、日月言はずと雖も、夫の能く自然を観る者は、其の高仰ぐ可からず、其の深俯すべからず。漠然限なきが如きも、渾（コン）然として全く茫々意無きが如きも、しかも鑿々として味あり。星辰の大、毫絲の微、布置則あり、運行度あり、雷霆（テイ）時には怒れども地動かず。風雲時に號（サケ）べども天常に澄む。悠然して彼の蒼を仰げば虚しきが如く、滿つるが如く、情時に佛（怫）鬱、意時に蕩逸、或は怡（イ）懌（エキ）虚無なるが如く、或は縦横卓犖（タクラク）なるが如く、气象萬千、意料究無し。顧て人間を眺むれば拘々切々、獨气途に薫蒸す。眞に慚死すべきなり。是を以て大人は常に自然を師とす。自然を師とするものは、自然を解する法を知らざるべからず。自然を解する法唯己を虚うするにあるのみ。山岳の瑰琦、河海の浩茫、風雲、雷霆の奇観心を虚うして、是に対する事久しければ、一气自ら恍惚として、直ちに造花（化）の枢機に参し、身世共に遁れ去りて、天地我と一体たり。忽然として烟火の境に归るも尚、气廓遼遠、雄心腹に滿つ。是の間一物の微、杳（エウ）として語る可からざる者あり。彼の磅礴渾茫、直ちに天より下り、父師に由りて立たざるもの、神聖雄奇の極に参して、反って正々堂々に归す。達人の事業亦是の如きのみ。人は法を造り、而して法に苦しめらる。大人物は常に法を天則を遺（ワス）れず、顧みて彼の自然に學ぶ。是を規し、是を矩し、朝に一头を抽（描）き、夕に一角を畫するもの、そは墨【士】・槧（ザンジン）人の伎柄のみ。　能く自然を解するものは、常に能く自然を大観す。幽溪・小壑の奇を喜ぶもの、未だ與に天地の大文章を語るに足らざるなり。所謂奉（泰）華の三峯、直ちに天と接する底の壮観は、断橋落澗の景に見るべからざるな【。】山はその高きを欲し、水は其の廣きを欲す。千峯趨り、萬巒走り、環繞、周匝（サウ）拜するが如く、揖するが如し。矗（チ【ヨ】ク）立萬丈、四海を瞰視して是に臨むもの、眞に天地の雄物に非ずや。若しそれ煙波浩蕩、千里一碧、一旦空回り雲昏く、海水、天風渙然として相遭ふや、濆薄、吹盪、渺々として際涯無し。萬頃の波瀾注げば則ち天紳となり、立てば則ち岳玉となり、澎湃、動蕩亦眞に天地の偉観に非ずや。大人物の

玉蜀黍の地を離るゝこと四五寸、茎を薄位にして、そよ吹風にゆらるも涼しげなり。それに境せられたるかなたの畑には瑠璃の玉を見せたる茄子あり。勢よくこなたに生ひ立ちたるは唐辛子(タウガラシ)なるべし。我風の身にしむ夕、もゆる如き紅の色を見るべき望もなきにあらず。水のおもては波静かにして、魚も躍らず、身も浮ばず。たけたかき少女のこゝちして、友まちがほに咲き出でたるは杜若(カキツハタ)なり。影を倒にせる柘榴の花、火より赤し。
日はやうやう天に中して、炎光人間を焼かんとす。蟬の声松上に聞えて昨日の夕の静なるに似ず。午後に至らば、雨を戀ひんとする人もあるべし。雨もとよりにくからず、晴の日こゝちよさ、またいふべくあらず。名残の露水晶の如く、日の光黄金に似たり。

126、國民性（芳賀矢一）

我が日本國は、气候は温和である、山川は秀麗である、花、紅葉、四季折々の風景は誠に美しい。かふいふ国土の住民が現生活に執著するのは当然である。
四圍の風光の吾等の前に横たには居られぬ。現世を愛し、この世の生活を慈しむ國民が天地・山川を愛し、自然にあこがれるのも当然である。この點に扵ては、吾々は天の福徳を得て居るといって宜しい。殊に日本人が花鳥風月に親しむことは、吾人の生活、いづれの方面に扵ても上代に扵ける衣・食・住は多くは、我が國土に繁茂して居る植物界から、材料を取った。木材で家を造り、藤・葛を以てくゝりつけ、楮(カウゾ)でしろたへ、麻であらたへを作り、草木の汁でそれを染めた。蔓草を取ってたすきとした。日本の娘の模様のはでやかなことは、西洋人の著書にも、いつも嘆賞してあるが、日本の秋の色を見れば、それよりも尚きれいである。それ故に、衣服にもやがて染まつて来るのである。昔のしのぶずりも、今の裾模様もつまり同じことである。菊や櫻や梅や牡丹を大きく染め出した友禅縮緬(イウゼンチリメン)。下駄の鼻緒の先迄草木花模様で飾ってある。
色合の名称も、櫻色、桃色、山吹色、葡萄色など澤山ある。中古の女装束の櫻重ね、山吹重ね等も、四季折々の花に因(チナ)んだのであった。
やさしい女流のは、当然ともいはうが武士の、戰争に出立つ甲冑にも小櫻威(コザクラヲドシ)、澤瀉威(オモダカヲドシ)など、いかにも優美ではないか。旗さしものにも蝶や笹龍膽(サゝリウ(ン)ダウ)や澤瀉をつける。皇室の御紋も菊桐で徳川家は葵(アフヒ)である。
今日の家々の家紋にも、桔梗、櫻、梅鉢、牡丹、蔦、藤、松の類が最も多い。

しろたへ（白布）
あらたへ（粗布）
しのぶずり（古代に忍草の茎や葉を種々の色で摺りつけたもの）

127、火のそば（大和田建樹）

冬は火のそばこそ楽しけれ。埋火に炭さしそへつゝ、思ふどち語り更すはさらにもいはず。風吹き乱て寒き日ぐらし、炬燵(コタツ)の上に好ましき書どもおき并べて、かれやこれやと讀みゆくなど、心の楽しみ、又いふべからず。

は、支那海岸、南洋諸島邊までには、屢々出かけて、軍などをさへやったのであります。

130、朝顔（徳富蘆花）

かはゆきは、庭の我等が朝顔なり。昨日の暮に數へしは、一つもたがはず咲きいでぬ。瑠璃(ルリ)のいろ三つ。小豆色(アヅイロ)五つ。えび茶のやうなるが四つ。紫天鵞絨(ムラサキビロウド)のやうなるが九つ。その外なほ多し。いづれを美しからずと眺め捨てむや。葉かげに潛めるは少しく恥しげなり。寝姿も見せず行儀よく打ちゑめるは、我等の手本にもすべし。鉢なるは、蔓短くして花も少なければ思ひしよりは大輪なり。棚に纏はれるは、長うして数も多し。我等があらき手に育ちながら、よくもうる【は】しく咲き出でしかな。筆の穂に絵の具少しく著けしやうなるは、明日の朝を喜ばしめむこと今より見えたり。嬉しや又早く起きて見む。釣瓶(ツルベ)は取らねど、唐桃(カラモモ)に手伸したる心ありげなり。如何にすらむ、このするを見ばや。

131、春の朝と夏の庭（大和【田】建樹）

鶯のしきりに鳴くは、うしろの藪なるべし。起き出づ頃は、春の霜半消えて、日影はや庭にあり。寝心地(ネゴコチ)のよき頃にもなれるかな。豆腐賣る声は、今【ぞ】門を〔ぞ〕過ぐる。いつしかわが庭に夏は来りぬ。小手毬(コデマリ)〔毬〕、盛りやう〳〵過ぎて、櫻の実は乳兒(チゴ)の指ほどに、こぼれそめたり。物置の長椅子とりいだして若葉の下風にふかるれば、子供は、袂を襷(タスキ)にかけて、金魚の池ほるとて、庭の片すみに集る。

132、教育の楽

天下の英才を得て之を教育するは無上の快楽。たとひ英ならずも子弟を教育するは一大快楽である。自然の変化発達を見るも一の快楽、まして自己の力に由りて子弟の進歩発達するを見るは大なる快楽である。予は此地の教育を助くる者である。予は人を善に導き、人の知を開く者であると自覺したならば快楽を感ぜずして何を感じようか。教育は最も高尚なる職務である。他利的の業務である。而して予、今その職に當る、楽しからうではないか。教育は最も困難なる仕事、最も工夫を凝らして能く目的を達したならば、一大滿足を感ずるであらう。教育は社会の文明と密接なる関係を有する。其の文明的事業の一分を擔任する我々は実に楽しいではないか。　教育は国運の隆替と相関するものである。教育の事業は快楽の事業といはねばならぬ。

佛者曰く、「人皆佛性を具ふ、而も迷ふが故に凡夫である。悟れば即ち佛である。」と。教育の事業は本来快楽の事業である。然るに迷ふが故に覺らざるが故に教育の事業に當りつゝ快楽を知らない。これ教育事業が

規度多く茲に出づ。顧て人生名利の巷を望めば、誰か、其の孑々焉（ケツ〳〵エン）たるに驚かざらんや。

書はよく人を教へ、自然は能く人を造る。社会は能く人を制裁し、自然は能く人を解放す。人をして能く其の本に帰らしむる者は自然なり。

社会も亦時に自然に帰るを要す。自然は何れの時代に於ても、進歩の動機にして、進歩の標準なればなり。

夏季の學生は自然の友たらざる可からず。實際の人生に入るにさきだち、出来得るたけ自然の啓沃に接せざるべからず。それ未来に於て、青年の純潔と大望と理想とを活現する所以なり。吾人僅に穢滓（アイシ）を遠去してその風露に鳴く、喩へば秋蟬、候蛩の如きもの、眞に恨事とすべきなり。

渾然（差別のない貌）、

鑿々（鮮明の貌）、

槧人（文筆の業に従ふ）、

渙然（かゞやく貌）

孑々焉（孤立してゐる貌）

129、航海（池辺義象）

山に居る獣は海といふものを知らず。偶々水に放ば直ぐに死んでしまふ。海に住む魚は山といふことを知らず。丁度でも陸に上げると死んでしまひます。人ばかりは、海辺に居ても山を知り、山里に住んでも海を知り、波を蹴て大海を渉ったり、巌を踏んで高山に登ったりするのは、言ふまでもなく、人間が獣や魚と違って、貴い處でありませう。

この世界は、海と陸と、どちらが多いかといふと、誰でも海の部面の方が廣い（こと）を知って居ります。ですから、此處の陸から向うの陸に行かうとするには海を渡らねば行かれぬことが多い。そこで早くから舟といふ便利な物〔な〕〔もの〕を発明して自在に好きな處へ漕ぎ渡るのであります。亜細亜だの、亜（阿）弗利加だの、欧羅巴だの、亜米利加だの、我々人間の住んで居る陸地は、天然自然の理合から、處々に別れてをりますが、此等の間を往来して、我々人間が一体世界にどういふ風にして暮して居るのか、善いことがあったら互に取りあひ、教へあって、面白く愉快にやって行かうといふには、是非船の力を籍り、海にたよら【ね】ばなりません。ですから人間は生れて来ると共に航海といふ必要があります。若し終生この海を渡るといふことをせない人は丁度獣が山にばかり棲んで水を知らないのと（同じ）理屈になって、まことにはや人間の霊智の大部分を自ら棄てた者といはねばなりません。それも大陸に生れたものは、まだしもですが、我々の日本国の如きは、実に一つの島国であります。圖を披（ヒラ）いて御覧なさい。四面共に海に圍まれて、僅に數里を歩けば直に海に出る。何んの事はない。丸で海岸に住んでをるやうなものです。日本といふ一つの港にをるやうなものです。日本全体が、海岸が（で）あり、日本全体が港であるからには、我々は大陸の人間よりも、一層航海といふことに、熟練せねば相済まぬ譯であります。ですから船といふものゝ極めて不完全な時代から我々の祖先は、相互に海上の修業をしたものであり、今より三百年以前の昔に

快楽ではない、唯其の快楽たるを覺ら
ないのである。高等の教育は多く學術
技藝を授くるのである。人格に影響
を及すのは寧ろ初等と中等教育である。
随って教育の眞の味は初等と中等の教育
にあるのである。高等の教育に□□□□
學問の楽が□に増して来る□□□□
楽は中等以下の教育に及ばな□□□□□□
學校の教師こそ眞に教育の楽□□□□□
が出来るのである。どんな田舎に居ても□□□
快楽を感ずることが出来る。
もし又自己の教育したものゝ中から抜羣の
人物が出たならば、戰争に於て偉勲を
奏した者、學者となって新発見を遂げた者、
政治家となって名声を揚げた者、実業家と
して大に成功した者等が、自分の教へ子の中
から出たならば其の快楽はどんなであらう。
而してこの快楽は教育者の獨占する所であって、
他人の決して味ふことの出来ぬ快楽である。
教師の生活は快楽の生活である（教師論）
教師の生活は快楽の生活である（教師論）

哲學 Philosophy

日文辨識／栖來光、安溪遊地

第二學期分

哲学　二付テ

師　三

陳

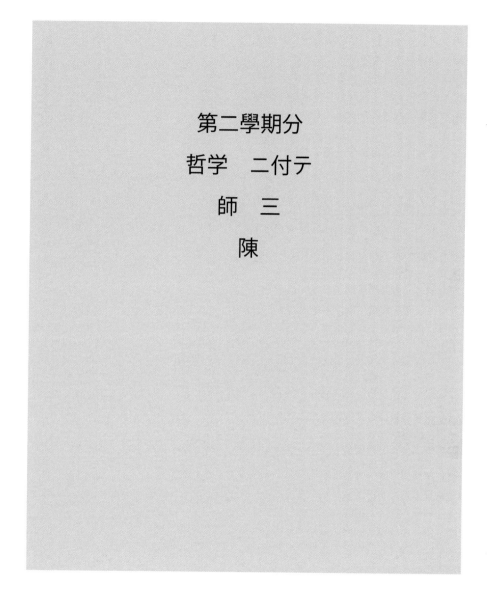

哲学概論二付テ　武田信一講師

9.29

第1章 哲学の意義及びその立場
第1節 哲学の起源及ビソノ意義
哲学即チPhylosophy（Philosophy）、トイウコトハ即智慧ヲ愛ス
ルコトヲイフノデアル（6641）
語源本来ノ意義ダガ厂史上二拎テ始メテ
用ヒタ人ハクレオス氏アルトイフガワマリ愛智
マア所謂ソクラテース氏ガハジメテ用ヒタ。
紀元前5世紀Sokhist（Sophist）（ソフィスト）デナイ。自己
智識ヲ持ッテデナク（philosophos）智エヲ無
限追求スルイミデ、故二哲学ノシサクハ特定ノ
智識ヲ所有スルノヲ目的トセズ、素人（知ラウト）努力ス
ルソノ過程ガ目的デアル。
哲学精神ハ即奮励努力精神デアル、
即努力ノ連続トイヘルガ
ソノ根底トナリ此ノ哲学的努力ヲ管タン（簡単）
二原因スルモノハ吾人ノ不息ナキ知ラン
トスル即自然二ウヱツケタ智識欲ノ存
在デアル。（実用的ヲハナレテ学欲）
然ル二へ凡ノテ物事ヲ智ラントスて前二ハ
疑惑ガ起リソレ二対スル瞬間イシキ二ハ
種類ガアルニシテモ驚駭（Process）
ガ結付ケル　例新事実が生ズ　ソシテ　ソレハ吾々

ハソノ存在ト確実ナル実事性ヲ有スルニモ拘ラ
ズ今迄ノ吾々ノ経験ノ中二取入レルコトガ
出来ナイ。
吾々ハ今迄ハコレダケノ世界ト考ヘテキタコト
ト一致サレナイ場合＝（眞ノ哲学的ナ感
性）即チ驚駭ガ起ルトイヘル
故斯様ナル感性ハ吾々ノ世界形象二拎
ケル調和ト統一シ（ソレハ勿論莫然ト考ラレテヰル
二過ギナイガ）
而シテ莫然タル要求ハ判的ナルイシキ二統一
シタルモノハ即之ガ哲学デアル
コレ故二古クプラァトン氏（Platon）アレストレェス
（Aristels）（Aristotle）氏モ人ハ驚駭二拎テ
哲学スルコト始メトイヒ
近世二拎テモ　テェガルト（Descartes）、トヘェ
バレル（Herbart）モ義ハコソ始メテ哲
学デアルトイッタ
サテコノオドキノ活性イシキノ実ニイシキト結ビツ
ケテ何モナイトナルコトニナルコトガアル
コノ実在ノオドキ二対シテハ自己ノ味方カ、敵カ
ト考ヘテ何モナイ考ヘル事ノガアル
之二対シテ次ノオドキ二対シテハ
当然ナルモノデナイ　ソノ新シキカン

ショヲドウシテモ　自己ノ世界ニ入レザルヲエ
ナイ。　コレハ別リノ実窮　オドキア
ソレテ之ハ吾々ノ全生外（涯）ニ通ジテノ驚駭
デアル。
人ノ思惟ガ無限ニ進展ニツヅク　カツデ
無イシキニツイテノ傳導（統）ニ、　　或ハ無理解
ニ満足シタ宗教限（権）威ニ満足シナカッタ精神
ハ必ズ何モノハ何モノヨリモ等キモノダ
ト思フ。
コノ日常ノモノ既ニ知レタルモノ、
傳承的ナモノニツイテノ驚駭コリ哲学
的本来ノ起始デアル
此故ニ哲学ハ革新的ノ仕事デアルトモイフル、
抑々吾々人間ハ中心ヲ持ッタ　有機体デアル
統一アル人物者カラシテ自己ヲイシキスル
コノ自覚ノ統一ニ捻テ自我ノ観念ガ生ズル
統一スル我ト統一サレル雑他ナ内容
ソノ後者ヲ世界トカ、モノトカト呼ブノキコノ、
吾ト物、精神ト世界トガ成立スル、
自我ハ世界ヲソレゾレ自己ノ立場的シテ之ヲ
統一スル
而シテソノ統一サレル内容ガ豊ニナレバ
ナルダケ自我ガ拡大サレル

之ガ社会観デアル。
故ニ如何ナル人デモ自己ノ拡大シタル
智エヲ求デイカウ、
世界全体ニ対スル　又ハ逆ニ人間ガ社
会ノ中ニ捻テ取ルベキ所ノ□里ニツイテ
モ、何カノ一理解ヲ何ラカノ形ニ捻テ
画イタモノデアル。
オトギ話ノ世界ニシテモ、神話ノオト
ギ話ニシテモ、　　又宗教的教義ニシ
テモノ世界観モソウデアレ
然ソノ場合　精容（神）ノミデ、一際ノコト
ガ考ヘラレルト思ッテ、
又ハ逆ニ物質ノミガ主トナルモノニナル
トカ色々ニ考ヘラレルガ、ソノ中ノ吾
ガ世界中ニ捻テ取ルベキ立バ（場）考察ガ自己
ノ内面ニ向ッタ場合ニハ　ソコガ世界形
象ニ対シテ人生ノ象（像）デアル。
詩人ヤ藝術家ノ作品ノ表ハレノ象中
又労働者ノ表ハレモ兎角所人生観デアレ
現人アダムト呼バレテヰル三千年ノ人
間思想ノ厂史ハ倒レテハ立テラレタ
無数ノ世界ノ人生観ノ継續トモイフ
□ソノイヅレニシテモ他ヲ十分ニ引ギ

向續的ニ考フベキ体系ハアリ得テヰナイ
トハ言ヘ、吾々ハ　ゲエテノ　シラート共ニ（Schiller）
吾々ガ哲学的思考ハ普通ニノ常短ニ存ス
ルトイヘルト思フ。
然ラバ　斯カ、哲学的シラーノモノカラハ
如何ナル国ニ於テ如何ニ始メラレタコトデア
ラウカ（哲理的厂史起源）以上、

社会ノ厂史ヲ説クトキニ多クノ文化国民
ハ各自ニ独立ニソレゾレノ哲学学問ガ発
遺的ガソノ起原ハ　紀元前600年
小亜細亜ノ西海岸希ノ植民地ニアル
コトハ異義（議）ハナイ（学界ノ定呼）、
元ヨリ吾々東方ニソダテレルモノニ取ッテ彼
ノガンジス（Ganges）ノ流レニ静観的
ナメイソウノ光ガ彼ノ印度ニ於ケル哲学
的起源ヲ　彼ノKarl（カール） J oël（ヨイル）氏（独人）
ノイヘルガ如ク　ソレハ吾々ノ古代デハナイ
ガ故ニイフガイフ毎ニ間却サレルコトガ許
ガレナイデアラウ、
然シ更ニ方面ヲ変ヘテ有名印度佛教
研究家イントブルヘヒ氏ノ例ヲアゲテ
印度ノ文化ヲ不運ニシタ智ナル有（唯）一ノ

ノ物テダタ生命ノ生々ヲ欠イテヰル彼ノ
社会デアル
此ノ宵更ノ中ニ目醒メサスモノニ対シテ希ノ
哲学デアル
希ノ哲学ハ実ニ欧ノ最先ノ哲学ダ
讃（賛）成サレルト思フ
然ラバ最初ノ自負ト如何ナルモノデ
アルカ、
之ヲ文化史的ニ見テモ希ノ先進国ニ
ハバビリオン、テンリイキャア、波斯
人、エゲ海（多島海）ヲ中心トシテ之ニ
物質文明ヲ交換シタモノニ拘ラズ
科学ニ対シテモ、神ニ対礼拝、
神話的見カイ（解）モアッタ、
斯カル神話的宗教的、思索モ
一種ノ智的反省デアリ、
又彼ノバビロンノ行動ヲ追求シテ
彼ノ天文ヲハカリ、（埃及ノピラミトモ）
或ハナイルノ濫汎ヲ理整シタコトヲ
一種ノ学問デアル
当時ノ交通ニ拾テ希ニ通ジテトッタ
コトハ不思議ハナイ
彼ラノ先進国ニ於テ　哲学的誕生ガ

	キセラレタノカ
	ソレハ彼ガ先進国ノ学問ハ実用ノ為ニ
	生ジタ技術デアッテ
	ソレノ関心ハ事物ノ審（真）理デハナク、便宜
	ニ即チ結果ノ用不用ガ問題デ部
	分ニ進ンデモ　全体ニ於ノ不遍的
	方法デ　ツマリ　彼ラノ眞理ノ為ニ
	智シキノ知ランノ為ニ求メラレタモノデア
	ル勝利デアル。（theorie）、
10．6	彼ラノ希先国ノ学問ハ純スイナ学的智
	シキデハナク　原理カラノ説明ハシナカッタ
	実利実用デハナクテ純スイニ智シキノ為トイフ
	為ニハ元ヨリ豊ナル惠マレタル心（物心量法）
	ノスコゥレェ（Schole）＝（間暇ナリ）＝school=schule、
	（所謂内面的ニ働クコトニナル）
	多島海ノ　（小賈民）希人ダチニトツテハソノ土地
	ノ先住民ヲ勝取ル先奪的活動ヲ得テ将
	来ノ
	ソコニ於テ先進ノ文明内容ヲ取入レテ
	然ルニ一方当方ノ政治社会方面デハ古
	思想ガ倒レ新個人ノ革新ガ表ハシ、
	アリトブラティ（貴族）　ト　民衆トノ事ガ
	オコリ民衆ニ本ヅキテ　傳導（統）ナ君主

	デハナクテ実権ヲモチ　智権ニヨリテ政界ヲ
	治メテキタ。（民
	精神的、藝術方面ニ於ハ紀元前七世紀ノ
	叙事詩、七世紀後ニナリ叙情詩ガ出テ所
	謂主人ガ主感（観）ノ内容ヲ流用シタ物デアル（支ノ如）
	動運セル世ニ於ハ外界ニ於内的世界ヲ
	改決シ導クニハ要求メラレタガソコニ表ハレタ
	タールス（七賢人）ガ七賢人ハ云ハレテ宗教
	的傳導（統）カラ開放サレタル将来ノ神話的
	宗教ニ反省ノ目ヲ向ケ
	ココニmythos（神話）ニ対シテLogosが表ハレ
	哲学的反省ニナル
	斯カル□動ヨウニ対シテ自覚自宮ノ文化ノ中
	心ヲ其当時経整シタノハユオニヤ（milet
	-os）植民地ノミレェトスデアル
	ココニ哲学的基楚（礎）ガ表ハレルノハタレース（
	Thalesニ関スル文ケンガ残ラナイガ
	ダガ七賢人ノ士目デアッテ当件ノスグレ
	タ政治家デアル（天台（体）ノ観測
	アレストレエスノ外カラ知ルノコトハ吾々ノ見ル物デ
	ハ凡ベテノコトハ変化シテ生滅ヤマナイノデ
	アル。

	吾々ノ見ル物ノ萬物ノ元ニナルモノハ何カ
○	ト答フニ答フニ「水ナリ」トタレス氏ガイッタ
	リノ元ノ物ガ「水」デ空キ火デアッテモカマ
	ハナイ
	吾々ノ尊ベキコトハ変化ヤマザル皆ノ物ニ統
	一的一貫セル或物ガアルコトヲ感ジタ
	㸃アル。
	ダガシカシ吾々ガタレス以前ニ紀元前
	八百年位ニ希ニ星辰ノ変化ノ根本ニ統一
	的ナ実在物アルト発見シタモノガアル
◎	ソレハ詩人ナル　ヘシオトス氏（Hesiodos）
	ヲ中心ニシタ詩人ダチノ世界観ハサウデアル
	ヘシオトスナルハ山水草木ハ神ソノ物ガ
希ノ哲	表ハレル神格化ノ寓（偶）像ハ見ラレルカラシテ
	神ノ偶像ヲツクルノハ宇宙ノ改革ニアルノデアル
	即宇宙開闢論デアル）
実例	テオ（Theo）ニニヤハ　genera ノ改革ニナル
	Chaos（混沌）　Gaia（大地）Gros（生ムカ）
	愛ノ）ノ三ツノ物ガアシテ ツマリ
	Gaia（大地）カラシテ Uhranos（天空）ガウマレル
	ソノ次ニKhronos又ハSeus-Jupter[Zeus-Jupiter]ガ生レタ
	ツマリ　ヘセレオトスノ一派ガ生成物ヲ求メ
	テ生成統一的ニ求メタノハ神ノ力デアル

◎	然ラバ両者　相違㸃ハ何デアルカ
比較 ○	詩人ダチハ宇宙ノ物ヲ厂史的時間的
	ニ求メテ斯カル物ハダレカラ来ルカト
	考ヘテヰル
○	ミレイトス（即　タレス　時空的デハナク、
	概念的論理ノ元ノ物、即社会ノ
	原理ハ何デアルカハ求メ方ニチガフ。
	ツマリニ本質的ニ宇宙ハ本ノ物ハ求メ
	（ネンチュア（Natura）（Nature生成））
○	テ行ッタ㸃哲学者ノ特イトスル所デアル
	概念的ニヨリテ論理的ニ求メテイク
○	事ハ即チ　学的思惟デアル
	ピユストイフ人ハ即チ　元ノ物眞ノ姿ソ
	ノ物ヲ外界的ニ求メテイクノハ自然
	的哲学者デアリ
	之ヲ内面的ニ人生ニ扵求メテイ
	クノハ人生哲学者デアル。
	（前者（自然哲タレス）後者（人生哲ソクラテ
	ス　デアル）
	以上各人ノ哲学的審美的厂史的
	起原ノ結果ヲサグッテキタノハ　哲学ト
	ハ何ゾヤトノ決結サレル、
	哲学トハ日常ノ生活経ケントハ比較

的研究ノ成果トヲ一ツノ　統一ナル
整合的ナル世界観ニ於テ結合セントスル企テラレル意図デアル
○ 即思惟労作デアリ、
ソレハ悟性（利理）ノ要求ノミナラズ心性ノ要求ヲモ
究スベキ物デアル。（ウインタレル大学ノ哲学定義）
コノ定義ヨリモ哲学或定義
◎ ニヨルト哲学トハ世界感（観）及人生感（観）ニ関スル
一般ノ諸問題ノ学的取扱ヲ哲学トイフ
所ノ定義ノ原理ガアルノデハアル。
以上ノ認シキスル物ハ所謂プラトンノ（イテア）
即チ物ノ理想世界デアッタ、目
又アリソテレスハ事物ノ研究、
ヘルテルスハ哲学ハ絶体タ　｝トイフガ要スル
ニ哲学ハ根本的ノ学問トイフコトモ出来ル
以上デハ哲学ノ起原　根本ノ意義ニ
当テタトイフ、
△ 第二節、　哲学ト宗教及藝術
哲学ハ尤モ根源的ナル物デ即絶体（対）的
根本原理、イテヤ、物時代トカ或ハ
無限ナル生命トカ色々ニ呼バレルモノヲ
ソノ対象ニモツガ　根本ノ実在ヲ無限
ナル命ヲ短（端）的ニ無限ナル生命に生化
スルモノハ藝術創作デアル更ニ宗教

ノ信仰的ノモノガアルニチガヒナイ
藝術活動ヲ智的ニ考ヘルト
即藝術トハ何ゾヤ
所謂藝術ノ批判的トハエセ
又ハ宗教的活動トハ即宗教イシ即チ
宗教自己反省並ニ宗教的ニモ哲
学的キソノ研究ハ宗教的ノ学ト
シテ道徳ヲ対象トシ実践（理生
ト共ニ振子的体系ヲムモントシテ吾
人ハココニ於テ扱フモノデハナイ
○ ダダ今ノ問題ハ宗教トイヒ藝トイヒ
哲学的ノ目的トスルコトヲ矢張自己ノ目
的トスルモノデアル。
求メル対照（象）ハイヅレヲ見テモ　本質ニ求
メテイク要件ハチガハナイ
然ラバ宗教ト哲学トノ区別ハ何
ノ原理ニアルカト
即チ　立場トソノ態度ニ立着スルモノ
デアル、シカラバ
立場トハ何ゾヤ
コレヲ一度理カイスルニハ純スイ経験、事実
カラ出発スルノガ適当デアル、
如何ナル所ニアルカ、ソノ目的ハ全クデアル

	ソノ研究方法ト一般科学カラ確定シテイキタイ
10・20	哲学ト宗教ノ續キ
例	立場トハ何ゾヤトイフト純粋系統ヲ説明
	スルニユバガスル落日ヲ考ヘル、ソノスン【瞬】間
	ノ美シク思フソノノ（ト）キ ハ内容ニ及ブ美シク
	考ズル
例	秋ノ空　　色々ノ美シサヲ感ズルニ之ヲ分ケテ
	主ト客ノ対照ガアリ、
	ソコニ判断ガアル　　コノ判断ノ立場ハ
	A=Bナリ。A（主デ）B（客）ニナル　AハBニ限定
	サレル　A=Bト判断スルノハ自己ノAガ限定スル
	此ノ花ハ赤クナル
	判断ノ立場カラ考ヘルト單ニ美シウトカンジ
	第二次的ノ感ズルモノ、　未言カノ全一態ハ
	尤モ根本ナルモノデアッテ何ヲノ規定ノナイ
	状態デアル
(	ツマリAハBニ限定サレルヌソノ判断シナイ前、
	無規定ノ状態　純有デアッテ無デアル（全時ニ）
	無規定ノ状態ハ何と モ表現ノ出来ナイモノ
	即チ忘我ノ界トイフヨリカハ純スイ経ケン
	デアル
	ソレハヨリ一般ニ誤カイサレル様ニ必ズモ
	シンピ的ナエキス（プ）レションニ限ラズ單ニ見聞

	ノモノノ意識シナイ前ノ状態ガ純スイ
	ノ経ケンデアル
	無意識ノ状態デ意志ノ根底ニナル
	ノデアル。
○	ソレヲ意シキスルトハ何ゾヤ
	主モナク客モナイ純スイ無垢ノ二合状態ノ
	統一ニハイシキスル吾々ガアツテモ又ハ
	イシキサレルモノガアルデモナイ。
	シカモソレガ「カクカク」トサレルモノハソノ純
	ナル物ノ根本事実ノ物件ニ潜在的
	ニ働イテキル自己自ラ回テンノカデ顕在
	的ニナルモノガアル（即潜ムモノガ表レル）
	ル純スイナル根本的ナ物トイフモノハ比較
	的ノ静的モノデナク、働ク活動ノ生
	チ帯トベルソンノ考ヘニアルモノデ純スイ
	持續デナク、吾ノ主観ノ撰ビタルモノガ躍進
	サレタモノヲイフ、ツマリ働クノモノ
○	ソノ根本事実ハ自ラ自持シ表現スル要求
	ヲモッテヰル
	ソノ要求ニヨリテ自力カラ分リ（離）シテ発展スル、
	前述ノベゲルノ無規定ノ無デアルト共ニ有
	デアルノ所ノ無デ有デアルトナル

	何ラトモナル自分ノ可能性ノ本質的カラウル
	モノデアル
○	コノ本ノ想帰的モノガ働ク　ソノ働キハ
	分レッスルトフレガ再ビ統一ノ要求ヲスル
○	不安ニ動遥（揺）ヲ起ス　全時ニ安定ニ統一
○	ソコデ前述ノ「イシキスル」トイフノハコノ分烈（裂）シタモ
	ノヲ再ビ統一スルトイフコトデアル
	主ト客ノ分レヲムスブ語デアル
	即チ一度分レタルモノ統一ヲ求メテ
	今根本事実トナルモノハ無限ノ内容ヲモチ
	生命ヲ宿ス
	従ヒテ無限ノ内容表現ノ仕方ハ無数ニアル
○	換言スレバ分烈（裂）及根本事実ガ再ビ
	統一ヲシ引出ス仕方ガ無数ニアリ無限
	＝什多ガ統一サレル
○	コノ方向ノ統一ノ仕方ハ前述ノ立場
	又ハ態度カラ考ヘテイケル
○	故ニ立場トハ純スイ経ケンノ統一ノ仕方
	イシキノ仕方等ガイヘヨウト思ウ
○	ソノ元ノ方ハ１ツ、二ツ、三ツ、ノ幾ツニナル「数
	ノ立場ニ立ッテ
	又ソノ根本ガ何ヲノ事実ガ出ルカ根底ガ
	アルト考ヘルコトハ既ニ時間ノ立場ニ立ッテイフ

	コトデアッテソノモノノ純スイノ状態デ
○	ナイ、　　コレハ即純者デアル
	斯様ニ時間又数ハ純スイノ経ケン
	ノ立場ハ知ノ立場又ハ思惟立場ト考
	ヘラレル
○	ソコデ吾ノ考ヘル物語等ノサイエンス
	又哲学ノ立場ハコノ立場デアルト考ヘラレ
	ル、　　カクテ
	思惟ニアル智シキノ構成ノキソヲナス立場
△	ハ純スイ思惟トスレバ
	ソノ外ニ純スイ経ケンハ思惟ニ対シテ情
	意ト考ヘル立場カラ生線的ニ考ヘ
	ラレル
○	イシキノ内容ノソノ感ジソノモノハ意欲ソノ自
	ラ何ノ感ジデナク、　ソノ特定イシキソノモノ
	即チ　吾ノ　利智デ　思惟サレナイモノヲ
	モッテヰル
○	イハバ純スイ経ケンハ自己カラ主観ノ主客ノ
	全クコ全的静止状態ハ純スイ感情デ
○	アレ、（（純粋思惟＝純粋情意））
◎	純スイ思惟ソノモノトハ純スイ自己ノ経ケンノ
◎	ラ発展、永遠ノ想像デアリ
	純スイ経ケンノ元ノ元動者、即チ

	美学ノ想像即運動ソノモノガ先立ッテ
	即チ純スイ思惟ノ元ニ純スイ情意ガアル
	トイハウ
○	純スイ意志ハ運動ノ根本デソノ純スイノ運
	動ノ主観スル感性ガアルト考ヘラレル
	（純スイ感情＝静止的立場＝純粋意志＝純粋意志）
○	分ケテ考ヘタコトハ元来人間ノ智情意ノ三分ノ
	考ヘハ１８世紀ノ　　　デ
余談	一体人間ノ心理トイフモノハ　特別ノ能力デ
	ナイト・・・　解説スルモノガアルガ
	情意智ハ心理ノ考ヘデナクモ
	以上ヲ以テ絶対経ケンノ說明ニ当テシノ
	態度ヲキメタガ智シキノ対照（象）トナッタ
	情意ハ眞ノ情意デナク
	其レハ抽象サレタ間接的ナルモノデ（智シキニ
	ナルモソノ純スイ意ヲイ）
	變テ前述ノ如ク述ベテ宗教ト藝
	術ハ情意ニ考ヘテハ哲学的ハ情
	意ト
○	元ヨリ宗教　藝術モ智ヲハナレテ思惟ニ関
	係ナイ、クリスリト教ノバイブニシロ、更ニ藝
	術殊ニ文学、就中ブラマガ智的
	要素ヲイカニスルカ

	智的ヲ解カイスルニハドウスカハ
	ハダシテ宗教ノ本意ト根底ガ立テ
	難イ。
○	然テ宗教ノ本質トハ何ゾヤ
	宗教ト哲学ノ関係ヲ考ヘテ見即
	一般ノ言ハレニ宗教トハ神ト人トノ関係ダ
	トイハレ、　ダガ
	哲學デハ或イミデハ究意ノ絶対者
	即根本トイフモノヲ考ヘテ神ト人トノ関係ガ
	アルトイヘナイデモナイ
◎	宗教的ノ要求ト形而上ノ要求トイフモノ
	ハ起源ニ拎テハ仝一物ト思フ。
	人間思想ヲ別ニシテ哲学ト宗教ハ古ハ別
	天地ト考ヘ、又ハニ和セントシテ絶ズ
	接續シテクルノト此ノ原因デアルト思フ
○	然ラバ宗教ト哲学トハ敵関係トイ何故カ
	古ク希ニ拎ケル ホメノス（Honers（Homers）　トイフ擬
	人観）、ハ　普通ノ神トイフモノハ人ト仝様ニ考
	ヘラレルノガ　即擬人神観ハ希当時ノ
	人ニ尤重視サレテヰル。
	当ノヘエラスノ一般的ニソノ何人モ信ジタ
	スルトイ批判ヲ以テ稍々反省シテ攻ゲシタノ
◎	ハ有奮（ユフン））、Xenophaers（エクスノパレス）ノ如キリ人々ニヨリテ

	変リガタルノデナク、有一ノ物デアル、
	何人モ不変ノ物ト考ヘタヘラスガ考ヘタ
○	民間ニ哲学ガ働イテヤガテ宗教ノ一神
	教デアル。
	シカシ眞ノ宗教ト擬人ハ成立シナイ
◎	ピンテレスノ詩ノ中ニ　神ニナラウトモネバウ
	ナ、不死ノ生ヲ望ムナリ
○	斯様ニ人ト神トノ問ヲ超ヘルコトモデキナ
	イヒヤヤカナ淋シイ希人ノ人生観ノ特色デ
	アッタ。
	成程淋シイア【キ】ラメトイフモノハ希ノ北部ニトッラス
	ノ間ニトラッギャニ起ッタ、ジョンロソット神ガ
	（Dionysos ）アル、
◎	コレニ基クオルフェスノ宗教ニアリテ所謂エクス
	パース（脱魂　忘我説ガ唱ヘテ無著衣
	ノ男女ガカガ【リ】ビヲアゲテ山中ニ廻ル宗教ガアッ
	タ、　コレハ神ノ永遠ノ幸ニアリテソコニ永遠ニ
	霊魂ノ不滅、又ハ輪生ノ教考ヘガ
	希人ニモ生ジテ人ト神ト界域ガ除
	カレタトイヘルガ
○	ソシテジョネスモスノトラッギャニ入ル前ニハ
	ゲシイ反抗ヲ受ケタニ拘ラズダンダン廣ッテ
	トウトウ国家宗教ニトリ入レタトハイヒ乍ラ

	矢張リソレハ純スイナ宗教トハナリエナイデ
○	ムシロアイスレス↓
	宗教時代ニナラナイデ悲ゲナ藝術ニナル
	希ノ目ザ（サ）ナイ　ポロティンス等ノ深イ哲学ノ根
	幹ヲ↓Pythagoras , Platon , Plotirros（Plotinos）,
	欺カルモノヲ培育シテイクト考ヘル要ガアル
10.26	希ニ拎ケル霊魂不滅ノ思想ハ全クジョネス
	思想ニ宗教ニ拎ケル神人ノ合一ノシンピ的
	体ケンノ賜物デアル
	ソシテ之ハ云迄モナク　尤モ（宗教的ナモノデ）デ
	アルニモ拘ラズコレ即宗教ハ哲学ノ悲ゲキ（
	藝術ノ中ニ尤モ利智ノモノ）、之トシテ宗教ト藝
	術トカ何方吾人ニ教ヘルカ。
	ソレハ
	極メテ個人的トノ智的ノモノデアッタト思フ、
	ケダシ彼ラノ考ヘヨウトスル強イ要求ハシンピ
	的体ケンヲソノ侭ニイカスコトガデキズ
	ソレニ流サレ動サレツヽモ之ヲ概念ニ表現
	シ智育トシテ知性化セントスルノガ止マナイ
	ノデアル
	カヽ【ル】様ニシテ「プラトン」ハ善ノidea（イデア）ヲ神ト
	考ヘ　アリストテレス氏ハ神ヲ純スイノ観性知性化

セントスルモノ希ガコレヲ一考スルモノト考ヘル
ギセイ的ナル智意ハ前進的ノ考ヘ
鋭ク各人ガ之ヲ反省シテ批判スル
○ カ、ニ立テ概念ノトウハ
即チ、各人ノ個性的ノ□
ココデ哲学ハ自我ヲ立テ個人的デアルカラ
同時ニ批判的デアリ、概念的デアル
○ 概念的デアルガ故ニ　客観的デアリ
抽象的デアル
コレガ哲学ガ取ル態度ト立場デアルト
思フ。
◎ コノコトハ中世ノ幾世紀ヲ通シテ15、6世紀ニ拎
テ希文化ハ南欧ノ天地ニ「ルネサンス」ノ文
化フッコウシテ我ノ自覚ニ伴フ個人的
ガ起ル
○ 理智ニヨル自然発見ノヒヤカノトンチノ
復興ニ哲学ハ如何ニ近世ニ発展シ
中世ノキリスト発展ニ如何ナル関係
ヲ有スルカノコトガ分ル
◎ 個人的我ノ自由即及理智ノ力ニ目ザメ
タ近代人ニ拎テハ神ノ信仰モ理智ニ
アリテ合理化セザルヲエナイ
合理的ナイ信仰ハ迷信トナッタ。

カクテ将来ノシンピ的ナ啓示ニ基イタ
（普通ノ啓示宗教）啓示宗教ニ対スル理性
宗教（Deism（us）ガ成立シ
又ハ一波一サウノマンユウ神教　コレハ
◎ 神自然ソノ侭ヲ神トシ（Deus sive 【natura】 即チ
God）ヲ見ルニ至リ　更ニ之ノ主観ヲ合理的
ニ見ルニ幾何学的ニ見ル様ニ考ヘラレタ
更ニ哲学的シサク種々ノ体型（系）ヲ用ヒタ学者ガアリ
テ即リカヘルト（Descartes氏）ト（Spinoza）
Leibniz）
○ 道徳ノ空虚ノキソトシテチョウケイケン界トリナ
ノコン源トシテ神ヲ理性ヲ要請スル「カント（in（Immanuel）Kant）
フスウテエル（Fichte）氏ノ宗教的ノ立場、
○ 更ニ熱情ノツバサニヨリ　経ケン（敬虔）ナル精神
論的ナ私ノロマンティックノ主唱ニ終ッタ
無限ナル生命ノ主観ト神ノ信仰ト深イ哲学ノ
死ヘンニ至ル、カノ哲学者ヘエゲル（Heg-
el）ガアク迄モ　リュウトウ的ナ態度ヲトルモノデアル
概念ニヨリテ遂ニ宗教ハ無限者（神）ノ敬虔
的ニ表象スルコトスルガ哲学者ハ普通ノ
信認ニ必然タル属者ヲ立テルニ
近世カラ19世紀ニカケテノ哲学ノシ索ガ
如何ニ近接シツヽモ　　宙回リノ

	ヒヤ【ヤ】カナル哲学根底ニアタタカイ宗教 ナル情熱ガモラレテヰタカ分ル カ、考ヘル吾ラハ所謂宗教 宗教的ナルモノノ特別ニ考ヘルコトノギ 念ニ迄ニ到着シタ
○	前ニ戻リ宗教時代ト中世ノ時代ヲ述ヨウ マケルトニア（希ノ北）ノアルサントルス大王ガ世 界ヲ征ワクノギセイニナッタ希人ハモハヤ ペリクレス時代ノ（アテネノ海軍ガ）文化ト特性 ガ夢トキエテ、亡国ノ悲三（惨）ニサマヨウト漠 ハクニオチタ　純スイノ智シキトスル余裕ガナイ 彼ノシ索ハ世間ノ動乱カラマヌカレテ 自己一身ノ安心立命ヲ各ノ心ニモツタノ ハ
○	（アリストレエス大王ノ ストアーハ派（　　　）セヨ エクリベスニセヨ、ソノ手段ト方法トハ分ケニセ ヨ、目的以上ノ実セン的ナルモノデコノ 世ニ如何ニ處スルカニアル。 己レノ「吾レ」ト個人我ニ古クカラ堅クトッタ 希人ハ個人的ニ守ッタ自ラノ理性ニヨリテ 性欲ヲシリゾケルニヨリテ道ヲミガクニヨリテ
○	不快ノコトニ、又ハ是非善悪ヲシュシセヨ

	的ナカイサイ的ナ考ヘニ各々ノ安心立命 ヲ求メテイタ。シカシ自 然　　自ラ退ルジャアッソンハ自 然ニ自ラウエツケタモノト 即チ自分ノ中ノレイト肉トガ相反シテ自己 ノカヲ自己ニ征フクスルコトガデキナイ 自己ノ力ノ弱小ナルコトハ、自己ノ不ゼ 不美ナルモノヲ徹底ヲ埋ムルニハ 自己ヲ世ヲ去ル外ハナイ サモナケレバコノ世ニ生ナガラ自ラノ肉体ヲ 殺シテシカモ自分ハコノ世ニ生キルコトハ 如何ニシテ可能デアルカ、ハ 安心立命エリヨチャクシ、自己ノ無力ト 理性ニ看観シテ、シカモ外ニ求 ムルモノナク、シカモ求メテイク当時ノ暗所 ノナサザネエス、民衆ノカタキカト想 ゾウスル外ハナイ
○	智理ニツカレタシモノニ理智ヲステヨ、 心ノマヅシキモノアカイノ如モノ神ニ近ヅ ケヨ、吾ハ神ノ子、サウモタントスル アンスクインノ（アポロスノ人） 原罪說ト共ニ個々ノ弱小トユウゲン
○	ト深ク罪ノイシキニウエツゲテ、自ヲアゲ

テ凡ベノ吾ヲステヽ　タダタダ天子ノ清
キ血ヲモッテ人間ノ血ヲアマ（ガ）ナイ（ヒ）
神トノワカイノ擴大無変ノ存保スル
人格的神々ニ存在ス。無限ナユタカニ
ジヒ。ヲンチョウノ　如キ　ジョイ（情意）ニヨビサ
マシタ。
11.3.　佛教ニ於テモギリキョ

如何ニ考ヘ心ニナグサメルデアラウ、カナル吾ヲ捨テ（小我）己ノ
弱少無カンヲ痛感スルニ罪ノイシキニ
誠ノ悔イ改タマルト共ニ甦生ヲモアラタメル、悔ヲ
改メルニハ倫理的生活即イシキ的生活ガアリ
普通ニ己ヨリ高キモ吾ヨリ理想ヲエヨウ、高揚
セシメヨトスル努力　即チ「ファスト」ノ　即ファストノ主義デハ救ハ
天上下ッタゲエノ中ニ「宗教的」ナルモノハ元ヨリ思想的デ
アルガヨリ適切ニハ　矢張リ純スイノ生活、１９世紀、
Schleiermacher氏ノ宗家ガイフニ絶対者ニ対
スルズシナル归依ノ情　即絶対ニ己ヲムラ（ナ）シクシテ生ナル
愛ニシタル没我的情熱　ココニコソ宗教的生活ガアルト
思フ、　コノ故ニ神ノ自然ノ内在ノ如ク汎神論
は宗教家カラハ無神論トイハレタ超越的ナル人格
的信仰ト蜜秘（秘密）ナル交通ニハ所謂宗教ニハ絶対必
要デアル

超越的ナルイト高キ神、コノノ低キ高原ノ致
ハ如何シテ関係スルカ、（神＝無限　人＝有限）
○ 超越的ナル神ハ如何ニ吾々ノ心中ニ内在スルカ、コレヲ
ナシアトウモノハソノ神ノ背後ト下ニ純ナル願フノ祈
り人デアル。
○ コレハダタ経験的ナ根本ノ感性絶対ナル信仰
ノミ表ハレタルノ一生ノ秘儀デアル
彼ノ古ク希ノ崇拝ノ審美（神秘）的体ケンハ即コレニ外
ナラナイ。
コノ秘儀 的コソ　ビンテルマントノ云フニヨルト（秘
蜜（密）的ナキ所ニ宗教ナシ）
原始　クリスト教ノ精神ハマサニ宗教ノ本質論ヲ
簡述的ニ
○ ツマリ人ト「ガテラアキ」ノ中ニ吾ハ生キテアラズ
キリストニ生ケルモノ」トイフハ宗教ニ近イト思フ
シカシ　神ノ思フハオトメナルニ弁ヘタルモノデフアル
○ 総テ宗教ハ主観的個人的デアリ　神ト直接
ニ融合スルコトハキハメテ体ケンナルモノデアル
故ニソノ個人的ノイミニ於テ哲学的ト宗教
ノ通ズルハ
個人的シカモ個人的ノ一般要求シ客観
的デアル　様ニ
○ 又宗教ハ哲学以上ニ客観性ヲ要スルト考ヘラ

レ、何トナレバ宗教ノ世界ハ個々人ノ道
ヲ越タ奥深シイノ道デアル
○ 中世ノテアトリアムス（Windelband）
ノイッタ様ニ（神ノ子ハ死ンダ　ソレハアノ條理ナルガ故
ニ全ク行フレクレコトデアル。彼ハユニガル故ニ
世ハ不確実デアル）
コレハ反利理性デナク超利理性デアル、常シキ
的及理智ノ世界ハ自他ノ世界ハ信望愛
ノ世界ハ自他ノ身分世界宗教的ニ立イッタ分
別ヲハナレタ宗教的ノ純ジョナル立場デアル
コノ立場コ【ヨ】リ本ノ客観的ナモノデナケレバナラナイ
宗教的ナルモノハ人間ノ宗教的モノデコノ世
ヨリ人ノ奥ニ立イッタモノハ如何ナル立場ニシテモ
コレニ際ノコレニホメラレウルモノデアルト思フ
○ 宗教ハソノ本質上感覚的ナルモノ及主我ヲ（捨
テルコト）罪トシテ禁欲ヲ保ツガ故ニ向フ清浄
ナル教義ナルドガヲ生ズ　己ヲ愛スル隣ヲ愛
スル人倫ノ愛モ神ニ近イモノヲモノ教會ヲ
宗教ハ必社会的民衆的デアル旦ドクダン
的デアリ、權利的デアリ　傳導デアシレ宗教ト
藝術トイ【フ】モノハ全ク利導ノ目的ハ即主
我ノ立バヲ無シテヲルコトガ分ル、

教義ハ智的デアリ　教義的ニ未智的ノ
キソヲ要求ニ到ニ人生ノ神ノ合理ガ再ビ求
メラレテ純愛ヲトク　ベブ和戦レェズゥムノ不確実ニ
归スル希ノ末世ノ哲学ノ宗教トノ融合ノ心ガアリ
アサント　ト　宗教ノ哲学　更ニ教会ノ教
義ノ合理的ナソクラティクノ哲学ガ出デ哲学
（S
ハ　　　ソノ自ラ取ッタ教義
ト教会ノカソリク宗教ノ硬化　ダラクノ結果所
謂ルタノ宗教カイカクトナリ
遂ニ特□ナル非我ナキクリスト教ガ１８世ノ
啓蒙ノ理智的思想ニアリテ非宗教ニ
ナレタカハ周知ノコトデアル
以上ノ如ク「信ト智」宗教ト哲学トハ単ナ
ル同一デモナク　　又ハ単ナル反対デモ
ナイ、　特種（殊）ノ態度立バノ関係デアル
○ ソノ本質ニ扵テノ即宗教的ナルモノトハ一人
ノ宗教ナルモノデナク哲学的ナル宗教デ
アルト思フ。
（人性ノ秘蜜（密）ハ神ノ奇跡）
次々藝術ト哲学
藝術並ニソノ対照（象）ニナル科学的研究
ハ哲学態型（体系）ノ美学ノ領域内デ、
美的態度ト客観的又ハ心理学ニ

史的又ハ社会学、生物学トシテ考査シタリ
又は美の規範法則ヲキメルコトモ
ヨク云ハレル様ニ術藝ハ遊ギ（戯）デアル両者ガ
活動其ノ物ニ不変ヲ見出スコト、
Funktions bedürfnis（内面アリ働ク欲求
ノ満足ノ快感ヲ買フコトガ目的デアル
ソノ内面的働キハ感動ヤ想像トイフモノガア
ルガ高キ藝術ハヨリ高キノ情緒的様｛ノ｝能要求
カヽル藝術ト人間ヲ根底的ニ動カス
根本的ニヨリ動カサレタ鑑賞者（受用者）ノ心ニハ
深キ愛トイ【フ】ケガ受ク
カヽル愛ハ再ビ受用者カラ作品ニ働キカケテ再ビ
美ヲ生出ス
藝術理想ノ創作ハ之ニ向フノデアル
藝術家個人ノ感　　想　　　　機能
的ノ要求デナル
又、ハ社会人ノ福増進ノミデナク萬民
ノ遠永ノ限界ノカヲ創作スルカノ如キコトヲ
スルノハ近時ノ生物、理学者ガ述ベテキシ
コノ説ハナニヨリ云ッテイル、
上ノ考カラ各々ニ働カナケル唯一ハ藝術的
情緒ト云フコトガ　藝術的態度ニ最モ表現
サレテイルコトデアル

カヽル物（藝　　　　）深クソノ本質ニ入
リテ考ヘバ　哲学ノ立場宗教ノ態度ト
藝術的ガ必然的ニ相対シテヰル、
ソノ間ノ無知ヲ的ニスルコトハ出来シマイカ
吾々当面ノ課題ガタダコレデアル
トルストイ氏ノ藝術トハ何ゾノ本ニ於テ
藝術ノ定義ニ同感ジ（シ）感情ヲ自己
ノ中ニ呼起シテ然後ニ運動ヤ像ヤ色
彩ヤ音響ヤ言語ニヨリ表出サ【レ】タル形
象等ニアリテ他トモ同様ノ感性ニコノ
感性ヲ再現【ス】ルコトデアル
トイッテヰルガ　コノ場合　感受トイフコトニ
ハ勿論能感ヲ通シ智的以外ニアリテ
想像ヲモ感性ニアリテ叙シメラレルデアラ
ウガ　感情ヲ感ズルコトハドコマデ情
的デアリ主観ノコトデアル
ソレヲ更ニ呼起シ再現シ初メテ藝術
ヲ生ズル【ノ】デアル
然バ藝術家ノ感ズル内容ハ最
一言スル（レ）バソレハ藝術家ノ
　粋　　体ケンデアリ
ソレハ人生、

シカシ乍ラ主観的各自ノ体験ノ物ヲソノ侭
ニ排ベルコトハ　生ニ藝術ニナ【ッ】タトイヘナイ
作者ノ手間　題材　又ハモデルニ対スル
製作態度、自己カラモ個人的ナ関心ナルモノ
ヤ又は増慢ナドカラハツトメテ脱離リテ対照（象）
ニソ｛ッ｝クシ　対照ノ感ジソノモノヲ表現セント
スルモノデアル
自己体ケンノ内容ヲ対照スルモノ例先
自スルコトモソノ対照ト思フ
主人ヲシテ過去ノ有我　年間ヲ経テ主人
公ニ対スル生命感性ガナケレバナラナイ
ソノ客観ニ自己ノ主観ヲ表出スルノハ　トル
ストイ氏ノ所謂　感じ　感情ヲ呼起シテ之ヲ
感性トイフ
即チ客観的ニトルコトハ　藝術一ノ哲学ト思
フ、　　　シカシ乍ラコノ客観化ハ自然科学
文化学　又ハ歴史科学ト、比較シテハイケナイ
○ 科学者ノ客観性ハ生命ナキ法則
デアリ　歴史家ノ考ヘル客観性ハ記憶
的事実カラノ抽出的ノモノデアル
ソノモノニ対シテ藝術家ハ生命アルモノトシテ
画キ、即吾々ノ中ニ対照ノ生命ヲ画キ
対照ノ生命ヲトラウルノハ　例ベ（ヘ）バ

類型ヲ　トラウルコトデアル
類型トハ何ゾヤ
類全部ニ共通ナアル内容ノ必的ノ
アル位ニ限リ　ソレハ他ノ美ニ対シテ
○ 個別的特性ガ　考ヘラレナケレバナラナイ
故ニ類型化スルコトハソノモノヲソノ特性
本物ヲ唱ヘルコトニナル
従テコレハ不純ナルモノヲ除クコトトナリ
不純ナルモノヲ除クニハ自然アル撰
択ヲ行フ、
然ルニ撰択作用ニハ必目的ノ根
本ガアル
カツテ類型ガ藝術家ニ働ケルコトハ
即チ　Idee　デアル
藝術家ガ眞ニ創作シテ作家自己
ハ　イシキスルヤ否ヤハ　必然的ノナモノデ
ナケレバナラナイ
表現ノ要求ニヒ【キ】イラレテ　　作ルカ
又ハ　ヒトラアノ名言ニ「見ルコトハ画
クコトデアル」トイフコトニハ深イイミ
○ 即チ　カンバスノ位置ニ立ツモノハ見ル
コトト　画クコトノ完成デアル
加ル毎ニイシキサレル「イデア」ガ

○	作家ノ感性ニ通ジテ自己ヲ現出スル
	コトデアル
	人類ハ永遠ノ「イデア」ノ実現ノイミニ
	外ナラナイ
○	コレヲ　カルクガルシク　イフニハ「イデア」ハ藝術
	家ノ画クコトデナク、「イデア」ガ画家ニ
	ヨリテ画クモノデアル
	コレヲ　インスペエレション　又ハミマイトモ
	イデアハ　Ideeノ自己ノ表出ニヨリテ感性表出
	トハイエ　ソノ感性ハ作家ニヨリテノ不純
	ナルモノハナイ、
○	一度客観化サレナイ　観念化サレナイ主
	観的ナルザンゲン、不平等ノ生活
	ガ主ニ　シャンジャ　ルノア【ル】ヤ　マネ
	ノ絵画デモナイ
	若時ハウエ【ル】テルスライ傳ハ　ゲテノ　ソノモノヲ表シ
	タモノ)
	アノ花園ニ於ケル主人公、戦争ノ（ト）平【和】ノ主人
	公、カチャ（ユ）シャ、主人公等ノ復活スル、
	カロンテスキトイフ兄弟ガ宗教的快感ヲ
	ヨリ表ハサレデヰル
	ソノ如キモノハ小説ノ主人公ハ作者ト思
	合ス時ニ性述ノ関係ガ的キト思フ

○	日本ノ31文字ノ感化　海外ノ藝術的
	感化モソノ短イ31文字ノ間ニ美型的ノ
	モノヲ
	藝術化サレタル人間ハソノモノ現実ニアル人
	間デナイ
	藝術化ニ働キカケルカハ、不純ノモノデ
	ナイ、　コノ様ニカントハ
	美術的感性ヲ無関心的ナ藝術的
	デアルト」イッテヰル、
	ココニ個々ノ欲情カラカイ放サレタ等□ガ
	アル、
	ロダンノハルヤ、ルベンス、ルノアルノ
	ハルヲ見ルモノハ欲情ヲ感ジナイハ
	人間トハイヘナイ
	肉体的他　藝術的味ガヒソンデキル
	コトハソノ表ハレハ当然ノモノデアルトイフ
	ソコニハ深愛ヲ表ハスコトハ人間ノ「イデア」
	ノ働キバカリデアル
○	又カヽルイミテ（デ）　ロダンノ自画像、
	シヤバンノ自画像ガ眞ニウツ｛レ｝サレテ
	眞ニ理カイサレデヰルト思フ
○	科学的ニ見テ当ノ寫眞極メテアリテ科
	学的ニ見テヰル寫眞ガ絵ヲ見ル事実

ハ藝術家ノ唱ヘテヰル再現シタソノ人本質トタイプガ
再現シエナイモノデアルト思フ。
絵ヲシアゲコトハ
「全部ノ眞理ニアル　主題ハナンデモカマハ
ナイ」ト　トイッタ、モネノ実ニロマンロランノイフ
様ニーサイノモノ前ニ又ハ一切ノ宇宙
ノモノノ中ニ」
宇宙ヲ見タモノノ中ノ偉大ナル作家ハモネ
ノ作家ノモノヲ見テナニモイフナイコトデアラウ
シカルニカ斯ニ　　宇宙ヲ見無限
ナルモ遠永ノ「イデア」ガ自己ヲシカモ客観
的ニ表ハスコトハ哲学ニ於ケルト仝一デ
ハアルマイカ
○ ココニ拘ラズモソノ本質ニ拎テ藝術
ト哲学トノ接近ヲ吾々ハ見出シタ
ノデアル
11,17、第三
○ 然ラバ　哲学対照ノイデアト藝術観照ノイデアガ
ハダシテ仝一物デアルカ
又イデアガ自己現実スルアユミカタデ即（methode（方法））ハ
ハダシテ藝ト哲学ガドウイフモノデアルカ
吾タチハ此ノ問ヒヲイデアノ最初ノ目的デ永遠ノ
○ プラトントノイデア論ニ付テイフト思フ

○ プラトンノ哲学的シサクガ吾人ニ授ケルノハニ世界
論デアル（二元論）
吾々ハ常識的ニ経ケンシテヰル世界ハ現象
界デアッテ生滅変化シテ眞ノ実在ヲ有シナイガ
ソレニ対シテ常変ノモノハ自然ノイデアデアル
○ 現象界ハ形体ヲ有スルイデア界ハ非物
質非形体デアル
従テ前者ハ可視的ノモノデ後者不可視
的ノモノデアル
物質界ハ故ニ吾々ノ感覚ニ訴ヘテ感覚
的ニ直接ニ認シキニスルコトガデキルガ
イデアハ感覚界ハ感覚界デアル
○ 然ニプラトントニヨル純スイナルイデアハ理
生（性）的のシヰキト数学的ニ於テ
○ 理生ニヨル理学的ノシイ（思惟）ハサウト假定シテ
導出サレル帰納論ヲ持出シテソノ論ノ
正、不正ヲ概観スル所ノ所謂□質（シ
テヰルモノ分ル）的未分法ニヨリテ概念ヲシ
○ 秩序ヲキメルガ。コノ方法ヲ
辯証法（διαλεκτική　プラトンノ説）ニヨ
リテ讀ンダ
辯証法ノ対照ノ諸物ノ概念ハ即
イデアデアル

而テノ辯証法ニヨリテイデアニ到達スル
精神課（過）程ヲ想起シテ、
ガ故ニ「イデア」ハ理性ニアリテ概念的ニ認識
サレ、ソノ認識ハ必然的ニ眞理デアレ
且ツテプラトンノ認シキノシイ（ヰ）キハ「イデア」ノ学
デアル哲学ハ「イデア」デアル
○ ハダシテ然ラバ感覚的ノ対照タルニ過ギ
ナイ現象ハ全ク実在性ヲ省ナイモノデ
アリ從テソノ現象ハ全眞理性ヲ缺イテ
ヰルト思ハレル
所ガプラトンニヨルト感覚物ハ「イデア」ヲ分有シ
○ 又「イデア」ガ物ニ有ル限リイデアノ模倣
トシテ実在デアリ、　又
ソノ近ク（知覚）ハ眞理性ヲモツモノデアル、
トハイヘ　カル眞理性ヤ実在性ハソレガ分有
デアル、模倣ノ限ニ於テ眞ノモノデハナイ
○ 即感覚界ニ有レルイデアハ本質ヲ変ジ
不純ナ求ムルモノデハナイト考ヘヲシナケレバナラナイ
コノ故ニ純スイノ認シキトシテノ辯証法ト
シテハ感覚界ノ説明ニ不可能デアラウ
○ ココニ最蜜（密）ナル理論哲学ノ理ガアル
所ガコレニ対スル補ヲバプラトンハソノカ
額的人性観ノ深ミガ心理学的

形而上学ノ限界ニ於テ弁ヘテヰル
○ 即吾々の認識シカナイノ霊魂ハ肉体ニ入ル前
ニチヨウ（超）感覚界ニ於テ　「イデア」ノ完然（全）ナル
認シキヲモッテヰタ。
從テカヽル魂ハ吾々ノ肉体ニ結ビ付テ
感覚物ニ対シテモ（ソレハ不完全ナルガ故ニ）
○ 常ニ再ビ純スヰナル現象ノタルイデアヲ主観
シヨウ□ノイデアニ　ガイ念的シ域ニ於テ
類似シヨウトスル同形ガ吾々ノ魂ニ
生ズル
○ 此ノ中ニ於テ衝動ガ前述ノ眞理認
シキ課程ノ想起ス原動力デアリ
コノチョウ感覚的ノ思慕ノ量ガ即チ
智恵ヲ愛スル　カツバウ（渇望）デアリコレガ
哲学的ノシヨウ（衝）動トシテ哲学デアル
○ 然ルニカヽルク先ナル思慕ナルニモ拘ラズ
智恵ノ「イデア」ハ感覚ニハ依然トシテ表ハ
レナイ。（何故ニモシ左程ニ智恵ノ
姿ガ視覚ニ通ジテ各々ニ提供スル
モノドシタラ吾々ニハアマハニハゲシキ愛
情ヲ起スデアラウガカラデアル
○ ガコノコトハタダ美ニ対シテハ可能デ
アル。

何トナレバ（美ノイデアハコノ様ニキテモ尚ホ
吾々視覚ヲ通ジテ極メテタシカニ吾人ニ
向テ輝イテ来ルノデアル）
○ 即チ「イデア」界ニ拎テサン（燦）タル階級ヲ
モツイデアハ感覚界ニ拎テモモットモ吾ニ
輝ク愛スルコトガ許ルサレテヰル
○ カヽルアル故ニ辯証法ハ上ニモヱ
向ッテ美ハモトモ強キ魂　？
チヨウカン覺的イデアヲオモヒ出ス
迄ニ吾々ヲ導クニアルノデアル
○ ビンデルマンハ鋭ク美ハ常ニ不
可能的世界ト可能的世ニツナグ
尤も性（聖）ナル「アリアドネ」（ノ糸ノ）デアル
地上ニ於ルイトトムルコトナキ愛ノ遊
ハ魂ノアコガレノチヨウ動トナリ
○ シカモコレハ即チ哲学的ショウ動デアル
ガ故ニ　プラトンニ於テ美ノイデ
アモ哲学ニ於ル如ク（美学藝術
ノ対照ノ美ノイデア）（哲学理論的、
哲学ノソノ間ニカクゼンニアルベキコトガ
見逃スコトガデキナイ、
元ヨリ、彼ノ「カロカッラキイキ」美即善
「καλοσκαι＝美」

トイフモノヲ理想ヲ生ンダアテネノ美即善ハ目的
理想トシテノイデアソノモノノ実善美ハ
実美善ノイデアヲ渾然タル統一ヲ
ナシ新ノ智ヱモ新シイ智シキモイデアテ
アル、
彼ノ渾然タル純スイ智シキト矢張リ道
徳的認識的要求ハ不思議デハナイ、
○ ガ故ニ美ハ出スセメハ全イデアノ表ハ
レハ　モットモ美イ形式トモ考ヘラレル
１２．８．トハイエ、イデアノ自己実現ニ即チイデアノ
方法ヲハナレテソノ方法ニ立ツ認シキヲ
立テルハヨクナイ、（学ノ論キョヲ立ズニ方法ヲ立ル
之即プラトンニ拎テ藝及美ノ対照ト
スル厳蜜（密）ナル学問ガ
Hippias minor ノ中（凡テ美ニナル
モノハタダ美ノデアッテ他ニ美ニナルモノ
○ ハナイ、　ソノ美ハ？美トハ聴覚視覚
ニツ【ウ】ジテノ決意ト誉ヘ
又ハ観照ニ拎ケ【ル】美観賞者ニ拎テ
快カンヲ与ヘルモノガソレデアル
音楽モ、シイカモベンゼツモ聴覚
ニツウジテ総ベテノ肉体美モ聴覚
ニツウジテ快カンヲカンズル、

○ symposion （譯「饗宴」）ニ於テ
論ゼラル美ニ付テ　ソレハ非常をハナレテ
聴（超）感覚的ナル美ヲ理生的概
念的デナイ　ヒカク的ニ
純スイ　ヒイキデナク　純スイナルイデア
ニヨルモノデアルト思フ　浪漫
カヽルプトンノ考ヘハ19世紀ノロマン主義
ノ偉大ナル「ヘイゲル」氏ニヨレバ絶対精
○ 神が正、反、合、ノ三段ニ於テベン
セウ論的ニ自己発展シテイクコトヲ追考
スル（nachdenken）ニアル概念的
ナ後前ノ認シキガ哲学デアッタガ
○ ソノ仝一絶対精神ガ自由ニ主観
ニ拎テ感覚的ニケンゲンシタノハ
藝術デアルヘイゲルハ考ヘタガ
○ 更ニプラトンノイデア論ニヨル現代
傾向ヲ各氏ノ（ヘルマンホウヘン）Cohen、
Natork等ノ述中ノ考ヘニヨルト
進化ト人々ニ拎テ純スイシイ（㐀）キト□
イ感情ニ拎テ藝術ト哲学ヲ対
照トシテ分野ノ方法ガキメラレタ
○ 然ルニ理論哲学ヲ科学批判
自然科学ノキソ論研フル学問デ

○ ハジメテイデアハ（過去認シキヲ構成ス
ル原理デナクソレヲ統整シテイク
原理デアル、
理論認シキニ永エンニ課題デ
ノ関係概念デアッタトハイヘ、
ソレハ吾々ノ理性ハ必然的ノ要求デアル
○ 従テ理性ニ対シテ打到（倒）ノ体デアル、
眞トイフモノハ別ニシテモ藝、自由ノイデア
ハ「カント」ニ於テハ実センニセ
○ 更ニ美ニ対シテハカントハ特別ノ反（判）断
ヲ認メテソノ根本ニ於テ理論トハ別
○ ノ反断力ヲ認メタ
要スルニカ、様ナカントノ考ヘ方ハ矢張リ
独ノ（Windelband 氏　Rickerd 氏ヲ）
ハイヘル氏ノ考ヲ中心ニシタモノデアル
ノ人々ニ取リテハ美シキハ非合理デアル
トナルガシカシ元ナルモノハ非合理
無情デナイ
コレハ情ト科学トノ押情ニ外ナラナイ
○ シカモ藝術的ナノハ理智的ニ
考ヘテ
科学ノ理智ニ取ッテハ眞ノ情ノトラヘル
迄ハ出来ナイイミニ拎テ　ゲエジ【ユツ】

	音楽→（彫刻→文学（悲劇的ナモノ）→絵画→純スイ絵画）
	ノ発達
	ツハ超利理（合理的モノデアル）
○	ソコデ吾々ハ純スイ経ケント純スイシイ
	イキノ考ガ思起サレル
	上述ノ如ク　美ノイデアト自然的純ス【イ】助
	長ナ純スイ
	藝術ノヘイペンハ美ノイデアデアリ、
	藝術ノ世界ノ超利智ガ故ニ
	理智的立場ニ抡テハ原因デナイ
	無原因ノカウヅ【構図】ニ考ヘルトセヨ
○	此故ニ科学及常シキノ世界ニハ
	存在シナイモノ、藝術ニ抡テハ実際
	タルモノデアル
	藝術デハ必然ナル生サニニモ拘
	ラズ　藝術作品ハ空想ナリ、
◎	作家ノミノ考ノ徳ト思ハレルト
	ト思フ
○	俗ノ考デハ□安ナル考デモ眞理
	デアル
	藝術眞理トハ藝術ノ眞理外
	ナラナイ
◎	純スイニ作者ト見者ガ統合セザ
	レバナラナイ
	ソシテ藝術ニ対スル愛ノ可能デアル

◎	ヘイゲル氏ニヨル愛ハ生命ニ抡テ
	働ク結合ノ力ニ外ナラナイ
	コレヲ又リップスニヨルトカンジョウ移
	入トシテ説明サレルデセウ
	何故愛トイフモノハ主ハ客ノ感情ニ
	ナリウルカ、
○	藝術哲学ハ以上デ分ルガ
	コレハ主トシテ批判ノ哲学デアル
○	自然客観態度ト哲学客観性ト
	ハドウチガフカ、
	哲学ハ不遍ラトウセイデアル、惟
	必然性ハ時ニ対照性ヲイミ
	シテ　藝術モ仝時ニカヽルイミトモイヘル
	藝術ハイデアノ模倣トイフコトニ付テハ
	ウラ付ケテイウ
◎	藝術者ノ作観ガアルイデアガ生
	ズル、「ゲキ」ヤラマニ表出スルガ
	色々ノ形像ヲ画イテ時宙ノ空カヲ
	ツウジテ想幻サレタルモノデアル
○	即自然、人生、宗教的ノ事象
	等アルガ自ラガ客観ガ自分ノ考
○	ニ表出スル
	コノ故ニ作家ハ常ニアルモノヲ

	ウツス（アル客観物ヲウツス又ノ模 ハウスル　コノ故ニコソ作品ニ対
○	スル要表ハ自然ニ不ヘン（變）ヲトウ 性ト考ヘラレル、 威敬ノ念ヲ生ジ客観ノ対 照ヲ生ベルト思フ
○	感ゼラレル客観ガ即作者 ノ主観ニ加ハヘルモノデ 以上態度ノ客主観トノ差ハ仝ジ ク理論学ニ対シテ「教育学的 モノ、宗教的ナルモノト区別 サレルト思フ （即非合理的宗教ト藝術ナトノ区別ハ主客 観ニ拎テ判別サレル）
○	之ヨリ宗教的ナルモノハ吾々ノ柔ヲ 愛シテキエイシャ（帰依者）ニ絶対ヲ與ヘ、 絶体ナル客観ノ中ニ主ガボツ（没） 了サレテヰルト思ハレル
○	カヽル様ナ人性ノ（祈リ　神人合一） シイ（ヰ）キヲ本質トスル宗教ニ拎テハ我 ヲステヽ神ノ意ヲ求メル小人ハ
◎	我ヲステル省力ハ宗教ノ力ノ一部デ アル限　宗教ノ態度ハ主観的イシデ アルト思フ　　二学期終リ

	教育學 武田信一講師 第一學期分 教育學ノ根本意義 序言 Education　トハ何ゾヤスグニ 私ハ教ヘトイフ語ニ付テ考ヘラレル又ハ學ブトイフコトハ智 識ノ一般技能ニ対シテイフコトデスガ傳セツ的ニ イフコトノ人間ガアッテ以来、何カ、何故カトイフ 様ニイハレテヰル　ソシテ悲シキ運命ヲ追テ私 ダチハ思索スル、　學問ニ対シテ一心ニ勉メル コトニモ拘ラハズ　私ダチハ物事ヲ問ハナイノハ 即私ダチニハ智識ガアルカラデアル、 事実デアル、シカラバ事実トハ何ゾヤ 斯カル物ハ無限デアッテ　物ヲ問ハントスル意 志ヲ解決シテイカネバナラナイ、 意志ノ接續ガアリ所謂問答デアル、 即吾人ノ智識問答ニアル、一般ニイフ 哲學ノ思索ヲモ斯カル意識ヨリ出発スルノ デアル 紀元前五世紀頃　アテネニ表ハレタル（ソクラテス） Sokrates ハ（469 - 399BC）出合フ人々ニ問 答ヲシタ、一体ニ出籍ハナイケレドソノ弟子ノ アッポロトンニヨッテ知ラレルガソノ説ハ眞ノソクラ

	テス氏ノ語デアルカ、 当氏ハソノ説ヲ不審ニ思ヒ　アテネ市ノ人々ニ問 ウサウデアル ソクラテス氏ハ当時ノ人ヲ教ヘヨウトハ思ハナカッタ、 同時代ニ人ヲ教ヘルトイフ學者ガイタ、即チ Sophia氏デアル　眞ニ人ヲ教ヨウトシタノデアル ソノSophistes　ノ中ノ一番賢イ人デ、即チ Protagora（Protagoras）デ（480 - 410BC）アル 当時アテネノ學者間ニ徳ハソノ意志デハナイ 教育ニヨリテ人ハ次ノ人ニ変ルノデアル ソクラテス氏ハコレニ対シテ答ヘルニ徳ニ対 テハ智識デアル　コレヲ以テ人ヲ教育サレルコト ハ出来ナイ、トイッタ、従テ ソウイフ徳ハ智識ニナセテヰルトイウフガ眞 ニ人々見テ智ルトイフコトハ何モ知ラナ イトイッテヰル、ソクラテス自分ヲモ何モ知 ラナイトイッテヰタ Philo Sophia コレハ即ハ智慧ヲ愛スルノ デアッテ所有スルノデアル、当氏ハ自己ハ愚 痴ルデアル、 然ラバ　ソクラテス氏ハ人ニ何故ニ問答シ タカ、單ニオモシロ半分ニ問フノデハナイ 要スルニ相手ノ人ノ智識ヲ問フテ各人

	ニ吾人眞ノ愚痴ナルコトヲ知ラシムルニアリ ソノ深キ根キョヨリ新ナル智ヲ求メイク必要 ガアルト、 経験的ノ智識ト又ハ 數學的一般的論理的ノ智トハチガヒ 即物事ニ伴ッタ実行トノ智ヱデアル、 宗教上デイヘバ更生又ハ轉心ノ意志ガ 表ハレテホン然ニ自己ヲ捨テ内向的ノ 更生ヲ立テヽ即深キ コウ考ヘルトソクラテスノ無智ノ自覺ノ受里（理） トイフ物ハ人ノ本質デアッテ正ニアラネバナ ラナイ、人トシテ人タル所以デアル、即 人格性ヲトイフコトデアル、 （Persono ality） 私ノ哲學者ノ哲學者ノカントガイフニ人格者トハ人間 Kant（1724 - 1804BC（AD）） 以上ニ達スルカデアル、善自然、 機制カラ独立スル自由ニ外ナラナイ、 実践理性ノ批判ニ示シテヰル、 人ハ自分以上ノ各人ノ中ニ努力スルニ アルノハ　ソクラテス氏ノ問答ノ主旨デハナカラウカ、 教育學上デハ人格ノ陶冶デアル、 経験的ナ智識理論的ナ智識ハ 人格ノ立場ヲトリテ考ヘテ見レバ

	徳ハ教ヘナイ物ダトハ人格ノ陶冶ニ
	アルノデアル、
○	然ラバ人格ハ如何ニ陶冶サレテ行
	カレルカ、教育ハ人格ヲ導ヒテ行カレルカ
	ドウカ、吾人ハ次ノヤウニ考ヘル
	アレテ徳ハ教ヘラレナイ物デアル、甲ハ乙ヘ
	乙ハ甲ヘト、トハ出来ナイ
	ガ、目ザマスコトガ出来ルト思フ
	例　甲ガ乙ニ授クハ不可デアレバ乙ニ所
	有スル物ガアラバ乙ノ内面的ニアル　ナラバ
	導ヒテ行ケルデアル、
	（教ヘル）トイフコトハ（開発スル）トイフ意味デ
	アル
	Educate ヨリ（ラティン）educare　トイフ語
	引出ス意味ニ外ナラナイ、
	然ラバ教育トイフ物ハ先天的ニアル物
	ハ即外面的ニアルニ過ギナイ、
	根本的ニ教ヘラレルノデハナイ、
○	Basen Kranz（18 - 19BC（AD））教育ハ外
	観的ノ発育スルモノデアルニ過ギナイ
	前述ノ自分ヲ自分ヨリ以上ニナシテイクノ
	ハ即人格ノ陶冶ニアルノデアル
	此ハ自己ノ向上力トイフ物ハ先天的ナ

	組織的ノ物ノ限界ニアル、
	ソノ目的ニ対スル努力スル、教ヘルト
	イフコトハ、追求シテイクカヲ求メルニアル
	ノデアル、
○	デ先述ノ物事ヲ授ク事ハ教ヘラレルノデハ
	ナクデ　智識ノ交換デアル、
	教育ノ機関デアル目的デハナイ
	然レドコレハ一部シカ考ヘラレナイ
	教育ノ目的ハ人格トカ　道徳的ノ
	意識だと思ハレル
	仏人（Natorp）ガイフニ　ソクラテスノ
	イフ意志デアリ　單ニ
	然ラバ各々ノイフ所ハ
	智識意志ニヨリテ與ヘラレルノデナク
	実行ヲ伴フチシキデアル
	即実行的意志ノ根底ニアルノデアル
	ソクラテスノ求メタル無痴ノ智識ハ人々ニア
	ラバ　ネバナラナイ、イヤ　却ッテアルベキ
	物デアル、所謂アルベキ経験的ナ
	理想デ目的デ所謂カッキデアル
	人間ハ人間タルベキ物デアッテ現ニアル
	ベキ物デハナイ　即　パアソウナリテイニアル
	ノデアル

人格ト人格性区別スルニ
○ 人格 {（イ）（emprical（empirical））英 / （ロ）人格性＝（idee）英 價值　sein to be 独語
1926.4.27.　sollen ought to be
1.　價值ヲ具体化シタモノデアル、人格体トイフモノハ
人格性ハアルベキモノデアルモノデハナイ、
或一体ノ体ニ考ヘラレル、（実体）　$A \neq \alpha$
$B \neq \alpha$
人格性ハ人間ハ人格ガアルベキモノデアルカ、厳ニ問ハ
バ量的ノモノデアル（即部分的ノモノデアル）
トウテイ意味ニアリ得ナイ、部分ニ於テハ人格ガ有スルト思フ
○ 人格ノ善悪ニツイテハソノ人ノ
人間ハ平等ニ人格ニアラネバナラナイ、　本質ニ於テハ
人格平等ダカ実際トヲ伴ハナイネバナラナイ
○ 然ラバA.B.C.ノ各人ハ如何ニシテ且ツ比較的
割合ニアルベキカ
即人格ヲ如何ニ陶冶スベキカ
○ 人格ニヨルト人間ノ統一性ヨリ考ル必要ガアル
○ 自覺（Bewus（Bewusst））ハ第一修養スベキ要事デアル
然ラバ自覺ガ必要カ、生命ノ哲學ニ人間ハ人デ
アルカ、神デアルカ、　何レデモナイ
各自ニ自己ハ虫ケラデハナイトイッタ既ニ人格ヲ有ス

証據ニナル、依リテ自己ノ理想ニ向ハレル
○ 各人ノ命ヲ顧リミテ成スベキコトハ教育者デアル
然ラバ行ハレルカドウカ
各教育家ハ換言スレバ少ナクトモ円ニ立ナケレ
バ行シ得ナイ、分ラナイ
○ 即教育者ハ人ノ自己ニ於テノカク（確）立ヲ相手ニシテ働キ
カケル
○ 働キカケルコトニ対シテハ人々ニ敬慕サセラレテキット
効課（果）ガアルベキモノデアル
○ 從ッテ各人ニ自由意志ガアル
自由ハ決シテ縱放トシタモノデ（即チョットノヤリ方ヲイフ）
自由ニ自己ノ立タ方則デ自ラ起立シ從テナク動シテイク
意志ダト思フ
斯様ニ意志以外ノモノニ対シテノ徹底サカラ
即チ自己ノ意志ヲ貫徹スルノデアル
○ カントガイフニ自律的意志トイフ
その方則、規範ニツイテ自分ハ他ヨリノ制裁
ナクシテ行フニアラズ　（反対=必然）
各自ニ行フニアラズ
各自ニ行フギ（ベキ）モノデアル（當為之意）
○ 之ヲ自覺シテ當然ニナスノヲイフ
ソノ変リテ方則ノスキキラヒノコトキコトハ別問題デアル
○ 自覺コソハ人格ノ徹底コソノ要求スル所デアル
又人格モアリ得ナイコト故自由ナコト発生シテノミ

教育ノ價値アルコトヲ望観スルノデアル
○ コノ故道徳ノ根本ニ於テ自由デアルカラ
教育ニノ自由根本ニモナル然ラバ教育ノ願フヲ吾人ハ再ビ実際ニ行
○ ハレルカ、考ヘレバ
前世ノ如キ各人　目ザマスコトハ自覺トイフモ
教育者又非（被）教【育】者、既ニ分レ｛ル｝タル二ツノ
魂ニナルト思フ
○ 個別個別トシテノデナク　人格ト人格、魂ト
ノ開キ合フコトデアル
即相対ノ立場ヨリ絶対的ノ立場ガナケレバ
ナラナイ
教育者ト非教育者トハ相対ノ立場ニ於テノ
○ 空キョウノ立場トイフモノハ矢張教育ニ含
マル
○ 教ヘテ傅考ヘルコトモ文化則ニ、社会的教育則
ニナルト思フ、
然吾人ノ問題トシテハ　カヽル教育の根本ハ
何デアルカ
ソレハ考ヘルモノトサレルモノトヲ伴フベキモノデ
○ アル、即チ絶対ノ（合体デアル）
例　数學ノ　1+1＝2、考ヘデモ　1ノ立場ニ
止マリニナルト　何故ニ　1+1＝2、カ　1+1+1＝3カトノ

理解ガエラレナイ、
２ニ於テノ理解ガアルカラデアル
数理ノミデナリ理論ニ於テ分析モ相俟ッテ
ナケレバナラ【ナイ】　　（理）
カントヤ、ラトリティノイフニ分解ニ必ズ従フ会ガアル
○ ガ如キ教育モ人格ト人格ノ理解ガ
ナケレバナラナイ　（□
然ラバ未分以前ノ人ニ人格ガアルベキモノカ
ヲ考ヘレバ人間ニ外ナイト思フ
○ ブラトンノ云フ（愛）は人性ノ肉体ノ別レタル
ヒガミノアルアコガレハ　自己ノ魂ガ常ニ返ヘヨ（ヤ）
ウトシテヰル、
ソレヲ見テモ相対的ノモノデアルト思フ
○ 京都ノ西村博士ガイフニ他人格ガ
他ノ一ツヲ愛シテシカモ人格を形成スルコト
ハ愛トイフモノデアルト考ヘラレル
◎ 愛ハ一切ノ理解ノ母デアル
且つ教育ノ理解ノ流レデアルト思ハレル
ヒ【ル】カヘッテ思フニ教育ノ理想トシタ人格ハソレ
ゾレ各學問ニ応ジテ種々、名ヅケラレルノデアル
即眞善美聖ノ如キ称スル理想デアル
◎ 故ニ自己ノ自覺ニヨリテ人格ヲ陶冶シ構成シテ
イクベキモノデアル

	人格≠自覺＝愛ノ働キヲ待ツニアリ （陶冶）　全体 - 個別 　　　　　理解 - 相対 善 - 理論的　　聖 - 宗教的教育 眞 - 哲□的　　美 - 美的教育
○	美ヲ相対シテ教育シテイクニハ美的教育、藝術的 教育トイフモノニナル
○	個人カラ考ヘレバ　社会、国家人格ノ 教育トイフ様ニ考ヘラレル
○	近頃個性開発ニ自由教育ハ流行ニイフガ 個性教育ハ古今ノ人ノ理性ヲ発達セシムル モノデ各人ノ異ナッタ教育ノ理想トスルコトガ 益々戰フモノニナラナイカ
○	ソレモ個性ヲ心理学ニ考ヘレバウタガヒガ起リ テ来ナイデモナイ、 哲学的ノ個性考ヘ方ト合モノデ全体 ガ自己ノ持スル相ガチガッテ開発シテイケバ
◎	個性トイフモノノヲ全体ニ於テノ異ナッタ仕方ノ 表ハサレタモノト個性デアル 結局入リ方異ナル到達スルコトガ一致スレバ 即チ全体ニ於テ相対、合点ガアルベキモノデアル 全————個＝相体概念（一方ガナイト他方
○	教育學ノ京都ノ小西重雄氏ノ説ハカン【ト】 ノ批判教育家トイフコトガアッテ実際ニ動 テイクベキモノハ矢張結果 愛ニヨルベキモノデアル

参考書	J J Rousseau Émile、教育學ハ参考書 トシテ良イ Pestalozzi（ペスタロッチ）ノ教育學モ良イ 小西ノ教育思想ノ研究 関衛ノ藝術教育大觀
	本　論 第一章　教育學（Pädagik（Pädagogik））ノ性質 　　　　pedagogics 教育學は教育理論ヲ研メルノデ（即教育ノ意義 方法、目的ニツイテノ理論ヲ） 今ソノ研究方法カラ云フト種々多イ類別スルト4ニナル 1. 経験的常識的立場 2. 心理的科學的方法　近代実験的 方法デアッテ主トシテ非教育ノ精神身体ノ 発達ニツイテ 更ニ進ンデハ教育者ト非教育者トノ心理的研 究ヲスル　コノ立場ニヨリテ教育家ガイカナ 教育家ノ専門學ニナリマス 3. 哲学的思辨　従来ノ哲學者ハ之ニ入ル ツマリコノ方法ト心理的科學的方法ハ時代 ノ要求ニ応ジテ盛衰ヲスルノデアル

4. 社会的統計的方法
前ノ二之ノ方法ハ個人的デアル　コレハ公
衆ニワタリ社会ノ弁務トシテ教育法ヲ研ム
○ 前述ニ之ノ方法ハ哲学的方法デモ良イ、ガ
心理学、論理学其他ノ方法ヲ研メルノハ
◎ 教育ハ必ズ三ツノ要素ガ之アリ
1. 教育ノ主体（教育者）
2. 教育客体　（非〃〃）
3. 教育人ノ作用
教育ノ方法ハ根本ニ於テ方法アル限共ニ人格
体アルヲ要ス
要ニ廣狭ノ二意アリ
○ 狭意義ニ於ケル主体ハ教師デ、比較的
ニ優レタモノヲイフ
宗教家、聖賢、哲人
○ 廣義ノ主体
必ズモ一個人ノ人格主体デナク　各体ニ及ズ
影響ノ状体ソノ外ノ社会的條件環境
其他ノ事物
◎ 教者ノ各体ハ何ゾヤ
日本ノ民法上ニ於テ生レルト人格ヲ有スト
人格体ガ凡ヘデ（ベテ）教育体ニナルカ

幾才マデハ人ハ発達する可能性アルカハ問題デアル
◎ 作用ニ廣狭ノ義アリ
○ 狭意義　教育的動作　一定ノ方法、理程ヲ
取り個々ノ人格ヲ開達スルカラ
具案的入□、意識的方法的影響デアル
計画的教育ハ單ナル外部的影響環響（境）アル
ト解サレデハ？何
故各体ニ拎ケル
○ 廣義ニ拎テハ何ラノ計画ヲ立テナイ無意識ニ行
ハレルコトガ入ッテクル
教育的働作ヲイフト社会ノ凡ベテノ人が教育者
ニナル　即　量ト質ノアルカ無イカニ区別サレル
以上ニ述ベタ三ノ作用ニ教育ノ概念ノ作用ハ後
付デアルガ従ッテソノ教育的活用方法モ後付ニナル
○ 教育人單ナルサイエンス（学問）ニナルカ
モトヨリ教育的活動ハ一ノ藝術デアルガ
如何ニ導クガ　義（議）論ヲ導クベキカハ教育デ
アル
○ 次ニヘルバト（Herbart）ガイフニ独立科學デナク、複合科
學デアル（1772）
元ヨリ教育學ハ心理學的方法ニマサレル方法デ
ハアルガ
然レド心理學ハ眞事実ノ學問デアル、理想ヤ目

	的ヲ 倫理學ニシテ中心人格問題ハ共通ナレド 倫理學ハ「何ガ人格デアル」ヲ研メルガ シカシテ如何ニシテ人格ヲ陶冶スルカ 又ハ如何ニシテ人ヲ無ニナラシムルカハ解イテ ヰナイ　　故ニコレハ教育ノ眞事実教育ヲ待ネバナラナイ 斯様ニ獨立教育ノソウ様ニ如何ニ他ノ科学ト 深キ関係ヲ有スルガ複合科学デナク 独立科學ハ確デアル
○	教育ハ　説明科學デアル 　　　　規範科學デアルカ
○	規範トイフコトハ　「カクアルベキコトヲ意味スル」 　　　　　　　　　　　　Solle（Sollen）　（当為）
○	眞・善・美ニツイテハソレゾレヲ実現センガ為ニ 思惟ヤ意志ノ感性ハ必ズ前ノ三ツニ復（服） 從シ必ズ前ノ之ニ要求サレレル原理ハ規範デアル 即規範トイフモノハ美的批價トカ、　道徳的 批價トカ、論理的批價トカ殆ント 價値物ト仝ジモノデアル
○	静的ナル、動的ナル主観的ノ見タ立場デアル （即主観ナル働ハ動的ノモノデアル）
◎	規範方則ノ理解ハ自然方則ト比較スル

	規範＝不必然 明瞭ニナル 一体　方則トイフコトハ　物ト物トノ間ニクン遍的 物事ニ関スルコトデアル 自然的法則ハ「雨ガフレバ下ニ落チル」ノ如キ 要件ガアルト 必ズアル結果ヲ伴フ コレハ即チインガ関係ヲイフガコノコトハ吾人 々別ニ理想ヲ立テナイデモ、立テモイツモ 理想ヲ立テタトキト仝ジデアル
○	コレニ反シテ規範方即ハ 例　雨ガフルト學校ヘイクノハウルサイ ガ「イカネバナラナイ」ノ場合ニナルト教師 又　學生ニシテモ「ネバナラナイ」コトヲ考ヘルト即チ 各個ノ或理想ニ支配サレテ各判断スルトハ 即規範的方則デアル、 規範方則ハ必ズモ行クネバナラナイノデハナイ、カッテモ 例外ノコトヲ行フコトガアル 規範的科学トイフモノハ感性目的デ　ソレニヨル規 範ヲ研メテイクモノデ 例　倫【理】學ハ善トイフ値ニ基キ 　　美學ハ美トイフ値ヲ元トシテ 然ラバ教育ハ如何ナル値ヲ有スルカ、ソノ対象

ハ何デアル、現今ハ問題ニナッテヰルノデアル
○ 然シ前ニ見タ様ニ　教育学ハ如何ナル教
育動作ヲ導研究メル原理デアッテ
ソノ値ハ独立ヲ見出サレナイニシテモ　色々ノ規
範科學ガ対象シテヰル物々ノ値ヲ意味スルモノ
デ、矢張　教育大家ノイフ所ノ規範的科學ニ
ナルノデアル、　　教育学、美学
規範的科学ハ　過去ヤ現在ノ実在事実ヲ研メルコト
ヲイフノデアル
コレニナル説ガ　科學ニナルトイフ人モアル
次ニ教育活動ハ人間ノ精神之象デアッテ自然之
象デナイ且ツ文化之象デアル
◎ 故　教育ハ＝精神科学＝文化科学デアル
教育科学ハ規範科学デアル　一際ノ科学ノ
凡べテ学問ノ深イ関係ヲ有スルコトハ的ナリ
◎ 教育を主トシテノ　人トシテノ人格性トハ何リゾヤ」
根本観念ハ科學トシテノ人間科学ヲコヘテ実践
哲学ニ化セラレタ問題デアルカラ
見テモ哲学ハ教育學ト深イ関係ヲ有ス
○ 教育者ノ中、ヘベルリン（Heberlin）氏ノ（女大ノ河
野桂丸ノ訳アリ）説ニ未成熟者ノ科学（教育者）デアル
○ 哲學ハ成熟者ノ教育デアルトイッタ　極論ガアッタ
（哲学純粋ナル認識論ノ原因ニモトヅカナイ）

規範法則ト自然
○ 教育學 1、論理學 1、比較
論理學ハ凡べテノ事ヲ判断スルコトハハダシテ事実
デアルカ　ドウカ
cap Ｉ
例・A=A　同一律
A≠A non A 矛盾律
ソノ外　先見律　A=Aニナルモノデアル
教育的研究範囲
「厂史的教育者（教育史）
系統的教育學
- 理論的
  - 目的論
  - 方法論
    - 教導學
    - 教授學
- 実際的
  - 数授形式
    - 個人
    - 團体
  - 學事行政論

5月11日 第二章　教育ノ力
教育ノ力トハ　教育シ得ルコトハ陶冶ノ可能性ヲウルノミ
ヲ前定（提）シテ論ジタモノデアル
ハダシテソノ可能性ガアルカドウカ　換言スレバ
可能性ニハ（コレニハ　コノ根遽ガ考ヘラネバナラ
ナイト思フ
第一ハ事実上ノ根遽
第二ハ論理上ノ根〃　} デアル

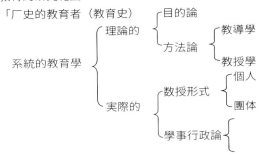

	前者ハ事実上一般ニ教育上ウケル事実一般
	ニ又例非教育者ノ適宜性カ、
	適宜性ハ外側ノ感性トカ、模倣性ノ
	心理的事実ガワカラノ的カデ證明サレマス
	從ッテ特殊ノ育唖教育　白痴ノモノニシテ
	モ事実ノ
	事実上ノ根キョニ付テノ理由ハハダシテ
	カントハ、教育者ノ根キョノ序論中デ人間
○	ハタダ教育ニアリテノミ人間タル由ヲ」書イテアル
	ガ、人間中ニハ多ノ芽バエガスエツケラレテヰル
	ソノ自然ノ組（素）質ヲソレゾレノ割合ニ応ジテ開
	展シテイクコトハ吾人ノナスベキコトデアル
	コレニヨリテ人間ノ本文ヲ達成シウルコトガデキル
○	ソシテソノ組質ハ何モノカトイフト
	ソレハ善ニ向フ組質アルト考ヘテ次ノコトヲイッタ
○	造物ノ神ガイフニ汝ニ善ニ向フ組質ヲ與ヘタ
	ソレヲ発展シテヲクコトハ汝ニ属シテヰルト述ベタ
○	カントハ教育ノ力ヲ認メテソレヲ自然的組
	質ノ合目的｛的｝開発達トニルガ　ソノ考ヘ方ハ
	カント以前ノ18世紀啓蒙一体ノ特色ト云ヘル
○	デアルガ　英ノ啓蒙期ノ　John Locke（1632
	1704）迄ノ経験ノ立場ニモ拘ラズ　教育トイフコトハ

	外カラハ込見デナク　ソノ組質ヲ自然的ニ発達スル
	ノデナク　直下ニイフノデアルトイッテヰル
◎	カント　トLockeトチガヒヲ比スレバ
	等シク組質ヲ開展スルノモ前者　合目的的ト後
	者ノ自然的トノ展開ノチガヒガアルガ
	ソノ当時ノ認シキ論ニ於テ吾人ハ如何ニ
◎	表象ヲ處理シテイクカガアッタ
	佛ノ　Descartes（デスカルト）ヤ（
	Leibniz）等ノ時代ノ事ガアッタ
○	コノデDescartesトLeibnizトハ観念ハ先天的
	ニソナハル表象ガ感覚ノ媒介ニアリテ自己ノ観
	覺
	本質観念トイフコトハ元ハ白紙デアル
	心ハ白紙デタダーツノ語義即チ経験（エクスペ
	エリンス）ニヨリテ知レルニヨリニ本質観念ニ存在サレ
	ルコトハ近世哲學上ニアリフレタコトデアル
	然シコノ本質観念ヲ吾人ノ理性ニアルト考ヘテ
	Rationalism　（理性論）ニ対シテノ経験論（
	Empirism　　ト呼ンデヰル哲學論ハ未ダ
○	解決シナイガコレヲ完成シタノハカントデアル
	尤モ斯様ナ述ニヨルガ　モットモ　ロックノ自然□ジタ
	トイフモノハ本質観念的ダト考ヘタ様デアッテ
◎	経験ノ起因ニハ二種アリ

	理性 { reason（理性） undestand（understand）（悟性） sensitive faculty（感性）
	1. 感覺ト２ハ反省トイフ二ツノ起因ヲ認メル
	ガヤガテ組シツハヤガテ反省ハ本ダ
○	デアルガ、理性ノ力ヲ主トスル純能ノ人々ニハ
	凡ベテノ事柄ハ何事デモ個人的ナ理解
	カデ持ッテ解決ノツカナイトイフノデアッテ
	全ク理性萬能デアッタ
○	カントノ場合ニハ感性ハ外ヨリ知シキヲ
	主トシテソノ感性ノ求メタ知シキ（悟性）ヲ
	悟性ト感性トノ
◎	更ニカントハ哲學ヲ如何ニ考ヘタカ
	子供ノ未塾ナル覺カラシテ大人ニナリテ蒙ヲ開カ
	レタト云フモノハ如何ナル標的モノモ道徳モ
	吾々ノ自ガ（我）ノミニヨリテ　標的サレルデアル
	標的トイフコトハ哲學ノ哲學的価値ハ経験
○	ト理解カト悟性ヲ
	ソシテ各人ノ心ノ中ニ平等ニ先天的ニ具備サレテ
	アルノデアッテ　ソレヲ自然的ニ開発シテイク
	コトハ教育ハ何カトイフコトハ当然デアル
○	全然ルーソ（ソー）ノエービ（ミ）ールニヨリテ誇張サレタ
	ソノ感情生活ヲ主トシタ人ニヨリテ実際ノ啓蒙

	ルソ＝多情＝多感デ　先天的ノモノデアル ト唱ヘタ
	ノ考ヘヲコヘタトハイヘ根本ニ於テ
	ハ理性論トハ归一スルノデアル
◎	エミールノ階級位置ニ自然ノ想ゾウ考
	ノ自然にデテキタモノハヨイカ人ニヨリテカク
	サレルト悪クナルコトワザアル
○	物ノ本来ノアルベキ姿ヲイフノデ前ニ吾
	々ノ見タカントノ語ハ
	即チノロービーエノイッタ汝ラハ凡ベ【テ】善ノ組（素）質
	ニ向フト仝ジダ（デ）アル
○	何トナレバ哲學　ノ理性ハ自然ノ光ト
	一般ニ呼バレタ
◎	「ルソ」ノエーミイルハ現代ニ至ル迄（200年）教育
	ノセイテンニアルト思ハレテ個性ハ開発ノ元動
	カヲナシタルコトハ個人ノ平等ノ考ガ政治家ノ
	佛革命ノ考ノナシタコトト深ク関係ヲ以テヰル
6月8日	理性的立場カラ教育的價値ノ論表ヲ提出
	スルコトハ古ク希（プラ【ト】ン）ノ羅馬（クエンプエン）中世
	ヲ経テ近世ノネル（ルネ）サン【ス】迄（日本デモ貝原先
	生）東洋デモ孔子孟子ノ論ヲ本トシ、
	性相近習相遠
	サテ近世哲學史上ノ啓蒙期ノ理性論ハ學説
	トシテドノ程度迄行クカ、トイフコトハゾンガイ（存外）
	ニシテモ一切ヲ吾ヲ中心トイフ風ニ考ヘルヲ

	論理的ニ協ギシ得ルコトト思フ 啓蒙ヲ完成シタノハ　カントデ、カントニ於 テモ一切ノ認識ヲモ吾ノ睿知統一ニノミ ソノ吾ニハ経験的性格ハ後天性格ト アッテ睿知的性格ハチョー的ナルモ即先天的 デ即目的又ハ價値ノ世界デアル
○	人格トハ之ヲソノ内容トシテヰル点デ経験 的ナル事ノ他学科ト区別サレル 比較デ人格ノ向上トハエ（睿）智的ニ向フテ 吾ヲ陶冶【ス】ルコトヲ関連スレバ　経ケン的ナル 感覚的ナ量マデ ココニカントハ教育家ノ論キョ（拠）アリ且之ニヨリテ自然 的組質ヲアル目的ニ開発シテイクカツテカント ノイフト所ノ学問ガ的ニナルト思フ
○	以上ハ啓蒙思想ヲ主観的方面見タルガ之ヲ 落觀ノ方カラ見ルトモノヲソノ侭ニ実在トシテ 扱フ自然ナル感覚論トナッテ有物論トナル 殊ニ生物ハ進化論ハ之デアル 18世紀ノラメトリー氏ガイフニ人間ハ機カイ（械）ナリ La Mettrie（1708-51） 殊ニ有名ナノハCharles Darwin Buffonノ （1791-1801　ノ自然淘汰　適的生存カラノ 教育論を自然的科学カラ論ジラレテヰル

○	ソノ反対ニ、Heredity｛氏｝ノ考ニ至ッテ教 育ノ力ガ非常ニイタク□剰、 モットモ遺傳ハ組質ヲ遺傳スル仝遺傳デ一般 的先天的能ニ解スルト教育可能ノ通説ニ対 シテ之ヲ経験的ニ祖先ヨリ傳ヘル個々ノ性質ガ 個々ノ労力ト解スルト逆ニ教育ノ力ヲ制限シ 得ル根本ニナルガ（哲學的ニ□） ソノ差別ハ哲學的見地ト科學的見地ノ違ニ スルコトガデキルガ　ソレノミデナク ソノ組質ヲ発展シ展開シ改良ヤ変化ヲ認メル ガドウカヲソレガキニシテヰル
○	Arthor（Arthur）Schopenhauer（ショケン派）1788 - 1860） 如キハ哲學 彼ノ哲學ノ根本ハ Wille zum Leben 宇宙ノ本体デアル、　シカモソノ意志ハ盲目デ無 理由ニ働キ悪ナル理由ヲモツガ　ソレハ又人生 ノ根底デアルカラ従ッテ人間ハ通常ニ満足テ アリ（普通ノ状態デアル）且ツ盲目的意思ガ根
○	底ノ盲目的力デアルカラ教育ノ不可能 ナルコトハ当然ニデルコトデアル ノミナラズ　人間ノ組質ハ一生不変ナル物デ個 人ノ根本的傾向ニ対シテ教育ハ全無力デアルトイフ

	ショケントトカントノ
	學說ノ相連
	（盲目的カラ知性ニトキ）　　（ショーケンハ）
相	個性トイフモノハ即チソノ侭デ遺傳性アル教育不能デアル
違	人間ハ教育力ニヨリテ造ラレルモノ（カント）
	ヨケンハノ哲學ヤ自然的哲學ノ自然科學
○	ト相互ニ應キョ（許）シテヰタコトハ
	ショケンハガ独人ノヘエゲエルノ死後ヲ受ケテ自然
	的科学ヲ解カレタ、即教育
○	当時ノ有名ナル　メンテッテ氏ノ（Grego（Gregor）　Mendel
メ	B mendilism（mendelism）1865-70
ン	1.遺傳組質ヲ三ツニ分テバ
テ	Unit character 優勢（性）ガ劣性ヲ壓到スル
ッ	若シモメンテールノ法則ニヨリテ身体上ニ遺傳性全アレ
テ	バ教育ガキカナイ
氏	シカシ今日ノメンテールノ力ハ心理上ニ及ンデハ
ノ	ヰナイ、　モットモ　音楽ノ才能ハ心理上方面ニ
學	及ブルガ一的教育可能ノ根キョニ迄ニ及ンデ
說	ヰナイ、
ん	ソノ外ニ教育力ヲ否定スルモノハ
	即英 Sir Francis Galtan ハ有名ナル
	Eugenics（優種學）ハヤハリ自然科學デ
	スグレル　ダタチガフ所ハ
○	フイガルガイフニ
	イフゼエクトハ人間自然改良トイフコトハ即社会學
○	ノ発ハ教育ノ力ヲカラズ　タダ優劣両ヲ断チ

	劣性ヲ有スルモノニ対シテハ結婚ヲ禁ズル事ノ
	或地方□行ハレテヰル所ガアル
	斯カル方法ハ極メテ効少ナイ
○	ソノ外ニ伊人ノロンブロオゾノ先天報罪論ガアル
例	刑法學者ニ大ナル影響ヲ及スモノデアルカラ
	監獄ヲ病院ト假定シ犯人ヲ優待スルベ
	キデアルト唱ヘタ
○	人相學
	人相學ニヨリテ人質ヲ知ルトイフコトニ有名ナルハ
	Gall（ガールリー）ノ骨相学デ、ソノ人情、等判シ
	心理的科學ヲ大ナル影キョ【ウ】ヲスルノデアル
○	19世紀ノRibot（リーボート）心理學者ガヰテ遺傳説
	ヲ系統ニ説カレルガ
	以上ノコト（遺傳ヲ認メルトシテモ遺傳素ガソノ
	元トナルモ　遺伝素ノ発展組質ヲ否定スル
	コトハ不可ト思フ
	少ナクトモ遺傳的ニ強度ニ強弱ヲ認メナケレ
	バナラナイ
例	モットモ弱物デ外囲力（ノ影響）適度ナル
	圖化ニヨリテ　intensity　□ニヨリテ強ヲ柔ク
	スル事モデキル
	改化遷善ノ可能性ノ一切ノ範囲迄ヲヒキクルメテ
	之ヲ遺傳ダト説カントスレバソレハ所謂教育

	遺傳性質デハナクデ　却テ一般ノ教育可能ノ
	学説トナラナケレバナラナイ
○	自然科学的研究ノ方デ近時ハ遺傳説
	ヨリモ適應説ヲトクモノガ多イト思フ
6月21日	教育ノ目的
	一　ハ必ズナニカノ
	目的ナシニハ成立シナイ
	ココニ於テ教育
	官立学校ニハ一
	考
	目的ニ拧ケル理論ハ教育家ニ取ッテモ良イ、
	シカシ乍ラ法則ノ規定ハ目的ノ意識ガ必要デ
	更ニ法則ノ不備ヲ補ビ教育ノ功果ヲ達スルニハ
	各教師ノ一定ノ目的ヲ有ス
	各一ツノ目的規程ソノ為ニハ目的
	一般ノ論ヲ待ベキコトデアル
	既ニ吾ラハ教育ノ意義ヲ多少立ツ
	根本ナル大ナア【ウ】トラインデハ規定サレテヰル
	コレニアルト
	人格ノ陶冶　全体ノ自己ノ実現
	即反化、相象デアルコトヲ否定ス

	コレハ教育ソノモノノ根本義デアッテ如何ナル教
	育説モ之ニ連傳スベキアル限リ
	今之ヲカリニ数ノ目的論トスルコトガデキレバ
	ソノ形式ニモラル、内容ハ如何、イッタコト
	ガ当面ノ課題デハアルマイカ、
	目的ノ内容トイッテモ之ヲ規定する立バ
	ニヨッテ色々ナ区別ハ生ズルガ今之ヲ大
	別スル中ニハ大体ニナル
A	1.客体タル個人ソノモノニシテ目的ヲ規定スル
	モノト
B	2.個人以外ノモノ　即社会ヲ目的トシテ教育目的
	如何トシテノコノニツノモノデアル
○	1.前者ハルソニ初マリクリトリフシチェーカラモット近
	ク　エレンケイ夫人ニ到テハ個人的教育説ニ拧
	テ
○	後者ハ仏ノベルベエマンヤ米ノ　　ノ社會
	教育説エソノ典型現出様ニ思ハレル
△	個人トイフモノハ大ナル連鎖ノ中ノ単ナル一
	ツノ輪ノ如キモノデハナイ
○	個人トイフモノハ単ニ関係ガ固有ト他トノ関係ガ
	アル　群衆ノ生活ノ（堆積）集合カラハ光輝ア
	ル当ハマルカラ、シナイ
○	文化ノ展進トイフモノハ各個人

シチェノ天才教育説

人ノ出現ニ拎テノミ可能デアル
個人ハ決シテ社会文化ノ方面デ
ハナイ
○ カツテ言ハルルト、ミチェノ天才教育ガ生レ
之ニガアルトン流ノ優秀學的説ヲ加ヘテ
エレンケヱ夫人ノ所謂児童の第一主義ノ
教育説モ出デヰル
之ニ入ッテ社会主義主唱ニ於テ人々タル人ノ本シ
ツ（質）ハ社会主キ（義）ヲ　借物シテ、社会的トシテノ本質
ハ無イ義デアル
○ 個人主義如キ個人トイッタモノハイツモチュショ（抽象）
概念デ実際架空意見ニ過ギナイ
ダカラ教育ノ目的ハ社会ノ向上ヲ供フニ稱ス
元ヨリ以上ハ個人的ノ思想ト社会少員ノ
両極端ヲトリタルニ過ギナイガ
ハダシテ個人ハ社会ヲハナレテソノ存在ハ無イミ
デアリ　抽象デアッテモ　逆ニ
社会ハ個人ヲハナレテ考ヘラレルモノカ　ダラウト
社会ハ單ナル個人ノ集合以上ノモノデアラウ
トハ云ヘ、　個人ナキ社会トイッタコトハ又抽象
ノイミデハアルマイカ
又文化生活ノ進發ハ成程去ル群ノ如堆
積ノ社会トイッタ力ハ生レズコノ個ノ超人

ノ出現ニ待ツノガ実際デアラウ、
トハイヘ、カヽル天才教育又ハケイ夫人ノ性教育
○ ノ夫婦愛ノ力説ノ如キモ、ソレニヨリテ目立
ツ所ハ　社会一般ノ文化生活ノ発展デハ
アルマイカ、
ヒ【ル】ガヘッテ見ルニ教育ノ客体ハ個人格ナ意シキ
デアルト考ヘタ為ニソレハ結局イシキサレル
モノト
イシキスルモノトノ合一　　相互
即チ　什多ノ自我ニ拎テノ相互統一デアル
吾人ラハ知ッテヰル、
○ 自我トハ吾ノ自覺作用　セイシン技能ヲ
カリヲ返テ考ヘタ時ニハ
○ 知情意ノ円万（満）ノ調和統一デアル
ソシテ又心理学的ニ前時間ノ作用機カン
ヲ見ルトマサニ之ニイミニシテヰル
カヽルイミニシテ人格陶冶ノ目的整理ノモ
ラルル内ヨウトシテ
○ 或ハ合理性ノ主智主義ノ教育説ハ
ペルバルトガ主唱スルニ意志ニモトヅク道徳
主義ヲ主唱スル各説ガ出デヰル
シカシ乍ラ　上述ノ説ハイヅレモ人格一
部ノ重要性ヲ強張（調）スル一部ヲ以テ誤リ認
メタト思ハレル

	19世紀ノシュラエルマン派（Schleiermacher）ノ如
	キハ古代希ノ説ヲ新ニシテ知性知ノ円万調
	和ノ発達ニ教育目的ニ於ケル新人文化主義ノ
○	（neu humanism）ノ人ダチガ現ハレタ
	ガ更ニ之ニ身体ノ発達ヲモ加ヘテ教育ノ目
	的トシテ現代ニモアル、
	ソシテ之ヨリコノ説ハ心理ノ道デアルト考ヘレルノ
	ガシカシ考ヘレバコノ説モカヽル誤モ個人
	的説ノ中ニモ含マレハシナイカ
✓	知性意、身体ノ円万ナル調和トハ心身ノ調
	和的統一デアル
	ソレハ結局自我概念ニ要略サレル
	自我ノ本質トハ元々轉々ノ中ニ不変ナル自己統
○	一ノ意識即チ
	「他」ヲ予想スル統一ノ技能デアル
	シカラバ　自我ガ自我トシテ存スルト予想サレ
	ル「他」ハ何デアル
	智情意ヲ円万ニ統一ニ調和ヲ発達セシ
	メルニ何カ「他」ノモノヲ予想スルモノハナイカ
	カヽル理論上ニ於テソノ「他」トハ社会デアル
	私デアルト　イヒタイト思フ
	元ヨリ社会概念ノ中ニハ人ノミデハナク
	自然モ含マルカモシカナイガ、兎角私

	ハ目的論トノ第三論個人ト調和ノ教育
	ノ目的ガ立ツモノト主唱シタイ
	個人ヲハナル「他」ハヱラレナイ
	教育ノ目的ハソノイヅレカ一ニ通ズルベキ
	モノデハナク
○	客体ハ依然トシテ個人デアル
	ソノ個人ハ社会我ニ迄発達セ｛マ｝ネバナラ
	ナイ
	社会ヲ国家ニ言及スレバ国家主義トモ
	イヘナイモナイガ
	コレハ国家本位ノ教育論トハ区別サレ
	ナケレバナラナイ
	個性ノ自由開発トハ　社会ニヨリツチカハレ
	全時ニ社会交（貢）献ヲ提ゲルノデアル
	常ノ論述ノ如ク個性ハ全体ノ自己実現ノ
	一ツデハ外ニナラナイノデアル
	カヽル立場カシテ私ハ次ノ如ク
○	教育ノ目的ヲ定メヨウ
	社会的生活ヲ理想化ノ人格養成文化
	ノ想象（創造）ニ功（貢）献シウル人格ノ養成トイフ
	コトハ即之デアル

藤原時代ノ天台宗ノイツカノ大発展シタモノハ

佛画ノ特徴

1. 唯美的（思想的ナルモノニ反シ内容ニ於ケル
意味ニ趣キヲ置カナイ、外観的ニオモムク
2. 装飾的（立体的明暗的ノモノデナク
明ニシテ装飾的デアル圖案的ノモノデアル
3. 繊　弱　（範囲、相應、邪汚ノ交合即
アカイ性質ヲイフ
4. 高價　　　（正シキモノテアラズ何所ニモアル）
5. 高　貴　（高價デアリ野卑デアル）
6. 夢　幻　（現実的ノモノデナイ　（粗イチョリナモノ）

以上ハ当時ノ佛画ハ斯カル特質ヲ有シテ弱シ
イモノデハアル　又ハコレニ有固義ガアルト思フ
斯カル自暴自棄ノ佛画デハアルガ時代
ニ不得已ナ状態デ　不思議ナルモノデアル
○ 要スルニ貴族ヨリ発生セル勢下デアル
ソレニシテ時代ノモノデアレバ藤原当時ノモノ
デアルコトガ調知サレルノデアル
盛家ノ時代デ（京都）隋カ佛カデアルカラ
藤原時代ノモノニ取扱レテモ良イ
○ 特別ナル佛画ハ宗教的ノ佛像デアル
ダラシガナイ」華厳ノ佛教、天台宗ノ如キモノ
本来ノ佛教デハナイ、　コレハ即チ
○ 天台法華宗四種ノ傳導ニヨリテ日本第一ノ

天台宗ヲ開イタ
弘法大師ハ佛教ノ正統ヲ受ケテヰレバ良イ
ガソノ前後ノ関係ハヨリ知ルノデアル
○ 之教トイフモノハ如何モノカ
印度ニヨリテ印度第八世ニヨリテ起リタル佛教
奈良朝時代ニ佛教トイフモノガアル
全体的ヲ支配シテヰナイ
大体佛教トイフモノハ禅（ゼン）定（ジョ）、解脱、トイフ
如キ邪念ヲ捨テヽ正解正道ニ行フ　？
密教ハ大体ニ於テ悟リ方ガ違フ　コレハ釋迦ノ
解イ【タ】モノデナク　シャカノ姿ヲカリテ説イタ
大日如来　歴史的ノ理性化シタ、全体的ノヰ（偉）
人的ナモノデアルコトヲ解イテアル
○ 即宇宙一際ノ權界ハ　生活スレバ最高ナルモノ
ガ待ラレルモノダ秘蜜（密）サレデヰル
トイフコトハ根本理デアルト思フ
○ シカラバ　瑜伽三密（相應）＝（身、口　意）
◎ 自体ニ所物ノモノ印ヲスル、眞言ヲスル
心ニハ所物ノ型ヲ念ズル
即ハ手ニ結ブ（ジキスダヘ）デアル、彼ラノ佛ヲ短ク姿ヲ
表ハシタモノデアル
心ノ中ニ所物ノモノ印ヲシテ眞言スレバ三密ス

低能児ノ精神欠陥ニツイテ
吾々ハ色々ノ言葉ヲ以テ智慧ノ程度ヲ区別スル、即愚鈍、優秀、
秀才、又低能児、異状児、精神欠陥薄弱などトイッテ智慧ノ程度
ヲ云ハントスル、　然レド、此等ハ正シイ意味ヲ具ヘテヰナイ
何故カヽル意味ヲ確定シエナイカ、　ソレハ区劃ノ根據ト成ルベキ的
確ナル　境界線ガ精神的ノ発達ノ上ニ或ハ素質ノ上ニモ表ハレ
テ来ナイカラデアル　斯様ナル言葉ヲ確定的ニ定義シヨウトシテモ
其レハアル人為的ノ約束ニヨルカ、又ハ全ク便宜的ノ根據ニ
ヨル外ハナイ、試シニ古来用ラレタ定義ヲ一瞥スレバ先【ヅ】実生活上
ノ必要上カラ法律上ノ定義ニ古イ英法ニ白痴ヲ定義シテ
（idiotノ）白痴トハ理性ノ推理力ヲ全用フルコト得ナイモノ
彼ハ20ペンスヲモ数ヘルコトガ出来ナイ、年齢ヲイフダケノ理解力
モナク、父母ノ名ノ理解力モナイ、　斯カル時白痴ト推定
スルニ充分デアル
次ニ醫者ノ定義ニ
若シ推理ヲスルコトガ出来ズ、或ハ原因結果ヲ認メルコトノ出来ナイ
場合ニソレガアル、病气ニ基イテ居ル状態ソレガ白痴・若シク
ハ精神的欠陥デアル、或ハ又白痴若シクハ痴愚（imb-
eciles）ハ判断力及智慧ノ欠乏ニ基クモノデアル、相象（想像）カヤ記憶
力ノ欠乏ガ病原デアッテソノ所在スルコトハ脳髄デアル
コレヲ白痴トイフ
宗教家ノ定義ニヨレバ
悪魔ノ存在スル所ニ病气ガアル、ソレガ為精神錯乱

ニ陥ッテ居ルソノ一種デアル、
最後ニ心理学的ノ定トシテ（Herbert（ハーバート）氏）1894年版心理
學教科本ニ、
白痴及痴愚ハ生レ乍ラノモノデアッテ、天才ノ反対ノ極端ニ
アル、ソシテ心ノ一般的虚弱デアル、
ソレハ質ノ違ヒヨリモ度ノ違デアル、而シテソノ甚シイ場合ニハ
人ハ殆ンド植物ニ類似スル、然シ乍ラヤハリソノ侭
（植物）ニ成長シテ健康デアルト云ッテヰル
近代ニ於テハ精神欠陥ヲ定義シヨウトスルニ四ツ
ノ基ガアル
▼ 一ツニハ社会的経済的ノ標識（criterion）
デアル最モ普通ニ用ラレルノハ英国ノ帝室精神欠陥
委員会ニ採用されたLondon（ランドン）の医科大学ノ作ッタ定義デアル
「精神薄弱者トハ出生又ハ幼年カラ有スル精神欠陥ノ
為ニ、第一仝ジ條件デ　正状ノ人々ト競争スル
コトノ出来ナイモノ
第二ニ普通ノ智慮ヲ用ヒテ自分ノ一身　又ハ用件
ヲ処理スルコトノ出来ナイモノヲ精神薄弱者トイフ、」
此ノ定義ニ見ルニ　二ツノ注意スベキモノガアル、
×第一社会上、經濟上ノ能力、能率ト云フコトニヨッテ述ベ
ラレテ居ル。然ルニ斯カル能率トハ單ニ智慧ノ程度ニ
ヨルモノデナイ、感性意志ノ出来具合、道徳品性
ノ性質？社交上ノ性質及身体上ノ事柄（健康風彩）

C　了解問題

或問題ヲキカセテソレニ対スル判定ヲ言ハシム

D　六十語問題（三分間限）

多クノ語ノ泉ヲ一括シテ聯想セルモノヲ発表セ得バ可ナリ

三分間ヲ三ツニ別ニソノ半分間ニイツカ云ッタカヲ、示セバ次ノ如シ

18　125　105　9　85　7

半分｜〃｜〃｜〃｜〃｜〃｜　（標準六十語）

十二才ヨリ大　人迄ニ問題

抽象語ノ定義

アハレム、復習、意義、正義（採点ハ困難ナリ）

F　混乱文章

3.	4.	2.	7.	1.	5	8
For	The	Started	An	We	Country	Early
ファ	アン	スターアデイ		ミイ		
6.	9					
At	Hour					

防禦ス　犬ハ　善キ　彼ノ　勇敢ニ　主人ヲ

E　寓話ノ解釋

或一ノ寓話ヲ言ヒキカシテソノ中吾々ニ如何ナル教訓ヲ与ヘルシヤヲ

考ヘシメノ善悪ヲ判断セシム

牛乳ノ女　農夫ノ捕ヘタル鶴トオーム

即チ吾々動物生活ヲ習得シテ行クニハソノ母体ナル個々ノバメンヲ考

慮シテ個々自々成スベキコトヲ

Q．14才

原リ（理）ノ発見（归納問題）

1. 紙ヲ二ツニ折ラシメテソノ折目ヲツメツテ穴ヲアケルソノ穴ノ数ヲ言ハシム

2. 大統領ト国王トハ三ツノ大差ハ如何ナル物カ

世襲、年限、権力

時計ノ針ヲ倒ニスル問題

16.　六　二二分過ギ　二時四六分（90問3分）

謎見タヤウナモノ

14才　物理的関係ノ了解

1、

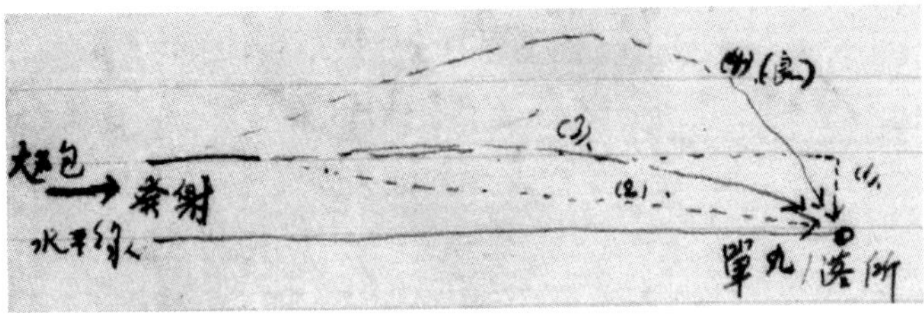

2．コレハ普通ノモノニシテ流

鉄砲ハ百米ノ斜点ヲ持ツ目標ヲネラフ
〃　五十米ノ・・・・・・・・・・
｝ドッチガタヤスイカ、イヅレカヲ答ヘタ時ニソレニ対スル理由ヲ述ベシム

3．50磅ノ入リシ水ノハイッタバケツガアル、ソノノ中5磅ノ魚ヲ入レデアル場合ノ重サハドレ程アルカ、　但シ魚ガ水中ニ浮ブ疑念ガ起リコレニ対スル不審ガ起ルコトアル

大人ノ問題

ビネーノ紙切　　紙ヲ折ッテソノ折目ヲチギッテ開イタ中ノ形ヲ画ケト 

暗号符ノ問題

ア米利加南北戦争ニ用ヒシ暗号符ナル

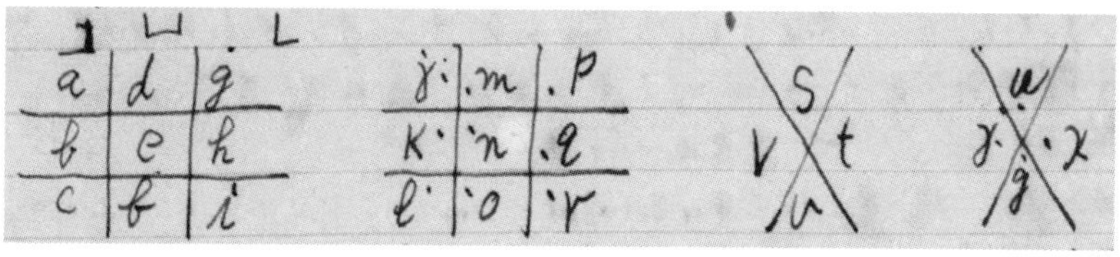

コレヲ示シテ左ノ問題ヲ分解シテ枠内ニ記入セシム（暗号符記法ニヨ

例 come quickly

今迄述ベタ問題ハ即チ智能尺度ハ如何ニシテ使用スベキカ、例

5才児ガ凡ベテ出来ル、3才4才デモデ来ルトイフモノニシテ一ツ低クシテ

始マルヤウニシテ5才ヲ4才ノ問題ヲ課ス、尚低能ナレバ

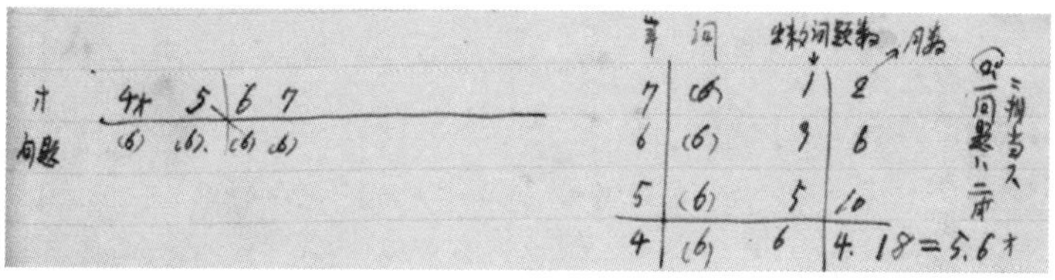

精神年齢トハ何ゾヤ

各年齢ノ平均兒童ノ精神的発達段階デアル（又ハ精神的ノ実績

発達段階）言換レバ智能ノ尺度ニ依リテ表ハシタ年齢ナリ

智能尺度トハ各年齢ノ平均兒童ノ成得ル精神的ギョ【一】セキ

発達ノ段階ガ此レニナルモノデアル

精神【年齢】トハ兒童ノ精神的発達年数ヲ示スモノナリ

然乍ラ精神発達ソレ自身ト云フモノハ兒童ノ天賦又ハ組シツ（素質）ヲ

示スデハナイ　　智能ノ劣ッタ十二才ノモノト雖モソノ精

神発達ト云フモノハ五ツノモノヨリ優ルコトガアル

ソノ精神組シツヲ示スモノハ何ゾヤ

即チ智能指数ト呼バルヽハ

智能指数トハ精神年齢ト実ノ年齢（暦ニヨルモノ）トノ比ヲ

示サレタモノデアル　$\frac{M.A\quad 5.5}{Ch.A\quad 5}$ 110

智能　組質ハ示スニ優ハ100以上劣ハ100以下

右述ノ如ク精神組質ノヲ以テ示スモノハ即ハ　智能指数デアル

Intelligence

日本画絵具名称

- 緑青
  - 青　一番（荒）
  - 〃　二番
  - 〃　三番
  - 〃　小三番
  - 白　一番
  - 〃　二番
  - 〃　三番
- 洋紅（生臙脂）
- 藍
- 代緒
- 雌黄（雄黄・石黄）
- 赤味ノモノ
  - 朱土
  - 紅殻
  - 辰砂
  - 丹
- 朱
  - 黄口
  - 赤口
- 群青
  - 白群青
  - 薄群青
  - 濃口群青
  - 紺青
- 金
  - 正色（焼ヤキ）
  - 仲色
  - 青金（又常色）
  - 水色
- 金ノ下塗ハ丹
- 又ハ朱ノ胡粉入
- 銀ハ藍ノ胡粉入
- （粗悪）玉胡粉
- 胡粉
  - 二号胡粉
  - 一号胡粉
  - 之以上ノモノハ種々ノ名称アリ
- ？
  - 大理石
  - 水晶末
  - 方解石

- 薄キ赤キモノ
  - 珊瑚末
  - 桃花
  - 金桃花
- 白緑
  - 白緑
  - 赤白緑
- 山石モノ
  - 茶緑
  - 黄緑
- アイガキ
- キガナ
- シャオウ（赭黄土）
- シャボク（ズミ）（赭墨）
- シャエンジ（赭臙脂）
- アイズミ（赭墨）

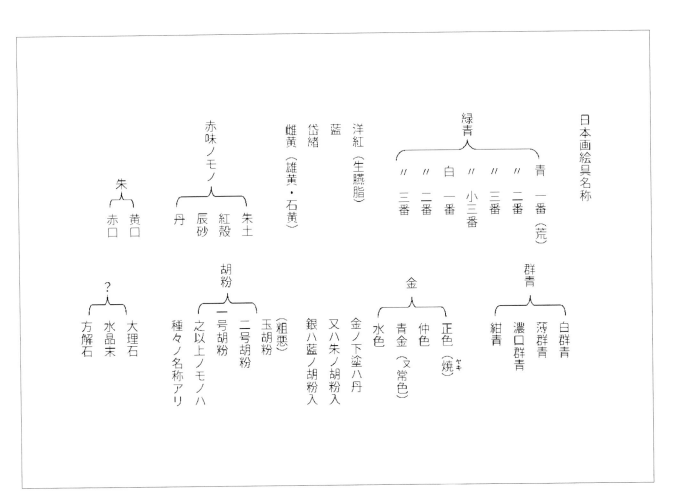

教育心理学　　　1、

現今ノ心理學トシテハ完全ナル一科目ニナッテヰナイムシロ之ヲ教育活動ト名ヅケルヲ

1.歴史的哲学的研究
2.科學的ノ教育研究

教育ヲ定メルニ之ヲ科學的ニ論究シ得ルヤ否ヤ目下ノ大問題ナリ
教育ヲ論ズルニ教育活動ノ論ニ付テハ個々ニ分チ例ヘバ数學若シクハ精神的ニ研究シ実際
又、美術ノ目的ヲ社会的ニ考究サレタモノニ依テ科學的ニ可能デアル即チナラハル、実際ノ理想トシテ実事的ニ追究サレデ居ル、
昔人が考究シツヽアルハ例ヘバ「ルソ」ノ説又ハ社会ノ自由的思想ヲ一般ニ行ハルヽモノナレバ
即チ歴史的哲学的ニ考究サレツヽアルガ之ヲ科學的ニ考究サレテヰナイ
即チ規範的ニ当為サレテヰルガ為ナリ、
実際的研究又ハ科學的ニ常識的ニ考究サレテヰナイ実際的教育手段ノ方面ニアル　今ヨリ兒童又ハ人間精神研究スル事ハ実

1.個人差ノ研究
2.學習ノ研究　　}進度
3.各科教授ノ研究

第一章　個人差ノ研究

度々ノ身体上ノ特質例ヘバ身長違スル　　多数ノ身長ヲ計リソノ部分ヲ考究スレバ或法則ガ見エル
身長ヲ計リ実例ヲ示セバ左ノ如シ（身長分布ノ状体）
今ニ1052ノ女性ヲ
最低　　　中
55吋　　　62　　　70

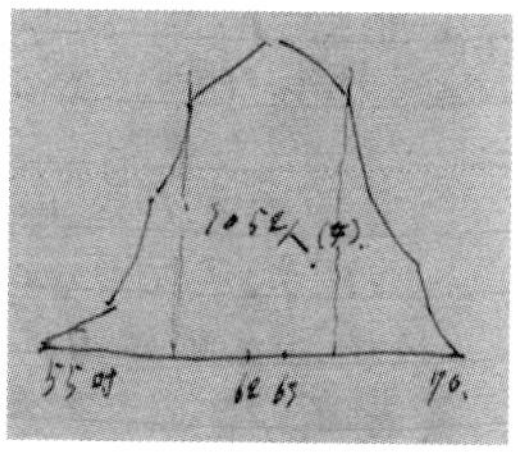

今ノ分布状体ヲ見ルニ　約半分ハ狭き間ニアル残ル半分ハ両側ニ前者ト仝一ニ分布サレテヰル感ガアル　担端ニナルバ両側ニ行ク程漸次減少ス
凡　　　生物界ヨレバ
芽ノ出ル自然的ノ観分デ、木ノ芽ノ出ル種類ノモノヲ調査スル

二.	上	中	下
3月	8	36	63
4月	93	67	34
5月	14		

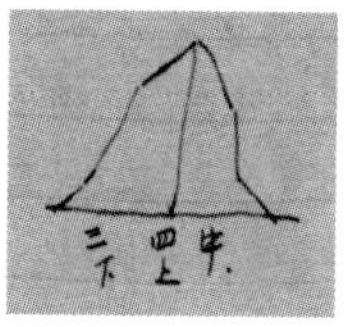

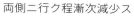

又ハ飛鳥ノ状態ヲ見ルニソノ飛翔調查セバ左記ノ圖ニヨレバ

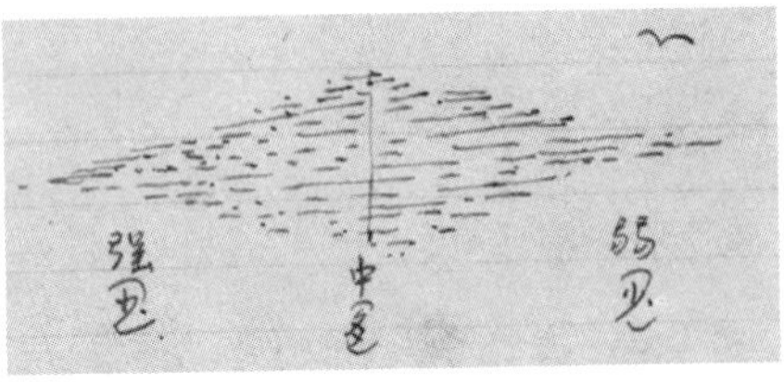

自然界ヲ見テモ又ハ個人差ヲ調ベデモ自然界ト仝ジク、一ツ
ノ能力ヲ調査（
自然界ニ扵ケル　　　　　　　　　　　　　　残一六学生即
Can cella tion 氏ノ調査ニヨル
キャン　セエ　ション

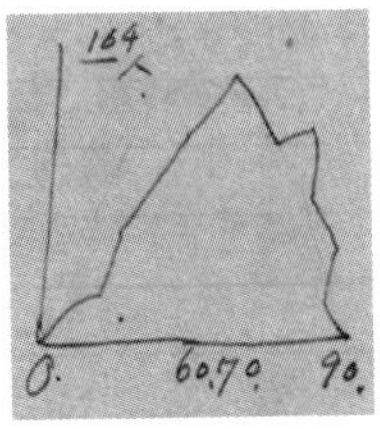

AEOQP　1字「A」ヲ消サスミ一分間ニ
A²　T　to T　Aヲ消サシムル人数少キガ故
ニ分布状態ハアマリ宜シクナイ
或分布ヲ調ベルニ或機会ノ法則（
　）ヲ調ベルト何トナレバ先ジ
例ヲ以テ示セバ今吾々ガ一銭銅貨ヲ投ゲル実行ヲ試ニ
表面ニ出ル、又ハ裏面ニ投ゲル時ヲ査ベレバ　表3．裏7．又、ソノ
反対、或ハ表6、裏4、ノ如キ偶然ノ状態ヲ調ベレバソノ
実際結果ヲ表ニスレバ
○ 之ヲ表ニ示セバ岡ノ如キモノデ
アル自然関係ハ人生関係ト仝一
ノモノデアルコトガ分ル

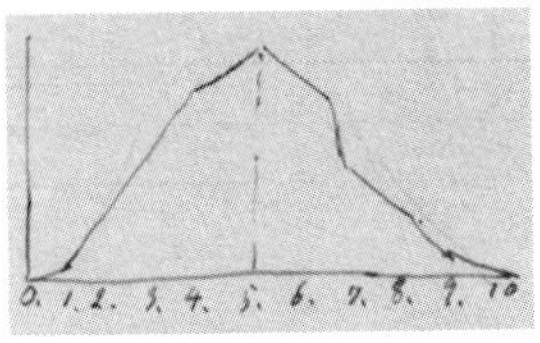

智能

智能意義及性質

1. 智恵トハ何ゾヤ　現代ノ心理學ニ扵テ未ダ完全ナル意義ヲ与ヘ
ラレナイノデアル　智理学ニ扵テ如何ナル全権ナル論據ハナシ
多クノ智能ニ対スル定義ハ　　各学者ノ学説

○ Èbbinghaus（エピンカホス　独人）ハ智恵ノ本質ハ智恵ヲ多
少ノ独立的又ハ什パクナル時ニハ相矛盾スル所ノ印
像念想ヲ関解サシテ統一ナル意アル全
体ニマデノ結合ヲスルコトニアリ智的能力ト云フモノハ多数
ノ類似セル念想ヲ多方面ニ結合スルヲ修成
又ソレヲ完成スルコトニ依リテ全体ヲ精讀シテ其ノ價値及意義
迄待タシムル所ニアリ、智力ト云フモノハ結合ノヨリテアル

○ meumam　（モエマン）
智能トノ心理的ヨリ見レバ　記憶ト感覺トニ依テ与ヘラレル材料
カヲ新シキ書物即想像的製作物能力デアル　実際的
ヨリ見レバ誤リナキ周囲ノ状況ニ順応スル能力デアル
実例ヲ示セバ
学会ニ扵ケル能力ノ優レタル人ハ如何ナルモノヤ
此迄アル智恵ヲ受取ノミナラズ自己新シキ研究方法
ヲシ新シキ発見ヲ行フ大ナリ
又ハ藝術界ヨリ見レバ此等ノ流派ヲ全透視シ
テ沿域ヲ全　　　其ノ處ニ扵テ新シキキジクヲ行ク人ナリ

○ 実際ノ見地ヲ抱シタル人ハ、Stern氏（スティロン）
当氏ガ云フニ智能ハ個人ガ新シキ要求ニ自己ノ思
考ヲ意識的ニ順態スル一般的能力デアル
能力ハ生活上又ハ新シキ事状ニ対スル順應
スル能力デアルデ
即チ智恵トハ考ヘテ居ルコトヲ順應スル働デアル
智恵ノ本質ニ關シBinet（ビネエ）
当氏ハ云フニ智的能力ニハアル修身的働キガアル
其ノ働ハ判断スル力ニアリ、或ハ分別スル了解スル
又ハ推理、実行セル力斯ノ如キモノデアル
斯ノ如キ働ハ、施行セル思考セヨニ於ケル三ツノ
特色ガ智能ニ対シテハ尤乍ラ

一、思考ノ働キ
　一定ノ方向ヲ取リ其レヲ保持スル
二、得ントスル結果ニ向ヒテ順應セヨトスル傾向
三、自己批判ノ傾向　例　今待ラレタル結果即チ
　最初ニ得ラレタル結果目的ヲ比較シテ批判
　スル特色デアル

要スルニ
1.第一ノハ目的ハ目的ノ設定
2.第二ハ工夫　スル　力
3.其レニ対スル実照（証）セル傾向

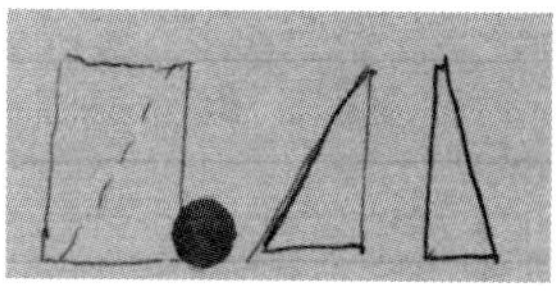

五ツノモノヲシテ四角形
二合セム

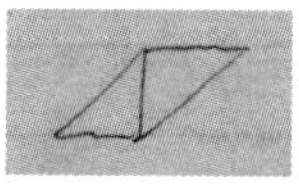

自己批判スル力無キモノナル実例
二番ヲ轉換スル間ニ

ハ一般的ノ能力デアル又ハシュシン的ノ能力デアル
要スルニ吾々ノ多種能力ニ分解サレル例バ注意ノ力
記憶ノ力、推理ノ力、又ハ想像力デアル或ハ感事（受）
性ノ敏高サ又ハ感覺ノ力ノ如キモノデアル
一般的ノ能力ハ存在セザルコトヲ主唱スル人ガアル
此ニ対スル答ヘル人アリ
○ 智的ニ対スル今述ベタル主唱ハ第一ニ科學的ノ実事
ニ反シ近代心理学発達ニ於ケハ　個人ノ能力ノ全
体ノ高度ニ於テ測定スルコトガ出来ナイ
現代ノ多クノ心理学者ハ一般ノ能力ノ高サヲ測
定スル即チ科學的事実的自在ニ反シテ居ル
○ 前主唱人間ノ自然的ノ経験ガ与ヘル所ト反シ吾ハ
実社会生活ニ於テ1人個人ノ賢トカ愚鈍トカ、斯ノ
如キコトハ無意味ニアラズシテ即チ自然的ノ経験
ニヨレバ個人的ノ能力ヲ評價シテ実際ニ適應シテ
誤ナキモノデアル
○ 先主唱吾ノ哲学的心理ニ反スルモノニシテ人間精
神ト云フモノハ統一的ナル性質ヲ持ッテ居ル
吾ノ精神ハ或多クノ特色ノ模細工ト出ル人間ノ
人格体トシテ統一的自在ニ反スルモノデアル

◎ 智能ノ測定法
精神的測定スルニ一種ノ尺度ヲ用フ　智能ヲ測定スルニ

即尺度デアル（Intellgence（Intelligence）　スケベ）
精神的現像ヲ測ノト物理的現像ヲ計ルコト異ッテヰル
開（簡）單ニ
例　　感覺　知覺ニ関スル測定比較的ニ
　　　兒童ノ智能ヲ測定スルニ振動数ヲ比較

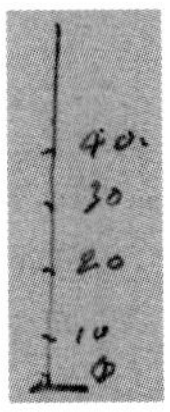

乍ラ智能ノ如キ者及現像ニ於テハ主ニ物
理現像ニ移リ難イ　故ニ
智能ノ測定スルコトハ或ル意ヨリ見レバソレハ測定
ニアラズシテ　ムシロ一種ノ分類ト看做サル、高級ナル
発達ヲ遂ゲタリ　低能兒トヲ差別シテソレヲ分類スル
コトデアル即智能尺度ヲ始メテ発明シタルモノハ
Binet（ビネエー）デアル氏
当氏ノ説ニ依レバ智能スルニハ智能測定デハナイ
即チ平面ヲ計ル累加的ノモノデハナク　ムシロ種々ナル
異ナルモノノ智ノ間ヲ分類スルコトデアル然シ
人間生活ノ実際上ニ於テハ　丁度計ルコトト全ジ
クヤウナル　有様ニ於テハ吾々右ノ意ニ於テハ
行フモ良トス
要スルニ　物理的ニ智能ヲ計ルノデアル
Binet Simon氏ノ構成ヲ述ベルニ当氏ノ智能ヲ計
ル方法ハ多種多様ナル問題ナル組織ヲナシ本
来コレハ低能兒ト云フモノヲ　普通ノ兒ヨリ摘出して

最初問題困難ノ度ニ依リテ排列セリ、而シテ
如何ナル年齢兒ニ如何ナル問題ヲ果シテナシ
得ルカヲ決定書ヲシタ、ソノ結果既ニ類計ナ尺度
ニシタ、　ソノ尺度ヲ精蜜（密）ニスル爲ソノ問題ヲ各年
ニ配当ヲスル所也　ソレヨリ表ハレルモノハ即チ吾人ノ
云フ所ノ尺度ナリ、或問題ヲ労シテ解決スル

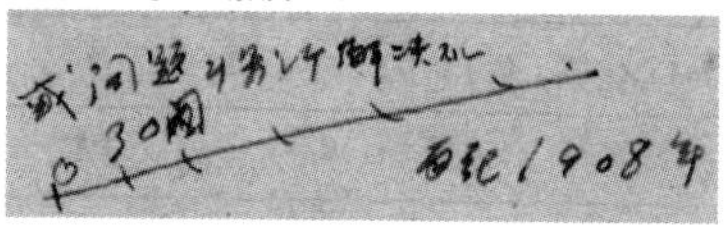

西紀1908年

斯ノ如ク年齢標準ヲ用ヒタルビネエ氏ノ最大発見ナル
ビネエ氏ノ方法ハ問題ノ配列ニ於テモ又問題ノ分量ニ
於テモ且ツ満足ヲ得ナカッタ　特ニ彼ガ残サレル尺度ハ
幼年（5,6才）者ニ於テヤサ【シ】スギル、年長者ニハ少シヲクムヅ
カシカッタ故ニソノ評價スル誤リヲ生シ多イ当氏ノ測定
ニ上級ノ缺憾ヲ発見サレナカッタ、
又上級ニ於テ其レニ反シテ余リ多数ノ人々ヲ缺憾ニ
分類セラレ斯様ナル尺度ニ依レバ同一個人ヲ依リ
定スルニ幼年ハ智能ハ優レ　中ニハ普通
而シテ年長者ニ於テハ缺憾ト看サレルコトガアル
斯様ナル缺憾其ノ他ノ缺ヲ補フニ多数ノ
改定法ヲ作ッタ
　独　Bobertay 米　【Henry Herbert】 Goddard
　Kallmann, Yerkes, 【Lewis】 Terman
諸氏ニ於テ改定サレタリ
Stanford（スタンポウト）改定
　　version

スタンポト改定法ハ三才ヨリオトナ迄ソノ尺度ニ依リ
ヲ計ル
9才───10、12、14、16、（大人）優秀大人（18）
○ 三才位ノ兒ヲ試ルニ初メハ身ノ部分ヲ指シテ目、ハナ
ノ部分、絵ニツキテハ　花ハドコ存在スルヤノ
分類ノ男女ヲ問フ。氏名ヲ問フ、線ノ比、又ハ正方形ヲ寫サシム

正方形、　　4才ノモノニ　　7才　　（低能兒）

○ 五才ノ兒　美ノ比較

イ. 人面ノ圖ニツイテ、二ツヅツノ比

ロ. 物体ノ重サ順ニ排ベサス　□□□□□

○ 六才　左（耳）右ノ区別、　耳ニ拘ラズ

○ 7才　金銭ノ区別（1才2才ハ指ニテ示サス）13迄数ヘシム）

人体ノ部分的ノ不足部分ヲ発見セシム

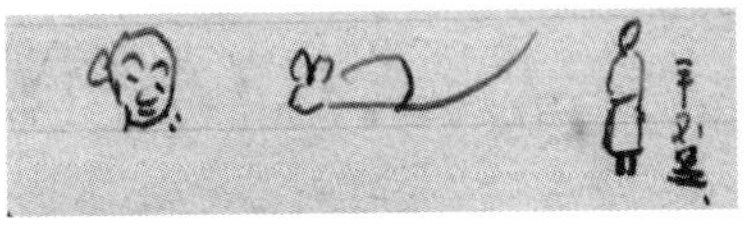

手又足

四才ノ兒ニ、ネル時ハドウスルカト発問スル　寒イ時ハドウスルカ
ヒモジイ時ハドウスルカノ　低能ハ何時モナクトイフ

七才　学校ヘ出カケルニ　雨ガ降ッタラドウスルカ
アナタノ家ガ火事ヲ見ツケタラ　ドウスルカ、合格、消防夫　又ハ水ヲカケル
汽車ニ乗リ遅レ時ハ　ドウスルカ　合格　次の車又は、自動車

八才　別ノ絵ニツイテ如何絵ヲカイテアルカ　叙述（七ツノ時）ヲヤル　三才ハ余リ言ヘナイ

七才　ニ蠅ハ蝶ハドウ違ヒマスカ　石ト卵トハ　異ナル答ヲ一求メレバ

八才　ニ優秀ナル問題　良イ、二ツ以上モ可ナル
若シ　アナタノ　ボールガドコニ無ナラ、アナタガサガシテ行ク道ヲ
鉛筆ニテ示セヨ

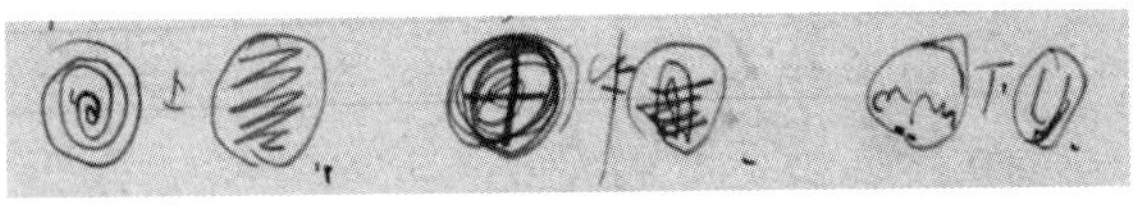

八才ニオイテ　1. 20ヨリ　1迄逆数ヘシム
智能ノ発達シナイモノヲ調ベ出スニ適
2. モシモアナタガ人ノモノヲ破シタラ　父ニイフ / 新シイモノ　正　シナイ、ヒラフ
3. 若シモ學校ヘ行ク途中遅刻シタラ　早ク歩ク / イソグ　正　学校ヘイカナイ，ト答ヘル
ハ学校ハ厳シイカラ？
“イイワケ”次カラ早ク出カケル
4. 若シモ友ガサウシナイデト訴ヘタラドウスルカ　許シテヤル
ワガマンシテヤル　ゴメンナサイ、アリガタウト
イッテヤル

人生ニ関スル問題
類似点ノ発見ヲナサシム
1. 木 ト 石炭ハドコガ似テヰル
正答　二ツモ植物質デアル、二ツトモ燃エル、蒸気ヲ起ス
不合　違フ、同色、二ツトモ汚ナイ、石炭ハ重イ
2. 林檎 ト 梨
正　二ツトモ円イ、仝ジク赤ミ、　熟スルト二ツトモ食ベラル
不　味モ仝ジ、　沢山ノ種子ヲモツ、　古クナッタ皮ヲモツ
3. 鉄ト銀
2.　4.　3.　1.
正　両方金属、　重イ　役ニ立ツ　道具ニ用ヒル、両方重イ
不　両方共厚イ、形仝ジ時モアル　銀少シト鉄ト　食ベラ【レ】ナイ
答ノ性質ニツイテ調ベレバ　ケントウガツクガ食ベラナイ奇怪
4. レングヮ ト 象
両方トモ木ニノボレナイ奇怪ナル答ナレバ、正答トミトメガタイ
5. 汽船 ト 自動車
正　旅行用
不　両方トモ旅スコトガ出来ル、両方トモ大キイ、黒イ、両方早ク走ル
キセンハ水ノ上ヲオヨグ、自動車ハトキ々々水ノ所ヘ行ク

摘抽像（象）的ノモノ　トラ、ネコ、ボール
○ 虎トハナンゾヤ
正　人ヲ食ス　肉ヲ食ス　ネコニ似テイル
不　アナタヲ食ッテシマフ、人ヲ殺ス、　人々ソレヲ見テ逃ゲル
○ 兵隊トハ　正　戦ニ行ク、　勇シイ、　鉄砲ヲモツ、　戦ニ行クト鉄砲ヲウツ
不　鉄砲ヲウツ、早ク戰フ、早進軍ス、
○ 大人ニシテモ難問題ナルモノ、
Laziness Idleness　ネヂネスト　アイトウル
無精（ショウ）怠慢
‖
仕事ヲ嫌フ、　仕事ヲ怠ッテヤラズ
○ Evolution　Revolution　イベリション
進化　革命
文化（人為的）　急劇（激）
徐々
○ Poverty　misery　ハバスティ　ト　ミゼン
貧困　悲惨
物質的　不幸
精神的
○ Cha（Character reputation）　キャラルダート　デピティシヨン
品性　評判
六月六日
三語法

○ 九才

例 小供　川　球　ノ三ツノ語ヲ一ノ文ニ綴ラシム方法

砂漠ト湖水ト川、　働、人、錢

不合格
1、答　三ツガ意カ
2、砂漠ト湖水ガ川ニ一パイ泳イテヰタ
砂漠ト湖水ガ續イテ違イテヰルソシテ川ガソコニアル
断片的ニ一ノ文ニ作成シ得ルヤウニ

○ 十才

A　愚想ノ発見

私ノ字

○ 或、機関□ガ云フニ車輌ガ多クナレバモット速ク走レルダラウ

○ 鉄道ノ出来事ガナヘ人モヒカレタ、シカシタイシタコトモナカッタ

以上ノコトヲキカシメテソノ善悪即ソノアイマイヲ発見セシム

合  13線 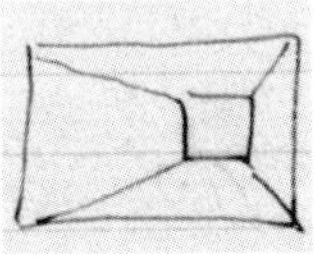 12線 絵ヲナ秒間示シテ後コレヲ
画カシム　大体ノ形シレバ可

人間ノ頭脳ノ分析ノ力ニ依リテ意味ガアルベキモノデ
画カレタモノナルガ低能者テハ観破シソノ豫想ガ分ラナイ漠
然トシテ出来テヰルトシカ見ナイ　コノ採点標

B、　文章記憶ノ線

或一ツノ文ヲ読デ一文中ドレ程理解シ得ルヤ否ヤ
記憶ノ単位ヲ求ム、　八ツ以上答ヘ得レバ可ナリ（合格）

不合 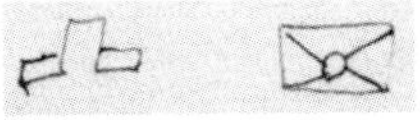

ニヨッテ決定サレル、　智的欠陥ノ之ニヨリテ決定
サレナイ、從ッテアイマイニ　ナラザルヲ得ナイ
× 第二　ニ此ノ定義ハ「普通ノ智慮ヲ用ヒテ」トアルガ普
通ノ智慮ノ意味ガアイマイ不確定デアル
「同ジ條件」トイヘバ幾ラカデモ智能ノ低イモノハ全ジ
條件デハ　　ト破レルト必定デアル、ソノ点モ
アイマイデアル、　然乍ラ「自己一身又ハ用件ヲ處理スル
コトノ出来ナイ」トイフ最後ノ部分ハ通俗ナ標準ヲ示スニ
適切デアル、　自分ノ用件ヲ処理シテ、自立自性ノ
道ヲ立テラレル人ナラバ社会上ノ負担トナラナイデ
一人前トシテ通用スル
然乍ラコノ種ノ定義ハ最後ノ標識トシテハ不完全
デアル、カヽル標準ニヨレバ　標準其レ自身ガ伸縮
自在デアル、凡ベテノ個人ニ全様ノ適用ノ價値ヲ
持タナイ、單純ナ社会デハ当前（然）ト認メラレル、個人デモ
複雑ナ社会ニ拎テハ全ジ條件デハ競争ガ出来ナイ
カラ個人ノ環境次第デ、欠陥者ト認メラレ又正常
ノモノト認メラレル、　ソノ男女ニヨリテモ　ソノ標準ヲ異ニ
スルコトガアル、女子ナレバ当前入ルベキ能力モ
男子ノ時ニハ欠陥ト認メレルコトモアル
ソノ他産業上ノ能率モアイマテデ且ツ不確定デアル
第二ハ教育的ノ標準デアル
×▲ コレハ學力若シクハソノ成績ニヨリテ精神欠陥ヲ決定シヨウ

トスルモノデアル。
此ノ標識ハ學校教育ニ於テ特別學級ヲ作リ
低能児教育ヲナシ　特別施設ヲナス実際上ノ
目的ニ於テハ　極メテ極メテ深イ意味ヲ有スル、
然乍ラ兒童ノ精神的素質トシテノ精神欠陥ヲ學力ト
イフ如キ教育的標準ノ之カラハ定難イコトデアル
何トナレバ學校ニ於ケル成績ノ優劣ノ原因ハ極メテ多
数デアル、智的素質ハソノ多数ノ原因ノ一ニ過ギヌ
學力決定ノ要素ハ第一ニ
身体上ノ特質（耳目等ノ感官上ノ欠陥）健康状態ガ
先ヅ関係スル、色々ノ理由ニヨル
出席ノ具合、學科、學校、生活ニ対スル趣味、勤勉
怠惰等　道徳的情意的ノ性質、カカル多数ノ要素
ノ合成的結果ガ學力ヲナシテ居ル
（現今ノ教育的標準ガ多ク用ヒラレテ居ルガコレノ不完全
ナモノナルハ以上ノ如クデアル）
▼ 第三ニ医學的標準トハ生前又ハ生レル時、或ハ出生後
感覚及運動ノ機関ガ発達シナイカ　或ハ発達シタ
場合モ病的ニ欠陥アル様ニ発達スル、或ハ途中デ
ソノ発達ガ抑止サレルノデアル
ソレハ主トシテ脳髄ノ慢性的ノ障害ニ多イ、極端ナル
欠陥例ヘバ白痴ノ如キモノハ生前又ハ受動期ニ於テ
起ル所ノ神経中枢ノ營養不良又ハ病气ニヨルノデアル

医學的定義トハ精神的ノ欠陥ガ体ノ病气ト類似ノ性質
ヲ持ツトイフ假定ニ基イテ居ル、
ソシテソノ徴候ヲ述ベヨウトスル、然乍ラ病气ノ徴
候ヲ述ベル場合ハドンナニ表ハレルガ　ヤハリ心理的
又ハ社会的ノ標準ヲ借ラザルヲ得ナイ
直接ニ脳髄ノ如何ナル痴病ニヨルカトイフ事ヲ病理的
ニ明ニスルコトハ出来ナイ、　医學的ニ精神欠陥ヲ誤ナク
診断スル方法ハ未ダ存在シナイ、コノ方面ノオーソリチイト言ハ
レテ居ル、
Treagold（トレーゴール）氏カ説ニヨレバ
精神欠陥トハ事柄ガ神秘的デアル、標準ハ□合的デ
アル、ダカラ白痴トハ脳ノ発達ノ可能性ヲ阻害サレ、
或ハ抑止サレタ状態デアッテ生長後ノ社会的ノ状態ニ
順應シテ外部ノ援助ナクシテハ獨立ノ生存ヲ保テナイノデアル
ト定義シテ居ル
▼ 第四ニ心理的ノ標準ニヨッテ決定シヨウトシタモノハ
第一ニ＝Binet（ビネ）デアル、　彼ハ低能（兒）
第一ニ一般智的性質ノ欠陥ニヨルトミタ、教育上、社会
上、経験上ニ如何ヨウナ順應ヲナシ得テテ、又身体的ノ
異状ヲ持ッテキテモ、　一般的智能ノmormal（normal）ナモノハ
デナイ、精神薄弱、低能ノ定義ハ智能測定ノ結果
定メラレル、　彼ガ始メニ精神年齢ヲ以テ表ハシタ
例ヘバ九才迄ノ子供ハ二年若シクハ三年、精神的ニ後レテ

ヰルモノ、　又ハ九才以上ハ三年以上精神年齢ニ後レタモノ
大人デハナ十二才以下ノ精神年齢ニナルモノヲ低能ト云フベキ
モノデアル、　ト標準ヲ與ヘタ（大体ハ分ルガ、コレハメンドウデアル）
Bines（ビネ）ノ標準ヲ精練シタモノハ智能指数ニヨル
標準デアル、　コレニヨッテ精神欠陥ノ決定ヲ行ッタノハ
Terman（ターマン）ニ初マル、　智能指数ニヨル時ハ比較的ニ
動揺セズ又客観的デアリ　正確ナ数量的ノ分類ヲスル
コトガ出来ル、　此レニヨッテ我々ハ初メテヤヽ満足ナ標準
ヲ得タ、　然乍ラ、実社会ニ於ケル実行上ノ必要カラスレバ、社会
的能率ヲ智能指数ト結合スルコトガ一層便利デアル
仝ジ低サノ智能程度ノモノデアッテモ、社会的、経済的
ノ能率ニヨッテ、社会ノ重荷トナリ又ハ何等利害ヲ與ヘズ
生活シテイル、コノ能率ハ、智的性質以外ノ
全人格的ノ能力デアル、　故ニ智的性質ノミ｛力｝カラ
決定サレルモノデハナイ、然乍ラ精神的欠陥ヲ取扱フ
ニハ、コノ社会的標準ヲ加ヘルコトハ意義ガアル
故ニアル場合ト心理的標準ト社会的標準ノ結
合スルコトガ人格全体ノ標準ヲ以テハカルコトガ有意義デ
アル、然乍ら又純學術的ニハ専ラ心理学標準ニマデ取
扱フコトガ學術的、確カサヲ保ツモノデアル、
近代ノ心理學標準ノ定義ハ次ノ如クデアル
精神薄弱トハ本来、生レ乍ラ70モシクハソレ以下ノ智能ヲ
持ツ、人間智力ノ最低ノ2%ノ中ニアル、コレヲ精神

薄弱トスル、然乍ラ、之ハ確定的ノ精神欠陥デアル
所ガ學校ニ於ケル低能児又ハ劣等兒トハ　ソレヨリ大ナル割合
ヲ占メル、或時ハ普通以下ヲ劣等トスル、ソレナラバ普通トハ何カ
ソレニハ普通ト優劣ト劣等ノ三組ニ、ドンナ割合ニ智能ノ分布
ガアルカヲ見ネバナラヌ、
最モ廣ク用ヒラレルnormal（ノーマル）（普）ト云ハレルノハ、正常分布曲線
ノ中ノ約50%ヲ占メル、ソレハ智能指数ニアッテハ大体90カラ
110マデノ間ニアル、故ニ90以下ヲSubnormal（サブノーマル）（、普以下）
110以上ヲSupernormal（サビリガアノーマル）（普以上）トシ【夕】ナラヨイ、今、70ヲ確定的
ノ精神薄弱者トスレバ　劣等生、低能児トハ70カラ90ノ間ニ
居ルモノデアル、　ソレデ70カラ70マデノ間ヲ分ッテ80ヲ
分界線トシテ、90－80マデヲ劣等生ト定メ
80－70ヲ低能トスルコトガ最モ便利ナ分
方デアルト思ハレル、然乍ラカヽル分類ハ
本来、便利的ノモノデアル、ソレデ確定的ノ意味ヲソレニ
現代ニ於テハ与ヘルコトハ出来ナイ、
デ現代ニ於テハ便利デアラウトスルニ過ギナイ、然ラバ劣等生ノ
割合ハドウカト云ヘバ、　指数90以下ト云フノハ全体ノ約
20%ノ近クニアル、又　80以下ヲ低能トスレバ　ソノ割合ハ
7%－6%トナル、低能以下精神薄弱ヲ分類スレバ通
常70カラ50マデヲ魯鈍ト称シ50カラ20近クマデヲ痴愚ヲ
20－0ヲ白痴ハ最高約三才ノ智慧ヲ有シ、大人ノ痴愚
ハ3才－7才ノ児童ニ相当スル智ヲ有シ、ソノ魯鈍ハ

7才－11才ノ智能ヲ持ッテヰル
男女性的比較

男女ノ精神的相違ハ昔カラ大分誇張サレテ認メラレ
テ来タ、近代ノ科學的研究デモ、コノ問題ニツイテハ
尠カラズ研究サレテ居ル、然乍ソノ結果ハ比較的、
不確実デアル、　有意義ナ発見ハ割合ニ尠イ
（Twashtrai）ノ神ガ男女ヲ創ル時、男ヲ先ニ創ッタ、ソノ
場合、材料ヲ大部分使ッテシマッタ、風ノソヨギ、ヤサシミ
虎ノヤウナ惨酷サ、嫉妬、饒舌、アラユル自然物ニ存スル
モノヲ多ク集メテ創ッタ、ソシテ女ヲ男ニ与ヘタ、男ハ喜ンダ、デ一週
間シマッテ置イタ、　後、男ハ神ノ許ヘ行ッテ、
「彼ノ女ハ常ニシャベルノデ、絶えザル注意ヲ必要トスルカラ、オ返シシマス」
トイッテ女ヲ神ニ返シタ、　ソレカラ、一週間ヘテ男ハ神ノ許ヘ行キ、
「彼女ガ無クナッテカラハ淋シクテ、仕方ガナイ」ト云フト、神ハ女ヲ返シテクレ
タノデ、連レテ归ッタ、　又三日ニシテ神ノ許ヘ行キ、
「ドウモヤカマシイカラ引取ッテクレ」ト云ッタ、スルト、神ハ怒ッテ
彼ニドコデモ行キ去レト云ッタ」・・・・・・
Trom　Psychology
科學的研究ノ結果ニヨレバ、ソノ相違ハ通俗ノ考程、大ナル
モノデハナイ、少ナクトモ能力ノ方面デハ、
Thon　ノ言ニヨレバ「二組ヲ取ッテ各々ノ間ニハ
類似シ、二者ノ間デハ相違シテ居ルトイフ

例二、「男女両性ヲ例ニアゲル位、バカバカシイコトハナイト」
両者ノ相異ハ極メテ僅ノミナラズ、僅ナ部分ニ於テハ相違シテ
圧到的ナ大部分ニツイテハ相重ナルモノデアル、少ナクトモ
智的能力ニツイテハ、実際的目的ニ於テハ、男女ノ相違ハ
無視シテモ、差支ヘナイ、　特ニ教育上ノ目的ニ関シテハ
男女ノ相違ガアルトイフ事ガ必ズシモ直ニ、男女ノ教育
ノ差別ヲ根據ヅケルモノデハナイ、　ソレト仝時ニタトイ、
男女ノ精神的ノ構成ガ仝ジデアル、ト假定シテモ、必ラズシモ
男女一様ニ教育スベキ根據トモナラヌ、教育ノ目的、方法ノ
決定ハ、ムシロ社会的根據ニヨル、社会ノ風俗、習慣
男女ノ職業上ノ違ナドニヨッテ　主トシテ解決スベキデアル
ソレハ凡テノ男子ガ仝様ノ教育ヲ受クベキ理由ノ無イノト仝様
デアル、男女共學ノ如キモ　單ニ心理的研究ノ結果カラノミ
ハ決定サレヌ、ソレハ僅ニ一面問題ノ考察ニスギナイ、サテ、
ソレナラバ、性的相異ノ研究ニハ如何ナル結果ガアルカ
先ヅ第一ニハ男女ノ智的ノ一般能力ノ違ヲ見テミヨウ、
一般智慧ノ性的相異ノ多数ノ研究ハアルガ、今日迄此ノ
問題ニ対シテ、決定的ナ材料ヲ与ヘタモノハアメリカニ於ケル研究
デアル、　特ニ　Stanford（スタンホード）, German（ジャーマン）ノソレデアル
彼ハ男子ノ457人、　女子448人
年齢ハ　5才－14才迄ニツ【イ】テ非常ニ詳シイ、研究
ヲトゲテ居ル、コノ男女ノ各年齢ニ於ケル平均ノ智
能指数ハ　次ノ表ノ如クナル

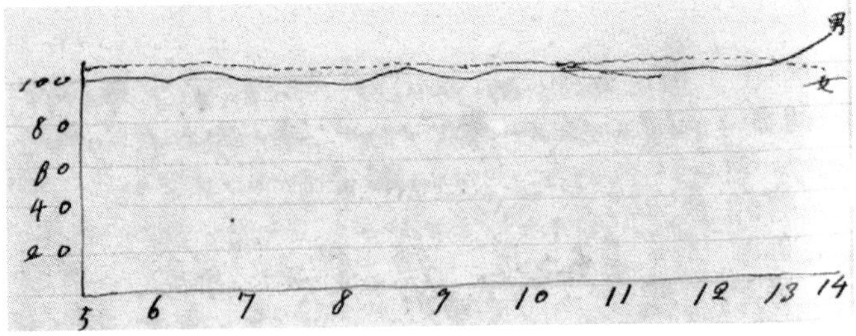

男 100 99 101 100 98 103 96 97 96 100

女 104 105 109 102 102 103 101 99 97 96

此ノ数字ニヨレバ、男女ノ相異ハ13才迄ハ女子ノ方ニ優勢デアル
ソシテ14才ニ於テハ男子ノ方ガ良イ、トイフコトニナッテヰル、然乍ラ
ソノ差ハ僅カデアル、如何ナル年齢ニ於テモ平均ニ於テモ
智能指数6以上ノ数ヲ見ナイ、　ソノ相異ハ殆ンド実際上
ニ無視シ得ラル、程度ノモノデアル、ソレナラバ極ク
優秀ナモノト劣等ナモノノ男女ノ比較ハドウカ、
ソレヲ見ルニハ、各年齢ニ於ケル智能指数分布状態ヲ見
ラネバナラヌ、　ソレニヨレバ　矢張リ男女ノ智能指数ノ分布状
態ハ仝様（大体）デアル、智能ニ関スル通俗ノ見解
ニ依レバ　男ハ女ヨリ廣イ範囲ヲモッテ居ルト考ヘラレルモ、実際ハ
ソウデハナイ、両極端ニ於ケル分布ノ有様ヲ全体ニツイテ見ル
ト　右表ノ如クナッテ居ル

	60以下	70〃	75〃	125以上	130〃	140〃
男	0.21%	0.87%	2.83%	2.39%	1.08%	0
女	0.22%	1.11%	3.12%	3.47%	1.74%	0.66%

智的能力

此ノ數字ハ眞ノ違ナルヤ、又偶然的ナ結果デアルカ、ヲ
タシカメル手段ヲ見ルニ、最初試験シタ人ハ2/3ヲ女ガシ
後ヲ男ガシタ、　男女別ニ更ニ試験シタ所両者共ニ変リガ
ナカッタ、若シ多少偶然的ナ或ハ智能以外ノ要素ガ入ッテヰタト
スレバ、女ガヨク、シャベルコトニ基クカ、サモナケレバ女ノ方ガ
答ニ対シテ熱心デアルト、トイフ点ヨリ見ル外ハナイ、然乍ラ
上述ノコトハ推量ニ他ニナラナイ、更ニ上ノ結果ノ確実サヲ
検査スルニ、他ノ証據ヲ求メタ、
第一ニ教師ニヨッテ智能ノ評價ヲサセタ、ソレハ全部ニ行ヘナカ□
男子229人　女子247人　ソシテ5等級ニ分ケタ

ソノ割合ハ	極劣	劣	普通	優	極優
男	3.9	1.44	5.67	2.35	1.3
女	3.2	1.37	5.70	2.10	4.8

所デ14才ニ於テハ男子ノ優ッテヰタ事実ハコノ方面デモ確メラル、
ヤ否ヤ、ソノ為ニ5才カラ12才マデハ、極優ハ1.6ニ対シ、女子ニ
ハ5.7デアル、　13才－14才デノ、コノ関係ハ男子ニハ
無イ（ソレハ良イノハ中學ヘ行ッタカラデアル）
優秀ナノヲ比ベレバ　男子26.4ニ対シ女子13.5デアル

年令學年ノ分布（age –grade distribution（エジ グレイド デストリビュション））

或一ノ年令ガ如何ナルチガッタ學年ニ分布サレテヰルカ
又ハ一ツノ学年ノ年令ガ如何ナル學年ガ如何ナチカッタ年令ニ
分布サレテヰルカヲ見ルニアリ、

5才六才ノ如キハヨ【リ】ーサウ、生徒ノ進級及落第ノ暇ヲイト
マラナイ、　又七才モ未ダ十分ノ時間ガナイ
14才以上ハ落第シタノミデアル（オクレタモノ）彼ラノ生徒ヲノゾイテ
8才カラ14才迄ノ分布関係ヲ見タ
其ノ結果ヲ便宜上

8，9，10 ノ組
11、12、13、ノ組
14、ノ組
} ヲ分テバソノ結果ガ的確ニナランヤ

男女ノ學年進級ハ10才迄ハ男女共ニ進ム程度ニハ変リハナイ
11－13才迄ハ女ハ男ヨリモ抜キ出シテヰル、
14才ニ至レバ男子ハ優良デアル

男	31%	5%	30%	援出シ
女	16%		25%	

大抵ニ拎テテストノ結果ト一致シテヰル、
教師ノ智能、成績、評價
総合シテ見レバ13才迄ハ女子ニ優利デアル
14才以後ハ男子ハ優利デアル、　然乍14才ノ男ニ
拎テハハタシテ眞ナルヤ否ヤ
事実ニツイテ見レバ14才ニ拎テ或分量ノ選択ガ行ハレテヰル
14才ノ子ノ相当ノ数ガ進級シテヰル　男子ヨリモ女子ハ
大デアル、ソノ事実ハ12才ト13才ニ拎ケル進級ガ
女子ノ方ニ拎テ優レルコトカラモ推定サレル

即12才デハ100人級　9人強ノ女子ハ7學年ニアリ
2.5（100人中）人ハ八學年ニアル、
コレニ対シテ男子ハ僅ニ2.7%ハ7學年ニアリテ八學年ニハ
ナイ、　又　13才ニ拎テハ女子ハ16.2名ハ8學年ニアリテ
男子ハ之ニ対シテ5.8%ハ8學年ニアル
13才ニシテ8學年ニアルモノハ凡ヘテ中学校ニ進ンダ
トスレバ斯カル女子ノ進級ノ割合ハ中學校ニ拎ケ
ル男子ノ三倍ニアル
カヽル洗タク（選択）ハ男子ヲシテ14才ニ拎テ女子ニマサル
原因ヲナシテヰル、　ソシテソノセンタクノ影響ハ
13才女子ニ拎テ不利ヲシメテヰル、
13才ノ女子ノモットモ優秀ナル5%ハ中学校ニ
進級シテヰルデアラウト　推定サレテヰル
ソノ外各年令ノ男女ノ人員ノ割合カラ見ルモ
全ジコトデアル
（女子ノ割合ヲ見レバ　男子ノ割ガ推定サレル）

	才	5.	6.	7.	8.	9.	10.	11.	12.	13.	14	15	16
女子	%	50	50	49.5	46	51.3	57.5	56	53	41	41.5	4□	28

12才迄ハ女子ニ拎テハ優勢デアル
ターマーノ結論ニヨルト
14才ニ拎ケル男子ノ優秀ト13【才】拎テニ女子ノ優越
ガ減ズルノハ之ラノ年令ニ拎テ起ル所ノ不平
等ノ撰タクノ全クニ基ヅクノデアル

トイフノハ唯一ノ結論デアル
タマー以外ノ研究ノ結果ハ十分ニ精蜜（密）ノ度ヲ
欠グ【ク】ガ米ニ扵ケル研究ハ多少女子ニ有利デアル
私達ノ研究ハ男子ニシバシバ有利デアル
シカシ乍ラソノ精蜜（密）ヲ欠イテヰルノデアル
米ニ扵ケル比較的精シツナル研究ハ
ヤーケージ（Yerkes）ノ研究デアル
当氏ノ研究ニヨレバ　才ヨリ一八才迄ハ女子
ガ優越シ八才一11才ノ遅クマデノ男子ハ
優デアリ　12才迄ハ女子ハ再ビ優勝シ
14才以上男子ノ勝利ニ归スルノデアル
ヤーケジノ結果ハ十分ニ確実ニ保ショーサレナイ
ソノ意見ニヨルト或年令ニ於テハ性ノ相違ヲ
考慮ヲ入レザル如キ標準ニヨリテ男女ノ智能
ヲ比較スルコトハ個人々々ニ対シテ重大ナル誤
リヲ犯スコトデアル
或年令ニ扵テ男女ノ相違ヲ来ストイフモカヽル
事実ハ実在ニ存シナイ
以上ハ一般的事実デアルソノ年令相違ノ如何ニ
カヽハラナズソノ差ハ極メテ少デアル　如何ナル
年令ニ扵テターマーノ結果ニ扵テ智能指数ハ6
ソシテ多クノ年令ハ2－4迄ニチガヒナイ
智能指数ノ相違ハ実在ニナイトイッテモ良イ

カヽルチガヒハ眞以外ノ有様ノ影響カモシレナイ
（例女オウシャベリ）
カヽル事ニ扵テ男女全等トハ信ジラレルデアル
日独ニ扵テハ男子ノ研究ノ勝利ハ男デアル
精蜜（密）デナイカモシレナイ、一般ハ男ノ方ガ良イ
上村氏
シトヤカナル女子ヲ美徳トシテヰルノデアル、女ヲ尊ブ
優秀ナル空气ヲ吸ヘバ優秀ナル女ガ作ラレルデアラウ

所思與能思 Noema and Noesis

日文辨識、翻譯／李淑珠

ノエマ——モトギリシャ語；現象学ニ於テ特殊ノ意味ニ用ヒラレル。即チ意識ハ作用ノ側面（ノエシス）ト共ニ対象ノ側面ヲ持ツガ、フッセルコレヲノエマ的内実（Noematischer Gehalt）又ハノエマト呼ブ。ノエマハ具体的体験ノ中ニアツテ核トシテノ意味及核ノ周囲ニ種々ナル性格ノ層ヲモツ。ノエマハ意識ニ内在的ナル要素デアルガ、実的デナクイデールデアル。ノエマハソレ自身ノ中ニ意味ヲ蔵スル事ニ依ツテソレ自身対象的デアル。即チ対象ヲ指示スル働キ（指向性）ヲ担ツテイル意識ハ、此ノ指向ノ働キアルノエマニ対スルノエシスノ具体的相関関係ニヨツテ対象ヲ構成シ得ルノデアル。

ノエシス——モトギリシャ語；プラトンノ哲学ニ於テ超感覚的真理ノ認識ヲ意味シ、感覚的ナ事物ニ就テノ知識ナルドクサ（私見）ト対シタ彼ノ国家篇ニヨレバノエシスノ中ニエピステーメートdianoia（科学的認識）トガ包括サレル。此ノ語ハ又現象学ニ於テ特殊ノ意味ニ用ヒラレル。即チ意識ハ対象ノ側面（ノエマ）ト共ニ作用ノ側面ヲ持ツガ、フッセルハ之ヲノエシス的契機（Noëtische Momente）又ハノエシスト呼ブ。ノエシスハノエマト具体的ニ結ビツクコトニ依ツテ、ソレ自身ニハ何等意味ナキヒュレーニ対シ意味即チノエマノ核ヲ附与シ以テ意識ヲシテ対象ヲ構成セシメル働キヲナス。ヒュレート共ニ意識ノ実的要素ヲ成ス。

※作用ガ意識ヲ実的ニ構成スルレエールナ要素デアルニ対シ、対象ハ指向的関係ニ立ツイデエールナ要素デアル。

※認識ノ義、併シ哲学用語トシテ一般ニ、其自身矛盾セザル確実ナル普遍妥当的ノ認識ヲ意味ス。従ツテ感覚的知覚ニ頼ラざル理性的認識ニシテ、プラトンニ於テハドクサニ対シテイデアノ認識、アリストテレスニ於テハ経験ガ事実ヲナスニ対シテ其ノ根據ヲナス。即チ論法的ニ確メラレタル学的認識ヲ云フ。

意味——フッセルハ意味ハ意義ト同義ニ広義ニ使用シテイル。Ideenニ於テハ後者ハ特ニ論理的意味ヲ指シ、前者ハ更ニ広義ニ一般的意味ヲ指ス。Ideenニ於テハノエマノ核ヲナス。Logische Untersuchungenニ於テ単ニ意味ヲ指向スル作用ト直感ニ於テ対象トノ関係ヲ実現スル意味現実ノ作用トヲ区別シテイル。

所思（Noema）——原希臘語；在現象學上具有特殊含義，亦即，意識與作用的側面（Noesis）同樣擁有對象的側面，胡塞爾將此稱為「所思的內容（Noematischer Gehalt）」或「所思」。所思位於具體體驗之中，具有核心的意義以及在核心周圍的各種性格的層。所思雖是意識的內在要素，但它並非是實體的，而是觀念的（ideel）。所思因為本身潛藏意義，所以其本身具有對象性。亦即，擔任指示對象功能（指向性）的意識，是可根據有這種指向作用的所思與能思（Noesis）之間的具體相關關係來構成對象的。

能思（Noesis）——原希臘語；在柏拉圖的哲學上意味著超感覺的真理認知，根據針對以感覺的事物來構成知識的doxa（個人見解）的他的《理想國》，能思之中包括知識（episteme）和dianoia（科學認知）。此詞在現象學上亦具有特殊含義，即，意識與對象的側面（Noema）同樣擁有對象的側面，胡塞爾將此稱為「能思的契機（Noëtische Momente）」或「能思」。能思藉由與所思具體結合，其本身的作用即在於賦予無任何含義的質料（hyl　）意義，即所思之核，並據以產生意識及建構對象。與質料一起形成意識的實質要素。

※相對於作用是實際構成意識的實質（real）要素，對象是建立於指向關係的觀念（ideel）要素。

※「認知」的定義，作為哲學用語，一般而言意味著其本身非矛盾不可的確實而普遍妥當的認知。因此，就以非得依賴感覺性知覺的理性認知來說，柏拉圖認為是針對知識（doxa）的理型（idea）認知，亞里斯多德則認為是相對於經驗構成事實，認知構成其根據。即所謂以理論得到證實的學術認知。

意思——胡塞爾將意思與意義予以同義並使用廣義解釋。觀念（Ideen）則將後者特別定義為論理上的意思，並認為前者是一般的意思但更為廣義。觀念（Ideen）是構成所思（Noema）之核。而胡塞爾的《邏輯研究》（Logical Investigations）只是區別指向意義的作用和實現在直覺上與對象關係的意義現實的作用。

單子 Monade

日文辨識、翻譯／李淑珠

Monade

monas（単位ヲ意味ス）ト云フ「希」ヨリ来リシモノ。モト数学上ノ用語。哲学的ニハ独立的個体的ナ実在要素ノ意味、之ニ非空間的精神的性質ヲ与ヘレハライプニッツ、彼ノ単子論ニ於テハ実在ノ本体ヲ多元論的ニ見テ其各々ヲ相互ニ絶対的ニ独立デ自由ナル活動力ナルモナドトス。ソノ活動ハ自己表現デ万能性トシテモナドガ本来具有セルモノガ漸次開展スル事トシ、ソレ故ニ其既ニ開展シタモノハ其ノ現在ノ状態ニ含マレ開展セシトスルモノモソノ現状態ニ予想サレル。ソレト同様ニモナドハ宇宙全体ヲ表現スル。故ニモナドハ宇宙ノ鏡デアル。然シ宇宙ヲ表現スルトイフコトモ、モナド間ニ相互作用アツテカラナルノデハナク、モナドハ自己ヲ表現スルコトニヨツテ宇宙ヲ表現スル。然ラバ如何ニシテモナド相互間ノ調和ハ可能カ、之ニ答ヘシモノハ彼ノ予定調和説デアル。茲ニ根拠トナレル彼ノ一元論ヲ看取シ得ル。彼以後同様ノ立場ヲ採レル者ハヘルバルトトロッツェデアル。

單子（Monade）

來自希臘語的monas（「單位」之意），原為數學上的用語。在哲學方面，意謂著獨立個體的實質要素，將此賦予非空間的、精神的性質的是萊布尼茲（Gottfried Wilhelm Leibniz），在他的《單子論》中，將實質本體以多元論的角度來看，視其每個都是彼此絕對獨立自由且具活動力的單子。其活動是一種自我表現，又具萬能屬性，單子本來具有之物得以漸次開展，是故，其既已開展之物包含在其現在的狀態之內，而其即將開展之物也可以在其現狀之中予以事先想像。同樣地，單子表現宇宙全體。故而單子是宇宙之鏡。但，所謂的表現宇宙，並非是因為單子之間所產生的相互作用，而是單子透過表現自己來表現宇宙。然而，要如何才能使單子彼此之間的調和成為可能？這個答案見於萊布尼茲的預定調和說。在此可以看到其作為根據的一元論。在萊布尼茲之後，採取相同立場的學者有赫爾巴特（Johann Friedrich Herbart）和陸宰（Rudolph Hermann Lotze）。

外延、限定與內涵 Extension, Restriction and Intension

日文辨識、翻譯／李淑珠

外延

概念ノ適用セラルベキ事物ノ範囲、此ノ範囲全体ヲ外延ト云フ。

金属ノ概念ノ外延ハ金、銀、銅、鉄。

両者ノ増減ハ相反スル。

其ノ方向ニ於テデアツテ

数学的意味デハナイ。

限定

或ル類概念ニ種差ヲ加ヘテ種概念ヲ作ルコト。即チ或ル概念ニ新内包ヲ加ヘテ其ノ外延ヲ小サクスル事。

（例）

動物ノ概念ニ理性的ト云フ内包ヲ加ヘテ理性的動物ナル概念ヲ得ル。

内包

概念ハ適用上カラ二方面ノ意義ヲ持ツテイル。外延ト内包。

概念ハ其ノ外延ニ属スル事物ノ共通ニ有スベキ必然的性質（徴表）ヲ示ス。

金属ノ概念ノ内容ハ電気熱ノ良導体、光沢ヲ有スル事。

外延

概念的應適用事物的範圍，此範圍全體稱為「外延」。

金屬概念的外延為金、銀、銅、鐵。

兩者的增減為對立關係。

是在於其方向，

並非數學上的意義。

限定

在某個類概念上加上種差，製作種概念。亦即，在某個概念上加上新內涵（Inhalt），使其外延縮小範圍。

（例如）

在動物的概念上加上所謂理性的內涵，而得到理性動物的概念。

內涵

概念從適用上來看，具兩方面的意義：外延與內涵。

概念指的是屬於其外延的事物所共通且必然具有的性質（表徵）。

金屬概念的內容是具有電熱的良導體、光澤。

太田三郎氏的演講 Speech by Ota Saburo

日文辨識、翻譯／李淑珠

太田三郎氏ノ講話　一九二五、五、一五、夜
1.種族ノ生殖□作用
　性色ニ表ハレタル肉感
　オリーヂ（ゲイジュツ）
　　性色ノ変形ニ过ギナイ
　造形美術
　　彫刻、浮彫、藝術ガ始メテ出来ル
墺、ジュランドルス動物中ヨリ発見シタ（チゝブサ）
南米コロビノ土人彫刻（陰部手足中心）
日本、先住民族チブサト腰、
　　愛人ノ分レニギヤンコツ
ゲイジュツガ通□テ絵画藝術トナル
　　要スル性欲ノ発達ニアルノデアル
テットリバイク
　　1. 戀ニ用ヒタル内（肉）感（希ノカメレエス）
　　2. 又ソノ物自然ニ表ハレル肉感
　希ノ春画
独ノジュウゼンニ甚シキモノガアッタ（性的ノ戀）
希ノ肉感ヨリ藝術ト表ハレル
　今ノ戦後ノキリスト教国ヲモソウデアル
例サンペオビラノ閉扉、　（佛）フサシブル寺（和尚
　　　　　　　　　　　　　　　　　　　泥姑＝アマサン）
英アイグラント　裸婦ノ下部ヨリ見上ゲル所、
　　聖書キリスト教ノソウショクニハ肉感ガ多イ
　ゼネス、　　　　　　　　　　　キリシャ、印度

太田三郎氏的演講　一九二五、五、一五、夜

1.種族在繁殖上的作用

表現在性色上的肉感

獨創的（藝術）

不過是性色的變形而已

造形美術

彫刻、浮彫、藝術的開端

奧地利、從Jyurandorusu[1]動物[2]中發現（乳房）

南美哥倫比亞的土人彫刻（以陰部和手腳為重點）

日本原住民族的乳房和腰、

因愛人[3]的離去而gyankotsu[4]

經過藝術而成為繪畫藝術

簡言之在於性慾的發達

Tettoribaiku[5]

1. 用於戀愛的肉感（希臘的kamereisu[6]）

2. 或該物本身自然呈現的肉感

希臘的春宮圖

德國的Jyuzen[7]有很厲害的東西（滿足性慾的戀愛）

希臘的肉感多以藝術表現之

如今戰後的基督教國家亦如此

例如Sanpeobirano[8]門扉、（法國）Fusashifuru[9]寺（和尚

泥姑＝尼姑）

英國Aiguranto[10]　從裸婦的下半身往上看的話，

在聖經基督教的裝飾表現上較多肉感

Zenesu[11]、　　希臘、印度

---

1. 應為「ヴィレンドルフ（Willendorf）」，即「維倫多爾夫」之誤。
2. 可能是「洞窟」，即「洞穴」之誤。
3. 可能是「アイヌ（Ainu）」，即「阿伊努人」之誤。
4. 語意不明。
5. 可能是「テットリバヤク（手っ取り早く）」，即「簡單來説」之誤。
6. 語意不明。
7. 語意不明。
8. 可能是「San Pietro in Vaticano」，即「聖伯多祿大教堂」之誤。
9. 語意不明。
10. 應為「アイルランド（Ireland）」，即「愛爾蘭」之誤。
11. 語意不明。

文章

Essays

臺灣畫壇回顧

郷土氣分をもつと出したい

大作のみに熱中は不可

陳澄波氏談

文章原稿刊於《陳澄波全集》第七卷。

春萠畫展短評

陳澄波

洋畫家が東洋畫を見て如何なる態度を以て批評すべきかは私にもよく分らない、要するに大同小異の所があるだけで概して大した差はないだらうと思ふ。

只今第五回目の春萠畫展を拜見した所を感じたままに述べさして頂きたい、而して第三者にも批判を願つてお互に研究して見た。今回の出品は小數であるけれど、割合に粒に揃つた畫ばかりである。

春萠畫會同人諸氏は各自共特に鄉土藝術の特色に留意されて、猛烈に研究されてゐる、小團體ではあるが然し、島內に於て稀に見る展覽會である。永久に繼續されんことを希望してやまない。次に會場で見たものを二、三擧げてみやう。

德和女史の「紫荊花」の描寫はうまく出來て居るが雀の方は少し自然を缺いてゐる、「綠蔭」よりは「紫荊花」の方が良いと思ふ、次回の傑作を希望したい。

玉山氏は南部の雄だけに何れの畫にしても、うまく畫境の神髓に立ち入つてゐる、殊に「歸牧」「紅毛埤」の二幅はなかなか傑作だ。

雲友氏の「南無」と「新芽」の二點はいづれも奇麗な、氣持の良い畫だ、昨秋臺展出品當時の色彩よりはよく精錬されて來た、「新芽」の百舌はあまり大きかつたと思ふ。

黃水文氏が「廟の祭」と「芭蕉」の二幅を出品してゐる、尚研究されんことを、特に左記のことを當氏に希望したい。

(1) 物の描寫を叮嚀に見ること。

(2) 色彩の研究を。

(3) 畫く前に相當の準備があつて欲しい。

芾亭氏の山水四題の內で「秋雨瀟々」が一番好きだ、繪畫の前に立つと恰かも蘇州の郊外へ往つた樣な氣がする、中國の情調がよく寫されてゐる、只屋根の線は太くて堅過ぎるは遺憾と思ふ。「水村」中景はも少しく輕く取扱つて貰ひたい。「關子嶺」遠方の山の描き方はなかなかよい。前景は今少し低くめて見る樣にしたい。當氏は墨畫に没頭してゐるが是非共中國へ一遊すべきだ秋禾氏の「ローゼル」「萬桃花」の二點は何れも好きな畫だ、何時も斯かる純な態度を以て研究されたい、將來なかなか有望な青年畫家だ。

此の外に會員は又數名居るださうだ、いづれも家事等の都合で出品し得なかつたのは遺憾であるが次回はより以上盛會ならんことを希望してやまない。(一九三四、六、廿三)春光畫廬にて

春萌畫展短評

文／陳澄波

西畫家應該用怎樣的態度來看與批評東洋畫呢？我也不清楚！但簡單來說，應該只有大同小異的地方，大概不會有太大的差別。

現在就讓我如實陳述第五回春萌畫展的觀後感，我同時也向第三者詢問其意見，彼此切磋過。這次的展出作品，數量上雖然不多，但都是在水準上較為劃一的傑作。

春萌畫會同仁諸氏都特別留意各自的鄉土藝術的特色，衝勁十足地埋頭創作，雖然是小團體，但在島內卻是稀有的珍貴展覽，希望可以永久地持續舉辦。接著來看一下在展場上看到的兩、三幅作品。

德和女士的〔紫荊花〕的描寫還不錯，但麻雀有點不自然。與〔綠蔭〕相比的話，〔紫荊花〕比較好，期待下次的傑作。

玉山氏不愧是南部之雄，不管畫什麼，都能直入畫境的精髓，尤其是〔歸牧〕、〔紅毛埤〕這兩幅，是難得的傑作。

雲友氏的〔南無〕和〔新芽〕，兩張都是美麗、感覺很好的畫。比去年秋天在臺展作品展出當時的色彩更加精煉。〔新芽〕的伯勞鳥似乎有點太大。

黃水文氏以〔廟之祭〕和〔芭蕉〕的兩幅參展。在此將希望黃氏加強之處，特別條列如下：

（1）物體的描寫，應透過仔細的觀察。

（2）色彩的研究。

（3）作畫之前，應有充分的準備。

芾亭氏的「山水四題」中，我最喜歡〔秋雨瀟瀟〕這張。站在這張畫前，就好似到了蘇州的郊外一般，中國的情調描寫得非常好，只是屋頂的線條太粗硬，甚為可惜。〔水村〕的中景，希望處理上再輕快些。〔關子嶺〕遠山的畫法很不錯，但前景應該把視點再拉高一點。芾亭氏既然致力於水墨畫，就應該親赴中國一遊才對。秋禾氏的〔洛神花〕、〔萬桃花〕，兩張都是令人喜愛的畫。希望他能繼續以這種純真的態度創作，是一位將來前途無量的青年畫家。

此外，會員似乎還有數名都因為家務事等因素而未能參展，十分可惜！下次希望能有更大的盛會！（一九三四、六、廿三）於春光畫廬。（翻譯／李淑珠）

—出處不詳，約1934

｜文章｜②

帝展の洋畫を評す（二）

陳澄波

第二室

片岡銀藏氏「融和」

當氏相變らず一般人に好かれさうに畫いてゐる、黑坊の女の顔の表現はどうかと思ふ。

橘作治郎氏「夕ばえ」

題目通りよく時の現象を寫されてゐる。前の雜草に多少光のある所があつて欲しい。殊にローゼルの花はあまりぼかし過ぎた。帝展中の風景畫としてはなかなかうまく恐らくその右に出づるものはないでせう。

故松下春雄氏「母子」

當氏に特選を送つたのは氏の在生中の成績及びその努力を特に表徵したものでせう。私の考へとして故人の偉績を表徵するならば一層優遇して推薦してあげたらどうかと思ふ。

南寛子氏「海邊三女」

色彩に付ては尚工夫を要す。その畫かうとする大膽さは見上げた物だ。

安藤信哉氏「湖畔」

畫の氣持はヒラメツトで見るが如き木彫の味がある。畫に餘韻があつて神秘的情調がある。

福井芳郎氏「滿洲所見」

滿人の氣象をよく寫し強熱な色彩を以つて大陸の重みと雄大さが出來てゐるがあまり均等に力がいつてゐる。多少力のぬく所があつて欲しもんだ。

松田文雄氏「老母像」

畫はしとやかに出來てゐる。じみです。左手の親指の色は割合に弱つた。

牧野司郎氏「船と本」

舊式な筆法で描いてゐる、一寸重苦しい感がする。

福原達明氏「塚山」

山のどつしりが、あり過ぎて重たい氣がする。

第三室

此の室は會員、審查員、無鑑查級の集つた中堅室です。一番好きなのは牧野虎雄氏の秋近き濱です。如何にも渾然としての佳作である辻永氏は相變らず若い氣持で描いてゐるハルピンのはそれです。

又之に打ち勝つ若きで畫かれたのは藤島武二氏の山上の日の出です老大家の精神生活の潑剌さを示してゐる。殊に我臺展の審查員として御來臺は島内の藝術界の一大福音であると云はざるを得ない。

田邊至氏「裸婦」

田邊至氏、滿【谷】國四郎氏等はそれぞれの境地に依つて相當なものである。殊に田邊氏は裸婦で名聲を博し、六七年前に帝國美術院賞の光榮に浴したことがある。

【寫真は秋近き濱牧野虎雄作】

帝展西洋畫評（二）

文／陳澄波

第二室

片岡銀藏氏〔融和〕

此人老是畫迎合一般人的畫。女黑人的臉的表現不佳。

橋作治郎氏〔夕照〕

如題，時間現象的描寫甚好。前景的雜草應安排一些陽光照射的地方，尤其是洛神葵（Roselle）的花畫得太模糊了一點。此幅為帝展風景畫中之佼佼者，恐無出其右者。

故松下春雄氏〔母子〕

之所以讓此人得到「特選」，應該是為了特別表彰其生前的畫業與努力。依我的想法，若要表彰故人的偉績，應更加優遇之，予以「推薦」才對。

南寬子氏〔海邊三女〕

色彩方面尚須多下點工夫，但其描寫大膽之處，令人激賞。

安藤信哉氏〔湖畔〕

此畫的意境宛如平三斗（Hiramitsudo）[1]斗栱上的木彫趣味。畫不但有餘韻還有神秘的情調。

福井芳郎氏〔滿洲所見〕

滿人的氣質描寫的很好，也運用強烈的色彩將大陸的量感與雄偉表現了出來，但施力過於平均。有些地方的力道應該減弱才好。

松田文雄氏〔老母像〕

畫面呈現很優雅、很樸實。左手大姆指的顏色稍嫌單薄。

牧野司郎氏〔船與書〕

以舊式的筆法描繪，感覺有些笨重。

福原達明[2]氏〔塚山〕

山的分量，感覺過於沉重。

第三室

這間是集會員、審查員、無鑑查級等中堅作品於一室的展示間。我最喜歡的作品是牧野虎雄氏的〔秋日的海濱〕，真是一件渾然天成的佳作。辻永氏仍以年輕的心態作畫，其哈爾濱的作品[3]便是一例。

而又更勝一籌、展現年輕活力的是藤島武二氏的〔山上的日出〕，顯示出老大師精神生活的快活，尤其以我們臺展審查員的身份駕臨臺灣，實島內藝術界的

一大福音。

田邊至氏〔裸婦〕

田邊至氏、滿【谷】國四郎氏等之作品，依各自的境界有一定的水準。尤其是田邊氏以裸婦畫博得名聲，六、七年前曾榮獲帝國美術院賞。

【照片乃〔秋日的海濱〕牧野虎雄作】（翻譯／李淑珠）

—出處不詳，約1934

1. 寺社建築中，斗栱形式之一。
2.《帝國美術院第拾五回美術展覽會陳列品目錄》（1934.10.16-11.12）中所載之名字為「福原達朗」。
3. 審查員作品，名稱為〔哈爾濱風景〕，由政府收購。

帝展の洋畫を評す（三）

陳澄波

第四室

中村研一氏「ハンモツクニよる裸婦（體）」

同氏はデツザンはなかなか達者だ恐らくは氏の右に出づるものはあるまい。地面の描法やバツクの草叢の濃淡などに非難すべき點はあるが、兎に角斯る大畫面を破綻なく纏め上げる腕前はなかなか立派なものである。

上野山清貢氏「ある日の廣田外相」

色は麗しい。よく描き込んでゐるが色彩の繰り返しが多い為、殊にバツクなどその美しさのせいで眼を煩す嫌がある。

圓城寺昇氏「崖」

古畫かと思はれる畫だ、どうも岩石の描寫については一寸物足りない、岩ならもつと岩らしい頑固さがあつて欲しい。

有馬さとえ女史「後庭」

今迄よりは元氣のない畫だ、急所をしつかり押へて貰ふと良い。

齋藤廣胖氏「シコツ湖畔」

水邊にある木と後の岡の上にある樹木と混同してゐる。それが為に遠近がついてゐない、何か一つ色彩について考へてもらひたい。

窪田照三氏「美粧」

鏡は鏡らしい氣持で描かぬと人物の像は鏡中にあるとは見えぬ。人間の所へワクをかけた様な感がするのは不快だ。

山下繁雄氏「柏木と軍鷄」

軍鷄は當氏の特許である、今迄の中で今秋のは一番良いと思ふ。

橋本はな子氏「盛夏」

帝展出品中の女流作家を斷然に押えてゐる。筆の達者さは男に負けない強さがある。只だ上半分は物足りない氣がするが、前の木と遠山との間に何かあつて欲しい。

第五室

池邊（部）鈞氏「落花」

氏は漫畫家で毎秋人を笑らはす面白い畫を出してゐるが、今年のはあまりよくない、物淋しい感がする。

鈴木千久馬氏「初秋の朝」

當氏の最初の研究はセザンヌ・ブラマンク、それからピカソの研究からして今日に至り、自己の獨有堂々たる畫になつた。簡單の様ではあるが、なかなか複雜さを見せてゐる。

中野和高氏の【於】二階の畫も大體等しき氣持で行つてゐる。いづれも達者な畫だ。

山田隆憲氏「樹蔭の母子」

此の畫は情味を以て全畫面を網羅して描いてゐる。見れば見る程きよう味が出て來る、なかなか味のある畫だ。

伊原宇三郎氏「裸婦三容」

裸婦の手足の描き方について何か氏の考へがあるでせう。只今見える所木彫の手足しか見えぬ。

太田三郎氏「屋上」

全畫面のホワイトノ繪の具のこなし方が足りない氣がするが為に白ぽつく見えるはどうかと思ふ。

淺井眞氏「畫室の前」

元氣のない畫だ。中心は何處に置いてあるかは分らない。

第六室

　鈴木三五郎氏「綠蔭靜物」

遠景はそばたつて見える、立壁の樣だ。バオリンと木のはつぱと同一の色彩、色調で行くは損だ。

　奧瀨英三氏「靜潤」

バツクになる岩石の描寫はうまいが、前の石塊は大きなパンをそこに置いた樣な氣がする。

　星野二彥「二人姉妹」

白衣と黑衣の色彩の對象と、その背景との調子はうまく取れてゐる石橋武助氏の人形と女の畫と共に人に親しまれる畫だ。

　山口猛雄「公園」

深みのない畫だ、前後のこんとらすとがよく取れてゐない。

　能勢眞夫氏「靜日池邊」

しとやかな畫だ。和田香苗氏の父の肖像、染谷篤男氏の靜物、田村信義氏の洋梨子のある靜物、は一得一失はあるが、その中で田村氏のが好きだ。

第七室

今迄の審査員級と無鑑査組の畫が小品多きが為に、二段に重ね重ねと雜踏にならんでゐる。でも仕方がない、矢張り作品の如何かとあるでせう。殊に年頭に逝くなら

第八室

　池田治三郎氏「裸婦」

寢てゐる方の裸婦はデツサンがくるつてる、裸婦の入選畫中一番悪かつた方だ。

　高田武夫氏「ジャズバンド」

うまく出來てゐる樣だがさう大したことはない畫だ。

　鈴木敏氏「中仔豚」

動物の習性、性格はよく取つて表現されてゐるが只ねてゐる方の下腹の蔭の色は強く描いてゐる為に腹の量が足りないのは何より惜しい。

　石原義武氏「晴日寄港」

氣持の良い畫だ、力強い畫だ、殊に白船ははゝをきいてゐる。

　岩井彌一郎氏「靜物」

取材は餘り多過ぎる、物と物との連絡は取れてゐない。

　廣本季與丸「滿州娘」

新興國との國交親善の為に、本年は特に滿洲に關した景が多い。此の畫は滿洲人の性格をうまく描寫されてゐる。

　高坂元三氏「自畫双影」

なかなかお骨折りの畫だ、苦しい感がする廣告ビラ見たい樣だ。

【寫眞はハンモツクによる裸體】

第九室

　此の室は、水彩畫と版畫を以つて勢力を張つてゐるが、しかしその總數は僅か十九點しかない、粒がよく揃つてゐるのは結構だ。

中西利雄氏「優駿出場」

此の畫は全室を代表してゐる様にも思はれる。斯かる大作ではうまく扱ひ難いものだが、當氏は美妙にその心境に貫き、動的な線はよく親切につかんである。大作に於ける重大使命の役目を果されたことは彼の力量であつた。

李仁星氏「夏の室內【より】」

中西氏の次に李氏を推賞したい室內の明るさも快よく出て居るし、影の部分については非常な苦心が讀（讃）める、同氏は朝鮮の方で美校在校中將來有望だ。我臺灣にもかかる水彩畫の健將がありたい。

版畫については

四五年よりは長足の進歩である油畫や水彩に比し割合に効果のあがり難い為、對抗的の作品がないのは惜しむべきことだ。

松田義之氏「船」

エツチングの中で氏の船は好きだ、銅版への刻込みについては刀の運用はうまい、しかし今少し工夫は入る。

第十室

富田溫一郎氏「茶の間」

物は餘り雜多に置き過ぎてゐるこん氣よく畫いてはあるがあまりに効をあげてゐない、畫面に何か餘音があつて欲しい。

李石樵氏「畫室にて」

しとやかな畫でユカの赤い毛氈は巧みに効を奏してゐるが人體の上半は少し弱い人に親まれる畫だ

佐藤敬氏「西班牙婦人」

人にあまり良い氣持を與へてゐない、ブラツクの色の使ひ方は困難であつたでせう。

鬼頭鍋三郎氏「手の（を）かざす女」

コローの畫風を研め、ゆつたりした物靜かな偉大さを見せてゐる殊に人體のマヘカケとスカードは巧みに畫いてゐる。見れば見る程廣い氣分が出て來る。特選畫中の一代表畫である。

角野判治郎氏「室內」

室の眞中にある布は無用だ、その為室內の廣さを阻止してゐる。

江崎寬友氏「窓邊」

大膽に大きなタツチでいつてゐる、感じの良い畫です。

市の木慶治氏「庭の一隅」

いかにも金魚が今にも動いてゐる様に見える。綠の扱ひ方はうまい。

內田巖氏「室內」

向つて左の坐像の女は何とかならないか。構圖の失敗だ。

多々羅義雄氏「黃衣のU嬢」

今迄の風景よりはよくなつた。何のせいかヱがちぢんでゐる。

井出坊也氏「子供」

人體の描寫はうまい、色感も良い

桑重儀一氏「海邊」

人物は毛細工見た様だ、元氣のない畫です。

第十一室

小早川篤四郎氏「頭目の像」

今迄の裸體が好きだが、今度のはあまりにあたつて來ない。蕃人なら蕃人らしい顏に畫いてもらひたい。

大和田富子氏「親と子」

天井陸三氏の展望、塚本茂氏の讀譜、いづれも氣持の良い畫です。

胡桃澤源一氏

日本畫と同様だが今年のはあまりよくない。

大貫松三氏「食後」

窓邊は主になるが為前の人物は押付けられて苦しい氣持がする、何とかならぬか。

帝展西洋畫評（三）

文／陳澄波

第四室

中村研一氏〔躺在吊床（hammock）上的裸女〕

此人在素描方面非常傑出，恐怕無人能出其右。地面的畫法和背景草叢的濃淡等等，雖有差強人意的地方，但總之能把這樣的大畫面毫無破綻地統一起來，本領真是了不起。

上野山清貢氏〔某日的廣田外相〕

色彩很美。畫得不錯，但用色重覆太多，尤其是背景等等，因為太漂亮，反而讓人覺得有些礙眼。

圓城寺昇氏〔崖〕

會讓人誤以為是古畫的畫，總覺得岩石的描寫欠佳，畫石頭就應該要表現出石頭堅硬的感覺才可以。

有馬さとえ（Satoe）女士〔後庭〕

與以前的作品相比，此畫較沒有精神。應確實掌握重點才好。

齋藤廣胖氏〔支笏（shikotsu）湖畔〕

湖邊的樹和後面山丘上的樹，混淆不清，也因此沒有遠近感。希望能就某個色彩仔細思考。

窪田照三氏〔美粧〕

鏡子畫得不像鏡子的話，人物的映像就不像是在鏡中，好像是將框框套在人的身上，感覺很不舒服。

山下繁雄氏〔柏木與軍雞〕

軍雞是該畫家的專利，目前為止的作品中，我覺得今年秋天的此幅最好。

橋本はな（Hana）子氏〔盛夏〕

在帝展出品的女性作家中絕對最為傑出。卓越的運筆技巧，有不輸男人的強悍。只不過，畫面上半部的處理感覺有些不足，前景的樹木和遠山之間應該再安排一些東西。

第五室

池邊（部）鈞氏〔落花〕

此人是漫畫家，每年秋天都會出品令人莞爾的有趣畫作，但今年的畫不太好，感覺有點無聊。

鈴木千久馬氏〔初秋之朝〕

此人最初研究的是塞尚（Cézanne）、烏拉曼克（Vlaminck），然後是研究畢卡索（Picasso）到現在，才樹立自己獨特的卓越畫風。看似簡單，其實很複雜。

中野和高氏〔【於】二樓〕的作品也大致是秉持同樣態度完成的。每幅都很傑出。

山田隆憲氏〔樹蔭的母子〕

此畫的整個畫面都充滿人情味。愈看愈覺得有意思，是件很有味道的畫。

伊原宇三郎氏〔裸婦三容〕

裸婦手腳的畫法，應該是畫家有自己的想法。只是目前看來，像是木彫的手腳。

太田三郎氏〔屋頂〕

整個畫面的白色顏料的處理方式欠佳，以致於畫面看起來偏白，我覺得不好。

淺井真氏〔畫室之前〕

沒元氣的畫。不知道畫面的焦點在哪。

第六室

鈴木三五郎氏〔綠蔭靜物〕

遠景看起來像是聳立的牆壁。小提琴（violin）和樹葉使用同樣的色彩、色調，乃不智之舉。

奧瀨英三氏〔寂靜溪流〕

背景的岩石描寫佳，但前景的石塊，感覺像是一塊大麵包擺在那裡。

星野二彥〔姊妹二人〕[1]

白衣和黑衣的色彩對象，以及與其背景色調非常協調的石橋武助氏的畫〔人偶與女〕，兩件作品都令人感覺容易親近。

山口猛雄[2]氏〔公園〕

缺乏深度的畫，前後的明暗對比（contrast）欠佳。

能勢真夫氏〔靜日池邊〕[3]

穩靜的畫。和田香苗氏的〔父親肖像〕、染谷篤男氏的〔靜物〕、田村信義氏的〔有洋梨的靜物〕各有利弊，其中最喜歡的是田村氏的畫。

第七室

迄今的審查員級與無鑑查組的畫多為小品，因此分成上下兩排重疊展示，有些紊亂。但這也沒辦法，還是應看作品如何來決定，尤其是年歲愈長……[4]。

第八室

池田治三郎氏〔裸婦〕

在睡覺的裸婦，素描亂七八糟，是裸婦入選畫中最糟糕的一幅。

高田武夫氏〔爵士樂團（Jazz band）〕

看起來不錯，但並非什麼傑作。

鈴木敏氏〔中仔豬〕

動物的習性、性格，表現得不錯，不過，在睡覺的那隻，下腹陰影的用色過重，造成腹部的量感不足，甚為可惜。

石原義武氏〔晴日寄港〕

令人愉快的畫，強而有力的畫，尤其是白船，為畫增色不少。

岩井彌一郎氏〔靜物〕

取材過於多餘，物與物之間也未能取得應有的連繫。

廣本季與丸〔滿州女孩〕

為了表示與新興國的友誼，今年描寫滿洲情景的

畫作特別多。此畫將滿洲人的性格描寫得非常好。

高坂元三氏〔自畫雙影〕

非常賣力之作，但像是難看的廣告傳單。

【照片乃〔躺在吊床（hammock）上的裸女〕】

第九室

此室雖是水彩畫和版畫的勢力範圍，但總件數只不過十九件，幸虧每件作品都是佳作。

中西利雄氏〔優駿出場〕

此畫足以代表室內所有的作品。如此之大型作品，處理上非常困難，但中西氏卻能美妙貫徹其心情，親切抓住動態的線條。大型作品肩負著重大使命，能完成這樣的任務，歸功於他的功力。

李仁星氏〔夏日室內〕

中西氏之後，想推薦的是李氏。不僅室內的明亮面表現出色，影子的部分也非常用心，值得稱讚（讚）。此人是朝鮮那邊的美術學校在籍生，將來的前途似錦。希望我們臺灣也能培育出像這樣的水彩畫健將。

版畫方面

與四、五年前比起來，有長足的進步。令人惋惜的是，因為畫面效果不如油畫和水彩，所以難以誕生與之相抗衡的作品。

松田義之氏〔船〕

銅版畫（Etching）作品中，最喜歡此人的〔船〕。銅版雕刻的刀功不錯，但需要多加努力。

第十室

富田溫一郎氏〔茶間〕

堆積的物品過於雜亂，雖然畫得很有耐心，但沒什麼效果，畫面應該要有餘音裊繞。

李石樵氏〔在畫室〕

優雅的畫，地面的紅毛氈，巧妙地奏效，不過，人物的上半部處理較弱。是一幅平易近人的畫。

佐藤敬氏〔西班牙婦人〕

無法令人愉悅的畫。黑色的處理，應該是個難題吧！

鬼頭鍋三郎氏〔手遮前額的女人〕

此人鑽研科洛（Jean-Baptiste Camille Corot）的畫風，展現出寬廣、平靜的偉大性格。尤其是女人的圍裙和裙子，畫得很好。愈看愈覺得精神舒坦。特選畫中的代表畫之一。

角野判治郎氏〔室內〕

擺在室內中央的布，不但多餘，也因此而讓室內顯得狹小。

江崎寬友氏〔窗邊〕

大膽地使用大筆觸，感覺很好的一張畫。

市の木慶治[5]氏〔庭院一隅〕

金魚看起來活生生的、好像會動。綠色的處理，佳。

內田巖氏〔室內〕

畫面左邊坐像的女人，沒辦法處理好嗎？這是構圖的失敗。

多多羅義雄氏〔黃衣服的U小姐〕

比起以前的風景畫，進步不少。不知為何，畫有點縮水。

井出坊也[6]氏〔小孩〕

人體的描寫佳，色感也佳。

桑重儀一氏〔海邊〕

把人物畫得宛如髮雕，沒有元氣的畫。

第十一室

小早川篤四郎氏〔頭目像〕

較喜歡以前的裸體畫，這次的作品不太成功。畫蕃人的話，就應該把臉畫得像蕃人才對。

大和田富子氏〔親與子〕

跟天井陸三氏的〔展望〕、塚本茂氏的〔讀譜〕一樣，都是令人愉悅的畫。

胡桃澤源一氏

跟日本畫一樣，今年的作品都不太好。

大貫松三氏〔食後〕

畫面因為以窗邊為主，以致於窗前的人物似乎被擠壓得喘不過氣來，難道沒辦法解決嗎？（翻譯／李淑珠）

—出處不詳，約1934

1. 根據《帝國美術院第拾五回美術展覽會陳列品目錄》（1934.10.16-11.12），〔二人姉妹〕（姊妹二人）的作者為勝間田武夫，非星野二彥。
2.《帝國美術院第拾五回美術展覽會陳列品目錄》中所載之名字為「山口猛彥」。
3.《帝國美術院第拾五回美術展覽會陳列品目錄》中所載之名字為「能勢眞美」、畫題為「靜日池畔」。
4. 文章感覺不完整，很可能以下的文字已逸失。
5.《帝國美術院第拾五回美術展覽會陳列品目錄》中所載之名字為「市ノ木慶治」。
6.《帝國美術院第拾五回美術展覽會陳列品目錄》中所載之名字為「井手坊也」。

| 文章 | ④

1934年〈帝展西洋畫評〉（第15回）草稿

文／陳澄波

SB13-142	
1. 雪山　深山であれば雪は相当につまるはずだ 前景に於ての雪は堅透き感がするべきだ ナイフで画いた品　遠景はペンテイデ良い 木上にかゝった雪はコンクリノやうだ 3. ラ□シャントウレ□□□り□□レキの対照はうま く取れてゐる．向かって右上の牛は調子 弱キ為、遠山は前に押出してゐる。 4. 棹のノア（ウ）トラインハ良イ 兄弟その顔目、動作の表現は なかなかうまい。人体の量感は物足 ない。トウモノコシはあんなに強く出て ゐればテニーブルの外廓線も多 少強めて貰ひたい 5. 当人は今迄は茶ぽい色を用ひ昨今 はおとなしい調子でいって日本画の感が する。好きな方だ。 　　白 6. 緑 △ 黄 緑衣白、黄衣の置方はなかなか 緑衣と黄衣の袴、茶色黒色 白衣のはカンタン服である。後には黒 いクッションその後には壁板かがある うるトラにグリン、インジゴ見たシブイ色彩 でうまく背景を抑へてる。緑衣の後には 白青藍色に茶ぽい色がかゝってる。 その脇の卓上にも白青、茶、紅布の □□□があって、地チェンハ張のクスム	1.[1] 〔雪山〕如果是深山的話，應該積雪甚深。 在前景的雪應呈現透明感。 使用畫刀的作品，遠景筆觸很好 樹上的積雪看起來像是水泥 ※編註：此畫作者為「小林貞三」。 3. □□□□□□□□□的對照關係很好。面向畫作右上方的牛因為很虛弱，突顯了遠山的存在感。 ※編註：此畫作者為「井上脩」，畫題為〔放牧〕。 4.桌子的輪廓很好 兄弟的臉部表情及動作表現得很好。人體之量感不足，玉蜀黍如果這麼搶眼的話，希望再強調第凡內藍的輪廓線。 ※編註：此畫作者為「入江毅」，畫題為〔兄妹〕。 5. 這位作者向來多使用咖啡色系，最近沉穩的調性有日本畫的感覺。令人喜歡的作者。 ※編註：此畫作者為「鈴木清一」，畫題為〔いでゆ〕（溫泉）。 　　白 6. 綠 △ 黃 綠衣，白、黃衣的配置方式很好。 搭配綠衣、黃衣的和服褲子，是咖啡色、黑色、 白衣是簡樸的洋裝。後面有黑色的靠墊，再後面有壁板，以藍青色沉穩的色彩巧妙地抑制住背景。綠衣的後面，塗上白藍色帶一點咖啡色。 旁邊桌上有白青色、咖啡色、紅色布質的□□，地面是暗色系，
SB13-141 色、ユカは青茶の色がいて全体の対象 いい。好感を與へてる。黄衣ノ腰掛は 竹椅子で白みにちっとの赤みの色がいって ゐる。椅子の上にある、座布トン 青白灰のしま物です。	地板是青茶色，整體感很好，讓人留下好印象。 放黃衣的椅子是竹椅，白色中帶有一點紅色。椅子上的坐墊是藍、白、灰色的條紋樣式。 鞋子是黑色，襪子稍微接近咖啡色。

靴、各黒、クツシタ稍茶色に近い —○— 写真入る、ベト（ベッド）ハ青藍 —○— 8. アミを敷布にしてあるが茶黒 色、地ベタの砂色との対象は まあ、いいが背後の壁との間に その色彩はよくない。 —○— 10. ピカソー見た様な感じを以て全体 構成してゐる。背景うすいウル トラに白みかかったモノ。四人の中三人立 つ。各の持布は灰色に白みのかった 腰の見た布。 座ってる方は座いてる布色も同じ 椅子にかかってる布たけは矢張り 灰色に黄みのかかったものです 椅子も、卓も茶ぽい、カゴは粉白	※編註：此畫作者為「佐分眞」，畫題為〔室內〕。 —○— 置入相片，床是青綠色 —○— 8. 把網子當作舖布，顏色是咖啡黑，和地面砂石色的對比還不錯，但是和背後牆壁之間的顏色不太好。 ※編註：此畫作者為「岩船修吉」，畫題為〔海の静物〕（海的靜物）。 —○— 10. 整體構成看起來是畢卡索的風格。 背景是帶一點白色的淺群青色。 四個人當中三個人是站著。 各自拿著的布料顏色是帶白色的灰色。 坐著這一位的座椅布料顏色也一樣。 只有掛在椅子的布是帶黃色的灰色。 椅子、桌子都是咖啡色， 籃子是帶灰色的白色，
SB13-140 に灰色、カア（ー）テンはウルトラマリン、 ユカはケヤキ見た茶ぽい色、壁に貼付 た紙はオクロクジョンノ薄い灰色が いっている。 人体に大な量感を以つ、 前の（6）とは違って感情から入る ハチハうすい灰色青 —○— 11. 黄色ばんだ画です人物の誇調は 面白いが稍人形見た感がある。 花には花らしい性格はあるでせう。 強く抑へないと花ハヒラタク見える。 —○— 12. □色図案見た画です オルガン上に置いたガクフチ色が強 過ぎる。全体に於てはあまり良 気持ちを與へていない。（無鑑査） —○— 13. 冬の景を写した、雪に赤葉。 青藍の水、色の対象は面 白いが筆触はガサガサして面白シ ク見ザワリだ。雪の表現は堅い 鴛鴦はうすぺら。	 窗簾是群青色，地板是看起來像櫸木的咖啡色，貼在牆上的紙是okurokujon[2]的淺灰色。 人體很有量感， 和（6）不一樣，帶著感情。 蜜蜂是淺淺的灰藍色 ※編註：此畫作者為「藤井芳子」，畫題為〔レモンと花〕（檸檬與花）。 —○— 11. 一幅黃色基調的畫。誇張的人物雖然很有趣，但看起來有點像人偶。 花有屬於花的特質，沒有好好抓住這個特質，花看起來會很扁平沒有精神。 ※編註：此畫作者為「木下邦子」，畫題為〔辻花店〕。 —○— 12. 看起來像是□色圖案的畫。 在風琴上面的畫框用色太強烈。整體來說，不是感覺太好的一幅作品。（無鑑查） ※編註：此畫作者為「猪熊弦一郎」，畫題為〔ピアノの前〕（鋼琴前）。 —○— 13. 描繪冬天風景的畫作。紅葉上有覆雪。 藍綠色的水面，顏色對比有趣。但筆觸粗獷有趣，看來有些凌亂。雪的表現生硬，鴛鴦單薄。 ※編註：此畫作者為「西寺鐵舟」，畫題為〔鴛鴦〕。

SB13-139 14. 中遠景の樹木と田園の作物 は大きなカタマリをつかんで画いて あるがこれも程度がある。色の 区切りは恰かも色テープを貼り 付けた様だ。立象（像）のハカマ ハ何とかならんか。スカート、 15.（写真入る） 五色の鯉を画いてゐる。全体の 感じは良い。遠景にある鯉は 五匹を同一の平行に画くは？ 或物を何とかならないか —〇— 17. 蕃石榴等の一束の枝等の表 現は堅い。色のせいでせう、 こんくり見た物です。 18. 人体は量感がない。うすぺら だ。左手は木彫のやうだ。 20. 此の画はなかなか好感的に出来 てゐる。筆もベタベタに色を 置いて置く。全体の構成は 気持ちでゐってゐる。	14. 非常強調中遠景的樹木和田園的作物，但也要有所限度。顏色之區隔像是貼上彩色膠帶。 希望把立像的和服褲子處理得好一些。 [3]裙子、 ※編註：此畫作者為「水船三洋」，畫題為〔飛行機〕。 15.（置入照片） 是一幅五種顏色的鯉魚畫。整體的印象很好。在遠景的五條鯉魚為何都在平行線上？又，希望把物體處理得更好。 ※編註：此畫作者為「佐竹德次郎」，畫題為〔鯉〕。 —〇— 17. 蕃石榴等一束樹枝的表現很生硬。或許是因為顏色的關係，看起來好像混凝土。 ※編註：此畫作者為「朝井閑右衛門」，畫題為〔目刺のある静物〕（有沙丁魚的靜物）。 18. 人體沒有量感，過於單薄。左手看起來像是木雕。 ※編註：此畫作者為「平通武男」，畫題為〔初夏窓邊〕。 20. 這一幅畫讓人留下很好的印象。用筆厚塗黏稠顏料。整體的構成，精神十足。
SB13-138 特選（少し達者があって欲い もんだ 卧婦、クロムエローに稍々茶。ベット（ド） はうすい黄（木）敷布は灰 白（黒み）。頭のもたれる方は うるとら、スリッパは薄藍、 足の下は黒絨布。 坐婦は赤みのある茶、黒ズボン マリトン元の方〇白グリン 棹ハ灰色青い、壁はグリン オクロクジョン、青灰色、の □□もの、貼紙 — 同じやう —〇— 24. 板画のやうですが要領 よく各個の関係を示して ゐる。 樹木の表現は點 描法でいってゐる。エノグをパッ パッテゐてゐる。	特選（希望有精通的人） 躺著的婦人，鉻黃色中帶一些茶色。床是淺黃色（木頭色）。鋪布是灰白色（帶黑色）。頭靠著的地方是群青色。脫鞋是淺藍色， 腳下有黑色的絨布。 坐著的婦人，穿著帶紅色的咖啡色、黑色褲子。 mariton[4]元的地方是〇[5]白綠色。 桌子是灰藍色，牆壁是綠色。 okurokujon[6]、藍灰色， □□、貼紙 — 是一樣的 ※編註：此畫作者為「山喜多二郎太」，畫題為〔二人の女〕（兩個女人）。 —〇— 24. 好像是版畫。要領相當好，各個物件的關係十分調合。 樹木以點描法來表現。將顏料一點一點地塗上。 ※編註：此畫作者為「細井繁誠」，畫題為〔或る日の寫〕。（某日的畫）。

SB13-137 第二室 26. 江藤哲氏　前と変り服は 人体にペタンコニ押し付テ画は 割合に薄ペラニ出来てゐる。 27.（写真） 片岡銀藏氏は相変らず画 面はきれいに見せてゐる。ちっとあ まい。しかしベット（ド）の赤とカア テンノ〇〇トノ対象はタクミダ 30. 夕ばえ　題目通りに時の象 をうまく写してゐるが前景に 於ては多少光の鋭く受ける處 があって欲しい 殊にロゼールの花はあまりぼかし た。 —〇— 31. 故人の松下春雄氏に特選を 送ったが本人本世の成績と努力を 表徴であるが私の考へとして 一層之を推薦してこまる。 此特せんを現在の誰に廻した 方がいいかも知らない。 —〇— 33. 色彩について尚工夫を要したい、 画かうとするは大胆さは感心だ	第二室 26. 江藤哲氏，不同於前，衣服緊貼在人體上的畫作，顯得單薄而沒有立體感。 ※編註：此畫畫題為〔黑衣坐像〕。 27.（照片） 片岡銀藏氏和往常一樣畫得很漂亮。 稍嫌不足。 但是床的紅色和窗簾的〇〇[7]畫得十分巧妙。 ※編註：此畫畫題為〔融和〕。 30. 〔晚霞〕，如主題所示，把黃昏的景象表現得很好。在前景地方希望光線再強一點。洛神花處理得太模糊了。 ※編註：此畫作者為「橘作治郎」。 —〇— 31. 頒給松下春雄氏特選，是表彰他在世時的成績及努力。我個人認為應更進一步推薦此作品。 這個特選改頒發給現在在世的其他人或許比較好。 ※編註：此畫畫題為〔母子〕。 —〇— 33. 關於色彩，還需要再下功夫。 畫作整體的大膽性令人佩服。 ※編註：此畫作者為「南寛子」，畫題為〔海邊三女〕。
SB13-136 35. 気持ちはピラメッドで見るが如き 木彫気の露体を画いている。 埃及でなければ味はれない感がする。 なかなか神秘的の情調がある。 —〇— 39. 滿州所見の福井芳郎氏はうまく 滿州人気象を描写し強熱な色 彩を以て大陸の気象を表はして ゐる —〇— 41. 老母像はなかなかしっとやかに出来 てゐる。じみな画です。組みたる 左手の母指の色は弱った。	35. 感覺有如身處金字塔中，畫出木雕味道的裸體。這幅畫作散發著只有在埃及才感受到的氣氛，十分神祕的氛圍。 ※編註：此畫作者為「安藤信哉」，畫題為〔湖畔〕。 —〇— 39. 〔滿州所見〕，福井芳郎氏巧妙地描繪滿州人的氣氛，以強烈彩色表現大陸氛圍。 —〇— 41. 〔老母像〕表現得相當文靜沉穩。是一幅很樸素的畫。握著的左手拇指的顏色稍嫌薄弱。 ※編註：此畫作者為「松田文雄」。

—○— 42. 船と本　泰西名画かと思 はれる調子（アカデミー）で画い てある。一寸重苦しい感じがする —○— 44. スキー【を】立てる（ゝ）の小寺健吉	—○— 42. 〔船與書〕 西洋名畫（學院派）的風格。有一點沉悶的感覺。 ※編註：此畫作者為「牧野司郎」。 —○— 44. 〔組合滑雪板〕，小寺健吉氏
SB13-135 46. 山のどっしりさがあまり 過ぎて重過ぎ感がする —○— 第三室 此の室は会員　審査員　無 鑑査の集った中堅室でせう。 其中で一番好きだ。牧野氏秋近き濱辺ヲ取材 して遺憾なく其の純朴さを掴へて ゐた。如何にも渾然としての佳作であ る。 辻氏相変ら若い画を画いてゐる。 写真　牧野	46. 山太過於沉重，感覺十分沉悶。 ※編註：此畫作者為「福原達朗」，畫題為〔塚山〕。 —○— 第三室 這是集中會員、評審委員、無鑑查畫作的重要展間。 其中最喜歡牧野氏的作品。他取材接近秋天的海濱，毫無遺憾地抓住了海濱的素樸性。是一幅渾然天成的佳作。 辻氏依然畫著散發青春的畫作。 ※編註：此處提到的是牧野虎雄的作品〔秋日的海濱〕和辻永的作品〔哈爾賓風景〕。 照片　牧野
SB13-134 第三室　（写真入る） 67. 中村研一氏の裸婦、デザント なかなか達者です。恐くは出 品者中此れの右に出づるものはないで せう。人体と比べて物体の 量感がたっぷり出ている。 —○— 68. 上野青（山清）貢氏【ある日の】廣田外相、全画 画にアマタノ雑光を取入れて マバラに見て画は達者ですが見 る骨が折れます —○— 70. 古画かと思はれる様な画だ。 板画でもない、岩ならもっと 岩石らしい頑固さがあつて欲しい。 —○— 72. 有馬サトエ　前よりは画の元気 が衰エた感がする。急所を 押へて貰ふと良い。	第三室　（置入照片） 67. 中村研一氏的〔裸女〕，素描技巧相當好。恐怕所有出品者中沒有出其右者，是最佳的素描。比起人體，物體表現出豐富的量感。 ※編註：此畫正確畫題為〔ハンモックによる裸體〕（躺在吊床上的裸女）。 —○— 68. 上野山清貢氏的〔某日的廣田外相〕，畫面整體採取許多雜光。 乍看之下畫得很精采，但是欣賞起來很辛苦。 —○— 70. 作品看起來好像是古畫。也不是版畫。如果是岩石的話，應該要有岩石堅硬的特性。 ※編註：此畫作者為「圓城寺昇」，畫題為〔崖〕。 —○— 72. 有馬サトエ（Satoe）氏，比起過去，感覺畫作的活力衰退了。要掌握關鍵之處才是。 ※編註：此畫畫題為〔後庭〕。

SB13-133

73.
シコツ湖畔の齋藤廣
胖氏は水田にある木と
後にある木か山かに引ついて
ゐる。即ち木と山のへたて（だた）り
｛り｝がない故に画の奥行がな
くてうすぺらになってゐる。
—〇—
74.
美粧　鏡に照る人の像
と壁紙の画き位宜しき
がない為にガラスの存在が
はっきりと分って来ない。
—〇—
76.
山下繁雄氏の柏木に軍
鶏　此の人は軍鶏を
画く名辨です。相変ら
ず軍鶏で活躍してゐる。
雄鶏の両モモ即ち左右足
のモモの線の前後先は？
両股の線

73.
〔支笏湖畔〕，齋藤廣胖氏的畫作裡，水田裡的樹木和後面的樹木或山靠得太近。亦即，因為樹和山之間的距離不夠，所以畫面沒有深度，顯得太單薄。
—〇—
74.
〔美粧〕，因為鏡子裡的人像與壁紙的畫法不夠好，所以看不出玻璃的存在。
※編註：此畫作者為「窪田照三」。
—〇—
76.
山下繁雄氏的〔柏木與軍雞〕
這位是畫軍雞的名人。依然以畫軍雞活躍畫壇。雄雞的兩隻大腿，亦即左右大腿線條的前後端怎麼了？
兩隻大腿的線條

SB13-132
ピカソノ流行。大きさのは
ヤクロ（やっと）無鑑の□害。
—〇—
78.（特選）
有岡一郎氏の玉葱
をむく女、緑衣に白い前掛け
赤いチョッキを付けてるジミの黄
色の籠を膝に乗せて、かづら
の玉葱をカゴの中に入れてゐる。
白青地にネヅミ色がかってる
茶っぽいユカ、同色の椅子、
全体調子は弱いが物静
な画だ
—〇—
写真
80.
橋本はな子の盛夏　写生
帝展出品中の女流作家を断然
抑付けている。筆の達者は男に
負けない。只遠方の山と木との間は何
か物があって欲しい気がする。

畢卡索的流行。
重要的是□□□無鑑查的□害。
—〇—
78.（特選）
有岡一郎氏的〔剝洋蔥的女人〕，穿著綠色衣服、白色圍裙及紅色背心。
膝上放著古樸黃色的籃子，把剝好的洋蔥放入籃子裡。
白藍的底色帶一些老鼠灰。
咖啡色系的地板，同色系的椅子。
整體印象不強烈，卻是一幅寂靜的畫作。
—〇—
照片
80.
橋本はな（Hana）子氏的〔盛夏〕，寫生
在帝展出品的女流畫家中首屈一指。強而有力的筆觸完全不輸男性畫家。唯希望遠方的山和樹木之間補充一些東西。

SB13-131 第五室 池辺均（部鈞）氏の落花 此の人は漫画家で毎年に面白 がられる画を出してゐるが前年 はなかなか面白い人を笑せる画です 今秋のはあまりよくもない。 —〇— 87.（写真） 鈴木千久馬の初夏（秋）の朝 当氏は最初はセザンヌ、ブラ マンク、それからピカソの研究 からして今日に至り自己 獨特堂々たる画になった。 自己の画かうとする心境に達 している。簡単に出来てゐるが なかなか複雑さを見かけて偉 大な气持ちを与えへてゐる。 中野和高氏も大体前氏と 略等しい气持でいってゐる。 何れでも良いが鈴木氏のは私 の气持に近い。	第五室 池部鈞氏的〔落花〕， 這位是漫畫家，每年出品有趣味的畫。去年也出品很有趣，令人莞爾的畫作。 今年秋天的沒那麼好。 —〇— 87.（照片） 鈴木千久馬氏的〔初秋之朝〕， 該氏最初研究塞尚、烏拉曼克，然後研究畢卡索至今，現在有了自己獨特個性的畫風。看起來簡單，其實很複雜，給人宏偉的感受。 中野和高氏和鈴木氏大致上水平差不多。兩者都是很好的畫作，但鈴木氏的作品更接近我的感覺。 ※編註：中野和高作品畫題為〔於二階〕（樓上），陳列番號為89。
SB13-130 94. 此の色は情味を以て全体画 面を網羅してゐる。見れば 見る程きょう味が出て来る 伊原　木彫の手と足（右の手　中ナシ　左足手） 太田　ホワイトのこなし方 98. 元気のない画だ、どこかに中心 を置くか分からない。	94. 這幅畫的色彩讓整個畫面充滿人情味。越看越有趣。 ※編註：此畫作者為「山田隆憲」，畫題為〔樹蔭の母子〕（樹蔭母子）。 伊原　木雕的手與足（右手　中間沒有　左足左手） ※編註：此畫作者為「伊原宇三郎」，畫題為〔裸婦三容〕，陳列番號為91。 太田　白色的處理方法 ※編註：此畫作者為「太田三郎」，畫題為〔屋上〕（屋頂），陳列番號為88。 98. 沒有活力的畫作。不知道畫之重點在哪裡。 ※編註：此畫作者為「淺井眞」，畫題為〔畫室の前〕（畫室之前）。
SB13-129 帝展出考中の画を見るに、大別 して二方面に見られる、理智見地 から画かうとする人と、情味を 以て画く人がある。要するに物を狙 うとする出発矣が違ふに過ぎな いと思ふ。或は写実で行かう、 物体を正直に真面目に写して 行く、而して後筆を走らせて大 胆的に作画しようとする勉強 過程もありませう。まあ何れ にしろ、勉強の一つですが今年 はこれ、来年はあれと明後年 は又あれと云ふに変へて行くのは	觀看帝展出品的作品，大致可分成兩方面。從理智觀點作畫的人，以及以情感作畫的人。總之，不過是捕捉物體的出發點不一樣。 或是用寫實方法，誠實且認真地描繪物體，之後再大筆揮灑大膽作畫的學習過程。無論如何都是學習的一種。 但是，今年學習這種，明年學習那種，後年又換另一種學習，

どうかと思ふ。勉強してゐる様 で勉強してゐない。一言すれば 迷ってゐる。或一定の方針に依って 進行してゐる様な無駄な勉 強はよしたいと考へます。	這樣的學習方法豈不令人憂心？看起來好像有學習，其實沒有學習效果。一言以蔽之，迷途羔羊。 我認為應終止依某一定方針進行的無效學習。 ※編註：此頁似為觀看帝展後的感想，應非原評論文章的一部分。
SB13-128 殊に地方にある吾々は此の臭に ついて迷易いです。準備になる 物は台展位でせう。又は人の 個展を見て追うでせう。 でも地方に於ては致し方がない と思ふ。しかし、根本的に研究 していないから大なる原因を来 たしてゐるではないかと思います 此の点については台展以外に民展 団体も多く出来たいもんです。 それと共に島内に研究所が多 くあって欲しい。さうすれば、 基礎的研究が出来、参考にな る諸展覧会があり、外に書籍 等に依って研めて行けば稍々助かる ではないかと思ふ。時には上京する と云う風になれば或程度迄は確 実になって来るでせうと思ふ。	特別是在地方的我們，關於這點很容易迷惘。可以準備出品的只有臺展，或是追隨觀賞別人的個展。這是處於地方沒辦法的事。可是我認為最大原因還是沒有根本性研究。 關於此，我希望除了臺展以外，還要有許多民展團體出現。同時，島內出現更多的研究所。如此一來，就會有基礎性研究，也有各種展覽會可供參考，另外若利用書籍研究也多少有所幫助。再加上有時到東京，就可以達到某種程度的確實感，不易迷惘。 ※編註：此頁似為觀看帝展後的感想，應非原評論文章的一部分。
SB13-127 99. 遠景は遠景らしくない 立壁見た様だ。樹木とバヨリン と同じ様区別があって欲しい。 101. バクになる岩石はうまく出来 てゐるが前の石塊は大きな パンの塊を画いた様だ。 —○— 100.103. いづれの画も人に親まれる画だ。 103. 白衣と黒衣の対象とそ の後の背景との調子はう まく聯絡が取れてゐる。 —○— 105. 山口猛雄の公園、深みがない 前後のこんとらすとがよく取 れてゐない。 —○— 117.	99. 遠景不像遠景，看起來像是牆壁。 希望樹木與小提琴一 是有區別的。 ※編註：此畫作者為「鈴木三五郎」，畫題為〔綠蔭靜物〕。 101. 雖然背景的岩石描繪得很好，可是前景的石頭看起來像一塊大麵包。 ※編註：此畫作者為「奥瀬英三」，畫題為〔静澗〕（寂靜溪流）。 —○— 100.103. 都是受到人們喜歡的畫作。 103. 白衣和黑衣的對比，以及和背景間的關係都處理得很好。 ※編註：此畫評論的是「石橋武助」的〔人形と女〕（人偶與女）和「勝間田武夫」的〔二人姉妹〕（姊妹二人）。 —○— 105. 山口猛雄[8]氏的〔公園〕，沒有深度的畫。前後的明暗對比沒有處理好。 —○— 117.

能勢眞美の静日池畔は しとやかで感事の良い画だ。 104.116.119. の静物は一得一失あ るが、中で田村信義のが好きだ。	能勢眞美氏的〔靜日池邊〕， 是一幅雅緻，感覺很好的畫作。 104.116.119. 的靜物畫都各有優缺點，其中，我喜歡田村信義氏的作品。 ※編註：三幅畫為和田香苗的〔父の肖像〕（父親肖像）、染谷篤男的〔靜物〕、田村信義的〔洋梨子のある靜物〕（有洋梨的靜物）。
SB13-126 第七室 今迄の審査員と 無鑑査の画が主になっている。 殊に年に逝くなられた片多徳 郎氏の「郊外の春」が名残り 惜しげにかからげてゐる。（かかげられている） —〇— 124.（写真） の加藤静兒氏のオリーヴに吹 く風は今迄の作品中の傑作 でせう。 —〇— 此室は割合に小品の集い の室です。 —〇— 第八室 162. 小川卓爾氏のお庭は帝 展出品中の一番悪った方でせう 文字通入せんでの	第七室 主要展示過去審查委員、無審查的畫作。特別是今年過世的片多德郎氏的〔郊外之春〕餘韻猶存，掛在牆面令人遺憾。 —〇— 124.（照片） 加藤靜兒氏的〔吹拂橄欖的風〕，是至今作品中的傑作。 —〇— 此室是集中較小作品的展間。 —〇— 第八室 162. 小川卓爾氏的〔院子〕，是帝展出品中最糟糕的作品，無法以文字形容。
SB13-125 160. 高坂元三氏の自画双影は なかなかお骨折の画だ。すみ からすみ迄よく写実されて ることは感心だ —〇— 158. 満州娘も感じがいい（廣本季與丸） 新興の國と國交親善のため に満州國の風物を表す出 品が割合に多い。 —〇— 157. 岩井彌一郎氏の静物は揃へて 物は多く過ぎる。物との聯絡 は取れてゐない。 —〇— 154. 石原義武氏の晴日奇（寄）港 はなかなか气持のいい力強 い画です。殊に紅み稍々か	160. 高坂元三氏的〔自畫雙影〕，是一幅盡心盡力的作品。畫作每個細節都非常寫實，令人佩服。 —〇— 158. 〔滿洲女孩〕也帶來好印象。（廣本季與丸） 為了親善與新興國之邦交，致力表現滿洲國風貌的出品比較多。 —〇— 157. 岩井彌一郎氏的〔靜物〕，排置的物體太多。物體與物體之間的關係不協調。 —〇— 154. 石原義武氏的〔晴日寄港〕，是一幅很舒服，強而有力的畫作。特別是安排帶些許紅色的

SB13-124 った白船を前景に置いて全画面をよく働かせてゐる、 （写真） 156. 鈴木敏氏の中仔豚はよく 動物習性を取へて表現 されてゐる。只寝てる方 は下腹の線は強過ぎる。 ―〇― 147. 高田武夫のジャズバンド はなかなか滑けいに出 来てゐる。面白漫画の一份 子だ。 ―〇― 148. 池田治三郎氏の裸婦は 寝てゐる方はデッサンが クルッテゐる。	白船在前景，讓整個畫面呈現很好的效果。 （照片） 156. 鈴木敏氏的〔中仔豬〕，精準抓住動物習性，表現得很好。但是，躺著的豬隻肚子的線條太強。 ―〇― 147. 高田武夫氏的〔爵士樂團〕，表現得相當滑稽。是有趣漫畫的一幅作品。 ―〇― 148. 池田治三郎氏的〔裸婦〕 躺著的人物的素描顯得粗糙。
SB13-123 第九室 此の室の特徴は 水彩画と版画等で花を 咲かせてゐる。殊に中西 利雄氏の優俊（駿）出場の 画は全室を抑へている。 今迄の版画、エチング 等は付けたりに陳列さ れていた様だが今度の展 覧会は油画との花冠 を争ふ位の元気さが ある。エチングデ松田義之 氏の船は好きだ。 写真は特センノ187	第九室 這個展間的特徵是水彩畫及版畫精彩的表現。特別是中西利雄氏的〔優駿出場〕，是壓倒性的作品。到現在為止，版畫、蝕刻等作品的展覽似乎是附帶性的陳列，但在這次展覽會，版畫、蝕刻表現出與油畫爭鋒奪冠之氣勢，活力十足。我個人喜歡松田義之氏的蝕刻〔船〕。 照片是特選的187
SB13-122 第十室 198. 無鑑査。富田溫一郎氏の茶【の】 間は雑多の物多く置き 過ぎてこん気よく画いただけは あまりに効果はあげてゐない。 199. 李石樵氏の画室にては しとやかな画でユカの赤の毛氈は 巧みに働かせてゐる。人体の 上半は少し軽い。 202. 西班牙婦人　佐藤敬氏の画は 人にあまり良い気持を與へない	第十室 198. 無鑑查。富田溫一郎氏的〔茶間〕， 放置太多雜物，雖是努力踏實的畫作，但效果不彰。 199. 李石樵氏的〔在畫室〕， 是一幅閑靜的畫作。地板上的紅色地毯巧妙地發揮效果，然而人體的上半身稍嫌不穩重。 202. 〔西班牙婦人〕，佐藤敬氏的畫給人留下不太好的印象。

204. 特選の鬼頭鍋三郎氏の手【ヲ】カザス女 コローの画風を研め、ユッタリした 物静な、偉大さを見せてゐる 殊に前掛とスカートはなかなか巧 に画いてゐる。なかなか上品な画で す。見れば見る程人に親まれる。 （写真）	204. 特選，鬼頭鍋三郎氏的〔手遮前額的女人〕，鑽研柯洛的畫風，表現悠閒、寂靜以及偉大性。特別是圍裙和裙子的繪畫技巧很好。是一幅優雅而有品味的畫作。越看越讓人感到親近。 （照片）
SB13-121 206. 角野判治郎氏の室内は眞 中の壁掛の赤布にあまりに 念を入れて画いたが為に全画面 を多少狭小を見せた嫌がある。 それよりも布の置場から見限を。 —〇— 209. 江崎寛友氏の窓辺は感じが 良い大胆さに物の大きい塊を 掴んでゐる。 光安浩行氏の女画家も同じ。 —〇— 211. 市の木慶治の庭の一隅は 金魚を飼養してゐる物を 画いたなかなか良い画だ. —〇— 212. 内田巖の室内、向って左の 坐像の女は不要と思ふ。 右側の人物と同じく取扱う のは考へ物だ、一層左の人物を 休めて何とかして欲しい。	206. 角野判治郎氏的〔室內〕， 太過強調畫中心位置紅布的描繪，多少造成整個畫面的侷促感。與其如此，寧可犧牲布的配置。 —〇— 209. 江崎寬友氏的〔窗邊〕，恰到好處大膽地抓住物件的主體。 光安浩行氏的〔女畫家〕亦同。 —〇— 211. 市の木慶治[9]氏的〔庭院一隅〕 描繪飼養金魚的樣子，是一幅難得的好畫。 —〇— 212. 內田巖氏的〔室內〕，面對畫作左側的坐姿女人可以不要。需考慮一下和右側人物採取一樣分量的安排，索性不要左側的人物，想想別的方法。
SB13-120 216. 多々羅義雄氏の黄衣の U嬢は今迄の風景よりはよ くなった。が、何の勢か 画面はしゅしくしてゐる。 —〇— 221. 井出坊也の子供は人体のテクニ クはなかなかうまい。 色彩感も良い。特選に 押しても良い位と思はれる。 —〇— 223. 無鑑査の桑重儀一の 海辺　人物は毛細工見 た様だ。元气のない画だ。	216. 多多羅義雄氏的〔黃衣服的U小姐〕，比以前的風景畫好。然而，不知道什麼理由，畫面感覺縮小了。 —〇— 221. 井出坊也[10]氏的〔小孩〕，身體的畫技表現很好。色彩感覺也很好。就算推薦特選也不為過。 —〇— 223. 無鑑查的桑重儀一氏的〔海邊〕， 人物看起來像馬賽克拚貼，是一幅沒有活力的作品。 —〇— 第十一室 小早川篤四郎氏的〔頭目像〕， 目前為止的人物畫中屬佳作。但畫原住民時，希望臉畫得像原住民。

—○— 第十一室 小早川篤四郎氏の頭目の像、 今迄の人物は良いと思う。 蕃人は蕃人らしい顔に画いて貰いたい。	—○— 第十一室 小早川篤四郎氏的〔頭目像〕， 目前為止的人物畫中屬佳作。但畫原住民時，希望臉畫得像原住民。
SB13-119 228. 大和田富子の親と子　と天井 陸三氏の展【望】　塚本茂氏 の讀譜、いづれも気持の良い 画だ。 —○— 胡桃沢源一氏の鶴は同列の 作品よりは今年少し落ち てゐる。 —○— 食後の大貫松三氏の画は 人物の高サは全画面の5/2 位の所にある。之を全体高 く上げて窓を少部分を画い たら如何？ —○— 中尾達氏の藤椅子に 凭る女、あまりにくどくどしく 感ず画だ	228. 大和田富子氏的〔親與子〕、天井陸三氏的〔展望〕、以及塚本茂氏的〔讀譜〕，都是賞心悅目的畫作。 —○— 胡桃澤源一氏的〔鶴〕，比起同系列作品，今年稍微退步。 —○— 大貫松三氏的畫作〔食後〕，人物的高度約在全畫面5/2的位置。如果把人物整體高度往上提，窗戶部分少一點，如何？ —○— 中尾達氏的〔靠著藤椅的女人〕，感覺是一幅累贅的畫作。
SB13-118 遠山清氏のアトリエ、背後 のバク即ち壁は少し後に 行かないか？ —○— 南政善氏の老人像、 首を誇張して画いたの は全画面ニ呑んびりさを 見せてゐる。 —○— 宮地亨氏の風景、ひらた い、（森）屋根は飛び上り そうだ。 —○— 家永騏三郎氏のガッチョ 釣りの各個の人物の气持 をよく表してゐる。	遠山清氏的〔畫室〕， 後面的背景，也就是牆壁，可以畫得再退後一點嗎？ —○— 南政善氏的〔老人像〕 頭部誇張的呈現，讓整個畫面帶來輕鬆的感覺。 —○— 宮地亨氏的〔風景〕 扁平無凹凸（森林），屋頂好像就要飛出去。 —○— 家永騏三郎氏的〔釣鼠鯒〕，每一位釣客的表情都表現得很好。
SB13-117 第十二室 池田永一治氏の窓、色彩は良い感 じを與へてゐない、建物築の区切り は目だってよくない。	第十二室 池田永一治氏的〔窗〕，色彩給人不好的感覺。建築物的界線太明顯不好。

一〇一 三宅円平の貨物船、構図の 作成上人物をも少し大きく取扱って 貰い、なれば全画面の大きさが、もっ と見られるでせう。 一〇一 長屋勇氏の室内裸婦は 人物と人物との間隔はハナレ過ぎ る其の間を何とかならぬか 一〇一 陳澄波氏の西湖春色はなかなか 新緑の特徴がよく写されてゐる。 今迄よりは画がはいからになった。 一〇一 三井正登氏の石匠、支那人の性 格がよく写されてゐるが此風景の 雲は弾丸の飛ぶようだ。 一〇一 堀田清治はの熔【鉱】炉、今迄のは 力強くあって良かったと思ふ。	三宅円平氏的〔貨物船〕，從構圖來看，希望人物再放大一些。這樣就能看到整個畫面份量。 一〇一 長屋勇氏的〔室內裸婦〕 人物和人物之間距離太大。其空間應再多琢磨。 一〇一 陳澄波氏的〔西湖春色〕，新綠的特徵表現得相當好。比起過去，畫作更新潮。 一〇一 三井正登氏的〔石匠〕 中國人的性格表現得很好。但是風景中的雲好像飛行的子彈。 一〇一 堀田清治氏的〔熔鑛爐〕， 至今為止的畫作中，是強而有力不錯的作品。
SB13-116 耳野卯三郎氏の庭にて、は 特選画のコ｛一｝ローの気持ちを取入れて 画れたが、後の山はも少し遠く 行かせたい。出て来る气持があって 画の擴大さを失ってゐる。 一〇一 牛島憲之氏の秋川　図案見た 様で人に好感を与へてゐる。 山下大五郎の庭【の】一隅同様。 一〇一 高橋喜傳司の大雪山に女 達は、遠近景の区別は足ない が故にヒラタク見える。 一〇一 服部亮英の豹皮臥裸婦 人体の腹部の蔭の色は不当と思ふ。 一〇一 東坊城光長の母子は人物の カッコウが出来てゐるに過ぎない。 尚研究を要す	耳野卯三郎氏的〔在庭院〕， 特選畫有柯洛風格，但希望後面的山能再退後一些。擠在前面讓畫作失去放大的效果。 一〇一 牛島憲之氏的〔秋川〕，看起來像設計圖案，給人們留下好印象。 山下大五郎的〔庭院一隅〕亦然。 一〇一 高橋喜傳司的〔大雪山與女人們〕 由於遠近景之差距不夠，所以看起來很平面。 一〇一 服部亮英氏的〔臥躺豹皮的裸婦〕，人體腹部的陰影用色不妥當。 一〇一 東坊城光長氏的〔母子〕，只畫出了人物輪廓。尚需研究。
SB13-115 刑部人の初秋の河口湖 秋晴れな气持ち良い画だ。 一〇一 川合修二氏の淡水の裏街 努力は大きかった、単に風俗画に	刑部人氏的〔初秋之河口湖〕 秋高氣爽感覺很舒服的畫作。 一〇一 川合修二氏的〔淡水之裏街〕 雖然很努力，看起來不過是一幅民俗畫。

しか見えぬ —〇— 柳沢松一の赤【い】屋根の見え【る】風 景、は良き色彩とタッチヲ 以て全画面ヲうまく纏メテヰる —〇— 鈴木誠の春、 雪山とそのワキの山をも少し 遠く行な【い】か、さうなれは山 岳と平野の環境は又雄大 に見たであらう。 —〇—	—〇— 柳澤松一氏的〔看見紅色屋頂的風景〕，以很棒的色彩及筆觸，將畫面整合得很好。 —〇— 鈴木誠的〔春〕 如果雪山和側邊的山再退後一點，山岳與平原之環境看起來就更雄偉吧！ —〇—
SB13-114 第十三室 橋本八百二氏の收穫、 此の絵を以て全室の作品を抑付 けてゐる。今迄よりは此れこそ 傑作だ。 写真（四百号） 背景はうるとらまりん の原色の□に、各漁村 の漁夫の性格をよく表 されてゐる。殊に魚の色 はうまいもんだ。今秋の帝 展中大作二枚中の一。 —〇— 特選の佐藤章氏の公記字號 も四百号だが全画面はあまりに 大きく見【え】ない。矢張り最努【力】家の 一人だ。 —〇— 特せんの野口謙藏氏の霜の朝	第十三室 橋本八百二氏的〔收穫〕 此畫超越全室其他所有作品。比起過去作品，這一幅正是傑作。 相片（四百號） 背景使用群青色之原色，各漁村漁夫的個性表現得很好。特別是魚的用色極好。今秋帝展中，兩幅大作中的其中之一。 —〇— 特選，佐藤章氏的〔公記字號〕也是四百號，但看起來不大。果然是最努力的畫家之一。 —〇— 特選，野口謙藏氏的〔晨霜〕
SB13-113 此画は構図とか内容方面の追 究を見るよりもその手軽く巧妙に 巧みな畧筆を以て表はれてゐ るのはその特徴だと思ふ。 —〇— 近藤光紀の窓、藤田愼治 の鰯を配せる卓上、石本秀 雄の校庭の春、いづれも气 持の良い画だ。 —〇— 倉橋英男の北沢風景 鮮明な色彩を以て物体 の大塊を掴んで表されるのは 何より結構だ。	這一幅畫的特徵，不在構圖或是內容方面的追求，而在以輕快又巧妙的簡單筆觸來表現。 —〇— 近藤光紀的〔窗〕、藤田愼治的〔放置沙丁魚的桌面〕、石本秀雄的〔校庭之春〕都是很舒服的畫作。 —〇— 倉橋英男的〔北澤風景〕 以鮮豔的大色塊呈現物體，非常好。

一○一 廖継春氏の子供二人　情味のたっ ぷりな画だ。も少し元気があって いいと思ふ。	一○一 廖繼春氏的〔兩個小孩〕是一幅很有人情味的畫作。再多一點活力更好。
SB13-112 別に 帝展の批評を描くそれは私を微苦 笑させる。私は二三年間帝展を 見なかったのであらうか。本日は招待日に 会場を一足素通りで見たその時は ちっと近頃にはやされてゐる私立 展と向きを異にしていることは更に謂 ふ必要はない。さすがに美術殿 堂だと定評の帝展は依然として ガンマッテヰル、各自の努力したそ の結晶が場中に一杯充てゐる のである、これに付いては只今室 順に従って自己の所感を述べた いと思ふ。	另外 撰寫帝展評語讓我有些不知所措。或許是因為這兩三年來我沒有看帝展了吧！今天是招待日，我早一步繞了一圈會場。帝展的方向和最近流行的民間展不同的事不用再說。人們公認美術殿堂的帝展，依然持續努力，會場中充滿各自努力的結晶。關於此，我想按照展間順序來陳述自己的感想。

（翻譯／顧盼）

一原稿寫於編號SB13之素描簿裡，書寫順序是從最後一頁往前寫，文件編號為SB13-142至SB13-112，書寫年代約1934年。

1. 參考陳澄波收藏之《帝國美術院第拾五回美術展覽會陳列品目錄》，可知所寫之數字為作品陳列番號。然有部分僅寫陳列番號，未寫作者或畫題，故編者按此目錄，將作者與畫題記於文末。
2. 此處語意不明。
3. 原稿此處有個梯形的圖案，可能是在畫裙子。
4. 此處語意不明。
5. 此處原稿即畫○。
6. 此處語意不明。
7. 此處原稿即畫○○。
8. 《帝國美術院第拾五回美術展覽會陳列品目錄》中所載之名字為「山口猛彥」。
9. 《帝國美術院第拾五回美術展覽會陳列品目錄》中所載之名字為「市ノ木慶治」。
10. 《帝國美術院第拾五回美術展覽會陳列品目錄》中所載之名字為「井手坊也」。

臺灣畫壇回顧

郷土氣分を　もつと出したい　大作のみに熱中は不可

▽……陳澄波氏談

近来の臺灣美術が一般に非常な長足を以つて發展進步されたことは何よりも嬉しいことです之を顧るに今より卅年程前は如何な狀態にあつたかであることを考へて見るとなかなか興味のあることです。當時は美術と云ふ物は殆んど世人に價值あることを認められる所か却て「畫尪仔」だと云はれて罵倒されいやしまれてゐる狀態です。

家庭に於ては勿論書房の如きに於ても畫をかいたら教師から直に手掌が幾か打たれる、公學校に於ても大正初年迄は圖畫科と云ふものはない、此の諸點から見ても繪畫は臺灣社會に必要なしとされてゐる情のない話しです。大正時代になつてからは學校內に於て成績展覧會の附隨物として陳列された位ですからいよいよ昭和の聖代になつてから着々して芽が出て來た理です。過去の美術と云ふものは何もないといつても良い位です。

當時に於ては即昭和二年の春に七星畫壇が先に生れ、夏に赤陽美術展が續いで生れた次第です、同時に臺灣水彩畫展も出來て居たと記憶してゐます同じ秋に臺灣美術展が出來た順になつてゐる。

翌（1929）年の春に赤陽展と七星畫壇が合併して赤島社が出來た次第です、之が出來てこそ始めて民間に有力な團體があつたのです、而して官展と民展とが相携へて臺灣美術の向上と普及の世話役になつた理でしたが惜しいことにはその後赤島社展は無形の停頓狀態になつてしまつたのです。

その後東洋畫に於てはセンダン社とか春萌展とかといふのが出來て臺灣に於ては之に依つて稍々美術らしい格好になつて來たのです。

その中に臺展が一人でずんずん長じて來て指導的立場の任に立つて來た次第ですさて今迄に秋には美術殿堂である臺展が第八回迄續け様に賑かに行はれて來ました、がどうも之れだけでは物淋しいと云ふので臺陽美術協會が去る十一月十二日に生れました。

間もない中に最近又々造形美術を特色とする臺灣美術聯盟が續いで誕生されたもんです愈々之に依つて形式上各種の美術展が整つて來ました理なんです之に依つて如何にして育てゝいく可きか各會の特色特徵があり又その任に當る者は各々相當の覺悟と責任がある理です明（今）年は領臺四十年の紀念すべき大博覧會があると共に各種の美術展覧會が春秋に開かれることにまつてゐるが領臺以來斯の如き盛大なる美術展が開催されることは歷史上一大光輝を放つに違ひはありません。

しかも自治制度が實施される此の年こそ意義の深い展覧だと思ひます、斯う思へば吾々美術家は尚一層責任が重くなつて來ます茲に於て微力である吾人は斯う云ひたいもんです近來一般に展覧會では大作が行はれる様になつた之が純粋な表現慾から出たものである場合は別でありますが大部分は自己の看板意識がその主なる作意となつてゐて而も技術が廣大なる畫面と平行しないが為に破綻が出来るのが多い。

伊太利のルネサンス當時ならいざ知らず今の世の中に二百號以上の繪畫が掛けられる住宅は幾軒あるだらうか。

繪畫の大きさは其の時代の建築の大きさの要求に依つて或程度迄左右されるものです此が當然のことだと思ひますだからいだづらに展覧會場に於て大作を競争するは無意味である大作をする畫家のアトリヱにも小品で藝術的に優れたる作品があるに違ひない、

作品は術の香りの高いものこそ高價的なものであると共に自己を紹介する上に於ても大事である又はそれを鑑賞する人に於ても滿足させる事になる。

力が充分に行渡つて畫をマスターした作品を見ることが愉快であるあまりに大きい為に氣の拔けたことをしては結局畫家だちの損です、現在のフランスには二百號以上の傑作は幾何もない、マチス、ルオにも五〇以上の大きい作に於ては先づ傑作がないといつてもいい位だと言つてゐます。

まあ要するに現在の我が臺灣の美術は稍々之れで形作られてゐるばかりです、強て東京あたりの大作を模倣する必要がない、出來る限り我々の純なる心神（理）狀態を磨いて行けば結構だと思ふ。いつも繰返して言ふことですが徒に量を求めるよりも質をよくした方得策ではなからうかと思ひます不備なる言振りですが此の一九三五の年頭に於て此だけのことを述べさせて頂いた次第です。

想表現更多的鄉土氣氛　不可只熱中於大作

▽……陳澄波氏談

文／陳澄波

這幾年來的臺灣美術，一般來說有長足的進步與發展，的確可喜可賀。回顧臺灣美術，想想三十年以前的狀況，相當有趣。當時所謂的美術，不但不被認為有價值，反而會經常遭到「畫尫仔」的挨罵。

別說在家裡，即使在私塾，若隨手塗鴉，就會立刻被教師打手心。公學校也要到大正元年，才有所謂的圖畫科。從這幾點，就知道當時繪畫並不被臺灣社會所需要。真是可悲！即使時代進入了大正，美術在校內也不過是陳列在成績展覽會的附屬品罷了。直到昭和的神聖時代，美術才得以生根發芽。在此之前，能夠稱得上「美術」的，幾乎全無。

當時，即，昭和二年春，七星畫壇率先成立。[1]同年夏天，赤陽美術展接著誕生。我記得臺灣水彩畫展也同時出現。同年秋天，臺灣美術展也順序開辦。

次（1929）年春天，赤陽展與七星畫壇合併為赤島社。赤島社是民間擁有的第一個有力的美術團體。於是，官展與在野展相互提攜，共同挑起了提昇與普及臺灣美術的重責大任。可惜的是，不久赤島社展就形同解散了。

之後，在東洋畫方面，由於栴檀社和春萌展等美展的出現，在臺灣，美術才稍微像樣了起來。

然而，只見臺展獨自迅速成長，一躍而居領導地位。儼然是美術殿堂的臺展於每年秋天舉辦，迄今已是第八回。但總覺得光只有臺展，難免寂寞。因此，臺陽美術協會便在去年的十一月十二日誕生了。

沒多久，最近又接著有臺灣美術聯盟的誕生，並以造形美術為其特色。因此，就形式上來說，各種美術展，已經齊全。至於今後該如何發展，各會都有自己的特色與特徵，而且這也是擔任這方面工作的人，各自應有的覺悟與責任才對。明（今）年將舉辦紀念領臺四十年的大博覽會。另外，各種美術展，也等著在春秋兩季舉辦。領臺以來，像這樣隆重盛大的美術展的舉辦，一定能在歷史上大放光芒。

何況，今年地方自治制度開始實施，因此，這些展覽，顯得更有意義。這麼一來，我們美術家所擔負的責任便更加沉重。在此，請容人微言輕的在下做以下的發言。最近，在展覽會上流行著大型作品。如果那是出自純粹的表現欲的話，就另當別論。但大部分的人，根本只是自己的招牌意識作祟，再加上技術欠佳無法處理大畫面，使得破綻百出。

如果是義大利的文藝復興時代，還有話說。但在今天這個時代，究竟有幾家住戶，能夠掛得上兩百號以上的畫？

畫的大小，多少受到當時建築的大小所左右。這是理所當然的事。因此，只是好玩似地在展覽會上爭先恐後擺出大型的作品，根本毫無意義。就算是習慣製作大作品的畫家，也一定是用具有藝術氣息的小品，裝飾他的畫室（atelier）。

作品貴在技術的卓越。同時，自我表現，也十分重要。另外就是，作品必須使觀賞者滿足。

欣賞充滿力感而且技巧純熟的作品，是件愉快的事。如果因為畫面太大，而無法掌握到全局的話，到頭來還是畫家自己的損失。現在在法國，兩百號以上的傑作，並不多見。即使是馬諦斯（Henri Matisse）、盧奧（Georges Rouault），只要是超過五十號以上的大型作品，也幾乎可以說沒有一件是傑作。

總之，我們現在的臺灣美術，不過稍微有點像樣而已，沒必要勉強自己去模仿東京那邊的大型作品。只要盡可能地琢磨我們自己純真的心，我想就夠了。如同我一直重複強調的，與其在量的方面徒勞無功，不如在質的方面多加努力。這才是上上之策。在此一九三五年之初，謹呈數言，如有不備之處，尚請見諒。（翻譯／李淑珠）

—原載《臺灣新民報》約1935.1，臺北：株式會社臺灣新民報社

1. 據《臺灣日日新報》1926年8月27日日刊4版〈七星畫壇博物館開展覽會〉中報導，七星畫壇於1926年8月28、29、31日舉行第一回展，故成立時間應非昭和二年（1927）。

嘉義市と藝術

陳澄波

我が市當局より「嘉義市と藝術」に就いて書けと命ぜられた。此の主題に付て如何なる考へと態度を以て、又は如何なる順序を以て書けば主題通りに描寫し得るかを考究する必要がある。然し乍ら斯かる拘束を餘りに深く考へずに筆の走る儘に一つ述べさしていただき度いと考へます。

さて物事には何かの原因があつて必ず何かの結果が得られると同様に、山麓又は河川の流域には必ず何かの結合がある如く、我が嘉義は西海岸の嘉南大平野と新高阿里山地帯との結合點に當り交通上の要地である。

清朝時代は諸羅山といつて藝術味たつぷりの名前であつて、

地方の名稱から見てもその語意語源に藝術的心理の潜みがある。否それで無くとも藝術的概念は既有性を持つのであつた。東方には雲に聳ゆる中央山脈が南北に連り、新高の主山は毎朝定つた様にお日様と共に笑顔を見せてくれる。實に麗しい秀峯であつて、毎日眺められる我々市民は何程仕合せであるか知れぬ。斯かる大自然の美、天然の景に惠まれてゐる地方こそ、何かいはれがありそうなもの、今を溯ること凡そ百年道光年間か或は咸豊年間か繪畫の名人林覺と云ふ人がゐた。

是と時と同じうして書を以て支那內地に迄名の聞えてゐた蔡凌霄もゐたと云ふ。近くは五十餘年前葉王と云ふ名代の彫刻家もゐて今にその作品が珍重されてゐる。いづれも嘉義が生んだ藝術家で此の道の元祖である。

抑々藝術と云ふ物は一つの社會的現象である。

「必要は發明の母」といふ諺の如く、人間の勤勞も必要の結果である、人類あつて以來雨雪と猛獸の襲擊を防ぐ為に人は器具、刀、槍並に衣服を作つた。彼等は自由の撰（選）擇に依つて藝術家になる前に、必要に迫られて勤勞したのである。

藝術的製作は其の著しき特色に於て他の直接利用厚生的活動と異つてゐる。先づ茲に一の宮殿、寺院があり。一の繪畫があると假定すると、寺院、宮殿の方は只大きな家でありさへすれば何の飾がなくとも安全な庇護の場所となり得るが、繪畫の方はさうは行かない。繪畫に於ては外に藝術の要素が附加されねばならぬ。實用の要素は繪畫や彫刻には隱蔽されて藝術的要素のみが分離獨立するのである。時には補助と成り、時には獨立する此の藝術的要素は、夫自身人類活動の一產物である。只夫は直接の必要を充たすを目的としない。特に自由な、無算心の活動であつて、愛撫、愉悅、好奇、恐怖の念――等の一種の活潑な情緒を惹起する活動である。茲に於てか、藝術は其の階級を問はず一の贅澤、一の慰みものたる二元的性質を帶びる。即ち繪畫を以て、大抵人倫の補助、政教の方便となし、又は建築物の裝飾として用ひられ、未だ覊絆の區域を脱してゐないが、美を美として樂しむ審美的風尚が起つて來る事になる。殊に六朝時代はさうで、支那繪畫史上に於ける自由藝術の萌芽と見ることが出來よう。

現在の我が臺灣繪壇を考へて見たい。最近當局に於てば大に藝術を奬勵し、賞讃せられる所以も亦此の點にあると思ふ。その目的が他人の感情を刺戟するてふ點に於て藝術は根本的には一つの社會的現象である。如何に原始的社會でも全然藝術を蔑視したものはない。所謂人心陶冶をするに適切な手法である。その地、その國に於て藝術の考究が盛に行はれてゐるや、否や又はその賞賛の程度はどうであるかを見れば、その地方、その國家の文化程度を知る事が出來るのである。

前述の如く、林覺、蔡凌霄、葉王の輩出は既にその時代の文化程度を知るわけになると思ふ。一方には天然の惠澤を受け、一方では社會の慾求に依つて彼等の達成を見たわけになると思ふ。然らば現今我が市はどうであらう。他地方に比し美術家の輩出は少くはない。しかも質に於てもその優を占めてゐることは何よりも嬉しい。

東洋畫に於ては林玉山氏を鎮守とし、獨占的の様に多數輩出してい居るが西洋畫では自分だけである。是等は嘉義を代表するばかりでなく島內の中堅である、進んでは東都に於て、朝鮮、中華民國の各地、に於ても彼等は臺灣青年の為め、嘉義市民の為めに萬丈の氣煙を吐いて吳れつゝあるのは何より嬉しい。對內、對外、斯くの如き元氣旺盛振りは讃賞すべきである。

其他彫刻の蒲添生氏は目下朝倉塾に於て熱心に研究されてゐる。

文人畫としては蘭の名人徐杰夫氏、工藝雕刻品のトン智著（者）としては林英富氏、書としては、その楷書の名將として羅峻明氏の右に出づるものはない、行書楷書は矢張り故莊伯容氏の領分で、草書の獨占名將は蘇孝德氏に限る。寫眞師の猛將は岡山氏、津本氏、陳謙臣氏の諸氏である。惜しい事には美術裝飾建築家がゐないのが殘念であつた。以上畧記憶してゐる範圍をつまんだわけである。此の隱れた詩人藝人が居ると思ふが此の位で止めやう、要するに只今擧げた人達は現在市にゐてそれぞれ各藝に精進されてゐるのは何より嬉しい事だ。

現在市內の狀況を拜察するに二十年前に比べて長足の進步の跡が見える。舊來の家屋は殆んど無くなつて市に相應しい新建築物が立ち並んだのであるが吾々美術家の要地から云ふと、何とも言へぬ審美的な、古典的な、建築物が日に滅びて行くのはなげかばしいことである。しかし、建築家に言はせると時代の進步を誇るであらう。建物の古きは土角、臺灣煉瓦、それに木、竹材を以てしたのであるが、阿里山大森林が開拓されてから殆んど木材を使ふやうになり、最近に至つて漸く裝飾が必要要素と看做されたのである。

建築物として賞讃すべきは市役所、稅務出張所、嘉義驛、羅山信用組合、元の柯眼科醫院等で、何れも美的見地に出發して建てられたもので、これから所謂裝飾煉瓦時代に遷るのであらう。此の點から見れば繪畫は大いに建築界の大補助役をつとめてゐるのであつて、建物の改造に對して美術家が之を憂ふ必要はない。市內道路も廣くなつた。衛生的に、美術的に改裝された事は時代の要求であらうが一面我が藝術界進步の賜であると共に市民の幸福でもある。

斯かる藝術的嘉義市建設の第一恩人は前廣谷市尹であるがそれが完成は現川添市尹の努力を忘れてはならない。殊に昨秋臺展移動展を他市に先んじて我が市に開いた事は市尹を始め、各在嘉の方々の熱誠と努力の結果に依るものと思ふ。之に依つて美術家の根源地である我が嘉義市は一般に對し恥ぢる所はない樣になつたわけである。

以上の諸條件から見ても吾々藝術家のみならず、市の人々の仕合である。終りに臨んでは吾々は微力乍ら我が市を藝術化したい。それには市民の方々は我々と共に藝術を愛顧しよう、鑑賞しようと念願せられ、我が大嘉義市をして藝術の都として行きたいと希望して止まない次第です。

嘉義市與藝術

文／陳澄波

寫這篇「嘉義市與藝術」是奉嘉義市當局之命。面對這個題目，應以何種態度來看待或是應以何種順序書寫才能契合題意，其實是有思考的必要。不過，我不太想理會這些約束，想到什麼就寫什麼吧！

話說，凡事注定有什麼樣的因，就會得什麼樣的果。同理，就像山麓或河川的流域勢必與某種東西結合一樣，我們嘉義正位於西海岸的嘉南大平野和新高阿里山地帶的結合點上，為交通上的要衝。

清代時，嘉義稱為「諸羅山」，是很有藝術味的名字，就地方名稱來看，也可以知道其詞源隱藏有藝術性格。不，就算不是，也具有已成形的藝術概念。在東方，高聳入雲的中央山脈貫徹南北，新高的主峰每天早晨就像固定般地與太陽公公一起露出笑顏。真是美麗的秀峰，每天在其眼下的嘉義市民，實在是太幸福了！而在如此受惠於大自然之美、天然之景的地方，若說有什麼傳說之類的，距今約一百年的道光年間或咸豐年間，就有一位繪畫高人，名林覺。

與此同時，也有位蔡凌霄的書法盛名遠播至支那內地。時間拉近一點的話，五十多年前，有位名叫葉王的有名彫刻家，其作品現在也深受珍藏。這兩位都是嘉義誕生的藝術家，此領域之元祖。

藝術原本就是一種社會現象。

俗語說的好：「需要是發明之母」，人們的勤勞也是需要的結果，人類自有史以來，為了躲避雨雪與猛獸的襲擊，所以製作了器具、刀、槍以及衣服。他們在自由撰（選）擇成為藝術家之前，也因需要而勤於勞動。

藝術的創作，最大的特點在於它不同於其他可直接利用、益於生活的活動。假設在此有一座宮殿或一間寺廟，和一幅繪畫，寺廟和宮殿的話，只要是一間大房子，不需任何裝飾，就可成為提供庇護的安全場所，但繪畫卻不行。繪畫還必須另外附加藝術的要素。實用的要素，在繪畫與雕刻裡被隱蔽，只有藝術的要素得以分離與獨立。這個有時是補助，有時獨立自主的藝術要素，其本身是人類活動的一項產物。只不過它並不以滿足直接需求為目的。它是自由、不計名利的活動，是促使某種情緒例如撫愛、愉悅、好奇、恐怖等感覺活躍起來的活動。可能也因此，藝術不問階級，均帶有兩種不同的性質：一曰奢侈，一曰慰藉。亦即，繪畫不但被作為道德倫理的輔助、政教宣導的手段，也常被用來作為建築物的裝飾，未脫離被管束的範圍，不過，將美當作美來欣賞的審美風氣已經逐漸形成。尤其是在六朝時代，可以將之視為中國繪畫史上自由學藝的萌芽。

回頭看看現在我們臺灣的畫壇。當局最近大大獎勵、讚賞藝術的理由，應該也是在此。就以目的在於刺激他人情感這一點來看，藝術基本上就是一種社會現象。再怎麼原始的社會，也不見藐視藝術。亦即，藝術是非常適於陶冶人心的方法。端看在這個地方這個國家對於藝術的考察或研究的盛行與否，又或對其讚賞的程度如何，便可得知這個地方這個國家的文化水準。

如同前述，從林覺、蔡凌霄、葉王之輩出，嘉義那個時代文化水準之高，無庸贅言。這是除了受天然的恩澤，也因為社會對藝術的慾求，他們才可能有如此成就。那麼，我嘉義市現在如何呢？與其他地方相比，美術家的輩出，其實不少。而且，在質的方面，可慶的是，也全都是佼佼者。

東洋畫領域有林玉山氏鎮守，壟斷似地培育出許多後進，西洋畫則只有敝人而已。這些畫家不僅代表嘉義，也是島內的中堅，而且不管是在東京還是在朝鮮或是在中華民國的各地，他們也都經常替臺灣青年、替嘉義市民揚眉吐氣，真是可喜。對內對外，如此活躍的藝術榮景，應該予以讚賞。其他例如彫刻的蒲添生氏，目前正在朝倉塾熱心地研究彫刻。

文人畫方面有畫蘭名人徐杰夫氏，工藝雕刻品方面有機智著（者）林英富氏；書法方面有楷書的名將羅峻明氏，無人出其右者，但行楷仍是已故莊伯容氏的勢力範圍，獨占草書鰲頭的名將則非蘇孝德氏莫屬。攝影師的猛將也有岡山氏、津本氏、陳謙臣氏等諸氏。遺憾的是，沒有美術裝飾建築家，可嘆！

以上大概是我記憶所及之範圍。其他應該還有一些不為人知的詩人和藝術家，但就此為止吧！總之，剛才所列舉的藝術家，現在都住在市內，各自致力於自己藝術的精進，令人感到欣慰！

觀察市內現在的狀況，與二十年前相比，可見長足進步的痕跡。舊有的家屋幾乎蕩然無存，與「市」相稱的新建築林立，但從吾輩美術家的立場來說，看到極具美感的古典建築日益毀滅，覺得惋惜。但若是建築家的話，卻會自豪說這是時代的進步。舊的房屋是採用土角磚、臺灣煉瓦，還有木、竹材，但阿里山大森林自開拓以來，幾乎開始全面使用木材，直到最近才逐漸將裝飾視為必要要素。

值得讚賞的建築，例如市役所、稅務出張所、嘉義車站、羅山信用組合以及原來的柯眼科醫院等等，都是以美的觀點出發來建造，從此開始進入了所謂的裝飾煉瓦時代。就這點來看，繪畫肩負著從旁協助建築界的重要角色，對於房屋的改建，美術家也不需要太擔心。市內道路也變寬了。講求衛生與美觀的改建，雖然是時代的要求，但除了是拜我們藝術界進步所賜之外，同時也是市民的幸福。

如此藝術性的嘉義市建設的第一恩人是前任市尹廣谷致貞，但也別忘了負責把它執行完畢的現任市尹川添修平的努力。尤其是去年秋天，我們嘉義市比別的縣市早一步舉辦臺展移動展，這都是市尹和嘉義各方人士的熱誠和努力的結果。因此，我們嘉義市作為美術家的根源地，對外也就毫無蒙羞之處。

上述的各種條件，不但是我們藝術家，也是市民大家的幸福。最後，我們願盡一己綿薄之力來使我們的城市走向藝術化。但也需要各位市民跟我們一起來關照與鑑賞藝術，我們的大嘉義市才能成為一個藝術之都，這是我殷切的盼望！（翻譯／李淑珠）

—原載《嘉義市制五周年記念誌》頁92-93，1935.2.9，嘉義：嘉義市役所

春萌畫展短評

陳澄波

自然の恵、豐かなる嘉南平野から産出された春萌會は今度で第六回目の誕生である。

兼ねて聞くに、同會同人は會の革新の為、總會を開き今後の成行き、內容充實等の打合があつて所謂一種の新生命を表面化していきたいと云ふ考へであるからと、同方面から漏れて聞くのである。

一方に於いては嘉義市成立以來丁度滿五週年記念祝ひの為め、も一方に於いては領臺始政四十週年記念臺灣博覽會が今秋に於いて大々的な催しがあると言ふことからして、此の忘れ難い今年のことであるから、同回同人は非常な熱誠と眞摯さを以て各自の血精に依つて製作された結果は、今回の畫面に於いて窺れるのである。

しかも非常時の今日に於いて斯かる平和的な美術品が直面に觀覽が出來るのは嘉南平野に住む人々の幸のみならず、島內一般の仕合だと言はねばならないのである。

第一室

蕃鴨　林東令氏

蕃鴨の雛の描寫は氣持よく出來てゐるが左側にある車前草の葉の裏その石黃の色が強かつた為主題の存在が侮蔑されてゐる、背中の白點は骨格の表はれてはあるがあまり白く見えて銀座の螢籠見た様だ

玉蜀麥　黃水文氏

畫の全體がバツクの石黃と椽の黃土色の為に壓迫されて弱く見える

春光　李德和女史

主題の通り「旭日融和、春光燦爛の氣象がよく描寫されてゐる、只だ椿の花にも少ししまりがあつて欲しい。

美人　武劇　周雪峯氏

兩方とも人物描寫が拙い、武劇の方は三國誌中の群雄割據の一部分を寫された物ですが關公の鎧、冑の模様のみの色彩に取られて他部分との連絡が忘れられてゐる。

但しその百子聯孫と美人の方のチンコロの表現はよく出來てゐる。

秋庭　潘雲山氏

秋庭は本回の出品中場所內於ける大作の一つである。畫材については玉蜀麥に生蕃鴨を配してあるなかなか丹念克明の畫であるが只その事物の觀察に物足りない所がある。希くは今後も少し微細の所を叮嚀に見て頂きたいもんだ。

秋夜讀書　朱芾亭氏

今迄の氏の作品と違つて或一種の新生命を與へて新しい氣分が發揮されてゐる。

夕暮　林玉山氏

水牛が臺車を引ぱる様、その車夫等の活動振りが拔け目なくうまくその性格を取らへてゐる。さすがに玉山氏の畫だ。

第二室

田家　林東令氏

此の繪畫を見れば「玉山氏の雨迫まる」の作品を思ひ出すのである。藥の置いてある邊はも少し輕くあつさり扱つてもらひたい。

煙雨　黃水文氏

去年に比して大進步だ。氏の語る所に依ると只今の所では技巧よりも眞面目に物を見て寫すことが大事だと云ふ。なかなか、

いい心得だ、もつと來年のを期待します。煙雨の竹は重過ぎる。
疎林（朱芾亭氏）　秋墅（林玉山氏）の作はいづれも枯淡幽雅の風格がある。

第三室
月桃、殘秋　張秋禾氏
去年に比し稍々大作を出品されてゐる。色彩の精錬は上的だ、若いだけに容易に侮られない畵家だ。
蘋桐、佛果　盧雲友氏
畵材は簡單にしてなかなか要領を得てゐる。色彩については去年に比し小奇麗でなくて、形式、內容共に充實されて來たことは何よりも當氏の為に祝福する。
魚菜二題　林玉山氏
おいしさうな野菜、今將にぴんぴんと跳ね起きようとする鮒等はよくその物の特徵とその性格がよく摑んでゐる。前年よりは稍々小品だがいづれも他に從隨されない傑作である。
旗杆湖夕照、新高春雪　朱芾亭氏
南畵家にならうとする氏の初志通りに實現されつゝあるは嬉しい。新高の春雪の上半は申分がないが全體の効果からいふと夕照の方が良いと思ふ。
萌る春　吳天敏氏
左側にある虞美人草の方は餘分だ全畵面の均せいが取れない。色彩の變化を與へようとすればその花を一つ二つ位その間に配在すれば結構だと思ふ。
寒山拾得　常久常春氏
氏は近々南畵に轉向し常春氏の畵と思はれない程なかなかうまい物だ、寒山拾得の一幅を拜見するに旣に老大家の風格の點が竊かはれる。
前後赤壁　潘春源氏
前後とも紙本の墨畵で、氏の年來の山水畵としてはなかなか力作である。
人物のいいことは勿論、松樹の表はし具合と又はその山岳の描法といふものは申し分がない。所が普通の山岳の描寫としては良いが赤壁としてはどうかと思ふ。
今も少しその雄大さと岩壁の巍峨の感じがある様に出してもらひたいのである。
カンナ、水仙　楊萬枝氏
今年の新進作家で將來期待する所は山々あるが水仙よりはカンナの方がいいでせう。
　以上批評は山々の様だが要するに同會に於て著しく進步された點を見ると左記の様である
(1) 色彩はよく精錬されて來たこと。
(2) 作品は去年に比し傑作が多い。割合に粒の揃への作品であると感じた。

（一九三五、三、一五）

春光畵廬にて

春萌畫展短評

文／陳澄波

出自自然的恩惠、豐饒的嘉南平野的春萌會，此次是第六回畫展的誕生。

之前風聞，該畫會同仁為了畫會的革新召開總會，討論今後的方針、內容的充實等等，亦即，希望將一種新生命予以表面化的想法，自該單位傳聞開來。

一方面是慶祝嘉義市成立以來剛好滿五週年記念，另一方面也因為「領臺始政四十週年記念臺灣博覽會」於今年秋天盛大舉辦，由於今年這個難忘的一年，該畫會同仁以非常的熱誠與真摯，各自嘔心瀝血製作的結果，可望在此次展覽中呈現。

更何況在今日這樣的非常時期，能夠親臨觀賞如此和平的美術作品，可以說不但是嘉南平野居民之幸，也是島內大眾之福。

第一室

〔蕃鴨〕　林東令氏

蕃鴨雛鳥的描寫，感覺很好，但由於畫於左側的車前草葉背的石黃色太醒目，致使主題的存在被輕忽了。蕃鴨背中的白點，雖然表現了骨格，卻太白了些，看起來像銀座的螢籠[1]。

〔玉蜀黍〕　黃水文氏

整個畫面因為背景的石黃色和木條的黃土色，顯得有些壓迫感和單薄感。

〔春光〕　李德和女士

正如其主題，「旭日融和、春光燦爛」的氣象描寫得很好，只是山茶花的花朵希望能更緊湊些。

〔美人〕、〔武劇〕　周雪峯氏

兩幅的人物描寫都很笨拙。〔武劇〕描寫的是《三國志》中群雄割據的一部分，卻只突顯關公鎧甲、頭盔的紋樣的色彩，忘了與其他部分的調和。不過，其〔百子聯孫〕和〔美人〕的小獅子犬的表現佳。

〔秋庭〕　潘雲山氏

〔秋庭〕是此次展品和展場內的大型作品之一。題材是玉蜀黍搭配生蕃鴨，是一幅精心細緻的畫，但對事物的觀察略嫌不足。希望以後對微細之處，能再做更仔細的觀察。

〔秋夜讀書〕　朱芾亭氏

不同於朱氏以前的作品，此作到達了賦予某種新生命的新意境。

〔夕暮〕　林玉山氏

水牛拉著台車的樣子、台車上的車夫等等的動態描寫，其特色完美呈現。不愧是玉山氏的畫。

第二室

〔田家〕　林東令氏

看到這幅畫，就讓人想起「玉山氏的驟雨[2]」那件作品。擺藥的那個地方的處理，應該再輕快一些。

〔煙雨〕　黃水文氏

和去年相比，有很大的進步。根據黃氏所述，就目前而言，比起技巧，認真地觀察事物後再予以描寫，更為重要。不錯，非常好的心得，期待明年有更好的作品。煙雨中的竹子，似乎過濃。

〔疎林〕（朱芾亭氏）、〔秋墅〕（林玉山氏）等作品，都具有枯淡幽雅的風格。

第三室

〔月桃〕、〔殘秋〕　張秋禾氏

與去年相比，這次展出的作品尺寸較大。色彩的精鍊一流，是一位不能因為年輕而小看他的畫家。

〔蘋桐〕、〔佛果〕　盧雲友氏

題材雖然簡單，但深得要領。色彩方面，不似去年作品那麼華麗，尤其是在形式和內容上都愈來愈充實，讓人想為盧氏祝福。

〔魚菜二題〕　林玉山氏

新鮮可口的蔬菜、活蹦亂跳的鯽魚等等，東西的特徵和性格，拿捏得很好。跟去年的作品相比，號數雖然稍微小了一點，但都是獨一無二的傑作。

〔旗杆湖夕照〕、〔新高春雪〕　朱芾亭氏

很高興看到朱氏逐步實現了想成為南畫家的初衷。〔新高春雪〕的上半部，好得無可挑剔，但就整體效果來看的話，〔夕照〕比較好。

〔萌芽之春〕　吳天敏氏

左側的虞美人草顯得多餘，整個畫面的均衡感不佳。若是想要賦予色彩的變化，只要將虞美人草在其間配置一、兩朵就夠了。

〔寒山拾得〕　常久常春氏

常春氏最近改畫南畫，畫得極好，倒不像是他的畫了。光是看〔寒山拾得〕這幅，就可窺知其具老大師風範之處。

〔前後赤壁〕　潘春源氏

〔前赤壁〕和〔後赤壁〕都是紙本的水墨畫，是潘氏這幾年來山水畫中的嘔心力作。人物畫得很好，松樹的表現或是山岳的畫法也都沒話說，不過，以普通山岳的描寫來看是不錯，但赤壁的話，就難說了，應該把它的雄偉及岩壁巍峨的感覺表現出來才好。

〔美人蕉〕、〔水仙〕　楊萬枝氏

楊氏是今年的新進作家，未來有很多可期許之處。作品的話，與〔水仙〕相比，〔美人蕉〕這張較好。

以上批評雖然好像不少，總之，該畫會有以下明顯進步之處：

（1）色彩愈顯精鍊。

（2）作品與去年相比，傑作較多，也感覺作品的水準較為一致。

（一九三五、三、一五）

於春光畫廬

（翻譯／李淑珠）

一原載《臺灣新民報》1935.3，臺北：臺灣新民報社

1. 裝螢火蟲的小籠子。
2. 此畫應是同一年臺展入選作品〔白雨迫る〕。

製作随感

陳澄波

吾々は自己を顧み、自己を研究し、その長短をよく知つてその正しいと思ふ道に向つて精勵するのが最も必要じやないかと思ふ。大家かぶれは禁物である。常に若々しい意氣を以て、不息不休新天地を開拓するやう努力すべきである——。

繪も製作する上に於て大切なことは先づ對照物をよく認識することである。それから如何なる程度に收捨して構圖を決定すべきかを考へるのが順序じやないかと思ふ。構圖と云つても尺度を以てすると堅いものになつてしまつて、これが為めに畫面を縮少されて仕末におへないものになつてしまふから、恁ふ時には寧ろのんびりした氣持で筆にまかせてとつた方がよいと思ふ。

製作中も、或は製作した後も對照物に、更に一々あたつてなほすのであるが、出來た繪は描き捨てにしないで、先輩に批評して貰ふやうにすると缺點が早く分つて後の製作の為めに大へんに好都合である。先輩が居なければ同輩か、素人の感想を叩くのも全然無益じやないと思ふ。

自分の繪を見て貰ふ外に人の描いた繪をよく見ることが大切である。同じものを書いても人に依つて繪具の使ひ方が違ふからそれを参考にして技術方面を開拓して行くやうにつとめなければならない。

私は今まで上海に居た關係上中國畫について研究する機會を得た。中國畫には色々よいものがあるが、中でも倪雲林氏、八大仙（山）人氏の作品が一番私の心を引いた。前者は線描に依つて全畫面を生かしてゐるのに反し後者は一種のタツチを以て偉大なテクニツクを見せてゐる。私の近年の作品はこの二氏の影響を多分受けてゐるのである。西洋は排斥するわけではないが、東洋人は何も西洋畫風をそのまゝ鵜呑する必要がないと思ふ。ルノアールの線の動き、ゴツホのタツチと筆の動き工合を消化して東洋の色彩と東洋の氣持で東洋畫風に描けばよいじやないかと思ふ。

物を説明的に理智的に見て描いた繪は情味がない。よく出來ても人を呼びつける偉力がない。純眞な氣持になつて筆の走る儘に製作した繪は結果に於てよい。少くとも私はさう思つてゐる。

製作隨感

文／陳澄波

我們應反省自己、研究自己，知道自己的優缺點，並往正確的道路，精勵恪勤，這是最必要的。假裝大師是禁忌，應經常以朝氣蓬勃的幹勁，不眠不休地努力開拓新天地才是。

繪畫在製作的順序上，重要的是先認識所要描繪的對象物，然後考慮應取捨到什麼程度來決定構圖。雖說是構圖，但若是執著於尺幅大小，便會淪為生硬之作，但若又因此而縮少畫面，結果會難以收拾，這時不如以輕鬆自在的心情，一切交由畫筆來處理比較好。

在製作中或製作完成後，除了應將對象物一一檢查並加以修改或修飾，也不要畫完就不管了，應該拿去請前輩批評指教，這樣的話，缺點就能早點知道，對以後的製作，會非常有助益。若沒有認識的前輩，詢問同輩或是素人的感想，也不會全然無益。

除了將自己的畫拿去給人看之外，經常觀賞別人畫的畫作，也很重要。即使畫同一個題材，不同的畫家，顏料的使用方法便不同，因此，應該將之作為參考，致力於技術方面的開拓才好。

我因至今一直待在上海的關係，有研究中國畫的機會。中國畫有許多傑作，其中又以倪雲林和八大仙（山）人的作品，最得我心。前者以線條帶動整個畫面，後者則是以一種筆觸，顯示其偉大的技巧。我這幾年的作品，受到這兩人非常多的影響。並非是排斥西洋，但東洋人沒必要囫圇吞棗似地盲目接受西洋畫風。將雷諾瓦（Renoir）的線的動態、梵谷（van Gogh）的筆觸和運筆方式予以消化，並以東洋的色彩和東洋的心情，畫成東洋畫風即可。

將事物以說明性或理性的眼光來描繪的畫作，欠缺情趣，即使畫得再好也沒有吸引人的能力。以純真的心情，任憑畫筆隨意揮灑製作而成的畫，就結果而言，是好的。起碼我是這麼認為的。（翻譯／李淑珠）

—原載《臺灣文藝》第2卷第7號，頁124-125，1935.7.1，臺北：臺灣文藝聯盟

美術シーズン　作家訪問記（十）　陳澄波氏の卷

陳澄波氏は淡水に毎年通つてゐるし、本年等も數箇月間製作して來た丈に淡水風景に對する理解と研究がつんでゐる。今度も淡水風景を出品する事になつてゐるが氏は風景を描くには此の要點が必要であると淡水風景を例に蘊畜を傾けて語つた。此度の淡水風景もその心算で描いたさうで淡水風景は、時代を經過した古淡味たつぷりな建築物が多い、又此處の風景は雨後或は曇天の翌日、空氣の濕ぽくなつてゐる日を選ぶべきで、潤ふてゐる屋根や壁色樹木青綠等で淡水風景が一層よく見える等長々と語つたが、此は何れの機會に詳しく紹介する事にして氏の本年の臺展製作の苦心談を御紹介しませう。

何か製作しようとするには第一畫材の撰（選）擇問題が起つて來るでせう。それから其れに備ふ條件が生じて來るであらう。

譬へば、色彩に付いても青調子で畫く人は青、紅い調子で畫く人はあか、其の次に明暗問題等が加つて來る、其の間に介在せる山川草木、人物、花鳥等の配置の疎密を、自ら好む次第に適宜に排列を行ふのは通例である。

だからして場所柄の時代的精神とか、その地點の特徴等を研究し、よく吟味した後、それに備ふ可き好條件があつて、然かも製作上有利な物であればこそ始めて、作品に取りかゝるのです。が故に本年の臺展作もこの地から取材した理です。

向つて右の方は小高い岡を切取り、左の方は岡の前に農村、その間に挾まれる田圃のウネリの面白さ、その背景に當る例の問題の淡中校舍をバツクにして而して前景の水田の畦の曲線を利用して全畫面の線の動きを見せたいのです。そして前景と中景との間に之を斜めに裁斷する道路を置き前景には、道路の色彩を以て明朗なる快感さをもたせるのです。

それから二、三の點形人物を配り、田圃のトボトボに白鷺の點描をして全畫面の中心を此處に持つて來た譯です。これは私の努力結晶です。

更に氏は臺灣畫壇や臺展に關して左の如く語つた。

瞬たく間に臺展は十年になります。一團體が斯かる長壽命を保つて來たのは實に稀です。お上の仕事でもありませうが、それに關係し、それを世話してゐられる方の苦心によつて續けて來たのです。作家の我々は大いに感謝すべきことであります。

それから左臂になる我々作者側が臺展を御輿にして精出し擔ぎ步いて來た理です。當局に於ても吾々の立場や努力のある處を諒としてくれてゐるであらうと存じます。

世話方も出品者も兩方相俟つて始めてこそ，健全なる明朗なる臺展が出來るのだと考へます只今秋十歳にもなる吾々を步かせて見ないのは親としてはあまりに親切し過ぎると、溺愛の過度で明朗なる、健全なる、勇者が我が臺展から生れないのは誠に惜しむべき事だと思ひます。それはそれとして、今年は十週年展です。十歳になる大々的の祝ひが無くては無意義だと存じます。拙者の考へとしては臺展は我が臺灣の美術殿堂である。

以上は、何か記念すべき機會を設ける必要があると堅く信じます。それは卽ち美術祭と云ふ記念祭を設けたいのです。之は三年とか、五年とか行ふのではない、十年毎に一大祭を擧行するのです。方法としてはそれに催し物として變裝行列を行ひ、參加人員は作者側は勿論、關係世話方も相混じて行ふ義務があると思ひます。之は輕擧のことでは無い、此は輕視すべきことは無いと思ひます。

此は卽ち我が島內の美術向上の發達を計り、一方に於ては明朗な、剛毅なる、然かも健全青年畫家を作り出す上に於ては深い意義を有することゝ存じます。【寫真は陳澄波氏と其作品】

美術系列　作家訪問記（十）　陳澄波氏篇

陳澄波氏每年都拜訪淡水，今年也在此花了好幾個月寫生作畫，因此，對淡水風景，自然累積了不少的理解與研究。今年的參展作品，也預定是「淡水風景」。以下是陳氏針對描繪風景的注意事項，以淡水風景為例，全盤托出自己的經驗。這次的「淡水風景」，也是根據這些經驗製作的。據他表示，淡水風景，重點在許多因年代久遠而古味十足的建築物。又，這裡的風景，應該選擇雨後，或陰天的翌日，或濕度高的時候描寫。因為濕潤的屋頂與壁面所呈現的色澤、樹木的青綠等，使淡水風景更加美麗。諸如此類，談了許久。這些談話內容，等有機會再做詳細的介紹。下面要介紹的是，陳氏今年的臺展創作的辛苦談：

作畫前，第一個面臨的是，選擇畫材的問題。其次是，選擇畫材時的必備條件。

例如，一般來說，上色時，主色調喜用藍色的人，選擇藍色；主色調喜用紅色的人，選擇紅色。之後再加上明暗等問題。而介於其間的山川草木、人物、花鳥等構圖上的疏密，則按照個人喜好來做適當的安排。

因此，把場所本身特有的時代精神與地點特徵，仔細研究與品味之後，如果能發現符合以上的好條件，及有益於製作上的要素時，才開始動筆作畫。這就是我今年的臺展作品，為什麼還是取材於淡水這裡的理由。

畫面右邊，擷取一個略呈凸狀的小丘陵。左邊，在丘陵前方配置農村，夾在兩者之間的田埂，彎彎曲曲，十分有趣。這些景物的背景，也就是這張畫的主題，淡中校舍，則放在畫面的最後面。然後藉由前景的水田田埂的曲線，帶動整張畫面。另外，前景和中景之間，安排一條傾斜的道路，以示區別。前景也因道路的色彩，顯得更加的亮麗。

接下來安排二、三個點景人物，並在田埂各處，點上幾隻白鷺。整個構圖的中心，在此。這就是我努力的結晶。

另外，陳氏也針對臺灣畫壇和臺展，作了以下的談話：

轉眼間，臺展就快要十年了。一個團體能夠維持這麼久的，實在不多。雖然這是政府的業務，但也由於有關人士以及各方的大力支援，才能持續到今天。我們這些創作者，實在應該表示最大的感謝不可。

這也是我們創作者作為左手，全力抬著臺展這頂花轎一路走來的原因。想必當局也一定能夠體諒我們的立場與努力。

我想也唯有結合支持者與出品者兩邊的力量，健全明朗的臺展，才有可能實現。今年秋天我們就滿十歲了。如果還不讓我們自己走走看的話，這便是做父母的太過於親切了。如果由於過度的溺愛，使得健全明朗的勇者，無法從我們臺展這裡誕生的話，就實在太可惜了。不過，這個問題先擱一邊，今年是十週年展。如果不大肆慶祝滿十歲的話，就根本沒有意義。因為不才的我認為，臺展就是我們臺灣的美術殿堂。

因此，我堅決相信有必要製造某些值得紀念的機會。亦即，舉辦所謂的美術祭的活動。這不是每三年或五年，而是每十年才舉辦一次的大活動。活動方法以及內容，則是舉行化妝遊行。至於參加人員，除了臺展的出品作者之外，有關人士與支持者也有參加的義務。這並非輕浮之舉，也不應該被輕視。

我相信這項活動，不但能促使我們島內的美術向上發展，還能培養明朗剛毅的健全青年畫家，意義深遠。【照片乃陳澄波氏與其作品】（翻譯／李淑珠）

—原載《臺灣新民報》1936.10.19，臺北：株式會社臺灣新民報社

〈美術系列　作家訪問記（十）陳澄波氏篇〉草稿

文／陳澄波

SB17-025 何か製作を仕ようとするに第一に画材の適当の場所を 見付けるのが大事で それから其処に添ふ條件も （件が）色々入るだらう。譬へば青調子で画く人は青、 紅調子はあか、明い方は明い、暗い調子 苦心、談 何か製作を仕ようとするに第一に画材の適当な場所を 見付けるのが大事でせう。それから。其れに沿うべき 條件が生じて来るであらう。譬へば色彩に付ても 青調子で画く人は青い、紅調子はあか、其れに 暗明が加わって来る、其の間に介在せる山川草木 人物、花鳥等の配置の疏密を自らの好む 次第に適宜に排列を行ふのは通例である 前述の如く或る一幅を画くは可なり苦心を要するのである だからして場柄の時代的精神とか、その年代の 如何等を考究し又はその地臬の存在 譬へ高地、平原、河川の流域等について それに臨むものはそれぞれ違って来るのである 斯いかる好條件をうまくそなわってゐるのは島内 で淡水地方は尤も適当な地であるが、故に本年の 作品の画材も此の地から取ったのです 右は岡、左は岡に農村、その間に挟まれる田盆	想要製作作品時，首先找到合適的繪畫場所是很重要的。其次，會隨此產生各種次要條件。比如說畫藍色調性的人用藍色，畫紅色調性的人用紅色，畫明快調性的人用明色，畫灰暗調性…… 苦心談 想要製作作品時，首先找到合適的繪畫場所是很重要的。其次，會隨此產生各種次要條件。比如說關於色彩，畫藍色調性的人用藍色，畫紅色調性的人用紅色，再加上一些明暗。介於其間的山川、草木、人物、花鳥等，慣例上逐步按照自己的喜好來配置其疏密關係，安排其適當的位置。 如上所述，畫一幅畫需大費苦心。所以，個人還需考究作畫地點的時代精神，該年代的各種情形等等。或是該地點的存在樣貌，例如是高地、平原或河流流域等，關照的態度都會不一樣。 具有這樣好條件的地點，島內的淡水地方是最適當不過了。因此，今年作品的作畫主題，就從這個地點來取材。 作品的右方有山丘，左方有山丘及農村。夾於其間的是種田的盆地……
SB17-026 製作上の態度抱負 製作上常に斯かかる態度にて臨まれた方が良いと 思ふ。譬へ「水郷」の景を画くとして、淡水 風景を引用して言ひませう、淡水地方の建築物 は普通の物と違ひ之は西班牙と和蘭と 又支那との三つの混血から出来てゐる建築 です島内唯一の建築である。屋根の様式か らと言ひ、煉瓦壁の色彩から見ても何とも言 へぬ一種の感じを與へてくれてゐる。時代経過に 依って物の風靡さが濃厚になり鮮紅の色 彩が暗紅の色彩なる白壁がネズミ色、茶かかった色になって来る 之は即ち科學 的変化からして斯か【る】色彩になったのです。	製作上的態度及抱負 我認為製作作品時，應該以這樣的態度面對比較好。比如說是要畫「水鄉」風景，引用淡水風景來說，淡水地方的建築物和別的建築很不一樣，它們是西班牙、荷蘭以及中國三種混血出來，島內唯一的建築物。不論是屋頂的樣式，或是紅磚牆壁的色彩，都帶給我一種說不出來的感覺。經過時代的變化，它的風味更加濃厚，鮮紅色轉變成暗紅色，白色牆壁變成帶著咖啡色的灰色。這就是所謂因為科學變化才產生的色彩。

も一つは淡水風景を画くに「カンカン」と照る日よりも 曇天とか或は雨の降った後がよいのです。言はば 湿めぽい日が良いのだ。何故と云ふと屋根や壁等 らの色彩は尚一層よく見えて来る。樹葉に受 ける砂塵がその為に湿めぽく、潤ふ、何とも言へぬ 心持がする。之は即河流の上氣流の関係で空气が湿めぽく なってその目に見えぬ水煙が、その上にかかって来て斯の如き 現象になしたのです、所謂「物理的変化」か らしてさうなったのです、その間に介在する青緑 の草木があるから淡水風景が一層見えて 来る、西洋その物の氣持で画くよりは墨画 の如き氣分即南画風の図意氣でかかれた方が 特作と思う、	另外，畫淡水風景，與其畫艷陽高照的晴天，不如選擇陰天或是下過雨的天氣。換句話說，潮濕的日子比較好。為什麼這樣說呢？因為屋頂、牆壁等的顏色看起來更明顯。樹葉上的沙塵因此而潮濕、水潤，難以言喻的感覺。這是因為河流上方氣流的關係，使得空氣很潮濕，充滿著眼睛看不到的水氣所帶來的現象，即是所謂「物理性變化」。存在其間青綠色的草木，讓淡水風景看起來更為明顯而有特色。我認為與其用西洋畫的手法不如用水墨畫，亦即南畫風格的想法來表現。
SB17-027 □感想 瞬たく間に台展は十年の誕生になります、一団 体が斯かる長寿命を保つて来たのは実に稀です お上の仕事でもありませうがそれに関係しそれを世話を してゐられる方々の苦心の労に預かられた賜り物に依 って續けて来たのです。我々作家は大に感 謝すべき事であります。それから左臂になる我々 作者側のイン□と努力の結果に依って 我が台展をお□（御輿）にして精出にし、擔ぎ、歩いて来た理です 世話方も作者側の勤勉を領じてくれてゐる であらうと存じます、世話方も出品方も両方相待って始めて こそ健全な台展が出来るのだと存じますからに 十年にもなる此の新人達を歩せて見ないの は親としてあまり親切過ぎるではないかと思ひ ます却て弱愛の為に健全なる作家が 出来なくなると考へます。但しそれはそう にしても、今年は十週年展である。十年の誕生祝 ひと云ふものも何かなくては出来ないと拙者の考へとしては台展 我が台湾の美術殿堂である、ある以上は大 に何か記念すべき物を造る必要があると思ひます それは美術祭と記念祭も設けたいのです 之は三年とか五年とか行ふではありません、 十年毎に一回大祭を挙行するのです、儀し 物としては出品者は勿論関係世話方も相待 会って変装行列して大に祝ひたい、此は我 島内の美術向上発達と台展の存在の有義 を深らしめたいと存じます	□感想 轉眼之間臺展誕生即將十年。一個團體維持這麼長的壽命是罕見之事。臺展雖然是官方的工作，仍是不斷受到和臺展有關，以及關照臺展的各位人士的不辭勞苦才得以有的成果。身為畫家的我們應該好好感謝他們。然後，是臺展左手臂的我們畫家，靠著□□與努力，視臺展如神轎，抬舉著一路走來。 我認為主辦單位也感受到畫家的勤奮與努力。主辦單位與出品單位互相配合，才能舉辦如此健全的臺展。 已經十年了，還是不見放手讓新人們獨自走，我覺得或許是身為父母親的太過於嬌生慣養，反而因為溺愛而造成健全的畫家不會出現。即使如此，今年是十周年展，我個人的愚見認為應該要有慶祝十年誕生的活動。 既然臺展是臺灣的美術殿堂，應該要做一個大規模有紀念性的東西。亦即我想設立美術祭及紀念祭。這不是三年或五年舉辦一次的，而是每十年舉辦一次大規模的祭典。 作為祭典儀式，無論是出品者，主辦單位也一起變裝遊行大大地慶祝。我認為這是希望島內美術向上發達，以及讓臺展之意義更為深化之舉。

（翻譯／顧盼）

一本草稿寫於編號SB17之素描簿裡，文件編號為SB17-025、SB17-026、SB17-027，書寫年代約1936年。

三人展短評

陳澄波（並畫）

風光明眉（媚）然も自然に恵まれ、且つ嘉南大平野をひかえてゐる我が諸羅山は地理的から云うても、文化方面から言つても時代に順應して非常なる有利な立場になつてゐる事は、今から更に贅言する必要の無いことは、誰しも既知の事だと思ふ。斯の如き特点にある我が嘉義市は人材の傑出は自然の理だと思ふのである。

昔日に於ては書道、繪畫、彫刻の諸星として世に名が知り渡つてゐるのは【蔡】凌霄、林覺、葉王諸氏である。斯かる我が市は實に文藝の林であると云ふ宿命を暗示的に吾々に敎へてくれてゐる。近時に名輩が續出して來ないのは實に惜しむべきことである、幸に現今に於ては東洋畫、西洋畫の同好者の多數が現れ、吾先にと爭ひ、各個の本能妙技を振り舞はされるのは誠に欣賀に堪えないことである。去る八月十五、十六日兩【日】間公會堂に於て林榮杰、翁崑德、張義雄の三氏が申し合せて西洋畫三人展を開催された。今更に短評をしたためるのは時遲しと言へども今より想出して吟味しても更に味が新になると思ふ。只今から個別に乱評して行かうと思つてゐる。

林氏は中學出で更に東京に上り今の所、初等教育の職についてゐるが、閑暇の時間を盜み斯道の為めに熱中してゐる。畫をゑがく氣分は大きい、あらいタツチで畫いて行かうとする樣を見ても大膽的である。去年迄はドランの畫風を習ひ、型らしい物は出來てゐるが樹木の塊りは恰かも鐵片の如き堅さである、ちつとも畫らしい氣持がしない、然し去年の臺陽展出品に比し、今春に出品された頭目は遙かに良い、又此れに比し三人展陳列畫中の當氏の作品「讀書」と云ふ一幅は實に氏の代表作であると思ふ。調子と云ひ、色彩のこなし方、物をよく追求されて何かを表現してゐる樣から見ても、なかなか吾々に親まれ易い畫である。今迄に比して本格的に入つて來たことは氏の為に祝福するのである。斯の如く自己の物に猛進していくことを希望するのである。

翁氏も中學出で只今、彼の父業の運送業と砂利工場の右臂として働いてゐる。氏は京都在學中から洋畫を親まれ歸臺して來ても一日も畫を忘れた事は無く、時間の許される限りに彼の兄と爭ひ、研究されてゐることは何よりも嬉しい、氏の作風は林氏に比し正反對で、物は仲々小心で詳かに畫いてゐる。古典的な繪畫が割合に好きらしく、アカデミクである。舊い畫風だが氣持ちは東方的のものである。去秋臺展出品の「活氣づく巷」と今春臺陽展の「塔のある風景」の如きは他人と異なり、自己特有或る一種の生命を以て畫かれたことは、氏として異彩をはなし（つ）てゐる。今後もつと、思切つたことをやつて貰ひたい、物は凡べて大より小へ進み、物体を總体的に大きく見てそれから後、部分的へと、始めからあまりに物を小さく見ないで、も少し氣持ちを大きくして、氣樂に筆を大きくして置くことが大切である。要するに平心寛懷にして物を小心に見過ぎずに、もつと思切つてやつて行く事を切に希望する。而して後、大に我が東方的氣焰を吐いて貰ひたいのである。

張氏は嘉中から東京に上り而して帝國美術學校に在學して所望を貫徹されんが為に幾多の苦心をして今迄續けて來たのであるも、名望の家に生まれながら割合に經濟的に惠まれなかつた。苦學をしてでも初志を貫徹させる決心を持つ氏は吾々の敬服する所である。氏の畫の全体を見るになかなか面白い、天眞爛漫、無邪氣たつぷりな畫である。色彩は割合に明るい、若か若かしい畫である。道規を踏まずに己れの欲しい儘に思切つた色彩をつけるのは感心だ。但しつけように依つては色彩を生々しく見せてしまふ恐れもある。斯の如きになると幼稚と云ふことになり、切角思切つてやられたことも水泡に歸する損もある。氏の大作よりも小品が仲々面白い、小品だが、侮られない畫品を持つてゐる、羊とか女三人とかはそれである。ベン畫についても立派な物である。陳列中の數点は仲々うまい、線の動さも、線の太さも、割合に無難である。

要するに三氏についての論評はいづれも一得一失の所もあるが、斯かる短時日の研究諸君に對してはあまりに無理な要求であると思ふ。但しそこに於て切に希望することは常に吾々はよく目擊する物をよく見、親切に研究して行き多くの物を見、吟味する、殊に鵜呑は禁物であると言ふ事である、成可くは多く畫くことであるが、多製亂造はよして貰ひたい。出來得る限りに一日一点主義のが大切であるが、必ずしも毎幅油畫でなくても良い、味のある研究をすれば各持分の的に到着する事も出來ると思ふ。而して後今よりも以上の傑作を再び我が市の大衆に見せて貰たいのである。終に臨み諸君の健筆を！！（終り）

三人展短評

圖文／陳澄波

吾之諸羅山風光明媚，喜得大自然惠眷，加上地處嘉南大平原之顛，無論就地理或文化而言皆可順應時勢需求，此一地利之便眾所周知，誠毋須多所贅言。既是如此寶地，嘉義市自然人才輩出。

從前於書法、繪畫、雕刻領域上，嘉義市曾出現了【蔡】凌霄、林覺、葉王等大家，這也向吾等暗示了嘉義市是個文藝之都的命格。可惜近年來無以承繼，令人扼腕不已。幸好今時又出現了許多雅好東、西洋畫的愛好者，各逞擅場、群起爭鋒，令人寬慰。早前於八月十五、十六兩【日】，林榮杰、翁崑德、張義雄三人於公會堂裡舉辦了場洋畫三人展，此刻我才來做此短評或許稍嫌晚了一些，但如今回味起來反而更覺新味，接下來，我想就三人的大作斗膽淺評。

林君中學畢業後，便上東京勤學，如今任職於初等教育崗位，仍不忘偷閒熱心畫事。林君之畫風大器，循其粗獷筆觸可見下筆之大膽。直至去年為止，林君尚在學習德朗（André Derain）的畫風，基本的樣子有是有了，但筆下樹姿生硬一如鐵片，令人感受不到一絲屬於繪畫的氣息。然今春展出的作品，與去年參加臺陽展舊作已有了天壤之別，尤其此次三人展中之〔讀書〕一作，更可謂其代表作。無論畫氣、色彩運陳、細心追求以化成某種展現等等皆可說是一幅令人容易親近的傑作。此刻林君畫藝已然步上大道，值得欣賀。謹盼其能更持續百尺竿頭，更進一步。

翁君中學畢業後，如今在其父所經營之運送店與砂石工廠裡充任左右手。翁君自從留學京都起便親近了西洋畫，返臺後仍無一日或忘畫事。只要時間允許，便與其兄競相砥礪，此誠可喜可賀。翁君畫風與林君南轅北轍，下筆仔細而小心，似乎雅好古典畫風，較為學院派。然則雖是沿守舊風格的西洋畫，畫裡卻有股東方味。去年秋天參加臺展的作品〔活力之街〕以及今年春天於臺陽展之〔有塔之景〕，皆可窺見其迥異於他人的風格。翁君以其特有畫風綻放出了屬於他獨樹一格的異彩，誠心企盼翁君今後更能放膽爽利地下筆，事事物物，大處著眼、小處著手，宏觀而後細微。切忌一開始便把格局走縮了，必得大膽闊盪地揮筆。亦即期望翁君繪畫時放大心懷，切忌狷狹窮鑽，運筆時膽大心細，之後發揚我東方神采，揚眉吐氣。

張君自從嘉中畢業後，便上東京，爾後進了帝國美術學校。為了貫徹初衷，張君可說受了不少磨難。雖然出身顯赫，張君卻未得到什麼經濟上的好處，其為貫徹初志而堅持不輟的苦學精神著實令吾等肅然起敬。縱觀張君整體畫作而言，可說妙趣橫生，天真爛漫又純真無邪。運色鮮明，生氣盎然，令人讚嘆其能跳脫成規，揮灑色彩快意。不過上色不細則可能失之拙劣，如此一來，便成了所謂的幼稚了，可惜了一番快意揮抹劣褪成了幻沫。張君的作品，小件較之大件有趣，尺幅雖然不大，畫品卻不容小覷，〔羊兒〕、〔三個女人〕皆屬此類佳作。其硬筆畫亦堪稱一絕，此次展出之幾幅畫作皆很純熟，無論線條流動、筆致粗細盡皆靡有愆失。

總的來說，我看三人之作都覺得有所長又有所不足，我也明白要諸君在這短時日裡長足進步，是強人所難，然則我從來企企盼盼的，都是吾道之人必須看清眼前事物，細觀所見，多看多想多尋思。切莫囫圇吞棗、草草略過。如果可以，當然得多畫些，但也不能粗製濫造，最好是抱持一日一件主義，但也不見得每幅都得是油畫。只要在畫藝上鑽研得有意思，必能日起有功，到達自己所應許之地。今後誠盼諸君再把更優異的作品呈現於我嘉義市民面前。走筆至此，敬祝諸君畫藝精進！（翻譯／蘇文淑）

一原載《諸羅城趾》第1卷第6號，頁24-25，1936.10.20，嘉義：諸羅城趾社

美術の響

陳澄波

（其の一）

今度の東京行きは俄かにコースを定めたものです。時は一九三六の十月十四日でした。急に決めたんです故、割合に旅ごしらへを輕くして行つた理です。途順としては、臺北に於て臺展を二三日見聞し、而して梅原、伊原兩審查員の送迎をしてから內地に向つたのです。

時は實に早いもので、臺展が誕生してから今年で丁度十年目に成ります。

本年は特に何か變つた催しがあるのでは無いかと思つたけれども、案外、平凡でした。繪畫は成程成熟して來たし、進步は進步して來て、專門家と普通技術のものとは明瞭に區別が出來てきました。

其の代りに歐州名畫家の如き畫を畫く眞似をする者も二三見受けました。人の眞似はあながち惡いことではないが、全く鵜呑みにして、變なにせ物のルオーの畫もあつた。然かも相當の地位にある人のことですから、全く弱りました。名人の筆跡を研究することゝその儘盜筆する事は、藝術心理から云ふと如何かと存じます。願はくば、我が臺灣にも、眞の臺灣ルオーが誕生する樣にお祈りしたいもんです。

陳列會場を拜見すれば左記の三階梯になつてゐる。即ち二階の間は割合に熟練者、階下は新進作家とアマチユアの作品に依つて排列されてゐる。

當事者の方では十ヶ年連續して出品してゐる少數の者に對してはこれを表彰し、何か記念品を進呈することになつてゐたそうです。（註一一東西合はせて八名）

私の考へとしては、之をもつと有意義にして、之を動機として美術紀念祭を起して大々的に行ひ而して催物としては臺展關係者は勿論、出品者と合はせて、變裝行列をして市中を施回して大いに我が南國情緒を發揮すれば、島內の美術は容易に徹底仕易いと思ひます。但し、十年每に一回舉行するものとし、十年間なれば島內の美術は多少變化して來ると思ひます。

臺展は生れてから十になる。十になる者であれば、時代に相當した服や、之を適宜に步かせて見る必要があると思ひます。然らざれば幾つ迄もお手々を引いて步かせるのではどうかと思ひます。親の愛ではあらうが、却つて之が中毒になつてどうかと思ひます。適宜に現今の制度を大いに吟味する必要がないでもないと存じます。

躍進の今日の我が帝國のことですから、大いに研究し、お互に協力して努力すれば、健全なる我が島の美術團体が出來て來ると思ひます。ひいては美術國の我が國の寸毫の羽毛の力になることが出來れば仕合せと存じます。

待ち兼ねてゐた日時が來たので基隆でテープを切り東都に向つたのです。時節柄、海上は割に難航でした。胃腸のあまり強くない私にとつては少しこたへた。瑞穗のことですから無理はないでせう。

東京についたのは十月二十七日の夜で、直に李石樵君に迎えられて彼の家のお邪魔樣になつた理でした。

その晩から、此れから東京で如何にして暮らして行かうかと色々計劃を立てたのです。即ち後前と違ひ、只だ美術視察のみでなくて、再び生徒の氣持にかへつて大いに研究し、大いに勉強して行かうとするのが今の度の目的です。ですから眞先に個人經營の畫塾に入り、適宜の時を選んで府下の紅葉寫生にでも行つて來よう、目で見たものは果してどこまでが肥えてゐるかを檢討する為に、どうしても塾に入る必要が生じて來たのです。つまり目で見たものを實地に應用し更に檢討して行けば確實な勉強になると思ひます。

目擊（參觀）一一實地應用一一檢討（批評）

一一訂正補筆一一成品（完成）　　（續）

美術的跫音

文／陳澄波

（其一）

此次的東京行，行程（course）是突然決定的。時間是一九三六年十月十四日。因為決定匆促，所以行李也就相對比較簡便。行程順序是先到臺北，花個兩、三天參觀臺展，然後接送梅原龍三郎和伊原宇三郎兩位審查員[1]之後，再前往內地日本。

光陰似箭，臺展開辦至今，今年剛好第十年。

本以為今年會舉辦什麼特別不同的活動來慶祝，想不到卻是平凡無奇。入選作品誠然越來越成熟，說進步也越來越進步，專業和非專業的畫作，也可以得到明確的區分了。

但另一面，也可發現兩、三個模仿歐洲名畫家風格的作畫者。他人的模仿，未必不好，但卻發現有幾乎囫圇吞棗、奇怪的假盧奧（Georges Rouault）作品。而且這位作者還是擁有相當地位的人，真令人啞口無言。研究名人筆跡和直接剽竊，就藝術良心來說，後者說得過去嗎？但願在我們臺灣也能誕生真正的臺灣盧奧，我衷心祈禱著。

去展場參觀，作品的展示順序分為三個部分，亦即，在二樓的展示間展示比較熟練者、樓下則是新進作家和業餘者（amateur）的作品等，依序排列。

主辦當局方面為了表彰十年連續出品的少數者，計畫贈與一些紀念品。（註——東西洋畫家，合計八名）

以我個人的想法，則建議讓此舉更具意義，以此作為動機，盛大舉辦美術紀念祭，同時舉辦化裝遊行活動，由臺展關係者以及出品者一起參加，在市內繞一圈，如此盡情發揮我們南國情緒的話，島內的美術也應比較容易貫徹到底。而且，可規定每十年舉行一次，歷經十年的話，島內的美術應該也多少會有所改變。

臺展自誕生以來，即將滿十歲。十歲的小孩，應該讓他穿上合乎時代的衣服，並找機會讓他自己練習走走看。若不如此，不管到了幾歲都牽著他的小手走路的話，就不妙了。父母親的愛，反而變成了毒物，這該如何是好？實在有必要找個機會，將目前的制度予以大規模的檢討。

今日的我日本帝國呈現突飛猛進之貌，我們只要盡情創作研究、互相砥礪努力的話，屬於我們臺灣島的健全的美術團體，勢必呼之欲出。而若能進一步為作為美術國之我國盡到一寸一毫的綿薄之力，甚幸。

等待已久的出發時刻來臨，在基隆拉斷一條條的綵帶（tape）之後，駛向東都。鑒於時勢，海上航行困難重重。對於胃腸不太好的我而言，真是災難。搭乘的又是瑞穗號，就更不用說了。

抵達東京，已是十月二十七日的晚上，直接就跟前來接船的李石樵回家，借住了下來。

當晚開始，我就針對在東京的逗留期間，研擬了好多計畫。亦即，與以往不同，除了美術視察之外，重新拾起學生時代的心情，深入研究、埋頭盡情創作，才是此次的目的。因此，首先進入私人經營的畫塾，再選擇適當時機，到東京府附近寫生，畫畫楓葉。為了檢討自己的觀察力究竟進步了多少，無論如何，進畫塾都是必要的抉擇。也就是說，將眼睛所見實地應用後，再予以檢討的話，必然能成為踏實的創作經驗。

目擊（參觀）——實地應用——檢討（批評）

——訂正補筆——成品（完成）　　（續）（翻譯／李淑珠）

—原載《諸羅城趾》第2卷第3號，頁22-24，1937.3.8，嘉義：諸羅城趾社

1. 來臺擔任第十回臺展西洋畫部審查員。

〈美術的跫音〉草稿

文／陳澄波

贋	贋
今度の東京行は俄にコースを定めた物です、 時は一九三六の十月十四日でした、急に決めたん です故、割合に旅身を軽くしていった理で す、途順としては台展を二三日見、梅原 伊原両氏の送迎をしてから内地に向ったのです 時は実に早い物で台展が誕生してより今年 は丁度十年目になります 今年は特に何か変った催があるではないかと 思った然れど、案外平凡でした、絵は成程よ りは成程進歩して来て専門家と欧州の普通技術 の物とは明瞭に区別してゐた。 当事の方では十ヶ年連續して出品してゐる少 数の者に対しては（東西画共八名？）コレヲ表彰 し何か記念を贈呈するし云ふ計畫をして ゐたことを東京で聞きました、 私の考へとしては之をもっと有意義にして 之を初期として美術記念を起して大体的 に行ひ催物としては台展関係者は勿 論	這次的東京旅行是突然決定的。一九三六年十月十四日忽然決定的。因為事出突然，所以旅行的準備比較簡單。日程安排就是先花兩三天看臺展，然後給梅原及伊原兩位先生送行，之後前往內地。 時間過的很快，臺展誕生以來今年剛好第十年了。 雖然我期待今年舉辦特別的活動，還是出乎意料地平凡。關於繪畫有許多進步，專家的畫和歐洲的普通技術的畫之間的差別一目了然。 我在東京聽說，主辦單位有計畫要表揚十年來連續出品參展的少數畫家，並贈送紀念品（東西畫共八名？）。我認為應該把表彰變得更有意義，以這些表彰作為起頭，發起美術記念，關於大致上的活動，無論臺展關係者……

（翻譯／顧盼）

—原稿寫於編號SB17之素描簿裡，文件編號為SB17-028，年代約1937年

| 文章 | ⑭

文稿（一）

文／陳澄波

吾等は絵画を習ふのに如何なる態度以て臨むか
かをいふに種々様々なる條件があるでせう。
規則的にずらりずらりと多くの條項を揚げて考える
よりは通俗的に考へた方が良いと思う。
吾等普通圖を画くに日常にあり溢れたこと
によく注氣さへすればいいと思います。
譬べ今に林檎を画かうとする、先づは第一に構図
はいかに排列をしたらいいだらう、と皆がよく考へるが色彩につ
いてどうする。
只皮は紅いから「あか」と画いたようではどうもしようが無
い第一に其物の本質から考へて貰ひたい。その用途、又は
吾らに當へる感事はどうであるかを、而して後着色
するのです。先ずは見る様に検討したい。まあ第一に薄い皮があ
る、皮下に果肉がある
肉には汁がある、其の中心には核があるという風に内
実方面から追求する要りがあると思う。
然ればリンゴはおいしい果物だなー食べて見たい
そして自然に口中に於てだ【唾】液出させる様に事程よ
く成し始めて用務が達せられるのである。
人物を画くに構図とか色彩とか、色彩については例へば
その人体の皮膚はどうなってゐる、皮下に筋肉がある、筋肉
の中には骨がある、而して血液が循環してゐる様にと
迄画かねば真に生きた人物ではない。單に骨
に皮が張ってゐる、筋肉がないのではいけないし、又は筋肉が
あってもかぶしてゐるのでは瀬物陶や飾見た様な
骨の無い人体では仕様が無い。
それから人体の釣り合はどうである、即ち

說到我們作畫之際，要採取什麼態度來面對？應該有各式各樣的條件。
但與其條列許多規則項目，不如通俗性地思考。
我們一般作畫時應該注意到日常生活各種情況。
例如現在要畫蘋果，首先大家會思考構圖上應如何排列？關於色彩應如何運用？
只因為外皮是紅色，所以就用「紅色」顏料來作畫的話，一點都沒有幫助。第一要思考對象的本質，考慮其用途，以及帶給自己什麼樣的感覺，然後才開始著色。首先檢討觀察的樣子。第一有薄薄的外皮，皮下有果肉，果肉有果汁，其中心有果核。如上，我認為應該從實體內在方面來追求。
如此一來，就覺得蘋果真是可口的水果，好想吃喔！然後自然而然地從口中產生唾液一般，開始達成作畫的任務。
畫人物時的構圖或色彩，關於色彩，比方說，人體之皮膚如何？皮膚裡有肌肉，肌肉裡有骨頭，而且要畫到看起來血液是正在循環的樣子，才能表現真正活著的人。不能只是骨頭上覆蓋著皮膚，而沒有肌肉，或是雖然有肌肉卻好像只是附帶著，看起來像是陶器或是裝飾品，沒有骨頭的人體畫一點用都沒有。
其次，人體的平衡如何？也就是說，

（翻譯／顧盼）

—原稿寫於編號SB17之素描簿裡，文件編號為SB17-022，書寫年代不詳

文稿（二）

文／陳澄波

研究はくない実力問題の如何を問 ず以上の積弊で吾が吾を殺す様なことが よくあるのである。要するに最後の勝利 は実力であります。一時に屈折されて 天時の関係もあらう、地利よくても人和の 関係で大い大い邪魔されることもある。 出身するとか名声を博するとか は第二之問題になるのである。兎に角吾正しき 純なる性命のある永遠に光る藝術 の斯道に精進すれば満足である 「藝林之華」にならざるとも 神聖なる藝術は常に吾人に快楽 を当へてくれるであらう、と信じて休まない次第である。割合に抽象 には言っているが要するに通俗にあれふれ たこと に油断しないでよく見之を見聞し研究すれば大し た誤りは無からうかと思ふのである 以上	不論沒有研究的實力問題如何的話，因為上述的積弊而自己扼殺了自己是常見的事情。總而言之，最後的勝利屬於實力者。一時受到挫折，或許是因為天時的關係，就算地利關係好也可能受到人和問題而大受影響。 身世、名聲都是次要問題。總之，我個人朝著具有堂堂正正之純粹生命，而且永遠光輝耀眼的藝術道路精進，就心滿意足了。即使無法成為「藝林之華」，我深信是神聖的藝術時常帶給我快樂，而讓我越來越無法自拔。雖然說得有些抽象，但是不要疏忽日常通俗之事，我認為多關照並好好研究的話應該大致上是不會有錯的。 以上（翻譯／顧盼）

（翻譯／顧盼）

—原稿寫於編號SB17之素描簿裡，文件編號為SB17-024，書寫年代不詳

私はヱノグです

陳澄波

私はヱノグです。私は何處で生れたのか知らない。何時の間にか大勢の人に運ばれて或る工場に着いた。あまたの女工さんの手によつてより分けられた。やつと原料らしい物に成つたのである。

それより世の事は暫く分らなかつた。いつしか、擔がられて機械工場に這入つた。

ギイギイと云ふ騷しい音がして、アツといふ間に吾等は粉末になつて終つた。

それから笞にかけられ、多數の友人が犧牲者になた。

音がガタガタして長い樋に通された。水に入られて浮く物と、沈む物が出來た。又はその中間に存在する物も出來た。職工連がさゝやいて云ふのに又々多數の犧牲者を出さねば吾人の希望が期し得ないと云つた。これをきいた吾らは迷つてしまつた。今度は油に入れられて加工される物もあれば、水に入れて糖分をそゝがれる物もある。そして後、たゝかれ、錬られて始めてこそ、粘り氣がついて一塊になる理である。

その次にチユーブにつめられて青とか。赤とか、黄とか、紅とか、各々違つた名をつけてくれた。ある一定の箱に納められて始めて世の中に出されるのである。そして美術家に買はれ、山を仰いでみたり、私達はチユーブから搾り出されてベタベタと畫面にぬり付けられるのである。

美術展覽會場に出品されて世間の人から褒められもてはやされ、あゝいゝな、立派な畫だな、美しい色だね、感じの良いヱだと云はれる迄は吾々仲間の苦勞は竝大抵のものはないのである。

我，是油彩

文／陳澄波

我是油彩。我不知自己生於何處，也不知是何時被人搬進工廠裡的。但是經過許多女工的清洗與處理，我便漸漸地像起一塊原料來了。

之後，就暫時與世隔絕，被運送到一家機械工廠裡去了。

吱嘎吱嘎的吵雜聲中，一下子我們就被製成了粉末。

接著被放到篩子裡過濾，我的好多朋友都遭到了淘汰。

喀嗒喀嗒聲中，被塞進長長的水管裡，注入水之後，往上浮的東西和往下沈的東西，就被分離了。當然也有位於兩者之間的東西。工人們低聲地說，不行，還必須淘汰一些，才能達到標準。我們聽了這話，都很喪氣。但接下來，有些被放入油裡加工，有些被放入水裡補充糖分。然後，又打又捏，經過一番搓揉之後，才終於成為一塊有黏性的油土。

接著被分裝到鉛管（tube）裡，再貼上青色、紅色、黃色、鮮紅色等不同名稱的標籤，裝入一定格式的盒子裡之後，才被帶到外面，跟大家見面。不久，有個畫家把我們買去，他抬頭看了看眼前的山，決定好構圖之後，就把我們從鉛管裡擠出來，一層又一層，厚厚地塗到畫布上去。

畫在完成後，被送到畫展會場展覽，受到了無數的讚美與喝采。大家都看著我們說：「啊！好啊！好畫！好美的顏色！這畫的感覺很好！」然而，在這之前，我和我的朋友們所嚐到的辛酸，豈是大家所能想像的。（翻譯／李淑珠）

—原載《臺灣藝術》第4號（臺陽展號），頁20，1940.6.1，臺北：臺灣藝術社

回顧（社會與藝術）

文／陳澄波

回顧

（社會與藝術）

民國34.9.9

嘉邑

陳澄波

循環

台灣藝術五十年之回顧

黃伯□□

夫！天地之順還（循環），乃萬物新陳代謝之理也。轉瞬間，離開祖國已有五十星霜之寒暑矣，始聽得到。公明正大之鐘聲於民國三十四年九月九號上午正九時，在南京國民政府大禮堂日本降伏之調印式，……島內六百萬同胞歡喜之聲，幾如山崩地裂，台灣光復，天地之草木與天同慶，可欣可賀。吾人生於前清而死於漢室者，實終生之所願也。

五十年之回顧的台灣藝術

夫！！天地之循環，乃萬物新陳代謝自然之理也。轉瞬間，離開祖國已有五十星霜之寒暑矣，於民國三十四年九月九號上午正九時，在南京國民政府大禮堂日本降伏之調印式，始聽得公明正大之鐘聲，六百萬同胞歡喜之聲，幾如山崩地裂。台灣光復，天地之草木與天同慶，可欣可賀。吾人生於前清而死於漢室者，實終生之所願也。

回顧過去的五十年間，我台灣的藝術如何受了帝國主義的管轄下多生磨折，不能夠呈其自由智能來發表充分的精神。當初官界勿論，民間同胞亦沒有什麼組織的團體，瞑暗的社會空空過了日子三十多年，都是盲從黑暗社會的生活，沒有一點兒文化的生活，好相（像）籠中的魚鱉而待斃噫！！實在的可痛之社會呀！後來吾人與廖繼春和陳植棋兩君前後留日於國立東京美術學校，當時一□先輩劉錦堂，校已有黃土水、王白淵、張秋海君等同胞亦留學在他。雖然，我同胞先輩有幾個人在校，別沒有組織什麼的東西，恰好美校同學們植棋君在座，我兩個人挺身提唱（倡）我台灣島內，總要有壹個美術團體來提高同胞大家的文化向上如何！！我的同學同胞們不但不贊成，還有反對分子暗中作亂來破壞了組織機構，說去種種是非，這種亦是當時壓力下的勢力所致的痛苦呀！！而後鐘聲警醒島人同胞，破天荒的彫刻家黃土水君挑選于日本帝國美術院所組織的帝展雕刻部彫刻[1]，（土水老先輩也不贊成），後來爭先競秀的一分子的不才嘉義產出的西洋美術家陳澄波吾人亦挑選上出于日本帝展西洋畫部。茲此以後島內六百萬同胞多產出文化的光輝出來了。民國十五年（日本昭和元年）以後留日的人才傑出四處蜂起，但是可惜還沒有一個團體來產生，越明年春，吾人（回鄉下來）在台北與我的故鄉嘉邑開個的有權威的西洋畫個人展覽會，來提高導引同胞的文化心理向上。又在民國十六年夏季在台南城裏組織了一個洋畫團體出來，名叫赤陽會開催了，第一次洋畫展覽會與我們的留日同學，美術家廖繼春、顏水龍、何德來、范洪甲、張舜卿聚集一塊，會員是新竹以南的同志參加。還有一方面，在北部陳植棋君與日人石川欽一郎先生組織了一個七星畫壇的畫會，這位石川先生就是日本大名鼎鼎的水彩畫家，又可以說做開台灣美術有功的人。會員不多，陳植棋、倪蔣懷、藍蔭鼎等幾個人，皆是他的門下一派，吾人亦是他的門生壹個。民國十七年秋季，在日京東京開幕的帝展洋畫部，廖繼春、陳植棋兩君也挑進去西洋部，一個新人的美術家出來了！可欣可賀同胞同志人才傑出，歡喜之聲又蜂起。我台灣可稱一個的美島，美術家的出產地。自此以後，島內加增一點光彩要發揮來

了，美術□□精進來了，對于文化向上的見解起來，當然再要再組織一個大美術團體來嗎。所以昔日春天在日京美校會與諸同志相涼（商量）的結果，現存兩個美術團【體】當然要來打消，合在一塊罷，就來組織了一個的赤嶋社的名稱，一大洋畫的團體來成立了。那時候的會員西洋畫部洋畫家：陳澄波、廖繼春、陳植棋、楊佐三郎、范洪甲、何德來、張秋海、郭柏川、陳承藩、陳清汾；水彩畫部水彩畫家：藍蔭鼎、倪蔣懷、陳英聲。赤嶋社畫展例會每年春季在台北開幕一次，每年例會的事宜機構漸漸堅固底的進行。當時的會員散住四方，不在島內，吾人還在日京上野公園內的美校研究科，畢業的時候被于日本外務省推薦到了上海新華藝術大學的西洋畫科主任，不在台灣的故鄉。陳清汾、楊佐三郎、顏水龍三氏留于法蘭西亦不在。諸同志在法的時候，大家都是挑過選于沙崙（龍）的洋畫展覽會。諸同志為台灣的青年美術家的吐氣，出品于法國的民間有力展沙崙（龍）。陳植棋君其中妖（夭）折死了。這種種因故拼命能夠用功進行的人家都不在台所致，赤嶋社展就停頓了，到第五次開幕的展覽會就變成了有影無蹤團體□！！這時候舊政府台灣當局和民間有力者提唱（倡）組織了一個官界所有的美術展覽會，日人美術家石川欽一郎、鄉原古統、鹽月桃甫作個中堅的人物。此會日政教育會的主催，每年秋季在島都台北開幕台灣美術展覽會一次，分做兩部，一部東洋畫部，二部西洋畫部，到于第十次終止了，展覽會就以後改稱台灣總督府展，就是國庫補助下的美術團體。出品者中優秀的人家，推以特選，再進上去推以推薦，強建的美術家者做了最高峰的名譽學位，又□□台灣美術□！

黑暗的社會空空過去了三十幾年呀！到了民國十七年以後我台灣變成一個明朗的社會，還有光輝文化生活的美術島。那時候官場與民間的兩個美術團體兩立，島內的美術變成了個的大比賽場了。日政府總而言之，被民間美術家同志所壓迫下的立場不得組織了個美術團體出來。以後諸同志連續挑選去于日本帝國美術院的帝展，島內的西洋畫部水彩畫家：藍蔭鼎，油畫家張秋海、李石樵、李梅樹、台南的秀閨（閨秀）畫家張琚琚（翩翩），東洋畫部：香山的名族秀閨（閨秀）陳進女士、或□陳永森、林之助，雕刻部雕刻家：陳夏雨、黃青（清）呈，還有一個日本大名鼎鼎的雕刻家朝倉文夫先生的門生蒲添生君，亦挑選于雕刻部。雕刻老先輩黃土水君沒世以後的再產生來的雕刻□家黃青（清）呈君不幸回台航海中來沒世，甚然可惜的很！！在日京的民間有權威的二科畫會西洋畫部出身的陳清汾、春陽會的西洋畫部的會友楊佐三郎、洪瑞麟諸同志，日本水彩畫部的出身倪蔣懷，島內有權威的美術團體的出身被推薦者的畫家，推薦者以上的人家列名如左[2]：台展（府展）東洋畫部陳進女士、呂鐵洲、郭雪湖、林玉山、李德和女士，西洋畫部：陳澄波、廖繼春、李石樵、楊佐三郎、陳清汾、李梅樹。赤嶋社展後來變成了無影踪的東西了。台灣社會的文化大大的進步，民間同志的美術家四處峰起，照前的組織法，就大體的革命起來，從前的會員有□無實的一輩子都將解消，一再大組織一個有權威的可以說我台灣代表的美術團體，台陽美術協會就產生出來，會員都是舊帝國社會上的有實力的大名鼎鼎的美術家，聚集一塊，在島都台北鐵道飯店大禮堂台陽美術協會團體成立式，每年春季四月裏前後開幕壹次，在島都台北，或是巡迴地方的移動展覽會，提高民間的藝術向上，陶冶六【百】萬民（名）同胞的美育，增長提高新生活民智民情，自此以後全島變成一個大文化村，東方美術史上可鑑。

台陽展起頭的組織完全自西洋畫的團體，民國【二十九】年四月後來再增設東洋畫部。國畫部的會員：陳進女士、陳永森、林之助、呂鐵洲、郭雪湖、林玉山。西洋畫部的會員：陳澄波、廖繼春、李石樵、楊佐三郎、陳清汾、劉啟祥、李梅樹。

會員的作品自由充分的發表以外，對于島內外一般民眾，募集作品撰（選）出良優的繪畫，陳列于會場裏以同胞賞覽，對優良的作品新進的美術家贈與台陽賞，絕佳的作品推以他做會友，再精進一步就推薦進上新會員。民智民情的新生生活漸漸程度高起來了。民國三十二年春季再增加彫刻一部，會員就是日政府創辦的帝展彫刻部健將陳夏雨、蒲添生、鮫島台器。這個團體比于台灣督府創設的府展強健的多。自由、自在可以發表的自己的抱負，充分的才能，不相（像）官寮（僚）式的有一種□□□裏頭來發表，會員作品以外還有公募民眾的藝術來審查、鑑查贈呈美術賞，這個審查亦是公開的。國父孫文先生所謂天下為公的來做去，所以新進畫家多產出不計其數，自由充分發表他的□□。台陽美術協會畫展成立以後，島內人才多傑出，為

島民爭光吐氣，同志不遑枚舉，略說幾個贈與大家覺得如左：李石樵、楊佐三郎兩君被推薦舊政府帝展洋畫部的停年制無鑑查的出品，石樵君亦被推薦日京民間的美術團體，創元會的會友的石樵君，赤（春）陽會的會友楊佐三郎君，雕刻部陳夏雨亦是被推薦停年制的無鑑查出品。黃水土（土水）君被聘雕刻于久邇宮殿下、山本農相的傑作之尊像的光榮。[3]民國十六（八）年秋分，王濟遠、陳澄波、潘玉良女士、金啟靜女士吾們四個人，被國民政府祖國教育部派遣去考察日本美術，[4]在于日都外務省的主催，受了犬養翁閣下歡迎國賓之禮的大歡迎宴席之榮。蔣委員長民國十五（七）年于北京改北平，訓政統一全國的紀念綜合藝術展覽會在滬市開幕，[5]吾人被中央政府聘請招待西洋畫的出品，畫題名曰「清流」，畫于西子湖十景之一，就是斷橋殘雪那邊餘冬天下雪的景子。教育部特別選出西洋畫部現代中國代表的畫家十二名將其名作編輯一冊美術畫集，贈與世界上各國有名的美術館做紀念，此舉吾人一生不忘此紀念的光榮。朝倉文夫先生名門下的亦可舉蒲添生君的作品：陳中和翁與胡適之先生、旗後街平和國民學校校長齊藤翁的壽像、海人等之傑作。

島內的美術春分就有台陽美術協會的美術展覽會開幕，秋分就有官展舊台灣總督府的府展例事，民間還有小團體的一郎（盧）會水彩畫會、創元展、八紘畫會、青晨（辰）美術協會等等各自期分開幕，上述的現狀台灣美術的昌盛，文化的向上者都是舊時日政府之善舉，每回開幕的展覽會聘請日本名畫家藤島武二、梅原龍三郎、和田三造、松林桂月諸先生來台指導。一方面民間健將團體的台陽美術協會的同人，打破專制的審查鑑查的私□的見解，來幫忙官界的不周的地方，提高民眾的美術心理，來做民生生活的後循（盾）呀！！到處哈哈歡喜齊聲台灣光復千載一遇之行幸，誌喜我台灣地區亦置一省之光榮，六百萬同胞禁不得胸襟滿懷之喜聲出來呀！！旭日一變青天白日滿地紅的旗色下，眾生草木皆回生復起，再世茗芽，此去的生長發育無限量之大勢，我美島的六百萬同胞還要一省深思而後行者，切要謹守國父孫文先生之遺囑，仍須努力，來提高我中國在世界上的地位強健。加一倍底的力量來工作實在美術家我們的責任也。陳儀先生來接收後，島內的訓政伏願早點創辦一個強健的台灣省美術團體，來提高島內的文化再向上或是來組織一個東方美術學校啟蒙島民的美育，能夠來補充成四千年來的大中國的文獻者，實吾人終生之所願也。

（一）吳清華

強辭（詞）奪正理，②要平凡，「奴生見執不分」

⑤ 15分

（二）邱炳南　台灣青年的覺悟

18分 ②要平凡　③要立正、台灣精神

各人、石粒堤防（石頭要石□競）

（三）陳陣（國旗）　④表情缺

⑤結論
- 國旗幟分明及由來
- ・國旗之由來（改為）（中央□次）
- 紅=民族　青=民權　白=民生　五色旗=五族　博愛及眾

19分

（四）胡泉源（優）

軍伐帝國主義脫腳退了

12分　八月十五日　一萬斤=千□斤百

一千四百

26650萬元

（五）林青柳（優）

・促進省民自覺

8分　②要平凡　鍬生銑

⑤結論　空□

（六）陳金義

青年同志及負責之義務

17分　奮去的態度，同志！

氣

（七）何長吉

向上青年的進□

甲城隍

水24日

乙（地藏）

土27日

貧窮的文弱苦秀才

一服三味清心湯（洗心湯）

昔時有一鄉村，儒學家庭，前代代甚然盛勢，文學的模範家庭，事而後此文弱墜落千丈苦海裏的生活，有一個很窮乏的貧秀才在，倆夫婦間指（只）有產生一子，名曰阿清，日日的生活當不起，所以不得不得，對于他家借了多少的銀子來充饑，年久月深，積久不能夠還了帳，有一日鄰村本兄來她家討帳，這個人性質很亂暴，於有金錢主義，不說道理，有強權，沒有公理的人家，便起人面獸心的行為來動起，討不得帳，就□擄了小寶貝阿清去了！那懦弱秀才倆夫婦叫苦連天，文弱不敵本兄的橫暴，於是掩旗失鼓怒不敢言，看他的橫暴，行使待于阿清。本兄的家裏還有一子女，愛惜似而撑（掌）中珠，弄愛寶惜如天仙，酷愛過甚，對他家的小寶貝，亂打亂柏（拍），以當奴隸而代之，酷使其勞功，有勤勞毫毋得食，衣破淋離（漓）肉體露出也不管他，指做驅使如做犬馬之樣，輕視民生、民權好相一日乃三餐之感不異。「阿清」忍苦多年，天生自然，在于奴隸中的生活，苦海裏中漸生長起來了。光陰過去，而似白驅（駒）而過隙，年達五十歲了，受酷待之弱身，遂染○○的病，來纏綿其身不能解，台灣頭台灣尾較請來醫也無效，有人家勸他請西醫來看病，服藥多年，也不得效，相如桃花弱柳，不能夠自主，後來得了美國醫的「亞蹄普淋」良藥來服一下，雄熱極寒就被這位美醫來解除了去，不過惡病既解開了，其身還未復之，所謂使淪陷沾辱的故土得以光輝，奴化削弱的孤魂得以復生，或一天鄰家的中國朋友也奉勸他，阿清哥怎麼不讀漢醫去嗎？我中國四川省的有大藥材，你怎麼不出去，請來服嗎？阿清哥後來大了悟，對了！四川重慶的地方，有一大名鼎鼎的大漢醫，有一祖傳的妙藥，就是一服三味清心湯。噫！我記的（得）了，那位孫先生之藥方嗎？服了一帖藥後，阿清哥呀！身體就強健了。阿清哥對於鄰近父老請服三味清心湯，為我民族來建設三民主義的大中華民國嗎？阿清哥，茲此以後就成了一大模範的家庭來了！

禮
- 不敬父老非禮也
- 污衊橫行非禮也
- 喧嘩鬧事非禮也

義
- 損人利己非義也
- 賭博閑遊非義也
- 恩怨紛同非義也

廉
- 在上貪利非廉也
- 濫用靠勢非廉也
- 自己豪奢非廉也

恥
- 自朮屈辱恥也
- 以暴報暴恥也
- 居心不誠而忘本恥也

革命尚未成功
同志仍須努力

口號
（1）向世界爭取國際平等
（2）向政治爭取政治平等
（3）向社會爭取階級平等

1. 黃土水1920年以〔山童吹笛〕入選第二回帝展，為第一位入選帝展的臺灣人。陳澄波、廖繼春於1924年入學東京美術學校，陳植棋則是1925年，故上文中的時間順序有誤。
2. 原文為直式，由右至左書寫。
3. 此敘述黃土水事蹟之句子書寫於原稿下頁的上方，並未與上述其他畫家之事蹟書寫在一起，乃編者依據內容安插於此。
4. 參閱〈金啟靜赴日考察藝術教育〉《申報》第16版，1929.10.5，上海：申報館。
5. 此應指1929年4月10日至30日國民政府教育部於上海舉辦的第一屆全國美術展覽會。

｜文章｜⑱

五十星霜的回顧

文／陳澄波

臺灣光復了，青天白日滿地紅的旗幟下，眾生草木，皆復蘇生，我六百萬千載一遇的一生之燒倖和 一生之光榮阿！禁不得，胸襟滿懷之喜，就大地裏滾出來的，而似山崩地裂之大勢，到處哈哈齊聲，再世茗芽的草木　生，與天同慶可欣可賀，雖然，臺胞所忍受的難苦，這真是我祖國父老難以料想得到的，撫今追古，愴感迫胸，黑暗的社會，空空過了五十年，都是壓迫下的生活，好像籠中之魚而待斃。

噫，實在的可痛之社會阿，回顧過去的五十年間我臺灣之文化如何，不過稍有進步之感，然都是愛（受）了民間自發的產生出來的勢力所迫，促進了他來造成文化村的臺灣，譬如，美術界的一例，因為被民間健全的美術團體赤島社展之所迫，纔能，促進了造成于臺灣美術展產生出來的，後來他對于中央政府請國庫補助花費，然後，再改名稱， 做，臺灣總督府的府展，每秋天開幕一次，就聘請了他的日本名家，來臺灣指導，不得脫離了他們的圈套內的審查，和鑑查日人與我們臺胞的關係我們不能夠受了他們的光明正大的裁決審查和鑑查的方法，私人的見解為重，作品的實質上為副，差別待遇太甚做了他的馬蹄下的犧牲呀！多受了磨折，不能夠，呈其自由的智能來發表，我們充分的精神，島民為美術界壓迫裏的來跳去，為民族來吐氣爭光，提高民眾化的美術向上，吸收同志聚集一塊，再造成了臺陽美術協會團體就產生出來了。

自此以後，臺胞美術家的人才輩出，如從苦海裹跳出來，在于日都大眾的我們的作品來發表了，他日政府所創辦的帝國美術院的帝展，日本畫部的就是島內香山街的閨秀陳進女士、陳永森、林之助，西洋畫部陳澄波、陳植棋、廖繼春，藍蔭鼎、張秋海，李石樵、李海（梅）樹，還有一個臺南市產生出來的女青年畫家張珊珊，彫刻部就是挑選于帝展的大先輩黃土水，而後陳夏雨、黃清呈、蒲添生諸同志續出，還有日本民間的有權威的美術團體，三科畫【會】的出身｛會｝洪瑞麟、陳清汾、劉啟祥，春陽會楊佐三郎、洪瑞麟，日本水彩畫會水彩畫倪蔣懷，上述的我們同志在日留學的時候，來工作的結果。臺灣島內的出身呢，府展東洋畫部呂鐵州、郭雪湖、林玉山，西洋畫部的美術家都是我們來占去的，官展每年在島都開幕一次，就聘請他很有名的美術家藤島武二、梅原【龍】三郎、和田三造、松林桂月、荒木十畝諸先生來臺指導我們，不過很可殺的獨占一派下的份子，鹽月桃甫、木下靜崖（涯）他們的島嶼狹小的思想，來做我們的公敵呀。雖然有名家到臺指導，分毫都沒奏效好生結果都沒有喇。一方面民間健強代表，我們的臺陽美術團體同志，來幫忙日政府的官展不周的地方，就來打破了專制的審查和鑑查的方法，絕止私人的見解，深望組織一個合理的美術學校，來灌注省民的美術思想，豈不快哉！

—原載《大同》創刊號，頁22-23，1945.11.12，臺北：大同股份有限公司文化部

關于省內美術界的建議書

嘉義市　美術家　陳澄波慶瀾　五十一歲

文／陳澄波

夫！天地之循環，乃是萬物新陳代謝，自然之理也。轉瞬間，離開祖國，已有五十星霜之寒暑矣。經八年抗戰的結果，始得聽到，重返祖國，正大公明之鐘聲者，于民國三十四年九月九日上午正九時，在于南京國民政府大禮堂的日本降伏調印之式典，真是乙件可貴而得值慶祝之至。六百萬民（名）同胞！千載一遇，和一生僥倖之光榮呀！禁不得胸襟滿懷之喜，就從大地裏滾出來的歡喜之聲，而似山崩地裂之大勢，到處哈哈齊聲，旭日一變，青天白日滿地紅的旗幟下，眾生草木，皆復起回生，再世萌芽，與天同慶，可欣可賀。台灣光復了，此去得受完美之教育，就將要來建設，強健的三民主義的新台灣，以進美麗的新台灣的完美之教育。這樣的見解當然馬上要來啟蒙省民的美育，就將要來提高台灣的新文化來做一個新台灣的模範省者，總皆歸于我們美術家同志之責任呀！當然總要迅速來建設一個強健的美術團體的美術展覽會來工作去嗎！才蔬（疏）學淺的不才吾人想要將這個舊來的本省民間所有代表的美術團體台陽美術協會來上呈，敢請省政府直屬的來創辦的如何？我們這協會的諸同志願當受犬馬之勞來幫助政府的啟發省民之美育。本會本來抗日之立場來組織的美術團體協助于舊政府的府展不周的地方，來打破了專制主義的審查，和鑑查的方法，絕止私人的獨裁壓迫下的方法，來打開阻害于未來偉大的新青年的美術家的進路。帝國主義的國家既經倒戈了！所以我們的團體自然要來打消，二十多年的工作，可以來貢獻于國家，來協助于政府來建設，這些工作，將要強化一步，來建設強健的美麗的新台灣才好。總要來組織一個國立的，或是省立的美術學校來創辦如何？主重第一關于國家的師範教育的美育，訓練整個的美育有智織（識）階級的師長來幫助國家美術的美育的教育，來啟發未來偉大的大中華民國的第二小國民的美育才好。第二呢！一方面造成人材來啟蒙美術專家，所謂叫做世界的美術殿堂法國的現狀如何？已竟（經）荒廢了，沒有力量來領導世界上的美術。東亞誇請（獎）他是世界的美術國，和軍國主義的日本也倒了！所以我們大中國的美術家的責任感激很了！提唱（倡）我國的美術和文化的向上關係當然要來負責做去。欲達到這目的，第一來建設強健的三民主義的美育師長的教育，才可以提高未來偉大的第二少國民的美育才好。第二造成了世界上的美術專家來貢獻于我大中國五千年來的文化萬分之一者，吾人生于前清，而死于漢室者，實終生之所願也。

附則

一、美術展覽會的章程別定

二、建設美術學校的章程別定

民國三十四年十一月十五日

繪畫批評的標語

文／陳澄波

色彩很好。構圖不好（天地要平均）。線條太粗。這邊的色調太弱。色調強健還要一點。下筆法不好。遠山繪的太近了。雖然中景好。不近的地方還要遠過去一點。樹木的表現很不差。草埔的筆法亂一點。一筆一筆要當心下去。色彩太濃不多標（漂）亮。池水不好。倒影不好關系。遠近影子要當心一點。色彩太單純了。強的地方須強一點。山的標（漂）亮差一點。藍顏色太多。樹木一枝一枝離開太規正了。代表在一塊兒，當心主要，一欉強一點。色彩和色彩充實了。白顏色多加一點好看。人形的點景不相（像）人的樣子。人物的繪畫多當心一點才好。看景子須要當心，看到的大自然之狀況怎麼樣。色彩須要調和。不須要的筆法，不心（必）勉強繪進去。色彩過強健了。景子不多素樸。下雨須要下雨的樣子。

雲繪的不好。風吹有的樣子。春天要春天的樣子。冬天、夏天亦是一樣的。雲和山高的地方接充不好。上下缺了連絡。色彩不調和。太過強了。取景多多要當心。主要的地方在何？當心想一想，決定好，才可以繪進去。水彩畫光亮的地方要先留起來。漫漫（慢慢）暗的地方加進去。初陽的太陽顏色不對。夕照要夕照的樣子。水彩不必濃厚，輕輕繪畫起來。赤色太多。青色太強。天色須要淡一點太濃了。雲太重了。房子的表現不差。壁色不對。一個一個要一個的樣子看明白。不可馬馬夫夫（虎虎）繪起來。色調看正確之後才可以繪的。水色靠不注（住）。色彩太□色了。石頭繪的不差。池水好想（像）石頭。著想到底怎樣？沒中心不可。天地人三部要分開好。遠的地方色彩差一點、弱一點畫起來。電信柱不好看。樹枝和葉子的表現不差。影子不多好。色彩和色調分開清楚。池水、河川、海水須要那樣子。高山地帶。平野要平野的樣子。岡要岡丘的樣子。花木須要花木的樣子。牡丹花、梅花、雜花須要各那樣子。果子要果子的樣子。碗皿要那件的性質和量，看清楚。不須要地方不要他。月筆畫筆畫的樣子。一層一層要一層一層繪進去。鉛筆畫、鋼筆畫，簡切正確的繪畫方法要想。桌上的靜物、倒景、物件如何看法。

書信

Correspondence

書信原稿刊於《陳澄波全集》第七卷與第十卷。

一般書信 General Correspondence

日文辨識、翻譯／李淑珠（特別標示除外）

日　　期：1926.10.12
寄 信 人：Syuasei
寄信地址：臺北
收 信 人：陳澄波
收信地址：東京美術學校

紙　達　送　報　電

789

●受付當日受信せしものは月日を記入せず
●受付時刻の表示中「ヨ」とあるは午前、「ラ」とあるものは午後を示す

付・受		號番	局信發	數字	類種	宛名
ラ○四時　三五分	月　日	七參○	タイホク	一五		トウケフ ビジユツガクカウカウ トウシハン□□」 チンチヨハ

定指

ゴニ　フセン　ヲイワフ
シユアセイ

著信番號 753

若し他人に宛てたるものなるときは其の旨付箋し直に配達局所へ返　せられたし

信受
午コ一○時一○分

事記

者校照

印附日
下谷
15. 10. 12

者信受
サ

十四、十一、高島納

省　信　遞

電報送達紙

789

收報人：東京 美術學校 高等師範□□ 陳澄波

種類：

字數：十五

發報局：臺北

編號：七三〇

受理：月 日 下午四點 三十五分

指定：

賀入選帝展西洋畫部 Syuasei[1]

來報號數：735

若收到給別人的電報時請附上紙條說明並立即送回投遞的郵局

記事：

郵戳日期：下谷區 15.10.12

受信：下午十點十分

校對者：

受信者：佐（Sa）

十四、十一、高島納

郵政總局

●受理當天，受信者不須填寫日期。

●受理時間欄中的「ヨ（YO）」為「上午」、「ラ（RA）」為「下午」。

1. 此處應為發報者名，但不詳，故先以羅馬拼音標示之。

日　　期：1926.10.23
寄 信 人：陳澄波
寄信地址：東京美術學校師範科
收 信 人：張捷
收信地址：台湾嘉義西門外七七九　陳錢方

※信件佚失，只留信封影本。

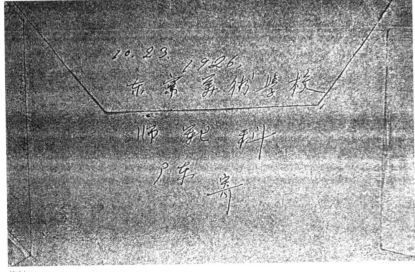

信封。

日　　期：1926.11.20
寄 信 人：安田耕之助
寄信地址：不詳
收 信 人：陳澄波
收信地址：東京市下谷區上車坂町一三　新井方

拜啓

愈々御清適奉賀候陳者來ル二十七日ヨリ十二月十一日迄本市岡崎公園第二勸業館ニ於テ帝國美術院第七回美術展覽會出品京都陳列會開催致候ニ付便宜御觀覽被下度別紙特別觀覽券相添ヘ此段御案內申上候　敬具

大正十五年十一月二十日

京都市長　安田耕之助

陳澄波殿

拜啟：

謹祝平安、健康。自二十七日起至十二月十一日止，於本市岡崎公園第二勸業館，舉辦帝國美術院第七回美展出品京都陳列會，附上一張特別觀覽券，誠摯邀請您蒞臨參觀。此致

陳澄波先生

大正十五年十一月二十日

京都市長　安田耕之助敬上

日　　期：1927.7.6
寄 信 人：陳澄波
寄信地址：嘉義街字西門外七七九番地
收 信 人：賴雨若
收信地址：嘉義東門外

謹啓
綠濃き強い光の中に皆々樣には益々御健勝の段奉賀候
陳者今般私の日頃研究致し居り候處の未熟な作品を七月八日より仝月十日まで嘉義公會堂に於いて展覽會を開催することに相成候併し各位樣の御請覽を仰ぐ程の物に無之候も島內美術界の公私の為に御高評と御注意とを承り一層努力致す考へに有之候間御多忙中にて恐縮の至りに候得共御家族御友人御誘ひの上御來觀の榮を賜り度御案內申上候　敬具
昭和二年七月六日

嘉義街字西門外七七九番地
陳澄波

追啓　御來場ノ際事務所へ御立寄被下度茶菓ノ用意致シ置候

目錄[1]

1 嘉義ノ町外レ
2 南國ノ川原
4 遠望ノ淺草
5 嘉義公會堂
6 美校ノ花園
7 紅葉（一）
8 紅葉（二）
9 臺灣ノ或町
10 媽祖廟
11 雪景
12 初雪ノ上野
14 丸ノ內ノ池畔
15 秋ノ表慶館
16 洗足風景（一）
17 洗足風景（二）
18 江ノ島（一）
19 江ノ島（二）
20 山峯
21上海ノ町
22 小川
23朱夫子舊跡
24 少女ノ顏
25 春ノ上野
26 秋晴
27上野公園
28 雪中ノ銅像
29 南國ノ斜陽
33 不忍池畔
34 鼓浪嶼
36 落日
37 釣魚
40 熱海ホテル
41 常夏ノ臺灣
42 宮城
43 二重橋
44 熱海風景
45 西洋館
46 宮城前廣場
47 日本橋（一）
48 日本橋（二）
49 夏ノ南國
50 芝浦風景
51ケシノ花畑
52 須磨ノゴンドラ
56 神戶港
57 黃昏ノ景
番外數點
58 水邊
59 川原
60 時計塔
61 黃埔江
62 素描（一）
63 素描（二）
64 素描（三）
65 素描（四）
66 素描（五）
67 素描（六）

日本畫
68 秋思
69 垂菊
70 雌雄並語

1. 此份展覽目錄原件編號即有跳號。

敬啟者

正值綠蔭濃鬱、烈日炎炎的季節，恭祝闔家安康。

在下平日埋首耕耘的拙作，此次將在七月八日至七月十日於嘉義公會堂舉辦個展，雖無值得請各位先生賞臉鑑賞的像樣作品，但於公於私為了島內美術界，尚祈不吝給予批評與指教，在下一定更加發奮努力。抱歉在百忙中打擾您，希望有此榮幸能邀請您和您的家人以及親朋好友一同蒞臨觀賞。謹此通知。

昭和二年七月六日

嘉義街字西門外七七九番地

陳澄波

P.S.大駕光臨之際，煩請至事務所一坐，敬備茶點招待。

目錄

1 嘉義町外
2 南國川原
4 遠望淺草
5 嘉義公會堂
6 美術學校的花園
7 紅葉（一）
8 紅葉（二）
9 臺灣的某條街
10 媽祖廟
11 雪景
12 初雪的上野
14 丸之內的池畔
15 秋之表慶館
16 洗足風景（一）
17 洗足風景（二）
18 江之島（一）
19 江之島（二）
20 山峯
21上海大街
22 小川
23朱夫子舊跡
24 少女之顏
25 春之上野
26 秋晴
27上野公園
28 雪中銅像
29 南國斜陽
33 不忍池畔
34 鼓浪嶼
36 落日
37 釣魚
40 熱海旅館
41 常夏之臺灣
42 宮城
43 二重橋
44 熱海風景
45 西洋館
46 宮城前廣場
47 日本橋（一）
48 日本橋（二）
49 夏之南國
50 芝浦風景
51罌粟花田
52 須磨的貢多拉（Gondola）
56 神戶港
57 黃昏之景
外加幾件：
58 水邊
59 河邊
60 鐘塔
61 黃埔江
62 素描（一）
63 素描（二）
64 素描（三）
65 素描（四）
66 素描（五）
97 素描（六）

日本畫：
68 秋思
69 垂菊
70 雌雄並語

日　　期：1929.11.29
寄 信 人：楊佐三郎
寄信地址：不詳
收 信 人：陳登（澄）波
收信地址：上海西門林蔭路藝苑

※信件佚失，只留信封。

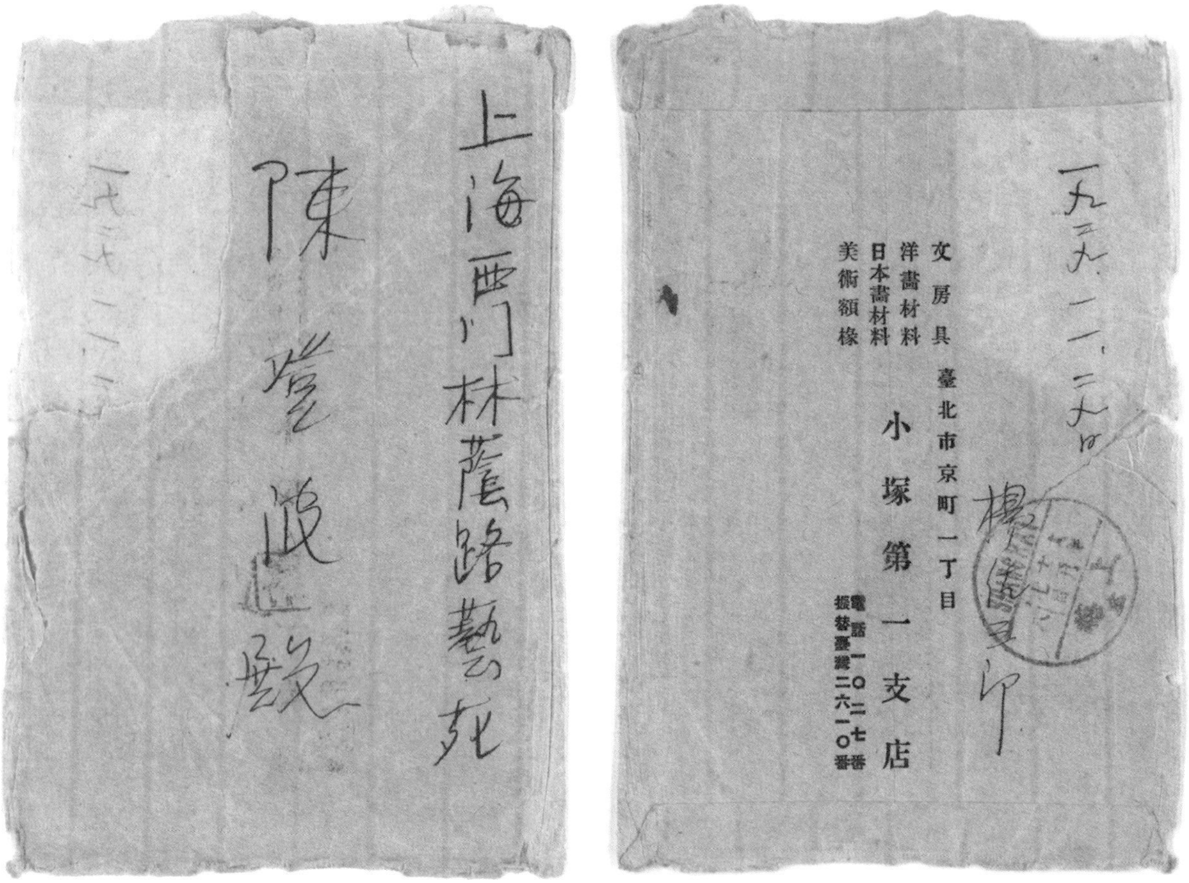

信封。

日　　期：約1929-1933
寄 信 人：朝鮮總督府
寄信地址：不詳
收 信 人：陳澄波
收信地址：支那上海西門林蔭路藝苑繪畫研究所

※信件佚失，只留信封。信封背面疑為陳澄波所寫之文字：
東京美術学校ヲ卒業ス
帝展第七、八回入選、中華民國｛立｝全國美術展ニ出品シ無鑑查ニ推薦サレタテ
台湾美術展ノ特選ヲ受ク、本郷展ノ賞ヲ受ク（東京に於て）、槐樹社、太平洋、中央展、日本水彩等ノ各展へ入選数回アリキ
一九二六ー美術学校在学中

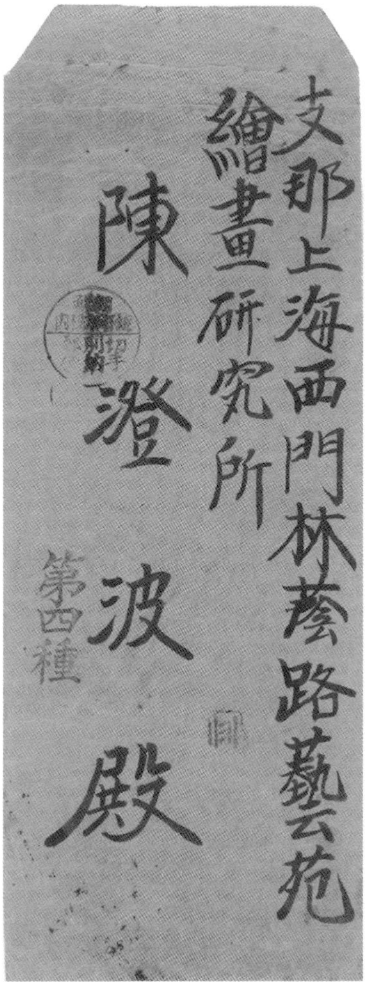

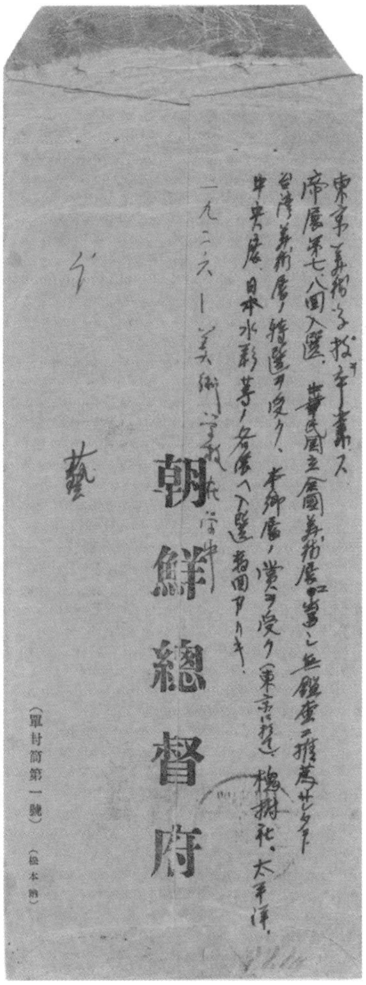

東京美術學校畢業。
入選第七、第八回帝展，中華民國｛立｝全國美展獲推薦為無鑑查出品。
榮獲臺灣美術展特選、榮獲本鄉展賞（於東京），並入選數回槐樹社、太平洋、中央展、日本水彩等各種展覽。
一九二六年：美術學校在學中

日　　期：1931.2.3
寄 信 人：陳澄波
寄信地址：不詳
收 信 人：東京美術學校師範科教官室
收信地址：不詳

・在上海陳澄波氏より師範科教官室苑

（上略）上海の美術界につきましては、當局の教育令大改正が行われ、各校の内容充滿に努力をしない學校はありませんでした。特に上海にある數個の美術學校がお互に範圍學校にならう、と競つてゐます。官界より「美術提高」の義よりも民間の方餘程熱心であります。只今では全國美術展の再開は甚だ困難を感じます。その代り、上海特別市の民衆藝術展が毎年一回は開會される様になつてゐます。團體の外に個人の美術展は毎月必らず一、二回は催されます。初来の上海當時よりは遥に進歩されてゐます。最近美術界の要人から漏れて聞くに、上海城内と英租界地内に官の手で美術館を一つづゝ今年中に建築される様になつてゐるさうです。これは東京【府】美術館の様に建築或は美術常設館にして一部の廣間を美術陳列場に公開される事だと云はれてゐる。實に我が上海の美術界の一大進歩と思ひます。又民間の女流作家（國畫）李秋君女史が個人が發起人になり、自ら五萬の大金を出し、各處より十五萬圓の寄附方を賴み、都合二十萬圓の美術館を建てられるのださうです。して見れば、今年中にイキナリ上海に三つの美術館が出来ることになつてゐます。實に上海に於ての美術の發展は此の一九三一年から一層励【激の誤りか】しくなつてくると思ひます。以上近々の上海美術界の新聞です。

此の次にお知らせ致したいのは、去る一月廿五日、我母校の校長正木先生を招待したことです。正木先生の御来華の嬉しい話を耳にすると、僕らは歡喜に堪えない次第です。美校卒業の代表として汪亞塵（西畫卒業）氏が正木先生を御案内して杭州の西湖へ参りました。先生が當地に三、四日滞在し、親たしく今より千年以上の各佛閣寺菴の彫刻、名畫を御視察なされて、去る一月の二十三日午後上海へ歸つて來られました。忙しい正木先生に御無理を願ひ、去る一月廿五日にショウジンアゲの粗宴を差上げました。先生は佛教方面に對して非常な信仰な方と僕らはさう考へて、佛教寺の覺林で先生を招待申した譯です。六人の美校の卒業生が發起人になり、上海の美術研究團體の御賛同を得て、當日は約三十名の現代名畫家及美術關係者が集まり、盛會裡に先生を招待致しました。

當中（日）の招宴中に英租界公部局（警察署）から保護の意味で印度巡査が來てくれました。

巡査と美術家はニアワナイ對象だが、英租界當局が非常な敬意を拂つてくれた譯です。當日、日側の來會者は正木先生、正木公子（先生の息子）、總領事重光。【中國側は】國畫家王一亭、張大千、李秋君、馬望（孟）容、西洋畫家陳抱一、王道源、汪亞塵、江小鵜（鶼）、黄（許）達、陳澄波等。別紙の寫真は當日先生を招待したときの撮影です。

先生のお話に依ると、吳州へ三、四日、月末から南京へ行かれるさうであります。御歸國は又餘程日數があります。中日展に我西洋畫側も參加さ（す）れば非常に結構と思ひますが、何時實現されませう。僕らの努力の要がありませう。西畫のみが恰も驅逐されてゐる感がします。正木先生の御消息、多少は氣候の激變の為にセキが出てゐました。しかし滞京中常に拜見してゐた校長先生は相變らずお元氣であります。當日最も弱つたのは、私は流感に惱されて三十八度の熱が出てゐた、それを押へて終まで伴食申ました。

今學期から親（新）華藝大の西洋科主任の職を辭して仕事を省き、もう少し勉強したいと考へます。日々【昌】明美校の方の師範科の主任をも「廢める」と交渉中であります。あまり賢い、忙しい役にあつては大變困ります。出來る限り普通の教員になり、餘裕の時間をつくり、勉強時間に廻したいと、決行致す様にしました。今後も直接なり間接なり御指導を願ひます。最近、家族の皆を50號の畫に納めました。今迄の美しい畫を畫くのと違つて、大變しづみの畫になつて參りました。家族は去年の夏からつれて来たのです。日中は學校、夜は家庭教師（自分の家）になつて困まりました。フランス語の研究のひまがなか々々作られません。（下略）二月三日

※訂正、補充／吉田千鶴子

・陳澄波從上海寄至師範科教官室

（前文省略）有關上海的美術界，當局正進行教育令的大幅修改，每一間學校都努力充實著內容。尤其是在上海的幾所美術學校相互在同一區域中競爭。民間的熱情比政府提出的「美術提昇」還要高漲。只是，我感覺要再舉行全國美術展是很困難的。取而代之的是，上海特別市每年舉辦一次的民眾藝術展。團體以外，個人的美術展每個月一定會有一、二次。比我剛到上海來時進步很多。最近從美術界重要人士口中聽到，政府好像今年之中要在上海城內和英國租界區各蓋一間美術館的樣子。聽說要蓋像東京【府】美術館的樣子，作為建築或美術常設館，有一部份大廳用來展出美術作品。我認為這是上海美術界的一大進步。還有，由民間女國畫家李秋君女士發起，自己捐出五萬巨款，再拜託其他人捐出十五萬，總共二十萬要蓋美術館的樣子。這樣一來，今年之中，上海突然會有總共三間的美術館。實際上，上海在美術上的發展從本年（1931年）後會更加【快速】。以上是最近上海美術界的新聞。

接下來要說的是，先前一月二十五日，招待母校校長正木老師的事。聽到正木老師要來中國，我們都高興的不得了！汪亞塵（西洋畫畢業）作為從東京美術學校畢業的代表，帶正木老師去參觀杭州的西湖。老師在當地停留了三、四天，就近欣賞具有千年以上歷史的各個佛寺的雕刻和名畫，一月二十三日下午回到上海來。一月二十五日，還勉強忙碌的正木老師吃簡單的素食宴。因為我們想老師是非常虔誠的佛教徒，所以就在寺廟的覺林中招待了老師。由六位從美術學校畢業的學生當發起人，得到上海美術研究團體的支持，當天共有三十名的現代知名畫家和美術相關人士參加，隆重地招待老師。

由當（天）的宴會中，英國租界公部局（警察署）的印度警察借保護的名義前來巡視。

警察和美術家原本是合不來的，這是因為英國租界當局為了來向正木老師表示最大敬意所致。當天，日本方面來參加的有正木老師、正木公子（老師兒子）、總領事重光。【中國方面】有國畫家王一亭、張大千、李秋君、馬望（孟）容、西洋畫家陳抱一、王道源 、汪亞塵、江小鶼（鶼）、黃（許）達、陳澄波等。另外一頁的照片是當天老師招待會上拍的相片。

老師說好像要到吳州三、四天，月底並到南京去。到回國之前，還有好幾天。中日聯展中我們西洋畫可以參加的話也是很好的事，但什麼時候才可以實現呢？這需要我們好好努力吧！但好像只有西洋畫被排除了的感覺。有關正木老師的狀況，大概因為天氣的變化快速而咳了起來。但是老師在南京的時候我常常去拜訪，他依然精神很好。當天最傷腦筋的是我，因為我得了流行性感冒，高燒三十八度，但還是忍耐著和老師一起吃了飯。

這學期開始辭去親（新）華藝術大學西洋畫科主任的工作，想再唸一點書。並為了辭去【昌】明美校師範科主任的工作而進行交涉，對責任重大又繁忙的工作感到很分身乏術，我下定決心如果可以的話，盡量做個一般的老師，有充裕的時間用來讀書。今後也請從各方面多多給予指導。最近，為家人完成一件五十號的畫。跟以往唯美的畫風完全不同，而帶有較深沉的內涵。去年將家人帶來這裡。白天在學校，晚上當家教（在自己家裡），變得很分身乏術。沒有時間研讀法語。（以下省略）二月三日

※訂正、補充／吉田千鶴子

一原載《東京美術學校校友會月報》第29卷第8號，頁18-19，1931.3，東京：東京美術學校，收入吉田千鶴子／文、石垣美幸／翻譯〈陳澄波與東京美術學校的教育〉《檔案・顯像・新視界——陳澄波文物資料特展暨學術論壇論文集》頁21-25，2011.12.7，嘉義：嘉義市政府文化局

日　　期：約1932.6.25
寄 信 人：汪亞塵
寄信地址：上海斜徐路打浦橋堍　新華藝術專科學校
收 信 人：陳澄波
收信地址：台灣嘉義西門外739　陳義盛米商轉交

澄波兄：

頃接來書知已到台灣，途中無留難，安然到達為慰。尊夫人病體究竟能醫治否？既入醫院必能調治，希望早日復原。

校中正在為藝術奮鬥，各同事均熱心，暑假准辦補習班，七月十八日開課，洋畫除吳恒勤外，又聘陳抱一擔任，九月間正式開學。

兄如有事，不妨緩日來滬，能早到亦所盼望，校中展覽會十一日起連開五日，情形甚佳，諸事勿念，謹頌

近好

亞塵

六月廿五日

日　　期：約1933-1934.11.21
寄 信 人：石川欽一郎
寄信地址：不詳
收 信 人：陳澄波
收信地址：不詳

御手紙　□の日　拜見
臺陽美術協會は実によい計画です　之は当然起るべきものが起つたのです　會員各位の熱と力とで將来の発達を確信します
慶賀申上ます
帝展も臺展もよいが陽展は君が自身に育て上げるつもりで全力を盡くされんことを切望します
藍君にも機會があれば勧めませう　然し今藍君は少し退いて静に沈思自省した方が同君の技のためにに適當かと思ふのです
藍君の繪がこのごろどうも精神を反響して居ないので私は藍君に世間と成るべく離れて自分と自然と相對象視して何物かを悟るやうに勧めて居る處です
今年の臺展は兎に角君の藝術が認められたことに就て私は欣びます
今年の帝展は洋画は何れの繪も苦しい、窮窟さがあまりに見え過ぎて居て繪に對して愉快を得られません反省すべきことゝ思ひます日本の洋画が今になつてもまだこの状態を寧ろ悲しく思ひました　どうしてもつと嬉しさのある伸び伸びした朗らかな繪が出来ぬものかと訝しみます
日本画の方は重味が減りました　モット　足元をよく見てやつてもらひ度いと思ひました
御自愛と御奮進を祈ります
十一月二十一日　欽生
澄波兄

澄波兄：

來信已於□之日拜讀。

臺陽美術協會的確是好計畫，這是順理成章的事，我相信透過每位會員的熱忱與活力，將來定能有所發展，在此表示慶賀。

帝展和臺展都很好，但希望你能將臺陽美展視為己任，竭盡全力栽培，使其茁壯。

如有機會，我也會建議藍君加入你們，但他目前應退一步冷靜沉思、反省，對他的技巧方面比較好。藍君的畫，近來似乎未能反映精神層面，因此，我勸他盡可能遠離塵囂，讓自己與自然互為觀察的對象，或許才能有所領悟。

今年的臺展，總之，你的藝術受到了肯定，對此我深覺欣慰。

今年的帝展，西洋畫方面，作品都很煩悶，內容過於貧乏，讓人無法從觀畫中獲得愉悅，實在應該檢討。日本的西洋畫，至今仍無法脫離這樣的狀態，反而令人感到悲哀。我納悶的是，為何就畫不出讓人高興、快活舒暢的畫呢？

日本畫方面，則是不夠莊嚴，應該要更看清楚自己的立場才好。

敬祝身體健康、奮勉進步！此致
澄波兄

十一月二十一日
欽生

日　　期：1934.8.15
寄 信 人：石川欽一郎
寄信地址：東京府砧村成城南八四（番地改正）
收 信 人：陳澄波
收信地址：臺灣嘉義市西門町二、一二五

拝啓お手紙委細拝見しました
大兄愈々御精励で大慶に存じます
何とぞ　一生懸命にやつて下さい　藝術は生涯の研究ですから
審査員問題なかなか困難なことでせう一体小生は廖君よりも大兄を望んで居たのでしたが君が上海に行かれたりしたので一寸台湾に縁が遠くなつたわけです　他の候補者は小生まだ不適當と思ひますが運動の世の中ですからどんな結果になるか解かりません　それはそれとして大兄は以前の如うに純な個性のよく現はれた巧まく描かうとしないやうなあの絵の行き方で進んでやつたら奈何です　そして帝展その他東京の主なる展ラン會を目標としてやつてごらんなさい　さうすれば臺展などは附随して来ませう
什うも台展も内容がまだ貧弱な割合には体裁ばかりエラそうで小生などの氣持には合ひませんが　やつて居るうちには何とか成るでせう
フランスは今為替が高いから當分行くのはバカらしいでせう　東洋美術（支那や印度）を研究なさるやうお勧めします　支那の古画は我々好参考でフランスよりも有益です
東京も此頃台湾位熱いです
御勉強を祈ります　匆々
八月十五日　　　　　　欽生
澄波大兄

拜啟：來信已詳讀。

知悉吾兄更加勤奮學習，可喜可賀。

期盼您繼續努力不懈，因為藝術是需要終生不斷研究的。至於臺展審查員人選的問題，看來情況並不樂觀。我原本也認為您來擔任比廖君更為適合，但因您前往上海發展，所以與臺灣方面有些疏遠。而其他候選人，我個人認為不太適合，但世事多變，最後會有什麼樣的結果，沒有人能預料。建議您不妨將此事先擱置一旁，像往常一樣，不賣弄技巧，持續創作呈現您純真個性的繪畫，並試著以入選帝展及其他東京主要美術展覽會為目標，這樣的話，臺展等等就會隨之而來。

總覺得臺展也是內容貧乏不堪，卻擺出一副了不起的架子，在下實在不敢苟同，但或許多辦幾次之後，會有所成長。

法國目前匯率偏高，現在去不太值得，不如致力於東洋美術（中國和印度）的研究，尤其是中國的古畫，值得吾人借鏡參考之處頗多，應比去法國更有益處。

東京這幾天也跟臺灣一樣炎熱。敬祝畫藝精進！匆此。此致
澄波兄

八月十五日
欽生

日　　期：1934.10.16
寄 信 人：新野格
寄信地址：嘉義市南門町二ノ八七
收 信 人：陳澄波
收信地址：嘉義市新富町

拝啓
愈々御清祥の段奉慶賀候
陳者貴下には今度我国藝術の最高技を競ふ帝展に美事御入選遊ばされ候御事日頃御精進の結果とは申せ定めて御滿悦の御事と御祝し申上げ候　私は数日前の大阪朝日紙上に貴下の御名前を入選者中に拝見し当市否本島の誇として只管感激の念を深ふ致したる次第に有之市民の一員として衷心御祝詞申し上げると共に更に更に将来の御活躍を祈り上げ候
右不取敢以寸楮御喜びの御挨拶申上度如斯御座候　　敬具
　　十月十六日

嘉義市南門町二ノ八七
新野格

陳澄波殿

拜啟：

　　謹祝健康、快樂。

　　閣下此次光榮入選我國藝術最高競技的帝展，可謂是您平日精進不懈的結果，想必您一定非常滿意，恭喜您！我前幾天在大阪朝日報上看到入選者名單中有閣下的大名，深深覺得您不愧是本市，不，本島之光，心中十分感動。作為一介市民，在此由衷獻上賀詞，同時也祝福您未來的發展更加活躍。

　　且以此短信，聊表祝賀之意。此致
陳澄波先生

十月十六日
嘉義市南門町二之八十七號
新野格

日　　期：1935.2.9
寄 信 人：川添修平
寄信地址：無
收 信 人：陳澄波
收信地址：無

謹啓　時下初春の候益々御多祥の段奉賀候
陳者當市々制施行五周年記念誌刊行に關しては特に玉稿を賜り御蔭を以て印刷完了仕候に付別冊御高覽に供し度玆に感謝の意を表し奉り候
敬具
　　昭和十年二月九日
嘉義市尹　川添修平
陳澄波殿

謹啟：
　　時值初春，敬祝健康、幸福。
　　本市此次刊行市制施行五週年紀念誌，承蒙惠賜玉稿，託您的福，今已順利完成印刷，奉寄一冊以茲感謝。此致
陳澄波先生

昭和十年二月九日
嘉義市尹　川添修平

日　　期：1936.9.29
寄 信 人：深川繁治
寄信地址：總督府文教局社會課內　臺灣美術展覽會事務所
收 信 人：陳澄波
收信地址：嘉義市西門町二ノ一二五

謹啓　時下初秋の好季貴殿益々御清穆の段奉賀候
陳者第十回台湾美術展覽會も愈々會期相迫り候折柄斯道御精進の御事と拜察致候　本島畫壇の重鎮として本年も御力作御出品を御待申居候
會場は例年の通り教育會館を使用致すことと相成居候處御承知の通り場內狹隘に付き無鑑查の各位と雖も規定通り三点を陳列致すことは不可能かとも存ぜられ候に就ては豫め御含置願度
尚御出品画には順位を附せられ度願上候　敬具
　昭和十一年九月二十九日

臺湾美術展覽會副會長
深川繁治

陳澄波殿

謹啟：
　時值初秋，天氣涼爽宜人，敬祝健康、幸福。
　第十回臺灣美術展覽會的會期已近在眼前，想必台端正為此努力創作不懈吧？台端是大眾推崇的本島畫壇之權威。是以本會期盼台端今年也能提供精彩作品來參展。展覽會場如往年一樣，設於教育會館，但如您所知，因為場地狹隘小，所以連無鑑查資格的各位，也將無法按照規定，展出三件作品，尚祈見諒。
　另外，台端的大作，請附上參展順序。此致
陳澄波先生

昭和十一年九月二十九日
臺灣美術展覽會副會長
深川繁治

日　　期：1936.11.4
寄 信 人：陳春德
寄信地址：杉並區阿佐ヶ谷一ノ七九二　新清莊
收 信 人：陳澄波
收信地址：本鄉區湯島切通坂町三九　佐藤樣方

※信件佚失，只留信封。信封正面所寫之文字：
印刷物在中

印刷物在內

※信封正面疑為陳澄波所寫之文字：
台灣總督府國語學校公學師範部大正六年三月畢業
大正十三年四月
東京上野美術學校師範科入學

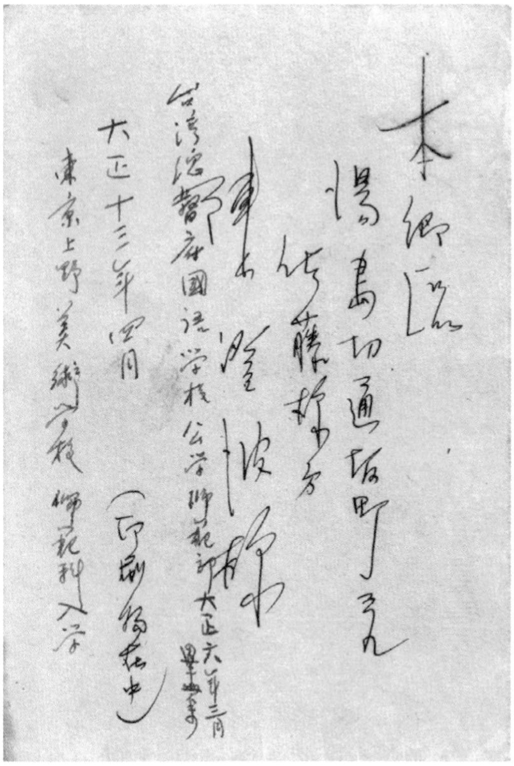

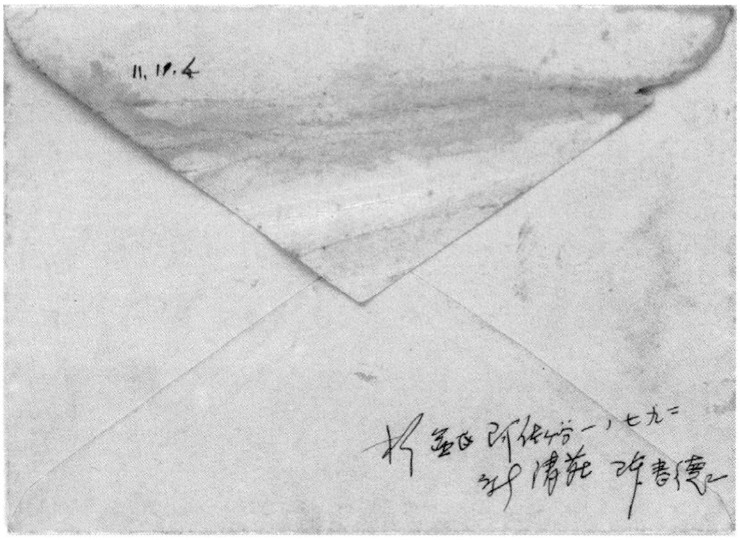

日　　期：1938.11.3
寄 信 人：深谷栖州
寄信地址：東京市本鄉區湯島二ノ一　黃金堂
收 信 人：陳澄波
收信地址：台灣嘉義西門町二ノ一二五

※信件佚失，只留信封。信封正面所寫文字：

文展絵葉書

八枚在中

文展明信片

八枚在內

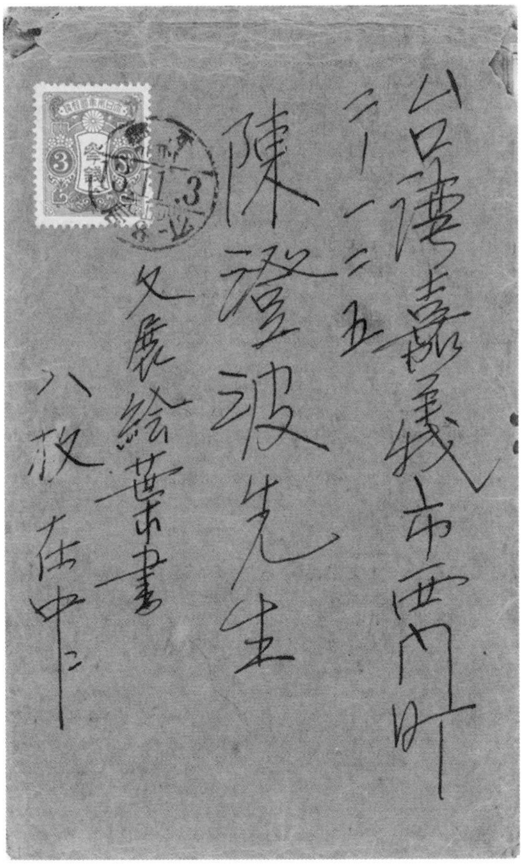

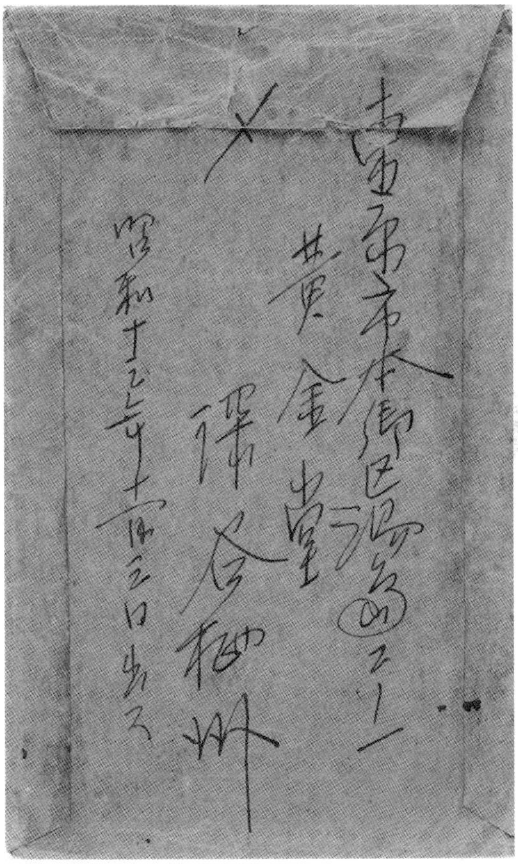

日　　期：約1942
寄 信 人：美術家聯盟
寄信地址：東京市杉並區和田本町八三二（木村方）
收 信 人：陳澄波
收信地址：台灣嘉義西門町二丁目一二五

※內附照片一張：

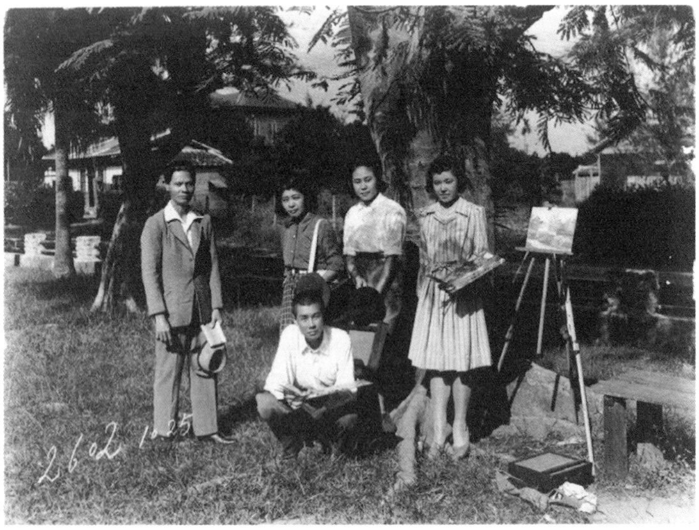

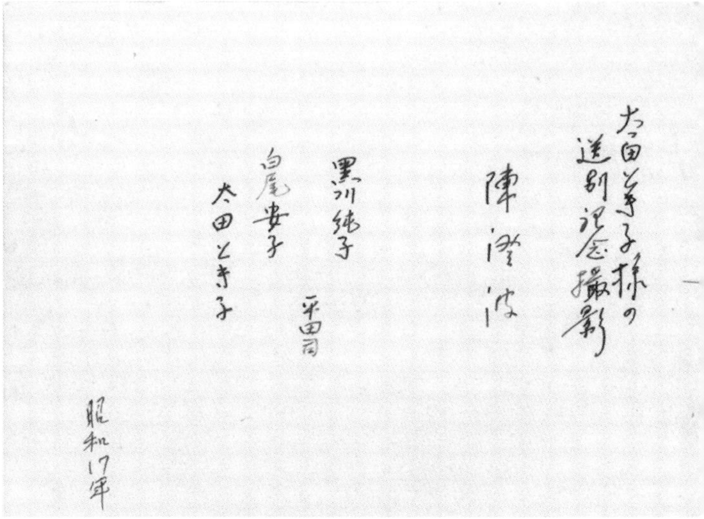

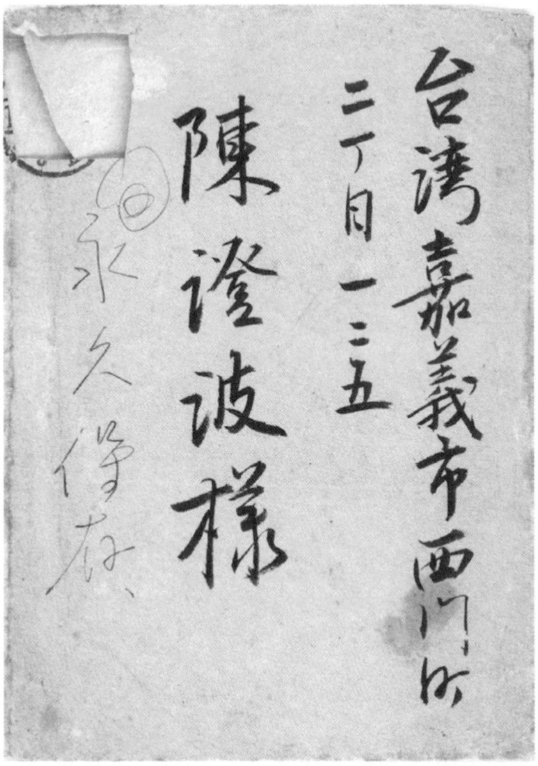

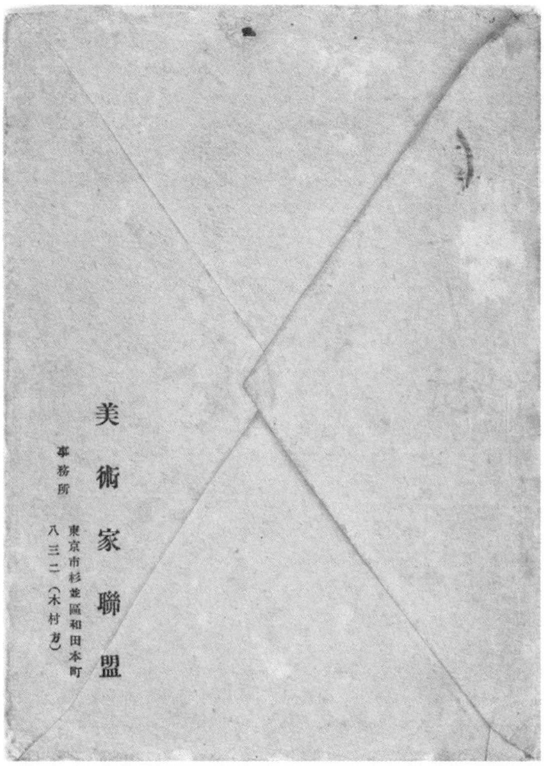

日　　期：1945.11.15
寄 信 人：陳澄波
寄信地址：無
收 信 人：張邦傑
收信地址：無

張參議邦傑先生教正

建議書呈上（民國三十四年十一月十五日）

台灣省（嘉義市）美術家陳澄波頓首敬白

轉瞬間，離開祖國已有五十星霜之寒暑矣。旭日一變，青天白日滿地紅的旗幟下，眾生草木，皆復起回生，再世茗（萌）芽，與天同慶，可欣可賀。抗戰八年之結果，台灣光復了！此去得受完美之教育，這就將要來建設強健的三民主義的新台灣，以進美麗的新台灣的完美之教育，就來啟蒙省民之美育，再進一步，還要來提高，協助政府來完成台灣的新文化，來做一個新台灣的全國的模範省者，總而言之，皆是我們美術家之責任呀！當然總要迅速來建設強健的三民主義的美術團體來工作去嗎？才蔬（疏）學淺的不才，吾人（陳澄波）想要將這個民間代表的有力美術團體，經已開幕到了第十次的台陽美術協會的美術展覽會的工作來呈上于國民政府（省政府）來創辦的中央直屬的美術展覽會如何？就可以來打破了舊政府壓迫下的專制主義的審查，和鑑查的方法，就來啟發未來偉大的新青年美術家的一條公明正大的進路來嗎？帝國主義已經到（倒）戈了！所以為杭（抗）日的目的我們的工作自然要來打消才好！競加一步，來建設強健的新台灣，總要來組織一個國立的，或是省立的三民主義的台灣美術學校來成立了嗎？欲達到這目的的時候，我同志，甘願當受犬馬之勞，為國民之義務，來邦（幫）助政府的工作，來啟蒙六百萬民（名）的同胞之美育呀！也可以來貢獻于我大中國五千年來的文獻者。能達到此目的，吾人生于前清，而死于漢室者，實終生之所願也。

章程

一、目的　啟蒙省民之美育

一、創辦　台灣省立（國立）美術學校

一、校址　島內（暫定台北市）

一、科程（功課的課目）

　　大別分為兩科

　　（一）師範科 { 圖音科（圖畫及音樂）
圖體科（圖畫、體操、動作遊戲）

　　　　此目的者教養中等學校教職員，並小學校教職員兩組。

　　（二）本科（專功（攻）美術專家）

　　　　國畫科、洋畫科、彫刻科、建築科

　　其他科目別定

略歷（陳澄波）

一、舊政府國立東京美術學校畢業

一、舊政府（國立東京美術學校）研究科畢業

一、舊政府帝國美術院洋畫部挑選數次

一、曾任上海市新華藝術大學教授（西洋畫科主任）

一、仝市晶（昌）明藝術專科學校師範科主任

日　　期：1946.9.11
寄 信 人：陳澄波
寄信地址：嘉義市西門街二段一二五號
收 信 人：陳重光
收信地址：台北市中山區正宜里東三巷三拾五　蒲添生先生煩交

吾兒知悉：

八月中秋，此夜因吾兒不在家，你母親等感覺寂寞，十四那天，是你祖母的忌晨（辰），照常殺雞，買肉、小菜、中秋餅等辦了，祭祀祖宗。若是在家時，比較鬧熱一點兒。那邊的觀月會，怎麼呢？在姊姊的家，或是親友，或是學院裏觀月呢？我們在樓上觀月一夜，月亮之關係，到公園去玩玩人多，碧女、教師連，都在學庭開觀月會，設宴席鬧熱一夜，營林所貯木場那張畫八九分完工了，再兩天後就可以繪成，色彩、顏色，超過日本的時代好，氣碧不差，好樣年輕的畫，很鮮明。另外想要再繪一兩張，光復後精神不差，我們的世界了，這樣的精神，你們還要多用功一點，努力學科，你所志願的史地很不差學科！代表國家的研究，國家之精神，民族的團結，我國家的精華不醜呀！不可放肆，身體保重，多多用功，做個好好的學者，不負你父親奮鬥現在的精神？時常去看你的姊姊，愛惜他的小孩們才好。大家平安無事過日，請放心。九月中大概有一次學產的關係可到台北，有吩咐什麼事，早一點告訴你母親設法準備。綿團近日中可以造成，台北涼快多了？嘉義米價落的（得）利害，一小斗一百二十五元左右。流行病終息，鮮魚販賣解放自由了。快樂底精神用功于英文、國文、國語，多研究做未來的大歷史家為要，你爸爸希盼甚至。天氣好的（得）多了，馬上就要去繪畫。住址一定通知我們勿誤，再會！！

澄波
九、十一

書籍費缺不缺乏否。

日　　期：1946.9.25
寄 信 人：陳澄波
寄信地址：無
收 信 人：陳重光
收信地址：無

天氣日暫（漸）寒冷，台北比嘉義較低冷氣，在那如何過去呢？

搬家完畢了沒有？完畢之時早點，通訊地址，以便通信勿誤，毫毋消息，還在你姊丈家麼？現在之冷氣，衣裳過（夠）用不過（夠）呢？簡（盡）快通知，就當設法送去付用。你爸爸的作品第二張已經完畢，現進第三張，繪了第一天，再行一週間，可以全部完畢。聽你媽媽說，穿冷天之衣裳現在你那邊過（夠）用的，棉皮（フトン）沒有的現在幾天什麼過得去呢？雨傘欲購買者可往大稻埕，大批傘行能買的，欲買者，相似在嘉用之，你爸爸之雨傘才可，從前一枝五十元，如何不知道，大稻埕有一雨傘舖，從買就是。

夜間過涼者，請對你（房當）厝主先借用如何？來月初你爸爸就可到北。嘉義之治安，暫變亦深，我家之自來【水】用軨頭（ネヂ）一付，今天早晨被小盜竊去，流水滿路，社會通通壞了！你那邊日夕小細之物，出入要當心，關閉門戶對姊姊須要說一說，繫心切肆放，金款亦要當心，學校程度較低，可嘆，可惜，不過恨運命，若是能夠再進投考于他校者，請準備，師範學院當局可能批准，再考他校否，不能者暫邊一時，畢業後再往大學部研究，可能不可能多研究一點，國文國語熱勿論，英文一科嘉義人士亦當心加倍研究進攻。重光吾兒，你亦繫心研究勿誤，英文自由會話可能者，不必全身在于教育界，亦進別界之活動！所以多用心勿誤，是你父親深望。學力可以充分自當研究者，將來進去社會上，就能奏效。

張隊長甚然熱意與你姊姊交厚，你爸爸目前無問題，你母親八九之贊同，碧女亦誠意接待他，你意如何？不負現在之大姊丈嗎？七叔父當中密切介紹，十月中過去，大概就可以訂約，媒人（バカイシヤ），大材木商周溫氏與醫博士張乃庚先生兩人為媒，就可成立良緣。因他現在司命部之檢閱受查之准備中，十月過去完畢後，即可成局，與外省人結婚，恐怕世評不好？一方面須要查明了他之來源。

差不差呢？前有婦之夫否，這點要慎重考慮勿誤，婚姻一生重大之事，不可輕舉動禮為先，看他之世評都不差，人格亦不差，酒館不歡喜去，亦不大花費浪費用途，從前憲兵學校當時狀態，出社會後之經過，及由來種種，都有證據照片給于碧女姊姊看過！所以你姊姊這幾天有一點誠意待他。

一方面恐怕市（世）上罵她做一隻豬母，這句不能脫（說）之事，最要我家之名譽，要確守，來揚名聲，顯祖宗過去之行幸呀！一方面你父親之作品，世評光復後之作品，氣質光輝燦爛，力量有押世之大氣，此回之會，可呈你父親之實力發現，導引人民之師長，自訴不便，開幕之際，即有可觀「有其父必有其子」，我兒！不醜你爸爸之努力，你亦要你祖父（守愚）秀才學位，你父之帝展挑選，此回之審查員。請保重身體之限度，不誤將來之大志，揚名聲我陳家之行幸呀！這件事不必以蒲氏知道，成局即可以發表。以上之議有何意見，請答覆。

劉厝收穫有兩百十斤，下路頭約一千斤入手了，可以再添補你之學費，須要之金款即可通知付用，再會！！

陳澄波

9/25

重光吾兒

日　　期：12.6（年代不詳）
寄 信 人：深谷栖州
寄信地址：東京市本鄉區湯島二ノ一　黃金堂
收 信 人：陳澄波
收信地址：台灣嘉義市西門町二ノ一二五

※信件佚失，只留信封。

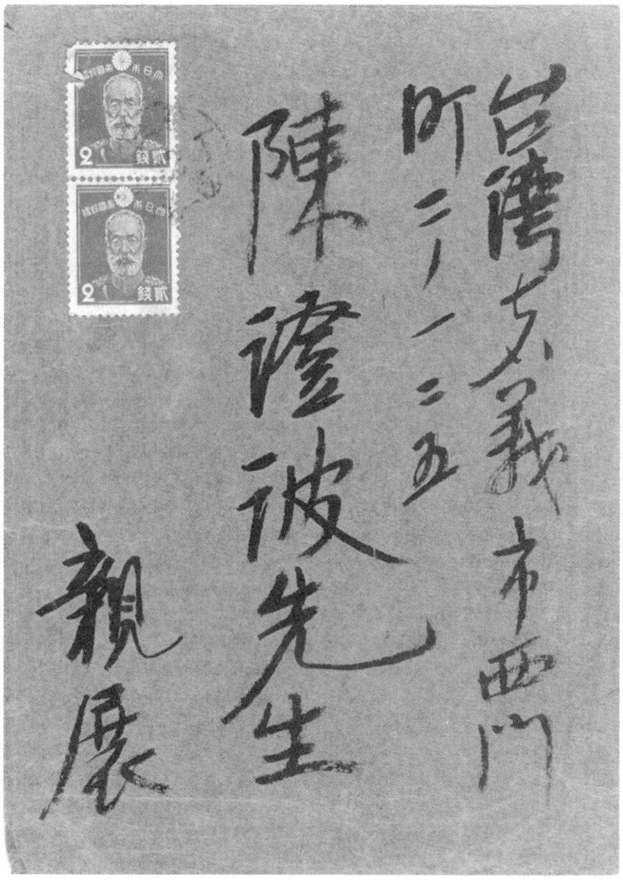

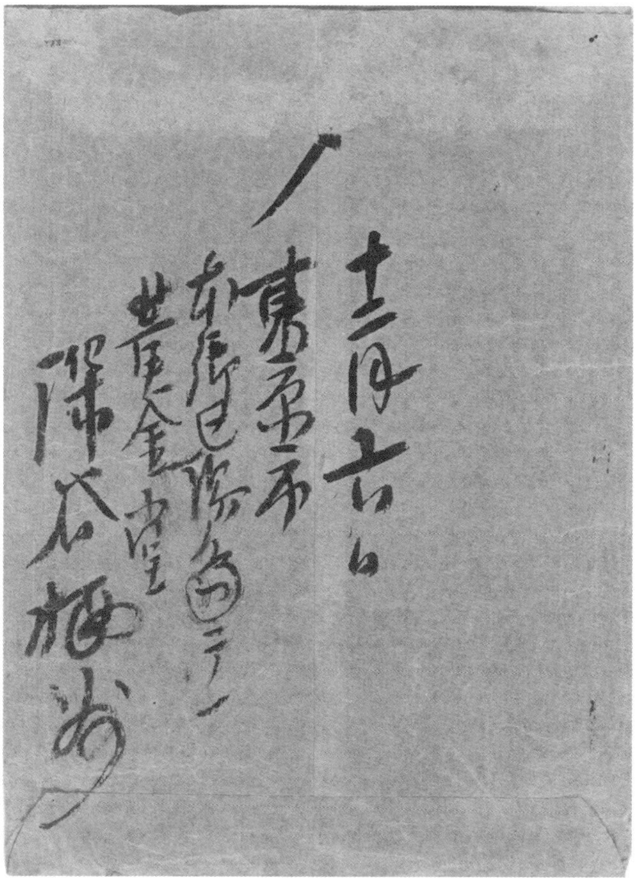

日　　期：不詳
寄 信 人：春鳥會
寄信地址：東京市小石川區關口駒井町3
收 信 人：陳澄波
收信地址：台灣嘉義市西門町二ノ一二五

※信件佚失，只留信封。

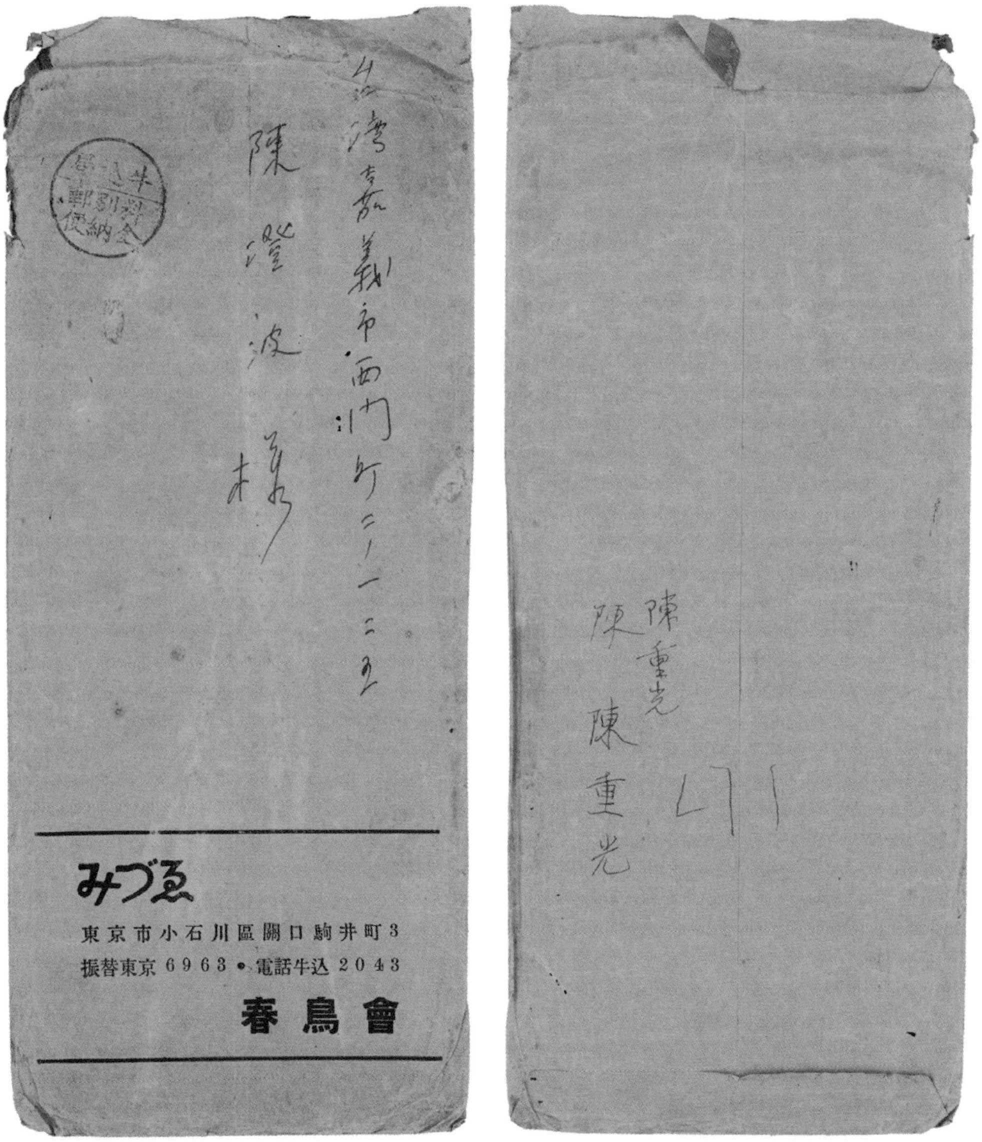

明信片 Postcards

日文辨識、翻譯／李淑珠

日　　期：約1913-1917.10.18
寄 信 人：陳裕益
寄信地址：嘉義廳嘉義街土名總爺二二九番地
收 信 人：陳澄波
收信地址：台北國語學校

拝啓

其後本当に御無沙汰致しまして甚だ申し譯がムいませんどうぞ御許して下さい貴兄には其後御障りもムいませんか御伺ひ申上ます拙者にはお蔭様にて毎日恙無く通学して居りますから他事乍ら御放心下さい陳者貴兄も御承知の通り当地にては来る十月丗日より愈々共進会を開催致しましてなかなか賑やかささまでムいますから暇が御座いましたら何卒御来遊を願います先づは御案内までさよなら

10月18日
陳裕益拝

拜啟：

久疏問候，請多多見諒。不知您別來是否無恙？在下託您的福，每日安然上學，希勿念為幸。您應已知曉，此地自十月三十日起將舉辦共進會的活動，屆時必然相當熱鬧，您若有空，歡迎過來一遊。謹此邀請。再見！

十月十八日
陳裕益拜

日　　期：1914.12.26
寄 信 人：林積仁
寄信地址：無
收 信 人：陳澄波
收信地址：臺北國語學校

恭賀新年
一月元旦

林積仁

日　　期：1915.1.1
寄 信 人：嚴福星
寄信地址：嘉義仁武
收 信 人：陳澄波
收信地址：臺北國語學校

恭賀新喜
一月一日

嘉義仁武
嚴福星

日　　期：1915.1.1
寄 信 人：陳裕益
寄信地址：嘉義土名總爺街二二九番
收 信 人：陳澄波
收信地址：臺北國語學校

まず明けまして御目出度存じます舊年中はいろいろ御贔負（屓）に預けまして有難う存じます尚本年も相変りませず格別の御引立を願ひます
大正四年正月元旦
陳裕益拜

新年快樂！去年一年承蒙多方照顧，萬分感謝！今年也仍請多多照顧！
大正四年元旦
陳裕益拜

日　　期：1915.1.1
寄 信 人：徐先烈、徐先燁
寄信地址：東京市小石川區原町一〇七番地
收 信 人：陳澄波
收信地址：臺灣臺北國語學校

謹賀新春
大正四年
一月一日
徐先烈、徐先燁

日　　期：1915.1.1
寄 信 人：陳玉珍
寄信地址：嘉義
收 信 人：陳澄波
收信地址：台北國語學校

謹迎新年
かぎから
陳玉珍

謹迎新年
寄自嘉義
陳玉珍

日　　期：1916.1.1
寄 信 人：陳玉珍
寄信地址：嘉義街
收 信 人：陳澄波
收信地址：台北國語學校

恭賀新年
大正五年
一月元旦
嘉義街
陳玉珍

日　　期：約1916
寄 信 人：徐生
寄信地址：不詳
收 信 人：陳澄波
收信地址：台灣台北國語學校

紀念

徐生

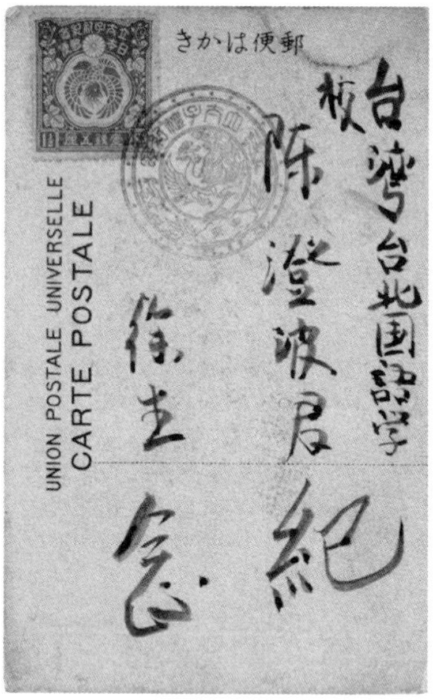

日　　期：1917.1.1
寄 信 人：陳毿獅
寄信地址：台南市戊一三八六
收 信 人：第八學級諸君
收信地址：台北國語學校

謹賀新年

台南市戊一三八六
陳毿獅

日　　期：1925.1.1
寄 信 人：羅水壽
寄信地址：嘉義湖子內
收 信 人：陳澄波
收信地址：東京市神田區仲猿樂町一四　加藤方

恭賀新年
一月一日

羅水壽

日　　期：1924.6.11
寄 信 人：曾生
寄信地址：台灣嘉義郡新巷庄新巷
收 信 人：陳澄波、杉本登
收信地址：東京市神田區仲猿樂町一四　加藤様方

拝啓時下益々御健勝に在らせらるとの御事誠には芽出度存じ在ります小生こそ御地滞在中は一方ならざる御世話様になり乍ら出発の際遠路にも拘らず態々東京駅まで御見送下さいまして誠に難有深く御礼を申上げます今後もふお変御重さねあらんことを祈上ます

お蔭様にて水陸無事に昨日午後六時頃着郷致しましたから何卒御安心下さいませ当地は非常に暑くなりましたほんとに難儀してゐます尚ほ再度の上京は目下の事情否遠き将来までもむつかしくなつて実に残念で御座います終に皆様の御健勝を祈り上げます先は御包告まで匆々　大正十三年六月十一日

台湾嘉義郡新巷庄新巷曾生

皆様へもよろしく乞ふ

誠□済ミマセンデスガ私ノ手紙等アラバ御移送ヲ願ヒマスガ唐様□□□□ヨロシテ乞フ

拜啟：

謹悉尊體健康，衷心高興。在下在貴地逗留時，一直受到您的照顧，出發回臺之際，您還特地遠道趕來東京車站送行，在此深深致謝。今後也請您多多保重身體。

託您的福，經由水陸交通，昨天下午六點左右已安全抵達家鄉，敬請放心。嘉義這邊已經非常炎熱，真的很讓人受不了。至於何時可再前去東京，目前狀況，不，恐怕未來暫時都難以成行，實在感覺遺憾。最後祝福大家健康快樂。謹此報平安！匆此。

大正十三年六月十一日

臺灣嘉義郡新巷庄新巷　曾生

也請代我向大家問好！

真是萬分抱歉，如果有我的信件，麻煩再轉寄給我，拜託□□□唐先生。

日　　期：1926.10.24
寄 信 人：周元助
寄信地址：台灣嘉義街大街一〇〇ノ一
收 信 人：陳澄波
收信地址：東京市下谷區上車坂一三　新井樣方

拜復　御来簡正に拝読致候仰せの通り帝展御入選なされしとの御事皆々切に雀躍致し喜气面に滿ち遥々台島より祝意を奉表候何卒御身体を御自愛なされ益々我東洋の美術を発輝せられんことを奉祈候尚ほ耀輝に御送付なされし17枚未だ到着致さず□丙寅も御蔭様にて全快退院致候召何卒御安心下され度候今後小生宛の御手紙等何卒表記の所へ御逓送なされ度候仰せの如く柯、□□二先生へよろしく御伝致候処何れも非常に欣喜致候尚ほ17枚何卒再度御送付下され度大切に保存致すべく候本島三報皆悉く御写真を登載□御入選の旨記載有之候
先つは□御祝まで　匆々

周元助

拜覆：
來信已拜讀。敬悉您入選帝展一事，大家均雀躍不已、喜氣洋洋，自臺灣島遙表祝賀之意。還望您多多保重貴體，將我東洋之美術更加發揚光大。另外，您欲惠贈耀輝的那十七張至今仍未收到，□丙寅也託您的福，已痊癒出院，請勿念為要。今後若欲來函，敬煩寄到上記住址。在下已謹遵吩咐，代您向柯和□□兩位老師問好，他們都表示欣慰，另外，那十七張再勞煩您郵寄，我們必定好好珍藏。本島的三份報紙全都刊登了玉照以及您入選的消息。謹此向您祝賀！匆此。

周元助

日　　期：1926.12.8
寄 信 人：陳仔（陳澄波）
寄信地址：下谷區上車坂町13
收 信 人：林英貴（林玉山）
收信地址：台灣嘉義美街

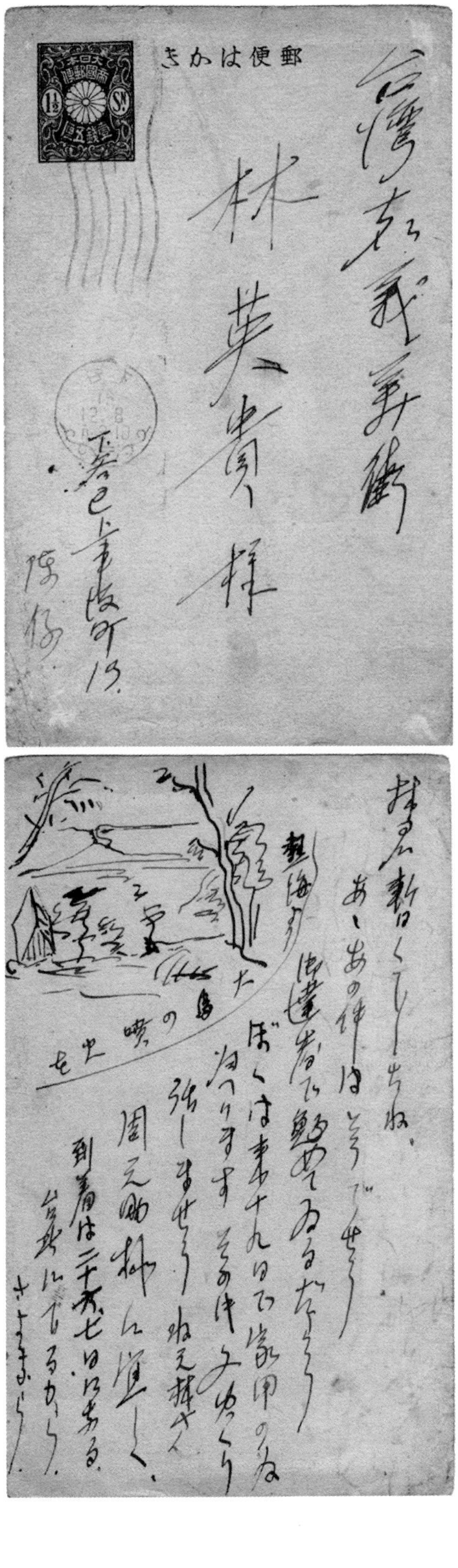

林君暫くでしたね。
あゝあの件はとうでせう
御達者で勉めてゐるだろう
ぼくは来十九日で家用の為归へります
その件又ゆっくり話しませうねえ林さん
周元助様に宜しく、
到着は二十六、七日になる、台北にでるから、
さよなら

下谷區上車坂町13
陳仔

熱海より大島の噴火を

林君，好久不見。
對了，那件事怎麼樣了？
別來無恙，你正在努力不懈吧？
我十九日因家裡有事必須回去一趟，
那件事我們再慢慢聊好嗎？林桑！
請幫我跟周元助君打一聲招呼，
我抵達臺北的時間大概是二十六或二十七日，
再見！

下谷區上車坂町13
陳仔

從熱海眺望大島的噴火

日　　期：1927.10.14
寄 信 人：周元助
寄信地址：台灣嘉義大街一〇〇
收 信 人：陳澄波
收信地址：東京市下谷區上車坂町一三　新井源七樣方

拝啓　時下益々御清祥の事奉賀陳者私儀昨夜の台日夕刊新聞より先生が再び帝展入選の栄誉を得たるは何よりの嬉しき為に御□□今後々世□変ず御精勉して特選、院賞を取りあげて□を願申上げ

草々

周元助

拜啟：

近來一切可好？學生昨夜自臺日晚報喜聞老師再度獲得入選帝展的殊榮，無比欣喜。願您□□今後持續精進不懈，奪得特選、院賞。草此。

周元助

日　　期：1928.4.26
寄 信 人：王逸雲
寄信地址：廈門繪畫學院
收 信 人：陳澄波
收信地址：日本東京上野美術學校研究科教室

表初夏見舞之敬意

四月二六日

廈門絵画学院

王逸雲

同意の諸君に宜敷く　匆々

表初夏問候之敬意

四月二十六日

廈門繪畫學院

王逸雲

請代我向贊同的諸君問好。匆此。

日　　期：1927.10.19
寄 信 人：八代豐吉
寄信地址：嘉義局
收 信 人：陳澄波
收信地址：東京美術學校師範科研究生

再ヒ御入選ノ由御祝詞申上げ□□当局棟内ヨリ噴水池畔ヲスケツチサレタル□カト存ジ果シテ□々ハ一層思出深キ□ノ有□□

嘉義局　八代豐吉

欣聞您再次入選，謹寄數語，聊表祝賀。敬悉大作乃是從本局棟內描繪噴水池畔，更具紀念價值。

嘉義局　八代豐吉

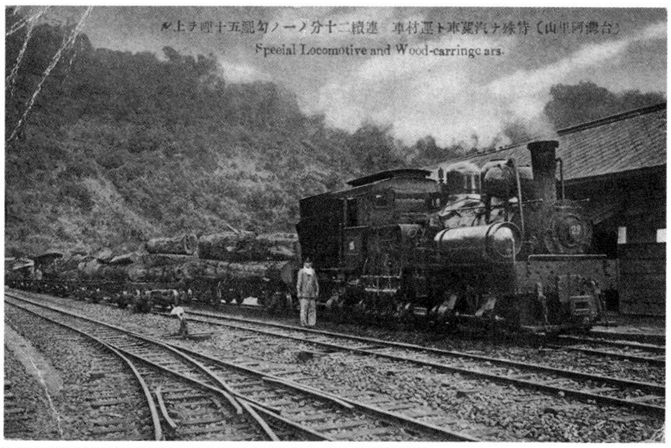

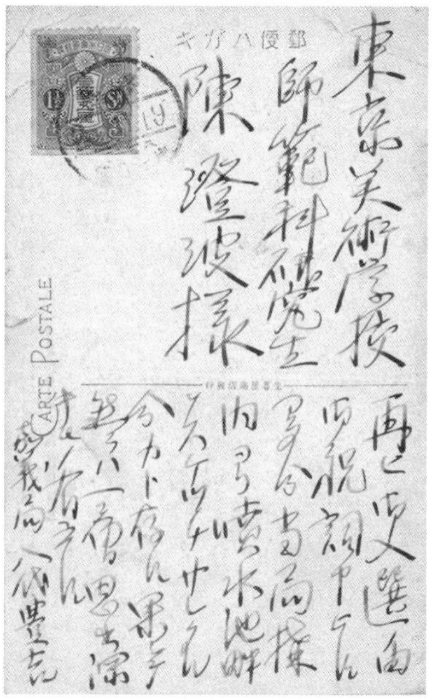

日　　期：1928.7.30
寄 信 人：王逸雲
寄信地址：無
收 信 人：陳澄波
收信地址：無

贈
陳澄波藝兄惠存
思明教育會慰勞北伐洋畫展覽會之出品
秋之晨　逸雲作
民國十七年七月卅十日

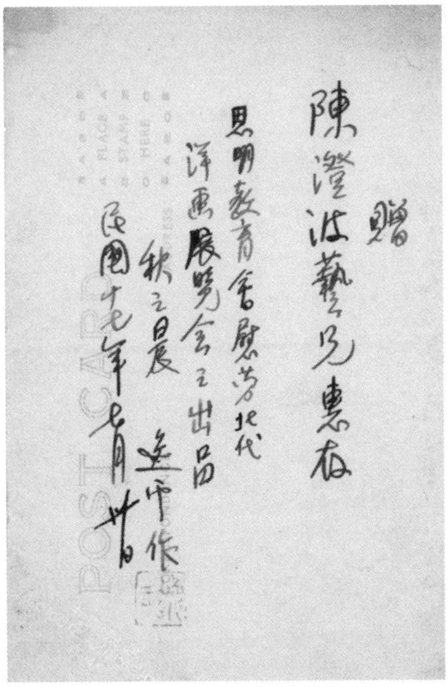

日　　期：1928.11.20
寄 信 人：林景山
寄信地址：上野上車坂町六七 中野方
收 信 人：陳澄波
收信地址：台灣嘉義西門外

色々急な事に驚いた事でせう
私こそ失敬致しました、
何事□□早くできるを心より祈ります、
貴兄が立つた五時間後に又安心せよと電報が来のですよ、もうすこしでしたね、
早く帰りを待ってます
ナもなかつたら作品でも製作して来て下さい。
サヨナラ
皆様にも植棋さんにもよろしく

林景山

多事突發，讓您驚嚇了吧？是在下失禮了！
衷心希望□□可以早日達成。
您出發後五小時又接到了請您安心的電報，只可惜慢了一步！
期待您的早歸。倘若無事，請前來創作作品也好。再見！
請代我向大家及植棋先生問好。

林景山

日　　期：1929.1.8
寄 信 人：陳崑樹
寄信地址：伊豆國熱海溫泉　熱海旅館
收 信 人：陳澄波
收信地址：東京市淺草區神吉町一　長田樣方

昨日から当地へ来てゐる。東京より□く（十夜留り）
梅林の梅花が満開です。

伊豆國熱海温泉
熱海ホテル　陳崑樹

昨日到達當地，自東京□（停留十晚）
梅林的梅花滿開。

伊豆國熱海溫泉
熱海旅館　陳崑樹

日　　期：1929.3.27
寄 信 人：陳澄波
寄信地址：東京淺草區神吉町一　長田方
收 信 人：陳紫薇
收信地址：台灣嘉義西門外七七九　陳錢方

紫チャン、今度ハネ私ハ又、マタ、展覧會ニ入選シマシタ、先生ハ大變良イヱダトイッテクレマシタ、　コノオ話シヲキイテ、大ソウ、喜ビマシタ、アナタモヨロコンデ下サイネ、紫チャンモヨク勉強シテ賢イ人ニナッテ下サイ、デ□オ父サント比ベテ見マセウウ、オ母サンヤ、オバウサンヤ、オヂサンラニ、ヨロシクイッテ下サイ、サヨナラ

陳澄波
1929年3月27日

紫兒：
我這次又入選展覽會了。老師還稱讚我的畫很好呢！聽了之後，實在是非常高興。請妳也為我高興！
紫兒也要用功唸書，以後成為聰明的人，然後跟爸爸較量看看喔！幫我跟妳母親、奶奶、叔叔他們問好。再見！

陳澄波
1929年3月27日

日　　期：1929.8.30
寄 信 人：朱□□
寄信地址：台北市新富町三ノ五四
收 信 人：陳澄波
收信地址：上海西門林蔭路一五二　藝苑

拜啓　残暑の候益々御健勝の由遥に祝福致します御手紙に依れば貴兄目下民国にて□□の為愈々御精励の事誠に嬉しく存じ野生も御蔭で□□銷光して居ます

朱□□

八月三十日

拜啟：

夏末之際， 祝尊體安康。根據來信，您目前正身處民國為□□愈來愈精進，真為您感到高興。在下也託您的福□□已銷售一空。

朱□□

八月三十日

日　　期：1929.10.22
寄 信 人：陳澄波
寄信地址：上海丸
收 信 人：陳紫薇
收信地址：台灣嘉義市西門外七七九　陳錢方

紫薇ちゃん　お父さんは又うまく帝展に入選しました西湖で画いたものです、

今上野の美術館にならべられて毎日多くの人が見にいきます」

又外のお話をしませう

上海や東京へくれた金は皆、手に入りました　お母さまに申してちゃうたいね、ではさよなら

上海丸ニオイテ

澄波

十月二十二日

紫薇：

父親又順利入選帝展了，是在西湖畫的作品，現在在上野美術館展出，每天都有許多人前往觀賞。

談別的事吧！

匯款到上海及東京的款項都已收到，煩請轉告母親。

再見！

於上海丸

澄波

十月二十二日

日　　期：1929.11.12
寄 信 人：陳澄波
寄信地址：上海西門林蔭路藝苑
收 信 人：魏清德
收信地址：台灣台北萬華有明町

清德先生！
每次對我們的美術很盡力、宣傳廣告，趕快來謝謝你。台展大概開幕了嗎？我因校務這回又不能出去參觀台展，遺憾的很，請賜信台展狀況好嗎？這張畫片春季西湖繪的帝展出品的東西，請批評！請日日報社，請先生鶴聲。再會！！

陳澄波

日　　期：約1929-1933.6.27
寄 信 人：劉先達、茲東
寄信地址：那玻瑜
收 信 人：陳澄波
收信地址：藝苑 Shanghai China

阿拉柏（伯）海中發一片，
劉先達、茲東贈
埃及遺民武士圖一葉，聊作紀念
澄波同志

寄自那玻瑜發
六、廿七

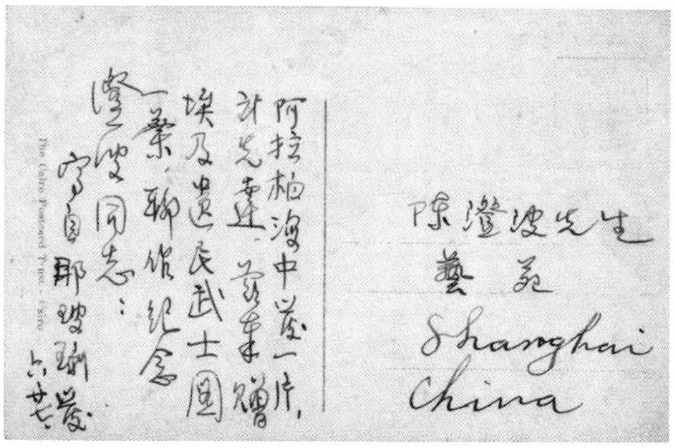

日　　期：約1929-1933
寄 信 人：大久保作次郎
寄信地址：房州太海村波太江澤館內
收 信 人：陳澄波
收信地址：上海新華藝術大學

年賀状頂きありがとう存じます。
私目下房州の旅にて当地に滞在しております。
上海また蘇州の風光を想い出し行き度く思つております。
よい御作品のお出来の事を期待しております。
一月三十一日

大久保作次郎

賀年卡收到了，謝謝！
我目前到房州旅遊，在當地逗留。
您的賀年卡讓我想起了上海和蘇州的明媚風光，很想前往。
期望您精彩作品的完成。
一月三十一日

大久保作次郎

日　　期：約1929-1933
寄 信 人：林應九
寄信地址：上野車坂町一　坂田方
收 信 人：陳澄波
收信地址：上海市斜徐路打浦橋新華藝術大學

陳先生隨分永く失禮致しましたね、其後お変わりおありませんかの、お伺ひ致します私も帝展制作で帰る考えっておりますが多分七月中旬頃になりますお影で色々展覧会に入選致しまして皆様にもお禮致しますそちらの事情も少しは知らせて下さいませ
今上野で開催中

陳老師好久沒跟您聯絡，請見諒。一切都還好嗎？我也打算回鄉製作參加帝展的作品，大概會在七月中旬左右。託您的福，我也入選了一些展覽會，謝謝大家的祝賀！尚請告知您的近況。
目前在上野舉辦中

日　　期：1930.1.1
寄 信 人：陳耀棋
寄信地址：麴町
收 信 人：陳澄波
收信地址：上海西門林蔭路藝苑研究所

祈哥哥強壯
激烈的
活動
祝福！！

陳耀棋

日　　期：1931.1.1
寄 信 人：糟谷實
寄信地址：無
收 信 人：陳澄波
收信地址：上海西門林蔭路一五二 藝苑繪畫研究所

賀正
併謝平素之疎遠
昭和六年
正月元旦

糟谷實

恭賀新禧
一併致歉平日之疏遠
昭和六年
正月元旦

糟谷實

日　　期：1931.1.1
寄 信 人：林益杰
寄信地址：台北廳枋橋街
收 信 人：陳澄波
收信地址：嘉義西門外街七三九
日 譯 中：李淑珠

謹みて新年を賀し奉り候
一月元旦

林益杰

謹賀新年
一月元旦

林益杰

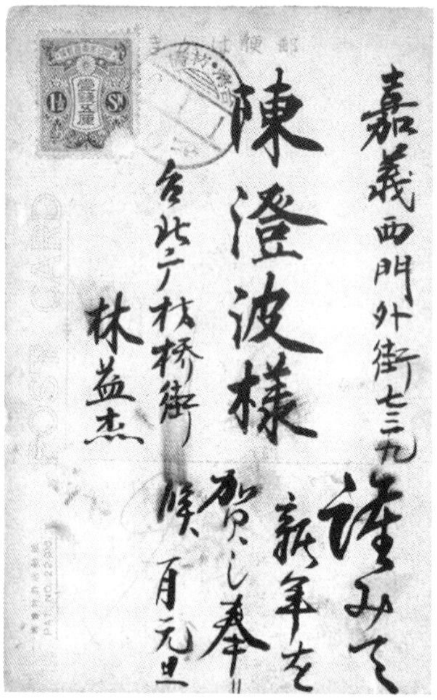

日　　期：約1931.7.24
寄 信 人：陳耀棋
寄信地址：上海
收 信 人：陳澄波
收信地址：無錫西門鄉大徐巷周義隆郵政分櫃轉交
　　　　　黿頭渚松下清齋賓館轉交

敬愛的哥哥：
本月（二四日、金）收到南通學院錄取之信，弟實在高興極了，但開校日期是要科長回校訂定後再行通知就是。
弟弟希望是在不出一個禮拜也就是今明日。
簡單以此通報。
匆匆

念四日
上海
弟号

日　　期：約1931.12.31
寄 信 人：廖繼春
寄信地址：無
收 信 人：陳澄波
收信地址：上海西門林蔭路一五二　藝苑繪畫研究所

謹賀新年
併謝平素之疎遠　尚祈将来之厚情
一月元日

廖継春

謹賀新年
一併致歉平日之疏遠　尚祈未來之厚誼
一月一日

廖繼春

日　　期：1931.7.27
寄 信 人：陳澄波
寄信地址：江蘇省無錫太湖鼋頭渚
收 信 人：林英貴（林玉山）
收信地址：台灣嘉義總爺街大畫家

玉山先生大鑑

本秋的大作繪好了嗎？祝你第二次再能夠達到特選！

弟這次繪畫二三張太湖景緻，這一張即其中之一，本秋想要提出帝展出品，寫了這一張來作，暑暇問候你！並祝藝術日昇

請對周先生令兄等請安！

陳澄波

1931.7.27

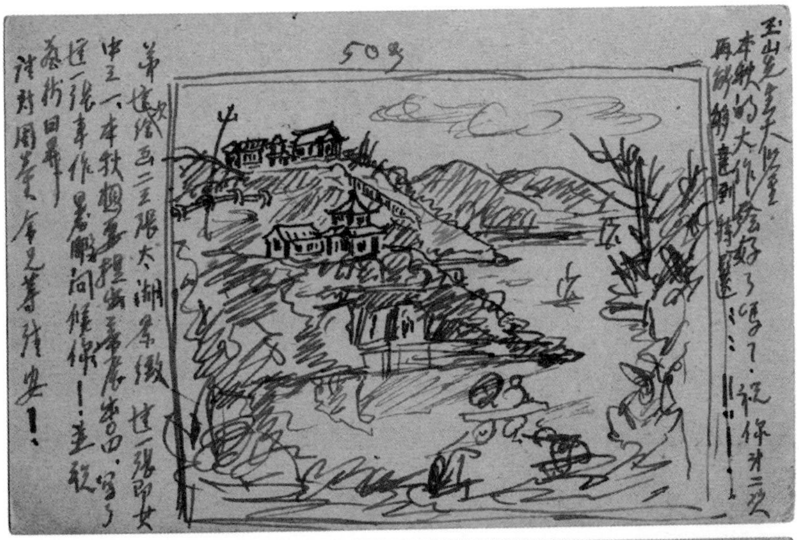

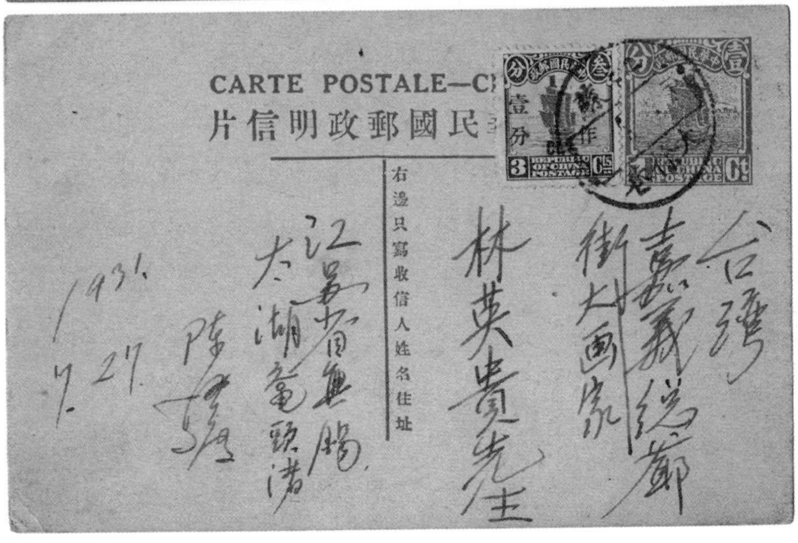

日　　期：約1931
寄 信 人：藝苑
寄信地址：上海
收 信 人：無
收信地址：無

敬啟者四月二日迄四月六日止舉行第二屆美術展覽會於亞爾培路三〇九號明復圖書館謹請
惠教

藝苑 謹啟

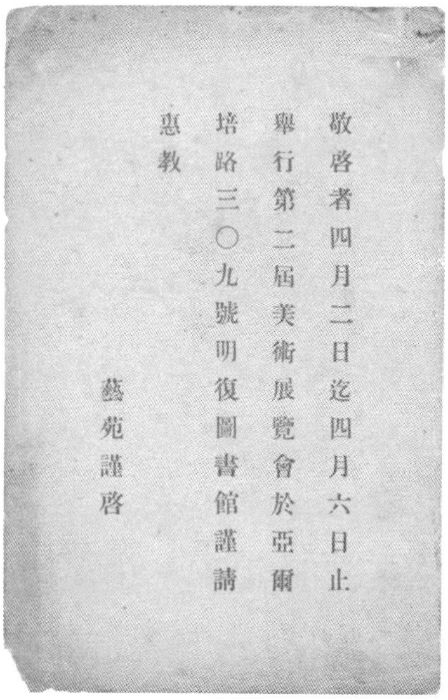
敬啓者四月二日迄四月六日止
舉行第二屆美術展覽會於亞爾
培路三〇九號明復圖書館謹請
惠教
藝苑謹啓

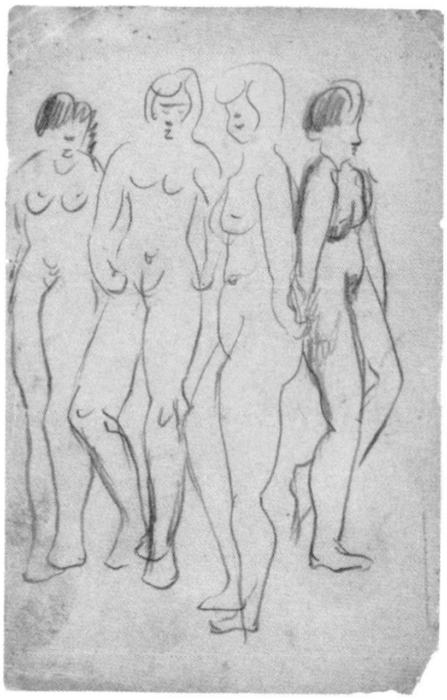

日　　期：1932.11.27
寄 信 人：陳澄波
寄信地址：東京市下谷區上野櫻木町二三　淺尾方
收 信 人：陳紫薇、陳碧女
收信地址：台灣嘉義市新富町三ノ二　陳錢方

紫薇、碧女我兒呀：
我到了東京就生病了，因為天氣太冷！
在這裡睡了五、六天了，不要緊，比前天好的（得）很，請大家放心吧！再兩三天後，病好一點，即往京都看看帝展。十二月初三、四號回去，請妳們好【好】用功嗎！再會！！

陳澄波
十一月廿七日

日　　期：約1932
寄 信 人：林榮杰
寄信地址：嘉義市
收 信 人：陳澄波
收信地址：彰化市東門二七〇　楊槙（英）梧樣御方

ハガキがきれましたから此です送り致します彰化でさぞよき收獲（穫）があつたでせう　高いやぐらの上で写生なされたことを他人からきゝました翁君兄弟、劉さん、戴さんの諸君も出品します私のは三人（十）号の子供をあづかつた作品でどうなるか又分りません先づはお知らせまで

嘉義市　林榮杰

明信片因已用完，故以此寄送。您在彰化應該收穫頗豐吧？聽人說您還爬到高樓上寫生。翁姓兄弟、劉先生、戴先生等人也會送件。我送的是描繪小孩的三人（十）號作品，結果還不知會如何，在此先知會您一聲。

嘉義市　林榮杰

日　　期：1933.1.1
寄 信 人：陳澄波
寄信地址：嘉義市
收 信 人：林天佑
收信地址：台北新民報

謹新正

元旦

嘉義市

陳澄波

日　　期：1933.1.2
寄 信 人：黃定
寄信地址：水上庄水上
收 信 人：陳澄波
收信地址：嘉義市新富町三ノ二

賀正

1933

水上庄水上

黃定

日　　期：1933.1.1
寄 信 人：Sasaburo Yo（楊佐三郎）
寄信地址：Fondation Satsuma cité universitaire Paris 14
收 信 人：陳澄波
收信地址：日本台灣嘉義市西門七三九　陳新雕氏方

恭賀新春　一月元旦

昨年は御世話様でした今年も相変たづ宜敷御願申します　小生着巴里以来達者で研究に沈頭していますから御休心下さいませ

サロン入選の時祝電有り難う

新年を迎へて皆様の幸福を祈りて　　草々

恭賀新春　元旦

去年承蒙照顧，今年也請多多指教。在下抵達巴黎以來，身體健康，每日埋首研究，請勿掛念！日前在下入選沙龍（salon），您特致賀電，感謝之至。

迎接新年，敬祝　闔府平安！草此。

日　　期：1933.1.2
寄 信 人：陳英聲
寄信地址：臺北市蓬萊公學校（工作地點）
臺北市港町三ノ四四（自宅）
收 信 人：陳澄波
收信地址：嘉義西門外

賀正

一月元旦

勤務先　臺北市蓬萊公学校

自宅　臺北市港町三ノ四四

陳英聲

日　　期：1933.1.5
寄 信 人：西川玉臺
寄信地址：尼崎市立高等女學校
收 信 人：陳澄波
收信地址：台灣嘉義市

賀春

昭和癸酉之願

尼崎市南城内

西川玉臺

日　　期：1933.1.5
寄 信 人：長谷川昇
寄信地址：東京市小石川區駕籠町一三六
收 信 人：陳澄波
收信地址：中華民國上海林蔭路藝苑

賀正

東京市小石川區駕籠町一三六

長谷川昇

日　　期：1933.1.10
寄 信 人：岩田民也
寄信地址：愛知縣西尾中學校
收 信 人：陳澄波
收信地址：台灣嘉義市新富町三ノ二

賀正　皇紀二五九三　元旦

又こんなところへまゐりました帝展見物へおいでになつたそうですね　御活躍のこと、およろこび申し上げます　御健康と発展を祈ります

愛知縣西尾中學校

岩田民也

賀正　皇紀二五九三年　元旦

又來此一遊了。聽說您去參觀帝展了。您的活躍，聞之甚喜。敬祝　貴體健康、畫藝精進！

愛知縣西尾中學校

岩田民也

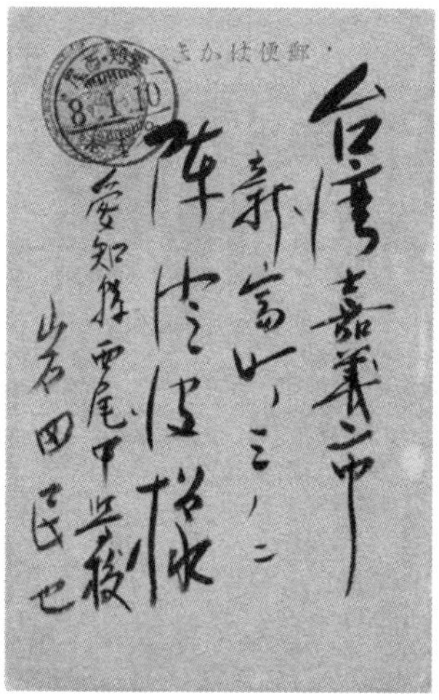

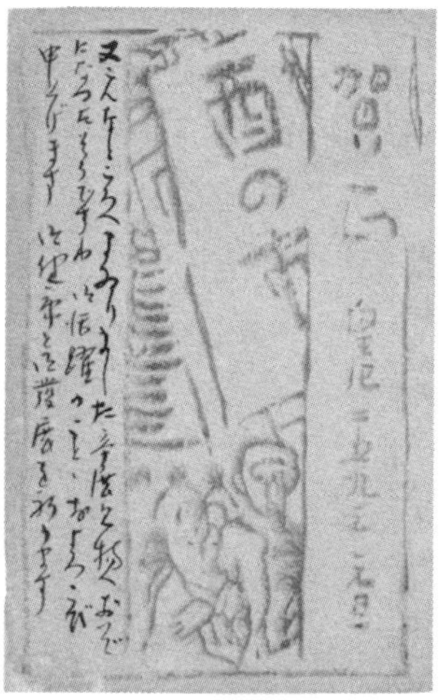

日　　期：1933.8.9
寄 信 人：明石啟三
寄信地址：台北市新富町三ノ五四
收 信 人：陳澄波
收信地址：嘉義市西門町二ノ一二五

大分夏らしくなつてまゐりました
御健勝の事と何よりに存じます
先日はお珍しい皇帝豆を御送付下さいまして有難うございました
早速御礼申し上げへき筈の所何かと遂々延引致して申譯もございません何卒御海容下さいませ　まづは
取り急ぎお礼迄に　さよなら

明石啟三

時欲入炎暑，懇祈珍重自愛。
前幾天收到您寄來珍貴的皇帝豆，感謝之至。
本應立即道謝，卻因瑣事纏身，以致於拖延至今，甚感抱歉，還望海涵。謹此致謝！再見！

明石啟三

日　　期：1933.11.26
寄 信 人：梅原龍三郎
寄信地址：臺北
收 信 人：陳澄波
收信地址：彰化街東門二七〇　楊英梧方

御案内難有う
台湾面白く再来を期して明廿七日乗船出発します
滞台中の御厚意に深謝します

十一月廿六日
□□□□
梅原龍三郎

多謝您陪伴出遊！
臺灣有趣至極，希望有機會再次來訪。明天二十七日搭船出發。
停留臺中之際，承蒙好意，衷心感謝！

十一月二十六日
□□□□
梅原龍三郎

日　　期：1934.1.1
寄 信 人：范洪甲
寄信地址：高雄市壽町二十八番地
收 信 人：陳澄波
收信地址：嘉義市西門外

謹賀新年

一月一日

高雄法院支部檢察局

高雄市壽町二十八番地

范洪甲

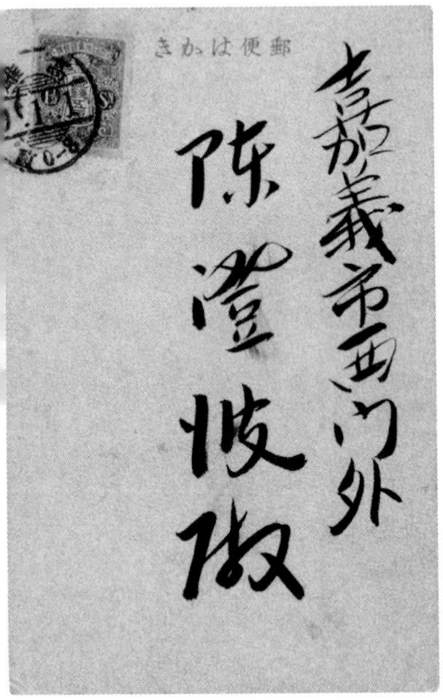

日　　期：1934.1.1
寄 信 人：陳英聲
寄信地址：臺北市港町三ノ四四
收 信 人：陳澄波
收信地址：嘉義市西門町二ノ一二五

謹賀新年

一月元旦

臺北市港町三ノ四四

陳英聲

日　　期：1934.1.1
寄 信 人：洪瑞麟
寄信地址：東京市杉並區井荻三ノ五三　同潤會四十號
收 信 人：陳澄波
收信地址：臺灣嘉義市

謹賀

新年

元旦

東京市杉並區井荻三ノ五三　同潤會四十号

洪瑞麟

日　　期：1934.8.15
寄 信 人：梅原龍三郎
寄信地址：東京小石川駒井町 春鳥會
收 信 人：陳澄波
收信地址：臺灣嘉義市西門町二ノ一二五

御便り難有う此頃郭翁両君にあいました色々御地の旅して思ゐ出を楽んで在ます　唯今東京も御地に負けぬ暑さです、八月十五、

梅原龍三郎

多謝來信！之前與郭、翁兩君見面，在貴地到處旅行，有許多快樂的回憶。東京現在的酷熱天氣也不輸貴地。

八月十五日
梅原龍三郎

日　　期：1934.9.21
寄 信 人：潤庵（魏清德）
寄信地址：無
收 信 人：陳澄波
收信地址：嘉義市

暑中御見舞
甲戌盛夏
潤庵

敬頌夏祺
甲戌盛夏
潤庵

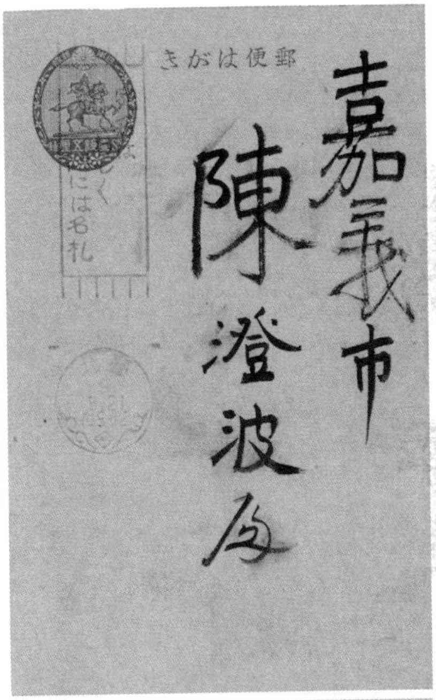

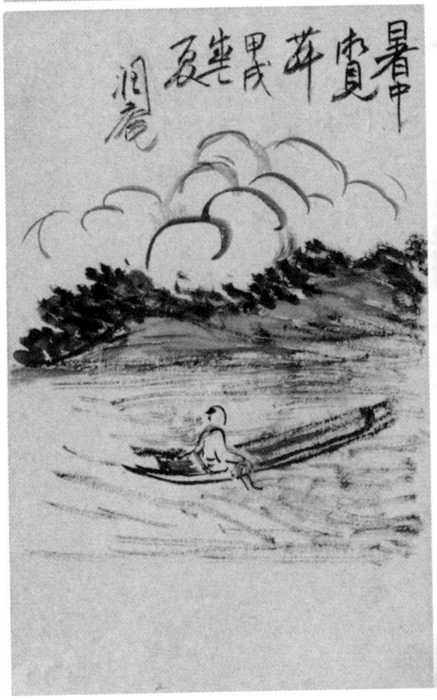

日　　期：1934.8.22
寄 信 人：石川寅治
寄信地址：東京市滝野川區中里町四二五
收 信 人：陳澄波
收信地址：臺灣嘉義市西門町二ノ一二五

残暑御見舞申上候
益々御健勝で御制作中の趣慶賀の至りに□存候偏に傑作の御発表を期待致し候

八月廿二日
東京市滝野川区中里町四二五
石川寅治

夏末之際，向您問好。
謹悉尊體健康、致力於創作，至為欣慰。由衷期待您傑出作品的發表。

八月二十二日
東京市滝野川區中里町四二五
石川寅治

日　　期：1934.9.21
寄 信 人：陳澄波
寄信地址：東京市本郷區湯島切通坂町三九　佐藤方
收 信 人：陳紫薇
收信地址：台灣嘉義市西門町二の一二五　陳川海方

紫ちゃん.皆様お達者でせう.私は十九日朝東京についた.只今は台北の画家と一しょに住んでゐる.おひるは写生にいき.晩も研究所へいって勉強します　今にあげる画は二科会の展覧会のものです.私らの帝展は十月の中頃からします.　では皆によろしく　さよなら

澄波

紫兒：大家都好吧？我十九日早上就到東京了。現在和臺北的畫家住在一起。白天去寫生，晚上到畫塾練習。明信片正面的畫是二科會美展的作品。我們的帝展是從十月中旬開始。代我向大家問好，再見！

澄波

日　　期：1934.10.10
寄 信 人：朱芾亭
寄信地址：無
收 信 人：陳澄波
收信地址：東京市本郷區湯島切通坂町三九　佐藤ノ方

喜
十月十日
朱芾亭

日　　期：1934.10.6
寄 信 人：張銀漢
寄信地址：東京市杉並區天沼一ノ二八八
收 信 人：陳澄波
收信地址：市內下谷區上野櫻工町二三　拂雲堂淺尾樣方

拝啓御達者でありませうか御伺申上げます
先日から金章氏の御来信で陳先生が御上京されたお話を伺いまして早速でも御訪ね致し度いと考えて居ましたが丁度小生に一女児出産致して余儀なく今日までに大変失礼致して居りました
近日中には是非御訪ね致し度い思いて居りますが御都合は如何で御座いませうか
先生も当方面に御出掛けありました際は御立寄りなります様に期待致して居ります右取り敢ず御詫まで

張銀漢

拜啟：
請問一切可好？
前幾日收到金章氏的來信，知道陳老師您上來東京，當時就想馬上去拜訪您，不巧在下的一個女兒剛好臨盆，無奈拖到現在，真是非常失禮！
近日想前去拜訪，不知您時間是否方便？
老師如果有出門的話，也希望您能順便光臨寒舍。在此先跟您致歉。

張銀漢

日　　期：1934.10.10
寄 信 人：周丙寅
寄信地址：嘉義郡大林庄新高製糖會社
收 信 人：陳澄波
收信地址：東京市本鄉區湯島切通坂町三九　佐藤樣方

英才大展

十月十日
嘉義郡大林庄新高製糖會社
門生 周丙寅 拜

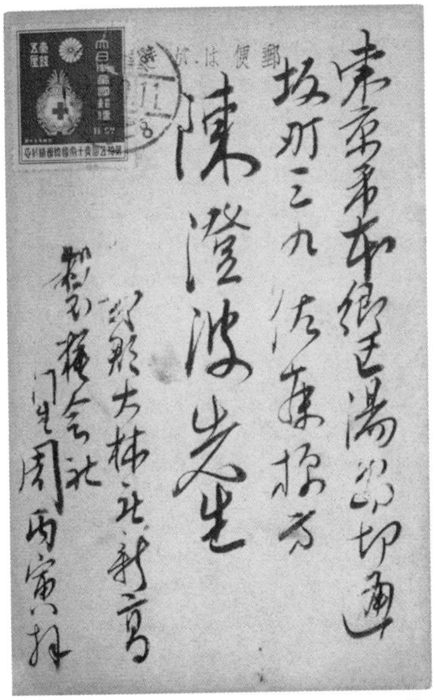

日　　期：1934.10.10
寄 信 人：吳文龍
寄信地址：台灣嘉義市元町四ノ一五二
收 信 人：陳澄波
收信地址：東京市本鄉區湯島切通坂町三九　佐藤樣方

南國は天晴れ。はすと菊日和

昭和九年十月十日

山櫻生

南國天晴。是賞蓮和賞菊的良日。

昭和九年十月十日

山櫻生

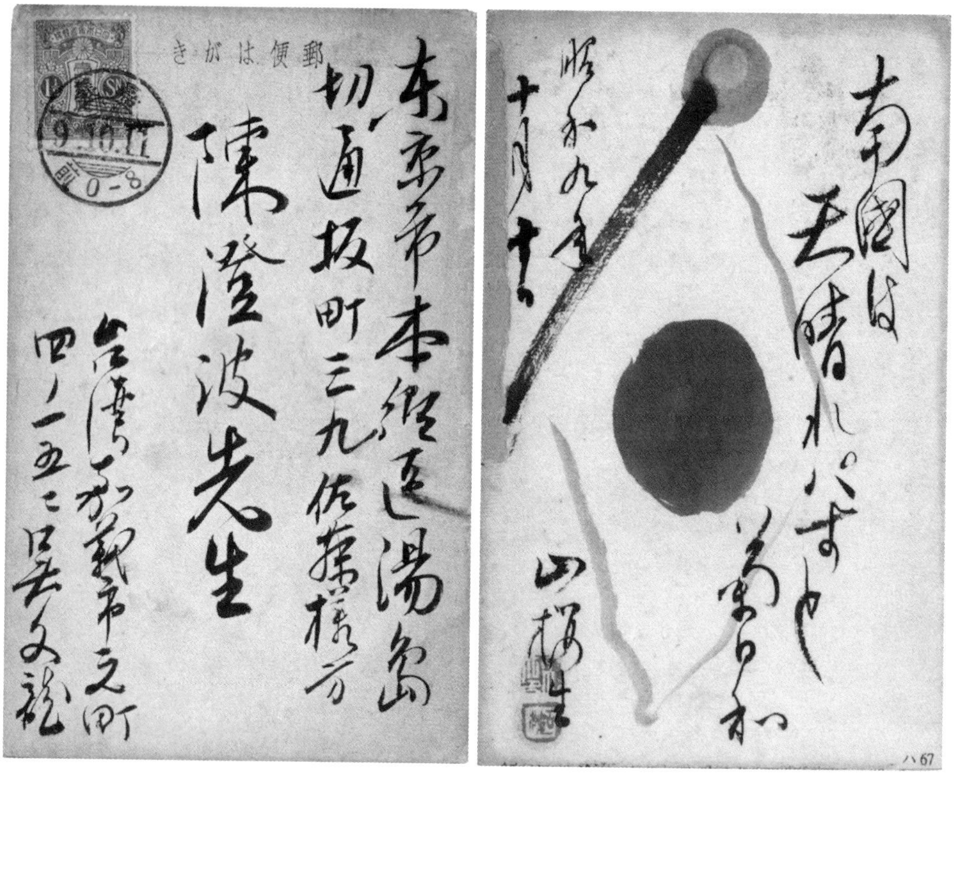

日　　期：1934.10.10
寄 信 人：連玉（張李德和）
寄信地址：臺灣嘉義市　諸峯醫院
收 信 人：陳澄波
收信地址：東京市本鄉區湯島切通坂町三九番地　佐藤樣方

犁雲鋤雨幾經秋，
帝展今朝願又酬，
一躍龍門聲價重，
臨淵不數小池頭。
　　甲戌季秋　連玉
澄波畫伯

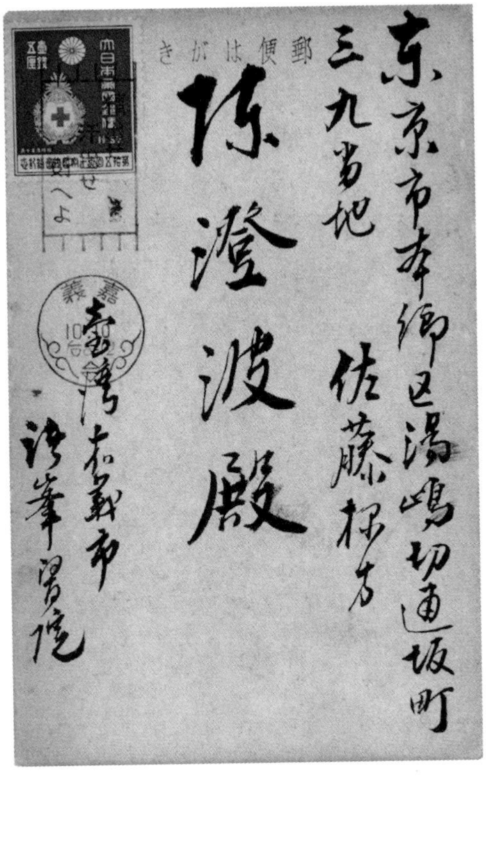

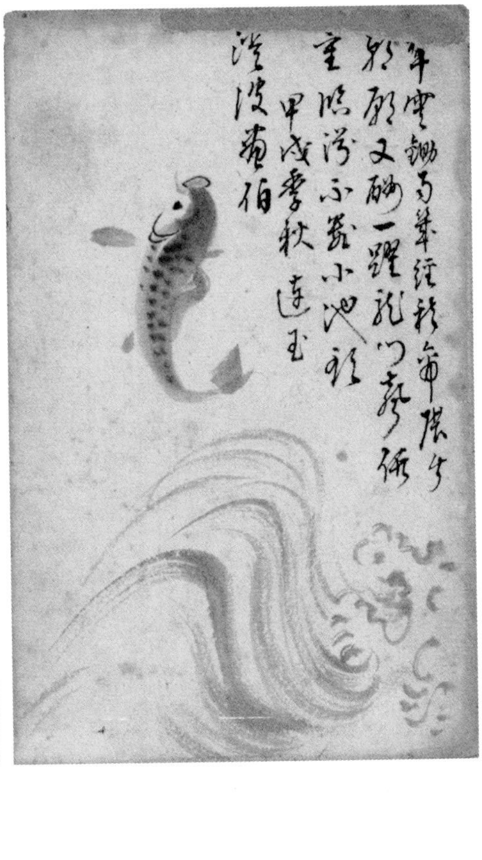

日　　期：1934.10.12
寄 信 人：吳文龍
寄信地址：台灣嘉義市元町四ノ一五二
收 信 人：陳澄波
收信地址：東京市本鄉區湯島切通坂町三九　佐藤樣方

依德和女史瑤韻謹
祝帝展入選
如椽老筆氣橫秋
國院之經夙志酬
一例棘圍鏖戰處
更看姓字占鰲頭

甲戌秋日
百樓急就

日　　期：1934.10.12
寄 信 人：林玉書
寄信地址：嘉義市元町三ノ十六
收 信 人：陳澄波
收信地址：東京市本鄉區湯島切通坂町三九　佐藤樣方

步德和女史原韵藉表
祝意
捷電遙傳恰晚秋
累描神品志終酬
也如老拙肱三折
一塔巍然又出頭

甲戌季秋
臥雲甫稿

日　　期：1934.10.13
寄 信 人：石川欽一郎
寄信地址：砧村成城
收 信 人：陳澄波
收信地址：東京市本鄉區湯島切通坂町三九　佐藤樣方

お目出度いと祝するよりも君の努力に対する当然の結果です世の中のことはチャンスでは現はれて来ません.真面目の奮闘と開拓です君の入選がそれを立証します
君の入選美談に就て講談社へ一寸知らせて置きました　或は編輯の人が君を訪ねるかも知れません

十月十三日　砧村成城　石川欽一郎

與其向你道賀，不如說這是你的努力所應得的結果。世上沒有單靠運氣就能成功的，還需要認真的打拼與創新，你的入選，便是最好的證明。
你入選的喜訊，已告知講談社，該社的編輯人員或許會去採訪你。

十月十三日　砧村成城　石川欽一郎

日　　期：1934.10.19
寄 信 人：林玉山
寄信地址：嘉義元町
收 信 人：陳澄波
收信地址：東京市本鄉區湯島切通坂町三九　佐藤樣方

恭喜！真恭喜！真是天不負人之志，若先生之努力苦鬪，實令人感服。余亦何時可追隨龍尾否，念念。

是日接讀華翰，聞廿五左右歸台，弟之個展預定來月三、四兩日，當時恰逢歸駕，請在北會會，場所台日社三階。

嘉義元町
林玉山

日　　期：1934.11
寄 信 人：吳源源
寄信地址：彰化市
收 信 人：陳澄波
收信地址：嘉義市西門町二ノ一二五

澄波先生：

分別以來，一直沒有信給你，想是你上京，失禮失禮！請勿見怪。

這處八掛（卦）山街頭得入台展的特選，是我們彰化的光榮，大家都知道你的藝術超等，我很替你歡喜�！將來台灣的藝術，深深要靠爾振作好嗎！

吾爾身體康健，府上平安。恭喜！！

弟 源 手上
家父仝此

日　　期：1934.11.10
寄 信 人：陳澄波、廖繼春、陳清汾、顏水龍、李梅樹、楊佐三郎、李石樵、立石鐵臣
寄信地址：無
收 信 人：無
收信地址：無

謹啓時下秋涼の候各位益々御清適奉大賀候

陳者今般私達は春季公募の洋畫團體を組織致し臺灣美術の發展を圖り度就ては來る十一月十二日午後二時鐵道ホテルに於て發會式を舉行致度候間御多忙中甚だ恐縮に存じ候得共何卒萬障御繰合せの上御光臨の榮を賜り度此の段御案內申上げ候

敬具

十一月十日

臺陽美術協會々員（イロハ順）

陳 澄 波　廖 繼 春
陳 清 汾　顏 水 龍
李 梅 樹　楊佐三郎
李 石 樵　立石鉄臣

敬啟者：

時值秋涼，恭祝各位日益康健。

此番我們將組織春季公募的洋畫團體，力圖臺灣美術的發展，茲訂於十一月十二日下午二時正假鐵道旅館舉行成立大會，誠摯邀請閣下共襄盛舉，祈閣下百忙之中抽空蒞臨指導。

十一月十日

臺陽美術協會會員（按伊呂波順[1]）

陳 澄 波　廖 繼 春
陳 清 汾　顏 水 龍
李 梅 樹　楊佐三郎
李 石 樵　立石鐵臣

敬邀

1. 又稱「以呂波順」，是日語中，對於假名順序的一種傳統排列方式。最早源自於「伊呂波歌」。因為伊呂波（Iroha）為排列法的前三個音，因此伊呂波大致等同於英文裡的「ABC」，指最基本的意思，也是所有假名總稱的代名詞。

日　　期：1934.11.12
寄 信 人：陳澄波
寄信地址：台北市港町二ノ二九　賴宅
收 信 人：陳碧女、陳重光
收信地址：嘉義市西門町二ノ一二五　陳川海方

皆さんはタッシヤデ勉強シテヰマセウ、何ヨリウレシイコトデス、私モコレデ仕事ガスミマシタ、カラアスカヘリマス、オ母サンヤ皆サンニヨロシクイッテ下サイ
サヨナラ、

陳澄波

大家一定都身體健康、認真學業吧？這比什麼都還要令我高興！我這邊的工作也已告一段落，明天就回家。代我向你們母親和其他人問好。再見！

陳澄波

日　　期：1934.11.18
寄 信 人：太平生
寄信地址：上野
收 信 人：陳澄波
收信地址：台灣嘉義市新富町三ノ二
日 譯 中：李淑珠

拜啓、秋冷の候お変りはございませんか遅れ乍ら、帝展御入選をお祝ひ申上げま須、本日上京いたし、貴兄の大作に接し、感服□りました、池田君のとも久し振りに會ひました
匆々

十一月十八日
上野にて
太平生

拜啟：秋涼時節，一切可好？雖嫌稍晚，但在此祝賀您順利入選帝展。今日上京，拜見閣下大作，心折不已。也見到了許久未謀面的池田君。匆此。

十一月十八日
於上野
太平生

日　　期：1934.12.1
寄 信 人：郭文興
寄信地址：台南市港町二ノ八八
收 信 人：陳澄波
收信地址：嘉義市
日 譯 中：李淑珠

謹呈
冬中御見舞申上ます
先日は御親切なる御案内下さいまして誠に有難くお禮申し上ます
今後先生のお指導をお願します
御清栄の節あらば御来遊に来て下さい也
失禮乍ら葉書を以てお禮申し上げます
今後深く研究して行く積りですお身お大切に
敬具

郭文興

謹呈：
冬寒料峭，在此向您問好。
前幾天承蒙陪同參觀，敬申謝忱。
今後還望老師多多教教，
也歡迎有空時來此地一遊。
只以明信片致謝，尚祈見諒！
今後學生會更加用功研究。敬請多多保重！

郭文興　敬上

日　　期：1934.12.1
寄 信 人：陳澄波、朱芾亭、張秋禾、徐清蓮、黃水文、高銘村、林玉山
寄信地址：無
收 信 人：無
收信地址：無

拜啓　秋冷の候益々御清穆に被為渉候段奉慶賀候
陳者這般同人の（帝展／臺展）入選に際し盛大なる祝賀會を辱ふし御芳情誠に有難く拜奉謝候此の榮譽を勝ち得たるは平素絕大なる御懇情御指導の賜と存じ謹みて厚く御禮申上候尚今後共不相變御鞭韃の程切に奉冀候
右御禮旁御挨拶申述度如斯に御座候　　敬具
昭和九年十二月一日

陳澄波　黃水文
朱芾亭　高銘村
張秋禾　林玉山
徐清蓮

拜啟：
秋涼如水，祝一切安好。
此次我等（帝展／臺展）入選之際，承蒙舉辦盛大的慶祝會，隆情厚誼，不勝感激。能夠獲此殊榮，均拜台端平日無比的盛情與指導所賜，由衷感謝。還望今後仍不吝惠賜鞭策與督導。
謹此致謝，一併表達問候之意。

昭和九年十二月一日
陳澄波　黃水文
朱芾亭　高銘村
張秋禾　林玉山
徐清蓮
敬邀

日　　期：1935.1.1
寄 信 人：川村伊作
寄信地址：宮崎市丸山町一六九
收 信 人：陳澄波
收信地址：臺灣嘉義市西門町二ノ一二五

謹賀新年

元旦

宮崎縣女子師範學校

川村伊作

日　　期：1935.1.1
寄 信 人：陳英聲
寄信地址：臺北市港町三ノ四四
收 信 人：陳澄波
收信地址：嘉義市西門町二ノ一二五

年頭御伺

一月元旦

臺北市港町三ノ四四

陳英聲

年初之際，謹呈問候之意！

一月一日元旦

臺北市港町三之四十四號

陳英聲

日　　期：1935.1.1
寄 信 人：陳澄波
寄信地址：嘉義市
收 信 人：石川一水
收信地址：台中台灣新聞社

謹んで新年の御祝を申上げます

正月一日

嘉義市

陳澄波

謹賀新年

一月一日

嘉義市

陳澄波

日　　期：1935.1.1
寄 信 人：陳澄波
寄信地址：嘉義市
收 信 人：林階堂
收信地址：台中州霧峰

謹賀新年

一九三五、元旦

嘉義市

陳澄波

日　　期：1935.1.1
寄 信 人：廖繼春
寄信地址：台南市高砂町
收 信 人：陳澄波
收信地址：嘉義市西門町

恭賀新春

一月元旦

御来遊を祈る

繼春

恭賀新春

一月一日元旦

歡迎來玩！

繼春

日　　期：1935.1.1
寄 信 人：陳澄波
寄信地址：嘉義市西門町二ノ一二五
收 信 人：李梅樹
收信地址：台北州海山郡三峽三〇

李梅樹學兄

萬氣皆新

我藝術も共に猛進致しませう

簡筆乍ら此れて新年の挨拶を

一九三五

正月一日

陳澄波

李梅樹學兄

萬氣皆新

讓我們的藝術也一起突飛猛進吧！

簡短幾句，謹此問候新年

一九三五

正月一日

陳澄波

日　　期：1935.1.23
寄 信 人：石川欽一郎
寄信地址：東京市砧村成城南八四
收 信 人：陳澄波
收信地址：臺灣嘉義市西門町二ノ一二五

春台の君の御作拜見、大体あれで結構ですが、慾を言へばモ少し咀みしめた味が出るやうに希望、やゝスサンだホコリ臭い感じがするのは、陰の色の単調に起因するものかと思ひます、陰の色に紫調を考へて見ては如何、そして画面の扱方に暗示味を加へるやうに考究しては如何。嘗て君の上野の表慶館のやうな柔らか味と潤ひ、自然を愛すし仕事を愛したあの氣持が希望したいのです。李梅樹君は非常な大作ながら不徹底で不可

一月二十三日　石川欽一郎

已看過你在春台展的作品，大致上還不錯，若要挑剔的話，希望能再多一些扎實感，感覺有些鬆散。也感覺似乎有一層灰塵，原因應該是陰影的顏色太過單調，陰影的顏色可考慮使用紫色調看看。畫面的處理方式也建議考慮加入暗示性趣味。希望有柔和感、風韻以及熱愛自然熱愛工作的那種氛圍，就像你之前畫的上野表慶館一樣。李梅樹的是一幅非常大型的作品，卻處理得不夠徹底，欠佳。

一月二十三日　石川欽一郎

日　　期：1935.5
寄 信 人：陳澄波、廖繼春、陳清汾、顏水龍、李梅樹、楊佐三郎、李石樵、立石鐵臣
寄信地址：無
收 信 人：無
收信地址：無

謹啓

益々御清祥奉大賀候陳者昨冬結成致せし臺陽美術協會の第一回展覽會を來る五月四日より十二日まで臺北市龍口町教育會館に於て開催可致候間御来観相成度此段御案內申上候

昭和十年五月

臺陽美術協會

會員　陳澄波　廖繼春
陳清汾　顏水龍
李梅樹　楊佐三郎
李石樵　立石鐵臣

御來觀の際は此の狀封筒のまま御持參被下度候

敬啟者

恭祝日益康健。去年冬天成立的臺陽美術協會，第一回展預計從五月四日至十二日假臺北市龍口町教育會館舉辦，誠摯邀請蒞臨觀賞，特此通知。

昭和十年五月

臺陽美術協會

會員　陳澄波　廖繼春
陳清汾　顏水龍
李梅樹　楊佐三郎
李石樵　立石鐵臣

大駕光臨之際，敬請攜帶此函（連同信封）為荷。

日　　期：1935.7.10
寄 信 人：山田東洋
寄信地址：台北市京町
收 信 人：陳澄波
收信地址：嘉義市西門町

暑中御伺申上マス

七月十日

台北市京町

山田東洋

盛夏之際，在此向您問候！

七月十日

台北市京町

山田東洋

日　　期：1935.9.9
寄 信 人：鄭青竹
寄信地址：東京市淀橋區戶塚町　日本美術學校
收 信 人：陳澄波
收信地址：臺灣嘉義市西門町

拜啓
途中無事にて本日朝東京驛着きましたから御安心下さいまし休暇中は一方ならぬ御世話に相成り其の上態々御見送り下さいました事厚く御礼申し上げます東京では二科展はすでに展れました　台展は私の方で製作して先生の所へか楊佐三郎様へ送るか……何とぞ知らして下さいでは楊佐三郎様にも宜しく御傳へますやうに　早（草）々
又後便

鄭青竹
9.9

拜啟：
旅途一切平安，今晨已順利抵達東京車站，請放心！假期中，承蒙您格外照顧，還給我送行，謹致謝忱。在東京，二科展已經開幕。臺展方面，我完成作品後，寄到您那邊或是寄給楊佐三郎先生嗎？煩請指示！最後，也請代我向楊佐三郎先生問候。草此。
後信再敘。

鄭青竹
9.9

日　　期：1935.10.24
寄 信 人：張義雄
寄信地址：嘉義元町二ノ六七
收 信 人：陳澄波
收信地址：台北市日新町二ノ五六　楊佐三郎様方

お便り今日戴きました
重ね重ねお手間とらひ感謝致します入落と關わらず今後の努力を倍にする心掛です決して 悲しみは不要です
自分で信ずる處があるのですから。
さて、陳先生のご歸郷の日は分りませんけれど、私は十一月五日までには上北します、台展を早く觀たいのですが東京の友から貰ふ割引券の到着を待つてゐる譯で好運なれば台展画に就いて直接先生からの教へを气ひたい□□□です、先敬、楊様、兒島様宜しく

義雄
十月二十四日

來信今天已收到。
屢次麻煩您，不勝感激。無論是入選還是落選，我今後會加倍努力，決不憂傷，因為我相信自己。
不知陳老師何時返鄉？我會在臺北待到十一月五日，雖想儘快觀賞臺展，但還在等東京友人寄的優待券，運氣好的話，或許可以直接聆聽老師對於臺展畫作的指教。
請代我向先敬、楊先生、兒島先生問好。

義雄
十月二十四日

日　　期：1935.11.12
寄 信 人：藤島武二
寄信地址：東京市本郷
收 信 人：陳澄波
收信地址：台灣嘉義市西門町

拝啓
過般錦地滞留中は種々御世話に預り且つ結構なる記念品御恵與当遠路御送迎被下深く奉感謝候不取敢□御礼まで
匆々敬具

十一月十二日
東京市本郷
藤島武二

拜啟：
前幾天停留貴地，承蒙多方照顧，還得惠贈精美紀念品，更不惜遠道前來送行，由衷感謝，先在此致謝。匆此。

十一月十二日
東京市本郷
藤島武二

日　　期：1935.11.16
寄 信 人：梅原龍三郎
寄信地址：東京赤坂
收 信 人：陳澄波
收信地址：台灣嘉義市西門町二ノ一五六

御地滞在中の一方ならぬ御好意に深謝します又結構な御土産頂戴難有く□の□□持ち帰りました九州を旅行して昨日、帰宅しました　十六日、

梅原龍三郎

在貴地滯留期間，承蒙您的好意，衷心感謝！還要謝謝您送我那麼好的土產，□的□□帶回家了。去九州旅行，昨天才回到家。

十六日
梅原龍三郎

日　　期：1935.11.20
寄 信 人：周元助
寄信地址：嘉義
收 信 人：陳澄波
收信地址：嘉義市元町二丁目

秋涼漸く肌を覚エツて□□　御健全を祈る

十一月廿日
周元助

逐漸感受得到秋涼□□，願您身體安康！

十一月二十日
周元助

日　　期：1936.1.1
寄 信 人：今井伴次郎
寄信地址：東京市麻布區飯倉片町七番地
收 信 人：陳澄波
收信地址：台南市高砂町一ノ一〇三番地

謹賀新年

一月元旦

昭和圖書研究會 今井伴次郎

東京市麻布區飯倉片町七番地

日　　期：1936.1.1
寄 信 人：周元助
寄信地址：嘉義市元町
收 信 人：陳澄波
收信地址：嘉義市西門町

謹賀新年

昭和十一年

元旦

カギ市元町

周元助

日　　期：1936.1.1
寄 信 人：林文炎
寄信地址：嘉義市南門町五丁目
收 信 人：陳澄波
收信地址：嘉義市西門町

謹賀新年

併謝平素之疎遠

尚祈高堂之萬福

一月元旦

林義順炎記合資會社

林文炎

營業所　嘉義市南門町五丁目

恭賀新禧

一併致歉平日之疏遠

尚祈高堂之萬福

一月元旦

林義順炎記合資會社

林文炎

營業所　嘉義市南門町五丁目

日　　期：1936.1.1
寄 信 人：長谷川昇
寄信地址：東京駒込
收 信 人：陳澄波
收信地址：台灣嘉義市西門町二ノ一二五

A merry Christmas and a Happy New Year

長谷川昇

日　　期：1936.1.1
寄 信 人：倪蔣懷
寄信地址：基隆
收 信 人：陳澄波
收信地址：淡水街烽火三三　杜宅樣方

賀正

一月一日

倪蔣懷

日　　期：1936.1.1
寄 信 人：藍蔭鼎
寄信地址：台北
收 信 人：陳澄波
收信地址：嘉義市西門町

賀春

昭和十一年元旦

台北

蔭鼎

日　　期：1936.1.1
寄 信 人：潘玉良、潘贊化
寄信地址：無
收 信 人：陳澄波
收信地址：日本台灣淡水嘉義市西門街

萬國開畫展

此幢在雪黎

澳南春正好

聊以祝

新禧

贊化、玉良同賀

元旦

日　　期：1936.1.1
寄 信 人：陳澄波
寄信地址：淡水
收 信 人：李梅樹
收信地址：台北市海山郡三峽三〇

賀正
一月元旦

嘉義
（淡水旅行先ニテ）
陳澄波

恭賀新喜
一月元旦

嘉義
（於淡水旅行寄宿處）
陳澄波

日　　期：1936.1.3
寄 信 人：石井柏亭
寄信地址：東京市荒川區日暮里渡邊町一〇三五
收 信 人：陳澄波
收信地址：臺灣嘉義市西門町二ノ一二五

賀正
昭和十一年元旦

東京市荒川區日暮里渡邊町一〇三五
石井柏亭

日　　期：1936.1.31
寄 信 人：鄭青竹
寄信地址：無
收 信 人：陳澄波
收信地址：無

其の後は打絶えて御無沙汰居候段御許し下され度候
當年は入寒以来殊の外寒さ厳しく格別凌ぎ兼ね候處御一同様
には何の御障りもあらせられず候ヤ御伺ひ申上候
僕は元氣にて勉強して居候間御安心下され度候
尚時節柄折角御厭ひの程折上候
敬具　パ（バ）イパ（バ）イ
陳澄波先生

青竹
1936.1.31

一直疏於連絡，尚祈見諒！
今年入冬以來，天氣異常寒冷，請特別注意保暖，並祝闔府安康。
我既身體健康，也很努力學業，請勿掛念。
又，目前這種季節，請多多保重。Bye Bye！此致
陳澄波老師

青竹
1936.1.31

日　　期：1936.2.11
寄 信 人：鄭青竹
寄信地址：東京市牛込區早稻田鶴巻町四四二 鷲見方
收 信 人：陳澄波
收信地址：臺灣嘉義市西門町

其の後は打絶えて御無沙汰致して居リ御許し下さいませ
東京は吹雪で寒さに堪へられません南國の台湾は東京程の寒さはなからが例年に比して一般に寒さが烈しいとの事ですがみなさまは御起居如何かと案じて居ります。私事は相變わらず丈夫で勉強して居りますから御安心下さい。降つて小生の画は三十号二枚、楊様の所へ送りしました一枚は「ワゼタ風景」「教會のある風景」その前の二枚の画はあまりよく無いから出品しない方がよいと思ひます
後から又二枚の人物スケッチを送る

鄭青竹

1936.2.11

久疏問候，尚祈見諒。
東京暴風雪，冷得讓人受不了。南國的臺灣，雖然不像東京這麼冷，但似乎也比往年來得寒冷，願大家都健康、平安。我這邊的話，身體康健，學習勤奮，請放心。兩張三十號的畫，剛已寄到楊先生處，一張是〔早稻田風景〕以及〔有教會的風景〕。之前的兩張畫，不是很好，所以決定取消參展。
之後會另外再寄兩張人物速寫（sketch）。

鄭青竹

1936.2.11

日　　期：1936.3.2
寄 信 人：鄭青竹
寄信地址：東京市淀橋區戶塚町一丁目
收 信 人：陳澄波
收信地址：台灣嘉義市西門町

今夜私は自分の室のベツドの中で先生にこのハガキを書く夜はもうかなり更けてゐる　そして僕は大變な神經衰弱なので先生にろくでもないことしか言へないからどうかゆるして下さい
私は春歸台するつもりですその時又合つてゆつくり語りませう十六七日頃嘉義に着くと思ふが『では　グツトバイ』　今の下宿にはもう居ないから便りは学校の方にやつて下さいませ歸りに台北楊佐三郎樣の所へちつとよると思ひます
では身体を御大事に
今年二科春季一回展は高島屋で展かれました　小作ばかり

東京市淀橋区戶塚町一丁目

日本美術学校

鄭青竹

今晚我在自己寢室的床上給老師寫這張明信片。夜已深，而且我的神經非常衰弱，只能寫些芝麻蒜皮小事，還請老師見諒！
我打算春天回臺灣，屆時再與您見面敘舊。大概十六日或十七日抵達嘉義，「那麼，Goodbye」！我會搬出現在的宿舍，所以麻煩信件地址寫學校這邊。回臺後，我想先去臺北拜訪楊佐三郎先生。
最後，請保重身體！
今年二科春季第一回展，在高島屋舉辦，盡是一些小作品。

東京市淀橋區戶塚町一丁目

日本美術學校

鄭青竹

日　　期：1936.4
寄 信 人：早川雪洲
寄信地址：無
收 信 人：陳澄波
收信地址：嘉義市西門町二ノ一二五

拜啓
櫻咲く好季節と相成候處御高堂いよいよ御清昌の段奉賀候
此度山本營業部の招聘に依り來る二十五、二十六の兩日御當地に於て皆々樣と御目見得致す事と相成座員一同の歡喜過之候
上演劇曲の撰定も內地にて好評を博し候ものを配列仕候間何卒銀幕以上の御愛顧と御後援を切に御願申上候
右御挨拶まで　敬白

昭和十一年四月
早川雪洲
他座員一同

拜啟：
適逢櫻花盛開的好季節，敬祝闔府安康。
此次應山本營業部的邀請，預定二十五日、二十六日兩天，在貴地與大家見面，是本劇團全體團員的榮幸。
演出的戲曲也是特別挑選在日本內地深受好評的作品，精心安排，懇請給予我們比在銀幕上更多的愛顧與支持。謹此通知。

昭和十一年四月
早川雪洲及全體團員　敬上

日　　期：1936.4
寄 信 人：陳澄波、廖繼春、陳清汾、顏水龍、李梅樹、楊佐三郎、李石樵、陳德旺、山田東洋
寄信地址：無
收 信 人：無
收信地址：無

謹啓
愈々御清榮の段奉慶賀候陳者昨春開催せし臺陽展は各位の深甚なる御指導と御後援に預り厚く御禮申上候
尚第二回展を來る四月二十六日より五月三日まで臺北市龍口町教育會館に於て開催可致候間何卒御來觀相成度此度御案內申上候

敬具

昭和十一年四月

臺陽美術協會
會員　陳澄波　廖繼春
陳清汾　顏水龍
李梅樹　楊佐三郎
李石樵
會友　陳德旺　山田東洋

御來觀の際は此の狀封筒のまま御持參被成下度候

敬啟者
恭祝日益康健。去年春天舉辦的臺陽展，承蒙各位不吝賜教以及熱情支持，敬申謝忱。
再者，第二回展預計從四月二十六日至五月三日假臺北市龍口町教育會館舉辦，誠摯邀請蒞臨觀賞，特此通知。

謹上

昭和十一年四月

臺陽美術協會
會員　陳澄波　廖繼春
陳清汾　顏水龍
李梅樹　楊佐三郎
李石樵
會友　陳德旺　山田東洋

大駕光臨之際，敬請攜帶此函（連同信封）為荷。

日　　期：1936.9.7
寄 信 人：和田季雄
寄信地址：東京牛込區天神町七六
收 信 人：陳澄波
收信地址：臺灣嘉義市西門町二ノ一二五

暑中見舞をありがとう
今夏は随分暑い夏でしたまだ残暑の中々厳しい君も御壮健で結構小生も無事但し学校を二年程前にやめました台湾へも一度行きたいと思ひますが中々おしりのあがりません
六年の夏欧州から帰り八年に亜米利加へ一寸行きました

九月七日
和田季雄
東京牛込区天神町七六

多謝你捎來的盛夏問候！
今年夏天非常炎熱，即便快結束了也還是熱得不得了。很高興知道你健康平安，我也很好，只是大約兩年前離開學校了。也想去臺灣一趟，但始終提不起勁來。
昭和六年夏天從歐洲回來，八年去了一趟美國。

九月七日
和田季雄
東京市牛込區天神町七六

日　　期：1936.10.29
寄 信 人：陳澄波
寄信地址：東京市本郷區湯島切通坂町三九　佐藤方
收 信 人：陳紫薇
收信地址：台灣嘉義市西門町二ノ一二五　陳川海方

天氣は大分寒くなって参りました、朝と晩は研究所へいって勉強します午后は寫生に出ますうんど勉強して归ります皆様もしっかり負けずやって下さい、十二月に東京では書道展がありますの内に時々練習して下さいね、歸ってから出品しませうね。

澄波
29日

天氣變得冷多了。早上和晚上都到畫塾練習，下午去寫生。我會努力多畫一些回去。你們也要爭氣，好好用功唸書！十二月在東京有書法展，記得有空多練習！等我回去，就報名參加！

澄波
29日

日　　期：1936.11.17
寄 信 人：張李德和
寄信地址：嘉義
收 信 人：陳澄波
收信地址：東京市本鄉區湯島切通坂町三九　佐藤方

屢承雲翰，敬悉旅祉安吉，不勝欣慰。京畿風物可人，大揮巨腕，定不虛負此行，拭眼以待之。

丙子 17/11
嘉義　德和

日　　期：1936.11.18
寄 信 人：陳澄波
寄信地址：東京市本鄉區湯島切通坂町三九　佐藤方
收 信 人：陳紫薇
收信地址：台灣嘉義市西門町二ノ一二五　陳川海方

家に人々は達者ででせう
東京府下の妙義山へ写生に十日間いって来た、思った良い作品です六〇号二枚小八枚、秋の景で紅葉の良い所を写した、ヨキの買書の金が出来るか私は経費不足なって来早く归るかも知らないあれば早く送って下さい
画は皆のビックリスル良いものです、東京は大変に寒い

陳澄波
十一、十八日

家裡的人都好吧？我到東京附近的妙義山寫生十天，完成的作品，比我原先想的還好。六十號大的有兩張、小號的有八張，畫的是秋天紅葉盛開的美景。YOKI的買書錢，沒問題吧？我的錢不夠用了，也許會提早回去。家裡還有錢的話，早點匯給我。我畫的這些畫非常好，一定會讓你們嚇一跳。東京冷極了！

陳澄波
十一、十八日

日　　期：1936.11.22
寄 信 人：陳澄波
寄信地址：東京
收 信 人：陳紫薇
收信地址：台灣嘉義市西門町二ノ一二五

送金は受け取つたから本も送りました、叔父に宜しくいつて下さい、今月末に归へります皆様は多分達者で勉強してゐるでせう、劉厝庄の邱□の分を川海様によくたのんで下さい、さよなら

十一、廿二、
東京
陳澄波

匯款已收到，書也寄過去了，代我轉告叔父一聲。這個月底會回去。你們都有乖乖用功吧？劉厝庄邱□的部分要請川海先生多幫忙喔！再見！

十一、廿二
東京
陳澄波

日　　期：1936.11.25
寄 信 人：陳春德
寄信地址：無
收 信 人：陳澄波
收信地址：無

陳澄波様

先日は伊東屋で失礼致しました妙義山から画材をタクサン持って歸られたことと存じます　佐三郎さんのお便りによりますと廖継春氏も東京へおいでになられてゐる由ですが…

NAS御招待致します

御高評をお願ひ致します　それから洪さんの台日カットもし御覧になりましたら小生宛廻送して下さいませ　何日頃クニへお歸りになりますか

陳春德

11.11.25

陳澄波先生：

前幾天在伊東屋，恕我先失禮了。想必您從妙義山帶回了許多的繪畫題材。楊佐三郎先生的來信說，廖繼春氏也到東京了……。NAS誠摯邀請您的光臨，還請惠賜高見。另外，洪先生的臺日插畫（cut），您若已過目，煩請回寄給在下。您何時返臺呢？

陳春德

11.11.25

日　　期：1937.1.1
寄 信 人：李梅樹
寄信地址：臺灣三峡三〇
收 信 人：陳澄波
收信地址：嘉義市西門町二ノ一二五

謹賀新年

昭和十二年一月元旦

臺灣三峡三〇

李梅樹

記念品は目録のみでしたから僕もと未だ□□って居りません

恭賀新禧

昭和十二年一月元旦

臺灣三峽三〇

李梅樹

紀念品只有目錄，故我也尚未□□。

日　　期：1937.1.1
寄 信 人：石井柏亭
寄信地址：東京市荒川區日暮里渡邊町
收 信 人：陳澄波
收信地址：臺灣嘉義市西門町二ノ一二五

賀正

昭和十二年元旦

石井柏亭

東京市荒川區日暮里渡邊町

日　　期：1937.1.12
寄 信 人：南政善
寄信地址：東京市豐島區長崎東予一.九七七
收 信 人：陳澄波
收信地址：台灣嘉義市西門町

賀正
丁丑正月
元朝より伊豆方面へ旅行中で先日帰京いたし賀状遅れました。恐縮。

東京市豊島区長崎東予一.九七七
南政善

恭賀新禧
丁丑一月
元旦一早便往伊豆那邊旅行，前幾天才回東京，以致於賀卡寄遲了。十分抱歉。

東京市豐島區長崎東予一.九七七
南政善

日　　期：1937.4.25
寄 信 人：王健
寄信地址：廈門
收 信 人：陳澄波
收信地址：臺灣嘉義市西門町

英梧君令弟來廈，傳聞閣下近況不勝欣慰之至。有意到海外否？現計劃辦中學一所，兄如有意，可將履歷書急速付下，當為推薦，匆匆此奉並詢
起居！

四月廿五日
廈門治安維持會社會科
王健

日　　期：1937.9.8
寄 信 人：張義雄
寄信地址：無
收 信 人：陳澄波
收信地址：台灣嘉義市西門町二ノ一二五

陳澄波先生、今日も、尚、仔細、近況の事に就いてお知らせ出来ない事をお詫びします、実はこの一週内に、總ての思出を捨てて住み慣れた京都を去る心算です、將来のために東京へ行かなければなりません、そこで東京の何處へ落付くか運にまかせて居ります、やはり、新聞やになつて本鄉研究所へ行きたいこれが第一の目的です、もう三度も四度も食客になるのは、嫌である。多分、このハガキが御手許へ着く時には、もう京都を立ってゐるだらう、ですから新居の住所を、お知らせしてからお便り願います、さよなら、

義雄

陳澄波老師：

今天也仍無法詳細交代我的近況，真是抱歉！其實這個禮拜來，一直在計畫割捨全部的回憶，離開住慣了的京都。為了將來，必須前往東京不可。至於會在東京的何處落腳，就隨緣吧！總之還是想一面在報社工作一面到本鄉研究所學畫，這是首要目的。我已經三、四次寄人籬下了，自己很討厭。這張繪葉書到達您手中時，我大概已經從京都出發了，因此，請您等我通知您新居的地址之後，再給我回信。再見！

義雄

日　　期：1938.1.1
寄 信 人：楊肇嘉
寄信地址：東京市牛込區新小川町三ノ十六退思莊
收 信 人：陳澄波
收信地址：臺灣嘉義市西門町二ノ一二五

敬啟

我無敵皇軍百戰百勝之今日，欣逢戊寅新春別有一番新氣象，處在銃後之各位玉體爽健得盡國民義務，實堪同慶。

顧此回戰鬪終有解決之一日，然我國前途尚屬多事多難之秋，蓋對外欲本正義以期統合亞細亞民族，確立東洋平和，其指導之責任，固懸諸我國之雙肩，對內宜順應世界與我國之現狀，關于政治、經濟、思想等等，有加以根本的反省改善之必要，是故吾人須更以新穎意氣與剛健精神，堅忍持久以圖克服國難，此即本年中吾人所宜力行之奉公要道，願共向此等使命邁進焉。

比年以來弟承　列位指導鞭撻，對于自治運動已告一段落，客歲秋初解散地方自治聯盟之後，舉家遷居東都專督子女教育，間且企劃實業謀逐什一之利，然為此次戰局卒難實行不勝悵悃，差幸賤軀頑健，舍下大小均托粗安堪舒　遠注至于弟之行蹤，歸台則棲身六然居，到京則小隱退思莊，新巢已就來去自如，豈能長此株守故園乎？狡兔三窟已成其二，鷦鷯一枝容膝，有所可無憾矣。謹述數語以祝健康，並謝去年之疎遠，尚祈今後倍賜顧愛。肅此奉聞祇頌

年禧

戊寅元旦

東京市牛込區新小川町三ノ十六退思莊
臺灣臺中州大甲郡清水街社口六然居
楊肇嘉

日　　期：1938.5.1
寄 信 人：陳澄波
寄信地址：台北市日新町二ノ一五六　楊方
收 信 人：陳紫薇
收信地址：嘉義市西門町二ノ一二五

展覧会の成績は豫定よりは大変盛会でありました、会務の為にも三、四日台北にゐて写生もしてから归へるのですつづいて彰化で製作します　只今の所何も賣れてゐない　今後少しきつくなります
彰化で又何とか考へませう碧女と重光は勉強してゐるかね
陳澄波

展覽會的成績，場面比預計的還要熱鬧盛大。會務的關係，在臺北待個三、四天，寫一下生之後再回去。接下來會在彰化創作。目前一張畫都沒賣出去。今後手頭上會有些吃緊。到彰化後再想辦法吧！碧女和重光有認真唸書嗎？
陳澄波

日　　期：1939.1.1
寄 信 人：廖繼春、林瓊仙
寄信地址：台南市
收 信 人：陳澄波
收信地址：嘉義市西門町

謹賀新春
一月元旦
台南市
廖繼春
瓊仙

日　　期：1939.1.1
寄 信 人：董伯招
寄信地址：北斗郡北斗街西北斗二三三
收 信 人：陳澄波
收信地址：嘉義市西門町二ノ一二五

謹賀新年
昭和十四年
一月元旦
董伯招

日　　期：1939.5.5
寄 信 人：陳澄波
寄信地址：台中市寶町中央書局
收 信 人：陳重光
收信地址：嘉義市西門町二ノ一二五　陳川海方

台北の展覧会をすまして台中へ来た六、七、八日台中、十三、四は彰化です　台南は二十日から三日間です
此らも盛会で終りませうお金は今日送ります皆様によろしく（勉強を！！）
さよなら

五、五、
陳澄波

臺北的展覽會結束，來到了臺中。六、七、八日在臺中，十三、十四日在彰化。臺南則是二十日起的三天。[1]
這邊應該也會以盛況收尾，錢今天會寄回去，代我向大家問好（要用功！！）
再見！

五月五日
陳澄波

1. 原預定20日起的三天在臺南公會堂舉辦的臺陽展移動展，因故改期至6月3日至5日舉行。參閱〈移動臺陽展　臺南は六月三日から〉《臺灣日日新報》日刊9版，1939.5.25，臺北：臺灣日日新報社。

日　　期：1939.9.25
寄 信 人：陳澄波
寄信地址：東京市下谷區谷中初音町四ノ八一　後藤方
收 信 人：陳碧女、陳重光
收信地址：台灣嘉義市西門町二ノ一二五　陳澄波方

廿三日の夜東京についた、姉と皆が元氣です母さんや皆様によろしく、東京は大へん涼しくなりました方々に展覧会がやってゐますこれは兄の作品です、外に又三つある、これから新しい宿をさがしてゐる、定ったら又知らせる、父のヱは涛声／トーセイ（五十号）即波の方がいいようです　姉と一しょに帰るかも知りません、母さんに心配しないやうに、さよなら、
では皆よく勉強するように、

陳澄波
二十五日

二十三日晚上抵達東京。姊姊和大家都很好，幫我跟媽媽他們說一聲。東京轉涼了，到處都在開畫展。這是你姊夫的作品，還另有三件。我們在找新的住處，找著了再通知你們。爸爸的畫，〔濤聲／tosei〕（五十號）也就是畫海浪的那張最好。大概會和姊姊一起回去，叫你媽別擔心！再見！要好好用功喔！

陳澄波
二十五日

日　　期：1939.9.29
寄 信 人：陳澄波
寄信地址：東京市本鄉區湯島切通坂町三九　佐藤方
收 信 人：陳碧女
收信地址：台灣嘉義市西門町二ノ一二五　陳澄波方

兄と姉は東京市下谷区谷初音町四ノ八一佐藤方にゐます私は上記してある所に居る様になり、おひまがあったら姉さんあてにハガキでも良いから通信してあげなさい、来月から洋裁講習にいきます兄は学校と会社にいってゐる、二人は仲よくしてゐます皆もよく勉強して下さい
シクニモヨロシク

陳澄波

29日

你姊夫和你姊姊搬到東京市下谷區谷中初音町四之八十一號佐藤宅，我則搬到上面寫的地址。有空時記得跟姊姊連絡，寄張明信片也好，她下個月開始去學洋裁，你姊夫每天去學校和公司，兩人感情很好。你們也要好好用功！幫我向淑貞問好！

陳澄波

29日

日　　期：1939.10.4
寄 信 人：陳淑貞（陳澄波姪女）
寄信地址：嘉義
收 信 人：陳澄波
收信地址：東京市本鄉區湯島切通切（坂）町39
佐藤方

御手紙うれしく拜見致しました。私共一同皆無事で暮してゐます。もう五六月で試驗だと思ふと氣がふわふわしておちつきません。
重光も碧女も私も毎日おこたらず勉强してゐますから御安心下さい。目のことは毎日周眼科で洗ってゐます。だんだん寒くなりますから御体を大切に、　かしこ

陳淑貞

您的來信，我滿心歡喜地讀了。我們大家都很平安、健康。再五、六個月就要考試了，想到就心浮氣躁、心神不寧。
重光、碧女和我 天都認真唸書、不敢懈怠，請放心！我每天都去周眼科那裡清洗眼睛。天氣漸漸轉冷了，請住保重身體！

淑貞　敬上

日　　期：1939.10.11
寄 信 人：張翩翩
寄信地址：世田ヶ谷區代田町一ノ五七四
收 信 人：陳澄波
收信地址：本鄉區切通坂町三九　佐藤樣方

先日は美術館前で失禮致しました、先生にお会ひ出来るとは夢にも想ひませんでした、よろしけではどうぞ遊びにいらつしゃいませ。たのしみにお待ち申してあります。おハガキでも知らせて戴けば驛で待ちます、新宿より小田急線で世田ヶ谷中原驛でおりればよろしうございます、今年の文展は私は駄目でした、只先生方の入選をたのしみにしております、ではサヨナラ、

張翩翩拜

前幾天在美術館前失禮了。真沒想到會碰到老師。方便的話，歡迎前來敝舍一遊。衷心期盼您的蒞臨。只要您捎張明信片告知時間，我便會到車站去接您，從新宿搭小田急線到世田谷中原車站下車即可。今年的文展，我沒能送件，只能期待老師們的入選了。那麼，再見！

張翩翩拜

日　　期：1939.10.20
寄 信 人：陳澄波
寄信地址：本鄉區湯島切通坂町三九　佐藤方
收 信 人：陳碧女、陳重光、陳淑貞
收信地址：台灣嘉義市西門町二ノ一二五　陳澄波方

水上へのお話しは归ってします。来る二七日の船で归へります。台展のことがあるから、十一月五日ごろ嘉義につくでせう。急ぐなら、水上役所の張煌武様に家へ来て貰って先に話してもらいなさい。
兄や姉に皆いったですよ。只笑っている一方、写真は未だ写してゐない様です。大変寒くなった、重光の手紙はない。

陳澄波

20日

水上的事，等我回家再說。我坐二十七日的船回去。因為要參加臺展，所以大概會在十一月五日左右回到嘉義。急的話，可以先請水上鄉公所的張煌武先生到家裡來談看看。跟你姊夫和你姊姊都說了，但他們只是笑笑而已。另外，照片好像還沒照。東京變得好冷！沒有重光的來信！

陳澄波

20日

日　　期：1940.1.1
寄 信 人：田中友市
寄信地址：須磨潮見台町三ノ四七
收 信 人：陳澄波
收信地址：臺灣嘉義市西門町

恭賀新年
紀元二千六百年
元旦

須磨潮見台町三ノ四七
田中友市

日　　期：1940.8.30
寄 信 人：末永春好
寄信地址：吳市公園通リ三ノ二
收 信 人：陳澄波
收信地址：台灣嘉義市西門町二ノ一二五

謹啓
残暑の候御一同様には御変り御ざいませんか御伺ひ申し上げます
今般満三ヶ年の聖業□にして命を拜し□日歸還致しましたなつかしい母國の土を踏み只々感慨無量であります出征中は一方ならず御配慮に預り厚く御礼申し上げます
先は右御礼旁々御挨拶迄

末永春好
8.30

拜啟：
夏末時節，敬祝闔府安康！
□□參與聖業整整三年，今奉命於□日退役還鄉。當踏上想念的祖國的土地時，真是感慨萬千。我出征時，老是受您照顧，非常感激。
謹此表達感謝之意！

末永春好
8.30

日　　期：1941.1.25
寄 信 人：陳澄波
寄信地址：嘉義市西門町二ノ一二五
收 信 人：李梅樹
收信地址：海山郡三峡庄三峡三〇

珍しい近日の寒さて嘉義地方附近に大塊の雹が二十三に降つた御地は如何ですかさてかねてお願致した公醫様の件はその後如何でせうか、若しも出来れば阿里山往きの経費に当てたい万事よろしくたのみます行期が定つたら早目にお知しますさよなら

陳澄波

因近日氣候寒冷，嘉義地方附近二十三日很罕見地降下了大塊的冰雹。貴地那邊還好嗎？另外，不知上次拜託您的公醫先生的事，後來怎麼樣了？如果可以的話，希望能用來充當去阿里山的旅費，一切拜託了！行程一旦確定，會盡早通知您。
再見

陳澄波

日　　期：1941.9.22
寄 信 人：陳澄波
寄信地址：東京市荒川區□□里九ノ一二九□□方
收 信 人：陳碧女、陳重光
收信地址：台灣嘉義市西門町二ノ一二五

羊かんはついた会計拾弐円弐十九銭です台南市清水町美陽軒曾達雄様に至急送金して下さいヱは大作碧女の好きな壁のすみのあの一点即ち南国風景を出すことになるでせう今晩から先生にきいてきます石樵様からよい五十号のフチを貸して貰った堂々たる作品です特選を取る積りです兄さんも精出してやってゐる、多分十月上旬に一しょに归れませう、留守中よくやってくれ」さよなら

澄波

羊羹收到，一共十二圓二十九錢，請趕快匯給臺南市清水町美陽軒曾達雄先生。臺展打算送大號的南國風景參加，就是碧女喜歡的那張有牆角的畫。今晚會去問一下老師的意見。石樵先生借了我一個很好的五十號畫框，這件很出色，應該可以拿到特選。你姊夫也很努力在創作，十月上旬會一起回去。我們不在時你們要乖喔！再見！

澄波

日　　期：1942.1.8
寄 信 人：古莊鴻連（莊鴻連）
寄信地址：台北市建成町一ノ一四九　台灣綱繩製產組合
收 信 人：陳澄波
收信地址：嘉義市西門町二ノ一二五

皇威八紘に輝く大東亜戦下栄えある紀元二千六百二年の新春を迎へ謹みて貴家の御清福を祈上ます
偖て過搬は御無理なる御依頼を致します先生に画の御指導を賜り度べく銀行の黒川、倖本様の件に附きましては其の後如何に御座いますや御伺ひ申上げます
御多用中誠に恐縮とは存じます、共月謝、其の他の詳細御一報を賜り度御願ひ申上げます
一月八日　敬具

古莊鴻連

在皇威普照四海的大東亞戰爭之下，迎接榮耀的紀元二千六百零二年的新春，謹祝您闔府安康。
之前向您提出了無理的請求：請老師您指導銀行的黑川和倖本先生作畫，這件事的後續，不知可否告知？
繁忙中打擾您，十分抱歉，但是否可以請您也一併告知每月學費的金額以及其他細節。

一月八日
鴻連　敬上

日　　期：1942.5
寄 信 人：美術家大會
寄信地址：東京市杉並區和田本町八三二　木村方
收 信 人：陳澄波
收信地址：台灣嘉義市西門町二ノ一二五

拜啓　當會の取扱つた貴下献納の御作品は陸軍恤兵部へ参りました。追つて先方からも書状の参ることゝ存じますが不取敢當會より御報告申上げ當會の發意に對して御協贊得ましたことを拝謝申上ます。
献納作品は海・陸・軍事保護院三方面に頒ち全數にて千百八十點の多さに及びました。以上。
昭和十七年五月

美術團体聯盟主催
美術家大會
事務所　東京市杉並區和田本町八三二、木村方

拜啟：
台端寄來本會的捐獻作品，已轉交給陸軍恤兵部，該部隨後應會致函感謝，在此先由本會發出通知，對於台端響應本會發起的活動，捐畫共襄盛舉，謹表謝忱。
捐獻作品分別捐獻給海軍、陸軍、軍事保護院等三個單位，總計達到一千一百八十件之多。敬請查照。
昭和十七年五月

美術團體聯盟主辦
美術家大會
事務所：東京市杉並區和田本町八三二號　木村宅

日　　期：1942.9.3
寄 信 人：黄水文
寄信地址：東京市芝區田村町六ノ七ノ七　小島善一方
收 信 人：陳澄波
收信地址：台灣嘉義市西門町二ノ一二五

謹啓、御別して早や四月餘りになりました
先生には益々御健勝の御事と拝察致し御喜び申上げます。小生は不□に里の展覧会を準備してゐます、当地では青竜、二科、院展、倶開催中であります。一回づゝ参観しましたが日曜日毎に又行く積りです今年の文展は如何で御座いますかもう出来上つて御座いませう、御上京の御時分拝眉するノを楽しく待ってゐます、
敬具
黃水文

拜啟：
別後已快四個多月。
老師一切可安好？在下不□正在準備故鄉的展覽。當地有青龍、二科、院展正在舉辦中，雖然每個展覽都已經參觀過一遍，但每逢週日還是會再去。今年的文展如何？應該已經完成了吧？非常期待您來東京時與您見面。
水文　敬上

日　　期：1943.1.1
寄 信 人：盧龍江
寄信地址：南支派遣軍第二〇四野戰郵便局氣付本間隊
收 信 人：陳澄波
收信地址：台灣嘉義市新富町

南支の戦地より遥かに美英撃滅の新春を迎へて貴高堂一同様の御健勝を祝すると共に併せて銃後の御援護を奉深謝候
昭和十八年元旦
本間隊
盧龍江

從遙遠的南支戰地，迎接擊滅美英的新春，在此敬祝闔府平安喜樂，並衷心感謝您在大後方的全力支持。
昭和十八年元旦
本間隊
盧龍江

日　　期：1943.10
寄 信 人：陳澄波
寄信地址：台北市大橋町二ノ一二　楊佐三郎方
收 信 人：陳碧女
收信地址：嘉義市西門町二ノ一二五

碧女は来ないと太田とき様も楊夫人も淋しく思った来る十一月二日に夜行で来ないかと希望してゐる、会場の状況を實地に見ない幾らお知らせても「百聞不如一見」仕様がない
来る様でしたら駅で迎へます返事をして下さい
陳澄波

碧女不來，太田とき（Toki）小姐和楊夫人都表示寂寞，希望妳能搭十一月二日的夜車過來。展場的情況，若不親臨目睹，我再怎麼描述給妳聽，也是「百聞不如一見」，沒什麼幫助。
如決定過來，我會去車站接妳，請回信。
陳澄波

日　　期：1946.11.29
寄 信 人：陳澄波
寄信地址：嘉義市西門街二段一二五號
收 信 人：陳重光
收信地址：台北市兒玉町二之二七　賴傳成先生煩交

吾兒知道你的近日的消息。天氣比前溫度降下，日夕須要當不可貪睡。足踏車之件，因你姊姊在台南又買了好許多布匹的關係，到台他（北）出張之時，小會困難一點，買亦可以買的，必定須要者，不得不買，那時候買的亦可以。不過看你情形，積極須要者即可以買的。先對你姊姊借出來買的如何，十二月中旬就可以返他。冬衣多買一點如何，你媽媽這樣說給你作一個參考。前民青年美術展受了六年級全市之一等賞，今早青年團要給他主賞品。（參議會第三天，十二月一日止）

陳澄波

29日

日　　期：10.9（年代不詳）
寄 信 人：梅原
寄信地址：麻布區新龍土町六
收 信 人：陳澄波
收信地址：四谷區谷町二ノ三十一　鶴田氏方

王先生十一日午後八時に東京に着

麻布区新龍土町六

梅原

十月九日夕

王老師於十一日下午八點抵達東京。

麻布區新龍土町六

梅原

十月九日傍晚

日　　期：約1947.1.1
寄 信 人：陳進
寄信地址：新竹市牛埔□七二一
收 信 人：陳澄波
收信地址：嘉義市新西區府路里一二五號

賀正

一月元旦

何卒本年も相変りませずよろしく御願ひ申し上げます

進

恭賀新禧

一月元旦

今年也請多多關照

進

日　　期：12.1（年代不詳）
寄 信 人：黃燧弼
寄信地址：無
收 信 人：陳澄波
收信地址：無

逕啟者此次敝校寫生隊旅行

尊處多承

台端指導招待感激之私非可言喻茲者該隊已於前日平安回校

敬此奉

聞並申謝忱此致

陳澄波先生

廈門美術專門學校校長黃燧弼

十二月一日

日　　期：不詳
寄 信 人：王濟遠
寄信地址：巴黎
收 信 人：陳澄波
收信地址：無

恭祝
澄波同志
新年進步

濟遠客巴里

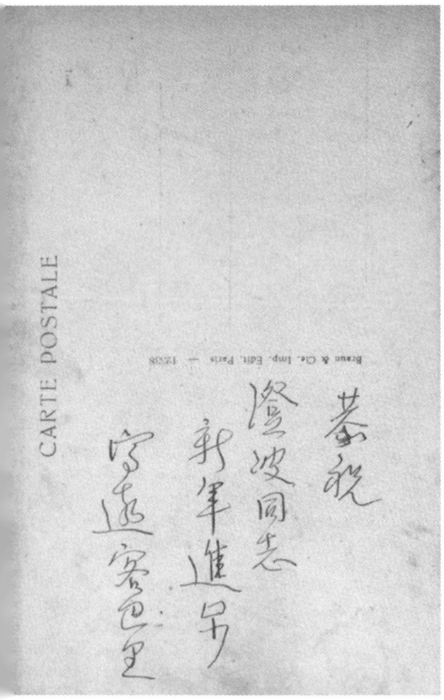

日　　期：不詳
寄 信 人：末永春好
寄信地址：南支派遣軍 中□（□）部隊氣付德澤部隊德集隊
收 信 人：陳澄波
收信地址：台灣嘉義市西門町二ノ一二ノ五

猛暑の候其の後御変り御座無く候也御伺ひ申上候南国の戦野殊さら暑さも厳しくこの地は一層気候風土悪き地乍ら吾等元気百倍なし聖戦の目的貫徹に邁進為し居り候□下他に御休心下され様候
先は暑中御伺ひ申上候
拝具

末永春好

酷暑之際，別來無恙，在此向您問安。南國的戰場尤其異常炎熱，此地的風土、天候更是惡劣之至。即便如此，我等也是元氣百倍，為貫徹聖戰的目的而邁進，請大家放心。順頌夏祺

末永春好　敬上

日　　期：不詳
寄 信 人：新□
寄信地址：無
收 信 人：陳澄波
收信地址：台灣嘉義街字西門外七三九

明けまして新年御目出度ふ御座います

新□

謹賀新年

新□

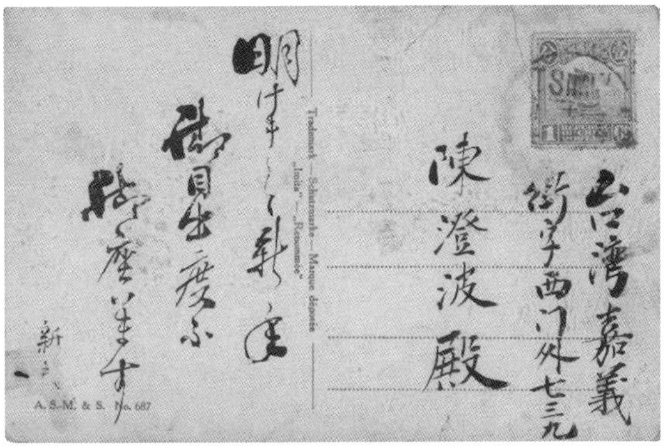

日　　期：不詳
寄 信 人：陳澄波
寄信地址：不詳
收 信 人：鹿木子□
收信地址：京都市下鴨西林町27

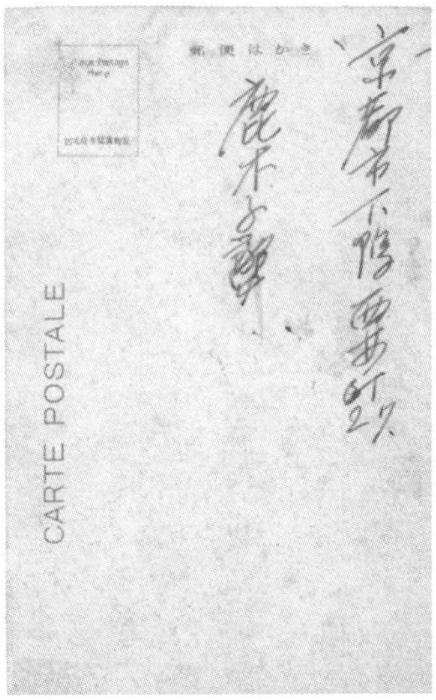

訂購函 Purchase Orders

日文辨識、翻譯／李淑珠

日　　期：1921.9.21
寄 信 人：文房堂
寄信地址：東京市神田區表神保町貳番地
收 信 人：陳澄波
收信地址：台灣台南州嘉義郡水上公學校

拜復毎々御引立を蒙り難有奉謝候扨今回御申越之目録生憎全部出し切唯今編纂準備中に有之候出来之上は繪畫に關する雜誌其の他へ廣告可仕候

今回之御送金　御預り置き出來次第郵送可仕候併し出來期不明に付き返金せよとの命あらば直ちに返金可仕候

拜覆：
向來承蒙關照，不勝感激！此次您所提的書目，不巧全部都已出清，目前正在準備編纂，完成之後，便可在與繪畫雜誌或其他刊物上登廣告了。特此函复。

您這次的匯款，蔽社先予以保留，待書籍出版時再郵寄給您，但因為出版日期未定，若您要求退錢，蔽社也將立即退錢給您。

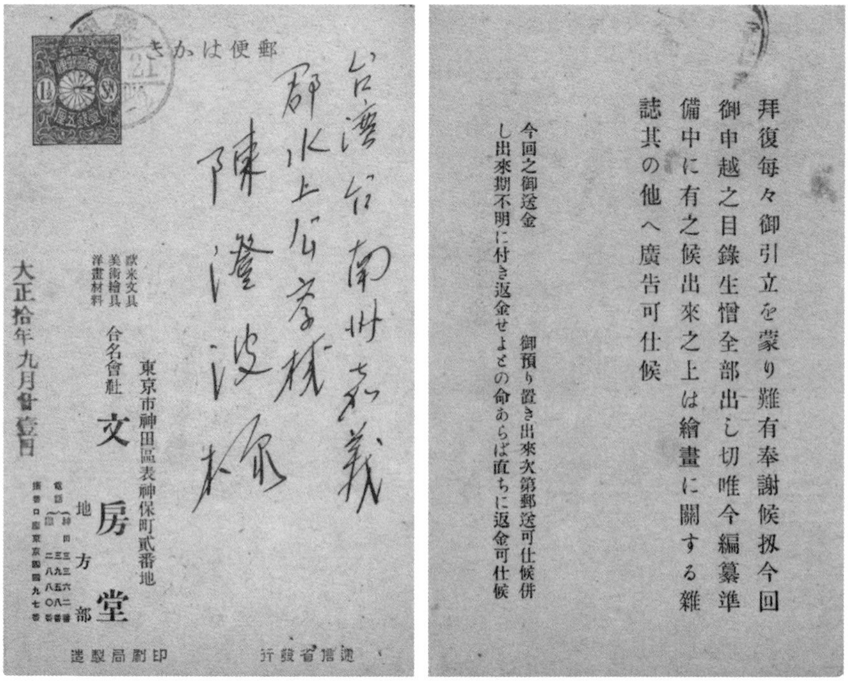

日　　期：1921.10.15
寄 信 人：文房堂
寄信地址：東京市神田區表神保町貳番地
收 信 人：陳澄波
收信地址：台灣嘉義郡水上公學校
日 譯 中：李淑珠

大正10年10月15日　回答書　No.216

拜啓每々御引立ヲ蒙リ奉謝候偖テ今回御照會品下記ノ通リ回答仕候間精々御注文仰付被下度候

此ノ回答書ニヨリ御用命ノ節ハ月日番號箇數等明細御通知被下度候（代金引換ハ總額之三分之一以上前金之事）

三脚床几白華付	2750
英ニュートン□水彩エノグ クリムソンレーキ　✓	360
ローズマダー	680
コバルトブリュー　✓	480
ウルトラマリン　✓	480
プルシヤンブリュー	250
ビリジヤン　✓	480
ヱメラルドグリン　✓	360
インジゴー　✓	360
クロームヱローペール　✓	250
カドミユームペール　✓	480
エローオーカー　✓	250
ホワイト　✓	450

三脚　　送料　參拾銭　　計7.63
絵具全部　仝　參拾銭

總計8.23円

タイリンローズ

10.11.24. 午后.

大正10年10月15日　回覆書　第216號

拜啟：

平日承蒙惠顧，謹此致謝。台端此次洽詢的商品，敝店回覆如下，請過目後再行下單。台端若依此份回覆書訂購，還望寫上「月」、「日」、「編號」、「數量」等細項。（代收貨款意指總金額三分之一以上的訂金）

三脚摺凳附白華	2750
英國牛頓（Newton）□水彩顏料 胭脂紅（crimson lake）　✓[1]	360
玫瑰紅（rose madder）	680
鈷藍（cobalt blue）　✓	480
群青（ultramarine）　✓	480
普魯士藍（prussian blue）	250
鉻綠（viridian）　✓	480
翡翠綠（emerald green）　✓	360
靛青（indigo）　✓	360
鉻黃（chromium yellow pale）　✓	250
鎘黃（cadmium pale）　✓	480
黃褐（yellow ochre）　✓	250
白（white）　✓	450

三腳架　　郵資　三十錢　　計7.63[2]
顏料全部　郵資　三十錢

總計8.23圓

大朵玫瑰花（rose）

大正10年11月24日午後

1.「✓」與原信件之用筆不同，疑為陳澄波所勾。以下同。
2. 以下用不同字體標示之文字，與原信件用筆不同，疑為陳澄波所寫。

日　　期：1921.12
寄 信 人：文房堂
寄信地址：東京市神田區表神保町貳番地
收 信 人：陳澄波
收信地址：臺灣嘉義郡水上公学校

合名會社文房堂仕切書

陳澄波 殿

台湾嘉義郡　水上公學校

三脚床几	1	2450
WN ✓水 クリムソンレーキ	1	350
〃 ローズマダー	1	650
〃 コバルトブリ【ュ】ー	1	450
〃 ウルトラマリン	1	450
〃 プルシヤン	1	250
〃 ビリヂヤン	1	450
〃 エメラルド	1	350
〃 インジゴー	1	350
〃 クロームイエロー	1	250
〃 カドミームイエロー　ペール	1	450
〃 イエローオーカー	1	450
✓〃 ホワイト	1	350
〃 ピンクマダー（ガランスフオンセ）	1	650
〃 セルリヤンブリ【ュ】ー	1	450
〃 バーミリオン	1	350
小包料		300
小包料		300
合計		9300
振替入金		8230
差引不足高（集金郵便取立）		1070

差引不足金は集金郵便にて取立可仕候間御支拂被下度候

無限公司文房堂結帳單

陳澄波先生

臺灣嘉義郡　水上公學校

三腳摺凳			1	2450
Winsor & Newton	✓水彩	胭脂紅（crimson lake）	1	350
	〃	玫瑰紅（rose madder）	1	650
	〃	鈷藍（cobalt blue）	1	450
	〃	群青（ultramarine）	1	450
	〃	普魯士藍（prussian blue）	1	250
	〃	鉻綠（viridian）	1	450
	〃	翡翠綠（emerald green）	1	350
	〃	靛青（indigo）	1	350
	〃	鉻黃（chromium yellow）	1	250
	〃	淺鎘黃（cadmium yellow pale）	1	450
	〃	黃褐（yellow ochre）	1	450
	✓〃	白（white）	1	350
	〃	茜紅（pink madder）（garancefoncée）	1	650
	〃	天青藍（cerulean blue）	1	450
	〃	朱紅（vermilion）	1	350
		小包郵費		300
		小包郵費		300
不足之款項，望以「集金郵便」（郵局代收）的方式繳納		合計		9300
		已收轉帳金額		8230
		尚不足款項		1070
		（以「集金郵便」收取）		

日　　期：約1926秋
寄 信 人：美術新論社
寄信地址：東京府下巣鴨町上駒込八十九番地
收 信 人：陳澄波
收信地址：不詳

拜啓　秋冷之候愈々御清勝奉賀候
陳者今般帝國美術院／第七回／展覽會へ御出品の貴作本社へ撮影の上保存／各本誌に掲載／仕り度に付此段御許可願上候
敬具
月　　日
東京府下巣鴨町上駒込八十九番地
美術新論社

拜啟：
秋涼之氣更甚，謹祝貴體康健。
台端目前出品帝國美術院（第七回）展覽會之大作，敝社想予以撮影保存（並於敝社的各類雜誌中刊載），在此請求授權。
月　　日
東京府下巣鴨町上駒込八十九番地
美術新論社　謹上

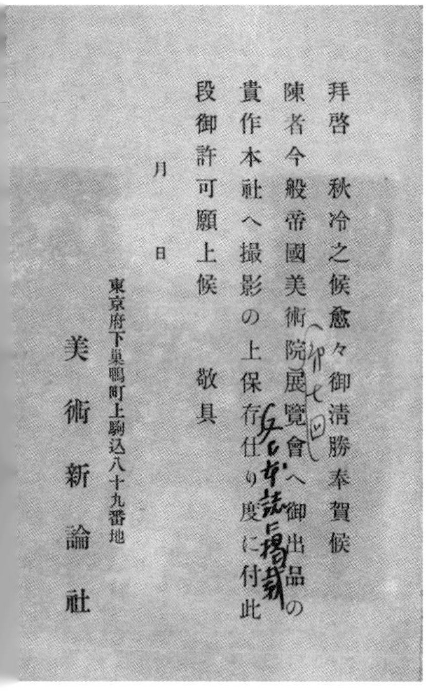
拜啓　秋冷之候愈々御清勝奉賀候
陳者今般帝國美術院展覽會へ御出品の
貴作本社へ撮影の上保存仕り度に付此
段御許可願上候　敬具
月　日
東京府下巣鴨町上駒込八十九番地
美術新論社

日　　期：1934.12.26
寄 信 人：小塚本店
寄信地址：臺北市榮町二丁目十二番地
收 信 人：陳澄波
收信地址：嘉義市西門町二ノ一二五

※信件佚失，只留信封。信封所寫文字：

繪はがき在中

明信片在內

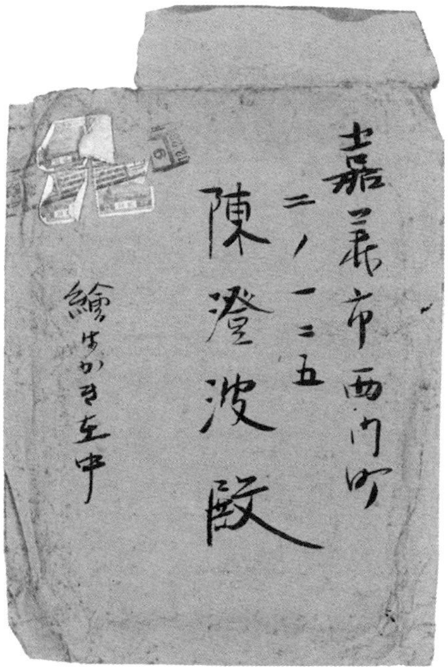

日　　期：1936.10.13
寄 信 人：南山堂書店
寄信地址：東京市本郷區龍岡町
收 信 人：陳澄波
收信地址：嘉義市西門町二ノ一二五

發送御通知

11.10.13　　　　第四種書留便

書名	冊數	金額
產婦人科臨床の実際	1	550
最新精神病学	1	500
送料		42
御送金額		1080
差引／不足金額		12

御送金御註文頂きました上記書籍本日御送申上ました何卒御查收下さいませ
尚今後共御眷顧御指導の程偏に御願申上ます

御用越により中華民国
南通大学医科陳耀棋様
へ左記書御送り申上
ました

南山堂書店
東京市本郷區龍岡町
電話 小石川 423 4757
振替 東京　6338

發送通知

11.10.13　　　　第四類掛號信

書名	冊數	金額
婦產科臨床實務	1	550
最新精神病學	1	500
運費		42
實收金額		1080
差額／不足金額		12

閣下訂購和匯款之上述書籍已於今日出貨完畢，敬請查收。
今後也還望多多指教與惠顧。

敝店已依閣下訂單，配送書籍（明
細如左）給中華民國南通大學醫科
陳耀棋先生

南山堂書店
東京市本郷區龍岡町
電話 小石川 423-4757
劃撥 東京　6338

日　　期：1938.11.17
寄 信 人：學校美術社
寄信地址：臺北市京町二ノ十二
收 信 人：陳澄波
收信地址：嘉義市西門町

拜啓時下晩秋之候皆様お変り御座いませんか毎度御引立いたゞき誠に有難く御礼申上ます□に第一回台展御入選絵はがきあなたの分二二枚残品が御座いますので若し年末年始に御利用下されば甚だ幸ひと存じます御値段は一枚ニ付弐銭八厘正味原価で差上ますどうか多方に不拘御注文御願申上ます御多用誠に恐縮で御座いますが何か□御返事□□御願□御照会申上ます

第一回台展御入選絵はがき

一枚ニ付二銭八厘（原価提供）

學校美術社

拜啟：

晚秋之際，府上一切可好？感謝您平日的愛顧，衷心感謝。入選第一回臺展的作品繪葉書，閣下的部分，尚有二十二張的庫存，若您欲用於年底或年初的話，甚幸。一張貳錢八厘，以原價供應，非常實在，歡迎多加訂購。我們知道您非常忙碌，還望您能撥冗回覆或詢問。

第一回台展入選作品明信片

一張二錢八厘（原價供應）

學校美術社

日　　期：1944.6.27
寄 信 人：學校美術社會計部
寄信地址：台北市京町二丁目十二番地
收 信 人：陳澄波
收信地址：嘉義市西門町二ノ一二五

拝啓　益々御隆昌之段奉賀候

陳者毎度格別の御厚情御引立を蒙り難有御禮申上候

扨て今回振替／為替にて金弐弐円五三銭也御送金に預り本日直に入帳仕り候に付御安心被下度候

右不取敢御禮迄如斯に御座候

拝具

追不相變御引立之程偏に願上候

臺北市京町二丁目十二番地

額　　椽
洋畫材料　商　合資會社　學校美術社
圖畫教材

會計係

拜啟：祝福您事業發達！

平日承蒙您格外的惠顧，特此致謝！

您此次的轉帳／匯款金額二十二圓五十三錢，已經收到，今天會立即入帳，敬請您放心！再次感謝您的惠顧！

又：今後也請您繼續給我們支持與惠顧！

臺北市京町二丁目十二地

畫　　框
洋畫材料　商　合資會社　學校美術社
圖畫教材

會計員　謹上

日　　期：不詳
寄 信 人：洋畫新報
寄信地址：無
收 信 人：陳澄波
收信地址：無

陳澄波先生
洋画新報の御愛讀を頂きまして誠に有難う存じます。本日3月号を御送本いたしました。只今不足金弐拾銭と相成りました。尚引續き御愛讀を賜り度振替用紙を御同送申上げました。何卒御利用下されますやう幾重にも御願ひ申上げます。

陳澄波老師
衷心感謝您對洋畫新報的支持，今天已將三月號寄出，目標不足金額為二十錢，請您持續的支持，隨信附上匯款單，懇請撥冗利用。

編後語

本卷收錄陳澄波的筆記、文章與書信，編輯上以文字為主，原稿則另載於他卷（詳如下文）。茲分述如下：

一、筆記

陳澄波的筆記均以日文書寫，包括2本筆記本、3篇哲學筆記與1篇演講摘記。其中以2本筆記本為大宗，分別是從1915年元旦開始抄錄的《作文集帖》與1926年開始抄寫的課堂筆記《哲學》。2本各百餘頁之筆記為戰前日文，與現代日文有所不同，不僅文字眾多，又是手寫，且有錯別字，在辨識與解讀上實屬不易，最後經過好幾位老師校對才定稿；而其內容更是橫跨文學、哲學、教育學等，於翻譯與審稿上預估需要更多時間，在出版時間壓力下，編輯團隊討論過後，決定僅先在本卷呈現日文辨識成果。兩本筆記編輯時斷句均與原稿相同，但書寫在《作文集帖》頁面上方之語詞解釋則移至每篇短文之後。另外4篇短篇筆記則是日文與中文翻譯對照呈現。筆記原稿收錄於《陳澄波全集》第六卷與第十卷。

二、文章

除了收錄陳澄波正式發表在報章雜誌上的文章外，也收錄文章草稿，其中以1934年評論帝展西洋畫的草稿篇幅最長。現存正式發表的1934年帝展評論剪報只剩第二和第三部分，且發表的刊物不詳，但透過草稿，不僅可以補足剪報缺失的部分，更可以了解陳澄波觀展當下的想法，相信對於研究者而言，極具研究價值。文章編輯時均依時間順序刊載，草稿置於正式發表文章之前，年代不詳置於最後，除中文文章外，其餘皆日文與中文翻譯對照呈現。文章原稿收錄於《陳澄波全集》第七卷。

三、書信

依類型分為一般書信、明信片與訂購函三類。一般書信與明信片是陳澄波與親友間的往來信件，訂購函則可以看到陳澄波訂購顏料、書等的紀錄。編輯時依時間排序，年代不詳書信則置於最後，除中文書信和部分日文賀年卡原文呈現外，其餘均日文與中文翻譯對照呈現。每封書信上方均記載時間、寄信人、寄信地址、收信人、收信地址等基本資訊。書信原稿收錄於《陳澄波全集》第七卷與第十卷。

本卷收錄的史料不啻是了解陳澄波的學習、思想與交遊的第一手資料，其內容大部分為手寫稿，且多為戰前日文，於辨識和翻譯上均有一定的難度，非常感謝參與日文辨識和中文翻譯的每位老師，由於您們的協助本卷才得以順利出版。

財團法人陳澄波文化基金會
研究專員 賴鈴如

Editor's Afterword

This volume contains Chen Cheng-po's notes, essays, and correspondence. The collection is mostly text-based as the manuscripts have already been included in other volumes (as detailed below). The scope of this compilation is as follows:

1. Notes

Chen Cheng-po's notes were all written in Japanese and covered in two notebooks, three pieces of philosophy notes, and the excerpts of one speech. The majority of the notes were in two notebooks. One, titled *A Collection of Essays*, was started on the New Year Day of 1915, while the other, under the title of *Philosophy*, was not started until 1926. These two notebooks of more than 100 pages each were written in pre-war Japanese which was quite different from present-day Japanese. Because the contents were voluminous, handwritten, and laced with wrongly written characters or misplaced terms, they were not easy to decipher and comprehend. It was only with the help of several specialists that we could come up with the final versions. Since the contents cover multiple disciplines in literature, philosophy, pedagogy, etc, translation and proofreading require more time than usual. In view of the pressing publication deadline, the editing team has decided after some discussions to present in this volume only the deciphered Japanese versions. In editing the two notebooks, we have ensured that the sentence structures match those in the manuscripts. The explanations of terms that were originally put on the top of the pages of *A Collection of Essays* were moved to the end of each essay. For four short notes, however, the proofed Japanese versions were presented vis-à-vis the corresponding Chinese translations. The manuscripts of these notes are compiled in Volumes 6 and 10 of *Chen Cheng-po Corpus*.

2. Essays

Other than the essays that had been published in newspapers and magazines, the drafts of these essays are also included in this volume. In particular, the draft of the comments Chen Cheng-po made in 1934 on the Western paintings of the Imperial Exhibition is the longest. At present, only the newspaper cuttings of parts two and three of these comments on the Imperial Exhibition could be found, and the newspaper publishing them was still unknown. Through the manuscript in this volume, not only do we have a complete version of the comments, but we can also get an idea of Chen Cheng-po's opinions at that time, so it should be very valuable to researchers. In editing, the essays are arranged in chronological order with each manuscript placed in front of the corresponding published essay; essays with uncertain publishing dates are placed at the end. Except for Chinese essays, essays in Japanese are placed opposite to their Chinese translations. The manuscripts of the essays are also compiled in Volume 7 of *Chen Cheng-po Corpus*.

3. Correspondence

This section is classified into general correspondence, postcards, and purchase orders. While the general correspondence and postcards were the exchanges Chen Cheng-po made with his relatives and friends, the purchase orders were the records of his purchase of painting supplies, books, etc. The contents in this section are arranged in chronological order with the correspondence of uncertain dates placed at the end. Except for Chinese correspondence and some Japanese New Year greeting cards which are presented in their original versions, all correspondence is shown against their Chinese translation. For each piece of correspondence, basic information including the date, sender, sender address, recipient, and recipient address is given on the top. The manuscripts are compiled in volumes 7 and 10 of the *Chen Cheng-po Corpus*.

The historical materials compiled in this volume are tantamount to first-hand materials for understanding Chen Cheng-po's learning, thoughts, and circle of friends. The majority of these materials are handwritten and in pre-war Japanese, which presented a certain degree of difficulty in their deciphering and translation. We are grateful to all the experts who are involved in deciphering the Japanese and translating them into Chinese—it is only with their help that this volume can be successfully published.

Researcher,
Judicial Person Chen Cheng-po Cultural Foundation
Lai Ling-ju

國家圖書館出版品預行編目資料

陳澄波全集. 第十一卷, 文稿、筆記 = Chen Cheng-Po corpus. volume 11, writings and notes/蕭瓊瑞總主編. -- 初版. -- 臺北市：藝術家出版社出版：財團法人陳澄波文化基金會, 中央研究院臺灣史研究所發行, 2022.03
352面；22×28.5公分
ISBN 978-986-282-290-6(精裝)

848.6 111001980

陳澄波全集
CHEN CHENG-PO CORPUS

第十一卷・文稿、筆記
Volume 11・Writings and Notes

發　　行：財團法人陳澄波文化基金會
　　　　　中央研究院臺灣史研究所
出　　版：藝術家出版社
發 行 人：陳重光、翁啟惠、何政廣
策　　劃：財團法人陳澄波文化基金會
總 策 劃：陳立栢
總 主 編：蕭瓊瑞
編輯顧問：王秀雄、吉田千鶴子、李鴻禧、李賢文、林柏亭、林保堯、林釗、張義雄
　　　　　張炎憲、陳重光、黃才郎、黃光男、潘元石、謝里法、謝國興、顏娟英
編輯委員：文貞姬、白適銘、安溪遊地、李益成、林育淳、邱函妮、邱琳婷、許雪姬
　　　　　陳麗涓、陳水財、陳柏谷、張元鳳、張炎憲、黃冬富、廖瑾瑗、蔡獻友
　　　　　蔡耀慶、蔣伯欣、黃姍姍、謝慧玲、蕭瓊瑞
執行編輯：賴鈴如、何冠儀
美術編輯：柯美麗
翻　　譯：日文／潘襎（序文）、英文／陳彥名（序文）、盧藹芹

出 版 者：藝術家出版社
　　　　　台北市金山南路（藝術家路）二段165號6樓
　　　　　TEL：（02）23886715
　　　　　FAX：（02）23965708
　　　　　郵政劃撥：50035145 藝術家出版社帳戶

總 經 銷：時報文化出版企業股份有限公司
　　　　　桃園市龜山區萬壽路二段351號
　　　　　TEL：（02）2306-6842

製版印刷：卡樂彩色製版印刷有限公司
初　　版：2022年3月
定　　價：新臺幣1500元

ISBN 978-986-282-290-6（軟皮精裝）

法律顧問 蕭雄淋

行政院新聞局出版事業登記證局版台業字第1749號